Richard Price

CASH

Roman

Aus dem Amerikanischen von
Miriam Mandelkow

S. Fischer

Die Übersetzerin dankt dem Deutschen Übersetzerfonds für die Förderung
der vorliegenden Übersetzung.

2. Auflage Mai 2010
Die Originalausgabe erschien 2008
unter dem Titel »Lush Life«
bei Farrar, Straus and Giroux, New York
© 2008 by Richard Price
Für die deutsche Ausgabe:
© 2010 S. Fischer Verlag GmbH, Frankfurt am Main
Satz: pagina GmbH, Tübingen
Druck und Bindung: CPI – Clausen & Bosse, Leck
Printed in Germany
ISBN 978-3-10-060810-9

Wie immer in Liebe für
Judy, Annie und Gen

Prolog   Nachtfischen auf der Delancey

23.00 Uhr

Vier Sweatshirts in einem Pseudotaxi Ecke Clinton Street an der Abfahrt der Williamsburg Bridge beim Abschöpfen der kleinen Fische. Die Task Force Lebensqualität. Ihr Mantra: Dope, Kanonen, Überstunden; ihr Motto: Jeder hat etwas zu verlieren.

»Mau heute Abend.«

Die vier Fahrzeugkontrollen bisher waren alles Nieten: dreimal öffentlicher Dienst – ein Postler, ein Bahner, ein Müllmann, sämtlich städtische Angestellte, also tabu – und ein Typ mit Messer unter dem Sitz: 15 cm Klinge, aber keine Schnappfeder.

Ein Kombi, von der Brücke kommend, hält an der Delancey-Ampel neben ihnen, der Fahrer ein ergrauter großgewachsener Mann mit langer Nase; Tweedjacke, Golfmütze.

»Der Stille Mann«, murmelt Geohagan.

»Das reicht, Bulle«, fügt Scharf hinzu.

Lugo, Daley, Geohagan, Scharf; Bayside, New Dorp, Freeport, Pelham Bay, alle in den Dreißigern, womit sie um diese Zeit zu den ältesten weißen Männern auf der Lower East Side gehören.

Vierzig Minuten ohne einen Biss ...

Rastlos fädeln sie sich in die engen Straßen, um selbige eine Stunde lang in endlosen engen Rechtskurven abzugrasen: Falafelladen, Jazzladen, Gyrosladen, Ecke. Schulhof, Crêperie, Makler, Ecke. Mietshaus, Mietshaus, Museum, Ecke. Pink Pony, Blind Tiger, Muffinboutique,

Ecke. Sexladen, Teeladen, Synagoge, Ecke. Boulangerie, Bar, Hutboutique, Ecke. Iglesia, Gelateria, Matzeladen, Ecke. Bollywood, Buddha, Botanica, Ecke. Leder-Outlet, Leder-Outlet, Leder-Outlet, Ecke. Bar, Schule, Bar, Schule, People's Park, Ecke. Mike-Tyson-Wandbild, Celia-Cruz-Wandbild, Lady-Di-Wandbild, Ecke. Modeschmuck, Friseur, Autowerkstatt, Ecke. Und endlich auf einem rußigen Abschnitt der Eldridge Street ein Lichtblick: ein müder Fujianer in Members-Only-Windjacke, Zigarette im Mundwinkel, Plastiktüten an krummen Fingern baumelnd wie volle Wassereimer, schleppenden Schritts durch die dunkle enge Straße und einen halben Block hinter ihm ein hinkender schwarzer Junge.

»Was meint ihr?« Lugo peilt die Lage durch den Rückspiegel. »Macht er Jagd auf seinen Chinesen?«

»Würde ich jedenfalls so machen«, sagt Scharf.

»Sieht fertig aus. Wahrscheinlich gerade die Woche hinter sich.«

»Dann lohnt es sich. Freitag Zahltag, vierundachtzig Stunden runtergeschrubbt, geht mit, na, sagen wir, vier nach Hause? Viereinhalb?«

»Hat er vielleicht netto bei sich, wenn er's nicht auf die Bank bringt.«

»Komm schon, Junge« – das Taxi schleicht hinter seiner Beute her, drei Parteien hintereinander auf der Lauer, mit einem halben Block Abstand – »grüner wird's nicht.«

»Also, Benny Yee von der Nachbarschaftshilfe, ja? Der sagt, die Fuks haben's endlich gerafft, nicht mehr alles mit sich rumzuschleppen.«

»Ja gut, die machen das nicht mehr.«

»Sagen wir's dem Jungen? Noch nie was von Benny Yee gehört, wahrscheinlich.«

»Wir wollen doch einem jungen Mann nicht seine Träume nehmen«, sagt Lugo.

»Geht los, geht los …«

»Vergiss es, er hat den Braten gerochen«, sagt Daley, als der Junge schlagartig aufhört zu humpeln und sich nach Osten wendet, zu den

Sozialbausiedlungen, zur U-Bahn oder einfach, wie sie, zum Verschnaufen, danach wieder ran.

Rechts und rechts und wieder rechts, so oft, dass sie, wenn sie endlich jemanden anhalten, und das werden sie, eine Weile brauchen, um ihre Beine zu finden, um in die Gänge zu kommen; so oft rechtsrum, dass sie sechs Biere später bei Grouchie um drei Uhr morgens alle stumm grollend zugucken, wie einer das Schwein hat, auf einem Sofa neben den Toiletten geritten zu werden, so oft rechtsrum, dass sie an der Bar nach rechts kippen und später, im Bett, in ihren Träumen nach rechts rucken.

Ecke Houston und Chrystie hält ein kirschroter Denali neben ihnen, drei aufgetakelte Frauen auf der Rückbank, vorne allein der Fahrer, mit Sonnenbrille. Das Beifahrerfenster gleitet herunter. »Officer, wo ist denn hier das Howard-Johnson-Hotel ...«

»Drei Blocks geradeaus die Ecke gegenüber«, antwortet Lugo.

»Besten Dank.«

»Wozu die Mitternachtsgläser?« Daley beugt sich über Lugo, um Blickkontakt herzustellen.

»Lichtscheu.« Der Typ tippt sich ans Brillengestell. Das Fenster gleitet wieder hinauf, und der Wagen rast ostwärts auf der Houston.

»Hat der uns eben Officer genannt?«

»Wegen deinem blöden Bürstenschnitt.«

»Wegen deiner blöden Traktorkappe.«

»Lichtscheu ...«

Kurz darauf rollen sie am Howard Johnson vorbei und sehen, wie der Typ den Chauffeur mimt und den Damen hinten die Tür aufhält.

»Huggy Bear«, murmelt Lugo.

»Wer knallt denn hier einen Howard Johnson hin?« Scharf deutet auf das schäbige Kettenhotel neben einer antiken Knisches-Bäckerei und einer Kirche der Siebenten-Tags-Adventisten, die ihr Aluminiumkreuz auf einen gemeißelten Davidstern gepfropft haben. »Was haben die sich bloß dabei gedacht?«

»Achtundzwanzig Geschmacksrichtungen«, sagt Lugo. »Mein Dad ist mit mir jeden Sonntag nach meinem Spiel hin.«

»Du meinst den Eisladen«, wendet Scharf ein, »das ist was anderes.«

»Hab nie einen Dad gehabt«, sagt Geohagan.

»Kannst einen abhaben.« Daley dreht sich zu ihm um. »Ich hatte drei.«

»Ich kann bloß davon träumen, dass mit mir mal ein Dad nach meinem Baseball zu Howard Johnson geht.«

»He, Sohnemann.« Lugo sieht Geohagan im Rückspiegel an. »Wollen wir nachher ein bisschen Fangen üben?«

»Aber immer doch, Mister.«

»Tote Hose hier, was?«, sagt Daley.

»Weil du mit Einkassieren dran bist.« Lugo winkt einen Betrunkenen weg, der meint, ein Taxi angehalten zu haben.

»Irgendjemand da oben hasst mich.«

»Moment …« Scharf setzt sich jäh auf und wendet den Kopf. »Das sieht brauchbar aus. Fernlicht westwärts, vier Personen.«

»Westwärts?« Lugo gibt im dichten Verkehr Gummi. »Macht euch dünne, Mädels.« Er kurbelt die Reifen auf der Fahrerseite über die Betontrennmauer, um an einem echten Taxi vorbeizukommen, das an der Ampel wartet, macht eine scharfe Kehrtwende, zieht mit dem verdächtigen Fahrzeug gleich und späht hinein. »Weiblich, zwei Mütter, zwei Kinder.« Sie fahren vorbei, haben Blut geleckt, allesamt, dann meldet Scharf wieder: »Grüner Honda ostwärts«

»Ostwärts will er jetzt.« Lugo macht die nächste 180-Grad-Wende und klemmt sich hinter den Honda.

»Was liegt an …«

»Zwei Männer vorn.«

»Was liegt an …«

»Reflektoren auf Nummernschild.«

»Getönte Scheiben.«

»Rücklicht hinten rechts.«

»Beifahrer hat gerade was unter den Sitz gestopft.«

»Danke.« Lugo klickt das Blaulicht ein und rückt dem Honda auf die Pelle; der Fahrer braucht einen halben Block, um ranzufahren. Daley und Lugo schlendern auf den Wagen zu und leuchten von beiden Seiten vorne rein. Der Fahrer, ein junger Latino mit grünen Augen, kurbelt das Fenster herunter. »Officer, was hab ich gemacht?«

Lugo beugt sich ins offene Fenster, als würde er auf einem Gartenzaun lehnen. »Führerschein und Zulassung, bitte.«

»Echt jetzt, was hab ich gemacht?«

»Fährst du immer so?« Seine Stimme ist beinahe sanft.

»Wie?«

»Blinken bei Spurwechsel und diese ganze Höflichkeitsscheiße?«

»Wie bitte?«

»Komm schon, das macht man doch nur, wenn man nervös ist.«

»War ich ja auch.«

»Nervös?«

»Sie waren hinter mir her.«

»Ein Taxi war hinter euch her?«

»Klar, okay, ein Taxi.« Er reicht ihm die Papiere. »Im Ernst, Officer, und nichts für ungut, vielleicht kann ich ja noch was lernen, aber was hab ich falsch gemacht?«

»Zum Ersten die Reflektoren auf dem Nummernschild.«

»Hey, die sind nicht von mir. Die Kutsche gehört meiner Schwester.«

»Zum Zweiten sind die Fenster zu dunkel.«

»Das hab ich ihr schon gesagt.«

»Zum Dritten bist du über durchgezogenes Gelb gefahren.«

»Da hat einer in der zweiten Reihe geparkt.«

»Zum Vierten steht der Wagen vor einem Hydranten.«

»Weil Sie mich angehalten haben.«

Lugo überlegt kurz, welche Windstärke ihm entgegenschlägt. In der Regel ist er ganz sachte, beugt sich geduldsschwer auf ein Wort ins Fahrerfenster, Aug in Aug, als wollte er sichergehen, dass seine Ausführungen auch richtig verdaut werden, scheinbar taub gegen das obligatorische Gestammel und die verbalen Ausfälle, aber … wenn der Fahrer ein falsches Wort sagt, die unsichtbare Linie überschreitet, dann tritt Lugo, ohne den Gesichtsausdruck zu verändern, ohne Vorwarnung außer vielleicht einem langsamen Recken, einem traurigen/angewiderten Wegblicken einen Schritt zurück und packt den Türgriff. Und die Welt ist nicht mehr die, die sie einmal war.

Aber dieser Junge geht in Ordnung.

»Ist nur zu deinem Besten. Aussteigen, bitte.«

Während Lugo den Fahrer zum Heck führt, beugt sich Daley ins Beifahrerfenster und reckt das Kinn nach dem zweiten Jungen, der dasitzt wie im Koma, mit schweren Lidern unter einer zu großen Baseballkappe, geradeaus stierend, als würden sie irgendwohin fahren.

»Und was ist mit dir?« Daley öffnet die Beifahrertür und bietet auch ihm ein Stückchen Bürgersteig an, während Geohagan, über und über mit keltischen Spiralen, Knoten und Kreuzen tätowiert, das Handschuhfach inspiziert, den Becherhalter, das Kassettenfach und Scharf die Rückbank absucht.

Am Heck steht der Fahrer in einem Scarecrow-T-Shirt und blickt wehmütig in die Ferne, während Lugo, durch den eigenen Zigarettenrauch blinzelnd, seine Taschen durchfingert und eine dicke Rolle Zwanziger zu Tage fördert.

»Das ist eine Menge Schotter, Freundchen.« Nachdem er das Geld gezählt hat, stopft er es dem Jungen in die Hemdtasche und tastet ihn weiter ab.

»Na ja, sind halt meine Collegegebühren.«

»Was für eine Klitsche nimmt denn Bares?« Lugo lacht, und als er fertig ist, deutet er auf die Stoßstange. »Setzen.«

»Burke Technical in der Bronx? Ist neu.«

»Und die nehmen Bares?«

»Geld ist Geld.«

»Tatsache.« Lugo zuckt die Schultern, wartet, bis der Wagen durchsucht ist. »Was studierst du denn?«

»Möbelmanagement?«

»Schon mal im Knast gewesen?«

»Kommen Sie, Mann, mein Onkel ist Detective oder so in der Bronx.«

»Oder so?«

»Nein, Detective. Gerade in Rente gegangen.«

»Ach ja? Welches Revier?«

»Genau weiß ich nicht. Neunundsechzig?«

»Das heiße Neunundsechzigste«, ruft Geohagan, der mittlerweile unter dem Beifahrersitz wühlt.

»Neunundsechzigstes gibt es gar nicht.« Lugo flippt seine Kippe in den Rinnstein.

»Sechzigirgendwas. Hab doch gesagt, weiß ich nicht genau.«

»Wie heißt er denn?«

»Rodriguez?«

»Rodriguez in der Bronx? Das hilft uns natürlich enorm weiter. Vorname?«

»Narcisso?«

»Kenne ich nicht.«

»Hatte eine große Abschiedsparty?«

»Bedauere.«

»Ich wollte auch mal auf die Polizeischule.«

»Ach ja? Super.«

»Donnie.« Geohagan tritt von der Beifahrertür zurück und hält eine Zippertüte Gras hoch.

»Weil wir mehr beschissene Drogenschnüffler brauchen.«

Der Junge schließt die Augen, hebt das Kinn zu den Sternen, zum Mond über Delancey.

»Seins oder deins?« Lugo deutet auf den anderen Jungen am Straßenrand, dessen Miene noch immer ausdruckslos ist wie eine Maske; der Inhalt seiner Taschen ist über die Motorhaube verstreut. »Einer war's, oder ihr seid beide dran.«

»Meins«, murmelt der Fahrer schließlich.

»Umdrehen, bitte.«

»O Mann, dafür buchten Sie mich ein?«

»Hey, vor zwei Sekunden bist du wie ein Mann aufgetreten, jetzt kipp mal nicht um.«

Lugo legt ihm Handschellen an, dreht ihn wieder um und hält ihn auf Armeslänge von sich, als wollte er die Tauglichkeit seiner Abendgarderobe beurteilen. »Noch irgendwas da drin? Sag's uns jetzt, oder wir zerlegen diese Scheißbüchse in ihre Einzelteile.«

»Verdammt, Mann, hab ja das kaum gehabt.«

»Schon gut, ganz ruhig.« Er setzt ihn wieder auf die Stoßstange, als die Suche trotz allem weitergeht.

Der Junge sieht weg, schüttelt den Kopf, murmelt: »Du Arsch.«

»Wie bitte?«

»Nee, ich meine nur« – schürzt in Selbstekel die Lippen – »nicht Sie.«

Geohagan kommt nach hinten und überreicht die Tüte.

»Na schön, hör zu.« Lugo steckt sich noch eine Zigarette an und nimmt einen tiefen Zug. »Das hier? Scheißen wir drauf. Wir haben Höheres im Sinn.« Er nickt einem vorbeifahrenden Streifenwagen zu, irgendetwas, das der Fahrer sagt, bringt ihn zum Lachen. »Kapiert?«

»Härteres Zeug?«

»Na, geht doch.«

»Mehr hab ich nicht.«

»Ich rede nicht von dem, was du hast, ich rede von dem, was du weißt.«

»Was ich weiß?«

»Du hast mich schon verstanden.«

Beide drehen sich um und blicken in Richtung East River, zwei besinnliche Männer, einer von ihnen mit den Armen auf dem Rücken. Schließlich atmet der Junge schwer aus. »Na ja, ich kann Ihnen sagen, wo man Stoff kriegt.«

»Das soll ein Witz sein, oder?«, braust Lugo auf. »Ich kann dir sagen, wo es Stoff gibt. Ich kann dir fünfzig Stellen sagen. Ich kann dir sieben Tage die Woche besseres Zeug besorgen, für die Hälfte, mit verbundenen Augen.«

Der Junge seufzt, bemüht sich, die Blicke der nur mäßig neugierigen Anwohner zu meiden, die aus dem Banco-de-Ponce-Automatencenter und dem Dunkin' Donuts kommen, und der Collegestudenten, die in Taxis auftauchen und verschwinden.

»Komm schon, eine Hand wäscht die andere.« Lugo wirft die Tüte abwesend von Hand zu Hand, lässt sie fallen, hebt sie wieder auf.

»Wie denn?«

»Ich will eine Kanone.«

»Eine was? Ich kenne keine Kanone.«

»Du brauchst auch keine zu kennen. Aber du kennst einen, der jemanden kennt, stimmt's?«

»Ach, Mann …«

»Zunächst mal kannst du mir doch sicher sagen, wo du dieses Zeug her hast, oder?«

»Ich weiß nichts von Kanonen, Mann. Das hier sind für vierzig Dollar Gras. Hab ich mit meiner eigenen Kohle gekauft, zum Entspannen und Partymachen. Alle, die ich kenne, machen das, gehen arbeiten, zur Schule, knallen sich zu. Fertig.«

»Hm … gibt also keinen, den du anrufst nach dem Motto ›Yo, da hat mich gerade in der Siedlung einer abgezogen, ich brauch mal 'ne Wumme.‹«

»Wumme?«

Lugo krümmt den Zeigefinger.

»Sie meinen eine Knarre?«

»Knarre, Wumme …« Lugo wendet sich ab und zieht seinen Pferdeschwanz stramm.

»Pfff …« Der Junge sieht weg. »Ich weiß von einem Messer.«

Lugo lacht. »Meine Mutter hat ein Messer.«

»Meins ist gebraucht.«

»Vergiss es.« Er deutet mit dem Kinn auf den anderen Jungen. »Und dein Wasserträger hier?«

»Mein Cousin? Der ist halb zurückgeblieben.«

»Und die andere Hälfte?«

»Also, echt jetzt.« Der Fahrer wackelt mit dem Kopf wie eine Kuh. Wieder kommt ein Streifenwagen, diesmal, um den Verhafteten abzuholen.

»Na schön, denk drüber nach, ja?«, sagt Lugo. »Wir sehen uns in ein paar Stunden im Bunker.«

»Und was ist mit meinem Auto?«

»Dein Gilbert Grape hier, hat der einen Führerschein?«

»Sein Bruder.«

»Dann sag ihm, er soll seinen Bruder anrufen, dass der seinen Arsch hier runterbewegt, bevor ihr abgeschleppt werdet.«

»Scheiße.« Dann ruft er: »Raymond! Hast du gehört?«

Der Cousin nickt, macht aber keine Anstalten, sein Handy von der Kühlerhaube zu nehmen.

»Du hast meine Frage noch nicht beantwortet.« Mit der Hand auf seinem Schädel setzt Lugo ihn hinten in den Streifenwagen. »Schon mal gesessen?«

Der Junge wendet den Kopf ab und murmelt etwas.

»Schon gut, mir kannst du es sagen.«

»Ich hab ›Ja‹ gesagt.«

»Wegen?«

Der Junge zuckt beschämt die Schultern. »Dem hier.«

»Aha. Hier in der Gegend?«

»Hm-hm.«

»Wie lang her?«

»Heiligabend.«

»Heiligabend, für so was?« Lugo zieht eine Grimasse. »Das ist krass. Wer macht denn so 'ne Schei … Weißt du noch, wer dich da abgegriffen hat?«

»Hm-hm«, murmelt der Junge, dann sieht er Lugo ins Gesicht. »Sie.«

Eine Stunde später, als der Junge im Achten geparkt ist, sind sie wieder draußen, noch ein, zwei Stunden Waffenjagd, wahrscheinlich vergeblich, noch ein paar Stunden Personalien für Daley, den festnehmenden Beamten, und da Daley versorgt ist, suchen sie noch einen für Scharf, eine allerletzte Runde, bevor sie sich in einem der Parks nach Mitternacht eine übertretene Sperrstunde krallen, das geht immer.

Beim fünfzigsten Mal südwärts auf der Houston in die Ludlow spürt Daley etwas im Schatten der Maschendrähte unter Katz's Delicatessen, nichts Greifbares, aber ... »Donnie, fahr mal rum.«

Lugo hetzt das Taxi einmal um den Block: Ludlow, Stanton, Essex, Houston, schleicht wieder links in die Ludlow, eben an Katz vorbei und steht plötzlich neben einem Wagen voller lümmelnder Zivilfahnder vom Rauschgift, dessen Fahrer sie argwöhnisch beäugt. Hier fischen wir.

I   Wumme

Um zehn Uhr morgens verließ Eric Cash, fünfunddreißig, seine Wohnung in der Stanton Street, steckte sich eine Zigarette an und ging zur Arbeit.

Als er vor acht Jahren her zog, war ihm die Lower East Side verwunschen vorgekommen, und hin und wieder konnte ihn, wie heute, ein schlichter Spaziergang noch immer bezaubern, Spuren überall der jiddischen Boomtown des neunzehnten Jahrhunderts: in der klaustrophobischen Enge der Straßenschluchten mit ihren hängenden Gärten aus uralten Feuertreppen, in den verwitterten Steinsatyrn, die lüstern zwischen den angenagten Fensterrahmen über der Erotic Boutique herabfeixten, in dem verblichenen hebräischen Schriftzug über der alten sozialistischen Kantine, die einem asiatischen Massagesalon gewichen war, der dem Szenetreff für Kids gewichen war; das und mehr in den vier Blocks auf Erics täglichem Weg zur Arbeit. Nach knapp einem Jahrzehnt in diesem Viertel, selbst an einem solch sonnendurchfluteten Oktobermorgen, erschien ihm dieses ganze ethnohistorische Mischmasch allerdings langsam etwas gestrig. Genau wie er.

Eric war ein jüdischer Upstate New Yorker, fünf Generationen entfernt von hier, aber er wusste, wo er war, er verstand den Witz; das laboratorio dei gelati, die tibetischen Hutläden, Forsyth House 88 mit seinen originalgetreu restaurierten Kaltwasserwohnungen, die sich nicht allzu sehr von den unrestaurierten Mietwohnungen um sie herum un-

terschieden, und in seiner Funktion als Geschäftsführer im Café Berkmann, dem Flaggschiff des Wir-sind-dabei, war er, an den seltenen Tagen, da das Biest ein Nickerchen einlegte, gern Teil der Pointe.

Was ihn an dieser Gegend allerdings wirklich packte, war nicht ihre
nostalgische Ironie, sondern ihr Jetzt, ihr unbedingtes Hier und Jetzt,
das ihn im Innersten antrieb, ein Verlangen, es zu schaffen, das durch
seine vollkommene Ahnungslosigkeit, wie dieses »Es« auszusehen
hatte, um ein Vielfaches verschärft wurde.

Er hatte keine besondere Begabung oder Neigung, schlimmer noch,
eine gewisse Begabung, eine vage Neigung: Er spielte die Hauptrolle in
einer vor zwei Jahren vom Forsyth House 88 gesponserten Kellerthea-
ter-Produktion des *Dybbuk*, seine dritte kleine Rolle seit dem College,
und hatte in einem inzwischen eingegangenen Alphabet-City-Litera-
turblättchen eine Kurzgeschichte veröffentlicht, seine vierte in zehn
Jahren, wobei nichts davon irgendwo hinführte. Und diese unerfüllte
Sehnsucht nach eigenen Meriten machte es ihm praktisch unmöglich,
einen Film anzusehen, ein Buch zu lesen oder auch nur ein neues Restaurant auszuprobieren – sämtlich Errungenschaften von Gleichaltri-
gen oder Jüngeren –, ohne mit dem Schädel voran gegen die nächste
Wand laufen zu wollen.

Zwei Blocks von seinem Arbeitsplatz entfernt stutzte er, als er zu einer träge kriechenden Prozession aufschloss, die sich weiter, als sein
Auge reichte, nach Westen die Rivington Street hinaufschlängelte. Was
immer das war, es hatte nichts mit ihm zu tun, in der Schlange standen überwiegend Latinos, höchstwahrscheinlich aus den unsanierten
Wohnungen unterhalb der Delancey und dem halben Dutzend un-
sterblicher Sozialbausiedlungen, die dies hier, das goldgelbe Herz der
Lower East Side, umfingen wie ein Jai-Alai-Wurfkorb. Alle, darunter
viele Kinder, wirkten herausgeputzt wie für den Kirchgang oder irgendeinen religiösen Feiertag.

Eric konnte sich auch nicht vorstellen, dass es irgendwas mit dem
Berkmann zu tun hatte, und tatsächlich führte die Schlange geradewegs am Café vorbei, versperrte allerdings gründlich und gedankenlos

24

den Eingang. Eric sah, wie zwei Partien jeweils behutsam versuchten, sich einen Weg durch die Menge zu bahnen, schnell aufgaben und woanders essen gingen. Ein flüchtiger Blick durch eines der großen Seitenfenster zeigte ihm, dass das Café ungewöhnlich leer war und die vormittägliche Notbesetzung die Zahl der Gäste übertraf. Was ihm aber wirklich an die Nieren ging, war der Anblick des Besitzers Harry Steele, seines Chefs, hinten allein an einem Zweiertisch, dessen ewige Leichenbittermiene durch die Aufregung auf Apfelgröße geschrumpft war.

Zumindest konnte Eric von hier aus endlich sehen, wohin die Schlange führte: dem Sana'a 24/7, einem von drei jemenitischen Brüdern geführten Minimarkt drei Blocks westlich vom Berkmann an der Ecke Rivington und Eldridge. Sein erster Gedanke war, dass jemand am Vortag einen riesigen Powerball-Jackpot geknackt hatte oder vielleicht die staatliche Lotterie wieder mal in die Hundertmillionen geklettert war, aber nein, es war etwas anderes. Eric folgte der Schlange westwärts, vorbei an den frischen Ruinen der zuletzt eingestürzten Synagoge und am angrenzenden People's Park bis zur Ecke direkt gegenüber dem Sana'a, wo die Schatten der zwei Jahre alten Banner NEU-ERÖFFNUNG über sein Gesicht spielten.

»Hallo, Eric ...« Ein junger chinesischer Uniformierter, Fenton Ma, der den Verkehr auf der Kreuzung regelte, nickte ihm zu. »Verrückt, oder?«

»Was ist denn los?«

»Maria ist da drin.« Ma wurde von der wogenden Menge, die er in Schach hielt, vorwärtsgespült.

»Was für eine Maria?«

»Die Jungfrau. Sie ist gestern Abend im Kondenswasser auf einer der Tiefkühlertüren erschienen. Spricht sich schnell rum so was hier, nicht?« Wieder wurde er vorgespült.

Dann sah Eric, wie sich auf der dem Seitenfenster gegenüber liegenden Straßenseite eine zweite Menschenmenge bildete: eine Menge, die die Menge beobachtete, in diesem Fall überwiegend jung, weiß und amüsiert. »Sie ist hiiiier«, tönte es aus dieser Gruppe.

Eric war schon immer gut darin gewesen, sich durch eine Meute zu schlängeln, gut trainiert allein schon durch den täglichen zigfachen Versuch, bei Berkmann zum Reservierungspult vorzudringen, und so schaffte er es in den engen Laden, ohne dass ihm jemand hinterherpöbelte. Drinnen spielte Nazir, einer der jemenitischen Brüder, ein großgewachsener, hagerer Mann mit einem Adamsapfel wie ein Tomahawk, Türsteher und Kassierer, eine Hand mit einem fetten Bündel Dollarnoten besetzt, die andere den einlaufenden Pilgern mit lockenden Fingern entgegengestreckt. »Grüßt Maria.« Seine Stimme forsch und melodisch. »Sie liebt euch sehr.«

Die Jungfrau war eine vierzig Zentimeter große kürbisrunde Silhouette aus Reif an der Glastür des Bier- und Seltersregals, ihr geschmeidig sich verjüngendes Haupt über dem breiten Unterbau leicht zur Seite geneigt, was Eric ein wenig an all die Marias in der Kunstgeschichte erinnerte, die ihr bedecktes Haupt neigen, um das Kind in ihren Armen zu betrachten, aber eigentlich war das ziemlich weit hergeholt.

Die Leute, die um Eric herum knieten, hielten Fotohandys und Camcorders in die Höhe, legten im Laden erstandene Blumensträuße nieder, Kerzen, Ballons – auf einem stand DU BIST SO EINZIGARTIG –, handschriftliche Botschaften und weitere Andenken, vor allem aber blickten sie ausdruckslos, zum Teil mit gefalteten Händen, bis Tariq, der zweite jemenitische Bruder, zu ihnen trat, »Maria sagt jetzt auf Wiedersehen«, und die Gemeinde mit diesen Worten zum Lieferanteneingang hinauskomplimentierte, um für die nächste Gruppe Platz zu schaffen.

Als Eric wieder am Eingang des Ladens angekommen war, hatte ein älterer Polizist Fenton Ma abgelöst, auf seiner Marke stand LO PRESTO.

»Darf ich Sie was fragen?«, sagte Eric vorsichtig, da er den Mann nicht kannte, »haben Sie sie da drin gesehen?«

»Wen, die Jungfrau?« Lo Presto sah ihn unbewegt an. »Kommt drauf an, was Sie ›sehen‹ nennen.«

»Na ja. Sehen.«

»Also, ich sag Ihnen was.« Er blickte in die Ferne und tastete in seiner Brusttasche nach einer Zigarette. »Gegen acht heute Morgen, ja? Gehen paar Typen vom neunten Revier rein, ja, von wegen nur mal gucken? Kniet direkt vor dem Ding Servisio Tucker, der hat vor circa sechs Monaten auf der Avenue D seine Frau umgebracht. Also, die Kollegen haben seitdem die ganze Gegend umgekrempelt, ja? Und heute Morgen brauchen sie nur reinmarschieren, und da hockt er, auf den Knien. Er guckt sie an, feuchte Augen, streckt die Arme aus für die Handschellen und sagt: ›Okay, gut, bin jetzt bereit‹.«

»Hm.« Eric war ganz gebannt und spürte einen Anflug von Optimismus.

»Also …« Lo Presto steckte sich endlich eine an und blies genüsslich den Rauch aus. »Ob ich sie gesehen hab? Wer weiß. Aber wenn das, was ich Ihnen da grad erzählt hab, kein Wunder ist, weiß ich auch nicht.«

An einem strahlenden, ruhigen Morgen wie diesem, wenn das Berkmann leer war, befreit von der dichten, alkoholisierten Fieberhaftigkeit des Vorabends, war der Raum ein luftiger Palast, und nirgends sonst im Viertel war es schöner als hier in einem lackierten Korbstuhl mit dem entspannten Luxus eines Café au lait und der *New York Times,* während das Sonnenlicht von den Naturfliesen schwappte, umgeben von Weinregalen mit kryptisch schablonierten Nummern auf den Flaschen, Drahtglas und teilentsilberten Spiegeln, dies alles aus diversen Lagerhäusern in New Jersey aufgestöbert vom Besitzer Harry Steele: ein Restaurant im Gewand eines Theaters im Gewand der Nostalgie. Für Eric waren die ersten Augenblicke im Café jeden Tag wie die ersten Augenblicke in einem Major-League-Baseballstadion: mit diesem schwirrenden Rausch von Raum und geometrischer Perfektion, kam er doch aus seiner knochenschmalen Dreizimmerwohnung, in der eines der beiden Fenster auf den Lichtschacht ging, der eigentlich für Querlüftung gedacht war, seit dem Jahr des McKinley-Attentats jedoch als Müllschlucker diente.

Obwohl er an diesem Vormittag nichts weiter zu tun hatte, als die Zeitungen auf ihrem pseudoantiken Holzständer zu ordnen oder sich auf sein Pult zu lehnen, flattrig vom vielen Kaffee, den ihm die beiden Probe-Barkeeper servierten, war ihm jedoch selbst diese flüchtige Freude verwehrt. In seiner kribbeligen Langeweile genehmigte er sich einen Moment, die neuen Kräfte hinterm Tresen zu begutachten: einen Schwarzen mit grünen Augen und Dreadlocks namens Cleveland und einen Weißen – Spike? Mike? –, der gerade auf der verzinkten Tresenplatte lehnte und mit einem pummeligen Freund plauderte, der die Prozession erfolgreich durchbrochen hatte. Dieser Freund hatte offensichtlich einen noch größeren Kater als Eric.

Es hieß, nach vierzehn Jahren immer wieder unterbrochener Tätigkeit für Harry Steele sehe Eric inzwischen aus wie sein Chef; beide hatten diese mürrischen Tränensäcke wie Serge Gainsbourg oder Lou Reed, denselben gleichgültigen Körperbau, mit dem Unterschied, dass bei Harry Steele der Mangel an Attraktivität den Nimbus seines goldenen Händchens nur noch nährte.

Eine Kellnerin vom Grouchie, die sich alle sieben Zwerge in Marschrichtung aufwärts auf die Innenseite ihres Oberschenkels hatte tätowieren lassen, hatte Eric einmal gesagt, die Menschen seien entweder Hunde oder Katzen, und er sei auf jeden Fall ein Hund, zwanghaft darum bemüht, die Bedürfnisse eines jeden zu erahnen – ziemlich schäbig, so was jemandem zu sagen, mit dem man gerade geschlafen hat, aber es war wohl was dran, denn trotz seines permanenten »Ich bin aber mehr«-Mantras setzte ihn in diesem Moment der hilflose Frust seines Chefs akut unter Strom.

Jedenfalls saß Steele jetzt nicht mehr allein an dem kleinen Tisch, sondern mit seinem Händler Paulie Shaw, einem spitzgesichtigen Drecksack, der Eric mit seinem wachen Blick, seiner rasanten Zunge und allgemein angespannten Aura an zu viele Schattenspieler aus den Tagen der Schande erinnerte. Während er eine fünfte Tasse Kaffee ausschlug, sah er zu, wie Paulie einen Aluminium-Aktenkoffer öffnete und dessen samtenem Innenleben einige rechteckige Glas-Negative in je eigenem Futteral entnahm. »›Ludlow Street Sweatshop‹«, sagte Paulie und hielt das Negativ an den Kanten hoch. »›Blinder Bettler, 1888‹. ›Humpen Bier ‹. ›Banditenrast‹ – das hier, wie ich Ihnen schon am Telefon sagte, so viel wert wie alle anderen zusammengenommen. Und schließlich und endlich die ›Mott Street Barracks‹.«

»Phantastisch«, murmelte Steele, und sein Blick wanderte zum wiederholten Mal zur Wunderprozession, zum leeren Café.

»Jedes einzelne von Riis für seine Vorträge persönlich handgerahmt«, sagte Paulie. »Der Mann war seiner Zeit Lichtjahre voraus, völlig multimedial, hat sechzig bis hundert davon auf einer riesigen Leinwand zu Musik ineinander überblenden lassen. Die feinen Matronen müssen sich die Eier abgejammert haben.«

»Okay.« Steele hörte nur halb zu.

»Okay?« Paulie beugte sich herab, um Steeles Blick zu erhaschen. »Zu dem, was wir für die Zahl, die wir besprochen haben?«

»Jaja.« Steeles Knie wippten unterm Tisch.

Der verkaterte Typ an der Bar lachte plötzlich über etwas, das sein Freund gesagt hat; das Gebell hallte von den gefliesten Wänden wider.

»Mike, stimmt's?« Eric deutete mit dem Kinn auf den Probe-Barkeeper.

»Ike«, erwiderte der ganz locker, nach wie vor auf die Zinkfläche gestützt, als gehörte ihm die Bar. Er hatte einen kahlrasierten Schädel und eine Schar von Retro-Tattoos auf der Innenseite seiner Unterarme – Hula-Mädchen, Meerjungfrauen, Teufelsköpfe, Panther –, doch sein Lächeln war hold wie ein Himmelszelt. Dieser Junge, dachte Eric, die wandelnde Reklame für dieses Viertel.

»Ike, sieh mal nach, ob sie was brauchen.«

»Alles klar, Chef.«

»Presto«, sagte sein Freund.

Als Ike hinter der Bar hervorkam und auf den kleinen Tisch zuging, hob Paulie gerade die Samteinlage seines Köfferchens an und brachte eine weitere Lage Mitbringsel zum Vorschein, aus der er ein großes terrakottabraunes Taschenbuch holte. »Sie mögen doch Orwell?«, sagte er zu Steele. »*Der Weg nach Wigan Pier,* die Fahnen vom Victor Gollancz Left Wing Buchclub, 1937. Das hier existiert eigentlich gar nicht.«

»Nur die Riis-Tafeln.« Steeles Blick wanderte wieder zu der beinahe reglosen Schlange. »Das hält man doch im Arsch nicht aus«, bollerte er in den Saal.

»Wie wär's mit Henry Miller«, sagte Paulie schnell und wühlte in seinem Koffer. »Mögen Sie Henry Miller?«

Ikes Schatten fiel auf den Tisch, Paulie wandte sich um und beäugte ihn über die Schulter. »Kann ich etwas für Sie tun?«

»Wollen Sie irgendwas?«, fragte Ike.

»Wir sind durch«, antwortete Steele.

»Henry Miller.« Paulie zog ein gebundenes Buch heraus. »Erstausgabe, *Der klimatisierte Alptraum,* makelloser Schutzumschlag, und Sie glauben es nicht, Nelson – A – Rockefeller gewidmet.«

Auf der Rivington Street entbrannte ein Streit auf Spanisch, und jemand wurde mit dumpfem Knall gegen das Caféfenster geschubst.

»Dieses Viertel«, sagte Steele fröhlich und sah zum ersten Mal an diesem mausetoten Vormittag Eric an. »Bisschen zu viel durcheinander, nicht genug miteinander, stimmt's?« Dann wandte er sich an seinen Händler: »Wie wär's mit Splittern vom Wahren Kreuz?«

»Vom was?«

Und schon war Eric, der Hund mit dem Jungengesicht, zur Tür hinaus.

Einen Block vom Restaurant entfernt, sein Herz wummerte, weil er nicht wusste, wie er genau anstellen sollte, was er anzustellen hatte, rief jemand »Yo, Sekunde«, und als er sich umdrehte, kam Ike auf ihn zugelaufen und steckte sich dabei eine Zigarette an.

»Gehst du die Jungfrau angucken?«

»So ähnlich«, sagte Eric.

»Hab grad Pause, kann ich mit?«

Eric zögerte, fragte sich, ob ein Zeuge die Sache erschweren oder erleichtern würde, aber Ike schloss sich ihm einfach an.

»Eric, stimmt's?«

»Stimmt.«

»Ike Marcus.« Er reichte ihm die Hand. »Und, Eric, was machst du so?«

»Wie meinst du das, was ich mache?« Eric wusste genau, wie es gemeint war.

»Ich meine, außer ...« Der Junge war jedenfalls so gescheit, sich selbst zu unterbrechen.

»Ich schreibe.« Eric erzählte das überhaupt nicht gern, aber er wollte sie beide vom Haken lassen.

»Ehrlich?«, sagte Ike dankbar. »Ich auch.«

»Schön«, erwiderte Eric knapp und dachte, Wer hat dich denn gefragt? Sein einzig brauchbares Projekt im Moment war ein Skript, fünftausend vorab, noch mal zwanzig bei Ablieferung, irgendetwas über die Lower East Side in ihrer Blütezeit, sprich Judenzeit, in Auftrag gegeben von einem Gast im Berkmann, einem ehemaligen Alphabet-City-Hausbesetzer, dann Immobiliengorilla, der neuerdings Filmemacher sein wollte; Filmemacher wollten sie alle sein ...

»Bist du ursprünglich von hier?«, fragte Ike.

»Alle sind ursprünglich von hier.« Eric riss sich zusammen: »Upstate.«

»Ist nicht wahr, ich auch.«

»Wo denn da?«

»Riverdale.« Dann packte er Eric am Arm und blieb stehen. »Wahnsinn.«

Das Dach der riesigen Synagoge war erst vor zwei Tagen eingestürzt, geblieben war die drei Stockwerke hohe Rückwand mit den leicht beschädigten Zwillings-Davidsternen; Sonnenlicht fiel durch die Risse. Im Windschatten dieser Mauer standen das Vorlesepult, der Toraschrein, eine Menora, deren Schaft die Form eines Elchbullen hatte, und vier silberne Kerzenleuchter noch immer wie Requisiten auf einer Bühne, und eine intakte Reihe von sechs Bänken verstärkten den Eindruck eines Freilufttheaters. Ansonsten war nur noch ein hügeliges Trümmerfeld übrig, und Eric und Ike hielten auf ihrem Weg zum Minimarkt mit einer Horde von Feinkostmännern mit Kufis, Fabrikarbeitern nach der Schicht und Kindern diverser Nationalitäten, die sämtlich die Schule schwänzten, auf dem Gehweg vor der Absperrung inne.

»Wahnsinn«, sagte Ike wieder und nickte zu einem großgewachsenen Orthodoxen, der sich in speckigem Anzug und Filzhut, das Ohr ans Handy gekettet, den Weg durch die Trümmerhügel bahnte, um die ramponierten Überreste von Gebetsbüchern zu retten, wobei er lose und eingerissene Seiten unter Backsteinen und Putzbrocken stapelte, um sie am Wegfliegen zu hindern. Zwei Teenager, ein hellhäutiger und ein Latino, folgten ihm und stopften die geborgenen Seiten in Kissenbezüge.

»Sieht aus wie eine moderne Shakespearebühne, finde ich«, sagte Ike. »Brutus und Pompeius in voller Camouflage mit ihren Tec-9.«

»Eher wie Godot.«

»Was meinst du, wie viel zahlt er den Jungs?«

»So wenig wie möglich.«

Ein großer junger Mann mit einer leuchtend grünen Jarmulke, die mit dem Logo der New York Jets verziert war, stand neben ihnen und kritzelte wie wild in einen Stenoblock. Eric hatte das ungemütliche Gefühl, dass er ihr Gespräch festhielt.

»Für wen schreiben Sie?«, fragte Ike freundlich.

»Die *Post*«, antwortete er.

»Ehrlich?«

»Ja.«

»Super.« Ike grinste und schüttelte ihm sogar die Hand.

Dieser Junge, dachte Eric, ist der Heuler.

»Was ist denn hier passiert, Mann?«, fragte Ike.

»Ganze Scheiße eingestürzt.« Der Reporter zuckte die Schultern und klappte sein Notizbuch zu. Als er wegging, merkten sie, dass er einen Klumpfuß hatte.

»Das würde mir ja stinken«, flüsterte Ike.

»Verzeihung, Sir!« Ein bebrillter Schwarzer, der mehr oder weniger Fetzen am Leib, aber eine Aktentasche in der Hand trug, rief dem Orthodoxen zu, der noch immer telefonierte. »Bauen Sie wieder auf?«

»Natürlich.«

»Sehr gut«, sagte der Lumpenmann und ging.

»Wir sollten hier verschwinden.« Ike schlug Eric auf den Arm und steuerte die Jungfrau an.

Als sie beim Sana'a ankamen, drehte sich Eric zu Ike um, bereit, ihn in die Kunst des Vordrängelns einzuführen, doch der Junge war bereits durch, gab Nazir seinen Dollar Eintrittsgeld und verschwand im Laden.

Von Bittstellern flankiert, knieten sie nebeneinander wie Schlagmänner vor der Jungfrau, wo der Gabenschrein seit Erics letztem Besuch um das Dreifache gewachsen war. Zunächst dachte er daran, einen der Brüder anzuhauen, sie zu bitten, doch wenigstens die Schlange draußen umzuleiten, damit sie nicht alle anderen Geschäfte im Viertel lahmlegte, dann aber wurde ihm klar, dass die Schlange genau das war: draußen, soll heißen, ihrem Zugriff entzogen. Konnte man sie also nur noch bitten, die Jungfrau ganz abzuschaffen, unwahrscheinlich bei dem ganzen Kleingeld. Konnte man also nur noch …

»Leck mich«, flüsterte Eric und dann an Ike gewandt: »Darf ich dich mal was Persönliches fragen?« Seine Stimme fedrig vor Anspannung.

»Unbedingt.«

»Diese ganzen Tattoos, was willst du denn eines Tages deinen Kindern erzählen?«

»Meinen Kindern? Ich bin mein eigenes Kind.«

»Mein eigenes Kind.« Eric massierte sich die Brust, als wollte er mehr Luft hereinlassen. »Das gefällt mir.«

»Ja? Prima, weil es stimmt.«

»Scheiße«, sagte Eric. »Wie macht man das denn ...«

»Was?«, flüsterte Ike, griff beiläufig nach der Kühlschranktür, öffnete sie einige Sekunden und schloss sie wieder. »Das?«

Binnen einer Minute hatte der Einstrom feuchter Luft das Kondensmuster verändert und die Jungfrau ins Nirwana befördert. Eine Viertelstunde später hatte sich die Neuigkeit über die Rivington Street ergossen und die Wunderschlange in Wohlgefallen aufgelöst. Zur Mittagszeit betrug die Wartezeit für einen Tisch im Café Berkmann zwanzig Minuten.

»Also, du hast hier noch nicht gewohnt in der Blütezeit, kannst du also nicht wissen, aber vor zehn, zwölf Jahren?« Little Dap Williams rhabarberte vor sich hin, während er den nächsten Stapel Bibelseiten unter einem Backstein hervorholte. »Mann, da waren, da gab es schlimme Finger hier. Die Purples in der Avenue C, die Hernandez-Brüder in A und B, Delta Force in den Cahans, Nigger namens Maquetumba in den Lemlichs direkt. Die Hälfte ist auf Nimmerwiedersehen eingebuchtet, die andere Hälfte ist tot, die harten Jungs, also hocken da nur noch die alten Knochen, nippen ihre Bierchen und erzählen sich Storys aus der guten alten Zeit, die und ein Haufen Milchnigger, Hohlbirnen, alle für sich mit ihren klitzekleinen Kokstütchen, und keiner macht 'ne Ansage.«

»Maquetumba?« Tristans Kissenbezug war fast voll.

»Dominikaner. Inzwischen tot. Mein Bruder hat mir erzählt, er und seine Leute haben die Lemlichs eingemottet.«

»Was ist das für ein Name?«

»Sag ich doch, Dominikaner.«

»Aber was bedeutet der?«

»Maquetumba? Mann, solltest du doch wissen, bist doch Dominikaner.«

»Puerto-Ricaner.«

»Dasselbe, oder?«

Tristan zuckte mit den Schultern.

»Ssss.« Little Dap atmete scharf ein. »So was wie ›er‹, der die meisten fallen lässt‹ oder so Scheiße.«

»Was fallen lässt?«

Little Dap sah ihn nur an.

»Ach so.« Tat so, als hätte er es kapiert. Tristan war einfach nur froh, mit Little Dap abzuhängen, überhaupt mit jemandem abzuhängen, wo er rund um die Uhr mit seinem Ex-Stiefvater, dessen neuer Frau, Kindern, Regeln und Fäusten zusammenleben musste. Schon wie er hier gelandet war, um auf diesem Scheißhaufen Bibelseiten zusammenzuklauben, erschien wie ein kleines Wunder.

Nachdem er die Hamster – seine Brüder und seine Schwester, die eigentlich keine Brüder und keine Schwester waren – heute Morgen zur Schule gebracht hatte, hatte er selbst keine Lust auf Schule gehabt. Also hatte er um zehn vor der Seward Park High School gesessen und nicht gewusst, was er machen sollte, und niemanden, mit dem er es machen konnte, als Little Dap sich aus dem Gebäude verdrückte, mit einem Nicken an ihm vorbeilief, dann die Schultern zuckte, zurückging und ihn fragte, ob er sich beim jüdischen Sturzbau ein bisschen Kleingeld verdienen wolle.

Wann immer er beschloss, die Schule zu schwänzen, schienen alle anderen ausgerechnet an dem Tag hinzugehen und umgekehrt. Wenn er die Hamster nicht gleich morgens zur Schule bringen müsste, könnte er einfach beim Candy Store am Seward Park rumhängen, mit all den anderen aus den Lemlichs Cola und Ring Dings frühstücken und überlegen, was man mit dem Tag anfängt, aber er kam da nicht rechtzeitig hin. Dasselbe nachmittags, alle kamen nach der Schule zusammen und beschlossen, wo man hinging, Tristan klemmte wieder mit der umgekehrten Hamstertour fest und hatte keinen Schimmer, wo sie hin waren. Und sein Ex-Stiefvater erlaubte ihm kein Handy.

»Ja, die Siedlungen sind jetzt total offen«, sagte Little Dap wieder.

»Und dein Bruder?«

Tristan wusste Bescheid über Big Dap, alle wussten Bescheid über den einzigen Nigger in der Geschichte, der jemals in einem Fahrstuhl mit einem Polizisten aneinandergerempelt war, dem Typen mit dessen Knarre ins Bein geschossen hatte und aus der Nummer rausgekommen war.

»Dap? Pfff ... Nigger ist zu faul. Ich meine, der könnte die Lemlichs schmeißen, wenn er wollte jedenfalls, die machen sich ja alle vor ihm ins Hemd, also, wenn er sich ins Zeug legen würde, okay? Aber Scheiße, der will nur so pillepalle wie möglich an die Kohle. Ran an die Ecke, ›Yo, Shorty, dealst du? Hundert die Woche‹. Einsammeln, zurück zu Shyannes Bude, Hirn rauspaffen, Glotze. Das ist kein Leben.«

»Mal zehn Ecken?«

Tristan kriegte bloß 25, 30 Dollar pro Lieferung für Smoov, und Smoov haute ihn nur an, wenn sonst keiner da war.

»Weit offen ...« Little Dap schüttelte den Kopf, als handelte es sich um eine Tragödie.

»Und jetzt? Machst du da drüben den King, oder was?«

»Bin ich bescheuert? Und dann in irgendeinem unterirdischen Supermax landen? Alter Knochen hier aus dem Kiez hat erzählt, in so einem Bau wirst du in einem Jahr zehn Jahre älter, und die armen Schweine liegen rund um die Uhr da und träumen, wie sie sich am besten umbringen.«

»Echt?«

»Da geh ich doch lieber wieder zur Gladiatorenschule.«

»Echt.«

Tristan hatte weder im Jugendknast noch, seit er siebzehn geworden war letztes Jahr, in den Katakomben gesessen, er war nur wie alle ein paar Mal unter Auflagen freigelassen worden wegen der üblichen Scheiße: Drogenbesitz, unbefugtes Betreten – alias nach der Sperrstunde im Park rumhängen –, eine Klopperei und Pissen aus dem Schlafzimmerfenster.

»Ich sag dir aber mal, was ich mache«, sagte Little Dap. »Ein Pack reindröhnen heute Abend, drauf sein, morgen ausschlafen und Party.«

»Deinem eigenen Bruder Eckenmiete zahlen?«

»Von mir nimmt der nichts.«

»Du hast die Kohle für ein Pack?«, fragte Tristan.

Dap machte das Gleiche wie Tristan, Botengänge, vielleicht öfter, weil er beliebter war, aber er bekam auch noch Geld von seiner Großmutter und machte hin und wieder Kollekte für seinen Bruder.

»Nicht jetzt aktuell, aber heute Abend – komm ich wieder hier hoch, zieh einen Zombie ab und bin präpariert.«

»Alles klar.« Tristan konnte nicht recht folgen.

»Es gibt da diesen Friseurladen in Washington Heights, okay? Wenn du ein *hermano dominicano* bist, verkaufen sie dir ein Gramm für zwanzig Dollar, ich überleg jetzt also, lass uns hier einen Zombie abziehen, mit dem Kies oben hoch, du besorgst das Zeug, wir kommen wieder runter um Tompkins Park rum, verticken das G den weißen Jungs, die aus den Bars kommen, für hundert, kapierst du? Wir gehen da oben hoch mit, sagen wir, zweihundert für zehn Gramm, kommen zurück, verkaufen für tausend, kannst dir ausrechnen.«

Wir …

»Echt, oder?«

»Scheiße mal echt.«

Aber Washington Heights. Oder auch nur hierher zurück. Sie waren bloß fünf oder sechs Blocks von den Lemlichs entfernt, aber Tristan konnte die Male, die er von Botengängen abgesehen so weit von zu Hause weg gewesen war, fast an seinen Fingern abzählen. Er ging nicht gern nördlich über die Houston Street hinaus oder westlich über die Essex, und ganz und gar nicht gern lieferte er Stoff an die Ärzte und Schwestern oben im Bellevue oder der Gelenkeklinik an der NYU, beides so weit oben in der Stadt, das könnte genauso gut Ausland sein. Eigentlich war die einzige problemlose Lieferadresse das Anwaltsbüro in der Hester Street, ziemlich in der Nähe, wobei dieser rothaarige Anwalt Danny, wenn es ihn packte, Tristan plötzlich »Che« nannte wegen seinem Ziegenbärtchen, und Tristan hatte keine Ahnung, wie er ihm das abgewöhnen sollte.

Es war ihm ein Rätsel, wie Smoov, der nur ein Jahr älter war als er, so abgeklärt in all diese Uptown-Bars bei den Krankenhäusern marschieren und die Ärzte, Schwestern, Anwälte und sonst wen anquatschen konnte, um seinen Kundenstamm zu erweitern. Scheiße, er wäre nicht mal hier auf dieser Müllhalde, wenn Little Dap nicht gesagt hätte, Komm mit.

»Und, machst du mit?«

»Ich weiß nicht.« Sein Ex-Stiefvater, die Fäuste. »Muss vielleicht auf die Kleinen aufpassen.«

»Siehst du?« Little Dap sprach mit dem Schutt. »Milchnigger, wo man hinguckt.«

»Vielleicht krieg ich das geregelt«, murmelte Tristan.

»Hey, yo«, rief Little Dap dem Rabbiner zu oder was immer der war. »Was machen Sie mit den Kerzenständern da hinten?«

»Das geht dich nichts an.«

»Wie bitte?« Little Dap wollte ausflippen.

Der Bärtige telefonierte wieder und beachtete ihn nicht.

»Hab Sie was ganz Harmloses gefragt. Meinen Sie, ich will die klauen, oder was?«

Der Mann lächelte, nahm kurz das Telefon unterm Kinn weg. »Die gehen in die neue Synagoge.«

»Scheiß ich drauf«, sagte Little Dap und warf seinen Kissenbezug hin.

Tristan sah die Gaffer hinter der Absperrung an – Sandneger, plattgesichtige Chinesen, *blancos*, sonstige Nasen – und stellte sich vor, dass sie alle da waren, um ihn anzustarren, zu sehen, was der Ziegenbart verbarg, den Blitz darunter, wusste zwar, dass es nicht stimmte, aber es gefiel ihm trotzdem nicht, also konzentrierte er sich auf die Arbeit, die er bezahlt kriegte. Fette 20 Dollar.

Als er wieder aufsah, starrte ihn der Rabbiner oder was immer an, ein gequältes Lächeln im Gesicht. »Was?« Tristan errötete, dann folgte er dem Blick des Mannes und sah die Bibelseite, auf der er stand.

In der Spätnachmittagsflaute wanderte Eric hinter die Bar und machte sich einen leichten Hennessy Soda. Eigentlich trank er tagsüber nicht, doch seitdem sie die Jungfrau geknackt hatten, trieb ihn eine diffuse Unruhe um. Der Chef hatte ihm nicht mal gedankt, nicht mal mit einem wissenden Nicken, wobei es wahrscheinlich klüger war für jemanden in Steeles Position, nicht nachzufragen, dann wusste er auch nichts.

Nachdem Eric die Barkeeper in der Mittagshektik beobachtet hatte, hielt er sie beide für geeignet. Cleveland, der Schwarze, war kein Cocktailkünstler, aber, viel wichtiger, ein liebenswürdiger Plauderer, und Ike, der ganz ordentliche Drinks mixte, hatte ein nettes Lachen. Beide hatten bestimmt in spätestens einem Monat ihr festes Gefolge.

Ikes kleine Einlage hatte er nicht lustig gefunden. Natürlich war ihm dieselbe Idee gekommen, aber der Junge hatte nicht mal die Geduld aufgebracht, sich umzusehen und abzuschätzen, ob die Pilger ihnen vielleicht das Fell über die Ohren ziehen würden, bevor sie verschwinden konnten. Zum Glück war die Jungfrau mit einiger Verzögerung verdampft, und sie waren beinahe außer Hörweite gewesen, als das Lamento losbrach.

»Eric.« Ike pirschte sich an ihn heran, als er den Cognac zurückstellte. »Wenn du willst, mach ich die für dich.«

»Schon gut.«

Obwohl drei Frauen von einem Einkaufsbummel hereinkamen und auf die Bar zuhielten, lungerte Ike weiter bei Eric herum und trat nervös von einem Fuß auf den anderen. »Kann ich dir was sagen?« Er senkte die Stimme. »Ich bin ja nicht abergläubisch oder so, aber die Nummer, die ich da heute Morgen abgezogen habe? Ich hab echt Schiss, dass mir das in die Fresse fliegt.«

Gerührt von der Offenheit des Jungen, wollte Eric gerade etwas Trockenes, Tröstliches zum Besten geben, aber der Schwachkopf kam ihm zuvor und boxte ihm grinsend an die Schulter. »Hab dich nur verarscht, Mann«, dann wandte er sich den Ladys zu.

Tristan nahm den Joint und grub die Füße in den Kies auf dem Dach ihres Hauses in den Lemlichs, während sie beide auf das meilenhohe Polizeipräsidium am One Police Plaza nur wenige Blocks entfernt blickten. Nicht nur pfiff er heute Abend drauf, wann er zu Hause sein sollte, er hatte auch die Hamster nicht von ihren diversen Schulen abgeholt: eine Premiere. Das würde er schwer büßen, aber bei ihm zu Hause gab es immer für irgendwas Keile, und er konnte nicht fassen, dass Little Dap noch immer mit ihm zusammen war, also scheiß drauf.

»Gehen wir jetzt nach Washington Heights?«, murmelte er.

»Eins nach dem anderen.«

»Was.«

»Wie was ...« Little Dap reckte den Hals. »Erst mal die Kohle, Padner.«

»Ach«, sagte Tristan, »Scheiße.« Er war so auf die große Reise nach Washington Heights fixiert, dass er diesen Teil ganz vergessen hatte.

»Wie.« Little Dap nahm einen Schluck Bier. »Du hast noch nie ...«

»Doch, nein, so richtig ...«

Little Dap zuckte die Schultern, »Kleinigkeit«, und reichte ihm den Joint.

Tristan konnte vor Scham nicht aufhören zu grinsen.

»Aber ich kann's nicht ohne meinen Specht machen.« Little Dap bohrte ihm den Finger in die Brust. »Verstehst du?«

Ein blutroter Mond schob sich hinter 1PP hervor.

»Warum holst du dir nicht einfach paar Jungs von der Ecke?« Tristan hustete eine Wolke aus. »Sagst, du sammelst für Big Dap, wir flitzen hoch, holen den Scheiß ab« – Husten – »kommen hier zurück, machen was draus, bevor er Wind davon kriegt, und dann bekommt er seine Kohle wie sonst auch.«

So viele Worte auf einmal hatte er seit einem Jahr nicht von sich gegeben.

»Nee, hm-hm.« Little Dap streckte den Hals. »Hab ich mal versucht, gab paar Probleme, ja? Keine gute Idee. Dap und seine Kohle, da hält man sich besser raus. Ich meine, Scheiße, mich können sie ja einbuchten, werd mit dieser Gladiatorenklapse schon fertig, beziehungsweise, ehrlich gesagt, ich könnte da unterrichten, aber Dap, wenn der hochgeht und dich in die Finger kriegt, nee, hm-hm. Und das ist gleich noch so was, weil wir müssen total in Deckung gehen. All die Fettsäcke aus dem Achten? Die suchen ständig nach einem Vorwand, um meinen Bruder dranzukriegen wegen dem Polizisten, auf den er geschossen hat, also nageln sie mich fest, und dann heißt es, ›Na, Little Dap, wo ist denn Big Dap?‹ Als ob der mein automatisches Superhin wäre bei jedem Ding, und dann haben sie gleich noch einen Vorwand, ihm von hier bis zum Fluss Feuer unterm Arsch zu machen. Aber was sie mit ihm machen, egal – krieg ich doppelt zurück.«

Tristan erinnerte sich, wie Big Dap einmal letztes Jahr auf der Straße ausgeholt und Little Dap vor aller Augen so verdroschen hatte, dass die Schläge wie Kanonendonner klangen. Dann dachte er an die Augen seines Ex-Stiefvaters, wie sie hervortraten, wenn er vollgelaufen war und drauf und dran, so zuzuballern, dass einem Hören und Sehen verging. Da wollte Tristan nicht mehr mitmachen. »Dann solltest du's vielleicht lassen«, sagte er und bemühte sich, es so klingen so lassen, als wäre er um Little Dap besorgt.

»Ach was, ist schon okay, ist in Ordnung.«

Sie rauchten eine Weile schweigend. Tristan fand, dass die Manhattan Bridge Gottes Unterarm war, der den Weg nach Brooklyn versperrte.

»Übrigens« – Little Dap verschluckte sich – »nur eins, wenn wir da rausgehen, okay? Hände weg von den Chinesen, die werden so oft abgezogen, die haben praktisch nie mehr was dabei, und selbst wenn: Da kommt man auf sie zu, und sie sagen, ›Da‹, halten dir die Kohle hin, bevor du überhaupt was sagen kannst.«

»Na und?«

»Respektlos.«

»Wie bitte?«

»Woher wollen die wissen, was ich vorhabe, bevor ich bei ihnen bin?«

»Aha.«

»Aber die Weißen?« Little Dap schnaubte vor Lachen Rauch aus. »Heilige Scheiße, die sind so …« Er krümmte sich, Hand vor dem Mund. »Hab ich da letztes Jahr diesen Typen vor mir und halt ihm die Knarre in die Fresse? Das Arschloch hat kein Geld dabei, fragt der mich also, ob ich auch Schecks nehme, von wegen, auf wen soll ich ihn ausstellen?«

»Nein!« Tristan lachte jetzt auch, als wären alle hier oben alte Hasen.

»Hier.« Little Dap zog aus seiner Gesäßtasche einen zerknitterten, blassblauen Scheck. Er war von einer Bank in Traverse City, Michigan, vor sechs Monaten ausgestellt über 100 Dollar.

»Willst du den etwa einlösen?« Tristan war plötzlich ganz benommen vor Kameradschaft.

»Ach was, Mann, wenn ich den einlöse, können die den ja zurückverfolgen. Behalte ich aus Jux.«

»Aber wenn sie den bei dir finden, das ist doch Beweismaterial, oder?«, murmelte Tristan. »Diese Bank hier anrufen, fragen, wer der Typ ist, ob er in New York überfallen wurde …«

Erneutes Schweigen, Tristan fürchtete, Little Dap beleidigt, ihn als Idioten hingestellt zu haben. Aber der war viel zu hinüber, um das mitzukriegen, seine Augen schwammen wie zwei Kirschen in Buttermilch.

»Also, was meinst du.« Er reichte Tristan die Lunte weiter. »Bist du jetzt mein Specht da draußen, oder was … Ich will's hören, aus deinem Mund.«

Tristan nahm einen letzten Zug. »Ja, ist gut.« Die Worte kamen herausgepufft wie Rauchsignale.

»Na schön.« Little Dap hielt die Faust zum Klatschen hin, und Tristan kämpfte gegen das nächste entgleiste Lächeln an, es fühlte sich so gut an, irgendwas fühlte sich jedenfalls gut an.

»Mann, du grinst dir ja echt den Arsch ab«, sagte Little Dap, steckte sich die Kippe in den Mund, holte die Waffe aus seinem Sweatshirt und versuchte, sie zu übergeben.

Mit einem Lachen, wenn man es denn so nennen konnte, wich Tristan zurück.

»Wie jetzt.« Little Dap blinzelte.

»Nee.«

»Nee? Wie, du meinst, du gehst da raus und machst – was, so einen Schlucker anbrüllen?« Er packte Tristan am Handgelenk. »Du sollst das Ding ja nicht benutzen, Mann.« Er knallte es ihm in die Hand. »Bloß zeigen.«

Tristan wollte die Waffe eigentlich zurückgeben, aber dann lag sie in seiner Hand, wohlig und schwer.

»Nee, Mann, das tut dir gut«, sagte Little Dap, »Gangster, verstehst du? Erste Mal ist wie erster Sex, machst es halt, um's hinter dich zu bringen, danach kannst du dran arbeiten, und dann macht es Spaß.«

»Ist gut.« Tristan starrte die ganze Zeit nur auf das Ding in seiner Hand. »Darf ich dich was fragen?«

Little Dap wartete. Und wartete.

»Was ist denn dieser Scheißspecht?«

»Ein Specht? Soldat-Partner-Knecht.«

»Okay.«

»Okay?«

»Okay.« Grinsen. Grinsen.

»Du bist jetzt drin, Alter.« Little Dap sah zu, wie Tristan die Waffe ansah. »Bewährungsprobe.«

2   Lügner

Erste am Tatort um 4.00 Uhr früh am Ende einer Doppelschicht war Lugos Lebensqualität, noch immer im Pseudotaxi beim Durchkämmen des Viertels, seit 1.00 Uhr allerdings als Leihgabe für die Anti-Graffiti-Einsatztruppe mit einem frisch installierten Laptop auf dem Armaturenbrett, wo nonstop eine Diashow bekannter Tagger aus der Gegend lief.

In dieser geisterfrühen Stille fanden sie zwei himmelwärts blickende Männer unter einer Straßenlaterne vor der Eldridge Street 27, einem alten fünfstöckigen Mietshaus. Als sie vorsichtig aus dem Taxi stiegen, kam plötzlich ein Weißer mit irrem Blick aus dem Haus auf sie zugestürzt, in der rechten Hand etwas Silbriges. Vollgepumpt mit Adrenalin zogen sie ihre Waffen, und als der Mann vier Pistolen auf seine Brust zielen sah, segelte das Handy geradewegs durch die Fensterscheibe des angrenzenden Sana'a; binnen Sekunden platzte einer der jemenitischen Brüder aus dem Laden, eine abgesägte Fischkeule über der linken Schulter wie einen Baseballschläger.

Um 4.15 Uhr bekam Matty Clark einen Anruf von Bobby Oh von der Nachtschicht: tödliche Schießerei in Ihrem Revier, dachte, vielleicht interessiert es Sie, just zum Abschluss seines letzten Wacheinsatzes – Mitternacht bis vier, drei Tage die Woche – in einer schlanken Bar in der Chrystie Street, ohne Schild, ohne Telefonnummer, mit Kundschaft »nur nach Vereinbarung«, die durch eine schmale, ramponierte Tür von diesem düsteren Abschnitt einer überwiegend von Chinesen bevölkerten Seitenstraße hereingesummt wurde; einzelfassgereifter Cruzan Rum, Absinth und Cocktails mit geriebenem Ingwer oder brennenden Zuckerwürfeln die Spezialitäten des Hauses.

Matty war ein rotblonder Ire mit kantigem Kinn und der Figur eines alternden Highschool-Fullbacks, hängeschultrig und kompakt, dessen niedriger Körperschwerpunkt trotz seiner Massigkeit den Eindruck erweckte, als würde er gleiten statt gehen. Wenn man ihn was fragte, verengten sich seine ohnehin schmalen Augen zu Schlitzen, und seine Lippen verschwanden ganz, als wäre Sprechen oder auch nur Denken ein schmerzhafter Prozess. Dadurch wirkte er auf manche etwas langsam, auf andere wie ein mürrischer Hitzkopf; er war weder das eine noch das andere, wobei er in der Regel gewiss kein großes Bedürfnis verspürte, seine Gedanken zu verbalisieren.

Es gab keinen einzigen Abend in seiner Zeit im No Name, an dem er nicht der älteste Mensch im Raum war. Der Barkeeper/Besitzer mit dem Kindergesicht: Josh, wie ein verkleideter Zwölfjähriger mit Ärmelschonern, Hosenträgern und pomadegescheiteltem Topfschnitt, aber so ernst bei der Sache wie ein Kinsey-Forscher, der über jeden Drink zunächst mit Kinngrübeln sinnierte und schließlich mit einem Hinweis an seine ebenso jungen Kunden versah: »Heute Abend bieten wir …« Im gesamten klapperdürren Etablissement der Geruch nach Teelichtern, der einzigen Lichtquelle, der Geruch nach Besonderheit …

Obwohl die Kundschaft hauptsächlich aus den Eloi der Lower East Side und Williamsburg bestand, war in einen Vorfall vor einem Monat ein schwermetalliger Trupp von Bronx-Morlocken verwickelt gewesen, die davon sprachen, wiederzukommen und den Schuppen hochgehen zu lassen. Umgehend war durch die Vermittlung eines Ex-Bullen ein Treffen anberaumt worden zwischen dem Besitzer und Matty, dessen inoffizieller Auftrag der letzten Wochen darin bestanden hatte, still in der kerzenschummrigen Ecke zu sitzen, Geschmack an knisternden Edith-Piaf-Aufnahmen zu finden, sich nicht an die seidigen Mixologinnen ranzumachen und sich nicht zu sehr verbeulen zu lassen, sollte es tatsächlich rundgehen. Es war ein Spaziergang, zumal für jemanden, der es mit vierundvierzig noch immer als Strafe empfand, nachts die Augen zu schließen, der wie jeder Kollege gern undeklariertes Kleingeld anfasste und der Entstehung von Drinks zusah, die er wohl zuletzt im Stork Club gesehen hatte.

Und jetzt, da der Einsatz vorbei war, der einzige Trost an seinem letzten Abend die unverhoffte Verletzung der Hände-weg-von-den-Mixologinnen-Regel – unverhofft, weil sie angefangen hatte: eine Neue, groß, dunkel und launisch wie ein langer Rauchkräusel, die ihn den ganzen Abend beäugt und ihm, wenn der Kindskönig nicht hinsah, Proben über den Tresen zugeschoben und schließlich zu ihrer Drei-Uhr-Pause ein Zeichen gegeben hatte, Matty ihr hinterher durch den Lieferanteneingang in den verborgenen, von Mietshäusern eingefassten Hof. Nachdem er ihren Joint ausgeschlagen und ihr ein paar Züge lang zugesehen hatte, war sie einfach auf ihn gesprungen, Arme um seinen Nacken, Beine um seine Hüften geklammert, und er hatte losgelegt, mehr aus Zugzwang und zur Entlastung des Rückens denn aus Leidenschaft, und sie gegen die Backsteinmauer gerammt. Sie war gut und gern fünfzehn Jahre jünger als er, aber er konnte sich nicht mal genug entspannen, um das zu genießen, um sie zu erkunden, es ging nur ums Springen, Hieven, Rammen, bis sie zu seinem Schrecken anfing zu weinen, worauf er sie zarter rammte und sie auf der Stelle austrocknete. »Was soll das?«

»Entschuldigung.« Wieder heftiger, als würde er eine Anrichte verrücken: Hier, Lady? So, Lady? Aufreibender Sex, kein großer Spaß, aber immerhin Sex. Außerdem wirkte sie wieder glücklich, weinte wieder.

Also.

Zum Anruf der Nachtschicht ...

Er konnte den ersten Angriff ihnen überlassen bis zu seiner Schicht um acht oder jetzt dazustoßen; Matty entschied sich für jetzt, denn die

Bar war so nah am Tatort, dass er das gelbe Flatterband von hier aus sehen konnte. Wozu für ein paar Stunden nach Hause fahren? Außerdem waren seine Söhne einige Tage bei ihm, und die mochte er nicht besonders.

Zwei waren es: einer, den er bei sich immer den Großen nannte, ein Arschloch von einem Kleinstadtbullen oben in Lake George, wohin seine Exfrau nach der Scheidung gezogen war, und der jüngere, den er natürlich den Anderen nannte, ein stiller Teenager, der noch Windeln getragen hatte, als sie sich trennten. Matty war bestenfalls ein gleichgültiger Vater, konnte aber nicht dagegen an, und die Jungs waren ihrerseits so konditioniert, ihn als entfernten Verwandten in New York City zu betrachten, irgendso einen Typen, der von Bluts wegen verpflichtet war, sie hin und wieder bei sich übernachten zu lassen.

Hinzu kam, dass seine Exfrau ihm vor ungefähr einem Monat telefonisch mitgeteilt hatte, der Andere verticke höchstwahrscheinlich in seiner Highschool Gras. Als Matty daraufhin den Großen in seiner Polizeiwache angerufen und der ein bisschen zu schnell »Ich kümmere mich drum« gesagt hatte, wusste er, dass die beiden unter einer Decke steckten, und ließ es auf sich beruhen.

Lieber weiterarbeiten …

Als er um 4.35 Uhr, zwanzig Minuten nach dem Anruf, am Tatort ankam, war es noch dunkel, auch wenn in einem nahen Bäumchen der erste Vogel des Tages vor sich hin zwitscherte und die uralten Dächer der Mietshäuser in der Eldridge Street sich langsam vom Himmel abhoben.

Unmittelbar unter der Straßenlaterne vor dem Haus stand eine gelbe Spurentafel neben einer verschossenen Patronenhülse, Matty tippte auf eine 22er oder 25er, aber die beiden Männer waren weg: Einer war mit dem Krankenwagen weggeschafft worden und hatte ein fast acrylgrelles Blutrinnsal hinterlassen, das auf die Bordsteinkante zuschlängelte; der andere stand jetzt da mit alkoholverdrehten Augenlidern und kotzte ein paar Häuser weiter südwärts über die Verandaverschalung. Ein Uniformierter stand als Babysitter dezent vor dem Wind und rauchte eine Zigarette.

Matty hatte seine Außenverbrechen am liebsten in den Morgenstunden, weil die unheimliche Ruhe der Straße einen intimeren Dialog mit dem Tatort gestattete; und so sinnierte er nun über die Patronenhülse, 22er oder 25er, und dachte, Amateure, 4.00 Uhr morgens, die Desperadostunde, Schütze oder Schützen jung, womöglich Junkies auf der Suche nach ein paar Scheinen, wollten diesen Scheiß gar nicht benutzen, jetzt bunkern sie sich eine Weile ein, sehen sich an, »Mann, haben wir gerade …«, schütteln es ab, bedröhnen sich, holen sich Nachschub, und Matty sagte sich, mal sehen, wer gerade raus ist, mit Bewährungshelfern sprechen, mit den Kollegen von der Siedlung, Drogenplätze aufsuchen, Dealer.

Nazir, einer der beiden Jemeniten, die rund um die Uhr den Minimarkt betrieben, war wieder im Laden und saß trübe hinter seiner frisch zertrümmerten Schaufensterauslage von katerdezimierenden Pharmazeutika, die selten genutzten Rollläden waren auf Geheiß der Kollegen, wie Matty vermutete, über der schmalen Tür heruntergezogen.

Er zählte sechs Uniformen, vier Sweatshirts, aber keine Sportjacken. Dann kam Bobby Oh, der Nachtschichtleiter, der ihn angerufen hatte, aus dem Hausflur der Eldridge Street 27. »Ganz allein?«, fragte Matty kopfschüttelnd.

»Werd heute Nacht gezogen wie eine Klaviersaite«, antwortete Bobby – ein kleiner, drahtiger Koreaner mittleren Alters, stets geschäftig mit hektischem Blick. »Barschießerei in Inwood, Vergewaltigung in Tudor City, Fahrerflucht in Chelsea …«

»… Pfadfinder vermissen ein Kind, Chruschtschow wird in Idlewild erwartet …«

»… und ein Bulle oben in Harlem mit einer Murmel ausgeknockt.«

»Mit einer was?« Matty suchte die Straße nach Überwachungskameras ab.

»Der Typ war Lieutenant.« Bobby zuckte die Schultern.

»Also, was ist passiert.« Er zog einen Stenoblock aus seiner Innentasche.

»Folgendes ...« – Bobby blätterte in seinem Block – »drei Weiße sind ein paar Stunden um die Häuser gezogen, letzte Station Café Berkmann in der Rivington Street Ecke Norfolk, von dort westlich auf der Rivington, dann südlich auf der Eldridge, werden vor der Siebenundzwanzig hier von zwei Männern, schwarz und/oder Hispanic, angehauen, einer zieht eine Waffe und sagt:»Ich will alles.« Einer, unser Zeuge Eric Cash, Hand auf der Brieftasche, ergibt sich, der zweite, Steven Boulware« – Bobby deutete mit dem Stift auf den Mann, der gekotzt hatte und sich nun selbst umschlang – »ist so zugeballert, dass er gleich mal ein Nickerchen auf dem Gehweg abhält, aber der Dritte, Isaac Marcus? Baut sich vor dem Schützen auf und sagt – Zitat: ›Heute nicht, mein Freund.‹«

»›Heute nicht, mein Freund.‹« Matty schüttelte verwundert den Kopf.

»Mündlicher Selbstmord. Jedenfalls, ein Schuss« – er deutet mit dem Stift auf die Patronenhülse neben der gelben Tafel – »Volltreffer ins Herz, Schütze und Partner ab ostwärts auf der Delancey.«

Ostwärts auf der Delancey: Matty betrachtete flüchtig die beiden Möglichkeiten, die diversen Siedlungen dort oder die U-Bahn, die Lower East Side war zu isoliert, zu verschlungen außer für Jugendliche aus den hiesigen Siedlungen oder die Brooklyn-Klientel, die gern zwischen hüben und drüben pendelte.

»Lebensqualität kommt fünf Minuten später, eine drauf der Wagen vom Gouverneur Hospital. Marcus war auf der Stelle tot, habe mit dem Doc persönlich gesprochen.«

»Name?«

Bobby konsultierte seine Notizen.»Prahash. Samram Prahash.«

»Notrufe?«

»Nichts.«

Matty suchte, wenig hoffnungsvoll, weiter nach Überwachungskameras, äugte zu den Fenstern der Mietshäuser, fragte sich, wie viel

Hausbefragung, wenn überhaupt, er geschafft kriegte, bevor um acht die Streife kam. Trotz der geisterfrühen Stunde war die Ecke belebt, kreuzten sich hier die Wege zweier Menschengruppen: der letzten jungen Gäste aus den Lounges und Musikbars, die ebenso auf dem Nachhauseweg waren wie das Opfer und seine Freunde, und der Oldtimer aus der Zeit vor der großen Landnahme, der Chinesen, Puerto-Ricaner, Dominikaner und Bangladeschi, die gerade ihren Tag begannen, entweder auf den verwitterten Steinfensterbänken lehnten oder zur Arbeit gingen. Viele Kids blieben auf ihrem Heimweg an der Absperrung stehen, die Oldtimer schienen den Tatort hingegen kaum zu bemerken, am wenigsten die Illegalen unterwegs zum Großmarkt, zu den Restaurants und Fabriken der Stadt.

Der Himmel wurde beinahe unmerklich heller, und die Vögel setzten jetzt ernsthaft ein, rasten zu Dutzenden im Tiefflug von Baum zu Baum über den Tatort, als würden sie Perlen aufziehen.

Matty nickte Nazir in seiner Quarantäne zu, während der Mann sich vor Frust selber schlug, denn normalerweise kamen um diese Zeit sowohl die Kids zum Ausklang und die Arbeiter zum Auftakt ihres jeweiligen Tages herein, um seinen Badewasserkaffee und ein Brötchen mitzunehmen.

»Irgendjemand mit unserem Naz hier gesprochen?«

»Dem Araber? Ja, ich. Nichts gesehen, nichts gehört.«

Dann deutete Matty auf den sabbernden Trunkenbold auf der Verandaecke. »Boulware sagten Sie, ja? Warum ist der noch da?«

»Der Notarzt meint, er ist bloß besoffen.«

»Nein, ich meine, warum ist er nicht auf der Wache?«

»Haben wir versucht, da hat er hinten auf zwei Streifenwagen gekotzt, also dachte ich mir, behalt ich ihn ein bisschen hier, vielleicht hat er noch was zu erzählen.«

»Und?«

»Noch so abgefüllt, dass er eine Rückführungstherapie braucht, um sich an seinen Namen zu erinnern.«

»Dann will ich ihn hier nicht haben. Kann ihn jemand dahin begleiten? Sind ja bloß ein paar Blocks, vielleicht wird er da etwas klarer im Kopf. Und der, der geredet hat?«

»Cash? Um die Ecke im Streifenwagen. Ich dachte, vielleicht brauchen Sie ihn noch mal für den Tathergang, also ...«

Die Nachtschicht ließ es für gewöhnlich sachte angehen mit den Verhören, weil sie nicht eine Stunde, bevor die Kollegen vom Revier übernahmen, jemanden in die Ecke drängen wollten, um dann einen Zeugen oder Verdächtigen zu übergeben, der schon zugemacht hatte, bevor sie ihn sich überhaupt vornehmen konnten. Als Matty sich zum ersten Mal für den stetig rotierenden Nachteinsatz gemeldet hatte, hatte er sich einen solchen Fauxpas geleistet, indem er einen potenziellen Täter zu hart angegangen war, und die eisigen Blicke, die er aus dem Revier bekam, als er einen Verdächtigen inklusive Anwalt übergab, waren ihm wochenlang haftengeblieben.

»Spurensicherung?«

»Knappe Stunde.«

»Wen haben Sie noch angerufen?«

»Sie, den Captain.«

»Den Chef?«

»Ihr Anruf.«

Matty sah auf die Uhr, fast fünf. Der Chef der Detectives bekam seinen täglichen Bericht morgens um 6.00 Uhr, und Matty fragte sich, ob dieser Fall einen vorzeitigen Weckruf verdiente, dachte dann, weißes Opfer, dunkelhäutiger Schütze in diesem Schlaraffenviertel: Medienrandale der Extraklasse. »Ja, soll die Schicht ihn gleich anrufen.« Matty dachte, meinen Arsch absichern, indem ich seinen absichere. »Moment, warten wir noch ein bisschen«, fügte er dann hinzu, weil er eine Stunde vorankommen wollte, bevor ihm alle aufs Dach stiegen.

»Und natürlich haben Sie seine Familie benachrichtigen lassen.«

»Gott, wollte ich gerade, da kamen Sie.« Es war nicht Ohs Aufgabe, aber ...

Als jemand Matty auf die Schulter tippte, drehte er sich um und sah einen Lieferanten, Zigarette im Mundwinkel, lange braune Tüten voller Brötchen und Bagels im Arm. Nazir schlug auf die geborstene Scheibe und streckte die Arme aus, als hielte der Mann seine Kinder.

»Darf ich?« Der Mann beleibt, bärtig und unbeteiligt, der Rauchfaden aus dem Mundwinkel kräuselte sich direkt in sein Auge.

Matty signalisierte einem Uniformierten, den Lieferanten durchzulassen. »Dann will ich den Rollladen wieder runter haben.«

Als er gerade einige Anrufe tätigen, einige seiner Kollegen aufwecken wollte, fuhren zwei Limousinen vor, noch mehr Nachtschicht, oben aus Harlem, aus Inwood.

»Was los, Boss?« An Bobby gerichtet.

»Matty?« Bobby verwies ans Revier.

Matty wurden vier Kräfte zugeteilt, zwei Männer, zwei Frauen, drei von ihnen Hispanics, ein Glück in dieser Situation. »Also gut, Hausbefragung.« Er winkte in Richtung Mietshäuser, sah jetzt, dass einige der Haustüren einen Spalt offen standen, dauerhaft wahrscheinlich, ein Zeichen von Fujianer-Überfüllung – pro Wohnung Dutzende, die zu jeder Tages- und Nachtzeit kommen und gehen mussten. »Also, so viel, wie geht. Ich glaube nicht, dass die Straße irgendwo videoüberwacht ist, aber vielleicht haben die Subway-Kameras sie drauf, falls sie nach Brooklyn sind. Die nächste Station ist Ecke Delancey und Chrystie, sprechen Sie mit den Putzkräften, den Schaltern, das Übliche.« Dann zu Bobby: »Wo ist noch mal der andere?«

Matty stand vornübergebeugt, eine Hand auf dem Dach des Streifenwagens, um mit dem reglosen Opfer/Zeugen auf dem Rücksitz auf Augenhöhe zu sein.

»Eric?« Als die Tür öffnete, drehte sich Eric Cash mit schockglänzenden Augen zu ihm um. Ein Hauch Alkohol lag in der Luft, allerdings war sich Matty ziemlich sicher, dass dem Jungen der Sprit schon vor einer Weile ausgetrieben worden war. »Ich bin Detective Clark. Tut mir sehr leid, was mit Ihrem Freund passiert ist.«

»Kann ich jetzt nach Hause?«, fragte Eric aufgeräumt.

»Unbedingt, bald. Allerdings habe ich mir gedacht, es wäre uns eine große Hilfe, wenn … Meinen Sie, Sie könnten noch mal mit um die Ecke kommen und mir zeigen, was genau passiert ist?«

»Wissen Sie«, plauderte Eric in demselben lebhaften, losgelösten Ton weiter, »Leute erzählen doch immer, ›Ich dachte, da geht ein Feuerwerkskörper los‹, und genau so hat es geklungen. Also, ich habe da mal, ich weiß nicht mehr, wie lange das her ist, da habe ich einen Roman gelesen, so einen Roman, und der Mann ist in einer Stadt und wird Zeuge einer Messerstecherei, und er sagt, es war, als hätte der Messerstecher, das ist jetzt nicht wörtlich, als hätte der Messerstecher dem anderen mit dem Messer an die Brust getippt, einfach nur gestreichelt, ganz sanft, und der legt sich vorsichtig nieder aufs Kopfsteinpflaster, und das war's.« Eric sah Matty ganz kurz an. »So war es, ›plopp‹, so sanft. Und das war's.«

Um die Ecke, in der Eldridge Street, vollführte Eric Cash beim Anblick des Blutes, das immer noch dort klebte, einen winzigkleinen Paniktwist; Matty stützte ihn am Ellbogen.

Der Tag brach jetzt schneller an, frisch und weich, die Straße ein Tollhaus der Vögel. Eine frühmorgendliche Brise straffte Nazirs verwitterte Banner über dem Laden, als hingen sie an einem Mast, und die Mietshäuser schienen unter den dahinjagenden Wolken vorwärtszurollen. Alle Polizisten am Tatort, alle von der Nachtschicht, alle Zivilen, alle Uniformierten, sprachen in ihre Telefone, riefen an, nahmen ab, weckten auf oder diktierten einander die Stenoblöcke voll. Es berührte Matty immer wieder, dass man buchstäblich dabei zusehen konnte, wie sich das Bild nach und nach aus einem Kaleidoskop von Daten zusammensetzte: Namen, Zeiten, Handlungen, Zitaten, Adressen, Telefonnummern, Fallnummern, Markennummern.

Inzwischen hatten sich die Bohemiens mehr oder weniger verabschiedet, aber sie wurden von einer anderen Gruppe ersetzt, den Videofilmern, die aus Transportern gehüpft kamen; einer kam sogar auf einem Zehngangrad angerollt, Polizeifunk an der Lenkstange.

»Okay.« Cash zuckte zusammen und zog an seinem Haar, als hätte er etwas Wichtiges vergessen. »Okay.«

»Lassen Sie sich Zeit«, sagte Matty.

Bobby Oh hatte sich darangemacht, eine Befragung jener Kids in die Wege zu leiten, die noch am Tatort weilten, vielleicht hielten sie ja irgendwelche persönlichen Gründe davon ab, endlich ins Bett zu gehen.

»Okay, also … Wir gingen vom Berkmann aus über die Rivington, zu dritt, wollten zu Steves Wohnung hier.« Er deutete auf das Miethaus neben der 27. »Er war, wir mussten ihn hier abladen, er war völlig breit, ich kenne ihn eigentlich gar nicht, ich glaube, er ist mit Ike aufs College gegangen, eigentlich kenne ich Ike auch nicht so richtig, und …« Er verlor sich, wirbelte ein wenig herum, als würde er jemanden suchen.

»Und …«, stupste ihn Matty an.

»Und diese beiden Typen, die kommen aus dem Dunkeln wie zwei Wölfe, richten eine Waffe auf uns und sagen: ›Her damit‹. Und ich bin, ich gebe sofort meine Brieftasche her, dazu musste ich Steve loslassen, er plumpst einfach aufs Pflaster, aber dann geht Ike, ich weiß nicht, Ike, er tritt auf die zu und sagt: ›Da habt ihr euch den Falschen ausgesucht‹, als würde er sich mit denen anlegen wollen, dann ›plopp‹, einfach nur ›plopp‹, und weg sind sie.«

»›Da habt ihr euch den Falschen ausgesucht.‹« Matty schrieb das auf. Der Junge hatte Bobby Oh erzählt, sein Kumpel habe gesagt: »Heute nicht, mein Freund.«

»Mehr haben sie nicht gesagt?«

»Vielleicht hat einer noch ›Oh‹ gesagt.«

»›Oh‹?«

»Von wegen ›oh, Scheiße‹, vielleicht hat der andere dann ›los‹ gesagt.«

»Mehr nicht?«

»›Oh‹ und ›los‹, glaube ich.«

»Und in welche Richtung sind sie?«

»Da« – er zeigte nach Süden – »aber ich bin mir nicht sicher.«

Jetzt plötzlich Süden, nicht mehr Osten, wie er Bobby erzählt hatte.

Der Süden bot eine ganz neue Palette an Siedlungen, aber keine U-Bahn, was die Schützen als Einheimische auswies, höchstwahrscheinlich aus der riesigen Clara-Lemlich-Siedlung. Es sei denn, der Mann hatte beim ersten Mal Recht gehabt und sie waren ostwärts gerannt …

Nach ihrer Befragung kamen zwei Kollegen von der Nachtschicht aus dem Mietshaus direkt gegenüber, und eine von ihnen machte Schlitzaugen, was heißen sollte, bis oben hin voll mit Fukis. Bobby Oh sah diese Geste und nahm sie, musste Matty zugeben, mit undurchdringlicher Miene auf.

»Und kurz noch mal«, sagte er zu Cash, »wie sahen sie aus?«

»Ich weiß nicht. Schwarz. Hispanic. Ich will ja kein Rassist sein, aber in meinem Kopf? Wenn ich die Augen schließe, sehe ich Wölfe.«

»Von Wölfen mal abgesehen …«

»Keine Ahnung. Schlank, sie waren schlank, Spitzbart.«

»Beide trugen einen Spitzbart?«

»Einer, glaube ich. Keine Ahnung, ich habe die meiste Zeit nach unten geguckt. Hören Sie«, sagte er und tanzte erneut den Twist, während er blind die Eldridge Street absuchte. »Ich habe das alles schon dem asiatischen Detective erzählt, mein Gedächtnis wird gerade nicht besser, sondern schlechter …«

»Na schön, also, das ist bestimmt alles nicht so einfach für Sie, das verstehe ich, aber …«

»Ich habe doch nichts getan.« Seine Stimme wollte versagen.

»Hat auch keiner behauptet«, antwortete Matty vorsichtig.

Nazir klopfte an die Scheibe, um Mattys Aufmerksamkeit zu bekommen. Er sah wütend aus.

»Noch ein kleines bisschen Geduld, Eric, ich weiß, Sie wollen die Kerle genau so dringend schnappen, die ihren Freund erschossen …«

»Ich hab doch schon gesagt, das ist nicht mein Freund, ich kenne ihn kaum.«

Matty fiel auf, dass Eric in der Gegenwart sprach, und fragte sich, ob er überhaupt wusste, dass Marcus tot war. Cash hatte auch noch gar nicht gefragt, wie es dem anderen ging, Freund hin oder her.

»Können Sie denn die Waffe beschreiben?«

Eric sackte in sich zusammen, atmete tief ein. »Ich glaube, es war eine 22er.«

»Sie kennen sich aus?«

»Mit 22ern, ja. Mein Vater hat mir eine mitgegeben, als ich nach New York zog. Ich bin sie losgeworden, sobald ich hier ankam.«

»Okay«, sagte Matty nach einer Pause. »Was ist dann passiert?«

»Was?«

»Die haben Ike erschossen und sind abgehauen. Und dann?«

»Habe ich über Handy 911 versucht, bekam aber keinen Empfang, also bin ich da, bin ich da in den Hausflur, um es drinnen zu versuchen.«

»Sie sind reingelaufen.«

»Es ging überhaupt nicht, also bin ich wieder auf die Straße, um Hilfe zu holen, und plötzlich standen da vier Polizisten mit gezückten Pistolen.« Eric atmete wieder ein. »*Ah.*«

»Was?«

»Mir wird gerade klar … In den letzten zwei Stunden ist fünfmal auf mich gezielt worden.«

Als ein Streifenwagen einen zaghaft protestierenden Eric Cash auf die Wache fuhr, klopfte Nazir erneut wütend an die Scheibe und winkte Matty zu sich. Bobby Oh hatte gesagt, der Kerl habe nichts gesehen, aber der Laden lag in Mattys Abschnitt, also würde er ihm ein paar Minuten gewähren, um sich über die Schließung zu beschweren und zu schimpfen, dass die Stadt ihm die zerbrochene Fensterscheibe ersetzen werde. Als er auf den Laden zuging, schob der Jemenit seinen Rollladen von innen hoch. »Nazir, die Spurensicherung ist ein bisschen hinterher, aber ich lasse Ihren Laden öffnen, sobald ich kann, Kumpel.«

»Nein. Das auch, aber ich wollte Ihnen was sagen. Der Scheißkerl, mit dem Sie da gerade geredet haben? Egal, was er Ihnen erzählt hat, trauen Sie dem nicht. Der taugt nichts.«

»Ach nein?« Matty betrachtete die zackigen Verästelungen in der Scheibe. »Wieso das?«

»Wir hatten hier gestern die Jungfrau Maria, wussten Sie das? «

»Ja, hab davon gehört. Glückwunsch.«

»Glückwunsch? Dieses Arschloch ist mit einem Freund hergekommen, und sie haben sie einfach so ausgeknipst.« Er schnipste mit den Fingern. »Hat allen das Herz gebrochen.«

»Hat viele ihrer Fans enttäuscht, hm?« Matty sah auf die Uhr. »Na gut, Boss, ich lass öffnen, so schnell ich kann.«

»Moment noch.« Nazir holte ein Handy aus seiner Tasche. »Das hier hat er durch meine Scheibe geschmissen.« Er überreichte es Matty. »Ich will verflucht sein, wenn ich es ihm zurückgebe.«

Als Matty es aufgeklappt hatte, stellte er fest, dass Eric Cashs Telefon nicht nur voll aufgeladen und der letzte Anruf kein Notruf war, sondern auch keiner der letzten Anrufe auf dem Display 911 anzeigte. Als er auf Anruf drückte, klingelte es bei der letzten Nummer, Café Berkmann, wo zu dieser Unzeit ein Band lief, aber der Empfang war glockenklar. Na schön, vielleicht hatte er unter Schock gestanden und sich nur eingebildet, er habe angerufen. Oder vielleicht hatte es eine vorübergehende Akkustörung gegeben oder eine Empfangsstörung. Oder Matty hatte ihn nicht richtig verstanden, oder …

Daley von der Lebensqualität, ein Gewichtheber, der durch die Schussweste unter dem Sweatshirt doppelt so breit aussah, fing seinen Blick auf und winkte ihn herüber. Er stand neben zwei jungen Leuten, einem großen, stämmigen Rotschopf, dessen struppiges langes Haar in einem buschigen Pferdeschwanz steckte, und einer ebenso hochgewachsenen jungen Schwarzen, feingliedrig wie eine Turnerin, die ihr kurzes Haar in einen Fransenpony gelackt hatte.

»Mit dem hier müsst ihr reden.« Daley zeigte auf Matty.

»Was gibt's?«, fragte Matty.

»Wie ich gerade schon dem Officer hier gesagt habe, meine Freundin und ich haben gehört, was der Typ da Ihnen eben erzählt hat«, sagte der Rotschopf. »Ehrlich gesagt sind wir extra noch geblieben, um uns das anzuhören, weil wir genau hier auf dieser Straßenseite waren, als das alles passierte.«

»Moment«, unterbrach ihn Matty und zeigte auf Bobby Oh in der Menge. »Tommy, könntest du ihn bitte herholen?«

Daley bahnte sich einen Weg durch die Menge, während Matty die Hand auf den Arm des Rothaarigen legte, damit er schwieg, bis Bobby herkam und sie das Paar trennen konnten. Der junge Mann wirkte übermüdet, aber nüchtern, seine Freundin ein bisschen flatterig, aber ebenfalls klar. Kurz darauf ging Matty mit dem jungen Mann um die Ecke, seine Freundin sah ihm über die Schulter nach, als Oh sie in die entgegengesetzte Richtung führte.

»Okay«, sagte Matty, als sie schließlich allein vor einem baufälligen *Schteibl* standen, einer Talmudstube in der Allen Street. »Was gibt's?«

»Wie schon gesagt, meine Freundin und ich waren dabei, als das alles abging.«

»Als was abging?«

»Die Schießerei hier.«

»Okay.«

»Was der Typ Ihnen über zwei Schwarze gesagt hat, Dominikaner oder was auch immer da aus heiterem Himmel auf sie zugekommen ist, ja?« Der junge Mann steckte sich eine Zigarette an und blies kräftig aus. »Der lügt wie gedruckt.«

Um 5.30 Uhr stakste Eric Cash hinten aus dem Streifenwagen und drehte sich zur Wache um, einer achteckigen Belagerungsfestung aus der Lindsay-Ära, die mitten auf einem plattgemachten Grundstück wie eine gespickte Faust auf die umliegenden Siedlungen zeigte – Lemlich, Riis, Wald, Cahan und Gompers –, das restliche Viertel flach und plump und so weit im Osten, dass eine Welt vor der Landnahme erhalten geblieben war: das letzte jüdische Altersheim, der letzte schussichere Spritladen, die letzte chinesische Fastfood-Bude und der letzte Geflügelmarkt, alles und jedes in ewiger Trübnis unter den massiven Bögen der Williamsburg Bridge.

Als er die wenigen Stufen zum Haupteingang hinaufgeführt wurde, flogen plötzlich die Türen auf, zwei Notfallsanitäter rasten mit einer fahrbaren Trage direkt auf ihn zu und bogen im letzten Augenblick scharf nach links zur Behindertenrampe an der Seite des Gebäudes ab. Ikes Freund Steven Boulware sah mit eingefallenen Augen zu ihm auf, und bei jedem Schubs und Holperer wackelte sein Kopf.

Zur selben Zeit gingen zwei Ermittlerinnen der Nachtschicht über die rissigen Fliesen im Flur der Eldridge Street 27 und stiegen die ausgetretenen Marmortreppen ins oberste Stockwerk, um mit ihrer Befragung zu beginnen.

Auf jedem Stockwerk lagen drei Wohnungen mit je einer jahrhundertalten übermalten Mesusa an den Türen, die im selben dumpfen Karminrot gestrichen waren wie das punzierte Blech, das die untere Hälfte der Treppenaufgänge vom Flur bis zum Dach säumte.

Die Ermittlerinnen nahmen sich jeweils eine Tür vor und drehten an den uralten Türklingeln, als würden sie jemanden in die Nase kneifen; die Folge ein blechernes Fiepen. Zunächst keine Reaktion im obersten Stock, doch als die beiden schon halb die Treppe hinunter waren, linste doch noch eine Mieterin, eine kleine Asiatin, sofern das irgendjemand erkennen konnte, durch einen Türspalt.

»Verzeihung, Ma'am?« Kendra Walker stapfte die Stufen wieder hinauf und zückte ihren Ausweis. In der warmen Nacht trug sie ihre Jacke überm Arm, sodass die Tätowierung eines männlichen Namens, in einer Schrift so hip wie ein Mannschaftslogo, unter ihrer fleischigen Schulter zu sehen war. »Sprechen Sie Englisch?«, rief sie, als förderte Lautstärke das Verständnis.

»Englisch?«, wiederholte die Frau.

Die vollgestellte Wohnung hinter ihr, von einem einzigen Neonring an der Decke beleuchtet, war kaum mehr als ein hohes Zimmer mit anhängenden Ecken und Winkeln.

»Kein Englisch?«

»Nein.« Die Frau starrte auf Kendras Tätowierung.

»Das ist der Name meines Sohnes«, erklärte Kendra, dann sah sie den Jungen von der Toilette kommen. »Hi.« Sie lächelte, als er mitten im Hosenschließen erstarrte. »Sprichst du Englisch?«

»Ja«, antwortete er forsch, als wäre er ein wenig beleidigt. Unaufgefordert trat er an die Tür.

»Ist das deine Mom?«

»Meine Tante«, sagte er. »Kevin«, fügte er hinzu, als er Kendras Arm gelesen hatte.

»Wie heißt deine Tante?«

»An Lu.«

»An Lu.« Sie schrieb *Lou*. »Kannst du sie fragen ...« Kendra zögerte, der Junge war höchstens zehn. »Vor ein paar Stunden hat es unten einen Überfall gegeben. Ein Mann wurde getötet.«

»Getötet?« Er zuckte zusammen und entblößte die Zähne.

»Könntest du deine Tante fragen, ob sie etwas ...«

»Wie denn getötet?«, fragte der Junge.

An Lu wandte sich stoisch von einer Sprecherin zur anderen.

»Wie gesagt, erschossen.«

»Erschossen?«

»Ja, erschossen«, sagte sie langsam. »Könntest du deine ...«

Der Junge übersetzte für seine Tante, die Frau nahm die Nachricht mit nichtssagender Miene auf, wandte sich dann Kendra zu und schüttelte den Kopf.

»Okay, kannst du sie fragen, ob sie vielleicht etwas gehört hat?«

Wieder übersetzte der Junge, diesmal hatte die Frau etwas zu sagen.

»Sie hat gehört, wie Leute sich angeschrien haben, aber sie versteht kein Englisch, also ...«

»Diese Leute, wie haben die denn geklungen, weiß, schwarz, spanisch ...«

Ein weiterer rascher Austausch, dann: »Sie sagt, amerikanisch.«

»Worte würde sie natürlich nicht heraushören, aber vielleicht einen Namen.« Der Junge winkte die Frage als hoffnungslos ab. »Warum fragen Sie mich eigentlich nicht?«

Kendra zögerte, keine Zeit für Spielchen, aber wenn der Junge unter Umständen etwas gehört hatte …

»Na schön.« Sie schwang ihren Stift wie einen Taktstock, damit er sich auch ernstgenommen fühlte. »Name?«

»Winston Ciu.«

»Na schön, Winston Ciu. Und du? Hast du irgendwas gehört oder gesehen?«

»Nein«, sagte er, »aber hätte ich gern.«

Die Dominikanerin im dritten Stock schlug, als sie die Polizistin vor der Tür stehen sah, die Hand auf die Brust und tat einen Satz rückwärts.

»Allmächtiger, sehe ich wirklich so schlimm aus?«, fragte Gloria Rodriguez und strich sich das Haar glatt. »Entschuldigen Sie die frühe Störung, aber gleich hier draußen hat es eine Schießerei gegeben.«

»Vor einer Stunde.« Die Frau trug eine Kaufhausbrille, ein geblümtes Hauskleid und Vinylschlappen.

»Haben Sie sie gesehen?«

»Gehört. Ich lag im Bett.«

»Was haben Sie gehört?«

»So einen Schuss, Schüsse.«

»Was von beidem?«

»Einen, wie ein Feuerwerkskörper, wie ›paff paff‹.«

»Das sind zwei.«

»Ja, nein, nur einer.«

Gloria hörte, wie Kendra unter ihr an eine Tür klopfte, ein paar Silben loswurde.

»Schön, Sie haben also den Schuss gehört, paff. Haben Sie aus dem Fenster gesehen?«

»Nein, so was mache ich nicht.«

»Haben Sie etwas gehört? Streit?«

»So was mache ich auch nicht. Wenn ich etwas höre? Achte ich nicht drauf.«

»Vielleicht hatten Sie gar keine Wahl. Vielleicht …«

»Ich habe Streit gehört, vielleicht. Vielleicht habe ich es auch geträumt.«

»Worum ging denn der Streit?«

»In meinem Traum?«

»Meinetwegen.«

»Ich erinnere mich nicht an meine Träume.«

Gloria betrachtete die Frau. »Sie wissen schon, dass hier noch ein paar üble Gestalten rumlaufen, die wir hier weg haben wollen.«

»Gut.«

»Die sehen Sie wahrscheinlich täglich, oder?«

Die Frau zuckte die Schultern.

»Von wem rede ich …«

Die Frau zuckte die Schultern.

»Wer hat hier eine Waffe.«

Sie neigte das Kinn zu Glorias Hüfte. »Sie.«

Auf dem Weg hinunter hörte Gloria, wie eine weitere Mieterin von einem Streit auf der Straße erzählte. Als sie jedoch das Stockwerk erreichte, sah sie, dass sie nicht mit Kendra sprach, sondern mit einem Reporter.

Um Viertel vor sechs stand Bobby Oh mit Nikki Williams, der Freundin des Rotschopfs, gegenüber dem nach wie vor geschäftigen Tatort.

»Ich kann es immer noch nicht glauben, es ist, das ist das Leben. Ich meine, da braucht man doch nur auf der falschen Straßenseite zu laufen …« Die große, schlanke junge Frau zitterte mit starrem Blick.

»Nikki …«

»Das war wie nichts. Als hätte Gott mit den Fingern geschnippt.«

»Nikki« – Bobby winkte kurz – »Sie müssen mir erzählen, was Sie gesehen haben.«

»Es gibt eine berühmte Stelle in einem Gedicht, ›Die Welt wird nicht mit einem Knall untergehen, sondern mit einem Wimmern.‹«

»›Auf diese Weise endet die Welt: Nicht mit einem Knall, sondern mit einem Wimmern.‹«

Nikki sah ihn mit blankem Erstaunen an.

»Und jetzt, bitte, die Zeit läuft uns davon, erzählen Sie mir, was Sie gesehen haben.«

Sie atmete tief ein, legte mit einem Schaudern die flache Hand aufs Herz und folgte dem Flugbogen einer Taube, die den Aufruhr erkundete.

»Nikki.«

»Okay, Randal und ich gehen uns auf der Eldridge entgegen.«

»Entgegen?« Bobby neigte den Kopf. »Ich dachte, Sie waren zusammen.«

Nikki genehmigte sich ein Lächeln. »Woher kennen Sie T. S. Eliot?«

»Die Affen, die mich aufgezogen haben, waren erstaunlich intelligent. Sie gehen sich also entgegen?«

»Ja, genau, also eigentlich sind wir zusammen von der Delancey um die Ecke gekommen, aber er hat sich dann wohl eine angesteckt oder so, und ich hab's nicht gemerkt, weil plötzlich war ich schon halb die Eldridge runter, also habe ich mich umgedreht, um zu sehen, wo er bleibt, und er war praktisch gerade erst auf die Eldridge eingebogen, und da bin ich ihm dann entgegen, und auf meinem Rückweg sehe ich auf der anderen Straßenseite drei Typen in etwa zwischen uns, okay? Sie standen da einfach, und auf einmal höre ich dieses scharfe Paff oder Tsip, und dann ist da ein Durcheinander, als würden sie alle vor was wegspringen, dann sind zwei hingefallen, und der Dritte rennt mit etwas Metallischem in der Hand ins Haus.«

»Metallisch.« Bobby musste einen Schritt zurücktreten, Nikki war gut zehn Zentimeter größer als er.

»Ich dachte mir, eine Pistole, weil die beiden anderen da lagen, aber ich habe es nur blitzen sehen in seiner Hand, also ...«

»Und Sie haben die drei erst auf Ihrem Rückweg zu Ihrem Freund bemerkt?«

»Genau.«

66

»Standen sie mit dem Gesicht zu Ihnen?«

»Nein, eher mit dem Rücken, zum Haus hin.«

»Haben Sie noch irgendjemanden dort gesehen?«

»Nein. Überhaupt war keiner auf der Straße, nur Randal.« Dann: »Ich kann nicht glauben, dass ich hier einfach so stehe.« Sie fuhr sich leicht mit dem Daumen über die Lippenränder.

»Und wie lange, meinen Sie, haben Sie sie da gesehen, bevor Sie den Schuss gehört haben?«

»Ich weiß nicht. So lange, wie ich gebraucht habe, auf Randal zuzugehen, während er auf mich zukam? Wie lang braucht das, zehn Sekunden? Zwanzig? Ich habe kein gutes Zeitgefühl.«

»Und hatten Sie die drei die ganze Zeit im Blick?«

»Nicht, also, frontal, aber im Augenwinkel, weil nur wir und sie hier draußen waren.«

»Haben Sie zufällig irgendetwas gehört?«

»Von denen?«

»Ja.«

»Sie meinen, ein Gespräch?«

»Irgendwas. Ein Gespräch, einzelne Wörter, einen Namen, irgendeinen Ausbruch …«

»Ich glaube nicht. Daran würde ich mich wohl erinnern.«

»Einige Mieter hier haben ausgesagt, sie hätten Streit oder Geschrei gehört, bevor der Schuss abgefeuert wurde. Aber Sie haben nichts gehört?«

Nikki zögerte, neigte den Kopf, als würde sie etwas durchdenken; wollte etwas sagen, sagte dann etwas anderes. »Hat es Sie beleidigt, als ich so überrascht war, dass Sie das Zitat von T. S. Eliot kennen?«

»Durchaus nicht«, sagte Bobby. »Also, Sie haben keinen Streit gehört?«

»Nicht von denen.«

»Was …«, fragte Bobby.

»Ich meine, als ein paar Minuten später die Polizisten aus diesem Taxi kamen mit ihren Pistolen, haben die geschrien wie die Wilden von wegen ›Polizei, runter damit, nicht bewegen, runter mit der Scheißkanone.‹ Das war ziemlich laut, und dann kam noch der Typ aus dem kleinen Laden, die haben ihm das Fenster zerschmissen, irgendjemand, und da hat der auch noch ziemlich heftig gebrüllt. Vielleicht haben die Leute das gehört, aber nein, von den dreien habe ich nichts gehört.«

»Und Sie haben niemanden sonst dort gesehen. Jemand mit dem Gesicht zu ihnen, mit dem sie vielleicht geredet haben …«

»Nein. Ich meine, wie gesagt, ich habe sie mir nicht die ganze Zeit angeguckt, aber nein.«

»Und Sie und Randal, wo standen Sie jeweils, als der Schuss fiel?«

»Ich würde sagen, ich war genau hier«, sagte sie, umschlang sich und starrte auf ihre Schuhe. »Und Randal war vielleicht bei dem Haus da drüben mit den geschnitzten Meerjungfrauenköpfen.« Sie deutete auf ein Mietshaus etwa hundert Meter weiter südlich, drei Häuser von der Ecke Delancey entfernt, wo jetzt zwei Reporter in ihre Telefone sprachen. »Ich sehe ganz deutlich vor mir, wie er und ich aufeinander zugehen und die drei auf der anderen Straßenseite zwischen uns, so dass wir eine Art Dreieck bilden, und wie dann auf einmal dieses scharfe Paff ertönt und zwei Typen hinfallen und der dritte mit dem Silberteil in der Hand ins Haus rennt. Und als Nächstes war Randal auf mir und versuchte, mich unter diesen Wagen zu drücken.« Sie nickte zu einem parkenden Lexus. »Sir Galahad«, fügte sie trocken hinzu.

»Wie bitte?« Bobby lächelte.

»Nikki, alles in Ordnung?« Ein junges Paar in Ausgehmontur, aber mit Kaffee und Zeitung in der Hand, drängte sich zwischen Bobby und seine Befragung, als wäre er überhaupt nicht da. Die junge Frau war blond, der Mann ein hellhäutiger Schwarzer wie Nikki.

»Ich hab gerade mitgekriegt, wie auf jemanden geschossen wurde«, brach es aus ihr heraus.

»Was?« Die junge Frau japste.

»Es war wie nichts, als wären sie auf Eis ausgerutscht.«

»Ja, tja, so ist das halt«, sprach der junge Schwarze weise, und Bobby dachte, Na, wir kennen uns aber aus.

»Tot?«

Nikki reckte sich hinter ihrer Freundin, um Antwort von Bobby zu bekommen, der allerdings nur auf seine Armbanduhr tippte.

»Ich melde mich.« Nikki entfernte sich einen Schritt von ihnen.

»Sieh dich vor hier«, murmelte der junge Mann beim Weggehen.

»Was?« Nikki sah ihm nach. »Wieso?«

Er warf Bobby einen wachsamen Blick zu und ging weiter.

»Wieso?« Nikki sah Bobby besorgt an.

Bobby zuckte die Schultern. »Ihr Bekannter hier sieht zu viel fern. Warum haben Sie Ihren Freund eben Sir Galahad genannt?«

»Warum was?« Sie war noch immer abgelenkt, blickte mit geschürzten Lippen über Bobbys Kopf hinweg. »Das war ... ich hab nur einen Witz gemacht.«

Bobby dachte kurz nach und wollte gerade nachhaken, als das jähe Geratter eines Rollladens vor einem buddhistischen Ladentempel Nikki ins Wanken brachte.

»Gehe ich irgendein Risiko ein, wenn ich mit Ihnen rede?«

»Nicht das geringste«, antwortete er unbewegt. »Woher kamen Sie beide denn, bevor sie auseinandergingen?«

»Von der Geburtstagsparty meiner Freundin im Club Rose of Sharon in der Essex.«

»Haben Sie getrunken?«

»Kann ich nicht, ich bin allergisch gegen Alkohol.«

»Standen Sie unter sonst irgendeinem Einfluss?«

»Ob ich bekifft war?«

Bobby wartete.

»Ein paar Züge habe ich genommen, aber viel früher, so um Mitternacht, und nur aus Geselligkeit und damit ich endlich meine Ruhe habe wegen dem Trinken. Also, vier Stunden später?« Sie zuckte die Schultern. »War ich bloß müde.«

»Gut.« Bobby nickte. »Schön.« Dann: »Hören Sie, ich bin verpflichtet, Sie das zu fragen: Sind sind jemals mit der Polizei in Konflikt geraten?«

»Von wegen verhaftet?« Sie legte den Kopf schief.

Bobby wartete.

»Würden Sie mich das auch fragen, wenn ich weiß wäre?«

»In dieser Situation? Würde ich Sie das auch fragen, wenn Sie Koreanerin wären.«

»Nein, noch nie«, antwortete sie knapp. »Also. Darf ich Sie jetzt was fragen?«

»Unbedingt.« Bobby dachte bereits an den nächsten Schritt.

»Also, da sind Polizisten, die zielen auf einen und brüllen, man soll die Waffe fallen lassen, lassen Sie die Scheißwaffe fallen, und brüllen aber gleichzeitig, dass man sich nicht bewegen soll. Was soll man denn nun machen?«

»Was meinen Sie?«, sagte er. »Aber langsam.«

Kurz darauf kam Matty mit dem Freund um die Ecke, und Bobby sah die neue Version auch in seinen Augen.

Die erste Amtshandlung bestand nun darin, die Waffe zu finden, die Eric Cash weggeworfen hatte. Nachdem Matty vom Spezialeinsatz einen Suchtrupp angefordert hatte, der die Eldridge Street 27 auf den Kopf stellen sollte, kehrte er in den Dienstraum zurück, setzte sich eine Minute ruhig an seinen Schreibtisch, um sich zu sammeln, und steuerte dann die einschlägigen Instanzen an, um Nachschub anzufordern. Als er damit durch war, rief er Bobby am Tatort an, damit er die Kriminaltechniker, so sie denn jemals auftauchten, direkt auf die Wache schickte, bevor sie sich die Straße vornahmen. Dann stand er auf und blickte durchs Fenster in den Vernehmungsraum auf Eric Cash, der an dem schrammigen Tisch hockte, Wange auf der Kante, ein unberührter Kaffee eine Handbreit vor seinem Gesicht. Matty brauchte die Kriminaltechnik, damit sie diesen Kerl auf Schmauchspuren untersuchte, ohne die sie, wenn er tatsächlich der Schütze war und die Mordwaffe nicht gefunden wurde, womöglich im Wald standen, je nachdem, wie zäh Cash im Verhör war, wie schnell er zumachte und nach einem Anwalt verlangte.

Matty streckte die Hand nach der Tür aus und hielt sich dann zurück; noch ein wenig schmoren lassen. Er wählte die Nummer seines unmittelbaren Vorgesetzten, Lieutenant Carmody, und legte nach ein paar Nummern wieder auf. Der Mann hatte rund um die Uhr informiert zu werden, wenn in ihrem Revier etwas von derartigem Ausmaß geschah, aber er war neu und wäre nur im Weg, und es würde ihn sowieso nicht interessieren. Stattdessen rief er noch einmal Bobby Oh an. »Wo bleiben die Pinselaffen?«

»Was soll ich sagen?«

»Keine Waffe?«

»Das hätten Sie bereits erfahren.« Dann: »Sie sollten sie anrufen.«

Matty atmete noch ein letztes Mal durch, dachte an einen Bambuswald oder einen Gebirgsbach, wie auch immer die aussahen oder klangen, und wählte dann die Nummer der Spurensicherung, inständig hoffend, dass er nicht den Wadenbeißer dranbekam.

»Baumgartner.«

»Ja, hallo Sarge«, sagte Matty und dachte, Scheiße auch, »hier ist Matty Clark vom achten Revier? Ich habe hier einen Mord, einen Verdächtigen, aber keine Waffe und brauche einen Schmauchspurentest.«

»Mord?«

»Ja.«

»Bestätigt?«

»Ja.«

»Wo?«

»Gouverneur.«

»Name des Arztes?«

Matty sah auf seine Notizen. »Prahash, Samram Prahash.«

»Und Verdacht woher?«

»Zwei Zeugen.«

»Sichtbare Spuren auf Kleidung oder Händen?«

»Ich glaube schon, ja«, log Matty.

»Wann wurde geschossen?«

Matty atmete ein, er wusste, was jetzt kam – und legte eine halbe Stunde drauf: »Gegen halb fünf.«

»Und wie spät ist es jetzt?«

Guck doch auf die Scheißwanduhr; Matty stellte sich Baumgartner in seinem Stuhl vor, groß wie ein Seelöwe mit entsprechendem Schnäuzer.

»Sarge?«, säuselte Baumgartner. »Wie spät ist es jetzt?«

»Ungefähr halb sieben.« Pedantenarsch.

»Na schön«, seufzte Baumgartner, »da muss ich erst meinen Boss fragen, aber ich sage Ihnen gleich, wie Sie sicherlich ohnehin schon wissen, nach mehr als zwei Stunden ist ein Schmauchspurentest nicht mehr beweiskräftig.«

»Hören Sie« – Matty biss die Zähne zusammen – »wenn Sie Ihren Boss an den Apparat kriegen, sagen Sie ihm, dass die Kanäle schon alle dran sind«, log er wieder, »sagen Sie ihm, wir haben da unten mehr Ü-Wagen als Bewohner. Sagen Sie ihm, da rollt eine Lawine auf uns zu.«

»Na gut«, sagte Baumgartner, »ich melde mich wieder.«

»Am besten direkt.« Matty gab ihm seine Mobilnummer.

»Wie war noch gleich der Name?«

»Clark. Sergeant Matthew Clark. Achtes Revier.«

Um 7.00 Uhr standen zwei von Mattys Detectives, Yolonda Bello und John Mullins, im Henry Hudson Parkway 2030 in Riverdale vor einem fünfundzwanzigstöckigen weißen Backsteinmonstrum mit Blick auf den Fluss im geradezu urzeitlichen Angesicht der Jersey Palisades. Das war nicht Isaac Marcus' aktueller Wohnsitz, denn das war eine Absteige in Cobble Hill, eine haschverhauchte Laube für Kleine Strolche, in der keiner seiner gerade erst aufgewachten vier Mitbewohner den Ermittlern hatte sagen können, wo Ike ursprünglich her war. Riverdale war die Adresse, die auf seinem Führerschein stand, außerdem das Zuhause von William Marcus, seines Vaters vermutlich oder zumindest eines Blutsverwandten.

Die beiden Polizisten waren mit dieser Aufgabe betraut worden, weil das Haus in Riverdale mehr oder weniger auf ihrem Weg zur Arbeit lag: Yolonda wohnte nur drei Blocks entfernt, Mullins zehn Minuten nördlich in Yonkers. John kam für gewöhnlich als teilnahmsloser Klotz rüber, wofür er eigentlich nichts konnte, aber Yolonda war, wenn in der richtigen Stimmung, eine Meisterin mit ihrer streichelweichen Stimme und ihren feuchtglänzenden großen Augen, die aussahen, als sei sie ständig den Tränen nahe. Als sich die beiden der barfüßigen, etwa vierzigjährigen Frau, die ihnen die Tür öffnete, als Detectives auswiesen, schlug deren Schläfrigkeit blitzschnell in Zorn um.

»Herrgott noch mal, hat diese Psychotante etwa Anzeige erstattet?«

»Was?«, ließ sich ein aufgeschreckter Teenager aus der Essnische vernehmen. »Wie Anzeige. Was für eine Anzeige?«

»Das Mädchen hat sie das gesamte Spiel durch verdroschen, sie hat sich das selbst eingebrockt. Der Schiedsrichter hat nicht ein Mal ein Foul gegeben«, warf die Frau Yolonda entgegen. »Sie ist diejenige, die Beine gestellt hat, Ellbogen ausgefahren und lauter dummes Zeug geredet hat, und hundert Zeugen werden das bestätigen. Ich meine, Himmel noch mal, haben Sie sich mal angeguckt, was das Mädchen für ein Brecher ist?«

Die Frau trug eine sorgfältig zerschlissene Jeans und ein frisch gebügeltes weißes T-Shirt.

»Die sacken mich heute ein, ich bin fertig.« Das Mädchen war jetzt in heller Aufregung. »Ich hab's dir doch gesagt!«

»Ganz ruhig, Nina, keiner ist hier fertig.« Die Frau wandte sich jetzt wieder an die schweigenden Ermittler. »Das ist alles totaler Schwachsinn.«

Worüber auch immer sich die beiden da ereiferten, wie wichtig auch immer das war, dachte Yolonda, es würde auf jeden Fall ein paar Minuten warten müssen. »Wohnt Isaac Marcus hier?«, fragte sie schließlich.

»Isaac?« Yolondas sanfter, entschuldigender Ton bremste die Frau auf der Stelle aus. »Nein, ich glaube, in Brooklyn.« Dann: »Was wollen sie von Ike?«

»Niemals gehe ich heute zur Schule«, stöhnte das Mädchen.

»Was wollen Sie von Ike?«, wiederholte die Frau leiser.

»Sind Sie seine Mutter?«

»Nein. Doch. Nein, nein.« Mit blankem Blick trat sie nun auf der Stelle und hob einen Finger wie eine Heilige. »Ich bin verheiratet. Mit seinem Vater. Wieder verheiratet. Was ist los.«

»Verzeihung, wie heißen Sie?«

»Ich?«

Yolonda wartete und dachte: Es ist schon bei ihr angekommen.

»Minette. Minette Davidson.«

»Minette.« Yolonda trat unaufgefordert über die Schwelle und bugsierte die Frau zu ihrer Couch, während Mullins wortlos folgte und sich von den prähistorischen Felsen auf der anderen Seite des Flusses ablenken ließ. Verloren in ihrer eigenen Panik tat das Mädchen allen Beteiligten den Gefallen, aus der Essnische zu verschwinden. Kurz darauf knallte eine Tür.

»Bitte«, sagte Minette, ein uferloses Flehen.

»Ist sein Vater zu Hause?«, fragte Yolonda vorschriftsgemäß.

»Er ist verreist.«

Yolonda und John sahen sich an, *verreist* war für sie ein Euphemismus.

»Auf einer Tagung. Er ist heute Abend zurück. Was ist ...«

»Wissen Sie, wie wir ihn erreichen können?«

»Bitte!«

Genug.

»Minette ...« Die Frau wollte aufstehen, aber Yolonda legte eine Hand auf ihre Schulter und hockte sich dann auf Augenhöhe hin. »Wir haben sehr schlechte Nachrichten.«

Minette schoss Yolondas ruhender Hand zum Trotz in die Höhe und wirbelte, ohne die Einzelheiten abzuwarten, zu Boden wie ein Blatt.

Da sie Minette Davidson nicht mit ihrer Tochter alleinlassen wollte, rief Yolonda Matty an und blieb mit John die halbe Stunde bis zum Eintreffen von Minettes Schwester in der Wohnung. Währenddessen ging keiner zu dem Mädchen, das nichtsahnend hinter seiner verschlossenen Tür weilte.

Nach Auskunft seiner Frau, einer Spanischlehrerin an einer Privatschule in Riverdale, arbeitete der Vater des Toten bei Con Ed als Projektmanager für toxische Sanierungsgelände, was auch immer das sein sollte, und war gerade in einem Marriot oben in der Nähe von Tarrytown zu einem zweitägigen Seminar über Softspot-Entsorgung, was auch immer das sein sollte.

Matty wollte gerade die Kollegen in Tarrytown anrufen, um eine Benachrichtigung zu veranlassen, als Kendra Walker von der Nachtschicht hereinkam, um die Toilette zu benutzen – mit halb geöffnetem Gürtel, bevor sie noch wusste, wo sie hin musste. »Da.« Matty wies ihr vom Schreibtisch aus den Weg. »Hey, ist die Spurensicherung aufgetaucht?«

»Ja, gerade als ich gegangen bin. Bobby kümmert sich um sie und versucht sie herzuschicken wegen der GSR-Untersuchung, die Sie haben wollten. Aber ich glaube, der eine hat gesagt, dazu liegt ihnen keine Anordnung vor, insofern ...«

»Keine was?«

»Ja, tut mir leid, Sarge.« Kendra zuckte mit den Schultern und ging zur Toilette.

»Baumgartner?«

»Haben Sie schon mit Ihrem Boss gesprochen?«

»Wer ist da?«

»Matty Clark, achtes Revier.«

»Er kommt erst um acht.«

»Ich dachte, Sie wollten sich mit ihm in Verbindung setzen, sobald wir aufgelegt hatten? Acht? Davon haben Sie mir nichts gesagt.« Matty versuchte, seinen Ärger hinunterzuschlucken, es brachte überhaupt nichts, sich mit diesem Mann anzulegen, der ihn nur hinhalten würde, wenn er das nächste Mal die Kriminaltechnik brauchte.

»Na, ich kann Ihnen jetzt schon sagen, was ich zu hören bekomme.« Baumgartner kaute irgendwas. »Dass für so was nämlich die Anweisung von höherer Stelle kommen muss, mindestens Dienststellenleiter.«

»Hey« – Matty grinste vor Wut –, »das hätten Sie mir vorhin nicht sagen können? Von wegen Wettlauf mit der Zeit?«

»Ich sage Ihnen bloß, wie es ist.«

»Ich hoffe, Sie haben einen guten Grund.« Die Stimme von Division Captain Mangini sickerte durch die Leitung wie krustiger Klebstoff.

»Captain« – Matty verzog das Gesicht – »Matty Clark vom Achten, sind Sie wach?«

»Jetzt schon.« Mangini hustete.

»Tut mir leid, Boss. Wann haben Sie Dienst?«

»Mittag.«

»Also, wir haben hier ein Problem, einen Mord, vielleicht haben wir den Schützen, zwei Zeugen behaupten jedenfalls, dass er der Schütze ist, aber wir haben die Waffe noch nicht gefunden, und die Kriminaltechniker sollen einen Schmauchspurentest durchführen.«

»Und?«

»Das muss ein Vorgesetzter anordnen.«

»Scheiße, es ist noch nicht mal sieben.«

»Halb acht. Die Sache ist, ich brauche ihn jetzt, es sind schon dreieinhalb Stunden durch.«

Captain Mangini dämpfte abrupt den Hörer, Matty trommelte mit einem Bleistift auf seine Schreibtischunterlage, solange er die gedämpften Halbtöne über sich ergehen ließ, in denen Mangini mit seiner Frau diskutierte, die er wahrscheinlich gerade mit seinem Telefonat geweckt hatte.

»Also, wie jetzt?« Der Cap wieder in der Leitung.

»Wie wär's damit …« Matty saß da, die Handflächen nach oben. »Wie wär's, wenn einer meiner Männer dort anruft und einfach sagt, dass Sie es sind?«

»Meinetwegen.« Dann: »Moment, wegen einem Schmauchspurentest?«

»Genau.«

»Sagten Sie nicht eben, Sie haben zwei Zeugen?«

»Schon, aber …«

»Wozu brauchen Sie dann Schmauchspuren?«

»Weil ich welche will. Weil ich meine, auf Nummer sicher ist besser.«

Der Cap seufzte. Matty stellte sich vor, wie er dalag und sein Haar am Kopfkissen klebte.

»Na schön, hören Sie.« Mangini hustete, schnaubte. »Tun Sie mir einen Gefallen? Rufen Sie den DI an und klären das mit ihm?«

»Berkowitz?« Matty runzelte die Stirn. »Wann hat der denn Dienst?«

»Acht etwa.«

Bei Vorgesetzten konnte acht acht bedeuten oder neun oder auch zehn; zehn Uhr, sechs Stunden nach dem Schuss. Matty legte auf und rief Deputy Inspector Berkowitz an, bekam den Anrufbeantworter und hinterließ Anliegen und Handynummer, mehr konnte er nicht tun. Er stand auf, um noch einmal nach Eric Cash zu sehen, hielt inne, was hatte er vergessen … Er setzte sich wieder und rief endlich die Kollegen in Tarrytown an, damit sie Isaac Marcus' Vater in seinem Hotel benachrichtigten, wobei ihm seine Frau bestimmt inzwischen die Nachricht hinterbracht hatte. Niemand wusste, wo die Mutter des jungen Mannes zu finden war.

Kaum hatte Matty aufgelegt, klingelte sein Telefon; er hoffte auf Berkowitz oder Bobby Oh.

»Hey, Matty.« Lieutenant Carmody in der Leitung. »Ich habe gerade die Nachrichten gesehen. Was bitteschön ist denn da unten los?«

»Ja, Morgen, Lieutenant, ich wollte Sie nicht stören, wir haben alles im Griff.«

»Soll ich reinkommen?«

»Schon gut, Boss, danke.«

»Na schön, sagen Sie Bescheid, wenn sich was tut.«

»Auf jeden Fall, Boss.«

Vom Schreibtisch aus sah er, wie Eric Cash zur Toilette geführt wurde; er schlurfte aus dem Vernehmungsraum, als müsste er einen hinten offenen Krankenhauskittel tragen.

Um halb acht, rund dreieinhalb Stunden nach dem Mord, stand der rothaarige Zeuge, Randal Condo, zum dritten Mal gegenüber der Eldridge Street 27, diesmal mit Kevin Flaherty, einem stellvertretenden Bezirksstaatsanwalt.

»… die drei Arm in Arm wie bei einer Revue. Sie waren direkt unter der Laterne. Wie auf der Bühne.«

Inzwischen bestand der Tatort nur noch aus dem Flatterband, Blut auf dem Gehweg, einem Paar weggeworfener, umgedrehter OP-Handschuhe und einem Häuflein unbedeutenderer Reporter, die wie Jungen auf einem Tanzball die beste Methode ersannen, an den Staatsanwalt und den Zeugen auf der gegenüberliegenden Straßenseite heranzukommen.

»Standen sie mit dem Gesicht zu Ihnen?« Als ihm der Bezirksstaatsanwalt, ein junger Ex-Polizist, einen Kaugummi anbot, schob sich sein – nunmehr bedauerlicherweise – tätowiertes Handgelenk aus der steifen weißen Manschette: ein Armreif aus Stacheldraht.

»Nein, mit dem Rücken. Ich bin von der Ecke auf Nikki zu.«

»Auf Ihre Freundin.«

Beide legten ein Päuschen ein, als eine große blonde Frau auf einem Fahrrad direkt vor ihnen hielt, um den Schauplatz zu begutachten; das Tattoo in ihrem Kreuz kräuselte sich vom Gesäß ihrer Jeans aufwärts wie blauer Rauch.

»Ihre Freundin«, wiederholte Flaherty.

»Ja, und sie ging mir entgegen, und sie waren halt so zwischen uns, auf der anderen Seite, also …«

»Haben Sie gehört, was sie geredet haben?«

»Eigentlich nicht.« Randal beschirmte die Augen vor dem Tageslicht, das Weiß seiner Augäpfel war jetzt so rot wie sein Haar.

»Viele Anwohner sagen, sie hätten Streit gehört.«

»Ich nicht, aber vielleicht Nikki. Nimmt sie jemand ins Kreuzverhör?«

»Bestimmt. Also, Arm in Arm in Arm, mit dem Rücken zu Ihnen …«

»Genau, und wir gingen aufeinander zu, Nikki und ich, dann fiel ein Schuss, der Typ in der Mitte geht zu Boden, der links fällt geradeaus nach hinten mit ausgestreckten Armen, und der dritte rennt ins Haus.«

»Haben Sie eine Waffe gesehen?«

»Nein, in dem Moment waren Nikki und ich mehr oder weniger zusammen, zum Glück, und ich hab einfach auf Autopilot geschaltet, also, hab sie hinter diesen Wagen hier gedrückt« – er strich über die Beifahrertür des klapprigen Lexus – »das heißt, ich habe nicht geguckt.«

»Also haben Sie im Grunde keine Waffe gesehen.«

»Nein, aber ich bin mir eigentlich verdammt sicher, dass der Typ, der ins Haus gerannt ist, vorher den Arm gehoben hat, und der Tote hatte doch wohl eine Kugel stecken.«

»Und Sie haben niemanden sonst dort gesehen?«

»Nein, nur die drei.«

»Nur die drei.« Der Bezirksstaatsanwalt ließ seinen Kaugummi knallen. »Irgendwelche Passanten?«

»Keiner da außer uns Hühnern.«

»Wie bitte?«

»Ein Lied.«

Der Bezirksstaatsanwalt sah ihn an.

»Egal.« Condo sah zaghaft lächelnd weg. »Nein, sonst niemand.«

»Und Sie hatten freie Sicht, keine parkenden Autos, kein Verkehr.«

»Wie eine Geisterstadt.«

Der Bezirksstaatsanwalt hielt inne, um die Gangart zu wechseln, beide sahen derweil einer grauhaarigen Chinesin zu, die mit zwei Plastiktüten voller Gemüse selbstvergessen durchs Blut trottete.

»Sie haben ja offensichtlich mitgehört, wie der Mann den Detectives seine Version der Ereignisse geschildert hat.«

»Ja.«

»Also wissen Sie auch, dass er behauptet, zwei Schwarze oder Hispanics hätten geschossen.«

»Ja, na ja, was haben Sie von ihm erwartet?«

»Wie finden Sie das?«

»Warum fragen Sie mich das – weil meine Freundin schwarz ist?«

Flaherty wartete.

»Fragen Sie mich, ob ich lügen und jemandem eins reinwürgen würde, weil er ein klassischer Rassist ist? Oder fragen Sie mich, ob ich lügen würde, um zwei Drecksäcke zu decken, nur weil sie dieselbe Hautfarbe haben wie die Frau, mit der ich schlafe?«

»Sowohl als auch.«

»Weder noch.«

»Ganz unter uns.« Der Bezirksstaatsanwalt winkte einen Reporter weg, bevor der noch halb über die Straße war. »Hier um vier Uhr morgens auf der Straße, waren Sie bekifft oder so?«

»Ich war seit neun Monaten nicht mehr high.«

»Haben Sie getrunken?«

»Warum fragen Sie mich das alles, als wäre ich hier der Böse?«

»Besser ich als der Strafverteidiger, glauben Sie mir. Haben Sie was getrunken?«

»Paar Bier.« Condo zuckte die Schultern. »Neuerdings? Stehe ich alles in allem auf Klarheit.«

»Schon mal verhaftet worden?«

Randal starrte ihn an. »Ich habe zwei Master-Abschlüsse, einen von der Berklee School of Music und einen von der Columbia University.«

Der Bezirksstaatsanwalt beschirmte die Augen. »Was jetzt, ja oder nein?«

Eine halbe Stunde später linste der Bezirksstaatsanwalt auf der Wache durch die zu drei Vierteln heruntergelassenen Jalousien ins Büro des Lieutenant, wo Randals Freundin Nikki Williams darauf wartete, dass jemand von der Staatsanwaltschaft sie noch einmal befragte.

»Der Typ war ziemlich selbstbewusst«, sagte er. »Und die Frau?«

Matty verschränkte schulterzuckend die Arme vor der Brust. »Bobby Oh sagt, solide. Nüchtern, gute Visierlinie, sagt, sie hat vorher alles aus dem Augenwinkel gesehen, weil sie die Einzigen waren auf der Straße. Also Peripherie, Peng, Scharfblick, sieht zwei zu Boden gehen, einen mit etwas in der Hand ins Haus laufen. Außerdem sind sie anscheinend aufeinander zugegangen, er von der Ecke Eldridge / Delancey und sie auf der Eldridge Richtung Delancey, also hatten sie zwei völlig unterschiedliche Perspektiven, insofern ...«

»Ja, das hat er erzählt. Hat sie Streit gehört?«

»Nein«, sagte Matty. »Keinen Streit.«

»Und wieso haben dann alle außer diesen beiden Streit gehört?«

»Keine Ahnung« – Matty zuckte erneut die Schultern – »New York bei Nacht, Grundrauschen, oder vielleicht haben die später alle Lugo und seine Truppe brüllen hören oder den Araber über seine kaputte Scheibe jaulen, wer weiß, alles krumme Zeitachsen.«

»Und wie war die Schnapsdrossel?«

»Boulware? Nutzlos«, sagte Matty. »Sie haben ihn am Ende ins Gouverneur geschafft, Magen auspumpen.«

»Wo ist denn dieser Cash jetzt?«

»Hier.« Matty führte den Bezirksstaatsanwalt den Flur hinunter zur Beobachtungsnische außerhalb des Vernehmungsraums, wo sie Eric Cash wieder über der Tischecke liegen sahen, Kopf auf dem Unterarm.

Flaherty warf einen Blick auf die Wanduhr: 8.00.

»Hast du ihn schon bearbeitet?«

»Nein. Ich warte auf Yolonda.«

»Von der Meisterin lernen, hm?«

»Du mich auch«, sagte Matty milde. »Sie kommt gleich rein von der Benachrichtigung.«

»So ein kleines bisschen, wenn ich es richtig verstanden habe, kennen ihn die Akten doch, oder?«

»Ist vor sechs Jahren in Broome County kassiert worden, weil er Coke vertickt hat«, sagte Matty. »Mit einer Bewährungsstrafe davongekommen. Bin mir nicht sicher, was ich davon zu halten habe.«

»Will er gar keinen Anwalt?«

»Nicht mal telefonieren will er.« Matty steckte die Hände in die Taschen, auf einmal war er so müde, dass er sein Doppelkinn wachsen fühlte. »Wäre hübsch, wenn ich auch nur den Hauch eines Motivs hätte.«

»Geh rein und hol's dir«, sagte der Bezirksstaatsanwalt.

»Auch hübsch, die Waffe zu haben.«

»Sarge.« Ein frischer Detective von der Tagschicht winkte ihm vom Flur aus. »Deputy Inspector Berkowitz auf Leitung drei.«

»Schon richtig, lieber auf Nummer sicher gehen«, sagte Berkowitz. »Andererseits klingt es so, als hätten Sie mit ihren beiden Zeugen den Fall bereits eingetütet.«

»Nein, ist angekommen.« Matty verabschiedete sich allmählich von seinen Schmauchspuren, zumal immer mehr Stunden vorbeitickten.

»Schon vorgenommen?«

»Jetzt gleich.«

»Ist er hart? Weich?«

»Mein Bauch sagt mir, weich, aber ...« Da konnte man sich gewaltig täuschen; scheinbar knallharte Ghettokids fingen nach der ersten Runde an zu schluchzen wie die Babys, während die gelacktesten Collegebuben durch einen durchstarrten, als wollten sie einen Tunnel graben.

»Na schön, passen Sie auf, wie wär's damit«, sagte Berkowitz. »Sie gehen rein, sehen zu, wie weit Sie kommen, und wenn Sie dann noch meinen, dass Sie diesen Test brauchen, ist es vielleicht keine so schlechte Idee, dann rufen Sie meinen Boss an, der soll Ihnen weiterhelfen.«

»Upshaw?« Matty tat das Gesicht weh.

»Upshaw.«

Matty dachte: Scheiß auf die erste Runde, rief Upshaw an, den Chef der Manhattan Detectives, bekam den Anrufbeantworter, sagte sein Sprüchlein und legte auf. Kurz darauf bewegte er seinen Allerwertesten wieder in den Flur und sagte Kevin Flaherty sein Sprüchlein.

»Na ja, Waffe oder nicht, Test oder nicht, weiß jetzt schon, was *mein* Boss mir flüstern wird.« Der Bezirksstaatsanwalt beobachtete Cash durch die Scheibe. »Wann hat man schon mal zwei Zeugen für einen Mord?«

Kurz darauf platzte Yolonda Bello ins Zimmer. »Hey, Kevin!« Sie umarmte den Bezirksstaatsanwalt. »Bist du unter die Gewichtheber gegangen?« Sie trat einen Schritt zurück und tätschelte seine Muckis. »Du siehst köstlich aus.« Zu Matty: »Sieht er nicht köstlich aus? Ich erzähle ihm immer wieder, als ich hier anfing, habe ich seinen Alten bespaßt, das glaubt der mir immer nicht.«

Wenn Yolonda so loslegte, lächelte Matty nur höflich, bis es sich ausgelaufen hatte.

»Also, schön, ich habe mit der Frau vom Vater des Opfers gesprochen, das war ziemlich heftig, sie haben noch ein Kind, süß, Halbschwester des Opfers oder so. Mullins bringt die beiden her, wenn sie sich etwas berappelt haben. Also ...« Sie rieb sich die Hände, während sie durch die Jalousie äugte. »Was haben wir denn da. Hart? Weich?«

»Alles in Ordnung, Eric?« Yolonda ging voran in den Vernehmungsraum, Matty und sie setzten sich zu beiden Seiten des Zeugen. »Brauchen Sie irgendwas? Kaffee, Wasser, ein Sandwich? Es gibt da diesen neuen kubanischen Imbiss direkt in der Ridge Street ...«

»Mir ist, als müsste ich mit Handschellen da dranhängen«, mur-

melte er und beäugte das niedrige Stahlrohr an der kurzen Beton-
wand.

»Tatsächlich?«, sagte Matty milde und lächelte beim Sortieren seiner Aufzeichnungen. »Warum das?«

»Keine Ahnung.« Eric ließ die Schultern hängen und sah weg.

»Hören Sie zu.« Yolonda legte eine Hand auf seine und blickte ihm
tief in die Augen. »Was da passiert ist, war nicht Ihre Schuld. Sie und
Ihre Freunde wollten sich amüsieren, Sie haben ein bisschen getrunken, aber Sie haben nichts getan. Okay? Der Typ, der das getan hat?
Der hat es getan.«

»Okay«, sagte Eric, »danke.«

»Schön. Als Erstes brauchen wir von Ihnen noch mal eine Beschreibung der Täter, so gut und so ausführlich wie möglich.«

»Herrgott«, jammerte er leise, »das habe ich doch schon mindestens
dreimal erzählt.« Seine Augen zwei geschwollene Blasen.

»Ich weiß, ich weiß.« Yolonda legte die Fingerspitzen an die Schläfen, als würde sie dieses Ansinnen auch verrückt machen. »Aber je öfter man so was durchspielt, da springt einen manchmal Kleinkram an
wie aus dem Nichts, okay? Ich kann Ihnen gar nicht sagen, wie oft wir
mit irgendwelchen Zeugen oder so an diesem Tisch hier gesessen haben und sind es wieder und wieder und wieder durchgegangen, und
ganz plötzlich heißt es ›Ach ja, Moment, o mein Gott‹.«

»Ständig«, sagte Matty.

»Okay.« Eric nickte seinen verschränkten Hände zu. »Okay.«

»Verstehen Sie, es ist nämlich so, dass wir mit sachdienlichen Hin-
weisen überkübelt werden«, log Matty, »und außerdem sind diese Kerle
zu Fuß abgehauen, nicht mit dem Auto, also haben wir's hier auf jeden
Fall mit Kiezratten zu tun, die sich wahrscheinlich irgendwo in den
Siedlungen verkriechen, der Spezialeinsatz rennt da schon die Türen
ein, soll heißen, ich habe kaum Zweifel, dass die beiden so gut wie gefasst sind. Aber, Eric« – nun war es an Matty, einen tiefen Blick zu riskieren – »Folgendes macht uns zu schaffen … Nach Ihrer Aussage sind
sie bewaffnet, und mit dieser Information gehen die Kollegen ganz an-

ders ran, da können sie schon mal überstürzt reagieren, verstehen Sie mich? Und wenn ihnen da ein armer Schlucker über den Weg läuft, der in etwa auf die Beschreibung passt, und der macht dann eine abrupte Bewegung, um seine Brieftasche rauszuholen, seinen Ausweis, seine Greencard ...«

»Moment.« Eric richtete sich auf, eine Vene pochte in seiner hohlen Schläfe. »Nach *meiner* Aussage sind sie bewaffnet? Soll heißen, vielleicht waren sie's gar nicht?«

»Nein, nein, nein, Eric.« Das war wieder Yolonda. »Er meint nur, Sie sind der einzige Zeuge, der Spezialeinsatz ist mit Ihren Informationen da draußen, und wir brauchen eine möglichst genaue Beschreibung, es will ja keiner den Falschen zur Strecke bringen, und dann haben wir, Gott behüte, eine Tragödie am Hals.«

»Okay.«

»Denken Sie dran, was mit Ihnen beinahe passiert wäre, als sie aus dem Haus gestürzt kamen mit dem Telefon in der Hand.«

»Okay.«

»Die Kollegen hätten das ihr Leben lang auf der Seele. Genau wie die Familie des Unglücksraben. Und Sie, muss ich leider sagen.«

»Nein, ja, okay.«

»Also ... zwei Typen.«

»Ja.«

»Beide schwarz?«

»Schwarz und/oder Hispanic, der eine war ein bisschen heller als der andere, aber ganz sicher bin ich mir nicht.«

»Welcher hatte die Waffe?«

»Der Hellere.«

»Der, den Sie für einen Hispanic halten?«

»Glaub schon.«

»Und die Pistole war eine 25er?«

»Nein«, sagte Eric vorsichtig, »das hatte ich Ihnen schon gesagt, eine 22er.«

»Sekunde.« Matty blätterte in seinen Aufzeichnungen. »Genau. Und das wissen Sie, weil« – er kniff die Augen zusammen, hielt seine eigenen Notizen von sich –»Ihr Vater Ihnen eine mitgegeben hatte, als Sie nach New York zogen?«

»Ja.« Erics Ton wurde immer wachsamer.

»Aber die haben Sie entsorgt, sobald Sie herkamen.«

»Sobald ich herkam.« Erics Körper ging ganz langsam die Luft aus. »Ich hab mich bloß, wie haben Sie das denn angestellt?«

Eric betrachtete kurz ihre Gesichter.»Ihr Revier hier hatte damals eine Geld-gegen-Waffen-Aktion laufen. Ich habe sie ausgehändigt, Sie haben mir hundert Dollar gegeben, keine weiteren Fragen.«

»Keine weiteren Fragen«, wiederholte Matty, während Eric ihn ansah.

»Schön, dass jedenfalls irgendjemand davon Gebrauch gemacht hat.« Yolonda gähnte hinter vorgehaltener Hand.

»Na schön, also. Der Typ mit der 22er … Hat Sie noch irgendwas außer dem Teint darauf gebracht, dass er Hispanic ist und kein Schwarzer?«

»Keine Ahnung.« Eric zuckte die Schultern.»Wie kommt man darauf, dass jemand Ire ist und kein Italiener?«

»Weil die lieber saufen als ficken«, antwortete Yolonda.

Von ihrer Derbheit aufgeschreckt wandte sich Eric Matty zu, als erwartete er von ihm ein Zwinkern oder dass er noch einen drauflegte, aber Matty sah ihn weiter an, als hätte Yolonda lediglich das Wetter kommentiert.

»Hispanic war einfach nur so ein Eindruck«, sagte Eric schließlich, »nichts Bestimmtes.«

»Schön, na gut, vielleicht können wir Ihnen auf die Sprünge helfen.« Yolonda war dran. »Der Schütze: Was für Haare hatte der? Glatt, rasiert, kraus« – dann fasste sie in sein Haar – »oder so lockig.«

»Ich weiß nicht mehr.« Als sie ihn anfasste, wurde er rot.

»Gesichtsbehaarung?«, fragte Matty.

»Ich glaube, ich habe Kinnbart gesagt. Steht in Ihren Aufzeichnungen.«

»Vergessen Sie meine Aufzeichnungen. Schließen Sie die Augen und schauen Sie noch mal hin.«

Eric tat wie geheißen und driftete auf der Stelle in eine hypnagoge Trance. Yolonda und Matty sahen sich an.

»Eric«, sagte Yolonda ganz sanft, und er kam mit einem Flattern zu sich. »Alles klar?«

»Was.« Er wischte sich den Mund.

»Wie steht's mit Klamotten.«

»Klamotten?« Kämpfte sich wach. »Keine Ahnung. Was habe ich gesagt. Kapuzenpullis?«

»Beide?«

»Keine Ahnung. Einer.«

»Welche Farbe?«

»Dunkel, schwarz oder grau. Ich, keine ...«

»Wörter drauf?«

»Wörter?«

»Auf der Brust, den Ärmeln.«

»Keine Ahnung.«

»Slogans, Logos, Bilder?«

Kopfschüttelnd sah Eric auf seine verknoteten Hände.

»Füße? Turnschuhe?«

»Turnschuhe, glaube ich. Ja, Turnschuhe, weiß.« Wieder ganz da. »Marken oder Stil weiß ich nicht mehr, aber ganz bestimmt weiße Turnschuhe.«

Matty lehnte sich zurück und rezitierte: »Männlich, schwarz oder Hispanic, mit dunklem Kapuzenpulli und weißen Turnschuhen.« Er massierte sich demonstrativ die Stirn, als wäre ein zweiter Amadou Diallo dagegen ein Selbstgänger.

»Sie müssen verstehen.« Eric bot ihnen seine Handflächen dar. »Als ich die Kanone sah, habe ich meine Brieftasche hergegeben und ihn dabei absichtlich nicht angeguckt. Ich habe den Kopf gesenkt, damit er sich keine Sorgen macht, dass ich mich an sein Gesicht erinnere. Ich wollte schließlich nicht sterben.«

»Das war sehr schlau von Ihnen«, sagte Matty.

»Schlau?« Eric sah aus, als hätte er eine gewischt gekriegt.

»Abgeklärt, soll das heißen«, sprang Yolonda ein.

»Jedenfalls wissen wir jetzt, warum Sie sich ans Schuhwerk erinnern«, sagte Matty.

Bei dem Scherz zuckte Eric zusammen, und Yolonda funkelte Matty an: viel zu früh für so was. Aber es war bloß ein Versuchsballon, Matty wollte seinen Eindruck bestätigen, dass der Mann aus irgendeinem Grund seinen kalkulierten Unmut nur knapp ertragen konnte.

»Schön, Sie haben also kaum was gesehen.« Yolonda behielt Matty im Blick. »Aber die Ohren konnten Sie ja nicht zuklappen, oder? Also ... Was haben Sie für einen Akzent gehört, Nuyorican, schwarz, ausländisch ...«

»Keine Ahnung.«

»Und was hat er noch mal genau gesagt?«, fragte Matty.

»Bitte«, flehte Eric, »lesen Sie doch einfach Ihre Aufzeichnungen.«

»Ich dachte, meine Aufzeichnungen wollten wir vergessen.«

»Eric?« Yolonda beugte sich herab, um ihm in die Augen zu sehen. »Wollen Sie mal verschnaufen?«

»Hören Sie«, sagte Matty, »tut mir leid, wenn ich hartnäckig oder aggressiv oder was auch immer rüberkomme, aber wie gesagt, wiederholte Befragung ...«

»... hilft dem Gedächtnis hin und wieder auf die Sprünge, und Sie halten den Verkehr auf mit Ihren vagen Beschreibungen.« Eric spuckte beinahe den Tisch an. »Ich geb mir ja Mühe, okay?«

Es folgte ungemütliches Schweigen, Yolonda lächelte leise, als wäre sie stolz auf ihn, Matty runzelte die Stirn und schlug demonstrativ seinen Notizblock auf.

»Ich gebe mir Mühe«, wiederholte Eric leiser, entschuldigend.

»Das sehen wir«, sagte Yolonda.

»Schön, Sie sagten, er hat« – Matty blinzelte sein eigenes Gekrakel an – »›Gib's auf‹ gesagt?«

»Wenn ich das gesagt habe.«

»Nicht« – ein weiterer Blick auf die Notizen – »›Ich will alles‹?, wie Sie der Nachtschicht erzählt haben.«

»Was immer ich gesagt habe, dass er gesagt hat«, flehte Eric.

»Und dann hat Ihr Freund Ike zu ihm gesagt, ›Da haben Sie sich den Falschen ausgesucht‹?«

»Ike? Ja. Schon.«

»Oder hat er gesagt, ›Heute nicht, mein Freund‹, denn auch hier haben Sie uns zwei Versionen geliefert.«

Eric starrte Matty an.

»Fallen Ihnen noch weitere Wortwechsel ein?«, fragte Yolonda.

»Nein.«

»Zwischen Ike und den Schurken, den Schurken unter sich ... irgendetwas. Worte, Drohungen, Flüche ...«

»Nein.«

»Sagen Sie nicht einfach Nein«, forderte Matty, »denken Sie eine Sekunde nach.«

»Sie meinen so was wie ›Hey, Jose Cruz!‹ ›Was ist, Satchmo Jones?‹ ›Erschießen wir diesen Kerl und schmeißen die Knarre dann in den Gully Ecke Eldridge/Delancey und verziehen uns dann in unser Versteck in der Nummer 433 ...‹« Eric unterbrach sich, sah auf einmal ganz gehetzt aus.

Sie sahen ihn an.

»Entschuldigung«, sagte er, und die Augenlider rollten abwärts.

»Das ist für Sie bestimmt ein Alptraum«, sagte Matty.

»Ich bin so müde.« Eric sah sie aus zottigen Augen an. »Wann kann ich nach Hause?«

»Ich verspreche Ihnen, sobald wir der Sache auf den Grund gegangen sind«, sagte Yolonda in ihrem kummervollen Ton, »sind Sie hier raus.«

»Grund wovon?«

»Bleiben wir noch ein bisschen beim Überfall.«

Eric hielt sich die Schläfen und glotzte auf den Tisch.

»Der Kerl, der den Schuss absetzt.«

»Was?«

»Der schießt«, erklärte Yolonda.

»Ja.«

»Wie hat er die Waffe gehalten?«

»Wie?« Eric schloss die Augen und streckte nach einer Bedenkpause den Arm aus, Schusshand zur Seite gedreht, Ellbogen etwas über der Schulter, so dass die Kugel von oben eingedrungen sein musste.

»Der Gangsta-Stil aus dem Kino?«

»Glaub schon, ja.«

Die Gerichtsmedizin würde es weisen.

»Okay. Und dann.«

»Hauen sie ab.«

»Sie hauen ab. Und Sie?«

»Ich? Hab versucht, 911 anzurufen.«

»Von wo genau?«

»Zuerst direkt auf dem Gehweg, bekam aber keinen Empfang, wie ich Ihnen schon gesagt habe, also bin ich ins Haus gerannt, um es da zu versuchen.«

»Vergeblich?«

»Genau.«

»Aber Sie haben es bestimmt versucht? 911 gewählt?«, fragte Matty.

»Ja.« Er musterte ihre Mienen. »Natürlich.«

»Wie lange, würden Sie sagen, waren Sie im Haus?«

»Keine Ahnung. So lange, wie man braucht, ein paar Mal zu probieren?«

»Ein paar Mal.«

»Ja.«

»Also, ungefähr?«

»Eine Minute?«

»Eine Minute«, wiederholte Matty und dachte an all die Möglichkeiten, in einer Bruchbude ohne Fahrstuhl binnen sechzig Sekunden eine kleine Waffe loszuwerden. »Und wo genau waren Sie im Haus?«

Erics Antworten mit jeder neuen Frage zögerlicher und zugleich wachsamer.

»Im Flur, also, unten im Eingang.«

»Noch woanders?«

Da schwankte Eric. »Vielleicht die Treppe hoch.«

»Die Treppe hoch? Wozu das denn?«

»Um zu sehen, ob oben der Empfang besser ist?« Die Erschöpfung war nun vollends aus seinem Blick gewichen.

»Kennen Sie jemanden in dem Haus?«, fragte Yolonda.

»Nein.« Eric sah wieder von einem Gesicht ins andere.

»Ich frage nur«, sagte sie, »weil die meisten Häuser, da ist die Tür abgeschlossen, wenn man also niemanden kennt, der einen reinlässt oder ...«

»Diese war offen.«

»Okay.«

»Wahrscheinlich ein Bootshaus.«

»Bootshaus?«

»Na, wo zweihundert Chinesen sich eine Wohnung teilen und man die Haustür offen lassen muss, um nicht eine Million Schlüssel nach-zumachen.«

»Ein Bootshaus.« Matty drehte sich zu Yolonda um. »Hab ich noch nie gehört.«

Die Tür ging auf, und Fenton Ma steckte den Kopf herein, Mütze in der Hand. »Verzeihung, ich suche die Augenzeugen des Überfalls gestern.«

»Wen, ihn hier?« Yolonda streckte den Daumen aus.

Offensichtlich erkannte ihn Ma, dessen Ausdruck nackten Erstau-nens Eric Cash beschämte und zugleich orientierungslos machte.

»Nein«, sagte Ma, »die, die Chinesen von der Hausbefragung? Ich soll dolmetschen, die haben gesagt, ihr wisst Bescheid.«

»Wir haben sie nicht.« Yolonda zuckte mit den Schultern.

»Die sind hier irgendwo«, sagte Matty. »Frag mal unten.«

»Ist gut.« Ma warf einen letzten Blick auf Eric. »Danke.«

»Bei der Befragung haben einige Leute in ein paar Häusern Nähe Eldridge 27 behauptet, sie hätten vom Fenster aus alles gesehen«, erklärte Yolonda.

Eric reagierte nicht, höchstwahrscheinlich, dachte sich Matty, war er zu beschäftigt damit, seine Geschichte umzustricken, oder er irrte noch in den Augen des chinesischen Polizisten umher.

»Allerdings vermute ich«, sagte Matty, »dass wir nicht mehr aus ihnen herauskriegen als eine Zählung aus der Vogelperspektive, also, wie viele Köpfe, als der Schuss losging.«

»Das macht dann fünf, oder?«, fragte Yolonda.

»Ja«, sagte Eric vorsichtig, »das macht fünf.«

»Gut.« Matty machte es sich bequem, ohne Eric aus den Augen zu lassen, als wäre es an ihm, die Unterhaltung fortzuführen.

»Ich hätte nicht …«, sagte Eric schließlich, nur um irgendetwas zu sagen. »Darf man hier einfach in so einen Raum reinplatzen?«

»Wieso nicht?« Yolonda zuckte die Schultern. »Wir sind ja hier schließlich nicht im Verhör.«

Ein Klopfen beschloss diese erste Runde, ein Detective wartete auf Mattys »Herein«, bevor der den Kopf zur Tür hereinsteckte.

»Sarge, Upshaw.«

Während Yolonda sich aus dem Verhör herausplauderte, spähte Matty auf dem Weg zu seinem Schreibtisch auf die Uhr: 9.00. Fünf Stunden seit dem Schuss, nicht überragend für den Test, aber … »Ja, Morgen, Chef.« Matty telefonierte im Stehen, um nicht umzufallen.

»Was ist das für eine Geschichte mit dem Schmauchspurentest?« Der Chef der Manhattan Detectives klang nicht allzu erbaut.

»Also, es ist so …«

»Ich weiß, wie es ist, und die Antwort lautet Nein.«

»Chef, es sind gerade mal fünf Stunden, und wir haben immer noch die Chance auf einen positiven Befund, ansonsten …«

»Na, wenn er tatsächlich der Schütze ist, wonach es mit Ihren beiden Zeugen ja aussieht, haben Sie inzwischen bessere Chancen auf einen falschen negativen Befund.«

»Boss ...«

»Negativ, positiv, jedenfalls zu leicht, einen Fall gleich vom Start weg zu versauen. Hören Sie, unterm Strich ist es sowieso so, dass Mangold diesem Test nicht mal unter den günstigsten Umständen traut. Das hätten Ihnen all die anderen auch sagen können, mit denen Sie heute Morgen gesprochen haben.«

Matty und Yolonda standen hinter der Einwegscheibe und beobachteten, wie Eric Cash auf die Fahndungsfotos schielte, die ihm der Techniker jeweils im Sechserpack auf den Monitor holte.

»Unterm Strich«, sagte Matty, »hält Mangold nichts vom Test, hätte ihn selbst zwei Minuten nach dem Schuss nicht genehmigt, und Baumgartner, Mangini, Berkowitz und Upshaw übertreffen sich gegenseitig im Schwanzeinziehen.«

»Scheiß drauf.« Yolonda zuckte die Schultern und beobachtete Cash durch die Scheibe. »Er war wie eine gehetzte Ratte da drin.«

»Oder als könnte er die Situation nicht einordnen«, sagte Matty.

»Eben, sag ich doch.«

»Na, jedenfalls ist das 911 gelogen.«

»Was du nicht sagst.«

»Na ja. Vielleicht stand er unter Schock und hat sich bloß eingebildet, dass er den Notruf wählt.«

»Immer wieder?«

»Ganz ehrlich?«, fing Matty an und sparte sich dann den Rest.

»Er hat überhaupt nicht nach Marcus gefragt«, sagte Yolonda. »Oder habe ich da was verpasst?«

»Nein, das stimmt.«

»Er weiß gar nicht, dass er tot ist, oder?«

»Glaube nicht.«

»Gut.« Sie reckte das Kinn: »Guck mal.« Erics Augen hingen auf Halbmast, während er vor dem Computerbildschirm leicht vor und zurück wippte. »Er sieht nicht mal hin.«

»Lassen wir's sachte angehen, bis sie die Waffe finden«, sagte Matty.

Fenton Ma trat auf die beiden zu, Mütze noch in der Hand. »War das okay?«

»Du warst großartig«, sagte Matty, »danke.«

»Du warst so überzeugend, du solltest Schauspieler werden.« Yolonda sah ihm in die Augen. »Matty, findest du nicht, er wäre ein klasse Schauspieler?«

»Sah aus, als würdest du ihn kennen«, sagte Matty.

»Ja, Eric irgendwas. Arbeitet in dem Restaurant in der Rivington, wo man nie einen Platz bekommt.« Er wich ein wenig zurück. »Das soll der Täter sein?«

»Wir unterhalten uns bloß«, sagte Matty. »Kannst du uns was über ihn erzählen?«

»Hat mich mal mit meiner Freundin durchgewunken.« Ma zuckte die Schultern. »Prima Kerl in meinen Augen.«

»Wie gesagt, wir unterhalten uns nur.«

»Noch mal danke«, sagte Yolonda.

Ma blieb stehen.

»Was?«, fragte Matty.

»Nur …« Ma wand sich. »Also, es gibt überhaupt keine chinesischen Augenzeugen, oder?«

»Und so ein Hübscher.« Yolonda tätschelte ihm die Wange.

»Haben Sie jemanden geschnappt?«, fragte Eric Cash nahezu teilnahmslos, als Matty und Yolonda nach einer halben Stunde wieder den Raum betraten.

»Bisher nicht.« Matty ließ sich auf den Stuhl fallen.

Ob es nun an der mühseligen Fotosichtung oder der Pause an sich lag, der Mann wirkte wie ausgewechselt: seelisch geplättet und gebannt vor Erschöpfung. Matty war diese Reaktion vertraut: Manchmal pendelte sich in der ersten Runde nur das körperliche und geistige Lot für die Pause ein, die wiederum einen viel unverstellteren Kunden in die zweite Runde schickte; es war das Verhöräquivalent zu Muhammad Alis Taktik gegen George Foreman.

»Eric?« Yolonda legte ganz kurz die Hand auf seine. »Wir möchten gern, dass Sie uns durch diese Nacht begleiten.«

»Wie bitte?« Er sah zu ihr auf, als hingen seine Augen an Angelblei. »Von wo?«

»Ich weiß nicht. Vielleicht vom Feierabend.«

»Meinem Feierabend?«

»Gern.«

Nach einigem Zögern sprach Eric, die Stirn auf die ausgefächerten Finger gestützt, mit der Tischplatte. »Ich weiß nicht, ich bin um acht im Berkmann weg, nach Hause, habe geduscht und bin dann ins Kaffeehaus bei mir an der Ecke.«

»Welches?«, fragte Yolonda.

»Kid Dropper in der Allen Street. Da sitzen sie alle mit einem großen Becher und ihrem Laptop. Außer mir, ich trinke nach der Arbeit gern einen Martini. Die haben dort eine Bar, also …«

»Wie viel Uhr ungefähr?«

»Halb neun, Viertel vor? Sie hatten im Hinterzimmer eine Art Open-mike-Veranstaltung laufen. Ich gehe da rein und sehe Ike auf dem Podium, der gerade liest.«

»Laut?«, fragte Yolonda.

Eric sah sie an. »Dazu ist das Mikro da.«

»Was hat er denn gelesen?«

»War wohl ein Gedicht, weil er diese Betonung drauf hatte, also, wo man jedes Wort ausspricht, als wollte man es prügeln?«

»Okay.« Matty registrierte den veränderten Ton.

»Ich habe mich ein bisschen umgesehen und bin dann vorne an die Bar, um was zu trinken, und eine halbe Stunde später gibt es großen Applaus, und alle kommen aus dem Hinterzimmer. Ike sieht mich an der Bar, sagt, er geht mit seinem Kumpel rüber ins Congee Palace essen und ob ich mitkommen will.«

»Sie sind also befreundet?«

»Ike und ich? Nein, das habe ich doch schon gesagt. Wir arbeiten nur im selben Laden.«

»Also waren Sie noch nie zusammen weg?«, fragte Matty.

»Nein … Aber ich bin mitgegangen, das waren also er, ich und dieser Steve, der von gestern Abend.« Eric stockte, sein Kiefer mahlte.

»Was ist?«, fragte Yolonda.

»Nichts.«

»Und …«

»Und … Wir gehen ins Congee in die Allen Street.« Eric zögerte, mahlte wieder mit dem Kiefer. »Ich meine, der Typ war schon bei der Lesung halb hinüber. Und wer bestellt denn bitteschön in einem chinesischen Restaurant Mojitos?«

»Sie meinen Ike?«

»Nein, Steve … *Stevie.*« Die Erschöpfung führte jetzt, wie es so oft passierte, zu einer schludrigen, murrigen Offenheit.

»Und jetzt, wie viel Uhr ungefähr?«

»Etwa halb zehn.«

»Worüber haben Sie sich denn unterhalten?«

»Ich? Ich habe nicht viel gesagt. Aber die beiden hatten jede Menge Eisen im Feuer, also, Steve hatte gerade einen Rückruf bekommen wegen einem Film, ja? Sein erster Rückruf, im Prinzip also nächste Station Oscarverleihung, und dann ist Ike dran, der startet irgendso eine Online-Literaturzeitschrift, sammelt Geld für eine Dokumentation, wir schreiben alle zusammen ein Drehbuch, la-la, la-la, der übliche Scheiß.« Matty und Yolonda nickten bedächtig, wollten den Fluss nicht aufhalten.

»Hatte irgendwer mit wem Probleme?«

»Sie meinen miteinander?«

»Die beiden, Sie, jemand anders …«

Eric zögerte. »Nein.«

»Was war das?« Yolonda lächelte.

»Was war was«, fragte er. »Das geht mir nur so unendlich auf den Sack, dass hier jeder immer wer weiß was für Pläne hat.«

»Klar.«

»Ich hab ja auch welche, ich mache nur nicht …«

»Nicht …«

Eric hielt eine Hand hoch, wandte das Profil zum Tisch.

»Wo sind Sie als Nächstes hin?«

»Als Nächstes?« Erics Stimme flammte plötzlich auf vor Wut. »*Steve*, weil er noch nicht ganz abgefüllt genug war, hat uns in so eine hochgeheime Bar in der Chrystie Street mitgenommen. Eigentlich braucht man eine Reservierung, aber wenn man dort unten auch nur entfernt einen Namen hat, lassen sie einen rein. Ich hätte nicht gedacht, dass einer von ihnen überhaupt schon mal davon gehört hat.«

»Und wie lief das?« Matty rechnete sich aus, dass sie vor Beginn seiner Schicht schon wieder gegangen waren.

»Also, die beiden haben sich Absinth reingekippt und mir einen kleinen Vortrag gehalten von wegen, echter Absinth kommt nur aus der Tschechoslowakei, und auch wenn er aus der Tschechoslowakei kommt, muss Wermut drin sein oder Schwermut oder was auch immer …«

»Klingt, als hätten Sie sich nicht so recht amüsiert mit den beiden«, sagte Yolonda.

»Weiß nicht. Manchmal kriegt man das Gefühl, dass alle, die man hier unten kennt, im selben Kreativcamp waren.« Mit feuchten Augen starrte er auf seine Hände, fügte dann wie beschämt hinzu: »Ike war in Ordnung.«

»Die hochgeheime Bar war dann um welche Uhrzeit?«, fragte sie.

»Wir waren wohl um elf herum draußen.«

»Und haben sich noch alle vertragen?«

»Ja, schon. Ich habe Ihnen, glaube ich, schon erzählt, dass die beiden vor drei Monaten oder so zusammen ihren MFA gemacht haben, und jetzt erzählt Steve die ganze Nacht, ›Ich ziehe nicht nach L. A., Mann, L. A. ist das Letzte, New York ernährt mich, nährt meine Seele, wenn die mich wollen, sollen sie herkommen, und ich mach auch nicht diese Studioscheiße‹. Ike dann, ›Und ich schreib keine‹. Dann eins, zwei, drei, alle zusammen: ›Eher verhunger ich, Alter‹. Ich meine, wie alt sind die beiden, zwei? Heiliger, einen beschissenen Rückruf hat der gekriegt. Haben Sie eine Ahnung, wie viele ...«

Im Raum herrschte einen Moment Stille. Yolonda nickte mitfühlend.

»Was war noch gleich ein MFA?«, fragte Matty.

»Master of Fine Arts.«

»Ach ja.«

»Und wo sind Sie danach hin?«, fragte Yolonda.

»Danach war Ike dran, er ist mit uns in eine Lyrikbar in der Bowery, eine Beatnik-Bar oder so was.«

»Wie heißt die?«

»Zeno's Conscience.«

»Das passt alles auf ein Schild?«

»Er meinte, da läuft um Mitternacht ein Pornopuppenspiel, das wir uns nicht entgehen lassen dürften.«

»Ein was?« Yolonda schmunzelte.

»Die Sache ist: Die beiden, alle beide sind erst vor einem Monat oder was hier runter gezogen, vielleicht zwei. Sie spazieren da rein und kennen alle Welt. Ike, Bürgermeister der Straße oder weiß ich. Ein echter Macker. Ich meine, Scheiße, wenn ein Typ nur heftig genug den Larry raushängen lässt, kann er's vielleicht zu was bringen, keine Ahnung.«

»Meine Schwester war genauso«, sagte Yolonda. »Meine Mutter sagte immer, ›Yolonda! Brichst du dir einen Zacken aus der Krone, wenn du mal lächelst? Warum kannst du nicht nett sein zu den Leuten? Warum kannst du nicht ein bisschen mehr wie Gloria sein?‹ Da hätte ich gleich alle beide abschlachten können.«

»Und wie war das Puppenspiel?«, fragte Matty.

»Das was?« Eric gähnte, ein konvulsivisches Zucken durchfuhr ihn. »Er hat sich die falsche Nacht ausgesucht.«

Wieder klopfte es; Matty und Yolonda sahen einander an. »Verzeihung.« Matty schlüpfte hinaus.

Draußen stand Deputy Inspector Berkowitz, klein, fit, mit erstaunlich glatter Haut, wie ein Teenager mit grauem Haar.»Wie läuft's da drin?«, fragte er.

»Es läuft«, antwortete Matty.

»Ich wollte nur fragen, der andere, dieser Steven Boulware, kommt der als Täter überhaupt in Frage?«

»Nicht, nein, bisher höchstens als Zeuge. Er war ziemlich besoffen.«

»Gut.« Berkowitz steckte die Hände in die Jackentaschen, als hätten sie alle Zeit der Welt.»Nur damit Sie Bescheid wissen, Boulwares Vater war anscheinend in derselben Ranger-Einheit in Vietnam wie der Polizeipräsident.«

»Wie gesagt« – Matty blickte vor sich hin – »er war vor allem besoffen.«

»Na schön.« Berkowitz machte auf dem Absatz kehrt.»Wenn sich an der Situation etwas ändert? Rufen Sie mich an.«

»Entschuldigung.« Matty setzte sich wieder und ballte unter dem Tisch die Faust; Yolonda nahm es auf, ohne eine Miene zu verziehen.

»Also die Puppenbar, die Beatnik-Bar …« Matty stockte, sah Yolonda an, die ihre Aufzeichnungen konsultierte.

»Zeno's Conscience«, sagte Eric langsam.

»Genau«, sagte Matty.

»Irgendwas vorgefallen? Irgendjemand Besonderes getroffen?«, fragte Yolonda.

»Nein. Keine Ahnung. Da war ich wahrscheinlich auch schon ziemlich drüber. Aber nein, ich glaube nicht.«

»Also gut …«

»Dann hätten wir Schluss machen sollen, Schluss machen müssen« – sein Gesicht wurde urplötzlich grau – »besser gesagt.«

»Was hatte ich Ihnen über Selbstbezichtigungen gesagt?«, mahnte Yolonda.

»Ja ja … Jedenfalls hat Captain Rückruf da schon auf die Straße gekotzt …«

»Steve.«

»... und kriegt pro Stunde ein Wort raus, aber irgendwie landen wir dann im Cry.«

»Der Bar in der Grand Street?«

»Genau.«

»Welche Uhrzeit?«

»Keine Ahnung, muss so eins gewesen sein.«

»Wie lief das?«

»Wie es lief? Wir waren kaum fünf Minuten drin, verschwindet Ike mit so einer Schnalle von der Bar.«

»Wohin?«, fragte Yolonda.

Eric sah sie erneut an. »Darum nennt man das ›verschwinden‹.«

»Wie lange?«

»Gerade lang genug. Fünfzehn, zwanzig Minuten, lässt mich mit Steve allein, und der Typ blinzelt mich an von wegen, ›Was bist denn du für einer?‹«

»Kannten Sie die Frau?«

»Ehrlich gesagt? Ja. Sie arbeitet im Grouchie in der Ludlow. Ist schon Ewigkeiten hier, ein echter Oldtimer.«

»Nur so aus Interesse«, sagte Matty, »wie alt ist so ein Oldtimer?«

»Na ja, die, die muss inzwischen in den Dreißigern sein, Mitte dreißig. Zuerst war sie so was wie eine Performancekünstlerin Schrägstrich Bardame, jetzt nur noch Bardame. Es ist halt ...« Eric unterbrach sich wieder.

»Halt ...«

»Keine Ahnung, die Leute behaupten immer, sie sind dieses oder jenes, und irgendwann sind sie einfach das, was sie sind.«

»Ist angekommen«, sagte Matty.

»Ist angekommen?«

»Alles okay, Eric?«, fragte Yolonda. »Wenn Sie mal austreten wollen, sagen Sie Bescheid.«

Eric reagierte nicht.

»Und wie heißt sie?«, fragte Matty.

»Wer?«

»Die Frau.«

»Weiß nicht genau. Sarah irgendwas. Sarah … weiß nicht.«

Matty kannte ihren Nachnamen auch nicht. Das Grouchie war eine Bullenbar, eines der wenigen Lokale an der Lower East Side, wo man das Gefühl hatte, in Queens zu trinken.

»Sie hat eine Tätowierung«, fügte Eric widerwillig hinzu. »Eine Comicfigur. Einer der sieben Zwerge vielleicht? Weiß nicht genau.«

»Wo denn?«, fragte Yolonda.

Er zögerte. »Am Bein, auf der Innenseite.«

»Auf der Innenseite ihres Beins. Sie meinen ihren Oberschenkel?«

»Da in der Gegend …« Er wandte den Blick ab.

»Eric«, sagte Yolonda, »Sie wissen, dass sie ›da in der Gegend‹ Happy oder Hatschi sitzen hat, und kennen ihren Namen nicht?«

»Ich sagte doch, Sarah irgendwas.«

»Eric.« Yolondas trauriges Schmunzeln.

»Was.«

»Was«, äffte sie ihn sanft nach.

»Ein einziges Mal.« Er zuckte die Schultern. »Und das ist über ein Jahr her.«

»Sie klingen wie mein Mann.«

»Was wollen Sie denn hören.« Er sah auf einmal zerschlagen aus.

Matty erinnerte sich jetzt an sie: Sie hatte genau genommen alle sieben Zwerge, die sich, wie er in jener Nacht, pfeifend ihr Bein emporarbeiteten.

»Hinterher, als Sie wieder zu dritt waren, stand da irgendwas zwischen Ihnen, weil er mit ihr zusammen gewesen war?«, fragte Matty.

»Zwischen wem, mir und Ike? Nein. Er kennt mich doch gar nicht. Und warum sollte ich so was über mich erzählen? Zur Demütigung?«

»Also hat er kein Wort darüber verloren. Vielleicht seinem blöden Kumpel gegenüber, Steve. Sie wissen schon, um anzugeben, sich das Maul zu zerreißen, ohne zu wissen, dass Sie und die Frau …«

»Nein, aber selbst wenn, wozu soll das wichtig sein?«

Sie legten ein kurzes Schweigen ein, ein kleiner Test, ob er kapierte, worauf das Ganze hinauslief.

»Wann haben Sie das Cry verlassen?«, fragte sie schließlich.

»Ich weiß nicht, ob Sie mich gehört haben.« Eine Spur der nervösen Wachsamkeit aus der ersten Runde kehrte in Erics Augen zurück. »Wozu soll das wichtig sein?«

Matty sah blitzschnell Yolonda an, die mit Blick auf die Tischplatte rasch den Kopf schüttelte; so früh sollten sie nicht riskieren, dass er sich einen Anwalt holte.

»Wir versuchen bloß, uns ein Bild von seinem Charakter zu machen«, sagte Matty, »herauszufinden, ob er so einer war, der Leuten gegen den Strich ging.«

»Wann haben Sie das Cry verlassen?«

»Meinen Sie eigentlich, ich habe nach jedem Drink auf die Uhr geguckt?«, fragte Eric mürrisch, aber einlenkend, als wäre er noch nicht ganz bereit, seinem Argwohn über den Verlauf des Gesprächs nachzugeben.

»Was meinen Sie denn, wie lange Sie dort waren?«, fragte Matty.

»Ich weiß nur, dass wir pünktlich zur letzten Bestellung im Berkmann ankamen, es muss also zwei, halb drei gewesen sein.«

»Das heißt, drei Blocks zu Fuß?«

»Drei Blocks auf allen vieren. Obwohl« – er legte die Handflächen ans Gesicht – »ich war bis dahin schon wieder nüchtern und Ike auch, glaube ich. Und im Berkmann habe ich nichts getrunken. Ich mag nicht privat hingehen, wo ich arbeite, und ganz bestimmt wollte ich an meinem Arbeitsplatz nicht mit irgendso einem torkelnden Suffkopp aufkreuzen, aber Ike hat ihn irgendwie aufgerichtet, es lag auf dem Weg, sie haben einen Absacker getrunken, und das war's. Als wir dort weg sind, wollten wir ihn nur noch nach Hause in die Eldridge bringen und dann jeder seines Weges ziehen, aber das ist ja …«

Sie warteten.

»Also«, sagte Eric schließlich, seine Augen glänzten auf einmal wie geliert. »Mag sein, dass ich Alkoholiker bin, aber ich setze mich nicht vor anderen Leuten außer Gefecht. Ich benehme mich nicht daneben oder, oder falle anderen zur Last. Solche Leute … die veranstalten totales Chaos, und dann gehen sie nach Hause. Dann bringt sie jemand nach Hause. Wichser.« Erics Stimme zog sich hinter die Zähne zurück und kam als leidenschaftliches Gurgeln wieder hervor. »Den Schuss, den hätte er verdient gehabt.«

Matty und Yolonda richteten sich auf.

Es klopfte wieder, die Polizisten horchten, Eric merkte nichts.

»Und wissen Sie was?« Eine wutverzerrte, tränenglänzende Grimasse.

Yolonda und Matty warteten, das Blut sauste ihnen in den Adern, bis es so beharrlich klopfte, dass Eric doch abgelenkt wurde und der Moment verpuffte.

»Was, Eric.« Yolonda versuchte es trotzdem.

»Wenn der heute aufwacht«, sagte Eric zur Tischplatte, »weiß der gar nicht, was passiert ist. Keine Erinnerung, keine Bilder … Keinen dreckigen Schimmer.«

Matty riss die Tür fast aus den Angeln, und Lieutenant Carmody wich instinktiv zurück. »Bin gerade reingekommen«, sagte er. »Wie läuft's da drin?«

»Eric«, sagte Yolonda, als Matty zurückkam. »Wir haben noch eine Menge Kleingefummel vor uns. Ich weiß, Sie sind fix und alle, aber meinen Sie, Sie halten noch ein bisschen durch? Hundertpro werden wir Sie heute noch ein halbes Dutzend Mal brauchen.«

»Wofür denn?«

»Für alles Mögliche, noch mehr Fotos, eine Gegenüberstellung, wenn wir Glück haben, oder einfach nur zur Klärung von diesem und jenem. Lässt sich jetzt schwer sagen.«

»Klärung wovon?«

»Was auch immer.« Matty stand auf. »Wir müssen einfach sehen, was uns der Tag bringt.«

»Kann ich nicht einfach nach Hause?« Er sah von einem zur anderen.

»Schon, aber …«

»Ich meine, würde ich jetzt aufstehen und zur Tür rausgehen, könnten Sie mich doch nicht gegen meinen Willen festhalten, oder?«

»Wollen Sie das?«, fragte Yolanda sanft. Die beiden Ermittler sahen ihn an, und irgendwo wusste der Mann, was vor sich ging, aber er fürchtete noch immer, die Erkenntnis zu sich durchdringen zu lassen.

Nachdem sie Cash in die Obhut eines Polizeizeichners gegeben hatten, um Zeit für die Waffensuche herauszuschinden, gingen Matty und Yolonda zum Rauchen aufs Dach. Es war heiß oben, und Yolonda, Mutter zweier halb irischer Söhne, zog ihren Rollkragenpullover aus, unter dem ein T-Shirt mit der Aufschrift ICH BIN NICHT DAS KINDERMÄDCHEN zum Vorschein kam.

»Mein Gott«, sagte sie, »ich dachte, jetzt hätten wir ihn.«

»Weißt du was?« Matty war jetzt so müde, dass er das auf dem East River tanzende Sonnenlicht beklemmend fand. »Ich wäre mir sehr viel sicherer bei dem Kerl, wenn wir die Waffe hätten.«

»Die finden sie noch.« Yolonda steckte sich eine an.

Matty schwang den Kopf von einer Schulter zur anderen und hörte den Knorpel im Nacken herumrollen. »Ein Warum wäre auch nicht übel.«

»Drei Betrunkene auf nächtlicher Sauftour, der mit den Minderwertigkeitskomplexen ist bewaffnet. Wozu ein Warum?« Yolonda unterdrückte ein weiteres Gähnen. »Die 911 war gelogen, dass er noch nie mit dem Opfer aus war, war gelogen, und dass er dieselbe Frau gefickt hat, aber nur einmal, also wahrscheinlich abserviert wurde und eifersüchtig war, wollte er auch verschweigen, alles in allem ein verbitterter Drecksack, und er hat noch immer nicht nach dem Toten gefragt. Und ach ja, fast vergessen: zwei Zeugen.«

Matty schloss eine Sekunde die Augen, schlief im Stehen ein.

»Ein Warum ist immer nett«, murmelte Yolonda. »Warum wurde der junge Salgado letztes Jahr erschossen, weißt du noch? Hat einen iPod geliehen und ohne aufzuladen zurückgegeben.«

»Komm schon, das war in den Cahans.«

»Ach, natürlich. Entschuldigung, hab ich ganz vergessen, unser Opfer ist ja weiß. Verzeihung. Wie konnte ich nur?«

»Jetzt hör aber auf.«

»Gott, manchmal bist du so ein reaktionäres Arschloch.«

Mattys Innentasche begann zu vibrieren.

»Clark.«

»Ja, Sarge, Captain Langolier hier vom DCPI? Der Chef will wissen, was Sache ist.«

»Also, momentan sind wir entweder bei Raubüberfall oder Streit, zwei Zeugen haben seinen Freund als Schützen ausgemacht, aber er selbst behauptet, immer noch, es war ein Überfall.« *Er, war, es*, sagte Yolonda stumm, und Matty winkte ab. »Wir brauchen noch ein bisschen.«

»Man erzählt sich, die haben gestern Nacht heftig das Tanzbein geschwungen.«

»Sie sind um die Häuser gezogen, ja«, sagte Matty vorsichtig. Die Jungs von der Pressestelle bezogen ihre Informationen oft zu gleichen Teilen von Reportern, die anriefen, um sich Tatsachen oder Gerüchte bestätigen zu lassen, und ihren eigenen Ermittlern. Und wenn sie anriefen, um sich vom Ermittler bestätigen zu lassen, was ihnen die Reporter gesteckt hatten, schloss sich der Kreis.

»Sagen Sie, haben Sie irgendwas über eine Auseinandersetzung des Opfers mit Colin Farrell?«

»Dem Schauspieler Colin Farrell?« Matty massierte sich die Schläfen.

»Eben dem.«

»Wo soll die stattgefunden haben?« Matty richtete den Blick auf Yolonda, dann gen Himmel.

»Wir hatten gehofft, darüber könnten Sie uns aufklären.«

»Noch weiß ich nichts darüber, aber ich kümmere mich gleich darum, Boss.«

»Rufen Sie mich an.«

Matty legte auf.

»Colin Farrell?« Yolonda schnippte ihre Kippe vom Dach. »Der war toll in *Nicht auflegen!* Gesehen?«

»Armleuchter.«

»Wer war das? Dieser Gimpel von der *Post*?«

»Wer sonst?« Matty wählte eine Nummer. »Hey, Mayer, Matty Clark hier. Tun Sie mir einen Gefallen und rufen Sie nicht dauernd diesen Langolier an und verstopfen ihm den Schädel mit dem ganzen Müll, den Sie auf der Straße aufschnappen. Als Nächstes textet er nämlich mir die Ohren zu, und da kommt immer gleich die Abrissbirne durchs Fenster. Wenn Sie Fragen haben, rufen Sie mich an, nicht Langolier, sonst verweise ich Sie in Zukunft an Langolier, das schwöre ich Ihnen, wann immer Sie eine Frage haben, haben wir uns verstanden? ... Wie bitte? Was, noch mal?«

Matty hielt das Telefon so, dass Yolonda mithören konnte. »Stimmt es, dass der Schütze ein Army Ranger in Vietnam war?«

»Herrgott Allmächtiger ...«

»Wie jetzt?«, quakte der Reporter, »jetzt frage ich Sie doch, oder?«

»Tun Sie mir den Gefallen, und schreiben Sie erst mal nur über das Opfer, okay?«

»Schön, was gibt es da Neues?«

»Ich melde mich.« Matty ließ den Blick übers Viertel schweifen. Beinahe konnte er die Eldridge Street 27 sehen, wären da nicht auf einem Mietshaus in der Delancey ein paar Stockwerke hinzugekommen, die bei seinem letzten Dachbesuch noch nicht dagewesen waren.

Er wollte die Waffe.

»Na schön, wir haben also Kollegen da draußen, die sich die Nacht vor Augen führen«, sagte Yolonda zur Eröffnung der dritten Runde. »Einige Leute in den Bars befragen, die Sie erwähnt haben.«

»Wozu denn?« Erics Stimme wurde höher. »Es war ein Überfall.«

»Höchstwahrscheinlich. Aber wir wollen sichergehen, dass euch niemand ausgeguckt hat, vielleicht ist einem Barmann jemand Schräges aufgefallen, oder Ike ist in etwas reingeraten, von dem Sie nichts wissen.«

»Und?«

»Und nichts weiter. Na ja, diese Nachbarn, die Chinesen, die auf einen Dolmetscher warteten – die haben praktisch alle ausgesagt, dass sie drei Leute gezählt haben, als sie aus dem Fenster sahen, nicht fünf.«

»Was bitte? Nein, nein. Dann haben sie erst nach dem Schuss rausgeguckt.«

»Die Sache ist die, sie wohnen über die ganze Delancey verteilt, nördlich vom Tatort, südlich davon und direkt gegenüber.«

»Dann haben die alle nach dem Schuss rausgeguckt. Mehr fällt mir dazu nicht ein.«

»Vielleicht«, sagte Yolonda schwach.

»Allerdings, so viele Augen«, sprang Matty ein, »die vielen Blickwinkel. Der Schütze und sein Kumpel müssen ziemlich die Kurve gekratzt haben, hm?«

»Das ist alles so schnell passiert.« Eric legte die Hand aufs Herz. »Das können Sie sich gar nicht vorstellen.«

»Sie sagten, sie sind ab nach Süden, stimmt's?« Matty sah auf seine Notizen.

Eric schloss die Augen, um sich die Szene zu vergegenwärtigen. »Süden, ja.«

»Wir haben nämlich alle Überwachungskameras, die auf die Straße gehen, von Eldridge über Delancey bis zur Henry Street, prüfen lassen«, sagte Matty. »Auf keiner rennt zu der Zeit irgendwer.«

»Vielleicht haben sie sich schnell links abgemacht und sind dann nach Westen weiter. Oder nach Osten«, sagte Eric. »Ich hab da nicht rumgestanden und ihnen nachgeguckt.«

»Stimmt, Sie haben ja 911 gewählt.«

»Genau.« Eric sah angeschlagen aus. »Was jetzt, hätte ich hinterherlaufen sollen oder was?«

»Das wäre dumm gewesen«, sagte Yolonda. »Übrigens, Sarah Bowen war ziemlich fertig.«

Eric sah die beiden verständnislos an.

»Die tätowierte Dame, die sich mit Ike im Cry vergnügt hat. Na ja, einen Moment schläft sie mit einem Typen, im nächsten hört sie …«

Eric wandte sich mit rotem Kopf ab.

»Und im Übrigen kann sie sich viel besser an Sie erinnern als umgekehrt.«

»Was soll das jetzt heißen?«

»Sie meinte, Sie waren letztes Jahr ein bisschen besessen von ihr.«

»Wie bitte?«

»Und haben andauernd angerufen.«

»Nein, Moment, eine Sekunde. Das kam nur, weil sie bei jedem Anruf sagte, heute Abend passt es nicht, als wenn ein anderer Abend passender wäre.« Eric verschluckte seine Worte förmlich, als er ihnen in die Gesichter sah. »Wenn sie mir einmal direkt gesagt hätte, ›Ich will mich nicht mit dir treffen, ich habe kein Interesse‹, dann wäre es gut gewesen. Ich meine, Herrgott, was hat sie denn gesagt – dass ich sie verfolgt habe, oder was? Himmelherrgott.«

»Ich sage lediglich, als wir vorhin darüber sprachen, da wussten Sie verdammt nochmal ganz genau, mit wem Ike zusammen gewesen war, stimmt's? Sie haben uns ein bisschen was vorgespielt, also …«

»Es war mir peinlich …« Dann: »Was geht hier vor?« Seine Alarmglocken schrillten wieder einmal zu laut, beide beeilten sich, die Wucht abzufedern, zunächst Yolonda.

»Was denn …«, sagte sie lächelnd mit tiefer Stimme. »Haben Sie Angst, dass wir's Ihrer Freundin erzählen?«

»Woher wollen Sie wissen, dass ich eine habe?«

»Nicht?«

Noch immer tief verwirrt, stierte Eric die Tischplatte an, als stünde dort etwas geschrieben.

»Nicht?«

»Was?«

»Eine Freundin.«

»Doch«, antwortete er mit Nachdruck, »natürlich.«

»Na ja, selbstverständlich ist das schließlich nicht«, sagte Yolonda.

»Wie heißt sie denn?«

»Alessandra, wieso?«

»Kommt sie von hier?«

»Ja, wir wohnen zusammen, aber momentan ist sie auf den Philippinen, wieso?«

»Eine Filipina?«

»Nein. Sie recherchiert da für ihren Master. Wollen Sie mir nicht erzählen, wieso Sie mich das alles fragen?«

»Wir versuchen nur, uns ein vollständiges Bild zu machen.«

»Von mir?«

»Bei laufenden Untersuchungen«, sagte Yolonda schulterzuckend, »da gibt es manchmal jede Menge Hektik und Leerlauf. Im Augenblick warten wir auf Kollegen, die vor Ort unterwegs sind. Wir schlagen nur gerade ein bisschen die Zeit tot.«

»Was für ein Master?«, fragte Matty.

»Geschlechterstudien. Sie forscht über eine Bewegung, die Sexarbeiterinnen in Manila organisiert.«

»Sexarbeiterinnen«, sagte Yolonda.

»Wie lange ist sie denn schon da drüben?«, fragte Matty.

»Neun Monate oder so«, antwortete Eric, als wäre ihm das peinlich.

»Reden Sie oft? Oder mailen Sie mehr?«

»Beides ein bisschen.«

Er log, merkte Matty, ihre Beziehung lief höchstwahrscheinlich auf Sparflamme. »Entschuldigt mich.« Er stand auf, verließ den Raum und ging zu einem Kollegen. »Jimmy, in fünfzehn, zwanzig Minuten: Klopf mal an und sag, jemand am Telefon.«

»Alles klar.« Dann: »Hey« – er winkte Matty näher heran – »Halloran, der Fahrer vom Häuptling, hat angerufen.«

»Und?«

»Der Polizeipräsident will wissen, ob ihr Phillip Boulware vorladet.«

»Wen?«

»Den Vater des Betrunkenen. Anscheinend waren die beiden in derselben Highschool-Footballmannschaft.«

»Verzeihung.« Matty ging wieder rein.

»Also, Eric«, sagte Yolonda, »Sie haben doch eine Weile in Binghamton gelebt.«

»Ich bin da geboren, wieso?«

»Okay, verstehen Sie das nicht falsch, ja?« Sie legte ihm wieder eine Hand auf den Arm. »Aber wir mussten das überprüfen, das ist vorgeschrieben bei Befragungen in einem solchen Fall, und ...«

»Und dann haben Sie rausgefunden, dass ich schon mal verhaftet worden bin.«

»Das liest sich wie ein Witz«, sagte sie entschuldigend. »Wollen Sie uns erzählen, was da passiert ist?«

»Muss ich?«

»Das liegt ganz bei Ihnen«, sagte Matty.

»Hören Sie, nochmals, tut mir leid, aber ich verstehe nicht, wozu das wichtig sein soll.«

»Ich dachte, wir hätten Ihnen erklärt, was hier gerade läuft, aber wenn es Ihnen lieber ist, können wir auch nur rumsitzen und Löcher in die Luft gucken«, sagte Matty.

»Also, das ist ja nicht ...« Eric wollte widerstehen, aber gegen Mattys Gereiztheit kam er wieder nicht an. »Ich wüsste nicht mal, wo ich anfangen soll.«

»Ach, was soll's«, sagte Matty, »schießen Sie einfach los.«

»Ich weiß nicht«, fing Eric an. Es schien ihm peinlich zu sein, dass er nicht hart bleiben konnte. »Vor etwa fünfzehn Jahren? Da bin ich dort aufs selbe College gegangen wie Harry Steele. SUNY Binghamton. Ich war Erstsemester, er im Examensjahr, und er hatte da so eine Idee, er suchte jemanden, der bereit war, sein Zimmer in eine Cocktailbar zu verwandeln … Mein Vater hatte eine Grillbar in Endicott, einer Nachbarstadt, ich war also praktisch mit so was aufgewachsen, und da habe ich mich bereit erklärt. Habe ein paar Vorräte angeschafft, farbige Glühbirnen reingeschraubt, ein paar Kartentische reingestellt und von der Wrestling-Mannschaft einen Türsteher engagiert …«

»Im Ernst?« Matty richtete sich auf und legte den Kopf schief.

»Ja, ja.« Eric lächelte scheu, worauf Matty wieder einmal die Macht bewusst wurde, die er hier drin besaß: Die Laune dieses Mannes stieg und fiel mit Mattys Tonfall. »Rund fünfhundert die Woche eingefahren.«

»Und wie lange dauerte es, bis Sie erwischt wurden?«, fragte Yolonda.

»Etwa einen Monat.«

»Und dafür wurden Sie eingebuchtet?«

»Nein, nein. Das College sagte, wenn ich auf der Stelle abgehe, zeigen sie mich nicht an. Und das habe ich gemacht.«

»Und Steele?«, fragte Matty.

»Nichts. Steele war bloß der Geldgeber, hat den Raum nie betreten, und ich habe seinen Namen nicht erwähnt, also …« Eric verlor sich, fing sich wieder. »Das Studium ging mir eigentlich sowieso am Arsch vorbei, abgesehen von …«

»Von …« Yolonda beugte sich vor und schenkte ihm ihr trauriges Lächeln.

»Nichts, ich meine, mein Hauptfach war Theater, und ich hatte gerade die Hauptrolle im *Kaukasischen Kreidekreis* ergattert, und weil die Proben bald anfingen, hätte ich die Bar sowieso in ein, zwei Wochen dichtmachen müssen, also …«

»Der *Kreidekreis* ist ein Theaterstück?«

»Genau, ein Theaterstück«, sagte Eric leise. »Und Studienanfänger bekamen fast nie Rollen, schon gar keine Hauptrollen, das heißt, na ja, dass ich schon irgendwie Talent hatte.«

»Ätzend«, sagte Yolonda.

»Na ja, ja, ich wollte sowieso nach New York, also kam ich her, und es war zwar nicht leicht, aber ich habe schon ein paar Sachen bekommen, ein bisschen Kindertheater, bisschen Kellertheater, Werbung für Big Apple Tours und eine für Gallagher's Steak House …«

»Darf ich Ihnen mal eine Schauspielerfrage stellen?«, fragte Yolonda

Eric sah sie an.

»Haben Sie irgendwann mal mit Colin Farrell zu tun gehabt?«

Eric sah sie noch immer an. »Wie um alles in der Welt kommen Sie bloß auf so eine Frage?«

»Schon gut.«

»Sie haben also Werbung gemacht«, sagte Matty.

»Wenig … Und dann kam Steele nach New York, um eine Lounge in der Amsterdam Avenue aufzumachen, und er war mir noch was schuldig, und schließlich braucht der Mensch ja was zwischen die Zähne, nicht wahr? Also habe ich für ihn gearbeitet, sieben oder acht Jahre, aber dann hatte ich das Gefühl, meine Zeit war, also, es war der Moment irgendwie gekommen, also habe ich gekündigt, mir ein bisschen Geld geliehen, zurück nach Binghamton, und da habe ich dann das Restaurant gekauft, das Steele vor Jahren betrieben hatte, das erste Restaurant, das er nach dem College aufgemacht hat. Es wurde zwangsversteigert, und ich dachte mir, na ja, dass ich vielleicht in seine Fußstapfen treten könnte oder so.«

»Ringel-Ringel-Ringelreihen …«, intonierte Yolonda, dass Matty den Blick abwenden musste.

»Wie sah denn die Speisekarte aus?«, fragte Matty.

»Eklektisch … also Steak, Crêpes, Chinesisch.«

»Ich dachte, das nennt man Fusionsküche«, sagte Yolonda.

»Wohl eher Konfusionsküche, eine komplette Pleite vom Start weg«, sagte Eric. Er entspannte sich ein wenig, und Matty bekam ein Gefühl dafür, wie er normalerweise war.

»Na, jedenfalls habe ich nur an der Bar was umgesetzt, und damals war Koks wieder groß im Kommen, da konnte man gar nicht gegen an, immer eine Schlange vor den Toiletten, und einige Gäste fragten mich sogar, ob ich wüsste, wo man was kriegt, und ich wusste es … also gewöhnte ich mir an, hinterm Tresen was parat zu haben, bloß Viertel, um mir die Kundschaft zu erhalten, verdient habe ich daran nichts. Gewinn zog ich mir gleich in die eigene Nase, aber all die glücklichen Gesichter an der Bar haben mich gefreut.« Eric verlor sich schlagartig in Gedanken, während seine Lippen sich noch bewegten wie die letzten Zuckungen eines abgeschlagenen Kopfes. »Ich bin manchmal gern da für Leute.« Er sah die beiden an, aber nicht herausfordernd. »Egal, was, was das für mich für Konsequenzen hat.«

»Ich bin genauso«, sagte Yolonda so sanft und verständnisvoll, dass Eric sie geradezu begehrlich ansah.

»Na, jedenfalls«, fuhr Eric unaufgefordert fort, »ging das Restaurant immer noch den Bach runter, als meine Quelle auffliegt, mich gleich ans Messer liefert, ich verticke in meiner Bar Zeug an einen Zivilfahnder, der Laden wird dichtgemacht, und ich sitze in Handschellen …« Eric verlor sich wieder, dann: »Man hat doch immer einen Anruf frei, nicht? … Wissen Sie, wen ich angerufen habe? Meinen Vater konnte ich schlecht, das wäre … Nein, also habe ich Steele in New York angerufen. Ich habe mich so geschämt, ich meine, das war schließlich sein Laden gewesen, außerdem war er nicht begeistert, als ich ihm gekündigt habe.«

Yolonda brummte solidarisch.

»Aber wissen Sie, was er gemacht hat? Er hat mir innerhalb einer Stunde die Kaution telegrafiert. Eine Nacht habe ich im Gefängnis verbracht und kam dann auf Bewährung raus, was bestimmt auch auf ihn zurückgeht. Also habe ich innerhalb einer Woche Konkurs angemeldet, war vor Ablauf eines Monats wieder hier unten und habe wieder für ihn gearbeitet, habe ihm geholfen, das Berkmann aufzumachen.«

»Wow.« Yolonda blickte verstohlen auf die Wanduhr.

»Die Sache ist«, sagte Eric zu seinen Händen, »das sind jetzt, was, sieben, acht Jahre? Und ich warte immer noch darauf, dass er sich dazu äußert. Aber ich finde jeden Tag etwas, womit ich ihm danken kann.«

»Dann haben Sie also lebenslänglich Steele, hm?«

»Was bitte?« Eric wurde rot.

»Du hast nicht ein Wort von dem gehört, was er gesagt hat, oder?«, krittelte Yolonda an Matty herum.

»Was meinten Sie vorhin mit der Schauspielerei?« Matty lehnte sich zurück und rieb sich die Augen. »Doch, jedes Wort. Aber das ist ja jetzt scheinbar vorbei, oder?«

»Das habe ich nicht gesagt. Wann soll ich denn das gesagt haben?«

»Ja, Sie haben recht, das haben Sie nicht gesagt, tut mir leid. Was fangen Sie denn jetzt damit an?«

»Jetzt?« Eric legte den Kopf in die Handfläche und schloss die Augen. »Jetzt ist es eigentlich mehr – schreiben.«

»Ach ja? Was denn so?«

»Einfach schreiben.« Jetzt machte er dicht.

»Krimis?«, fragte Yolonda.

»Wie kommen Sie denn darauf?«, fuhr Eric hoch.

»Keine Ahnung« – sie zuckte die Schultern – »das würde ich jedenfalls schreiben, wenn ich könnte.«

Eric drückte das Gesicht in die Armbeuge. »Ich schreibe an einem Drehbuch.« Als wäre es ihm peinlich.

»Für einen Film?«

»Für Geld.«

»Was, als persönliches Starvehikel?«

»Als was?« Eric hob den Kopf, sein Gesicht war verschwommen.

»Ein persönliches Starvehikel«, sagte Yolonda, »was Sylvester Stallone gemacht hat. Der kriegte als Schauspieler keinen Fuß auf den Boden, also schrieb er *Rocky* als persönliches Starvehikel für sich. Die wollten ihm das Drehbuch abkaufen und den Typen mit Steve McQueen besetzen, okay? Stallone sagte, niemals, entweder ich als Rocky, oder schiebt's euch in den Arsch. Und was ist aus ihm geworden?«

Eric sah aus, als würde er gleich weinen.

»Sollten Sie mal drüber nachdenken.«

»Also, wovon handelt es?«, fragte Matty. »Sie haben uns neugierig gemacht.«

»Egal.« Eric legte den Kopf wieder auf den Arm.

Yolonda sah Matty an: *Weiter*. »Eric«, sagte Matty eine Spur ausdrucksloser. »Wovon handelt es?«

Eric sah wieder auf, atmete ein, ließ den Mund offen. »Was Historisches, über das Viertel.«

»Ja ...« Sie warteten.

»Eine Art Geistergeschichte, aber nicht über Geister. Eher metaphorisch, also, keine Ahnung, ich kann nicht ...«

»Unheimlich?«, fragte Yolonda »Oder nicht?«

Ihre Frage schien ihn noch weiter runterzuziehen.

»Eric?«, wiederholte sie, »ist es ...«

»Es ist Schwachsinn«, unterbrach er sie, die Stimme kaum mehr als ein Flüstern. »Absoluter Schwachsinn.«

»Wie auch immer«, sagte sie. »Wie haben Sie denn eigentlich Ike kennengelernt?«

Eric steckte noch so tief in seiner Depression, dass sie die Frage wiederholen musste, und dabei zog sich sein Blick wieder ganz zu. »Zum zehnten Mal: Er ist erst letzte Woche eingestellt worden. Ich habe ihn nicht eingestellt. Bei uns herrscht eine hohe Fluktuation, heute steht der hinter der Bar, morgen jemand anders.«

»Dann waren Sie, von der letzten Nacht abgesehen, nie zusammen aus, haben nichts gemeinsam unternommen ...«

»Das habe ich Ihnen auch schon gesagt.«

»Haben nie zusammen eine Zigarette geraucht, eine Runde gequatscht.«

»Nein.«

»Sind Sie gestern zusammen zum Sana'a gegangen?«

»Wohin?«

»Dem Laden Rivington Ecke Eldridge.«

»Moment, Moment, das war reiner Zufall.«

»Wir haben gehört, Sie haben die Jungfrau Maria erledigt.«

»Das war ich nicht, das war er.«

»Dann waren Sie also doch zusammen. Oder nicht?«

»Wir sind uns einfach über den Weg gelaufen, mehr nicht.«

»Das mit der Jungfrau Maria. Was haben Sie denn da empfunden?«

»Empfunden, ich?« Eric bot erneut seine Handflächen dar. »Das war eine beschlagene Scheibe. Was soll die Frage?«

»Manche nehmen so was sehr ernst.«

»Ich etwa?«

»Na, Sie vielleicht nicht, aber möglicherweise hat das jemand sehr persönlich genommen. In dem Fall …«

»Ja, schon. Der Typ, der pro Schwachkopf aus der Nachbarschaft einen Dollar kassiert hat. Den können Sie ja mal fragen.«

»Haben wir.«

»Eric, apropos, wir haben Ihr Handy vor diesem Laden gefunden.«

»Was?« Er tastete sich ab. »Hab ich das verloren?«

»Darf ich fragen …«, hob Matty an.

»Wie hab ich denn das verloren?«

»Sie haben gesagt, Sie haben 911 gewählt, stimmt's?«

»Ich hab gesagt, ich habe es versucht.«

»Na schön. Es ist … In Ihrer Ausgangsliste gibt es keine 911.«

»Ich hab's Ihnen doch schon erzählt: Ich bin nicht durchgekommen. Darum bin ich in's Haus.«

»Zum besseren Empfang.«

»Genau.« Erics Ausdruck ein gehetztes Glotzen. »Worauf wollen Sie hinaus?«

»Ich frage mich bloß, wieso da nichts in ihrer Ausgangsliste ist«, antwortete Matty, »in meinem Telefon …«

»Bin ich Thomas Edison?«, quäkte Eric. »Ich bin schon froh, wenn ich Hallo sagen kann in dieses Ding.«

»Schon gut, schon gut.« Matty ruderte zurück.

»Eric, mal was anderes.« Yolonda beugte sich vor. »Letzte Nacht, besteht auch nur die geringste Möglichkeit, dass Sie bei der, der Begegnung, dass Sie da die Waffe angefasst haben? Also, danach gegriffen haben oder versucht, sie wegzudrehen, als Sie Ihre Brieftasche ausgehändigt haben, dass Sie da aus Versehen …«

116

»Meinen Sie das ernst?«

»Sie fragt«, erklärte Matty, »weil wir Sie auf Schmauchspuren untersuchen müssen.« Nach wie vor wütend, dass ihnen das verwehrt wurde. »Reine Routine.«

»Und wir müssen Sie das jetzt fragen, denn wenn Sie die Waffe tatsächlich angefasst haben oder irgendeine andere Waffe in den letzten vierundzwanzig Stunden? Dann ist das Ergebnis positiv, und wenn wir nicht wissen, wieso Sie nicht schon vorher ... in diesem Stadium derartige Überraschungen ...«

»Hab ich nicht.« Eric geriet ins Schlingern. »Moment. Was zum Teufel geht hier vor?«

Es klopfte, und Jimmy Iacone steckte den Kopf zur Tür herein. »Telefon.«

Matty sah Yolanda an. »Geh du mal ran.« Er wartete, bis sie draußen war. »Eric, alles klar? Sie sehen ein bisschen betroffen aus.«

»Stecke ich in Schwierigkeiten?«

»Nicht, dass ich wüsste.«

»Wann muss ich diesen Test machen?«

»Keine Sorge, Sie müssen dafür ja nicht büffeln«, sagte Matty. »Solange Sie uns die Wahrheit gesagt haben, dass Sie in den letzten vierundzwanzig Stunden keine Waffe angefasst haben, gibt es da nichts zu befürchten.«

»Hab ich ja auch nicht.«

»Na denn, sehen Sie ... Aber mal eine Frage, nur aus Neugier ... Wann haben Sie denn das letzte Mal eine Waffe angefasst?«

»Wie bitte?« Eric legte den Kopf schief, und Matty verfluchte sich auf der Stelle. »Sekunde mal, muss ich ...«, fing er an, dann geriet er zu Mattys Erleichterung wieder ins Stocken und atmete mit geöffnetem Mund.

Yolanda kam wieder herein. »Gute Neuigkeiten.«

Beide drehten sich zu ihr um.

»Ihr Freund Ike« – sie strahlte Eric an – »ist gerade aus dem OP raus. Sieht aus, als würde er durchkommen.«

Eric sah aus wie vom Donner gerührt.

»Na bitte.« Matty warf den Kopf nach hinten und fragte Yolonda: »Wer ist im Krankenhaus?«

»Mander und Stucky.« Yolonda zog eine Grimasse.

»Na, dann sollten wir wohl mal hin. Ist er ansprechbar?«

»Bald.«

Matty stand auf. »Zum Glück war die Jungfrau Maria nicht allzu angepisst von ihrem Kumpel, hm?«

Eric starrte ihn halb erstickt an.

»Alles in Ordnung, Eric?«

»Was? Nein, ja, ich bin nur todmüde.«

»Verständlich.« Matty lächelte auf ihn herab.

»Wir fahren jetzt rüber«, sagte Yolonda. »Aber vorher, gibt es noch irgendetwas, das Sie uns sagen wollen? Wozu wir noch nicht gekommen sind?«

»Nein, nur … Er kommt durch?«

»Offensichtlich.« Matty hatte eine Hand am Türknauf, blieb aber stehen.

Erics Blick rotierte ziellos.

»Was ist, Eric?«

»Was …«

»Sie sehen aus, als wollten Sie etwas sagen.«

»Heißt das …«

»Heißt das was?«

»Heißt das, ich kann nach Hause?«

Einen Augenblick herrschte Schweigen, Yolonda lächelte ihn auf ihre typische Art an.

»Wenn Sie noch ein bisschen Geduld haben«, sagte Matty, »wären wir Ihnen sehr verbunden, wenn Sie warten könnten, bis wir zurück sind.«

Eric starrte in die Luft und tastete sich erneut ab, als suchte er noch immer nach seinem Handy.

»Ich würde Ihnen ja eine Koje im Ruheraum anbieten, aber ehrlich

gesagt ist es da so eklig, dass Sie es wahrscheinlich in der Zelle beque-
mer hätten.«

»Legen Sie doch einfach Ihren Kopf auf die Arme«, sagte Yolonda,
»bestimmt kann noch jemand ein Kissen auftreiben.«

Eric antwortete nicht.

»Wenn Ike ansprechbar ist«, sagte Matty, »sollen wir ihm irgendwas
ausrichten? Irgendeine Nachricht?«

»Nachricht?«, wiederholte Eric gedankenleer.

»Schön, gehen wir.« Matty wollte Yolonda zur Tür bugsieren, doch
sie wich ihm aus und trat noch einmal an den Tisch. »Darf ich Sie
was fragen?«, sagte sie beinahe schüchtern. »Das soll jetzt keine Kritik sein, und ich weiß, er war nur ein Arbeitskollege ... Aber wie
kommt es, dass Sie in der ganzen Zeit hier, dass Sie da nicht ein einziges Mal gefragt haben, wie es ihm geht, oder überhaupt nur, ob er
noch lebt?«

Sie wartete auf seine Antwort.

»Hab ich das nicht?«, fragte Eric schließlich und suchte mit wildem
Blick die nackten Betonwände ab.

»Nein.«

Sie sahen ihn an.

»Nein. Wie konnte ... hab ich das nicht?«

»Ruhen Sie sich aus«, sagte Yolonda sanft, »wir versuchen, schnell
wieder da zu sein.«

»Das reicht als Beweis«, sagte sie auf der anderen Seite der Scheibe,
während sie Eric im Schlaf zucken sahen wie einen träumenden
Hund.

»Vielleicht ist er nur erschöpft«, sagte Matty.

»Natürlich«, sagte Yolonda.

»Komm schon, er hat nicht mal nach einem Anwalt verlangt«, sagte
Matty. »Na ja, fast. Ich glaube, er hatte Angst, sich damit schuldig zu
bekennen. Aber das ist es ja gerade, was für eine harte Nuss denkt denn
so?«

»Fehlende Erfahrung, er weiß bloß noch nicht, wie's geht. Na und?«

»Nenn mir ein einziges einleuchtendes Motiv.«

»Du willst ein Motiv?«, fragte Yolanda forsch. »Hier hast du eins: Männer – überreagieren – auf *Schmerz*. Und dann? Reißen sie alle mit runter.«

»Was soll denn der Schwachsinn bitte heißen?«

»Soll heißen, ich scheiß auf ein Motiv. Mir reicht's aus.«

Als Matty nach unten kam, entschlossen, den Rest seiner Pause dazu zu nutzen, zur Eldridge Street 27 zurückzugehen und bei der Waffensuche zu helfen, sah er sich instinktiv die Wartenden an: ein älteres chinesisches Paar, der Mann mit schwarz verkrusteten frischen Nähten auf der Wange, eine junge ostindische Frau mit einem Abschleppzettel in der Faust und ein aufgewühlt wirkender Weißer mittleren Alters in Sakko und Jogginghose. Mehr oder weniger der übliche Stadtteilmix.

Als er aus der Tür ging, klingelte sein Handy, die Nummer sah vage vertraut aus. »Detective Clark.«

»Ja, hey.«

Mit Unmut vernahm Matty die Stimme seines älteren Sohnes. »Hey, ihr seid schon wach? Ist doch noch nicht mal Mittag.«

»Wo zum Teufel ist die Audubon Avenue? Eddie und ich kurven hier schon eine Stunde rum.«

»Ihr seid in Washington Heights? Was macht ihr in Washington Heights?«

»Einen Freund besuchen.«

»Ihr habt einen Freund aus Lake George, der in Washington Heights wohnt?« Matty wurde flau im Magen.

»Freund von Eddie.«

»Eddie hat einen Freund …« Matty legte den Hörer an die Brust und atmete aus. »Gib mir deinen Bruder.«

»Er ist nicht hier.«

»Eben hast du ›Eddie und ich‹ gesagt.«

»Dad, Audubon Avenue. Weißt du, wo die ist, oder nicht?«

Matty wurde schwindlig vor Wut und Selbstekel.

»Da kann ich dir nicht helfen, Matty«, sagte er schließlich. »Frag einen Polizisten.«

Matty redete sich gut zu, keine voreiligen Schlüsse zu ziehen, trat an die Behindertenrampe neben dem Eingang, um eine zu rauchen, bevor er zum Tatort ging, und sah den Toyota Sequoia praktisch mitten auf der Pitt Street, fahrerlos, mit offener Tür und Auspuffwölkchen, keine Spur vom Fahrer. Unwillkürlich ließ er die Zigarette fallen und kehrte in die Rezeption zurück, um noch einmal den Weißen in Augenschein zu nehmen, der da vornübergebeugt mit den Ellbogen auf den Knien saß und aus schmalen Augen die Flachrelief-Gedenktafeln an der Wand betrachtete, als wollte er sie auswendig lernen. Er hatte den verhangenen roten Teint eines Gammlers, doch nach Mattys Eindruck war das nicht sein Problem. »Mr Marcus?«

Der Mann fuhr zu der Stimme herum und stand ebenso schnell auf.

»Ja.« Er streckte die Hand aus. Sein Blick war zugleich wach und ziellos.

»Detective Clark.« Matty gab ihm die Hand und fühlte ein Zittern unter dem enorm festen Händedruck.

»Sind Sie der Detective, den man mir genannt hat?«

»Ja, doch, das bin ich. Wie lange warten Sie schon hier unten?«

»Weiß ich nicht.«

»Hat irgendjemand oben Bescheid gesagt?«

Marcus antwortete nicht. Matty sah zum wachhabenden Kollegen hinüber, der die Nase noch immer tief in der *Post* stecken hatte, und beschloss, es auf sich beruhen zu lassen. »Sagen Sie, es tut mir sehr leid, dass wir uns unter diesen Umständen kennenlernen müssen.« In seinen Ohren klang er wie ein freundlicher Roboter.

»Ich wäre ja früher gekommen«, sagte Marcus, »aber ich konnte es nicht finden.«

»Ja, nein, die Straßen hier unten sind ein bisschen verquer, aber wenn wir gewusst hätten, dass Sie kommen, hätte ich einen ...«

»Nein, nein, die Stadt konnte ich nicht finden, dieses ganze beschissene New York City. Ich habe den Saw Mill Parkway genommen statt den Thruway und lande irgendwie auf der Whitestone Bridge, dann ...«

»Sie kommen jetzt aus ...«

»Tarrytown, dem Con-Ed-Sanierungsseminar, aber wenn es einen Tag früher passiert wäre, wäre ich aus Riverdale gekommen, nur etwa eine halbe Stunde von hier.«

Matty nickte, als hätte alles, was er da hörte, Hand und Fuß. »Sind Sie allein hier?«

»Allein, ja.«

»Sie sind allein hergefahren.«

»Ja, aber das war nicht ...«

Bei Marcus untergehakt, lenkte Matty den Mann nach draußen und deutete auf den brummenden SUV mitten auf der Straße. Marcus erschrak, als fiele er aus einem Baum. »Schlüssel stecken?«

»Ich fasse es nicht ...«

Matty schnappte sich Jimmy Iacone, der gerade zum Rauchen nach draußen trat. »Hey, Jimmy, würdest du bitte für Mr Marcus den Wagen parken?« Iacone bockte ein wenig bei dieser Aufforderung, doch langsam schien der Name durchzusickern. »Einfach auf den Parkplatz.«

Zu Marcus sagte Matty: »Wie gesagt, es tut mir leid, dass wir uns unter diesen Umständen begegnen.«

»Die haben mich heute Morgen geweckt, die Polizei da oben, beziehungsweise so ein Vize von Con Ed, wahrscheinlich um es persönlicher zu machen, und ich weiß nicht, aber ganz ehrlich: Ich finde, ich gehe bisher ganz gut damit um, nur eins muss ich sie fragen, und das ist die Haupt ...« Marcus sah einen Augenblick in die Ferne und legte die Hand auf den Mund. »Haben Sie seinen Führerschein?«

»Wir haben seine persönlichen Sachen«, sagte Matty vorsichtig; er hätte gern Yolonda an seiner Stelle hier gehabt.

»Okay. Haben Sie gesehen ... Hat er sich zufällig als Organspender eingetragen? Und wenn ja, könnte ich das, als sein Vater, rückgängig machen? Ich will nicht, dass jemand seine Organe abgreift. Wirklich nicht.«

»Nein nein, wir kümmern uns drum.«

Zwei junge Latino-Polizisten mit blau-schwarzen NYPD-Windjacken und Fiberglashelmen kamen durch die Glastür und schoben ihre Einsatzfahrräder an Matty und Marcus vorbei die Behindertenrampe hinunter. Vom Parkplatz kommend, raunte ihnen Jimmy Iacone zu: »Ihr seht aus wie zwei Playmates für *Blueboy*.«

»Ach, und du Zicke hast gesagt, uns sieht keiner«, trällerte der eine Wachtmeister dem anderen zu, und alle drei glucksten über das verrückte Leben und zogen ihrer Wege.

»Mr Marcus, wollen Sie mit nach oben kommen, da könnten wir uns hinsetzen und reden.«

»Klar.« Er warf den Kopf herum.

Matty wandte sich zum Eingang, aber er spürte, dass Marcus auf einmal nicht mehr bei ihm war. Er blickte stattdessen gebannt auf John Mullins, der eine rotverweinte Frau und ein fassungsloses junges Mädchen zur Wache führte. Als Matty Marcus gerade fragen wollte, ob das seine Frau und seine Tochter seien, lief der ohne ihn ins Haus, und Matty sah ihn nur noch mit wehenden Schnürsenkeln die Treppe hinaufsprinten; der Kollege am Tresen war nun endlich aufgestanden, tat aber nichts.

Marcus war nicht im ersten Stock in einem der diversen Diensträume oder Toiletten, nicht im zweiten, im Möchtegern-Fitnessraum oder der Umkleide, sondern im menschenleeren dritten, in dem es nur Lagerräume und Waffenschränke gab. Der Mann war offensichtlich blind aufwärtsgerannt, bis es keine Treppen mehr gab. Als Matty ihn fand, tigerte er zwischen verriegelten Waffenschränken und baumelnden Chemikalienschutzanzügen hin und her. »Mr Marcus.«

»Bitte.« Er schnappte nach Luft. »Ich will sie jetzt nicht sehen.«

»War das Ihre Familie?«

»Können Sie sie hier rausschaffen?«

Matty konnte nicht erkennen, ob Marcus verstört oder bloß außer Atem war.

»Ich flehe Sie an.«

Das Büro des Captain wurde gerade renoviert, und Carmody telefonierte im Büro des Lieutenant, also war das ruhigste Plätzchen, das Matty dem Vater anbieten konnte, die durch eine hüfthohe Trennwand halb hinter dem dichtgedrängten Meer aus Schreibtischen verborgene Bereitschaftsecke.

Matty setzte Marcus an den Resopaltisch, der als Esstisch diente, schaltete den tragbaren Fernseher aus, bevor Meldungen über den Mordfall kamen, und schichtete die vielen über den Tisch verstreuten Seiten der *Post* und der *News* auf, um den ganzen Stapel zu entsorgen. Am wabernden Aroma chinesischen und dominikanischen Fastfoods konnte er so wenig ändern wie an der angrenzenden Toilette, in der sich gerade jemand plätschernd erleichterte.

Er hätte alles darum gegeben, jetzt Yolonda an seiner Stelle zu haben. Zumindest kosmetisch war er jedoch wahrscheinlich die bessere Wahl. Die meisten Familien fühlten sich bei dem bärbeißigen, unbeugsamen großen Iren mit kantigem Kinn besser aufgehoben als bei der rehäugigen Latina; da spielte es keine Rolle, dass Yolonda ihrer ganzen Gefühligkeit zum Trotz eine sehr viel bessere Jägerin war, als er es je werden würde.

Marcus schien jetzt nicht mehr so redselig, eher benommen, zuckte allerdings bei jedem Geräusch zusammen – bei der Toilettenspülung einen Meter neben ihm, dem raumgreifenden Telefonklingeln, den körperlosen Zurufen, dem plötzlichen Auftauchen eines Polizisten, der um die Stellwand spähte und sich, als er sah, dass die Toilette besetzt war, die Krawatte an den Bauch drückte und umstandslos einen Schwall Mundwasser in die mit Zeitungen gefüllte Mülltonne spuckte.

Als die Toilettentür endlich aufging, stand Jimmy Iacone da und schnallte seinen Gürtel zu; er war zunächst erschrocken, dann peinlich berührt, als er Marcus nur einen Meter weiter sitzen sah. »Entschuldigung«, hustete er leise, drehte sich noch einmal um, damit die Klotür auch ganz sicher zu war, und murmelte Matty zu, als er sich an ihm vorbeidrückte: »Hättest mich ruhig mal warnen können oder so.«

»Ich entschuldige mich für das Durcheinander hier, wir sind nicht …« Matty unterbrach sich; als er sich umdrehte, sah er, wie Marcus abwesend eine Baseballkappe auf dem Fernseher anstarrte, auf deren rotem Schirm NYPD CRIME SCENE UNIT stand und darunter WIR SEHEN TOTE. »Verzeihung«, sagte Matty. »Leider ist das unsere Art, mit diesen Dingen umzugehen.«

»Galgenhumor«, sagte Marcus tonlos.

Als Matty die Kappe verstaute, warf er einen Blick aus dem Fenster. John Mullins geleitete Marcus' verzweifelte Frau und Tochter zu seinem Wagen.

»Bei allem Respekt.« Matty drehte sich wieder zum Tisch um. »Ich finde, Sie machen einen Fehler, wenn Sie jetzt nicht mit Ihrer Familie zusammen sind.«

»Es war ein Überfall?«, fragte Marcus beiläufig; das Rot kroch ihm wieder ins Gesicht.

Matty zögerte, er wollte eigentlich erreichen, dass zumindest die Frau bei ihm blieb, verfing sich jetzt aber in dieser heiklen Frage. »Na ja, zur Zeit schließen wir das eher aus.« Nach kurzem Zögern fuhr er fort: »Ich will Ihnen die Situation genau erklären. Zu diesem Zeitpunkt haben wir zwei glaubwürdige Zeugen, die ausgesagt haben, dass sie drei weiße Männer vor einem Haus haben stehen sehen, von denen einer eine Waffe gezückt, auf Ihren Sohn geschossen hat und dann in den Hausflur gelaufen ist.«

»Okay.« Marcus' Blick irrte umher.

»Als, als die erste Streife den Tatort erreichte, kam der Weiße, der ins Haus gelaufen war, wieder heraus und behauptete, dass er und seine Freunde von zwei schwarzen oder hispanischen Männern ausgeraubt wurden und einer geschossen hat. Aber wie gesagt, die beiden Augenzeugen haben dem widersprochen.« Matty war sich nicht sicher, ob irgendetwas von dem, was er gerade erzählt hatte, auch nur entfernt bei Marcus angekommen war, wusste aber, dass dieses kompakte Szenario den Mann höchstwahrscheinlich bis an sein Lebensende begleiten würde. »Mr Marcus, möchten Sie ein Glas Wasser?«

»Warum hat er das getan?«

»Ganz ehrlich? Wir wissen es nicht. Sie hatten alle ziemlich heftig getrunken, es könnte Streit gegeben haben, möglicherweise um eine Frau, aber unterm Strich ...«

»Waren sie befreundet?«

»Arbeitskollegen im Café Berkmann, er heißt Eric Cash. Hat Ihr Sohn diesen Namen jemals erwähnt?«

»Nein.« Dann: »Ist er hier?«

»Noch wird ihm nichts zur Last gelegt, aber wir reden mit ihm.«

»Hier.«

»Ja.«

»Kann ich ihn sehen?«

»Das können wir nicht machen.«

»Ich will ihn nur fragen ...«

»Das können wir nicht machen, Mr Marcus, haben Sie Verständnis.«

»Na gut, ich dachte nur, Ihnen zuliebe und mir könnte ich ...«

»Das ist nicht ...«

»Verstehe«, sagte Marcus einsichtig. »Wo war es denn?«

Wieder zögerte Matty. »Oben, Oberkörper.«

»Habe ich Sie das gefragt?«, rief Marcus, der unsichtbare Dienstraum hinter der Trennwand verstummte.

»Tut mir leid«, sagte Matty behutsam, »ich habe die Frage missverstanden.«

»*Wo*, da *draußen*, in *New York*.«

»In der Eldridge Street, ein paar Blocks südlich von ...«

»Ich bin ... Eldridge? Darf ich fragen, welche Hausnummer?«

»Siebenundzwanzig.«

»Wir sind aus der Eldridge Street, Ecke Houston und Eldridge ...

Ikes Urgroßvater.« Zum ersten Mal hörte Matty aus seinem Mund den Namen seines Sohnes. Marcus rang nach Luft, das Getöse um sie herum füllte die Stille.

»Eldridge siebenundzwanzig«, sagte Marcus schließlich und nickte sich selbst zu. »Hat er gelitten?« Bevor Matty antworten konnte, fügte er hinzu: »Nein, natürlich nicht. Das könnten Sie mir ja unmöglich sagen.«

»Er hat nicht gelitten«, sagte Matty trotzdem und hoffte, dass es der Wahrheit entsprach.

»Auf der Stelle?« Die Frage war echt, Marcus war außerstande, seine ironische Gereiztheit aufrechtzuerhalten.

»Auf der Stelle.«

Sie saßen eine Weile da, und Matty sah, wie seinem Gegenüber ein weniger paralysierter Schmerz ins Gesicht strömte.

»Sagen Sie«, wagte er sich weiter, »ich weiß, es ist jetzt nicht die richtige Zeit, aber ehrlich gesagt haben wir ziemliche Schwierigkeiten, den ganzen Vorgang zu begreifen, wenn es also irgendetwas gibt, was Sie uns über Ihren Sohn …«

»Ich weiß nicht mehr, wann ich das letzte Mal mit ihm gesprochen habe«, sagte Marcus, »wann ich ihn das letzte Mal gesehen habe.« Mit offenem Mund suchte er die Decke ab. »Moment.«

Da wusste Matty, dass dieser Mann ihnen mit ihren Ermittlungen überhaupt nicht weiterhelfen würde. Jetzt galt es, ihn mit seiner Familie zusammenzubringen. »Kann ich noch irgendetwas für Sie tun, Mr Marcus?«

»Für mich tun.«

»Wenn Sie nicht bei Ihrer Familie sein wollen, was ich, wie gesagt, für einen Fehler halte, kann ich dann irgendjemand anders anrufen?«

Marcus antwortete nicht.

»Brauchen Sie eine Unterkunft?«

»Unterkunft?«

»Wir können etwas …«

Marcus fuhr zusammen, als Yolonda urplötzlich neben ihm an der

Trennwand lehnte. Sie legte ihm mitfühlend die Hand auf die Schulter, sah ihn mit traurigem Blick an, und endlich fing er an zu weinen.

Mattys Handy klingelte: Bobby Oh. Er ließ den Vater in Yolondas Obhut und ging zum Telefonieren um die Ecke.

»Mr Bobby, sag mir was Nettes.«

»Nichts von nichts.« Oh gähnte. Matty sah ihn vor sich, nach acht Stunden am Tatort, rote Augen, flatternde Hemdschöße, das spärliche Haar, das seinen Skalp umkränzte, abstehend wie gefrorenes Feuer.

»Keiner im Haus hat ihn je zuvor gesehen, also kann ich mir nicht vorstellen, dass er die Waffe da drin einem Verbündeten übergeben hat, das Dach ist sauber, die Nachbardächer auch, die Feuertreppen, die Abflussrohre, Treppenhäuser, Keller, wir haben die Abfalleimer an sechs Ecken durchwühlt, den Müllwagen aufgespürt, der hier die nächtliche Abfuhr hatte, die EPA hat Gullys und Kanaldeckel geöffnet ... Irgendwas übersehen?«

»Der Typ ist ein verfluchter Rip van Winkle.« Yolonda spitzte das Kinn auf Eric Cash hinter der Scheibe. »Wenn ich so viel Schlaf kriegen würde, ich würde zehn Jahre jünger aussehen.«

»Ich hab ihn einfach nicht drin.«

»Ich schon.«

»Und ich sag dir noch was: Wenn er uns über letzte Nacht die Wahrheit gesagt hat, dann war er eine Handbreit von der Kugel entfernt. Und wir setzen ihm so zu?«

»Du bist so ein guter Mensch«, sagte Yolonda. »Wie willst du denn rangehen?«

»Keine Ahnung. Ihn noch einmal richtig durchbügeln und dann dem Staatsanwalt übergeben.«

»Okay, und wie willst du rangehen?«

»Ich will ihn in die Enge treiben.«

»Wieso du? Du sagst doch, du hast ihn nicht mal drin.«

»Ja schon, aber er kann es ganz schwer ertragen, wenn ich enttäuscht bin von ihm.«

Deputy Inspector Berkowitz tauchte neben ihnen auf, seinen London Fog über dem Arm. »Wie weit sind wir?« Ging halb in die Hocke, um Cash durch die Scheibe zu beäugen. »Die da oben scharren mächtig mit den Füßen.«

Matty und Yolonda kabbelten sich wieder wie ein altes Ehepaar über einem Stadtplan.

»Mein Rat.« Berkowitz richtete sich auf und sah auf die Uhr: 12.45. »Ich an Ihrer Stelle würde jetzt mal zusehen, dass ich den Sack zumache.«

»Alles klar, Boss.« Yolonda sah Matty an, als könnte sie sich nur schwer verkneifen, ihm im Triumph die Zunge rauszustrecken.

Da Billy Marcus unmöglich fahren konnte und ohnehin nicht gewillt war, zu seiner Familie nach Riverdale zurückzukehren, hatte Matty ihm ein Zimmer im Landsman gebucht, einem neuen Hotel in der Rivington Street, das mit dem Revier ein Abkommen geschlossen hatte und ermäßigte Suites für Drogendeals zur Verfügung stellte sowie billige Einzelzimmer für auswärtige Zeugen, Opfer und gelegentlich für Familienangehörige, die auf die Freigabe einer Leiche warteten. Das Landsman hätte sich der Abmachung entzogen, wenn es gekonnt hätte – die Besitzer hatten mitten in der Bauphase kalte Füße bekommen und sich aus Furcht, den Reiz des Viertels überschätzt zu haben, um langfristige Verpflichtungen innerhalb der Gemeinde gerissen, aber das Hotel war vom Start weg ein Hit.

Jimmy Iacone kümmerte sich ums Einchecken. Da sie kein Gepäck zu tragen hatten und die Parkplatzsuche eine halbe Stunde in Anspruch nehmen konnte, beschloss Iacone, Marcus die kurzen sieben Blocks von der Pitt Street zur Ludlow zu Fuß zu begleiten. Das brauchte seine Zeit, der Mann ging, als liefe er durch eine plattgebombte Gegend mit lodernden Fassaden und über die Gehwege verstreuten Leichen; und er konnte den Blick nicht von den Jugendlichen wenden, die ihnen entgegenkamen, ob männlich, weiblich, bieder, schräg, schwarz oder weiß. An der Ecke Rivington und Suffolk blieb er schließlich ganz stehen und starrte mit offenem Mund jemandem nach, an dem sie gerade vorbeigegangen waren. Iacone wusste, dass Marcus soeben seinen Sohn gesehen hatte, das ging den meisten so, und deshalb mochte Iacone kein normaler Ermittler sein: Lieber würde er durch die gepanzerte Tür eines Drogenhauses treten, sich mit einem unsedierten 120-Kilo-Psychopathen im Dreck wälzen oder einem zugedröhnten Biker Crystal abkaufen – alles lieber, als sich um die Eltern eines ermordeten Kindes zu kümmern.

Weil das Hotel praktisch ausgebucht war, musste Marcus wohl oder übel in einem Vorzeigezimmer untergebracht werden, einem vollverglasten Adlerhorst im sechzehnten Stock, mehr Ast als Nest und ganz in weiß gehalten: Möbel und Armaturen, der Flachbildschirm an der Wand und das mit weißem Kunstpelz bezogene Doppelbett. Trotz seiner Opulenz war das Zimmer nicht größer als ein Schuhkarton, kaum eine Handbreit zwischen dem riesigen Bett und der nach drei Richtungen blickenden Terrasse, die das Viertel fürstlich präsentierte: ein Meer aus dicht an dicht kauernden Mietshäusern und ein Jahrhundert alten Grundschulen, dazwischen die einzigen Gebilde, die etwas höher hinaus wollten, die sporadisch aufragenden gelben Tyvek-verpackten Aufstockungen und, weiter hinten, abgehoben vor dem Fluss, die Sozialbausiedlungen und die Genossenschaftshäuser, die die Ostseite dieses Schmuddelpanoramas wie Belagerungsfestungen flankierten.

Marcus saß zusammengesackt am Rand des Polarbettes, Iacone wand sich vor ihm, als wollte er eine Trennung vollziehen und wüsste nicht, wie er gehen sollte, ohne eine Szene heraufzubeschwören. »Brauchen Sie noch irgendwas, Mr Marcus?«

»Was denn?«

»Essen, Medikamente, frische Kleidung …«

»Nein, alles in Ordnung, danke.«

»Wirklich?«

»Ja, danke, vielen Dank.« Er streckte den Arm aus und gab ihm die Hand. Iacone nahm eine Karte aus seiner Jackentasche, legte sie auf den Nachttisch und druckste noch zwei Minuten lang mit schlechtem Gewissen herum, weil er so glimpflich davonkam.

Eine Stunde, nachdem sie Eric verlassen hatten, kehrten sie in den Vernehmungsraum zurück; Matty knallte die Tür, um ihn aufzuwecken. »Was.« Er fuhr auf, der Mund weiß vor Schlaf. »Geht's ihm gut?«

»Jetzt fragen Sie?«

»Wir waren noch nicht drüben, uns ist was dazwischengekommen.« Yolonda nahm ihren Stuhl und setzte sich so nah zu ihm, dass sich ihre Knie berührten.

»Was.«

»Eric, sind Sie sicher, dass alles, was Sie uns erzählt haben, nach bestem Gewissen Ihren Erinnerungen entspricht?« Sie kam noch näher heran.

»Dafür, dass ich betrunken war«, sagte er vorsichtig.

»Na, jetzt sind Sie ja nüchtern«, dröhnte Matty und stieß sich von der Wand ab.

»Was?«, wiederholte Eric. Sein Blick flackerte von einem Gesicht zum anderen.

»Sie haben praktisch als Erstes in diesem Raum hier das Stahlrohr angeguckt«, bellte Matty, stützte sich jetzt auf den Tisch, den Kopf zwischen die Schultern geklemmt, »und gesagt, ›Mir ist, als sollte ich mit Handschellen dranhängen.‹«

»Was wollten Sie uns damit sagen?«, fragte Yolonda.

»Nichts.« Er wich vor ihnen zurück. »Ich hab mich einfach mies gefühlt.«

»Mies. Wegen Ike oder Ihnen?«

»Was?«

»Hier ist der neueste Stand.« Matty reckte sich. »Wir haben gerade zwei Zeugen reingekriegt, die aussagen, dass sie direkt gegenüber waren letzte Nacht, als der Schuss fiel. Und nun raten Sie mal. Die haben Sie gesehen mit Steve und Ike und sonst niemanden. Das müssen Sie mir jetzt mal erklären.«

»Nein, das stimmt nicht.«

»Die Zeugen haben den Schuss gehört und gesehen, wie Ike gefallen ist und Sie ins Haus gerannt sind.«

»Nein.«

»Nein?« Er kochte. »Nein.«

»Verstehen Sie doch, wir wollen Ihnen nichts Böses«, sagte Yolonda. »Es gibt eine Million Gründe, warum Zeug aus dem Ruder läuft. Ihr habt rumgemacht, arschbesoffen, und das Scheißding geht los.«

»Was?« Eric fing an zu zittern, und es war ihm offensichtlich peinlich, dass er seinen Körper nicht unter Kontrolle hatte.

»Hey, was wissen denn wir, vielleicht hat Ike sie Ihnen weggenommen oder dieser andere Typ, wie auch immer, Steve«, lenkte Yolonda ein. »Wir haben keine Ahnung, das müssen Sie uns erzählen, aber ich sage Ihnen, Eric, so blöd es war, eine Knarre mitzunehmen, wenn Sie um die Häuser ziehen? Sie haben verfluchtes Glück gehabt, Sie könnten noch viel tiefer in der Scheiße stecken, Ike könnte jetzt auf der Bahre liegen, und Sie hätten einen Mord am Hals.«

»Nein. Moment …« Er klang, als würde er im Schlaf rufen.

»Eric, jetzt mal: Matty und ich? Stehen jeden Tag bis zum Arsch in menschlichem Müll. Psychos und Soziopathen und der alltägliche Abschaum. Jeden – Tag. Klingt das auch nur entfernt nach Ihnen? In meinen Ohren nicht. Wenn's nach mir geht? Sind Sie hier praktisch genauso ein Opfer wie Ike, insofern: Sie erzählen uns, was passiert ist, erzählen uns, wo die Waffe ist, und wir sorgen dafür, dass das hier ein Klacks für Sie wird. Mit Freuden. Aber der erste Schritt muss von Ihnen kommen.«

Stirnrunzelnd sah Eric die nackte Tischplatte an, dann fuhr er abrupt zurück, Kinn auf der Brust.

»Kommen Sie, Eric, helfen Sie uns.«

»Ihnen helfen …«

»Strengen Sie mal Ihren Grips an«, fauchte Matty, »wenn wir mit Ike reden, erzählt er uns doch sowieso, was passiert ist, oder?«

»Hoffentlich«, sagte Eric leise, den Blick noch immer auf die Tischplatte gerichtet.

»Wie bitte?« Matty hielt sich die Hand ans Ohr.

Eric wiederholte es nicht.

»Warum meinen Sie wohl, gehen wir jetzt noch nicht ins Krankenhaus?« Yolondas Augen glänzten teilnahmsvoll.

Eric starrte sie an.

»Wenn er auspackt, und Sie sind bei Ihrer Version geblieben, was meinen Sie, wie das aussieht? Für uns, für den Staatsanwalt, für den Richter. Wir geben Ihnen diese letzte Chance, sich selbst aus dem Sumpf zu ziehen.«

»Ich kapier's nicht.« Eric grinste beinahe vor Ungläubigkeit.

»Also, ich weiß ja, dass Sie Angst haben, aber bitte vertrauen Sie mir.« Yolonda legte die Hand aufs Herz. »Wenn Sie bei einer Lüge bleiben, geht das nicht gut aus.«

»Das ist keine Lüge.«

»Nein? Na, dann erzähle ich Ihnen jetzt mal was«, sagte Matty. »Wenn ich, wie Sie von sich behaupten, unschuldig wäre? Ich würde hier auf der Stelle durch dieses Scheißzimmer hüpfen, als wenn mein Arsch abfackelt. Jeder Unschuldige würde das tun. Das wäre die natürliche, instinktive Reaktion. Aber Sie hocken hier schon den ganzen Vormittag, wirken ein bisschen gelangweilt, ein bisschen deprimiert, ein bisschen nervös. Als wären Sie beim Zahnarzt. Sie sind eingeschlafen, Herrgott. In meinen zwanzig Jahren hier habe ich noch nie einen Unschuldigen so rumschnarchen sehen. Zwanzig, Jahren. Nie.«

Weil er seine Augen nicht sah, schien es Matty zunächst, als schüttelte Eric dieses Trommelfeuer buchstäblich ab; dann merkte er, dass er Zuckungen hatte.

»Eric«, sagte Yolonda, »erzählen Sie uns, was passiert ist, bevor Ike es tut.«

»Hab ich doch.«

»Was?«, bellte Matty.

»Erzählt, was passiert ist.«

Yolonda schüttelte in kummervoller Resignation den gesenkten Kopf.

»Sie sind ein miserabler Schauspieler, wissen Sie das?« Matty riss an seiner Krawatte. »Kein Wunder arbeiten Sie als Kellner.«

»Was denn, wenn Ike, Gott behüte, nicht durchkommt?« Wieder Yolonda. »Meinen Sie, das ist besser für Sie? Dann haben wir nur Ihre Version und die der Zeugen. Was heißt das für Sie?«

»Was immer Sie wollen.« Seine Stimme war nach wie vor leise, doch es bebte ein Hauch von Trotz mit.

Es zehrt, dachte Matty. Dieser Mann ist eine Maus, und so zu mauern, kostet ihn seine ganze Kraft, laugt ihn völlig aus. »Diese ganze Scheiße von wegen ins Haus laufen zum besseren Empfang«, sagte er. »Sie haben nicht mal versucht, 911 zu wählen, stimmt's?«

Eric duckte sich, als erwartete er Schläge.

»Geben Sie doch das wenigstens zu.«

Schweigen. Dann: »Nein, habe ich nicht.«

»Ihr Kumpel liegt da mit einer Kugel in der Brust, und unschuldig, wie Sie sind, weigern Sie sich, die drei Nummern zu wählen, die ihm das Leben retten könnten? Wie das jetzt? Selbst wenn dieses afro-hispanische Überfallkommando wahr wäre, was nicht der Fall ist, bleibt die Frage, was für ein Mensch ist das, der sich weigert, das für einen Freund zu tun? Verzeihung, für einen Arbeitskollegen.«

»Ich wollte nur weg«, piepste Eric in die Lücke zwischen seinen Händen. »Ich hatte Angst.«

»Was?« Matty kniff ungläubig die Augen zusammen und fragte Yolonda: »Er hatte was?«

Yolonda sah hilflos und tief bekümmert aus, wie eine machtlose Mutter, die zusieht, wie ihr Kind vom Ehemann geschlagen wird. Endlich hob Eric den Kopf und sah Matty mit offenem Mund an.

»Richtig, schau mir genau in die Augen, du dreckige kleine Ameise.«

»Matty …« Yolonda streckte die Hand aus.

»Ich hab mir deine Scheiße den ganzen Tag angehört. Du bist ein egoistischer, selbstmitleidiger, feiger, neidzerfressener, missgünstiger, gescheiterter Kellner. Das ist dein täglich Brot. Dazu eine Knarre und ein Eimer Wodka? Ich glaube nicht, dass der Schuss gestern Nacht aus Versehen losgegangen ist, ich glaube, du warst eine wandelnde Zeitbombe, die letzte Nacht hochgegangen ist.«

Eric saß da in verzückter Hingabe, das Kinn erhoben wie zum Kuss, den Blick fest auf Matty geheftet.

»Wir geben dir noch eine letzte Chance, uns zu erzählen, was passiert ist. Deine Haut zu retten und uns eine Version zu liefern, die deine Rolle in dieser Geschichte erklärt, aber komm in die Gänge, hier, jetzt … Und ich schwöre beim Allmächtigen, wenn du uns nur noch ein Mal diesen unsäglichen Schwachsinn über einen, einen Hispano und, oder, und, oder irgendeinen Schwarzen auftischst, die aus irgendwelchen Schatten gesprungen kamen oder woher auch immer, sorge ich persönlich dafür, dass das hier eine ganz schlimme Tour für dich wird.«

Sie warteten, Eric zuckte auf seinem Stuhl, Yolanda sah ihn mit großen, traurigen Augen an, Matty zornfunkelnd und zugleich betend, es möge auch nur entfernt gerechtfertigt sein, diesen Mann derart anzugehen.

»Ich kann nur sagen, wie es war«, sagte Eric schließlich mit winzigkleiner Stimme, den Blick noch immer auf Matty gerichtet.

Und damit hatte es sich.

Jimmy Iacone lief geknickt zum Landsman zurück. Matty hatte gar nichts sagen, hatte ihm nur seine fassungslose Verachtung aufbrennen müssen, und schon hatte er im Dienstraum wortlos auf dem Absatz kehrtgemacht. Zu seiner Überraschung entdeckte er einen Block vom Hotel entfernt Billy Marcus, der den hügeligen Innereien der kürzlich kollabierten Synagoge in der Rivington gegenüberstand und die Zerstörung bestaunte, als könnte er sich nicht entscheiden, ob der Anblick Wirklichkeit war oder bloß ein halluzinatorischer Fortsatz seiner neuen Augen.

Und ob es nun an der Last der beiden überquellenden Einkaufstüten in seinen Händen lag, an emotionaler Erschöpfung oder einfach an der Sonne, die ihm in die Kniekehlen schnitt, wiederholt knickte er ein und richtete sich schnell wieder auf, was für alle Welt, die nicht Bescheid wusste, nach einem weggetretenen Junkie aussah.

»Mr Marcus?«

Billy fuhr herum, und eine Literflasche Haarconditioner purzelte auf den Gehweg. Jimmy hob sie auf und stopfte sie vorsichtig in eine der übervollen Einkaufstüten.

»Verzeihung, ich hatte vergessen zu fragen: Brauchen Sie jemanden, der Sie zur Identifizierung begleitet? Oder kümmert sich ein anderes Familienmitglied darum?«

Matty, Yolonda, der Bezirksstaatsanwalt Kevin Flaherty und Deputy Inspector Berkowitz, Upshaws Mann für diesen Fall, standen wieder vor der Einwegscheibe und betrachteten Eric Cash, der vornübergebeugt auf seinem Stuhl saß, Stirn auf der Tischkante, Hände zwischen den Knien. Flaherty und Berkowitz waren beide stundenlang durch die Wache gelaufen und hatten mit ihren jeweiligen Vorgesetzten telefoniert.

»Die Sache stinkt«, sagte Matty.

»Warum?«, fragte Yolonda, »weil du ihn fertiggemacht hast und er kein Geständnis abgelegt hat?«

»Er ist zu arglos, um so zu mauern. Wir knallen ihm die Augenzeugen vor den Latz, und er verlangt noch immer nicht nach einem Anwalt? Will nicht mal telefonieren? Was ist das, irgendeine umgekehrte Psychologie?«

Berkowitz hielt sich zurück und beobachtete die beiden wie ein Vater, der seine Kinder das Rätsel selber lösen lässt. Flahertys Handy klingelte, er trat zur Seite und steckte sich einen Finger ins freie Ohr.

»Ja, also, zu diesen Augenzeugen.«

»Hey.« Matty hob beide Hände. »Was soll ich dazu sagen? Nur eins, wenn die irgendwie, auf irgendeine Weise falsch liegen und dieser arme Schlucker hier die Wahrheit sagt.« Er fuhr zu Berkowitz herum. »Boss, dann reiten wir uns hier gerade tief in die Scheiße und verbraten unsere Zeit, während der Täter sich mit zwölf Stunden Vorsprung vom Acker macht.«

»Kevin.« Yolonda schnippte mit den Fingern, damit der Staatsanwalt sie ansah. »Wie oft haben Sie die beiden befragt?«

»Vielleicht telefoniere ich gerade?«, patzte er zurück, Hand auf dem Hörer.

»Sieh mal.« Sie boxte Matty an den Arm. »Schon wieder eingeschlafen.«

»Staatsanwalt erhebt Anklage?«, fragte Matty Flaherty, sobald der aufgelegt hatte.

»Meint, wir haben Probleme, aber auch hinreichenden Tatverdacht.«

»Die Sache stinkt«, sagte Matty wieder.

»Bin auch nicht begeistert«, sagte Flaherty, »aber wie ich schon gleich gesagt habe: Zwei Augenzeugen sind besser als keine Beweise. Wenn wir den Kerl laufen lassen, und er geht in der Schweiz skilaufen, bevor er endgültig entlastet wird? Zu riskant.«

»In der Schweiz? Der Typ ist Kellner.«

»Soll ich die Honneurs machen?«, fragte Yolonda. »Mich mag er.«

»Ich mach das schon«, sagte Matty.

»Wer auch immer«, sagte Berkowitz. »Nur ziehen Sie endlich den verdammten Stöpsel. Himmelherrgott.«

Neben Marcus und Iacone warteten nur noch zwei Leute im Erdgeschoss der Rechtsmedizin, ein schwarzes Paar mit versteinerten Mienen, jünger als Marcus, das nebeneinander saß, ohne sich anzufassen, die Frau mit einem zerknüllten, aber trockenen Papiertaschentuch in der Hand.

Nachdem er zwanzig Minuten schweigend dagesessen, die leicht tiefgekühlte, leicht ranzige Luft eingeatmet und das große Ölgemälde eines Sonnenuntergangs angestarrt hatte, das direkt über den beiden hing, stand Marcus plötzlich auf, ging zu dem Paar hinüber, stützte die Hände auf die Knie, um ihnen in die Augen zu sehen, sagte,»Mein herzliches Beileid«, als gehörte ihm der Laden, und setzte sich wieder. Kurz darauf kam ein markiger Detective mit den runden Schultern eines Boxers aus einer Seitentür und murmelte:»William Marcus?« Billy fuhr wieder einmal hoch wie angepiekst. Nachdem sich der Mann als Detective Fortgang von der Identifizierung vorgestellt und Iacone zugenickt hatte – die beiden hatten in einer NYPD-Football- mannschaft gespielt, bevor er sich das Knie lädiert und dreißig Kilo zugelegt hatte –, führte er die beiden durch die Seitentür zwei Treppen hinunter; der Geruch nach Desinfektionsmittel nahm mit jeder Stufe zu. Nach dem Gang durch einen Betonblockkorridor, in dem Fortgang den ausgestreckten Arm in Marcus' Rücken behielt, ohne ihn zu be- rühren, gelangten sie in einen Raum, den Iacone mehr als jeden an- deren Raum in New York hasste, groß, doch kahl mit einem Schreib- tisch und zwei Stühlen. In eine Wand war ein großes rechteckiges, von schmalen Metalljalousien verdecktes Fenster eingelassen.

Im Stehen beobachtete Iacone, wie der Vater auf dem Stuhl neben Fortgangs Schreibtisch angespannt das Durcheinander betrachtete: ein Foto von Fortgang in Trainingsanzug neben einem Mädchen-Soft- ballteam, einen Kaffeebecher mit den Worten NIEMALS VERGESSEN und NYPD über dem Bild der Zwillingstürme und einen Stapel Stell- mappen, in Kugelschreiber mit Namen, Daten und Kürzeln versehen, die wohl nicht allzu schwer zu entschlüsseln waren. Als er den Blick abwandte, entdeckte Iacone unter einem Tischbein ein Polaroid, das Portrait eines mittelalten Latinos, dem die Augäpfel hervorquollen wie einem lüsternen Comic-Wolf und dem noch immer der Stutzen ei- nes Beatmungstubus am Mund klebte. Dann sah er, dass auch Mar- cus darauf starrte.

»Entschuldigung.« Fortgang hob es auf und steckte es in eine Schub- lade.

Marcus schnaubte empört aus, dann nickte er zu dem langen, ver- deckten Fenster.»Die Leiche ist dahinter?«

»Nein, das ist eigentlich nicht notwendig.«

»Okay.«

Fortgang zog eine Mappe aus dem Stapel, auf der in schnörkeliger weiblicher Handschrift *Isaac Marcus* stand sowie *Erschossen 10/8/02.*

»Mr Marcus, die Person hier …« – die sonore Stimme des Detectives – »kann Ihr Sohn sein oder auch nicht. Sie brauchen sich nur die Fotos anzusehen, zwei Stück insgesamt, und wenn er es tatsächlich ist … unterschreiben Sie einfach auf der Rückseite, das ist alles.«

»Okay.«

»Zuvor allerdings … Also, solche Polaroids, die sind manchmal etwas kiesig.«

»Kiesig?«

»Sie zeigen den Menschen nicht im besten Licht.«

»Okay.«

»Geht es Ihnen gut?« Fortgangs Hand auf der Mappenlasche.

»Was?«

»Wollen Sie einen Schluck Wasser?«

»Wasser? Nein.«

Fortgang zögerte, sah kurz zu Iacone hinauf und nickte ihm zu, sich zu wappnen, dann holte er zwei Neun-mal-dreizehn-Polaroids heraus und legte sie behutsam so nebeneinander, dass der Vater sie sehen konnte. Im ersten lag Ike Marcus mit dem Gesicht nach oben, Mund offen, ein Auge trübe unter einem leicht geöffneten Lid hervorlugend, wobei Iacone sich fragte, weshalb man ihm das Auge nicht ganz geschlossen hatte, bevor man ihn fotografierte; man zeigte das Foto doch mit ziemlicher Sicherheit einem Elternteil, und mit so einem Blick sah das Kind zurückgeblieben aus.

Marcus runzelte beim Betrachten der Bilder die Stirn, als wären ihm möglicherweise die Tätowierungen auf den Armen, die Meerjungfrau, der Panther, der Teufelskopf, unbekannt und brächten ihn aus dem Konzept. Die Eintrittswunde sah belanglos aus, wie eine dritte Brustwarze nicht ganz in der Mitte zwischen den anderen beiden.

Fortgang wartete, sah ihm in die Augen.

Auf dem zweiten Foto lag der Junge auf dem Bauch mit dem Gesicht nach links, die Augen leicht geschlossen unter hochgezogenen Augenbrauen, als wäre der Radiowecker soeben angesprungen und als kämpfte er mit dem Wachwerden. Die Schultern waren zu den Ohren hochgezogen und die Hände umgedreht, so dass die Handflächen zur Kamera zeigten. Marcus betrachtete das stoppelkurze Haar und die Rückseite des Tattoos, das den linken Oberarm umschlängelte, einen keltisch angehauchten Navajo-Reif, und schüttelte den Kopf, als enttäuschte ihn dieser klischeehafte Mystik-Schwachsinn, als meinte er, dass sein Junge eigentlich darüberstehe. Die Austrittswunde im Kreuz schien wiederum nicht der Rede wert, kaum größer als eine Erdbeere.

Marcus hob die Fotos hoch, legte sie hin. »Das ist er nicht.«

Iacone zuckte zusammen, aber Fortgang wirkte weder überrascht noch verärgert. »Soll lieber jemand anders aus der Familie herkommen?«

»Wozu? Wenn er es nicht ist, haben Sie die falsche Familie, was soll das also? Ich bin sein Vater, ich muss es schließlich wissen.«

Fortgang nickte. »Verstehe.«

»Tut mir leid.«

»Ist schon in Ordnung. Wir können ihn auch anders identifizieren.«

»Wie anders?«

»Über die Zähne.«

»Aber wenn er es nicht ist, wozu dann zum Zahnarzt gehen? Sie reden schon wieder Unsinn.«

Fortgang atmete durch, sah erneut zu Iacone hinauf und zuckte die Schultern. »Ist gut, Mr Marcus, ich weiß dann Bescheid. Danke, dass Sie hergekommen sind.«

Marcus stand auf, reichte dem Detective die Hand, zupfte sein Hemd zurecht, tat einen Schritt zur Tür, fuhr dann herum und stieß einen einzigen gellenden Schluchzer aus, den man im gesamten Gebäude gehört hätte, wäre er nicht von den schallgedämpften Wänden verschluckt worden: eigens installiert, so hatte Iacone irgendwann erfahren, für derartige Vorfälle.

»Wir haben schlechte Nachrichten«, sagte Matty beinahe entschuldigend, während er seinen Stuhl so nah wie möglich heranschob, ohne dass sie einander berührten.

Eric richtete sich auf, wartete.

»Ike ist gestorben.«

»Oh.« Ein wirr glänzender Blick.

»Und nach Rücksprache mit dem Staatsanwalt haben wir angesichts der beiden Zeugenaussagen keine andere Wahl, als Sie anzuklagen.«

»Anklagen. Also festnehmen?«

»Genau.«

»Eric«, sagte Yolonda mit herzensschwerer Stimme. »Sie können sich immer noch selber helfen. Sagen Sie uns, was passiert ist.«

Stattdessen jedoch tat er etwas, das Matty aufrichtig entsetzte. Mit grinsender Fratze stand er auf und streckte ihm seine Handgelenke entgegen.

Matty spürte Yolondas *Was hab ich dir gesagt* geradewegs durch den Hinterkopf.

»Ganz ruhig.« Matty drückte sachte auf Erics Schulter. »Das dauert noch ein bisschen.«

»Eric, bitte«, stöhnte Yolonda, doch als sie seine blanke Miene sah, ließ sie es einfach sein.

Als Matty wieder zur Eldridge Street 27 kam, brauchte er nur die Reporter anzusehen, um zu wissen, dass etwas vorgefallen war. Fast alle waren still, konzentriert und zugleich zögerlich und starrten eine Frau mittleren Alters an, die mit dem Rücken zu ihnen am Flatterband stand, die Hände mit leichtem Druck auf dem federleichten Plastik, als handelte es sich um eine Klaviertastatur.

Ohne sich der Aufmerksamkeit bewusst zu sein, die sie auf sich zog, starrte sie blicklos auf das Mietshaus, den Kopf zu einer Schulter geneigt. Hin und wieder wagte sich einer vor, um sie aufzunehmen; das einsame Klicken, das Video-Sirren waren zu laut in dieser zaghaften Straße.

Wie die meisten vermutete Matty, dass es sich um die Mutter handelte, nur wie sie hergekommen war oder wer sie benachrichtigt hatte, war ihm ein Rätsel, da nicht mal der Vater des Jungen eine Ahnung hatte, wo sie sich aufhielt, in welchem Land, auf welchem Kontinent. Sie war Mitte vierzig, trug eine Seidenbluse und einen schwarzen Rock und hatte die lässige Figur einer jungen Sportlerin, ihr Gesicht jedoch, aufgedunsen und verwittert, verriet, soweit er sehen konnte, ihr Alter. Matty wappnete sich, dann trat er von hinten an sie heran.

»Hat er irgendwas gesagt?«, fragte sie ihn, ohne sich umzudrehen, ohne irgendwelche einleitenden Worte.

»Wie bitte?«

»Was war das Letzte, was er gesagt hat.« Sie hatte einen Akzent, den er nicht einordnen konnte.

»Daran arbeiten wir noch.« Er hob an, sein Beileid auszusprechen, und hielt sich dann zurück; sie würde ihn ohnehin nicht hören.

»Wo hat er gestanden. Wo genau«, fragte sie leise und drehte sich schließlich zu ihm um. Sie hatte splittrig blaue Augen wie gesprungenes Kristall.

Matty betrachtete nachdenklich das getrocknete Blut, die Frau folgte seinem Blick und stieß urplötzlich ein Heulen aus, das wie eine Flöte klang, ein musikalisches Schluchzen.

»Dummkopf.« Brüsk wischte sie sich die Augen, als würde sie sich schlagen.

Matty konnte sich nicht an ihren Namen erinnern, weder Vor-, noch Nachnamen.

»Ist jemand hier für Sie?«, fragte er.

»Jemand? Was meinen Sie mit jemand?«

»Familie.«

»Ja.« Sie deutete auf das Blut, ohne es noch einmal anzusehen.

»Sie sollten sich jetzt hier nicht aufhalten«, sagte er.

»Elena?«

Beide drehten sich um. Billy Marcus stolperte auf den Tatort zu, als handelte es sich um eine Ziellinie. Als sie ihn erblickte, flammte ihr Gesicht auf vor Zorn, und kurz dachte Matty, sie würde auf ihn losgehen. Marcus ging es offenbar ähnlich, er blieb stehen und schloss flüchtig die Augen, als wollte er sich wappnen, doch dann fing sie an zu weinen, und er schlang, zunächst scheu, dann entschlossener, die Arme um sie und fiel in ihr Schluchzen ein, gefundenes Fressen für die Fotografen, bis Matty sie davonscheuchte.

»Schon gut«, sagte Marcus, legte den Arm um seine Exfrau und führte sie vom Tatort weg. Beide sahen Jahrzehnte älter aus, als sie waren.

Bobby Oh kam aus dem Haus, fing Mattys Blick auf und zuckte bedauernd die Schultern: keine Waffe.

Als der Gefangenentransport nach anderthalb Stunden endlich kam, kehrten Yolonda und Matty in den Vernehmungsraum zurück, wo Eric erneut aufstand und seine Handgelenke hinstreckte.

»Eigentlich«, murmelte Matty, drehte ihn an den Schultern herum und legte ihm die Handschellen so an, dass seine gekrümmten Hände im Kreuz ruhten.

»Hm«, sagte Eric, »in Binghamton haben die das vorne gemacht.«

Die Tür zu Billy Marcus' Hotelzimmer im Landsman war offen, aber auf Mattys Klopfen kam keine Reaktion, also trat er mit einem zaghaften Rufen ein. Es war, als würde er eine Höhle betreten, denn die Vorhänge waren rundherum vorgezogen, um die Sonne auszublenden.

Das Erste, was Matty in dieser Düsternis auffiel, war der Geruch: alkoholgetränkter Schweiß und darunter eine Spur von etwas Alkaloidem. Das Zweite, als sich seine Augen auf die Dämmerung einstellten, war das Doppelbett mit der großen polarweißen Kunstfaserdecke, geknäuelt und geballt, und den zerwühlten oder ganz auf den Boden geworfenen Kissen und Laken.

Das Dritte war die Stille: eine derart vollkommene Stille, dass er zunächst annahm, allein zu sein, bis ihn ein kurzes Wispern von Seidenstrümpfen in die eine und ein Schnauben in die andere dunkle Ecke lenkte.

»Darf ich?« Matty zog nur so viel von einem Vorhang beiseite, dass der Wunsch nach Dunkelheit gewahrt blieb. Sie saßen in zwei Ecken des Zimmers, die Mutter in einem Plastiksessel, der Vater auf der Heizung. Ihre Kleidung war zerknautscht, Elena trug nur einen Schuh, Marcus war barfuß, beide starrten ihn mit der Selbstvergessenheit von Tieren an, mit unbewegtem, benebeltem Schock. Auf dem Fußboden herrschte ähnliches Durcheinander, von verstreutem Gepäck und einem Wirrwarr aus blind zusammengerafften Habseligkeiten: Kleidung, Pantoffeln, Pillenfläschchen und ein Reisebügeleisen, eine Literflasche Herbal-Essences-Conditioner und ein halber Liter Babyöl, das sich langsam über den Teppich ergoss und sein nussiges Aroma verströmte. Matty zählte drei Zahnputzbecher im Zimmer, die mit unterschiedlich viel geschmolzenem Eis gefüllt waren und Wodka, wie er annahm, und entdeckte dann noch einen vierten auf dem Nachttisch, darunter eine geöffnete Gideon-Bibel als Untersetzer. Er zog einen Stuhl unter einem kleinen Tisch hervor, setzte sich zwischen die beiden und beugte sich in die dicke Luft. »Ich bin hergekommen, um Ihnen zu sagen, dass wir Eric Cash festgenommen haben.«

»Okay«, sagte der Vater unbeteiligt.

»Aber er hat noch nicht gestanden, und ich will Ihnen nichts vormachen: Wie ich Ihnen schon gesagt habe, Mr Marcus, es liegt noch eine Menge Arbeit vor uns, damit wir die Anklage aufrechterhalten können.«

»Er ist festgenommen?«

»Er ist … ja.«

»Vor Gericht?« Marcus klang, als spräche er im Schlaf.

»Er ist jetzt beim zentralen Erkennungsdienst.«

Die Mutter fixierte ihn, seit er hereingekommen war, aber er war sich ziemlich sicher, dass sie kein Wort von dem, was er sagte, mitbekam.

»Wieso hat er es noch mal getan?«, fragte Marcus.

»Das gehört zu den Fragen, denen wir im Moment nachgehen.«

»Aber er steht vor Gericht?«

Matty atmete durch. »Demnächst wohl, ja.«

»Okay, gut«, sagte Marcus schwach. »Danke.«

Wieder legte sich Stille auf sie, und Matty musterte verstohlen die Mutter, die jetzt mit glasigem Blick in die Gegend stierte und sich mit einer Fingerspitze die rechte Schläfe rieb. Und wieder erstaunte ihn der Kontrast zwischen ihrem Gesicht und ihrem Körper – die katzenhafte Ruhe, die biegsame Bereitschaft und zugleich diese Augen, in denen viele Jahre lagen und eine Schwermut, die bestimmt älter war als ein paar Tage.

»Kann ich noch irgendetwas für Sie tun, für einen von Ihnen. Brauchen Sie irgendwas?«

»Nein, nein danke«, sagte Marcus, »vielen Dank.«

Matty zögerte. »Vielleicht frisches Eis?«

»Nein. Vielen Dank.«

Matty beugte sich vor, um aufzustehen. »Wie ich höre, waren Sie bereits in der Gerichtsmedizin. Haben Sie irgendwelche ...«

»Nein!«, rief die Mutter, im Nu aus dem Sessel und im nächsten Moment bei Marcus. »*Er* war da!« Der Mann hob teilnahmslos eine Hand, um sein Gesicht zu schützen. »*Er* war da!«

Marcus' Augen versanken in ihren Höhlen. Matty blieb sitzen.

»Ich gehe hin, um Isaac zu sehen, und sie sagen Nein. Sie sagen, der Vater war da, und wir zeigen nicht zweimal. Ich sage, ich bin die Mutter, bitte, ich will ihn sehen, was ist das für eine Vorschrift? Nein. Tut uns leid. Nein.«

»Woher sollte ich das denn wissen?«, fragte Marcus gefasst.

»*Er* war da!« Sie erwischte ihn mit einem Nagel an der Wange, ein bleicher Ritz erschien, der schnell rosa wurde und dann tropfte, eine Folge wie im Zeitraffer.

»Elena, ich hab dir doch gesagt, man sieht nur ein Foto«, flehte Marcus. »Du hättest ihn nicht …«

»Sag mir nicht ›hätte‹! Du sagst zu mir gar nichts!«

Sie drehte sich um, stakste durchs Zimmer, riss die Tür auf und verschwand. Matty wusste nicht recht, ob ihr Wanken vom Alkohol herrührte oder daher, dass sie nur einen Schuh trug. Marcus setzte sich von der Heizung auf die Kante des ungemachten Betts und wischte sich mit der Überdecke abwesend über die Wange. Zum ersten Mal schien er das Chaos zu bemerken.

»Wollen Sie, dass ich ihr nachgehe, nach ihr sehe?«

»Nein«, sagte Marcus, »sie ist …«

»Also, bei der Gerichtsmedizin habe ich noch einen gut, ich könnte bestimmt, wenn sie wirklich …«

»Tun Sie das nicht«, sagte Marcus mit jähem Nachdruck. »Sie kennen sie nicht, sie braucht nicht, sie … Lassen Sie's einfach. Bitte. Danke.«

»Kein Problem.«

»Sie meinte, wir sollten gleich noch eins machen.« Er zupfte am Kunstpelz. Und nach kurzem Zögern: »Verrückt, oder?«

Das Tor zu den Katakomben war überraschend popelig für ein derart bekanntes Gefängnis: eine kleine, klapprige Rollladentür in einer Hinterhofgasse in Chinatown. Drinnen wahrten all die bürokratischen Stationen auf dem Weg zu den Zellen diese schäbigen Proportionen: Waffenspind für die Polizisten, Aufnahme, Fingerabdrücke, Fotos, ärztliche Befragung und schließlich Leibesvisitation, jede Etappe von ihrer eigenen bescheidenen Maschendrahtwand begrenzt, ihrer eigenen niedrigen, von Lüftungsschächten bedrängten Decke. Diese riesige Einrichtung war, soweit Eric sehen konnte, ein beklemmendes Geflecht aus Treppen und kurzen Gängen auf diversen Stockwerken, ein lebensgroßes Spielbrett. Er war seit einer halben Stunde hier, Schritt für Schritt begleitet von den beiden Detectives, die ihn die paar Blocks von der Wache hergebracht hatten, und er hatte noch keinen einzigen Gefangenen zu Gesicht bekommen. Diese Beamten, die ihn auf dem Weg hierher höflich distanziert und gleichmütig behandelt hatten, waren, sobald sie das Gefängnistor passiert hatten, immer nervöser geworden, nervöser als er; wahrscheinlich, so vermutete er, weil sie fürchteten, wegen irgendwelcher Komplikationen hier stundenlang festzusitzen.

Er war nicht besorgt, eher über die Maßen beschäftigt, mit sirrenden Fragmenten all des Gesagten und Ungesagten, von ihm, von den anderen; Getanem und Unterlassenem, von ihm, den anderen; und schließlich, wie wiederkehrende Fieberschübe, des Gesehenen.

Matty betrat das Berkmann inmitten seines spätnachmittäglichen Sonnenbads und setzte sich an die leere Bar. Im Café war es so still wie in einer Bibliothek, von einer Mitarbeiterbesprechung abgesehen, bei der Harry Steele soeben seine leitenden Angestellten hinten auf einer Polsterbank instruierte. »Leider müssen wir uns heute über einen neuen Barkeeper Gedanken machen.«

Es herrschte beklommenes Schweigen.

»Ich weiß, es tut mir leid«, murmelte er, »aber …«

»Der schöne Dan?«, schlug schließlich einer vor.

»Der Kellner?«, fragte Steele mit einem kleinen Lächeln. »Der will bestimmt hinten eine Windmaschine für seine Haare haben.«

»Na, dann sollten wir uns den Engländer aus dem Le Zinc holen, der sieht aus, als hätte ihn ein Krokodil gebissen.«

»Zu weit in die andere Richtung.«

»Wie wär's mit dem Jungen, von dem ich dir erzählt habe, dem Mensakassierer von der NYU, der hat seine Hawaiian-Punch-Karaffe mit Wodka angereichert, die standen mit ihren Tabletts um den halben Block rum.«

»Nein«, sagte Steele, »ich mag keine Trickser.«

»Nie erwischt worden.«

»Eben.«

Da er sich nicht sicher war, ob Steele wusste, dass er auf ihn wartete, trat Matty kurz zur Seite, um Blickkontakt aufzunehmen; der Besitzer hob einen Finger, eine Minute noch, ohne ihn anzusehen. »Wisst ihr was?«, fragte eine der Oberkellnerinnen leise. »Ich glaube, ich kann gerade gar nicht drüber reden.« Die Runde verfiel erneut in Schweigen, und Steele nickte. »Nein, du hast recht.« Es folgte eine weitere nachdenkliche Pause, in der die Beteiligten vor sich hin nickten, an den Fingerknöcheln knabberten und in ihre Kaffeetassen starrten, bis Steele endlich sagte: »Na schön.« Als alle aufstanden und sich sammelten, blieb Steele mit glasigem Blick sitzen. »Lisa.« Er lächelte mit hochgezogenen Brauen und bedeutete seiner Angestellten, die mitten im Aufstehen verharrte, sich wieder zu setzen. »Warum hast du den Einzelgast vorgestern Morgen an den Tisch neben mich gesetzt?«, fragte er mit verzerrter Miene. »Das Restaurant war leer. Das war peinlich, zwei Männer allein so nah beieinander. Niemals setzt man Einzelgäste gleichen Geschlechts nebeneinander. Das ist wie eine Reklame für Einsamkeit. Wie ein schlechtes Hopper-Gemälde.«

»Der Mann wollte einen Fensterplatz«, sagte sie.

»Hast du mir zugehört?«

Draußen zählte Matty vier Detectives beim Durchkämmen der Rivington Street. Drei weitere kamen mit wehenden Mantelschößen ins Café, nickten Matty zu, beäugten die Belegschaft und teilten gedanklich den Raum unter sich auf.

Matty setzte sich auf die Polsterbank der Mitarbeiter und nahm von einem Abräumer nickend den French Press entgegen. Auf der anderen Seite waren mehr Tische mit Ermittlern und Angestellten besetzt als mit Kunden, die hohen Glaszylinder mit Brühkaffee schwebten durch den Raum wie Helikopter.

»Schrecklich«, sagte Steele sachte. Die Tränensäcke unter seinen ruhelosen Augen sahen aus wie geformter Lehm. »Die Kundschaft heute bestand zur Hälfte aus Reportern.«

»Haben Sie denen irgendwas erzählt, was Sie erst mir hätten sagen sollen?« Die beiden kannten sich seit Öffnung des Cafés vor acht

Jahren, und Matty hatte einst dafür gesorgt, dass die Festnahme eines Kellners, der anderen Restaurants aus der Küche heraus Fleisch verkauft hatte, andernorts diskret über die Bühne gegangen war. »Haben Sie ihn überhaupt kennengelernt?«

»Marcus?« Steele zuckte die Schultern. »Ehrlich gesagt habe ich ihn nur eingestellt, weil er vom Äußeren her passte.«

»Hatte er Probleme mit irgendwem?«

»Nach zwei Tagen?«

»Wer kannte ihn am besten hier?«

»Keine Ahnung.« Erneutes Schulterzucken. »Haben Sie irgendwelche Anhaltspunkte?«

»Eine Festnahme«, sagte Matty zögernd. »Erzählen Sie mir etwas über Eric Cash.«

»Eric?« Steele lächelte mit einer Mischung aus Zuneigung und etwas Geringerem. »Eric?«

Matty nahm einen Schluck Kaffee. »Das kann nicht Ihr Ernst sein«, sagte Steele. »Warum sollte er so was tun?«

»Ist er schon lange bei Ihnen?«

»Von klein auf.«

Matty wartete auf die Fortsetzung.

»Sie müssen den Verstand verloren haben.«

»Das ist doch mal eine Schlagzeile. Erzählen Sie mir von ihm.«

»Eric?«

Matty wartete.

»Was er kann, kann er gut.« Steele legte die Hände um die Stempelkanne, runzelte die Stirn und verlangte nach einem frischen Kaffee. »Kann hervorragend lesen.«

»Lesen ...«

»Sie wissen schon: Gesichter, unglückliche Tische, verkokste Kellner, wer draußen vorbeigeht« – Steele reckte das Kinn in Richtung Rivington – »welcher Nachbar bei der nächsten Anhörung vor dem Schankausschuss eine neue Offensive gegen uns startet. Große Begabung, großes Gespür, hellwach. Da muss ein Irrtum vorliegen.«

»Was noch?«

»Loyal? Ich weiß nicht recht, wonach Sie suchen.«

»Hatte er irgendwas mit Marcus? Irgendwelche Konflikte?«

»Keine Ahnung, möchte ich aber bezweifeln.«

»Er sagt, sie waren gestern Nacht gegen halb drei zusammen hier.«

»Ich bin nie nach neun hier. Sehen Sie die Bänder durch, wenn Sie wollen.«

»Was wissen Sie über den Vorfall mit der Jungfrau Maria gestern?«

»Was für ein Vorfall?« Steele blinzelte.

Matty sah ihn an, hakte aber nicht nach.

»Das ist also, was, Unsinn in Ihren Augen?«

»Eric Cash ...« Steele schüttelte den Kopf, als wollte er ihn von etwas befreien, dann beugte er sich vor. »Apropos Schankausschuss, was halten Sie denn davon, wenn Sie nächsten Monat mal dort hochgehen und ein paar nette Worte über uns verlieren?«

»Was denn so?«

»Ach, was für gute Nachbarn wir sind, wie wir euch beim Lam-Mord unterstützt haben.«

»Ich frage mal meinen Boss, aber er dürfte kein Problem damit haben.«

Vor zwei Monaten war mitten in der Nacht drei Blocks vom Berkmann entfernt ein älterer Chinese bei einem Raubüberfall in der Rivington Street erschossen worden, keine Zeugen. Die Polizei hatte stundenlang die Überwachungsbänder des Cafés gesichtet, vom Innenraum wie von der Straße, und darauf den Täter erkannt, der einige Minuten nach der Tat stramm am Café vorbeimarschiert war. Des Weiteren sahen sie, wie einer der Köche über der Spüle einen Abräumer bearbeitete, und zwei Kellner, die sich in der Umkleide eine Flasche Johnnie Walker Blue Label für 250 Dollar genehmigten. Dieses Band verließ das Restaurant nicht, wobei man sich erzählte, Steele habe es bei einer Mitarbeiterbesprechung allen Angestellten, von den Abräumern bis zu den Oberkellnern, vorgeführt, bevor er die Stars des Filmchens feuerte.

»Wird sich machen lassen, sagen Sie einfach ein, zwei Tage vorher Bescheid.« Matty wollte sich erheben.

»Haben Sie gehört, was bei der letzten Sitzung passiert ist?« Steele machte keine Anstalten, aufzustehen. »Die wollten den Ausschuss davon überzeugen, uns die Konzession wieder zu entziehen, weil wir fünfzehn Meter von einer Schule entfernt Alkohol ausschenken.« Er sah zum Schulgebäude aus dem neunzehnten Jahrhundert hinüber, das auf der gegenüberliegenden Straßenseite die Junior-Highschool beherbergte. »Sehen Sie die Kinder, die auf diese Schule gehen? Ich meine, Gütiger, wir brauchen Schutz vor denen. Ich meine, womit haben *Sie* es schließlich hier draußen zu tun, nicht wahr?«

»Ist angekommen«, sagte Matty sachlich.

»Und Sie wissen bestimmt, wer sich auf diesen Sitzungen immer beschwert, oder?«

»Wer?« Matty lehnte sich wieder zurück, dachte, Die alte Leier, und dachte, Fünf Minuten.

»Die Weißen. Die, die ›Pioniere‹ … Die Latinos? Die Chinesen? Die seit der Einwanderungswelle hier leben? Könnten nicht freundlicher sein. Freuen sich über ihre Jobs. Die Sache ist, diese Nörgler – die haben doch überhaupt damit angefangen. Wir sind ihnen doch nur gefolgt. Immer dieselbe Geschichte. Kommen hier runter, kaufen der Stadt für lau eine Klitsche ab, machen ein bisschen dran rum, basteln sich ein schönes großes Einzimmerapartment, vermieten den Rest, möglichst an alle Farben, dass sie sich gut fühlen und politisch korrekt. Aber diese Lofts jetzt, diese Häuser – zweitausendfünfhundert Quadratmeter, vierter Stock ohne Aufzug, Orchard und Broome: zwei Komma vier Mille grad letzte Woche.«

Matty sah drei Polizeitechniker von draußen geradewegs ins Kellerbüro marschieren, wo die Bänder aufbewahrt wurden.

»Haufen angejahrte, talentfreie Künstler und Sesselsozialisten, die sich über genau die Leute beschweren, die sie reich gemacht haben. Hocken hier und sagen, sie haben ein Recht auf vollkommene Ruhe und Frieden in ihrem Viertel … Nein, habt ihr nicht. Wir sind hier in

New York. Ihr habt ein Recht auf angemessene Ruhe und Frieden. Ich meine, schließlich wohne ich auch hier. Ich lebe mit dem Lärm, den Besoffenen, den Touribussen. Das nennt man Wiederbelebung. Wissen Sie noch, wie es hier aussah, als wir aufgemacht haben? Ein Höllenloch. Ein Drogenbasar. Ihr habt euch gerüstet, als wärt ihr in Bagdad.«

»Weiß ich noch gut«, sagte Matty abwesend, der diese Tirade auswendig kannte.

»Das nannte man Wiederauferstehung.«

»Also schön.« Matty stand auf und schlüpfte in seinen Mantel.

»Mein hochheiliger Ernst« – Steele warf einen bösen Blick aus dem Fenster – »sollen die doch ihre Scheiße auf den Markt schmeißen und sich mit ihrem Geld nach Woodstock verziehen.«

»Nur eine Frage noch.« Matty blickte auf ihn herab. »Was ist damals mit Eric Cash in Binghamton passiert? Dass er sein Restaurant verloren hat und diese Drogenverhaftung. Ich hab gehört, da haben Sie ihm aus der Patsche geholfen.«

Steele sah in die Ferne, lächelte schmal. »Wie gesagt, was Eric kann, kann er gut. Aber manchmal muss man Leuten ihren Kopf lassen.« Er sah Matty an, jetzt ganz der Lehrer. »Glauben Sie mir, das bekommt man doppelt zurück.«

Auf dem Weg nach draußen kam Matty Clarence Howard, der Türsteher/Rausschmeißer, auf seinem Weg zur Arbeit entgegen, und wurde, ehe er sich's versah, in eine schulterklopfende Umarmung gezogen. Howard war Gewichtheber und Expolizist, einer, der noch während seines ersten Jahrs im Einsatz gefeuert worden war, weil er von einem Tatort, den er hatte sichern sollen, mit einer Briefmarke von dannen spaziert war – einer auf dem Kopf stehenden »Inverted Jenny«, einem für Hunderttausende von Dollar gehandelten Fehldruck von 1918. Sie hätten ihn angeklagt, nur hatte man das Ding in der Innennaht seiner Hose gefunden, nicht in seiner Tasche, was Zweifel an seinen Absichten zuließ. Matty war der Meinung, man habe den Jungen zu hart angefasst, und besorgte ihm diese Anstellung bei Steele, um dann ein Jahr später bei einer Kneipentour unten in der Ludlow zu erfahren, dass Clarence nicht nur der jüngste, sondern auch der erste afro-amerikanische Präsident in der Geschichte der Forest-Hill-Philatelisten gewesen war.

Matty mochte ihn trotzdem.

»Traurige Scheiße.« Clarence nippte Kaffee aus einem Pappbecher.

»Kanntest du ihn?«

»Wen, Eric?«

»Das Opfer.«

»Nee. Kam erst mal nur tagsüber. Ich bin nachts.«

»Und letzte Nacht?«

»Wollte gerade sagen, wobei ich die drei kurz vor Feierabend gesehen habe.«

»Und ...«

»Der Dicke war strunzbesoffen, das Opfer schon wieder halbwegs nüchtern.«

»Und Cash?«

»Cash ...« Clarence schüttelte den Kopf, pustete auf seinen Kaffee.

»Sag dir was, Mann, ihr habt hoffentlich handfeste Beweise gegen ihn, weil Eric? Kapier ich nicht.«

Matty wurde übel. »Ist er manchmal bewaffnet?«

»Nie was gesehen.«

»Auch nicht gestern Nacht.«

»Nichts aufgefallen.«

»Wie wirkte er, als er rauskam?«

»Unglücklich. Ich meine, Eric ist ein prima Kerl, aber weißt du, ich habe immer den Eindruck gehabt, dass er ein bisschen mehr Spaß vertragen kann im Leben.«

Clarence beobachtete, wie ein Taxi vorfuhr und drei mit Einkaufstüten beladene Frauen hinten ausstiegen.

»Wobei heute nicht so der passende Tag ist, um damit anzufangen, oder?«

Obwohl noch außer Dienst, hielt Clarence den Frauen die Tür zum Restaurant auf, die letzte drehte sich im Lokal um und ließ einen Vierteldollar in seinen Kaffeebecher plumpsen, so dass die Flüssigkeit über den Rand schwappte. Bleich vor Scham drehte sie sich auf dem Absatz um und hetzte zu ihren Freundinnen an die Bar.

»Passiert dauernd«, murmelte er und schüttete seinen Kaffee in den Rinnstein.

»Und dir geht's gut, Clarence?«

»Weißt du, man schlägt sich so durch.« Der Junge wollte noch viel mehr erzählen, aber da rief Yolonda an.

»Hey, Matty«, sagte sie, »rate mal, wer gerade aufgewacht ist.«

Sie betraten das Krankenzimmer und positionierten sich zu beiden Seiten von Boulwares Bett.

Trotz vergiftetem Blut und ausgepumptem Magen, derart hingestreckt auf dem Rücken, mit Kanülen in beiden Armen, strahlte der Junge noch eine beleibte Sinnlichkeit aus; der verschleierte Blick zugleich leer und wachsam. Boulware sah ihre Ausweise und wandte wie beschämt den Blick ab. »Wie geht es Ike?« Seine Stimme klang metallisch verkatert.

»Ike?«, fragte Matty.

»Was ist letzte Nacht passiert?« Yolonda reckte das Kinn nach ihm.

»Machen Sie Witze?«

Sie starrten ihn an, warteten. Er starrte zurück, als wäre die Frage vermint.

»Woran erinnern Sie sich?«, fragte Matty so gelassen wie möglich.

Boulware atmete langsam ein, atmete aus, schwieg.

»Schon gut«, sagte Yolonda zart und strich ihm eine Strähne aus der Stirn. »Aber reden Sie mit uns.«

»Wir waren fast bei meinem Haus, alle drei, sehr spät«, fing er an. »Und zwei Typen kommen aus dem Nichts, die müssen auf jemanden gelauert haben. Einer hatte eine Pistole und sagte so was wie: ›Los, rüber damit‹, und ich dachte, Scheiße …«

Matty und Yolonda tauschten einen Blick, Matty gingen die Gedanken durch. »Dieser ältere Typ aus Ikes Restaurant, der mit uns zusammen war, mir fällt der Name nicht ein, ich glaube, der hat einfach gemacht, was die verlangt haben.« Boulware hielt inne. »Aber dann hat Ike, Ike bläht sich da plötzlich auf, der sagt zu dem Typen irgendwie ›Heute nicht, mein Freund‹. Oder keine Ahnung, so was in der Richtung von Verpisst euch ... Und dann ist er, glaube ich, dann ist er auf den Typen los.« Boulware schloss die Augen und kreuzte die Arme über der Brust, ein Pharao beim Nickerchen.

»Was meinen Sie mit ›glauben‹«, fragte Yolonda ruhig; Zorn stieg in ihr auf. Boulware spielte weiter Leiche, so lange, dass Matty ihm am liebsten die Kanülen aus den Armen gerissen hätte. »Sie müssen sich einige Fotos ansehen und sich mit einem Polizeizeichner zusammensetzen.« Yolonda funkelte Matty an. »Und zwar heute noch.«

»Ehrlich?« Boulware zuckte, öffnete die Augen. »Ich glaube, das kann ich nicht.«

»Wir bringen alles her.« Yolonda machte es ihm richtig schmackhaft. »Sie brauchen nicht mal aufzustehen.«

»Nein, das ist nicht ...« Er reckte den Hals nach rechts und rollte die Augen aufwärts, als sehnte er sich nach einem Entkommen.

»Wo liegt das Problem, Steve?« Die angestaute Verzweiflung verlieh Mattys Ton etwas mehr Schärfe als sonst.

»Hören Sie. Letzte Nacht? Da habe ich ... ich war weggetreten. Ike und dieser andere Typ haben mich mehr oder weniger gehalten, aber als ich die Knarre sah? Da hab ich mich einfach hingeschmissen und, und da bin ich auch geblieben. Und habe die ganze Zeit die Augen nicht mehr aufgemacht.«

»Tot gestellt, hm?« Das schien Yolonda zu amüsieren.

»Ich will Ihnen nichts vormachen. Ich hatte Angst. Ich meine, ich war auch voll bis an die Kiemen, aber ich hatte echt eine Scheißangst.« Er sah sie an, wartete auf ein Zeichen des Mitgefühls. »Also habe ich die Saufnummer durchgezogen.«

»Die Saufnummer.«

»Ich habe nicht gespielt, das können die Ihnen hier bestätigen, aber manchmal, wenn ich den Kanal voll habe? Trete ich in eine Sphäre ein, in der ich mir einbilden kann, dass diese oder jene körperliche Verfassung stärker ausgeprägt ist, als sie tatsächlich ist, und … das tritt dann auch ein. Und nicht nur mit dem Suff. Ich könnte mich, sagen wir mal, stärker machen, schneller, mir eine bessere Stimme geben, alles Mögliche.«

»Schon mal gedacht, Sie könnten fliegen?«, fragte Yolonda.

»Also, ich habe die Knarre gesehen, und diese Nummer hat einfach das Kommando übernommen, wie ein Überlebensreflex. Wer weiß, vielleicht hat es mir das Leben gerettet, aber … ich meine, ich bin ja nicht stolz drauf oder so. Ich fühle mich nicht … Scheiße, ich meine, selbst als die Bullen da waren, hing ich noch so in den Seilen, dass ich nicht reden konnte. Ich konnte nicht …« Wieder sah er sie an, Verständnis heischend, einen Freibrief; bekam jedoch nur starre Blicke.

»Aber es war ganz sicher ein Raubüberfall«, sagte Matty.

»Logisch, ja …«

»Von zwei Männern.«

»Ja.« Dann: »Ich bin mir ziemlich sicher, dass es zwei waren, vielleicht mehr, aber wie gesagt …«

»Sie hatten die Augen zu.«

»Na, an wie viele Stimmen können Sie sich denn erinnern?«

»Was ich gesagt habe. Ike und den Typen mit der Knarre.«

»Denken Sie noch mal nach.«

»Vielleicht sollten Sie die Augen schließen«, sagte Yolonda. »Sie wissen schon, um in Stimmung zu kommen.«

Matty sah sie an, Yolonda kräuselte die Lippen.

»Ich glaube, da war ein Mädchen.«

»Ein Mädchen bei denen?«

»Nein. Getrennt, also, hinter uns, vielleicht auf der anderen Straßenseite, weiß nicht genau.«

»Was meinen Sie mit Mädchen? Ein Kind?«

»Nein. Bloß jung, vielleicht mein Alter? Vielleicht im Streit mit jemandem?«

»Streit worüber?«

»Keine Ahnung.«

»Wie hat sie geklungen, weiß, schwarz, Latino ...« Yolonda war so wütend, dass sie die Liste wie angeödet herunterratterte.

»Schwarz. Sie klang irgendwie schwarz.«

»Was meinen Sie mit ›irgendwie‹?«

»Vielleicht gebildet?«

»Nett ausgedrückt«, sagte Yolonda.

»Wie?«

»Dieses – gebildete schwarze Mädchen, mit wem hat sie sich gestritten, Mann oder Frau?«

»Ziemlich sicher Mann.«

»Weiß, schwarz?«

»Seine Stimme?«

»Ja«, sagte Yolonda, »seine Stimme.«

»Weiß vielleicht? Ich bin mir nicht ... ich weiß nicht.«

Matty sah Yolonda an, beide dachten dasselbe. »Nein«, sagte Yolonda zu Matty, »das hältst du doch im Arsch nicht aus.«

Matty war außerstande zu antworten, den Schlamassel richtig einzuschätzen, während er sich auszurechnen versuchte, wie viele Dutzende, Hunderte von Durchsuchungsbefehlen sie in den nächsten vierundzwanzig Stunden auf der Lower East Side zu vollstrecken hatten für den unwahrscheinlichen Fall, dass eine ihrer Kiezratten da draußen jemanden kannte, der jemanden kannte, der jemanden kannte, der was gehört hatte; sich auszurechnen versuchte, wie viele Hunderte von alten Raubüberfällen sie durchzusehen hatten, erneutes Befragen, Verhören, Beschwatzen, Verhandeln, Verarschen, Bluffen, den ganzen hoffnungslosen, blind gekauften Supergau, mit dem sie es hier zu tun hatten, wenn sich Boulwares Aussage als zutreffend erwies, was wohl der Fall war, wenn die Zeugenaussagen sich als unzutreffend erwiesen, was wohl der Fall war; wenn sie fast vierzehn Stunden, nachdem die Pferde ihre Box verlassen hatten, einem Raubmord hinterher-hechelten.

»Geht es Ike denn gut?«, fragte Boulware verlegen.

»Ihr Freund Ike?«, sagte Yolonda fröhlich. »Der ist tot.«

Um sechs Uhr abends nahm sich Bezirksstaatsanwalt Kevin Flaherty ein weiteres Mal Randal Condo vor, den er am Morgen bereits befragt hatte, diesmal in einem der kleineren Büros, vor dem Matty auf- und abtigerte wie ein werdender Vater.

»Kehren wir noch mal zu dem Moment kurz vor dem Schuss zurück. Wobei waren Sie da gerade?«

»Ich bin die Eldridge hoch Nikki entgegen und sie die Eldridge runter mir entgegen.« Condo sah aus, als hätte er die letzte Nacht kein Auge zugetan.

»Haben Sie miteinander geredet?«

»Höchstwahrscheinlich.«

»Mit einem halben Block Abstand zwischen sich?«

»Glaub schon.«

»Da muss man ganz schön laut reden. Sind Sie laut geworden?«

»Weiß nicht genau.«

»Streit?«

»Nein.«

»Sicher?«

Condo überlegte einen Moment, dann zuckte er die Schultern. »Vielleicht.«

»Wenn Leute zu mir ›vielleicht‹ sagen, meinen Sie in der Regel ›wahrscheinlich‹.«

»Und wenn schon?« Die Stimme war kleiner, als die kämpferische Antwort vermuten ließ.

»Randal, mitten in der Nacht läuft Ihre Freundin einen halben Block vor Ihnen. Sie haben sich gestritten, stimmt's?«

Er antwortete nicht, und Flaherty verfluchte sich, plötzlich war alles so offensichtlich.

»Also, heute Morgen habe ich Ihnen doch erzählt, mehrere Leute hätten ausgesagt, dass sie zum Zeitpunkt des Überfalls auf der Straße Geschrei gehört haben? Stimmen, die so laut waren, dass man sie im dritten, vierten, fünften Stock hören konnte, Sie erinnern sich, dass ich Sie danach gefragt habe?«

»So laut waren wir nicht.«

»Ihre Freundin ist einen halben Block die Straße runter, und Sie beharken sich immer noch? Glauben Sie mir, das war laut.«

Condo atmete durch die Nase, sah weg. »Vielleicht.«

»Und noch etwas sage ich Ihnen. Wenn sich Leute auf der Straße streiten – in aller Öffentlichkeit? Da müssen sie ziemlich tief drinstecken, dass es sie einen Dreck schert, wer das mitkriegt. Ja, ich würde sogar sagen, da könnte fünf Meter weiter der Bär los sein, die würden kaum was davon mitkriegen.«

Condo schloss die Augen, rieb sich das Gesicht.

»Also, ich glaube, wenn Sie beide so heftig zugange waren, als Sie von der Delancey in die Eldridge einbogen, dass sie vor Ihnen davonstampft und Sie jetzt schreien müssen, um dranzubleiben: Nie im Leben haben Sie da gesehen, was auf der anderen Straßenseite los war.«

»Ich hab mir das nicht ausgedacht.«

»Und dann wird's ja noch schlimmer. Denn irgendwann müssen Sie etwas gesagt haben, irgendwas gebrüllt haben, was diese Frau so angepisst hat, dass sie eine Kehrtwende macht und auf Sie zugeht. Also, spätestens jetzt kriegen Sie unmöglich noch was anderes mit als Ihre Freundin. Kriegen Sie unmöglich mit, was gegenüber abgeht. Das wäre so, als wenn der Quarterback irgendeine Blondine auf der Tribüne beglupscht, während der Linebacker ab durch die Mitte auf ihn zukommt. Und das führt mich zu der Annahme, dass Sie zunächst mal den Schuss nur gehört haben, und als Sie so weit waren, richtig hinzugucken, war alles schon über die Bühne gegangen. Vielleicht haben Sie die beiden fallen sehen und den dritten ins Haus laufen, aber ich glaube nicht, dass Sie mir ernsthaft sagen können, ob da ursprünglich drei, vier oder fünf Leute gestanden haben, wer nun tatsächlich die Waffe in der Hand hatte oder ob außer dem Typen, der ins Haus ist, noch jemand weglief.« Der Bezirksstaatsanwalt ließ das Gesagte einen Augenblick einwirken. »Die brauchten nur den Bruchteil einer Sekunde Vorsprung, bevor Sie hingucken, und schon sind sie weg, als hätten sie nie existiert.«

»Also, ich habe gesehen, was ich gesehen habe.«

»Genau das sage ich ja.«

Condo atmete durch. »Darf ich hier rauchen?«

»Eigentlich nicht, aber bitte.«

Flaherty sah zu, wie er sich eine ansteckte, wie er nachdachte.

»Wir haben gerade mehr oder weniger Ihretwegen einen in den Katakomben sitzen.« Flaherty beugte sich vor und senkte die Stimme. »Sich zu irren ist kein Verbrechen, Randal. Manchmal kriegen wir die Wörter Sehen und Hören durcheinander, vor allem, wenn etwas so schnell und unerwartet passiert.«

»Okay«, sagte Condo heiser.

»Also.« Flaherty tippte auf Condos überschlagenes Bein. »Sind Sie sich immer noch sicher, dass wir den Richtigen haben?«

»Ich habe gesehen, was ich gesehen habe.«

»Ja oder nein?«

»Nein.«

Flaherty lehnte sich zurück und fuhr sich durchs Haar; am liebsten hätte er es sich büschelweise ausgerissen. »Reine Neugier« – er wurde jetzt selbst heiser – »worüber haben Sie beide sich denn gestritten?«

»Über die Definition eines Wortes.«

»Was für ein Wort?«

Condo schloss die Augen. »Freundin.«

»Ich hatte Sie extra gefragt, ob Sie Streit gehört haben.« Bobby Oh pflegte nicht laut zu werden, so auch jetzt nicht, aber seine blutunterlaufenen Augen sagten alles.

»Na ja, wenn man selber streitet, nennen Sie das dann ›Streit hören‹?«, fragte Nikki Williams beklommen.

Bobby beugte sich so schnell vor, dass sie zusammenzuckte. »Bitte?«

»Also, wenn man unter Wasser ist, empfindet man sich dann als nass?«

Er sah sie an, bis sie den Blick abwandte.

»Er hat mir immer erzählt, ich wäre erst die zweite schwarze Frau, mit der er je zusammen gewesen ist, dann erzählt mir plötzlich jemand auf der Party, dass ich in Wahrheit die fünfte bin.« Nikki sprach jetzt mit ihrem Schoß, mied seinen Blick. »Das ist eine ziemlich eklige Lüge.«

Bobby wandte bewusst den Blick ab.

»Auf dem Nachhauseweg rettet er das Ganze dann, indem er mir über einen halben Block rüberbrüllt, dass es bei den restlichen drei ja nur um Sex ging.«

Bobby Oh gehörte zur Nachtschicht. Er war hier, immer noch, achtzehn Stunden nach Dienstbeginn, einzig und allein, um Matty Clark einen Gefallen zu tun, weil er einen Draht zu dieser Zeugin hatte, dieser Pseudo-Zeugin. Wenn er jetzt nach Hause ginge, würde ihm das niemand übelnehmen, auch wenn er den Karren ebenso mit in den Dreck gefahren hatte.

»Ich wollte das nicht sagen«, sagte Nikki, »weil es niemanden was angeht.«

Dann: »Das ist doch peinlich.«

Dann, den Tränen nahe: »Es tut mir so leid.«

Eric stand seit drei Stunden in der Ecke der Sammelzelle. Vier Zellen blickten direkt auf den Tisch der Vollzugsbeamtin, vier Zellen für je zwanzig Insassen. In seiner dreizehn Gefangene, von denen die meisten ihren Aufenthalt so hinzunehmen schienen, beieinander standen oder saßen und plauderten wie in einer Bar oder Baracke. Turbulent wurde es nur, wenn ein Neuzugang es durchs Labyrinth geschafft hatte und mit seinen Papieren und Begleitern vor dem Tisch stand – die meisten Gefangenen nahmen die Gelegenheit wahr, sich vorne am Gitter aufzubauen und den Polizisten oder Gefängniswärtern zuzurufen, man habe einen Unschuldigen eingesperrt, man warte noch immer auf die Kopfschmerztabletten oder den Anwalt oder die Asthmamedizin oder was auch immer. Die Einzigen, die niemanden in der Zelle zu kennen schienen und den Sturm auf die Gitter nicht mitmachten, waren Eric und ein glutäugiger Schwarzer mit Hängebauch und Dachschaden, der sein T-Shirt um den Hals geschlungen hatte wie ein Penner, dabei planlos das Areal abschritt und vor sich hin flüsterte. Die ganze Zeit schon hatte dieser Typ Eric auf dem Kieker, kam alle paar Minuten auf ihn zu und wollte seinen Toll-Collect-Pass borgen; Eric ignorierte ihn und zog sich in seine eigene Benommenheit zurück, als würde er sich im Bett verkriechen: Er war in die Eldridge Street 27 gelaufen, weil ... Die 911 hatte er nicht gewählt, weil ... Nach Ike Marcus hatte er sich nicht erkundigt, weil ... Er hatte von vorn bis hinten gelogen, weil ... So verloren war er in seinen bruchstückhaften, unvollständigen Grübeleien, dass nicht einmal der Käfiggestank zu ihm durchdrang, nicht einmal die gelegentliche Phantomhand in seinen Taschen, die gemurmelten Drohungen; nicht einmal sein Name, der immer wieder von der schwangeren Vollzugsbeamtin ausgerufen wurde, reichte aus, um ihn aus dem Waldbrand seines Kopfes herauszuziehen, bis sie schließlich bellte: »Hey, Cash, wollen Sie nun nach Hause oder nicht?«

Als er hochsah, erblickte er die beiden Polizeibeamten, die ihn drei Stunden zuvor hergebracht hatten und es auch diesmal entsetzlich eilig hatten, wieder zu verschwinden.

Den ersten Wagen hielten sie bei Sonnenuntergang an, das Lebensqualitäts-Taxi war zufällig da, als ein Nissan Sentra vor den Dubinsky-Genossenschaftshäusern am östlichen Ende der Grand Street eine rote Ampel überfuhr; den konnten sie ohne viel Federlesens rauswinken.

Lugo und Daley, auf dieser Tour als Duo unterwegs, näherten sich dem Wagen von beiden Seiten und leuchteten überkreuz auf die Vordersitze. Als der Fahrer, ein feister Weißer mit Bürstenschnitt und einer geöffneten Schachtel von Kentucky Fried Chicken auf dem Schoß, das Fenster herunterkurbelte, kamen die Grasfahnen herausgekräuselt wie aus einer Sauna. »Ihr wollt mich wohl verscheißern.« Lugo wich zurück und fächelte sich Luft zu. »Jetzt macht mir meinen Job doch bitte nicht ganz so leicht.«

»Tschuldigung.« Der Fahrer lächelte, weiter kauend, mit einem dunkelfettigen Fleischfetzen im Mundwinkel.

Der Beifahrer, ebenfalls weiß, ein ausdrucksleerer Teenager in XXL-Fummel und seitwärts gedrehter Basecap von den Negro Leagues, starrte in den Lichtkegel von Daleys Taschenlampe wie auf eine Kinoleinwand.

»Aussteigen.« Lugo öffnete die Fahrertür, doch statt zu parieren, wischte sich der Fahrer geflissentlich das Fett von jedem einzelnen Finger und beugte sich dann über den Schoß seines Beifahrers, um das Handschuhfach zu öffnen.

»Hey!« Lugo stürzte nach vorn, packte den Mann mit einer Hand am Handgelenk und tastete mit der anderen nach seiner Pistole.

»Schon gut, schon gut«, sagte der Fahrer entspannt, »ich wollte ja nur meinen Ausweis rausholen.«

»Hab ich danach gefragt?« Lugo schrie beinahe, seine noch zittrige Hand umfasste den Griff seiner Glock.

Der Junge auf dem Beifahrersitz grinste jetzt, die Augen rot und fahrig. Daley langte ins Auto, zog ihn am Schlafittchen raus, ließ ihn bäuchlings auf die Kühlerhaube fallen und hielt ihn dort fest.

»Ich sagte, raus aus der Kiste«, bellte Lugo und zog so heftig an der geöffneten Fahrertür, dass sie von selbst wieder zuschlug.

Der Fahrer wartete, bis Lugo einen Schritt zurückgetreten war, und kam mit erhobenen Händen raus. »Ich bin einer von euch, Freunde«, sagte er ruhig und kaute noch immer auf dem Hühnchen herum. »Guckt ins Handschuhfach.«

Kurz darauf kam Daley mit einem Polizeiausweis von Lake George, New York, zurück, den er Lugo über das Wagendach hinweg zeigte.

»Wie abgedreht muss man sein, um danach zu greifen«, bollerte Lugo. »Ausgerechnet Sie wissen es nicht besser?«

»Tut mir leid«, sagte der Fahrer. »Wir sind den ganzen Tag unterwegs, ich bin ein bisschen weggetreten.«

»Weggetreten, hm? Da drin qualmt es.«

Der Teenager gluckste.

»Bloß was ganz was Kleines als Wegzehrung«, sagte der Kollege aus dem Norden.

»Was ganz was Kleines, hm?« Lugo hatte diesen Ausdruck schon zwei Jahre nicht mehr gehört.

»Darf ich dich mal was ganz was klein bisschen anderes fragen?«, sagte Daley zu dem aufgemotzten Teenager. »Was genau ist eigentlich Küheschubsen?«

»Was denn das für 'ne Scheißfrage?«, brummte der Junge.

»Wo soll's denn jetzt hingehen?«, fragte Lugo den Fahrer.

»Genau da hin.« Der Fahrer zeigte auf die Genossenschaftshäuser. »Wohnung von meinem Vater.«

»Tut uns einen Gefallen.« Lugo steckte sich eine Zigarette an; seine Hand zitterte immer noch. »Wenn ihr euch was ganz was Kleines gönnen wollt, ja? Dann bitte da oben.«

»Ja, findet Dad bestimmt geil«, sagte der Jüngere. »Ist schließlich auch Bulle.«

Sein Bruder sah ihn scharf an.

»Hier unten?«, fragte Daley.

»Genau hier unten«, krähte der Junge; der Fahrer kam jetzt aus seinem Tran und wurde ein wenig finster.

Daley las noch einmal den Ausweis. »Hm«, grunzte er und warf Lugo einen Blick zu.

Da die Vorhänge zurückgezogen und die Glastüren geöffnet waren, hatte Matty beim Betreten des Zimmers 1660 im Landsman diesmal eher das Gefühl, an die Kante eines Kliffs zu treten. Billy Marcus, zu einer Silhouette reduziert, saß draußen auf einem niedrigen Geländer mit dem Rücken zur Straße sechzehn Stockwerke unter ihm.

Matty ging zu ihm hinaus.

»Derek Jeter hat Drohbriefe erhalten.« Marcus lehnte sich ein wenig zurück und wandte den Kopf, um das Treiben unten auf der Straße zu betrachten. »Das ist die Schlagzeile, die heutige Schlagzeile.« »Verstehe«, murmelte Matty, griff beiläufig nach Marcus' Ellbogen und zog ihn sanft vom Geländer. Genaugenommen war es die gestrige Schlagzeile, aber das würde Matty ihm nicht erzählen. Matty bugsierte Marcus ins Zimmer zurück und schloss alle Terrassentüren.

»Wo ist Elena?«

»Weg.«

»Wohin?«

»Keine Ahnung.«

»Kommt sie zurück?«

»Glaub ich nicht.«

Im Durcheinander auf dem Fußboden waren keine ausdrücklich weiblichen Accessoires mehr zu finden.

»Ich hatte gehofft, sie hier anzutreffen.« Matty zog sich einen Stuhl heran.

»Wozu?«

»Ich habe Neuigkeiten.«

Als dem Mann die Gesichtszüge entgleisten, wusste Matty, dass er einen Fehler gemacht hatte: Neuigkeiten klang in Marcus' Ohren wahrscheinlich wie das kokette Vorspiel zur Verkündigung einer wundersamen Umkehr der Ereignisse, in der sich sein Sohn auf irgendeine Weise wieder eingekriegt oder endlich aufgehört hatte, Scheiße zu bauen und alle Leute zu verarschen.

»Wir mussten Eric Cash laufen lassen. Der Dritte im Bunde mit Ihrem Sohn, Steven Boulware? Ist zu sich gekommen und hat Cashs Version der Ereignisse alles in allem bestätigt.« Matty wartete eine Sekunde, um es sacken zu lassen. »Also haben wir unsere Zeugen noch mal befragt, und es hat sich herausgestellt, dass ihre Aussagen leider löchriger waren, als wir zunächst angenommen hatten.« Eine weitere Sekunde. »Ohne brauchbare Aussagen, ohne handfeste Beweise, ohne …«

»Wer ist Eric Cash?«, fragte Marcus.

»Der Verdächtige«, sagte Matty ruhig, »den wir verhaftet hatten.«

»Okay.« Marcus nickte behutsam.

Matty sah auf seine Hände. »Verstehen Sie, wir mussten schnell reagieren, auf eine scheinbar glaubwürdige Aussage.«

»Nein, klar, das mussten Sie.«

»Aber wir sind schon wieder draußen und durchkämmen die Gegend nach weiteren möglichen Zeugen, der Tatwaffe, den …«

Marcus nickte noch immer, als wollte er Matty demonstrieren, was für ein aufmerksamer Zuhörer er war.

»Darf ich offen mit Ihnen reden?«, fragte Matty. »Wir haben es verbockt. Wir haben einen ganzen Tag lang alles, was wir hatten, auf den Falschen gesetzt, und … wir haben's verbockt. Aber wir legen jetzt einen Zahn zu und machen es wieder wett.«

»Gut«, sagte Marcus mit hohlem Nachdruck und streckte die Hand aus. »Danke.«

Sosehr er seit Betreten des Zimmers auf einen Wutausbruch gefasst gewesen war, betrübte ihn die völlige Begriffsstutzigkeit dieses Mannes. »Sind Sie sicher, dass Elena nicht zurückkommt?«

»Wer weiß, aber nein, ich nicht.«

»Mr Marcus, ich habe nicht viel Zeit zur Verfügung, aber …« – Matty beugte sich leicht zu ihm vor – »möchten Sie, dass ich bei Ihrer Frau ein gutes Wort für Sie einlege?«

»Es ist doch so.« Marcus wandte sich an den Raum. »Wenn sie klein sind, liebt man sie, ist stolz auf sie, und wenn sie größer werden, immer noch, aber es ist merkwürdig, wenn andere Leute, neue Leute, ihn sehen und denken, ›Ach, ein junger Mann, ein junger Erwachsener, der das und das besonders gut kann‹, und man sieht diese Anerkennung von anderen, diesen Respekt und die Ernsthaftigkeit, und man selber muss lachen und denkt, wie, was für ein junger Mann, das ist Ikey, was meint ihr, was der als Kind für Unsinn verzapft hat, aber hier wird er respektiert, von mir natürlich auch, so ist es nicht, von mir ganz besonders, aber ich will immer lachen, nicht, um ihn in die Schranken zu weisen, bloß ›Ach, mal halb lang jetzt, das ist *Ike* ...«

»Mr Marcus ...«

»Billy, bitte.«

»Okay, Billy, hören Sie zu, ich weiß, dass Sie verzweifelt sind, aber Sie müssen mir glauben, es ist ein Fehler, jetzt allein zu bleiben. Was, was Sie jetzt gerade durchmachen? Das wird noch lange so weitergehen, und Ihre Familie? Ihre Familie kann Ihnen das Leben retten.«

»Das ist so ...« Marcus starrte das Terrassengeländer an. »Die Leute versuchen, einen davon zu überzeugen, sie überzeugen einen, dass man ein Kind nicht glücklich machen kann, wenn man selbst unglücklich ist. Du willst dich um ihn kümmern? Kümmer dich erst mal um dich selbst.« Ungläubig schüttelte er den Kopf, löste den Blick vom Geländer und sah Matty an. »Also mit Ikey? ... Ich bin einfach weg.« Dann ein Ausbruch trockenen Schluchzens, die Worte kamen heraus, als purzelten sie eine Treppe herunter. »Er war so klein, und ich bin einfach weg, verstehen Sie?«

»Mr Marcus, Billy« – Matty war furchtbar schlecht in so was – »hat sich die Opferhilfe mal bei Ihnen gemeldet?« Da Matty nicht wusste, was er noch sagen sollte, sammelte er beliebiges Zeug vom Boden auf: ein Handtuch, einen leeren Wodka aus der Minibar und mindestens ein Dutzend Visitenkarten von Reportern jedes Medienunternehmens im Dreistaaten-Umkreis. »Hören Sie, Mr Marcus, Billy, ich muss jetzt gehen.«

»Ja, natürlich«, sagte Marcus. »Ich muss mich mal eine Minute hinlegen, klar im Kopf werden.«

»Ich komme wieder, wenn ich kann, um Sie auf dem Laufenden zu halten, nachsehen, wie es Ihnen geht.«

Marcus blickte in die Ferne und flüsterte vor sich hin. Doch als Matty sich an der Tür noch einmal umdrehte, sagte er: »Seien Sie nicht zu streng mit sich. Sie haben getan, was Sie für richtig hielten«, und legte den Kopf aufs Kissen.

Er musste Marcus weiter unten einquartieren lassen. Einerseits fiel man, wenn man sich selbst beseitigen wollte, ebenso effektiv aus dem vierten wie aus dem sechzehnten Stock, andererseits war dieser Panoramablick einfach einen Tick zu charismatisch.

Als Matty aus dem Fahrstuhl trat, sah er zu seiner Überraschung Billy Marcus' Frau im Foyer, die in Jeans und einem schlaffen T-Shirt über dem Empfang lehnte, um der Rezeptionistin in den Blick zu kommen, einer aufsehenerregenden jungen Blonden in einer blutroten Mandarin-Bluse, die so sehr zum Höllenton der Wände passte, dass es fast als Tarnung durchging.

»Er ist mein Mann, er hat sein Kind verloren, ist das denn zu viel verlangt, ich will doch nur seine Zimmernummer.«

Würgend unter ihrer unschuldigen Pracht sah die Rezeptionistin in atemloser Verzweiflung Matty an. »Miss, es tut mir leid«, sagte sie leise flehend, »da verliere ich meinen Job.«

Matty wollte gerade einschreiten, da blieb er stehen. Er hatte den ganzen Tag auf diese Zusammenführung hingewirkt, jetzt aber, da er die Eheleute unter einem Dach hatte, erinnerte er sich daran, dass der Mann da oben vor nur wenigen Stunden mit der Mutter des toten Jungen, die möglicherweise noch zurückkam, gevögelt und gestritten hatte, und dass Familienzusammenführungen nicht in seine Zuständigkeit fielen.

»Hören Sie.« Marcus' Frau streckte der Rezeptionistin beide Hände entgegen und holte Luft. »Ich kann mir nicht vorstellen, dass irgendjemand auf der Welt eine Frau in Ihrer Position für einen barmherzigen Akt bestrafen würde.«

Auf alle Fälle lieber die Finger davon lassen; doch er blieb, um sie zu beobachten. Diese Frau war bemerkenswert: erschöpft, verstört, rannte wahrscheinlich seit dem Morgen gegen eine Wand nach der anderen an und hatte sich trotzdem noch irgendwie im Griff, begegnete dieser jüngsten Anmaßung, ohne die Fassung zu verlieren, ohne sich zu Beleidigungen oder Wutausbrüchen hinreißen zu lassen; in seinen Augen eine echte, beherzte Kriegerin.

»Na schön, dann ...« Die Ehefrau hielt die geschmeidigen langen Finger einer Hand über einer dekorativen Schale mit augenscheinlich unverwüstlichen grünen Äpfeln. »Gibt es jemanden, den Sie anrufen können, jemanden, der Ihnen diese Last von den Schultern nehmen könnte?«

Die Rezeptionistin, die mit jedem Augenblick mehr zum Kind wurde, nahm wie geheißen den Hörer ab. Matty wartete, bis er am anderen Ende eine Tonbandstimme hörte, und verließ das Hotel.

Draußen rief er Yolonda an und erfuhr, dass die Autopsie bestätigt hatte, was Eric Cash über die Position der Waffe gesagt hatte, nämlich dass sie über Kopf in einem Gangsta-Bogen gehalten worden war, die Kugel ins Herz eingedrungen und im Kreuz wieder ausgetreten war, dass die gesicherte Patronenhülse im System nicht auftauchte und dass das Ausbaggern von zwölf Gullys und Kanalisationsschächten in einem Drei-Block-Radius um den Tatort herum sechs Messer, elf Teppichmesser und die untere Hälfte eines Samuraischwerts zutage gefördert hatte, aber keine Pistole.

Er lief über einen Umweg zur Wache zurück, um noch einmal am Tatort vorbeizugehen, und war nicht sonderlich überrascht, die ersten Anzeichen eines selbstgebastelten Mahnmals zu entdecken: einige Kiosksträuße, noch im zugetackerten Zellophan, ein paar Beileidskarten und zwei Botanica-Kerzen, eine mit Santa Bárbara, die andere mit San Lázaro.

Er hatte vergessen, Marcus umquartieren zu lassen.

Er hätte den Zimmerwechsel telefonisch veranlassen können, hätte ihn telefonisch veranlassen sollen, doch was er wirklich hätte tun sollen, war, auf eine Familienzusammenführung zu drängen. Dass Matty angesichts des Zustands, in dem sich dieser Mann befand, mitgeholfen hatte, ihn von seiner Frau fernzuhalten ... Er ging zum Hotel zurück. Das Foyer war leer abgesehen von der blonden Rezeptionistin, die noch immer schockstarr hinter ihrer akkuraten Apfelpyramide stand.

»Ist sie hoch?«, fragte Matty.

»Sie ist gegangen«, sagte das Mädchen schnell. »Ich hätte meinen Job verloren.« Ihre Stimme war auf einmal ganz belegt.

»Hey, nein, ist angekommen.« Matty nickte, verbarg seine Enttäuschung.

»Sie hat mir eine Nachricht für ihn gegeben«, sagte die Rezeptionistin.

»Haben Sie sie hochgeschickt?«

»Ich habe noch auf den Pagen gewartet.«

»Ich mach das für Sie.« Er brauchte sich nicht mal auszuweisen.

Im Fahrstuhl in den sechzehnten Stock neben einem Pärchen, das sich auf Deutsch zankte, widerstand Matty dem Impuls, das Hotelpapier auseinanderzufalten. Die Tür war angelehnt, die Türen zur Panoramaterrasse weit offen. Marcus war nicht da. Heiß vor Furcht trat Matty auf die Terrasse, sah hinunter auf die Straße und sah – nichts. Menschen.

Der Mann war einfach weg. Die Nachricht der Ehefrau war kurz und bündig: BILLY BITTE.

Selbst an den freundlichsten Tagen verwandelte das Stahlgitterrost vor dem Wohnzimmerfenster Erics dunklen Dreizimmerschlauch in eine Büßerzelle, da das Fenster auf ein ebensolches Gitterrost vor einem Fenster auf der anderen Seite der schmalen Straße blickte; doch nachts wurde die Wohnung zu einer veritablen Gruft.

Eric hatte sich nicht von den Detectives fahren lassen, war betäubt vom Gefängnis nach Hause gegangen, durch den schmalen Hausflur, der nach Katzenpisse, Feuchtigkeit, Weihrauch und einem Hauch von Verwesung stank und in dem Wände, Treppen, Türen, alles schief zum Boden stand, stieg die fünf Stockwerke an kaputten Außentoiletten vorbei zu seiner Wohnung hinauf, ging hinein, verriegelte die Tür von innen doppelt, duschte, ohne das Licht anzumachen, kotzte ins Klo, duschte noch mal, putzte sich die Zähne, ging nackt ins Wohnzimmer, schaltete den Fernseher an, wobei nichts von dem, was über die Mattscheibe flimmerte, zu ihm durchdrang außer einem Stimmengewirr, das ihn so beruhigte wie ein doppelter Wodka, den er sich jetzt machte und in einem Schluck hinunterstürzte, bevor er sich wieder auf die Couch setzen konnte, diese beschissene Futoncouch, dann saß er da mit glasigem Blick und überlegte hin und her, ob er wieder aufstehen und sich noch einen machen sollte. Da bemerkte er den Ausdruck seines zu einem Fünftel fertigen Drehbuchs, dieses Schwachsinns, Handkarren-Helene trifft den Dybbuk auf der Delancey, der auf dem Seekoffer/Couchtisch lag. Er nahm die erste Seite und versuchte sie zu lesen, aber die Wörter entglitten seinem Blick, so bedeutungslos und stupid wie alles, was aus dem Fernseher kam; was die Welt nicht braucht; legte es zurück auf den Samtschal, der als Tischtuch diente oder was auch immer das anderes sein sollte als noch so eine Masche seiner angeblichen Freundin, auch dies für sich zu beanspruchen; stand auf, sank wieder auf die Couch, stand auf, wurde abrupt heimgesucht, sah, hörte das trügerische Paff, das scharfe Schnappen, das Summen dieser Stahlbiene, gefolgt von Ikes langsamem Fall, so langsam wie ein Daumenkino, auf den Gehweg, das Eric jetzt imitierte, wobei er ein Schulterblatt an der Ecke des Seekoffers stieß, aber egal, das war abzusehen gewesen, das und mehr, stand wieder auf, ging an den Regalen seiner Freundin vorbei, vollgepfropft mit sowohl wissenschaftlicher als auch schundiger Literatur über Prostitution und Bondage, mit südostasiatischen Sprachführern und Sextouristen-Führern, mit ausgewählten Fetischblättern und reproduzierten Tijuana-Bibeln, jedes Fickbuch, Lehrbuch, jeder Achtseitencomic und jedes Tittenmagazin gespickt mit handgeschriebenen Notizen; hängte das Sicherheitsgitter vor dem Fenster aus, ging wieder ins Bad, schlang sich ein Handtuch um die Hüften, watete durch den begehbaren Kleiderschrank, den angeblich gemeinsamen Kleiderschrank, voller Reißverschlusssäcke mit Sachen, die man in Manila nicht trägt, fand den Hibachi-Grill auf einem oberen Regal unter ihren Stiefeln, ihren Schuhen, stellte ihn auf die Feuertreppe, ging wieder zur Kochnische, trank noch einen, wühlte sich durch all die beschrifteten Säckchen und Gläser mit getrockneten Linsen und

Bohnen und Dinkel und Scheiß, bis er die kleine Tüte mit Briketts fand, und schnappte sich die Schachtel mit Kaminstreichhölzern. Er war gerade auf dem Weg zurück zur Feuertreppe, als ihn ein harsches Klopfen an der Wohnungstür pfeilscharf durchschoss und wie einen Kreisel herumfahren ließ.

»Eric.«

Yolonda sah klein und müde aus dort im Hausflur mit den Händen in den Manteltaschen. Er starrte sie an, die Beine unter dem Handtuch zitterten.

»Ich wollte nur mal sehen, wie es Ihnen geht. Es tut mir so leid, dass Sie das alles durchmachen mussten. Ich sollte jetzt nach Hause gehen, aber ich muss immer an Sie denken. Geht es Ihnen gut? Sagen Sie mir, dass es Ihnen gut geht.«

Er nickte, außerstande, zu antworten oder seinen Blick von ihr zu wenden.

»Hören Sie, wir brauchen Sie auf der Wache, um diese Kerle zu identifizieren.«

»Nicht jetzt.« Seine Stimme war ein heiseres Pfeifen, das Zittern nahm zu.

»Ist Ihnen kalt? Wollen Sie sich etwas anziehen?«

»Nicht jetzt.«

»Ja, nein, Sie sind bestimmt müde, das verstehe ich. Aber wir müssen diese Kerle schnappen, verstehen Sie? Bei so was zählt jede Minute.«

»Hab ich schon.« Er klang, als würde er gurgeln.

»Was?« Yolonda kniff die Augen zusammen.

»Hab ich – schon.«

»Was …«

»Versucht – zu helfen.«

»Sie zittern wie Espenlaub. Bitte, ich will Sie ja nicht bemuttern, aber so holen Sie sich eine Erkältung. Ziehen Sie sich was an, ich komme auch nicht rein, ich warte hier draußen.«

»Nicht« – er schloss die Augen – »jetzt.«

Yolonda atmete ein. »Eric, hören Sie mir zu. Wir wissen, dass Sie es nicht waren. Das wissen wir jetzt. Was meinen Sie, wieso ausgerechnet ich herkomme und an Ihre Tür klopfe? Weil diese Bitte mit einer Entschuldigung anfangen muss, und wer muss sich mehr entschuldigen als ich? Sie haben keinen Grund, nervös zu sein, das schwöre ich beim Augenlicht meines Sohnes.«

Eric starrte sie noch immer an, sein Körper zuckte und flirrte, als gehörte er nicht zu ihm.

Yolonda wartete noch einen Moment. »Okay, wissen Sie was? Ich komme morgen früh vorbei und hole Sie ab, dann können Sie sich bis dahin ausruhen.«

»Ich muss morgen arbeiten.«

»Kein Problem. Wann müssen Sie da sein?«

Er schloss die Tür vor ihrer Nase.

Auf dem Weg die Treppe hinunter rief Yolonda Matty an. »Ich sag's ja nur ungern, aber ich fürchte, mit diesem Kerl haben wir's uns ein für alle Mal verkackt.«

Auf der gegenüberliegenden Straßenseite stand eine kleine Menschenansammlung und sah zu Erics einzigem Fenster hinauf. Yolonda ging hinüber, um zu sehen, was sie sahen: Eric, noch immer mit seinem Handtuch bekleidet, überantwortete auf der Feuertreppe einem kleinen Grill seitenweise Blätter, die Feuer fingen und sich einrollten, bevor sie in der erhitzten Luft davonschwebten und als glühender schwarzer Schnee auf die Stanton Street herabrieselten.

Es sprach für Yolondas Ruf, dass man es, nachdem sie den ganzen Tag damit zugebracht hatte, dem Mann das Rückgrat zu brechen, und ihn dann für etwas verhaftet hatte, das er nicht getan hatte, noch immer am liebsten ihr überließ, ihn so bald nach seiner Freilassung aus den Katakomben als Zeugen zu gewinnen. Matty wusste, er wäre die absolute Katastrophe, obwohl er es irgendwie auch ganz gern probiert hätte, vielleicht weniger, um sich zu entschuldigen, als immerhin den Tag zu erklären.

Auf jeden Fall war Matty, jetzt, da Cash entlassen war und alles zurück auf Los, beziehungsweise noch vor Los, bedachte man den knappen Tag Vorsprung, den sie dem Schützen gegeben hatten, zu dieser späten Stunde dazu verdonnert, Manhattan-Raubüberfälle der vergangenen sechs Monate zu vergleichen und die Monatsakte ungelöster Fälle zu studieren, dabei jedoch im näheren Umfeld zu bleiben, dem Achten, dem Fünften und dem Neunten, denn Wild entfernt sich nie weiter als eine Meile von seinem Geburtsort und wandelt auf den Pfaden seiner Vorfahren. Die Sozialbausiedlungen waren am naheliegendsten, vorher jedoch musste er noch bändeweise Computerauswurf sichten, nachdem er die kategorisierbaren Details des Marcus-Mordes eingegeben hatte: Tatort, Anzahl der Täter, Hautfarbe der Täter, Tatwaffe, Wortlaut der Drohung, Herangehensweise an Opfer, Art der Flucht.

Dann gab es noch seine eigenen Ein- und Ausgänge: seinen privaten Fotostapel mit Bezirkstrotteln – welche gerade frei herumliefen, welche saßen, welche frisch entlassen worden waren. Matty kümmerte sich insbesondere um zwei Kategorien: Straßenraub und Waffenbesitz. Müßig, sich Schützen per se anzusehen, weil es sich seiner Meinung nach nicht um einen vorsätzlichen Schuss handelte, sondern das Opfer dem Täter höchstwahrscheinlich zu nahe gerückt war oder ihn sonstwie in Panik versetzt hatte. Des Weiteren sortierte er bei seiner Soziopathen-Patience jene aus, die nach Cashs vager Beschreibung zu alt waren oder vom Äußeren nicht passten oder eine ganz falsche Raub-Präferenz hatten: Einbruchdiebe, Gewerbespezialisten, alle, die lieber mit Dach über dem Kopf klauten. Als sein Täterstapel von fünfzig auf zwanzig geschrumpft war, stellte er ein Flugblatt mit ihren Fotos, Modi operandi und einer Liste möglicher Komplizen zusammen und verschickte das Dokument – den Steckbrief – an alle Reviere der Stadt; wenn irgendwo in einem der fünf Bezirke einer dieser Männer aufgegabelt wurde, erschien eine rote Flagge: Matty Clark vom achten Revier benachrichtigen. Der potentielle Täter wurde als möglicher Zeuge ausgeschrieben, nicht als Schütze, damit den Kollegen quer durch die Stadt der Abzugsfinger nicht so juckte.

Außerdem: Einheimische festnageln, auf die ein Haftbefehl wartete, Kandidaten mit Damoklesschwert über dem Kopf, die plaudern würden, damit sich das Schwert langsam in seine Scheide zurückzog, besonders Wiederholungstäter, die auf Nimmerwiedersehen in den Knast wandern würden, oder besser noch, ihre weicheren Komplizen, die Beta-Männchen, die von derselben drakonischen Strafe bedroht waren, aber die Dinger überhaupt nur gedreht hatten, weil man sie dazu gezwungen hatte – sie waren auch Opfer, jedenfalls würde er ihnen das so verkaufen.

Außerdem: die von der Stadt automatisch ausgesetzte Belohnung von 12.000 Dollar beantragen sowie die zusätzlichen 10.000 vom Bürgermeisterfonds für mediensensible Mordfälle. Außerdem, außerdem, Matty sortierte, verschickte, überflog, zog an, schloss aus und wartete darauf, dass ihm irgendjemand, irgendwas ins Gesicht sprang.

Um Mitternacht kam eine frische Ladung Detectives rein, und als Matty die sah, vergleichsweise fit und beisammen, machte er endlich Schluss. Auf dem Weg nach draußen rief Lugo vor seinem Lebensqualitäts-Büro am anderen Ende des Flurs leise seinen Namen und bedeutete ihm, die Treppe hochzukommen.

Matty setzte sich auf eine staubige Fensterbank in dem trüben langen Korridor des unbenutzten dritten Stocks, wo er weiß Gott wie viele Stunden zuvor Billy Marcus auf seiner Flucht vor den Überresten seiner Familie abgefangen hatte.

»Hatten heute Verkehrskontrolle.« Als Lugo so anfing, wusste Matty mehr oder weniger, was kam. »Und haben deine Söhne rausgewunken.«

»Und?«, fragte Matty ruhig.

»Und nichts.« Lugo steckte sich eine Zigarette an. »Aber nur, dass du's weißt: Der Wagen hat wie bekloppt nach Gras gestunken.«

Matty nickte, nickte nochmals und reichte Lugo die Hand. »Hast was gut bei mir, Donnie.«

»So machen wir's, Kumpel.«

»Alles klar.« Matty fühlte sich wie neunzig.

»Eine Frage …« Lugo spuckte einen Tabakkrümel aus. »Dein Sohn, der ältere, hat uns seine Marke gezeigt, ja? Was ist er denn für ein Bulle?«

»Was man so erwartet.« Matty fuhr nach Hause in seine Untermietwohnung in den Dubinsky-Genossenschaftshäusern in der Grand Street, die jetzt von schlafenden Söhnen besetzt war; der Große lag auf der Couch, der Andere in einem Daunenschlafsack auf dem Fußboden. Matty schenkte sich zwei Finger breit vom nächstbesten Getränk ein, ging zu dem Kleiderhaufen auf der Couchlehne und fischte den Autoschlüssel aus der Hose des Großen. Als er den Sentra auf dem Parkplatz unter dem Haus durchsuchte, fand er einen halb gerauchten Joint im Handschuhfach, aber sonst nichts Erwähnenswertes. Dann öffnete er den Kofferraum und fand zwei Sporttaschen von der Polizei Lake George, bis oben hin voll mit Gras, bereits abgepackt in 5er- und 10er-Portionen für den Verkauf zu Hause.

Ein Freund in Washington Heights …

In der Wohnung setzte sich Matty auf einen Stuhl und sah seinen Söhnen beim Schlafen zu. Morgen fuhren sie wieder nach Norden. Er steckte die Autoschlüssel in die Jeanstasche des Großen, verließ die Wohnung und ging zurück auf die Wache.

Eine Stunde später lag Matty mit offenen Augen im luftlosen, stinkenden Ruheraum und dachte an den tödlichen Schuss auf Isaac Marcus.

Auch wenn es da draußen ein paar lupenreine Bluthunde gab, entsprachen doch die meisten Mörder, wenn er sie denn endlich zu fassen bekam, nicht seinen Erwartungen. In der Regel waren sie ein dummes, wahnwitzig egomanisches Pack, selten erschienen sie, zumindest auf den ersten Blick, einer Tat derart biblischen Ausmaßes fähig. Hinterbliebene hingegen, selbst jene, die so grobschlächtig und barbarisch waren wie die Mörder, die sich ihrer Ehegatten und Kinder entledigt hatten, erschienen ihm fast immer übermenschlich; und im Dienste eines solchen Leidens zu stehen, erfüllte ihn häufig sowohl mit Demut als auch einem Gefühl des Auserwähltseins. »Seien Sie nicht zu streng mit sich.« Der Mann hatte unter Schock gestanden, als er das sagte, aber das machte es nur noch gewaltiger, denn was er gezeigt hatte inmitten seiner Taubheit, seiner Alptraumtrance, war Mitgefühl. Egal, wie oft Matty die sichtbaren Folgen eines solchen Schicksalsschlags mitbekommen hatte, in großen Teilen blieb er gnädigerweise seiner Vorstellungskraft entzogen. Doch von allen unergründlichen Dingen verstand Matty in diesem Augenblick am wenigsten – dabei konnte er den Drang, sich zu verstecken, durchaus nachvollziehen –, wie sich jemand im Angesicht welchen Traumas auch immer dem Trost einer Frau wie der von Marcus entziehen konnte.

Um halb vier Uhr morgens bot sich vor der Eldridge Street 27 ein relativ gewohntes Bild: die letzten Barhopper staksten durch den Torkelzoo, nicht selten so, als stünden sie zum ersten Mal auf Schlittschuhen. Ein Junge auf der Rückbank eines Taxis blickte bei geöffneter Wagentür auf das Knäuel feuchten Wechselgelds im Bemühen, den Taxometer zu begreifen, die Straße hoch streckte ein bärtiger Mann seinen bloßen Oberkörper aus einem Fenster im fünften Stock, brüllte, sie sollten alle die Fresse halten und sich nach New Jersey verziehen, und knallte das Fenster so heftig herunter, dass es zu Pfiffen und Applaus von unten Glasscherben regnete.

»Verzeihung«, sagte der hagere Detective von der Nachtschicht zu dem zerzausten Mann, der auf der obersten Stufe über dem wachsenden Schrein hockte. »Wie geht es Ihnen?«

»Gut.« Der Kerl sah aus wie menschlicher Ruß.

»Wohnen Sie hier?«

»Nicht ganz.«

»Sind Sie aus der Gegend?«

»Ursprünglich, ja.«

»Letzte Nacht etwa um diese Zeit wurde hier vor diesem Haus geschossen, haben Sie davon gehört?«

»Ja.« Er kratzte sich heftig am Hals.

»Wir suchen Menschen, die zu der Zeit in der Nähe waren, möglicherweise was gesehen oder gehört haben.«

»Tut mir leid.«

»Schon gut.« Der Detective ging ein paar Schritte, kehrte dann um. »Darf ich fragen, was Sie hier jetzt gerade machen?«

»Ich?« Der Mann zuckte die Schultern. »Ich warte auf jemanden.«

Yolonda, die sich freiwillig zur Nachtschicht gemeldet hatte, um nicht nach Hause zu müssen oder in den abstoßenden Ruheraum, saß in einem Sedan auf der anderen Straßenseite und sah ihren Partner von der Unterhaltung mit dem Vater des Toten zurückkommen. Auf sie wirkte es, als würde Marcus oben auf den Stufen sitzen bleiben, bis die Zeit es irgendwie fertigbrachte, sich selbst zurückzudrehen.

»Das ist so traurig«, sagte sie zu dem Kollegen, als er sich wieder ins Auto setzte.

»Was?«

»Als würde er darauf warten, dass sein Sohn zurückkehrt, nicht?«

»Das ist der Vater?« Er schreckte zurück. »Schön, dass ich das auch mal erfahre.«

»Der Arme«, sagte Yolonda. »Ich hoffe bloß, der geht uns damit nicht allzu sehr auf den Sack.«

3   Erster Vogel (Ein paar Schmetterlinge)

Abgemacht war Folgendes: gegenüberliegende Straßenseiten, und wenn sie passende Nasen fanden, sollte der auf der anderen Straßenseite einen Block weitergehen, dann rüberwechseln und zurückkommen, damit sie sie in die Zange nehmen konnten, allerdings sollte Little Dap, weil Tristan die Knarre hatte, auf jeden Fall so tun, als würde er auch überfallen, dabei aber ein bisschen hinter den eigentlichen Opfern stehen, falls sie weglaufen oder sich wehren wollten. Das war der Plan, und sie brachten Stunden damit zu, von der Bowery bis zur Pitt Street, von der Houston zur Henry auf gegenüberliegenden Straßenseiten zu laufen, beide humpelnd, um die langsame Pirsch zu rechtfertigen, die sie aufrechterhalten mussten, dann vor lauter Langeweile das Humpeln zu vergessen, sich wieder daran zu erinnern, zwischendurch eine Pizza zu essen, was auch immer, stundenlang.

Zunächst waren zu viele Leute da, dann gar keine, dann tauchte das Polizei-Taxi auf, spitzte sich auf Little Dap und verfolgte ihn über mehrere Blocks, bis er in den arabischen Minimarkt gegangen war, nur um sie loszuwerden. Um zwei, halb drei, als die Bars und Clubs sich allmählich leerten, waren zuerst wieder zu viele Leute da, dann wieder gar keine, bis Little Dap um halb vier sagte, Scheiß drauf, wir machen Schluss, und beide gemeinsam zur Lemlich-Siedlung zurückgingen. Tristan dachte bereits mit Sorge daran, dass er an der Tür seines Ex-Stiefvaters vorbeischleichen musste, und stellte sich vor, wie es wohl wäre, die Knarre mit nach Hause zu nehmen, als ihnen plötzlich die drei Weißen auf der Eldridge entgegenkamen, der in der Mitte betrunken, von den anderen beiden halb geschleppt, und bevor sie sich überhaupt darauf vorbereiten konnten, passierte es – Tristan richtete mit pochendem Herzen die Waffe auf sie, und der Betrunkene legte sich nieder, sobald die beiden anderen auseinanderstrebten, um sich ihre jeweilige Reaktion auf Little Daps Forderung zurechtzulegen. Der Typ links machte es richtig, händigte seine Brieftasche aus und blickte zu Boden, aber dann versaute der andere alles, trat fast lächelnd an ihn heran, an die Waffe, als würde er gerade in seinem Lieblingsfilm mitspielen oder was, und sagte: »Heute nicht, mein Freund.«

Als der Weiße sagte, was auch immer er Schwachhirniges gesagt hatte, sah Little Dap, wie Tristan ganz starr und irr wurde, worauf Little Dap wünschte, er hätte die Waffe, um diesem Helden Manieren beizubringen. Er wollte sie sogar gerade an sich nehmen, sie Tristans verknotetem Griff entziehen, aber dann – paff – zu spät, der Typ glotzte bei dem Brustschuss hoch, als hätte jemand seinen Namen aus dem Fenster gerufen, und faltete sich dann zusammen, ohne je wieder nach unten zu blicken, Tristan bückte sich über ihn, als wollte er ein Stück aus seinem Gesicht beißen, und zischte »Oh!«, Little Dap zischte »Los!«, zerrte ihn weg, und dann flogen die beiden südlich auf der Eldridge, kachelten so rasant auf die Lemlichs zu, dass Little Dap im Augenwinkel nur eine Rollladen-Wolke wahrnahm. Sie peitschten um ein betrunkenes Paar herum wie Gischt um einen Felsen und trafen dann auf einen alten Chinesen, der instinktiv mit großen Augen nach seiner Brieftasche griff. Sobald sie allerdings über die Madison waren, packte Dap Tristans Kapuze, damit er stehen blieb. »Geh« – ein Fiepen – »Dach«, japste er, bevor er allein einen halben Block die Madison zur Ecke Catherine Street hinunterging, damit sie getrennt bei den Lemlichs ankamen, beide durch den Mund atmend und geradeaus starrend, als wüssten sie nichts von des anderen Existenz, erreichten die Siedlung, gingen auf die St. James 32 zu, traten gleichzeitig in den Hausflur, das schon mal verbockt, gingen in verschiedene Treppenhäuser beiderseits der Fahrstühle, hechteten die dreißig Treppen zum fünfzehnten Stock hinauf, gingen stumm die Treppe zur Dachtür hoch, traten auf den Kies hinaus und wären beinahe mit den beiden Siedlungsbullen zusammengestoßen, die mit dem Rücken zu ihnen am flussseitigen Geländer lehnten und sich beim Zigarettenpäuschen nach der Vertikalpatrouille ascheschnippend über die Aussicht unterhielten: Wall Street, die Brücken, die Brooklyn Promenade, Washington Heights. »Ein arschgeiler Trump-Blick«, sagte der eine Bulle und spekulierte dann darüber, wie viel der auf dem freien Markt bringen würde. »Braucht man nur noch die fünfzehn Stockwerke mit Kacknasen hier drunter loswerden.«

Little Dap und Tristan versteckten sich hinter der jetzt weit geöffneten Dachtür, atemlos, Tristans Hand wie eine Klaue am äußeren Türknauf. Die beiden verharrten in der Hocke, bis die Zigarettenkippen über die Kante geschnippt wurden, die Bullen sich umdrehten und zurückgingen, ohne zu merken, hoffte Little Dap inständig, dass die Tür jetzt weit offen stand und die beiden dahinter kauerten. Im letzten Moment musste Little Dap Tristans Hand vom Türknauf reißen, damit die Bullen das Scheißding hinter sich zumachen konnten. Noch immer in der Hocke lauschten sie dem Echo ihrer Schritte auf dem Weg hinunter, dann rannten sie endlich zur Westecke des Daches, um sich anzusehen, woher sie gerade gekommen waren. Weder konnten sie durch das Gezacke aus Mietshäusern, neuen grünen Glashochhäusern und turmhohen Aufstockungen hindurchsehen, noch hörten sie Sirenen oder irgendwelche anderen Alarmgeräusche, aber die Leiche lag da, sie lag da hinten.

Tristan stand wie angewurzelt im feinen Kies, die Zunge ledrig in seinem Mund, während Bilder und Gefühle um ihn herumhüpften: das kleine Zucken im Finger, als er abdrückte, wie der Typ beim Aufschlag hochguckte und das Weiß in seinen Augen darunter ganz zu sehen war, dann wieder und wieder der unerwartete Ruck in seiner Hand wie das Schnappen eines Hundes, als die 22er buckelte. Hatte er absichtlich geschossen? Er wusste es nicht. Aber es ging ihm gut.

Zu seiner Überraschung musste er an früher denken, als er klein war und mit seiner Großmutter in dieser anderen Siedlung in Brooklyn wohnte, an den Tag, als er mit den anderen Kindern im Fahrstuhlschacht rumtobte, von der Kabine, die nach oben fuhr, auf die andere Kabine, die nach unten fuhr, sprang, und als dieser Junge, Neville, ausrutschte, zwischen die beiden Kabinen geriet, die in entgegengesetzte Richtungen fuhren, wie die Federn einfach hinten aus seiner Daunenjacke rausplatzten, als die Kante der einen Kabine sie aufschlitzte, ihn aufschlitzte, dann noch mehr Federn, später, als die Sanitäter die Jacke aufschnitten, um an das zu kommen, was darin noch übrig war.

»Hörst du schlecht?«, zischte Little Dap, ohne den Blick von der Aussicht zu wenden. »Ich sagte, gib mir die Scheißknarre!«

Tristan fasste in die Tasche seines Kapuzenpullis, geriet eine Sekunde in Panik, weil da nichts war, und merkte dann, dass die 22er noch immer fest in seiner rechten Hand lag, fest in der Hand, seit er abgedrückt hatte.

»Okay.« Litte Dap, den Blick noch immer geradeaus in Richtung der Leiche, nahm sie an sich. »Okay. Wenn du quatschst?« Er schüttelte keuchend den Kopf. »Du quatschst, egal, mit irgendwem?« Er holte Luft. »Die hab ich jetzt« – er hielt die 22er hoch – »mit deinen Fingerabdrücken überall drauf.«

Tristan dachte noch, mit deinen auch, wo du sie doch hältst, überlegte sich dann aber, dass es so einfach nicht sein konnte. Oder?

Plötzlich packte Little Dap ihn von hinten, stieß ihm seine Weichteile in den Hosenboden und zischte ihm ins Ohr: »Gefällt dir das? So geht es da drin den ganzen Tag und die ganze Nacht, kapiert? Aber so weit kommst du gar nicht.« Tristan wollte darüber lachen, großer Gladiatorenausbilder, aber dann hockte sich Little Dap hinter ihn, schlang die Arme in einer erneuten Umklammerung um Tristans Oberschenkel, hob ihn vom Kies und ließ ihn beinahe kopfüber über die zu niedrige Brüstung baumeln. Tristan verstummte vor Schreck, das Blut blubberte ihm in den Schläfen, während er nach dem äußeren Metallgitter grabschte, das ihn von einem fünfzehnstöckigen Sturz trennte. »Keiner hat einen Schimmer, du hältst die Fresse, und das bleibt auch so«, zischte Little Dap, und kurz entglitten die Beine, Tristan rutschte ein paar Zentimeter auf die Erde zu, sein Hirn quietschte. »Also. Du weißt, die kommen her und klopfen an jede Tür, und du gibst ihnen keinen Grund, an *deine* Tür zu klopfen oder dich auch nur anzugucken, hast du mich verstanden? Weil ich geh da nicht wieder rein.« Selbst in seinem grellen Schock konnte Tristan den blubbernden Kloß in Little Daps Hals hören. Little Dap zog ihn wieder hoch, und Tristan fiel stumm auf ein Knie, nur um den Kies unter sich zu spüren.

»Ich geh jetzt runter.« Little Daps Stimme zitterte noch. »Du wartest zwanzig Minuten, dann gehst du.« Er wandte sich zur Dachtür, dann drehte er sich noch mal um. »Und ab jetzt? Guckst du mich nicht mal mehr an.«

Eine halbe Stunde später schlich Tristan wie ein Ninja am Zimmer seines Ex-Stiefvaters vorbei in das Zimmer, das er sich mit den drei Hamstern teilte. Die vier Matratzen lagen so dicht an dicht, dass sie zusammen aussahen wie ein riesiges Bett von Wand zu Wand. Tristans Matratze war die dritte oder die zweite, je nachdem, ob man vom Fenster oder vom Schrank aus zählte. Der Junge, Nelson, zu seiner Linken, war sechs, das Mädchen, Sonia, zu seiner Rechten, fünf, die kleine Paloma war drei. Auf seinem Kopfkissen lag ein Zettel: GLAUB JA NICHT, DASS DU DAFÜR NICHT BEZAHLST, in derselben peinlich extravaganten Druckschrift wie die Hausregeln, die mit Heftzwecken an die Wand gepinnt waren.

Tristan ging ins Bad und betrachtete sich im Spiegel. Nach einer ganzen Weile drehte er das Heißwasser auf, ließ es so leise wie möglich laufen, holte aus dem Medizinschränkchen seines Stiefvaters die Einwegklingen und rasierte sich zum ersten Mal, seit er alt genug war, sich das Kinnbärtchen stehen zu lassen. Als er fertig war, verlief der fette weiße Blitz noch immer in einer zackigen S-Kurve von seiner linken

Wange zum Mundwinkel und aus dem anderen Mundwinkel hinunter zur rechten Kinnpartie. Der schmale Bart hatte jedenfalls so viel verdeckt, dass es nicht grundsätzlich das Erste war, was ihm ins Auge fiel, wenn er sein Spiegelbild in einem Schaufenster sah, doch dieser Anblick jetzt, ganz bloß nach so langer Zeit, war ein nackter Schock, der weitere ungebetene Erinnerungen hochspülte.

Im Schlafzimmer holte er seinen Spiralblock unter der Matratze hervor und versuchte, ein paar Zeilen zu schreiben.

Fass mich an ich mach dich ein

Doch mehr fiel ihm nicht ein, also schob er das Notizbuch wieder in sein Versteck. Als er ein paar Minuten später endlich auf dem Rücken lag, hörte er draußen den ersten Vogel, den ersten Vogel der Welt, Sonnenaufgang in einer halben Stunde, zur Schule fertigmachen eine halbe Stunde danach.

Er schloss die Augen, fühlte wieder das Buckeln der 22er, sah die Augen des Typen hochgehen, hoch, hoch, dann lauschte er wieder dem Vogel, seinem verrückten Geträller. Als er den Kopf zum Fenster drehte, sah er die zitternde überlebensgroße Silhouette auf der leicht flatternden hellbraunen Markise: Monstervogel.

Er starrte eine Weile an die Decke, schloss wieder die Augen.

Es ging ihm gut.

4   Einschlafen lassen

Am nächsten Morgen stand Matty mit dem Rücken zum Schlachtfeld, das seine Söhne hinterlassen hatten, Tasse Kaffee in der Hand, über die Brüstung seiner Rasenmatten-Terrasse im sechzehnten Stock gelehnt, und sah auf die benachbarten Straßen im Westen hinunter, ein winziges Schachbrett der Zerstörung und Sanierung, auf dem allem Anschein nach keine Lücke, kein Mietshaus unberührt geblieben war. Dann blickte er südwärts aufs Finanzviertel, die nicht vorhandenen Zwillingstürme. Er hatte sich immer vorgestellt, diese aalglatten Glaslavabüros, die bis zum Vorjahr die Aussicht dominiert hatten, schämten sich wie jemand, der durch einen blitzschnell aufgezogenen Duschvorhang entblößt worden war.

Er selbst schämte sich ein wenig, weil er seinen Söhnen wieder einmal aus dem Weg gegangen war und stattdessen im Ruheraum geschlafen hatte. Jedenfalls war es nur eine Nacht gewesen; Jimmy Iacone, der sich nach seiner Trennung nicht mehr sortiert kriegte und sein verfügbares Einkommen lieber in den Bars in der Ludlow Street ließ, wohnte praktisch seit sechs Monaten in diesem fensterlosen Verschlag.

Mattys stampfbeinige Nachbarin trat auf die Nebenterrasse und fing an, ohne ihn eines Blickes zu würdigen, auf einen Teppichläufer einzudreschen wie auf ein störrisches Kind. Sie gehörte zu der einzigen orthodoxen Familie im Haus, die bereit war, den automatischen Schabbes-Aufzug zu benutzen, statt von Freitag Sonnenuntergang bis Samstagabend die Treppen zu benutzen, und somit auch der einzigen orthodoxen Familie, die imstande oder bereit war, über dem sechsten Stock zu wohnen. Doch sie hatten nur zwei Schlafzimmer, und die Frau war schon wieder schwanger, zum dritten Mal binnen fünf Jahren, also würden sie wohl bald umziehen und für mindestens eine halbe Million verkaufen, höchstwahrscheinlich an irgendein Wall-Street-Pärchen, das gern zu Fuß zur Arbeit ging. Jeden Dezember konnte man den Zuzug nichtjüdischer Paare in diese einst jüdische Enklave schlicht an den neuen Weihnachtslichterketten entlang der zwanzigstöckigen Hausfassade ablesen – im letzten Jahr schließlich zahlreich genug, um für eine zwei Meter hohe Kiefer zu stimmen, die sich neben den ewigen Chanukkaleuchter gesellte.

Das Telefon erbebte in Mattys Hemdtasche. Er spähte auf die Nummer: Berkowitz. Und so nahm die Geschichte ihren Lauf. »Morgen, Inspector.«

»Er will Sie sehen.«

»Ach ja?«

»Da gibt es verdammt viel Erklärungsbedarf.«

»Tatsächlich?« Matty ließ den Bodensatz seiner Kaffeetasse auf die Essex Street regnen.

»Wie kommt es, dass Sie uns nicht erzählt haben, wie wacklig das Ganze ist?«, fragte Berkowitz.

»Wie kommt es, dass ich Ihnen das nicht erzählt habe?« Er schritt jetzt auf der Rassenmatte auf und ab. »Wie oft habe ich Ihnen gesagt, ›Ich kann mir einfach schwer vorstellen, dass er der Täter ist‹? Wie oft?« Das beharrliche Klopfen eine Terrasse weiter bereitete ihm Kopfschmerzen. »Und das Einzige, was ich von Ihnen und allen anderen zu hören bekommen habe, war immer wieder Sack zumachen, Stöpsel ziehen, Sack zu, Stöpsel ziehen. Staatsanwalt genauso. Ich habe alle Karten auf den Tisch gelegt, der Typ sagt, ›Zwei Zeugen sind besser als keine Waffe, mit den Zeugen haben wir einen hinreichenden Tatverdacht.‹ Wenn der Staatsanwalt sagt, Auf geht's, wann sagen wir da mal Nein? Nennen Sie mir einen Fall.«

»Elf Uhr.«

Das Büro des Chefs der Detectives im One Police Plaza war wie eine Himmelskabine, der Empfangsbereich im vierzehnten Stock herausgeputzt wie eine abgewrackte Polizeiwache mitsamt narbigem altem Holztisch als Empfangstresen, dürftig gewarteten Aquarien und Treppenspindeln, von denen die Farbe abblätterte, als Raumteiler, an den Wänden Fotografien in billigen Rahmen neben kleinkarierten Bekanntmachungen und einer amerikanischen Flagge, die groß genug war, um ein Doppelbett abzudecken. Hatte man jedoch einmal die Bühnendeko hinter sich gelassen, kamen die Suiten, ganz Teak, Macht und ehrfurchtsvolle Stille.

Genau dort stand Matty zwei Stunden später, bereits erschöpft, in seinem besten Anzug, unmittelbar vor dem Konferenzzimmer des Chefs, neben ihm Deputy Inspector Berkowitz mit einer Hand am Türknauf, doch augenblicklich verharrend. »Das ist nicht gut.« Berkowitz' Stimme ein dringliches Murmeln.

»Das sagten Sie bereits.«

»Die suchen alle nach einem Hintertürchen.«

»Kann ich mir denken.«

»Mein Boss will nicht dumm dastehen.«

»Kann ich mir denken.«

»Also. Wer hat diese Festnahme angeordnet?«

»Er.«

Berkowitz atmete durch die Nase aus, warf rasch einen prüfenden Blick in den kahlen Flur und beugte sich noch näher heran. »Wer hat diese Festnahme angeordnet?«

»Sie?« Matty wusste ganz genau, was Berkowitz hören wollte.

Ein weiteres Ausatmen, ein weiteres Schielen. »Noch einmal.«

»Wollen Sie mich verarschen?«

Berkowitz funkelte ihn an, und Matty dachte: Na schön. »Ich.«

Berkowitz zögerte einen Moment, musterte sein Gesicht, öffnete schließlich die Tür und nahm seinen Platz ein, bevor Matty einen Fuß über die Schwelle setzen konnte.

Trotz seiner selbstgerechten Rage verwandelte der Anblick der sieben Männer, die um den langen polierten Tisch hoch über dem East River auf ihn warteten, Matty für einen Augenblick in ein Kind. Der Chef der Detectives, Mangold, aus dem Ei gepellt, telegen, stinksauer, saß am unteren Ende, flankiert von Berkowitz und Upshaw, dem Chef der Manhattan Detectives. Des Weiteren saßen dort zwei Inspectors, Division Captain Mangini und, so weit wie nur möglich von den anderen Bossen entfernt, Carmody, der Lieutenant des achten Reviers. »Also.« Mangold reckte das Kinn in Mattys ungefähre Richtung. »Was zum Teufel ist da vorgefallen?«

Zum tausendsten Mal spulte Matty seine Litanei ab: seine Sorge über die fehlende Waffe, das fehlende Motiv, das letztlich entscheidende Gegengewicht zweier angeblich todsicherer Zeugen, der Staatsanwalt, der sagt, Hinreichender Tatverdacht, der sagt, Vorsicht ist besser als Nachsicht.

»Erlauben Sie mir eine schlichte Frage.« Mangold sah mit schmalen Augen auf den East River hinaus, auf die Bergkette aus zertrümmerten Mietshäusern, die unter dem Gesprenkel lauerten. »Haben Sie wenigstens einen Schmauchspurentest gemacht?«

Matty hätte am liebsten gelacht, das musste doch so eine Art Versteckte Kamera sein, ein Aprilscherz, aber nein. Alle blickten entweder böse aus dem Fenster oder stirnrunzelnd auf ihre Fingernägel.

»Laut Kriminaltechnik gab es da ein Zeitproblem«, sagte er schließlich und wappnete sich für die nächste Attacke.

»In diesem Fall habe ich noch eine schlichte Frage.« Mangold hatte ihn noch nicht ein einziges Mal angesehen. »Wer leitet den Fall, Sie oder die Kriminaltechnik?«

Matty spürte, wie ihm die Farbe ins Gesicht schoss. »Ich.«

»Und Sie haben sich von denen den Schmauchspurentest ausreden lassen. Sie haben keine Waffe, kein Motiv, in einer solchen Situation haben wir es doch mit den elementarsten, den grundlegendsten ...« Er schüttelte ungläubig den Kopf.»Ein Ermittler mit Ihrer Erfahrung.«

»Ich höre das zum ersten Mal«, sagte der Chef der Manhattan Detectives; er klang zugleich tief betrübt und verstört.

Augenblicklich widmeten sich alle Anwesenden, die gesamte Telefonkette plus Carmody, der von alledem nichts mitbekommen hatte und im banalsten Fall nicht mal ein Stück Kohle in einem Schneeball finden würde, dem fassungslosen Kopfschütteln.

»Hören Sie auf, über mich den Kopf zu schütteln«, fuhr er den Lieutenant an, bevor er sich beherrschen konnte. Carmody war der Einzige im Raum, bei dem er sich einen Anpfiff beinahe erlauben konnte. Aber auch nur beinahe.

Alle hatten nun ihren Blick auf ihn gerichtet – was hat er vor –, bis Mangold wie gelangweilt sagte:»Schön, das reicht, jetzt folgen Sie meinen Anweisungen.«

Allgemeines Ausatmen.

»Haben Sie die Sitte eingeschaltet?«, fragte ihn Mangold.

»Die Sitte?«

»Damals, '92, hatten wir eine Menge Nutten in der Gegend. Rufen Sie die Sitte an, fragen Sie, ob die irgendwelche Spitzel auf dem Block haben, Informanten, vielleicht war es ein Freier.«

»Da sind wir dran«, sagte Berkowitz.

Ein Freier ...

»Nehmen Sie sich alle Afterhour-Clubs vor, Glücksspiel.« Mangold sprach wieder mit dem Fluss.»Ihre Bewährungsklientel Raub im Achten, ist die Ihnen bekannt?«

»Durchaus«, sagte Matty.»Die meisten sind in den Dreißigern und Vierzigern, nichts Passendes.«

»Ziehen Sie die Bewährung auf jeden Fall mit rein. Wir hatten einen Bewährungshelfer da unten, als ich in den Achtzigern bei der Streife war – der Typ hat für uns bestimmt ein halbes Dutzend Fälle gelöst. Ein menschlicher Computer.«

»In den Achtzigern?«

»Auch die Bar, wo sie zuletzt waren.«

»Berkmann.«

»Vielleicht weiß da jemand was und ist damit noch nicht rausgerückt. Ich will, dass die Sitte eine Jugendschutzkontrolle durchführt, rufen Sie die Drogis an, ob sie Spitzel dort haben. Ich will, dass Sie alle Hebel in Bewegung setzen, bis jemand das Fähnchen schwingt.«

Matty erwog, eine Bar zu eröffnen, in der Highschool zu unterrichten, was auch immer. Was könnte er denn mal unterrichten ...

»Okay, weiter. Der Mann behauptet, er hat eine Waffe?«

»Wer?«

»Den Sie festgenommen haben.«

»Nicht mehr«, antwortete Matty. »Er sagt, er hat sie vor ein paar Jahren bei einer der Geld-für-Waffen-Aktionen im Achten abgegeben.«

»Na schön, finden Sie raus, ob's stimmt.«

»Das geht nicht, Chef«, sagte Matty. »Wir halten das nicht fest.«

Jetzt sah Mangold ihn an, die Augen funkelnd vor Verwunderung. »Mann, Sie machen aber auch nur Ärger.«

Da sprang Berkowitz Matty überraschend zur Seite, wobei er auch nicht mehr tat, als das Offensichtliche auszusprechen. »Der ganze Sinn dieser Aktion, Chef, ist keine Namen, keine Fragen, damit locken wir sie, sonst ...«

»Dann gucken Sie im Achten nach, das Jahr, wo er angeblich die Waffe abgegeben hat, Bestandskatalog durchsehen, ob zu der Zeit irgendwelche 22er verbucht wurden. Liefern Sie mir irgendeine Scheißkrücke, um mich ein bisschen aufzuheitern.«

»Das ist wie die Nadel im Heuhaufen, Chef.« In seiner Verzweiflung genoss Matty allmählich seine negativen Antworten. »Bei allem Respekt.«

»Ja, Himmelherrgott, der Typ wohnt in Spuckweite vom Tatort – dann gehen Sie zu ihm, nach Hause, reden Sie mit ihm, mischen ihn auf, ich will mehr über die Waffe wissen. Wir sind noch nicht fertig mit ihm.«

»Chef« – Matty errötete – »Sekunde, warum sollten wir alle Brücken hinter uns abbrechen, der Mann ist unser einziger Zeuge und hasst uns sowieso schon. Ich verstehe nicht ...«

Ohne ihn zu beachten, wandte sich Mangold an Upshaw. »Das ist gar nicht gut. Vor der Presse – wir haben ein Problem.«

»In der Hinsicht«, sagte der Chef der Manhattan Detectives leise, als spräche er außer Hörweite über einen Patienten, »meine ich, lassen wir's einschlafen, einfach vorüberziehen.«

Erneut der Reigen feierlichen Kopfnickens, und Matty begriff: ab sofort Maulkorb für die Presse. Und unvermeidlich ein, zwei Tage später ein medienfreundlicherer Mord, 90 Prozent der Detectives, die er abgestellt hatte, kehrten stillschweigend in ihre Reviere zurück, Matty blieb mitten im Zimmer mit einem Pappkarton voller Anzeigen and Handakten sitzen und null Verstärkung außer vielleicht, aus Mitleid, Yolonda. Alle anderen würden ihn bei diesem Fall still meiden wie einen gestrandeten Ahab, wie einen nervigen alten Matrosen, als hätte sein Hirn Mundgeruch. Das nachdenkliche Schweigen, das sich auf den Konferenzraum gesenkt hatte, wurde schließlich von Mangold gebrochen, der Matty ein zweites und letztes Mal seines Blickes würdigte.

»Ein simpler Schmauchspurentest«, sagte er träumerisch, die Stimme voll welkem Erstaunen.

Matty erhob sich unversehens in die Halbhocke, die rot und weiß gespreizten Finger auf dem Tisch, und ein, zwei geblähte Sekunden lang sah es so aus, als würde er jedem der hier anwesenden Vorgesetzten die Meinung sagen, Mangold alles durchbuchstabieren, Telefongespräch für Telefongespräch mit allen, die jetzt mit versteinerten Mienen dasaßen und seine Gedanken lasen, jedoch, jedoch ... Er schluckte es, jeder dieser bräsigen Karrieristen hatte genug Biss, Mattys Karriere in die Tonne zu treten und ihn bis zum Ende seines Berufslebens nach Staten Island abzuschieben, Tag für Tag über die Verrazano Bridge mit ihrer Sieben-Dollar-Maut. Als er auf den Stuhl zurücksank, spürte er förmlich die Erleichterung hinter den Fassaden.

Scheiß drauf. Jedenfalls wissen sie alle Bescheid.

»Also, geht einfach zu ihm hin, klopft an, entschuldigt euch und kommt zurück«, sagte Matty zu Iacone und Mullins im besten Bemühen, den Anweisungen zu folgen, ohne Eric Cash noch weiter aufzustören.

»Keine Durchsuchung?«

»Keine Durchsuchung. Keine Durchsuchung.« Widerwillig fügte er hinzu: »Ich weiß nicht. Seht zu, ob er noch irgendwas zu der Waffe zu sagen hat, aber geht behutsam vor, und dann verpisst euch.«

Der Lieutenant stakste vorbei, ohne ihn anzusehen.

Matty wartete, bis Carmodys Tür zugeknallt war, dann rief er einen Freund bei der Sitte an. »Hey. Ihr bekommt einen Anruf vom 1PP, damit ihr in dieser Bar, dem Berkmann, eine Jugendschutzkontrolle durchführt, okay?«

»Haben wir schon.«

»Durchgeführt?«

»Nein, Anruf. Wir gehen irgendwann diese Woche rein, morgen, übermorgen, so was.«

»Pass auf, der Besitzer ist ein Freund unserer Einheit, hat noch nie Ärger gemacht, uns immer geholfen, also, reine Neugier, hast du eine Ahnung, wen ihr reinschickt?«

Der Freund von der Sitte zögerte einen Moment. »Mir gefällt diese kleine Dominikanerin, noch in der Ausbildung, hat's aber schon mal gemacht.«

»Ach ja? Hübsch?« Matty schnappte sich einen Stift.

»Nicht unbedingt, bisschen kurz geraten, eher so kompakt, trägt einen Ohrring in der linken Braue.«

»So was.« Notierte sich das.

»Hat so metallicrote Strähnen.«

»Die Kids heutzutage, hm?« Matty gluckste, schrieb weiter. »Gibst du mir einen Tipp, bevor ihr loslegt?« Er wusste nicht recht, wie sich das auszahlen sollte, aber angesichts dieser vorkomatösen Untersuchung bei Harry Steele einen gut zu haben, schien ihm instinktiv ein brauchbarer Schachzug.

Als Eric die Tür öffnete, stellte er zu seinem geringen Erstaunen fest, dass die Stadt New York mit ihm noch nicht fertig war. Er hatte den ganzen Morgen auf seinem Futonsofa gesessen und nur auf so etwas gewartet.

»Eric?« Jimmy Iacone streckte die Hand aus. »Ich bin Detective Iacone, und der Große hier« – er stieß einen Daumen nach hinten – »ist Detective Mullins. Wir sind eigentlich nur gekommen, um nach Ihnen zu sehen, und, na ja, uns noch mal für gestern zu entschuldigen.« Sie waren ein echtes Traumpaar: Mullins groß, blond und stumm, die lichtlosen Augen mitten auf Erics Stirn gerichtet, der andere fett und so ölig wie der Bösewicht in einem Spaghettiwestern. »Zum Glück«, fuhr Iacone fort, »haben wir die ganze Zeit für Sie weitergearbeitet. Sind einfach drangeblieben, bis wir jemanden gefunden haben, der Ihre Geschichte bestätigt ... Das einzige Pech dabei ist, dass noch was offen ist.«

Erics Schultern fingen wieder mit diesem Zucken und Zittern an und lenkten Mullins' Blick von der schönen Stelle über den Augen ab. Iacone trat einen fröhlichen Schritt vor, so dass Eric zurückweichen musste. »Dürfen wir reinkommen?« Die Wohnung war türlos bis zum Fenster. Während Mullins ins büchergesäumte Wohnzimmer strebte, bugsierte Iacone Eric in die Essecke/Kochnische und drehte ihn dann so, dass er mit dem Rücken zu seinem Partner stand. »Sie sagten, Sie haben eine 22er.«

»Ja, dem Detective, wie heißt ...« Erics Finger trillerten durch seine Brieftasche, bis er Mattys Karte gefunden hatte. »Clark. Detective Clark. Dass ich den Waffen-gegen-Geld-Tausch gemacht habe.« Er hörte, wie Mullins hinter ihm rumorte.

»Richtig.« Iacone legte sachte eine Hand auf Erics Arm, damit er sich nicht umdrehte. »Kann irgendjemand bezeugen, dass Sie das tatsächlich ...«

»Gemacht habe? Na ja, der Beamte hat mir die Bargeldquittung gegeben, das ist Jahre her, keine Ahnung, wie der, und Moment, ich glaube, ein Freund war dabei, Jeff Sanford.«

Iacone notierte sich den Namen. »Wie erreichen wir Jeff?«

»Um sicherzugehen, dass ich nicht lüge?«

»Routine.« Iacone zuckte entschuldigend mit den Achseln, den Stift über dem Notizblock gezückt.

»Er ist irgendwo upstate – Elmira?«

»Dem Zuchthaus?«

»Dem was?« Eric fuhr zurück. »Nein, der Stadt. Er unterrichtet an der Highschool.« Dann das Klatschen eines Buches. »Was macht der da?« Schließlich fuhr Eric zum Wohnzimmer herum, wo Mullins die mit Alessandras Forschungsmaterial vollgestopften Regale durchging.

»Das ist nicht so, wie es aussieht«, sagte Eric, »das gehört alles meiner Freundin, für ihren Master, fragen Sie Detective Clark, wir, das ist alles Recherchematerial, jedes ...«

Mit einem arabischen Sextouristenführer für Thailand in der einen und einem deutschen Spanking-Magazin in der anderen Hand warf Mullins Eric einen Blick zu, der diesen endgültig in seine Einzelteile zerstäubte.

»Bitte.« Erics Stimme versagte.

»Johnny«, sagte Iacone sanft.

Mullins steckte demonstrativ jedes Schriftstück an seinen angestammten Platz zurück, nur waren die Regale so überfüllt, dass ihm jedesmal automatisch weitere Bücher und Zeitschriften entgegenkamen, eins abseitiger als das nächste.

»Ich mach das schon, ich mach schon.« Eric kniete vor Mullins und begann, mit zitternden Händen den Überschuss aufzuschichten.

»Was ist denn da drin?« Mullins deutete auf den Schiffskoffer zwischen Futoncouch und Fernseher, versehen mit einem fransigen Brokattuch und einem Vorhängeschloss.

»Wissen Sie was?« Eric sah vom Boden auf. »Ich habe keine Ahnung. Er war verschlossen, als ich hier einzog, sie hat mir den Schlüssel nie gegeben, und ich habe ihn nie im geöffneten Zustand gesehen. Wahrscheinlich was richtig Peinliches, aber von ihr. Alles hier gehört ihr, sehen Sie mal.« Er sprang auf, marschierte zur Kochnische und riss die Schranktüren auf, dahinter Regale voller Bohnen, Linsen und Zutaten. »Ihrs.« Von dort schritt er zum gemeinsamen Kleiderschrank, aus dem Reißverschlusssäcke mit Mänteln, Pullovern und Kleidern quollen. »Ihrs.« Dann ins Bad, wo er den Duschvorhang wegzog, um ihnen Dutzende Abziehbilder von Delphinen, Riesenkraken und Walen auf den Kacheln zu zeigen. »Alles ihrs. Und wissen Sie was? Ich weiß nicht mal, wann oder ob sie überhaupt zurückkommt, okay?«

»Schon gut, schon gut.« Iacone wich mit erhobenen Händen zurück. »Wie gesagt, wir sind bloß vorbeigekommen, um noch ein paar Fragen zu klären.«

»Und uns zu entschuldigen«, fügte Mullins hinzu.

Eric konnte sie hören, während sie die Treppe hinunterstapften. »Wir sollten uns einen Durchsuchungsbefehl für diesen Koffer holen«, sagte Mullins.

»Scheiß drauf«, sagte Iacone. Dann: »Recherche.«

»Die hättest du sehen sollen da drin, Yoli.« Matty saß auf ihrer Schreibtischkante. »Wie Kakerlaken im Licht. ›Davon wusste ich gar nichts‹, ›Das haben Sie uns nicht gesagt‹, ›Ist mir neu, Boss‹, ›Tolle Idee, Boss‹, und ich musste es schlucken. Alles wieselt unter den Ofen, und ich muss es schlucken.«

»Verstehst du jetzt, warum ich nie die Prüfung zum Sergeant gemacht habe?«, fragte sie. »Das ist der erste Schritt, so zu werden wie die. Die Durchgangsdroge.«

Mullins und Iacone kehrten in den Dienstraum zurück.

»Wie ist es gelaufen?« Matty fürchtete sich vor der Antwort.

»Gut«, sagte Iacone.

»Meint ihr, er hilft uns weiter?«

»Wieso nicht.«

Auf dem alten heißen Stuhl seines neuen Klienten im Vernehmungsraum des achten Reviers saß Danny Fein alias der Rote Danny von der

Hester-Street-Rechtsinitiative Matty, Yolanda und Bezirksstaatsanwalt Kevin Flaherty gegenüber; die dicken, breiten Zähne glänzten wie alte Mah-Jongg-Steine durch den rötlichen Bart.

»Passen Sie auf«, sagte Flaherty, »wir haben eine prinzipielle Beschreibung der Täter, wie kennen unsere Klientel hier in der Gegend, wir haben nur noch einige Lichtbildvorlagen für Eric und vielleicht noch eine Sitzung mit dem Zeichner, damit wir eine größere Ähnlichkeit erreichen und erfolgreich tätig werden können.«

»Mit ›größerer Ähnlichkeit‹ meinen Sie eine Zeichnung, mit der Sie nicht bloß Zeit schinden wollen, um ihn besser dranzukriegen?«

»Genau«, sagte Flaherty.

»Kein Problem.« Danny schlug die Beine übereinander. »Wie gesagt, sobald ich eine unterschriebene Immunitätserklärung bekomme, in der steht, dass er von strafrechtlicher Verfolgung ausgenommen ist.«

»Sie sind nicht …« Flaherty wandte den Blick ab und lachte gepresst. »Kommen Sie, Danny, alles deutet darauf hin, dass er nicht der Täter ist, aber das können wir nicht machen, das wissen Sie. Wir haben es mit einer laufenden Ermittlung zu tun.«

»Wie bedauerlich.«

Matty und Yolanda wechselten angespannte Blicke, Matty hatte bereits einige Lichtbildvorlagen in Mappen auf dem Schoß wie eine Sehhilfe.

Es ging das Gerücht, dass Danny gerade seine schwarze Frau Haley und die beiden Söhne Koufax und Mays für seine jüdische Collegefreundin verlassen hatte und dass bei der Rechtsinitiative keiner mehr mit ihm sprach.

»Was verlangen wir denn«, fragte Yolanda sanft, »Beschreibung von Kleidung, Gesichtsbehaarung …«

Danny legte in demonstrativem Erstaunen den Kopf schief. »Sie haben ihn acht Stunden lang in die Zange genommen und nicht mal das rausgefunden?« Er beugte sich vor. »Immunität.«

»Ehrlicher hätten wir doch gar nicht darlegen können, wie alles gelaufen ist«, sagte Flaherty. »Die waren alle da draußen, um seine Geschichte zu untermauern.«

»Untermauern, ja? Seien Sie froh, dass er Sie nicht verklagt.«

»Niemand bedauert mehr als wir, wie alles gelaufen ist«, fiel Matty schließlich mit ein, »aber wir hatten zwei Augenzeugen. Was hätten Sie denn gemacht? Sobald wir konnten, haben wir ihn von der Leine gelassen, aber jetzt ist er unser einziger richtiger Zeuge, und der schlichte menschliche Anstand verlangt, dass er sich uns zur Verfügung stellt.«

»Her mit der Erklärung.«

»Der Junge, Isaac Marcus, hat Eltern«, sagte Yolonda. »Wissen Sie, wieso ich ›hat‹ sage und nicht ›hatte‹? Weil wenn ein Kind getötet wird und irgendwann fragt jemand ganz unschuldig, ›Na, wie viele Kinder haben Sie denn?‹, dann wird das verlorene immer mitgezählt. Grundsätzlich. Das ist wie ein Phantomglied.«

»Yolonda«, mahnte Flaherty. Sie war die Einzige, die Fein noch nicht kannte.

»Sind Sie schon mal mit den Eltern eines ermordeten Kindes zusammen gewesen, Mr Fein?«

»Scheiße«, murmelte Flaherty, und Matty dachte, Na, bravo.

»Doch doch«, sagte Danny fröhlich. »Patrick Dorismonds zum Beispiel.«

Ein stiller Seufzer erfüllte den Raum.

»Verzeihung«, sagte Yolonda, »haben wir gestern Ihren Klienten erschossen?«

»Her – mit – der – Erklärung.«

»Kommen Sie, Danny.« Flaherty versuchte, wieder ins Spiel zu finden. »Ike Marcus und Eric Cash waren Freunde, sie waren Kolle …«

»Her mit der Erklärung.«

Schließlich verlor der Bezirksstaatsanwalt die Geduld. »Glauben Sie ja nicht, wir gehen damit nicht an die Öffentlichkeit. Wie will er da je wieder irgendwem unter die Augen treten?«

»Sie verhören ihn acht Stunden lang, werfen ihn grundlos in die

Katakomben, und jetzt … drohen Sie, ihn öffentlich zu demütigen?«
Danny lehnte sich zurück, als wollte er seine Gesprächspartner genauer in Augenschein nehmen. »Bringt mich doch immer wieder zum Staunen, die Dreistigkeit eurer Spezies.«

»Spezies?« Yolonda versuchte, beleidigt auszusehen.

»Hören Sie, Sie können es drehen und wenden, wie Sie wollen«, sagte Matty, »aber Sie wissen genau, dass das, was wir hier verlangen, gerechtfertigt ist.«

»Her mit der – Erklärung.«

Matty folgte Danny nach draußen und sprach mit ihm an der Rampe. »Hab gehört, Sie und Haley haben sich getrennt.«

»Ja, aber einvernehmlich.«

Zwei Uniformierte führten einen Latino in Handschellen, dessen eines Auge geschwollen war und sich bereits metalliclila verfärbte, die Rampe hinauf; Danny steckte dem Mann, als der an ihm vorbeiging, seine Karte in die vordere Jeanstasche.

»Eine Frage«, sagte Matty, »ich will ja nicht neugierig sein, aber was ist schlimmer für eine schwarze Frau: wenn der weiße Ehemann sie wegen einer anderen Schwarzen verlässt oder wenn er zu seiner eigenen Herde zurückkehrt?«

»Diese Verallgemeinerungen mag ich gar nicht«, sagte Danny. »Wie zum Henker soll ich das wissen? Wegen einem anderen Kerl.«

»Und wer ist jetzt glücklicher, ihre Schwiegereltern oder Ihre?«

»Im Ernst? Weder noch, wir haben uns alle bestens verstanden.«

»So?« Matty steckte sich eine Zigarette an. »Was machen die Kinder?«

»Flippen aus.«

»Tut mir leid.«

»Nein, leid müsste einem tun, wenn wir zusammengeblieben wären.«

Sie machten ein Päuschen, um Pennern vor einem schusssicheren Schnapsladen auf der anderen Seite der Williamsburg-Brückenpfeiler dabei zuzusehen, wie sie aufeinander losgingen, zwei jung-alte Männer, die fruchtlos mit den Armen wedelten.

»Dieses ganze ›Her mit der Erklärung‹, das Sie da drinnen abgezogen haben«, sagte Matty, »das hätten Sie Flaherty genauso gut am Telefon sagen können.«

»Wahrscheinlich, ja.«

»Also, warum sind Sie hergekommen? Ein bisschen Danny in der Löwengrube spielen?«

Der Anwalt schnaubte, sah lächelnd in die Ferne.

»Oder wollten Sie dabei einfach nicht auf unsere Gesichter verzichten?«

Danny blinzelte in den Verkehr auf der Williamsburg Bridge Richtung Brooklyn. »Sowohl als auch.«

»Kommen Sie schon, Danny«, sagte Matty, »Sie benutzen den Jungen doch nur, um uns eins reinzuwürgen.«

»Na – und«, sagte Danny, während er die Rampe hinunterging, zurück zu seinem wenige Blocks entfernten Büro. »Finden Sie nicht, dass man der Polizei ab und zu eins reinwürgen muss?«

»Scheiß beiseite: Hand aufs Herz, was wäre das Richtige?«

»Das Richtige?« Danny lief jetzt rückwärts. »Wie wäre es damit, euch zur Verantwortung zu ziehen?«

»Leck mich am Arsch, du Kommunistenratte«, sagte Matty abwesend.

»Hey, wenn ich könnte, würde ich einfach zu Hause bleiben.«

Tristan musste mal, aber vom Schlafzimmer aus hörte er das Scharren des Sessels, dann die Menschenmenge im Fernsehen und den Yankee-Ansager, »Untere Hälfte des vierten Innings«, und wusste, er saß in der Falle. Sein Ex-Stiefvater hatte 1984 in der PSAL-Meisterschaft im Yankee Stadium als Shortstop für James Monroe gespielt, keine Fehler und ein Single von einem Pitcher der DeWitt Clinton High School, der später von den Expos angeheuert wurde, und jetzt war er Kellner in Dinos Bronx-Café, wo viele Yankees und Gastmannschaften mit ihren Freundinnen essen gingen, und auch wenn er zu stolz war, das je zu erwähnen, wussten sie doch, dass er nicht bloß irgendein Teller-taxi war – Bernie Williams und El Duque begrüßten ihn immer mit Namen, und wenn das Trinkgeld nicht aufgeteilt würde, hätte er die meisten Nächte der Saison zum Schluss mehr in der Tasche als irgend-jemand sonst, was alles in allem heißen sollte, dass er, wann immer er frei hatte und die Yankees spielten, seinen Sessel von der Ecke des Zim-mers in die Mitte schleifte, *seinen* Sessel wohlgemerkt, sich reinsetzte und absoff und der Rest der Sippschaft die nächsten Stunden kuschen musste; und dass alle das taten, darauf konnte man Gift nehmen. Beim dritten Inning war er in der Regel gefährlich betrunken, aber noch wach genug, um seine fiesen schnellen Feldspielerhände einzusetzen, beim sechsten war er zu torkelig, um noch ernsthaften Schaden anzu-richten, was ihn aber nicht davon abhielt, es wenigsten zu versuchen, wenn ihm jemand in die Quere kam, also musste man im Grunde bis nach dem siebten Inning warten; sein Schnarchen im achten war das Entwarnungssignal für alle, dass man rauskommen und seinen Ge-schäften nachgehen konnte. Da das Spiel aber noch mitten im vierten steckte, hatte Tristan keine andere Wahl, als aus dem Schlafzimmer-fenster zu pinkeln.

Nachdem er sich vergewissert hatte, dass gegenüber niemand raus-sah und ihm wie letztes Jahr die Siedlungsbullen auf den Hals hetzte, stellte er sich auf die Zehenspitzen und schob die Hüfte vor, damit der Strahl am Außensims vorbeiging. Er fand sich dabei ziemlich erfolg-reich, bis er Pisse von der Wand spritzen hörte, fühlte und roch. Als er den Blick senkte, sah er, wie der Sechsjährige ihn nachmachte, mit sei-nem kleinen Ding in den Händen zu ihm hinaufsah und lachte, wäh-rend der Strahl sich über den Schlafzimmerfußboden ergoss und an Tristans Schuhen leckte.

Nach vier Stunden erneuter Sichtung der ungelösten Fälle und Fest-nahmen der letzten zwei Jahre im Revier ging Matty wieder auf die Rampe, eine rauchen. Da tat sich auf der anderen Straßenseite die

Fahrertür eines Mini Cooper auf, und Mayer Beck, der klumpfüßige junge Reporter der *New York Post*, schälte sich mit einem verlegenen Grinsen, das andeuten sollte, er sei eigentlich gar nicht da, aus dem Auto. Becks Verlegenheit war schmerzhaft offensichtlich, während er sich vor Publikum über die Pitt Street zur Rampe schlängelte. Matty sah weg, um ihm die Peinlichkeit zu ersparen, und schüttelte den Kopf, als hätte er die Schnauze voll von diesen Mediengeiern. Eigentlich konnte er den Jungen ganz gut leiden.

»Kein Kommentar, stimmt's?«, sagte Beck, als er seine Football-Kippa zurechtschob. »Sang- und klanglos auslaufen lassen?«

»Durchaus nicht«, antwortete Matty. »Ich habe sogar einen exklusiven Tipp: Colin Farrell war's.«

»Entschuldigung.« Beck lächelte schwach. »Im Ernst, können Sie reden?«

Matty schnippte die Kippe in den Rinnstein. »Man sieht sich, Mayer«, und drehte sich um.

»Sicher?« Das Spiegelbild des Reporters fing sich in der Glastür. »Letzte Chance.«

Es war zehn Uhr abends, und Eric versteckte sich wieder, diesmal in seiner letzten Zufluchtsstätte, dem modrigen Kohlenkeller, ehemaligen Kohlenkeller, der wie ein Grabgewölbe zwei Stockwerke unter dem Café Berkmann lag. Das spärliche Licht von den vier über den erdigen Boden verstreuten Glühlampen beleuchtete sowohl eine lange, unregelmäßige Ziegelmauerung, wie man sie in dieser Stadt seit dem Bürgerkrieg nicht mehr gesehen hatte, und die vier klobigen Herdstellen, die wie monolithische Brennöfen in je einer Ecke standen, Wärmequelle und Licht für jene, die einst hier unten gehaust hatten und von denen jetzt nur noch die Namen und die jiddischen Sätze übrig waren, die in teils lateinischen, teil hebräischen Lettern in die auf Armeslänge entfernten geschwärzten Stützbalken eingeritzt waren.

Oben war das Café Berkmann in vollem Gange, waren Bar und Tische mit der üblichen dreißigprozentigen Überbuchung und dem unvorhersehbaren Laufpublikum, das zur Tür herausquoll, dicht besetzt. Wenn der Laden derart brummte, lief es meistens glatter, als wenn er halb leer war, das hatte Trubel so an sich, dass er Menschen dazu veranlasste, auf Autopilot zu schalten und zu tun, wozu man sie angestellt hatte; keine Aussetzer, keine Ablenkung, kein Tran. Wer guten Service will, soll in ein volles Restaurant gehen, pflegte Steele zu sagen, aber so, wie Eric Cash heute Abend die Chose schmiss, war der Raum die reinste Hölle. Er spürte selbst, wie er eine Kettenreaktion von Muffigkeit und Pannen auslöste, die sich von der Tür über die Tische bis zur Küche erstreckte, angefangen bei den Gästen, die Eric persönlich den ganzen Abend über in Scheißlaune versetzte, indem er sie zum Tisch führte, als sei das nicht seine Aufgabe, ihnen die Speisekarten hinknallte und dann die kalte Schulter zeigte, so dass der ahnungslose Kellner zur dankbaren Zielscheibe wurde, den Kellnern des Weiteren eins auswischte, indem er gelegentlich selbst eine Bestellung entgegennahm und ihnen auf ihrem Weg zum Tisch wortlos überreichte, als wären sie zu langsam zum Leben, dasselbe mit den Abräumern abzog, indem er die Tische selbst leerte, Klagen der Mitarbeiter über Staus in der Küche und falsche Bestellungen, über meckernde Gäste und mickriges Trinkgeld missachtete.

Und der Barkeeper, den Steele als Ersatz für Ike Marcus eingestellt hatte, machte ihn von Anfang an wahnsinnig. Wann immer Eric hinübersah, stellte er dieselbe beschissene Haltung zur Schau – eine versteinerte Miene und eine Herablassung, als meinte der Typ allen Ernstes, er sei der einzige Angestellte hier, der nach Höherem strebte. So sprach er mit den Gästen, als müsste er sich jedes Wort aus den Rippen schneiden, und wenn gerade Flaute war, vertiefte er sich in die Betrachtung seiner Fingernägel …

Die Schicht zu übernehmen war Steeles Vorschlag gewesen, gleich zurück in den Sattel, und zu Erics Verteidigung musste gesagt werden, dass er sich Mühe gab: Den ganzen Abend war er versucht gewesen, sich abzusetzen und wieder einzukriegen, die Frage war nur immer, wohin, wohin, er konnte ja nicht wirklich weg, und bei den Toiletten war er schon unter dem Vorwand gewesen, das Klopapier nachzufüllen und die Papierhandtücher und die Flüssigseife, er war auch schon im Treppenhaus gewesen, um die aufgestapelten Reservestühle zu überprüfen, als neigten Stühle dazu, sich selbstständig aus dem Staub zu machen, war im Fertigbauschuppen im kleinen Hinterhof gewesen, um die Glühbirnen und das zusätzliche Besteck zu begutachten, und nun war er also im Keller …

Er wollte nur zehn Minuten, fünf, um eine zu rauchen, um allein zu sein, wobei allein relativ war angesichts all der Überwachungskameras, doch jedes Mal, wenn er sich abgesetzt hatte, kam er noch fertiger wieder hoch, weil eine Ruhepause unten ausnahmslos größeres Chaos oben zur Folge hatte. Den ganzen Abend also hieß es nach ein, zwei klammen Minuten in einer muffigen Ecke zurück aufs Parkett, zum Portal, die Meute am Reservierungspult hatte sich verdoppelt, von der Straße ließ sich keiner mehr hereinquetschen, so dass Eric zur Sichtung gezwungen war – blitzschnell Gesichter lesen, die einen geradewegs nach New Jersey, Long Island, die Upper West Side oder wo immer zurückzuschicken, die anderen mit falschen Versprechungen einer bloß fünfminütigen Wartezeit an die dreilagig belagerte Bar, zu diesem pappnasigen Barkeeper …

Also war es wieder Zeit, Eric drückte seine Kippe in die schimmelige Erde, betrachtete ein letztes Mal die Wortgalerie über seinem Kopf und fand seinen Lieblingsausdruck, einen der wenigen jiddischen, die er verstand: GOLDENEH MEDINA, goldene Stadt; irgendjemand hier unten musste einen höllischen Humor gehabt haben.

»Ich trauere nicht nur um meinen Freund und seine Familie«, sagte Steven Boulware, dessen alkoholweiches Gesicht vom Fernseher in der Bereitschaftsecke des achten Reviers eingerahmt wurde, »ich trauere auch um die Mörder, um ihre menschliche Erniedrigung. Wir als Gesellschaft müssen uns, unsere Kultur der Gewalt, der Gefühllosigkeit einem strengen Blick unterziehen …«

Yolonda kam aus der Toilette und schnallte ihr Halfter wieder an den Gürtel.

»Solange sich unsere Gesetzgeber ihre Schritte von der Waffenlobby einflüstern lassen, solange sie ein Geschäftsgebaren billigen, das den Zukurzgekommenen und Verzweifelten den Zugang zu Waffen erleichtert, den Kindern, die keinen anderen Zugang zu ihrem Anteil am amerikanischen Traum ...«

»Haben wir das Arschloch nicht gebeten, nicht mit der Presse zu sprechen?« Sie warf ein zerfetztes Papierhandtuch in den Mülleimer.

»Schon, aber soll ich dir mal was sagen?« Matty wischte sich Tomatensoße vom Mund und warf den letzten Kanten hin. »Im Moment geht mir das ziemlich am Arsch vorbei, weil solange es sich in der Glotze hält, in den Zeitungen? Können sie nicht so tun, als wäre es nie passiert.«

Es war alles so gelaufen, wie er erwartet hatte. Ein Detective, der dabei erwischt wurde, dass er mit der Presse sprach, wurde nur dann nicht nach Staten Island versetzt, wenn er dort wohnte, und in dem Fall schickte man ihn in die Bronx. Und nachdem 90 Prozent der mundtoten Belegschaft keine achtundvierzig Stunden nach Beginn der Untersuchung – zum Teufel mit kosmetischer Schonfrist – bereits zu ihren Einheiten zurückgekehrt waren, war der Mord an Marcus im Rekordtempo einer fast vollständigen Amnesie anheimgefallen.

In vier Tagen würde zumindest der nach einer Woche obligatorische Zweitangriff erfolgen – die Bezirksstreifen würden jede Ecke im Umkreis des Tatorts durchpflügen und Passanten befragen, die möglicherweise am selben Tag, zur selben Stunde vor einer Woche in der Gegend gewesen waren. Das mussten sie ihm jedenfalls zugestehen, aber bis dahin war seine Mannschaft mehr oder weniger auf sich allein gestellt. Bei der stundenlangen Lektüre unaufgeklärter Verbrechen in Lower Manhattan waren ihm nur drei Raubüberfälle aufgestoßen: die Opfer, zwei Chinesen, ein Israeli, alle auf der Lower East Side von einem jungen schwarzen und/oder Latino mit vorgehaltener Waffe bedroht. Wenn nicht ein Kandidat von einem seiner Steckbriefe aufgegriffen und ihm auf dem Tablett serviert wurde, blieb ihnen eigentlich nur noch, diese Männer erneut zu befragen.

»Also, ich weiß ja, dass dies mein erster Abend ist, und ich weiß auch, dass du mich nicht kennst, also musst du mir einfach glauben, dass ich mich nicht so leicht beschwere.« Die neue Kellnerin, Bree, hatte irische Augen wie feuchte Sterne und hielt ihren Kopf in so einem Winkel, dass sie ständig wirkte wie kurz vor ekstatischer Hingabe. »Aber da hat wieder einer meinen Arsch angepackt.«

»Schon wieder, hm?« Eric versuchte, sich zurückzuhalten, aber …

»Ein neuer Gast? Oder derselbe wie vor einer Stunde?«

Sie stockte, lief rosa an und murmelte: »Ein neuer.«

Na ja, mochte stimmen.

Das Lebensqualitätstaxi schoss am großen Panoramafenster auf der Norfolk Street vorbei. Eric schluckte die aufwallende Panik hinunter, als der träge Schein seines Blaulichts flüchtig über das zarte Gesicht der neuen Kellnerin spielte.

Mochte stimmen …

»Na gut, tausch mit Amos.« Er musste den Blick abwenden.

Eric sah, wie Bree zum Tresen ging, ein Tablett mit Martinis an sich nahm und kurz mit Amos sprach, der Eric durch den Raum hinweg anglotzte, als sei dieser nicht ganz dicht, worauf Eric ihm bedeutete, es einfach zu tun, und so für noch mehr gute Laune sorgte, drehte sich um und stieß förmlich mit einer ihm bekannten Nase zusammen, über der eine leuchtend grüne Kippa thronte.

»Eine Person?«

»Eine Person.«

»Eigentlich ist alles voll, wollen Sie an der Bar essen?«

»Gern.« Er lächelte Eric an, als wüsste er etwas Köstliches. »Und, wie schlagen Sie sich, Mann?«

»Schlagen?« Eric war völlig verwirrt, dann: »Ach, Scheiße, nein.«

»Nein?«

»Kein Kommentar.«

»Nein, ich wollte … Das muss die Hölle für Sie gewesen sein.«

»Wollen Sie an der Bar bestellen oder nicht?«

»Natürlich, ich wollte nur … Ich kenne Sie, ich bin hier aus der Gegend.«

»Das halbe Land ist aus dieser Gegend.«

»Auch wieder wahr«, räumte Beck ein, nahm sich einen Barhocker, tuschte sachte einen nervösen Trommelwirbel auf die Theke und gab dann dem neuen Barkeeper ein Zeichen. Der taxierte ihn zunächst nur und trocknete weiter Weingläser ab, bevor er sich einen Weg zu ihm bahnte, als watete er barfuß durch Glasscherben.

Da flippte Eric aus, warf sich förmlich über den verzinkten Tresen. »Kann ich dich mal eben sprechen?«

»Eine Minute, ja«, sagte der Barkeeper, als hätte Eric sich vorgedrängelt. Stattdessen kam Cleveland, der andere Barkeeper, der mit den Dreadlocks, zu Eric: »Was kann ich bringen, Boss?«

Eric wedelte ihn weg. »Du.« Er zeigte auf den Neuen, der dem Reporter gerade ein Bier zapfte. »Jetzt.«

»Darf ich erstmal servieren?«

Eric wartete, klammerte sich an der Bar fest, um seine Wut zu zügeln. »Wie heißt du noch mal?«

»Eric«, antwortete der Barkeeper.

»Eric, hm? Sieh mal an, ich auch. Also, was ist dein Problem, Eric, meinst du, du bist für was Besseres bestimmt?«

»Wie bitte?«

»Wie wahnsinnig originell.«

»Wie bitte?«

»Ich sag dir jetzt mal was. Das hier ist kein Probenraum für deine nächste Rolle. Das hier ist ein Job. Ja, wir bezahlen dich sogar dafür. Und ich sag dir noch was: Da ist Initiative gefragt. Die Gäste kommen nicht wegen der Drinks an die Bar, sie kommen wegen der Barkeeper. Jeder halbwegs zurechnungsfähige Barkeeper weiß das, aber du, du stehst nur rum und speist jeden mit einer Silbe ab: *hm, ah, oh, ja, nein, ach.* Du behandelst die Leute wie Loser, als wären sie deine

Strafe von einem eifersüchtigen Gott oder was. Ehrlich mal, Cleveland?« Er nickte zum Rastakollegen, der jetzt am anderen Ende des Tresens zugange war. »Der Typ mixt Martinis, als hätte er Haken statt Hände, aber er ist ein tausendmal besserer Barkeeper als du, weil er sich reinhängt. Bei ihm ist jeder ein Stammgast, und er ist ständig auf Achse, vermittelt nie den Eindruck, als wäre dieser Job eine bittere Station auf dem Kreuzweg zum Oscar. Ich meine, wenn man euch beide heute Abend hier beobachtet, ja? Wirbelwind und Klotz am Bein. Und ehrlich gesagt würde ich dich lieber trotz Gewühle hier heute Abend auf der Stelle auszahlen und ihn alleine machen lassen oder einen der Kellner dafür abstellen oder mich meinetwegen selber hinstellen, als dich noch zehn Minuten diese ›Lieber wäre ich jetzt bei den Proben‹-Nummer durchziehen zu lassen, kapiert?«

»Ja.« Der Typ war bleich geworden.

»Wie bitte, ich höre nichts?« Eric hielt die Hand ans Ohr.

»Ja.« Mit weit offenen Augen. »Ist angekommen.«

»Prima. Immer dran denken: Keine Energie, kein Job. Reden. Lächeln. Jetzt. Du hängst am seidenen Faden.«

»Darf ich noch was loswerden?« Er hob halb die Hand.

Eric wartete.

»Zufällig studiere ich Medizin.«

»Ist doch dasselbe«, sagte Eric und dachte, mehr oder weniger, nein, schlimmer sogar, *zufällig*, wie der kleine Lord, und als er sich umdrehte, sah er die grüne Kippa von dannen ziehen: Offensichtlich hatte der Mann alles mitbekommen, scheiß auch auf ihn, dann stieß er wieder mit dieser Kellnerin zusammen, der sternfunkelnden Stella, dass er ein anarchisches Begehren unterdrücken musste. »Und jetzt?«, fragte er, »haben wir einen dritten Arschgrabscher?«

Sie fuhr zurück, als hätte man sie geschlagen. »Ich wollte mich nur für den Tischetausch bedanken.« Sie taxierte ihn mit roten Wangen. »Das läuft jetzt gut.«

»Schön«, sagte er, wartete, bis sie weg war, und ging wieder in den Kohlenkeller.

Eine der wenigen noch erhaltenen Mietskasernen der Stadt auf dem East Broadway 24 stand gedrungen und verschachtelt neben ähnlich uralten, ungestalten Gebäuden. Die Haustür war zu dieser späten Stunde unverschlossen, Isolierband klebte über dem Schloss.

Matty und Yolonda stapften die Treppen zum obersten Stock hoch, bei sich eine Kopie der drei Wochen alten Anzeige wegen Überfalls, unterschrieben vom Opfer Paul Ng. Zwei dunkelhäutige Männer und eine Waffe, drei Blocks vom Marcus-Mord entfernt, ungefähr zur selben nächtlichen Uhrzeit. Ng, ein Restaurantarbeiter aus Fuji, noch keine zwei Jahre im Land, hatte, so vermutete Matty, womöglich gegen seinen Willen Anzeige erstattet, jedoch keine Wahl gehabt, weil ihn die Lebensqualität beinahe überfahren hatte, als er fünf Minuten nach dem Überfall benommen mitten in der Madison Street stand, die Hosentaschen nach außen gestülpt wie Elefantenohren, aus einem mit dem Pistolenkolben traktierten Mundwinkel blutend. Wenn Matty raten müsste, was in jener Nacht weiter geschehen war, würde er sagen, Ng war die nächste halbe Stunde auf der Suche nach den Tätern hinten im Pseudotaxi durchs Viertel kutschiert worden, ein fruchtloses Unterfangen, weil für ihn alle dunkelhäutigen Jugendlichen gleich aussahen und die Cops wahrscheinlich auch halbherzig an die Sache herangingen, hatten sie doch so ihre Erfahrungen mit den unzähligen anderen Paul Ngs auf ihrer Rückbank. Und, so vermutete Matty weiter, als die Lebensqualität ihn auf die Wache mitnahm, um ihn den Detectives zu übergeben, wünschte Ng wahrscheinlich erst recht, dass sie nie über ihn gestolpert wären, weil er kein lupenreiner Einwanderer war oder weil er in einer illegalen Behausung wohnte oder weil er mit der Polizei zu Hause Ärger hatte und, zusätzlich zu einigen oder allen der oben aufgeführten Gründe, weil ihm die Zeit, die er damit zubrachte, den Diebstahl von Geld zu melden, die Zeit stahl, Geld zu verdienen, die einzig reelle Methode, den Verlust aufzuwiegen, insofern …

Aber das waren alles nur Mutmaßungen.

Im obersten Stock des East Broadway 24 lag nur eine Wohnung, auch hier war die Tür angelehnt. Matty sah Yolonda an, dann stieß er sie auf, klopfte und brummte, »Hallo, Polizei« mit seinem Ausweis in der hohlen Hand. Als sie eintraten, sahen sie als Erstes eine grobe Pyramide aus Männerschuhen, etwa zwei Dutzend Paar entweder schwarze Slipper oder Plastikbadeschuhe, unter einem Kaufhaus-Stillleben mit erlegten Fasanen auf einem Pulverhorn. Keiner kam an die Tür, aber den Flur hinunter waberte asiatischer Pop. »Hallo, Polizei.« Noch ein richtungsloser Ausruf, dann gingen sie der Musik entgegen. Die Wohnung war eine modifizierte »Eisenbahnwohnung«, ein langer Flur, von Zimmern flankiert, von denen die meisten mit Rigipsplatten unterteilt und noch mal unterteilt waren, bis kleine Parzellen übrig blieben, in jeder eine Schaumstoffmatratze mit einem Geknäuel aus Laken, dann noch zwei größere Räume zu beiden Seiten des Flurs, unmöbliert bis auf eine Konstruktion entlang der Wände, die nach extrabreiten Regalen aussah mit jeweils drei Brettern übereinander. Auf einigen dieser Planken lagen Männer, die entweder im Dunkeln rauchten oder schliefen; wer wach war, rollte sich langsam mit dem Gesicht zur Wand, als die Detectives in der Tür erschienen. Der Eisenbahnschlauch mündete in eine breitere Küche, in der vier Männer um einen Tisch saßen und etwas in winzigen Muscheln und Broccoli-ähnliches Grünzeug von Zeitungspapier aßen, während ein fünfter mit Blick auf den Monitor einer Karaoke-Maschine in ein Mikro sang. Auf einer Resopalanrichte hinter dem Esstisch stand ein Aquarium mit einem Karpfen, der so groß war, dass er sich nicht umdrehen konnte. Matty dachte, diese elende Kreatur habe bestimmt schon vor Jahren den Verstand verloren. »Tag«, sagte er und hielt unnötigerweise seinen Ausweis hoch.

Die Männer nickten zur Begrüßung, als gehörte es zur Tagesordnung, dass zwei Polizisten unangekündigt durch ihre Wohnung spazierten, und wandten ihre Aufmerksamkeit wieder dem Sänger zu. Nur ein kurzbeiniger, kompakter Mann eilte forsch strahlend aus der Küche und kehrte mit zwei weiteren Stühlen zurück. »Setzen.« Er zeigte auf die Stühle und bedeutete ihnen, sich die Stimmbänder des Mannes am Mikro zu Gemüte zu führen. »Setzen.«

»Jetzt nicht«, sagte Matty langsam und laut. »Wir müssen mit Paul Ng reden.« Dann: »Nichts Schlimmes.«

Das Karaoke-Lied war zu Ende, und das Mikro wurde an den Nächsten weitergereicht.

»Setzen«, wiederholte der forsche Mann, der noch immer strahlte wie die Sonne.

»Wo ist Paul – Ng«, rief Matty tonlos.

»Nein.«

»Nein was?«

Der Nächste hob zum Singen an, ein Lied, das wie die chinesische Coverversion von Roy Orbisons »Dream Baby« klang.

»Nein *was*?«

»Vielleicht sprichst du ihn falsch aus«, gab Yolonda zu bedenken.

»Nein, tue ich nicht. So hat der kleine Fenton das gesagt.« Dann polterte er: »Paul *Eng*.«

»Herrgott, du musst nicht gleich brüllen«, fuhr Yolonda ihn an, »die sind ja nicht taub.«

»Leute, helft mir hier weiter: Wo ist Paul Ng.«

Die Männer zeigten keine Reaktion, blickten bloß mit erwartungsvollem Grinsen vom Sänger zu den Cops, als wollten sie feststellen, ob er ihnen gefiel.

»Wie heißen Sie?«, fragte Yolonda den Stühleträger.

»Ich?« Der Mann lachte. »*No*.«

»No? Sie heißen No?«

»Hä?«

»Dr. No«, sagte Yolonda.

»Und wie heißt er?« Matty zeigte auf den Sänger.

»Gut, hm?«

»Verarschen die uns?«, fragte Matty Yolonda

Achselzuckend blinzelte sie den Fisch an.

»Hören Sie, wir kommen wieder und wieder und wieder …«

»Okay.« Der Stühleträger winkte, noch immer lächelnd, zum Abschied.

»Kommen wir einfach mit Bobby Oh noch mal wieder«, sagte Yolonda.

»Oh ist Koreaner.«

»Na gut, dann bringen wir halt den kleinen Fenton her.«

Ohne ein weiteres Wort verließen sie die Wohnung, doch bevor sie die Treppe hinuntergehen konnten, kam der kompakte Stühleträger aus dem Flur, fasste Matty am Arm und signalisierte ihnen, ihm die kurze Treppe zur Dachtür zu folgen, zum oberen Treppenabsatz, der, keilförmig unter den schrägen Dachrinnen, von benutzten Ampullen, Streichhölzern, angekokelten Löffeln und Nadeln übersät war. Einige Stufen über den Polizisten demonstrierte der Mann ihnen in einer flotten, wirkungsvollen Pantomime einen Fixer, bohrte den Daumen in den Unterarm, sagte, »Psssscht!« und torkelte dann herum wie ein kampflustiger Junkie. »Ahhhh! Pass auf! Psssscht! Ahhhh!«

»Was erwartet der denn«, sagte Matty, »wenn man die Haustür so offen stehen lässt.«

»Sie zurück kommen!«, sagte der Mann.

»Ja, wir sehen uns um«, sagte Yolonda freundlich. »Gute Nacht.«

Steven Boulware betrat das Café Berkmann. Er war allein und steuerte, eine periphere Wachsamkeit ausstrahlend, geradewegs auf die Bar zu.

Eric hatte seit dem Mord nicht mehr an den Mann gedacht. Verwirrt, ja ein bisschen verängstigt sogar, wusste er nicht, was er sagen oder wie er sich verhalten sollte. Als Boulware jedoch am Pult vorbeirauschte, wurde deutlich, dass er Eric überhaupt nicht wiedererkannte. Boulware hingegen konnte sich darauf verlassen, dass man ihn wiedererkennen würde, prangte doch sein Gesicht auf dem Titel oder der ersten Seite jeder Tageszeitung, die am Zeitungsständer im Café hing. Und sowohl die Lokalsender als auch CNN hatten den ganzen Abend Ausschnitte aus seiner Pressekonferenz wiederholt. Er schob sich seitlich an die dichtgedrängte Bar und bestellte bei Cleveland per Handzeichen einen Drink. In den Augen des Barkeepers sah Eric ein Wiedererkennen, sah, wie es sich in den Augen des Erkannten spiegelte, sah, wie sich Boulwares Miene aufhellte, wie sich der Mann auf einen erquicklichen Abend vorbereitete.

Eric wartete, bis Boulware bedient wurde, verließ seinen Posten und winkte Cleveland zu sich ans Ende der Theke. »Sag mal.« Er legte ihm die Hand auf den Arm. »Dieser Typ – aus den Nachrichten – wenn der sein Glas beinahe geleert hat, stell ihm das nächste hin. Nicht erst abwarten. Ich will nicht, dass er irgendwann heute Abend nachbestellen muss oder ein leeres Glas vor sich hat.«

»Soll ich ihm sagen, es geht auf dich?«

»Nein.«

»Okay.« Cleveland nickte, lächelte beinahe, missverstand Erics anonyme Largesse.

Matty lehnte an einer Kühlerhaube wenige Häuser neben dem urbanen Stillleben, das vor der Eldridge Street 27 erblüht war. Der Schrein war jetzt ein paar Tage alt und drohte, den Gehweg vom Eingang bis zum Rinnstein einzunehmen.

Soweit er sehen konnte, repräsentierten die Gaben drei der Welten, die das Universum hier unten ausmachten: Latino; Jung, Begabt, Weiß; und Knacker/Crackbirne/Hippie; kein Wort von den Chinesen. Es gab Dutzende von brennenden Botanica-Kerzen, verstreute Münzen auf einem Samttuch, ein Schilfkreuz, das auf einem runden Stein lag, einen CD-Player, auf dem in Endlosschleife Jeff Buckleys »Hallelujah« spielte, eine noch versiegelte Videokassette von Mel Gibsons *Passion Christi,* eine Taschenbuchausgabe von *Black Elk – ich rufe mein Volk,* irgendein undefinierbares weißes Fell, einige versteinert wirkende Joints, Beutel mit diversen Kräutern, Rollen noch glimmender Räucherstäbchen, die mit ihren Aromen gegeneinander antraten, und ein Glas Olivenöl. An der Ziegelwand direkt darüber klebte die Titelseite der *New York Post* vom ersten Tag mit dem Foto eines lächelnden Isaac Marcus und der Schlagzeile, die aus seinen inzwischen berühmten letzten Worten bestand: HEUTE NICHT, MEIN FREUND (Matty hatte keine Ahnung, wer

den Zeitungen das gesteckt hatte), daneben hatte jemand aus unerfind-
lichen Gründen ein altes Boulevardzeitungsbild von Willie Bosket auf-
gehängt, dem fünfzehnjährigen Stadtschreck der 1970er Jahre, der be-
kanntlich in der Subway jemanden umgebracht hatte, »um zu sehen,
wie sich das anfühlt«, und daneben eine selbstgebastelte, handgeschrie-
bene Tirade: »Amerikkkas Krieg gegen die Armut ist ein Krieg GEGEN
die Armen«, der Rest unlesbar. Es waren sogar Andenken an einer Art
Fahnenmast befestigt, so dass sie direkt über dem Tatort baumelten:
ein geöffneter Regenschirm, umgedreht schwebend wie eine Butter-
blume, darin ein Teddybär und ein Beanbag-Adler; außerdem ein
selbstgebasteltes Stahlrohr-Mobile, dessen zielloses Klimpern an diesem nahezu windstillen Abend nach echter Trauer klang.

Matty trieb sich hier nach Feierabend herum für den unwahrscheinlichen Fall, dass jemand Aktenkundiges vorbeikam, um sein Werk zu
bewundern oder zu beklagen. Vielleicht schnappte er aber auch etwas
auf, ein Logo, ein Gerücht – alles ein Stochern im Nebel, trotzdem
ahnte er bereits, dass dies zu einem nächtlichen Ritual werden könnte,
bis sich der Schrein in etwa einer Woche auflöste. Die meisten, die hier
vorbeigingen, hielten unwillkürlich an, meist allerdings nur einige Sekunden, und die Kommentare waren ebenso oft traurig wie sarkastisch. Am schlimmsten waren die männlichen Teenager aus dem Viertel, als betrachteten sie diese ganze Szenerie als eine Kampfansage, eine
Herausforderung, vor ihren Freunden auf der Stelle hammerlustig zu
sein. Einige Menschen verweilten mit tief betrübten Mienen, keiner
allerdings, der für Matty von Interesse gewesen wäre; mittelalte Lati-
nas, einige der zugezogenen Mittzwanziger.

»Was das war?« Ein kurzer, muskelbepackter Puerto-Ricaner, in der
Hand ein Einmachglas mit einer tabakgelben Flüssigkeit, stand jetzt
neben ihm. »Eine Bloods-Initiation. Diese Säcke, die ihn eingetütet
haben, das waren Bloods, und woher weiß ich das, das weiß ich, weil
meine Tochter jetzt mit einem Bloods geht und von ihm schwanger ist,
das ist auch noch so ein Initiationsritus, und ich werde wegen Kindes-
mißbrauch eingelocht?« Er schlug sich an die Brust.

»Tatsächlich?«

»Zweitausendfünfhundert Kaution ohne Vorstrafe, ohne Beweise, aber wissen Sie, woher das kommt?« Der Typ sah jetzt geradewegs durch Matty hindurch. »Das kommt, weil die Angst vor mir haben, die Polizei, wegen dem, was ich über dieses Revier weiß, was da wirklich abgeht. Ich würde meine Tochter niemals anfassen, fragen Sie, wen Sie wollen im Haus, die Wände sind dünn wie Papier. Es gab keinen Missbrauch, sie wollten mich einfach nur zum Schweigen bringen. Zweitausendfünfhundert Erstkaution für etwas, was ich nicht getan hab? Also, bitte ...«

Der stiernackige PR wandte sich zum Gehen, konnte nicht, fuhr wieder zu Matty herum und hob erneut an: »Das hier direkt?« Er wackelte mit dem Finger in Richtung Schrein. »Da müsst ihr ran, die Weißen, ihr müsst die Gangs auslöschen, damit dieser Scheiß nicht mehr passiert. Die Gangs, die Siedlungen, diese ganze Gegend, alles miteinander.« Er marschierte wieder von dannen. »Alles miteinander!«, bellte er zu den Dächern und war mit zwei Schritten im Dunkel verschwunden, womit er eine Sache deutlich machte, die heute Abend schmerzlich offenbar geworden war – wie leicht zwei Gauner eine Brieftasche mitnehmen konnten, einen Schuss abfeuern und wie nichts einfach in der Dunkelheit verschwinden.

Das Berkmann leerte sich an diesem Abend früher als sonst, noch vor eins lungerten die Kellner bereits untätig herum. Eric konnte die Unterhaltungen an der Bar verfolgen, als säße er dabei.

Boulware war bei seinem siebten oder achten Gratis-Grey-Goose-Tonic, fiel jetzt beinahe vom Hocker und sabberte großzügig, während er zwei, jawohl, zwei Frauen gleichzeitig den Hof machte, von denen eine ihren Daumen als zärtliches Metronom über seinen Handrücken wischte. Cleveland wollte ihn unbedingt absägen, aber Eric ließ es nicht zu.

»Die, die Ironie ist doch, wenn Ike ...« Boulware geriet ins Stocken, erbleichte, bedeckte kurz die Augen, vielleicht, so hoffte Eric, weil ihm sein Gewissen allmählich die Birne beschwerte. »Wenn Ike hier durch die Tür käme? Und sich dazu äußern könnte? Wäre er der Erste, der für die Kerle ein gutes Wort einlegen würde. Nicht, nicht ihre Tat, aber dass, dass keiner mit der Knarre in der Hand geboren wird … Dass, dass es diese, diese Kultur der Gewalt gibt, der Ungerechtigkeit, der Gefühllosigkeit …«

Außerstande, noch ein weiteres Wort zu ertragen, fing Eric Clevelands Blick auf und zog endlich die Hand über die Kehle.

Als die Straße sich gerade zur Ruhe begeben wollte, kamen drei junge schwarze Frauen am Schrein vorbei und blieben vom Anblick gefesselt stehen, um die Geschichte in sich aufzunehmen, wobei zwei von ihnen automatisch in einer Geste ehrfürchtigen Kummers die Hand vors Gesicht schlugen. Die Dritte, ein schlafendes Kleinkind über der Schulter, schüttelte bedächtig den Kopf. »Mein Gott, er war doch noch ein Kind.« Die Stimme war hoch, versagte ihr beinahe.

»Was soll das heißen?«, fragte eine der anderen.

»Guck doch hin.« Sie zeigte auf das alte Foto von Willie Bosket.

»Das ist er nicht.« Ihre Freundin zeigte auf Ike Marcus. »Das ist der Tote. Guckst du keine Nachrichten?«

Grunzend lud sich die dritte Frau das schlafende Kind auf die andere Schulter. »Der?«, sagte sie gedehnt. »Jetzt kapier ich diese ganze Scheiße hier viel eher.«

Als Boulware vor der Rolltür eines dominikanischen Schmuckladens in der Clinton Street vornübergebeugt seine Cocktails auskotzte, näherte sich Eric von hinten und boxte ihm in die Rippen. Weil er in seinem ganzen Erwachsenenleben noch niemandem einen Haken verpasst hatte, tat ihm dieser Schlag wahrscheinlich ebenso weh wie dem anderen, trotzdem fühlte es sich so gut an, so richtig, dass er nicht aufhören konnte und so lange ausholte, bis seine Fingerknöchel so groß waren wie Kaugummikugeln und Boulware sich in seinem eigenen Erbrochenen niederließ. Eric hockte sich auf die Unterschenkel und

sprach das eine noch halbwegs offene Auge an: »Kennst du mich?«
Vom Gestank kamen ihm die Tränen. »Erinnerst du dich an mich? Das
hätte ich gleich tun sollen heute Abend, als du reinkamst, aber du bist
doppelt so groß wie ich, und ich scheiße inzwischen auf Fairness.«
Boulwares unversehrtes Auge senkte sich wie ein Sonnenuntergang.

»Also. Was willst du machen, Anzeige erstatten? Vielleicht solltest
du Anzeige erstatten, was meinst du?«
Boulware hatte das Bewusstsein verloren.

»Ehrlich ...«

Als die aufgehende Sonne die oberen Stockwerke der Türme, die den
East River säumten, zu tünchen begann, ging die Lebensqualität zum
Feierabend-Frühstück ins Sana'a. Nazir begrüßte sie beiläufig und
schlurfte dann die zwei Meter von seiner mit Telefonkarten gespick-
ten Kasse zum Grillblech.

»Also«, sagte er und nahm das Weißbrot, »hab gehört, ihr habt das
Arschloch verhaftet, das uns die Scheibe zertrümmert hat.«

»Ehrlich gesagt« – Lugos Blick wanderte zum Mini-Fernseher hinter der Theke – »glaube ich, sie haben ihn laufen lassen.«

»Was?« Nazir straffte sich. »Wieso?«

»Irgendwas von wegen, dass er's nicht war.«

»Schwachsinn.«

»Wie dem auch sei.«

»Uns erzählt man ja nichts«, sagte Scharf.

»Sie haben es nicht gern, wenn man ihnen reinpfuscht«, sagte Daley.

»Oben ist oben«, sagte Geohagan. »Wir sind bloß das Fußvolk.«

»Aber das ist blöd.« Nazir wedelte mit einem Brotmesser. »Wer ist
denn die ganze Zeit auf der Straße, ihr oder die?«

»Wem sagst du das«, sagte Lugo.

Schweigend sahen die Anwesenden einer jungen Frau auf dem Bildschirm dabei zu, wie sie in einer Wiederholung von *Fear Factor* ein

Schnecken-Sandwich verspeiste. »Was hat denn diese Scheiße bitteschön mit Angst zu tun?« fragte Daley. »Das ist doch nur ekelhaft.«

»Wenn ihr gute *Fear-Factor*-Kandidaten sehen wollt, müsst ihr in meinen Teil der Welt kommen.« Nazir packte das erste Eier-Speck-Sandwich ein. »Wir würden uns gut machen in dieser Sendung.«

Ein Junge mit genähter Wange, dermaßen mit dem Blau der Crips-Gang ausstaffiert, dass ihn keiner ernst nehmen konnte, kam in den Laden gepoltert. »Brauch mal vier Fünfundzwanziger.« Er warf einen Dollarschein über die unbesetzte Kassentheke und behielt dabei die Straße im Blick, als wäre dort draußen jemand.

»Oh!« Lugo wich mit einer Grimasse zurück. »Wo hast du dir denn den Schnitt geholt?«

»Hä?«, fragte der Junge, dann »Auf meiner Wange.«

Daley wechselte ihm den Dollar.

Als Nazir das nächste Spiegelei vom Blech nahm, kamen die 6-Uhr-Nachrichten; der Präsident wogte in körnigen Wellen über den Bildschirm.

»Der kommt diese Woche in die Stadt, oder?«, fragte Daley.

»Übermorgen oder so«, sagte Lugo. »Naz, hast du gestern seine Rede gehört?«

»Ja, aber im Radio.«

Lugo und Daley sahen sich an.

»Ich geb ihm recht mit allem, was er gesagt hat.« In Windeseile wickelte er die zweite Fettbombe ein. »Mein Bruder auch.«

»Gut«, sagte Lugo, »das freut mich, Mann.«

»Jemeniten mögen starke Väter. Spricht uns an. Die jungen Leute, die herkommen, die machen sich sehr über ihn lustig und das, was er jetzt zu tun hat.«

»In diesem Viertel?« Scharf steckte sich eine Zigarette an. »Kannst du laut sagen.«

»Manchmal macht dein Vater was, was du nicht verstehst, aber ein Vater muss sich nicht dauernd für alles rechtfertigen«, sagte Nazir. »Man muss Vertrauen haben und glauben, dass hinter jeder Tat Liebe steckt. Später blickt man dann zurück oder sitzt ruhig da und begreift, dass die Sachen, die man damals streng fand, einen gerettet haben. Man war nur zu klein, um das zu kapieren, aber jetzt sind wir groß, gesund und wohlhabend und können nur danke sagen.«

»Durchaus.« Lugo schlug die Zähne in sein Sandwich.

Seinem eigenen Gestank folgend, kam Boulware hereingestolpert, falsch zugeknöpft, das Gesicht kariert vor Abschürfungen. »Haben Sie einen Geldautomaten?«, fragte er Nazir.

»Wow, Alter.« Lugo richtete sich auf. »Gerade passiert?«

»Was …« Boulware blinzelte.

»Ist ja hier heute die reinste Schnitzeljagd, Naz«, sagte Daley.

»Wo bist du denn so aufgemöbelt worden?«, fragte Lugo.

»Wo?« Boulware durchsuchte sich selbst abwesend.

»Kein Geldautomat«, log Nazir.

Boulware ging wieder auf die Straße, und beim Frühstück sah ihn die Lebensqualität in den frühmorgendlichen Verkehr spazieren.

»Hey.« Minette Davidson kam in den Dienstraum und brachte das Wetter mit, gerötet und atemlos.

»Hey, wie geht's Ihnen?« Matty sprang auf, strich sich die Krawatte glatt und bot ihr den Stuhl an, der quer zu seinem stand.

»Ich bin Minette Davidson, Billy Marcus' Frau?«

»Ja, ich weiß. Detective Clark. Matty Clark.«

»Ich weiß.« Mechanisch schüttelte sie die dargereichte Hand. »Hat, hat Billy sich bei Ihnen gemeldet?« Ihre Augenwinkel waren faltig vor Schlaflosigkeit, ihr rötliches Haar achtlos gebürstet.

»Billy? Nein.«

»Sie wissen also nicht, wo er ist …«

»Ich?« Dann: »Was ist denn?«

»Nichts. Gestern früh ist er endlich nach Hause gekommen und gestern Abend wieder gegangen und nicht zurückgekommen. Ich habe bloß gedacht, ich dachte mir, vielleicht wäre er irgendwo hier unten und hätte mit Ihnen gesprochen.«

»Haben Sie ihn angerufen?«

»Er geht nicht ran.« Selbstvergessen fing sie an, diverse Gegenstände auf seinem Schreibtisch zu betasten. Matty musste den Blick von ihren rastlosen Fingern wenden.

»Aber Sie glauben, er ist irgendwo hier unten?«

»Wieso?« Ihr Lächeln war ein Zucken. »Wo glauben Sie denn, dass er steckt?«

223

»Ich?« Woher soll ich denn das wissen, dachte Matty. »Ich vermute, er versucht irgendwo, mit der ganzen Geschichte fertigzuwerden.« Minette sah ihn mit glänzenden Augen an, als erwartete sie noch mehr.

Mehr.

»Ich persönlich, wenn ich an seiner Stelle wäre – ich würde jetzt bei meiner Familie sein wollen, aber in so einer Situation, nach meiner Erfahrung, die Menschen, die machen einfach … das geht in alle Richtungen, verstehen Sie?«

Minette sah ihn weiter begierig an, als wäre jedes Wort ein Schlüssel zu irgendetwas. Dann kam sie zu sich, langte in ihre Handtasche, holte Stift und Block heraus und schrieb ihre Nummer auf. »Ich muss Sie um zwei Dinge bitten.« Sie reichte ihm den Zettel. »Wenn er herkommt oder Sie ihn zufällig treffen, sagen Sie mir bitte Bescheid?«

»Natürlich.« Er klemmte die Nummer in die obere Ecke seiner Schreibtischunterlage.

»Das Zweite ist, wenn sich irgendetwas tut …« Sie fuhr herum, als Yolonda hereinkam. »Wenn Sie mich auf dem Laufenden halten könnten.«

»Unbedingt.«

»Und bei mir …« Sie verlor sich.

»Alles in Ordnung?«

»Ich glaube … Okay. Ich hoffe, es ist einfach, ich glaube, es ist so, wie Sie sagen, er ist wahrscheinlich irgendwo und versucht, damit fertigzuwerden.«

»Gut.« Matty warf Yolonda einen Blick zu. Sie saß an ihrem Schreibtisch und ging noch einmal die Festnahmen im Revier durch, hörte dabei aber zu.

»Weil er sich so fühlt, als ob, er fühlt sich, als ob, wenn er doch nur … Ich weiß nicht … Wenn er doch nur dies getan hätte statt das oder das statt dies …«

»Sie glauben gar nicht, wie viele Eltern sich diese Hölle bereiten.«

»Sie wollen damit sagen, dass es nutzlos ist, oder?«, fragte sie vorsichtig und fingerte erneut an den Gegenständen auf seinem Schreibtisch herum.

»Ich sag Ihnen jetzt mal was«, mischte sich Yolonda ein, und Minette fuhr zu ihrer Stimme herum. »Wenn Sie in so einer Situation Vater oder Mutter sind, und Sie haben's drauf abgesehen, sich selbst die Schuld zu geben? Da brauchen Sie einen Grund nur aus dem Hut ziehen.«

»Stimmt. Ja.« Minette ruckte mit dem Kopf.

»Da wird ihr Kopf zu einem hundsgemeinen Lagerhaus, verstehen Sie?«

»Ja.« Minette gehörte jetzt ganz ihr.

»Wobei es ja nicht schrecklich viel weiterhilft, so was zu sagen.«

»Doch doch, alles, irgendwas.«

»Meinen Sie, er versucht vielleicht, den Kerl auf eigene Faust zu finden?« Matty holte sich Minettes Aufmerksamkeit wieder.

»Der weiß doch überhaupt nicht, wie man so was macht.« Ihr Gesicht verzog sich ungläubig.

Matty sah ihr schweigend in die Augen.

»Das ist Irrsinn.«

»Okay.«

»Das ist ein Film.«

»Gut.«

Dann war sie wieder weggetreten, durch irgendetwas veranlasst, tiefer zu atmen, mit leicht geöffneten Lippen.

»Minette …«

»Was?«

»Haben Sie Angst, dass er sich was antun könnte?«

»Antun?«

Matty wartete, berührte dann leicht ihre Hand. »Das ist keine Fangfrage.«

»Ich glaube … Nein. Nein.«

Yolonda drehte sich halb herum und musterte die beiden.

»Schön. Gut.« Matty zog seine Hand zurück. »Ehrlich gesagt haben wir neben unserer eigentlichen Arbeit nicht genug Zeit, noch nach ihm zu suchen.«

»Das verstehe ich.«

»Aber ich sag überall Bescheid.«

»Danke.«

»Alle hier wissen, wie er aussieht.«

»Danke.«

»Die Zivilstreife ist rund um die Uhr unterwegs«, sagte Yolonda. »Wenn er hier rumläuft, sammeln sie ihn auf.«

»Danke.«

»Ich wollte Sie nicht so erschrecken.«

»Haben Sie nicht.« Nach langem Schweigen: »Haben Sie nicht«, mit ferner, rauer Stimme.

Sie schloss die Augen und nickte sofort ein, das Kinn sank herab, wurde dann hochgerissen. »Ahhh«, sagte sie, »Entschuldigung.« Es gab nichts mehr, nichts zu besprechen, doch Minette blieb einfach sitzen, und Matty war nicht geneigt, sie hinauszukomplimentieren.

»Darf ich Ihnen was bringen?«, fragte er. »Kaffee?«

»Wissen Sie, als Billy seine Frau verlassen hatte und bei mir und meiner Tochter einzog, war Ike – vielleicht zehn?« Sie sah Matty an, als sollte er das bestätigen. »Er wohnte bei Elena, kam aber jedes Wochenende, und dann war es so, als würden Billy, Nina und ich fernsehen, und Ike beobachtete uns. Ich meine, ach, du liebe Güte, ob wir essen gingen, ins Kino, zum Basketball, immer dasselbe. Lächelte nie, sagte nichts, wenn man ihn nicht ansprach, und ließ uns nicht aus den Augen.« Minette fuhr fort in ihren Erinnerungen, und Matty sah sie bloß immerfort an. »Aber er schmollte nicht, es war eher, ja, Beobachtung. Ich schwöre, so beobachtet habe ich mich in meinem ganzen Leben noch nicht gefühlt.« Sie lächelte ihn an, durch ihn hindurch. »Ich meine, Nina war mit Ike und Billy auch ein bisschen heikel, aber sie war viel jünger als er, kindlicher, und mit ihr konnte ich reden, aber dieses erste Jahr mit Ike? Das war nicht lustig. Ich habe alles getan, damit er sich bei uns zu Hause fühlt, und Billy natürlich auch, aber der

Abstand, den der Junge hielt, dieses Beobachten, das war wie *Die Kinder der Verdammten,* wissen Sie?«

»Der Film hat mir höllisch Angst gemacht«, sagte Yolonda.

»Nach ungefähr einem Jahr auf diese Tour sind wir einen Sonntag alle zusammen in den Van Cortlandt Park, die beiden Kinder und wir. Billy versucht, mit Ike ein bisschen Baseball zu spielen, der kriegt die Nase nicht aus seinem Buch, ja, macht wieder auf Spion, aber Billy kriegt ihn auf die Beine, und Ike fängt und wirft, als hätte er es mit einem zwei Tonnen schweren Medizinball zu tun, da sieht er urplötzlich was über Billys Schulter, schmeißt den Handschuh hin, rast wie wild los und brüllt ›Hey! Hey!‹ Wir denken, was zum Teufel ist denn hier los? Rennen hinterher. Da haben ein paar Jugendliche meine Tochter bei einer Baumreihe eingekesselt und wollen ihr all ihre kleinen Sachen wegnehmen, Ohrringe, Glücksarmband, Handtäschchen, sie muss solche Angst gehabt haben, dass sie nicht mal um Hilfe rufen konnte, aber Ike, Ike hat sich praktisch auf sie geworfen, und die waren größer als er, ist dazwischen wie eine Kreissäge, aber bevor sie sich so weit berappelt hatten, dass sie seinen schmalen Arsch versohlen konnten, sahen sie Billy und mich hinterherkommen, also mussten sie zusehen, dass sie Land gewinnen. Nur Ike, der ist noch nicht fertig mit ihnen, jagt sie durch den halben Park und schreit ihnen hinterher: ›Lasst eure Scheißpfoten von meiner Schwester!‹«

»Seine Schwester.« Minette verlor sich irgendwo und kehrte lachend zurück. »Und meine Tochter, die hört ihn, dreht sich zu mir um und fragt: ›Ike hat eine Schwester?‹«

»Wow.« Matty fuhr sich mit den Fingern über den Mund.

»Tja, und da war das Eis im Grunde gebrochen. Als wir dann zwei Jahre später geheiratet haben? Da haben die beiden Kinder gemeinsam einen Toast auf uns ausgebracht.«

Matty saß da, das Gesicht in die Hände geschmiert.

»Wissen Sie, was ich an Ike am meisten geliebt habe? Er war sowieso ein prima Kerl, aber das Beste an ihm war, dass er irgendwie immer so bereit war. Ergibt das überhaupt einen Sinn?«

»Klar«, sagte Matty.

»Und die, die Ironie ist, Billy hat sich ständig Vorwürfe gemacht, weil er Ike verlassen hat, aber in Wahrheit? War der Junge gut geraten. Großes Herz und glücklich. Viel glücklicher als seine beiden Eltern.« Minette schlang ihre Tasche über die Schulter und wischte sich die Augen. »Das ergibt sich einfach manchmal, nicht wahr?«

Kurz nachdem sie gegangen war, murmelte Yolonda in ihren Computerbildschirm: »Wenn der Junge ein bisschen weniger ›bereit‹ gewesen wäre, dann könnte er jetzt noch am Leben sein, nicht wahr?« Und sah zu Matty hinauf, der noch immer zur Tür blickte.

Eric saß allein im Kellerbüro des Café Berkmann, der schmale Spanholztisch vor ihm vollgestellt mit Kleingeldtürmen und leeren Umschlägen. Obwohl seine Knöchel über Nacht noch so weit angeschwollen waren, dass die Haut aufbrach, flogen seine Finger in kontrolliertem Wahn über den Taschenrechner. Und wie immer, wenn er aus dem Trinkgeldtopf klaute, bewegte er nicht nur die Lippen, sondern flüsterte die Zahlen laut, als wäre der TI-36 eingeweiht in den Betrug.

Als Geschäftsführer fand er, im Gegensatz zu beispielsweise einem Barkeeper, Stehlen – oder Abschöpfen, wie er es nannte – schwierig, aber Eric tat, was er konnte. Beim Aufteilen der abendlichen Trinkgelder ging es darum, den Gegenwert eines »Punktes« zu ermitteln, der sich jeden Abend änderte, und darum, welchen Bruchteil eines Punktes der jeweiligen Position zugesprochen war.

Oberkellner, Hostessen und Kellner verdienten einen ganzen Punkt pro Stunde, Jobs mit geringerem Status von einem Dreiviertel- bis zu einem Viertelpunkt. Gestern Abend hatte das Restaurant 2.400 $ Trinkgeld eingenommen, was durch 77, die Gesamtpunktzahl aller im Saal Beschäftigten, einen Punktwert von 31,16 $ ergab. Ein Kellner bekam also nach einer Acht-Stunden-Schicht 31,16 $ mal acht volle Punkte, machte 249,28 $; einem Abräumer, der einen Drittelpunkt bekam, standen für dieselbe Zeit rund 83 $ zu.

Jedoch, jedoch ... Wenn Eric sich »verrechnete« und den Punktwert nicht auf 31,16 $, sondern auf, sagen wir, 29,60 $ festsetzte (keiner prüfte das je nach), dann nahm derselbe Kellner nur 236,80 $ und der Abräumer 78,93 $ mit nach Hause und Eric sackte noch mal 13 $ und 4 $ ein mal zehn Kellner, sieben Abräumer und alle weiteren Beteiligten, so dass Eric jede Woche mit einigen Hundert extra zur Tür hinausspazierte. Um nicht erwischt zu werden, brauchte es Selbstbeherrschung, das war der Schlüssel: Er schöpfte nie mehr als 1,50 $ vom eigentlichen Punktwert ab und zog die Nummer selten mehr als einmal die Woche durch, höchstens zweimal. Doch seit dem Überfall hatte er sich jeden Tag aus dem Topf bedient, und gestern hatte er 2,50 $ pro Punkt abgeschöpft, ein neues Hoch beziehungsweise Tief für ihn.

Etwas Pelziges flitzte am Büro vorbei in Richtung Lagerraum, und Eric kritzelte sich eine Notiz, den Kammerjäger anzurufen. Dann sah er das verdammte Ding noch mal, jetzt in umgekehrter Richtung – eine Sinnestäuschung. Seit seiner Freilassung aus den Katakomben hatte er immer nur ein paar Stunden am Stück geschlafen, eine Mischung aus freiem Fall und spätem Alkohol. In der unterirdischen Stille des Büros legte er nun kurz den Kopf zwischen Kleingeld und Umschläge, schloss die Augen und dämmerte weg. Als er aufwachte, saßen Matty und Yolonda auf der anderen Seite des Spanholztisches, Yolonda mit jenem mitleidslosen Mitleid in den Augen, Matty undurchdringlich … Als er aufwachte, stand er aufrecht und starrte die Ziegelwand an. Schüttelte sich, so gut er konnte, und widmete sich dem Bestücken der Umschläge, abgeschöpft um heute erstmals 3 $ je Punkt. Höchstwahrscheinlich brach es ihm das Genick, aber er musste einfach raus aus dieser Stadt, aus diesem Leben, und dafür würde er alles Nötige tun.

Avner Polaner, ein großer, hagerer aschkenasisch-jemenitischer Israeli, saß vor der digitalen Lichtbildkartei, blickte lustlos auf die Fahndungsfotos, die jeweils im Sechserpack auf dem Monitor erschienen, und leierte »Nein, nein, nein«, den Kopf schräg auf dem Handballen.

Von den drei Raubüberfällen mit zwei dunkelhäutigen männlichen Tätern und einer Handfeuerwaffe stimmte Polaners Fall am saubersten mit dem von Ike Marcus überein: drei Uhr früh, nur ein paar Blocks weiter Ecke Delancey und Clinton. Die Kehrseite der Geschichte war, dass sich der Überfall vor zehn Tagen zugetragen hatte und Polaner dazu nie befragt worden war, weil er fünf Stunden nach dem Ereignis im Flugzeug nach Tel Aviv saß. Aber seit Eric Cash nicht mehr in Frage kam, war Avner für Matty und Yolonda so etwas wie die letzte Hoffnung.

»Nein, nein, nein.« Der Typ langweilte sich zu Tode.

Yolonda, die den Monitor bediente, warf Matty einen Blick zu.

Polaner war wohl Anfang dreißig, groß wie ein Basketballspieler, und hatte das lange Kräuselhaar oben zu einem Samuraiknoten zusammengebunden. Vor einer Stunde war er in den Dienstraum gekommen, über der Schulter ein Fahrrad, das so lang und schmal war wie er selbst, und Matty fand, dass er sich mit der geckigen Grazie eines Flamingos fortbewegte.

»Nein, nein, nein.« Dann tauchte er das Gesicht in seine Hände, »Okay, das reicht«, und fuhr zurück. »Also, ein dunkler Bengel mit Pistole ist ein dunkler Bengel mit Pistole, das ist der Preis, den man zahlt, wenn man hier wohnt, dass so was hin und wieder vorkommt, also macht man nicht so einen Blödsinn wie der Typ, von dem Sie mir gerade erzählt haben, man vergisst es einfach und geht seiner Wege. Man macht einfach weiter.«

»Fürchten Sie sich vor Rache?«

»Also, bitte. Ich war zwei Jahre lang an der libanesischen Grenze stationiert, da mache ich mir vor einer Kanone nicht gleich ins Hemd. Und im Übrigen, wie ich Ihnen bereits gesagt habe, war ich nicht so blöd, ihm direkt ins Gesicht zu sehen, also verschwenden wir hier bloß alle unsere Zeit.« Er atmete tief ein und sammelte sich. »Wo das geklärt ist, habe ich mal eine Frage.«

Sie warteten.

»Was braucht es, um Harry Steele zu verhaften?«

»Etwas mehr Hintergrund, bitte, Avner.«

»Wissen Sie, weshalb ich gleich nach dem Überfall nach Tel Aviv geflogen bin, statt herzukommen, um mir dieses Zeug anzugucken? Um ein bisschen Schlaf zu kriegen.«

»Avner«, sagte Matty, »Hintergrund.«

»Von all seinen Mietern zahle ich Rekord, sechzehnhundert für eine Wohnung, die so klein ist, dass ich aus dem Zimmer muss, um meine Meinung zu ändern, weil alle anderen in dem Haus seit der Einwanderungswelle dort wohnen. Die Sozialhilfequeen unter mir zahlt sechshundert, die Hippiejungfer oben tausend, und der Millionär, ein Fünfundachtzigjähriger, der Fiorello La Guardia noch im Hausflur die Hand geschüttelt hat, der sich noch an den Sprudelmann erinnert, den Eismann und die Außenklos, dem drei Stundenmotels in der Bronx gehören und das halbe Kerhonkson, New York, der zahlt dreihundertfünfzig. Und Sie sollten mal sehen, wie die hausen, verkrustete Essensreste auf dem Herd, Duschvorhänge, auf denen Penicillin wachsen könnte, Katzenpisse auf dem Teppich, Kakerlaken, Mäuse ... Wissen Sie, was ich auf meinen Fußböden habe? Seidenkieferparkett. Selbst gelegt, selbst bezahlt. Und wenn ich umziehe? Nehme ich das mit, damit Steele nicht noch einen Grund hat, dem nächsten armen Schlucker die Miete hochzutreiben.«

»Das ist im Berkmann-Haus?« Yolonda rollte ihren Kopf langsam von einem Ohr zum anderen.

»Schlimmer. Gegenüber, also höre ich nicht nur bis drei Uhr morgens jeden Morgen all diese besoffenen Arschlöcher, die zum Rauchen rausgehen müssen, ich höre nicht nur all diese Kotztüten, die Taxipfeifer, die Mondheuler, ich kann sie mir auch noch ansehen. Und wissen Sie, was der die Dreistigkeit besitzt, mir zu sagen, dieser Steele? Er sagt: ›Avi, Sie sind der Einzige, der sich je beschwert.‹ Er nennt mich einen ›Umwelthypochonder‹. Ist das zu fassen?«

»Hm.«

»Freunde von mir, die haben Restaurants und Läden hier im Viertel, alle sagen sie mir, ›Avi, mach mal locker, der Typ führt sein Geschäft genau wie du. Nimm es, wie es ist, hab Verständnis.‹ Aber nein. Nicht wie ich. Ich habe hier in der Gegend zwei Feinkostläden, einen Ecke Eldridge/Rivington ...«

»Das Sana'a?«

»Genau das.«

»Ich dachte, das wird von den Brüdern geführt.«

»Den beiden Pappnasen? Die können nicht mal einen Hund ausführen. Die arbeiten für mich.«

»Wie hat Ihnen denn die Jungfrau Maria gefallen, die da neulich erschienen ist?«, fragte Yolonda.

»Wer?«

»Die Jungfrau Maria.«

Avner zuckte mit den Schultern. »Hat sie was gekauft?«

»Entschuldigung.« Matty stand auf und vertrat sich die Beine. Bei der Vorstellung, mit einem chinesischen Schutzpolizisten in dieses Babelhaus zurückzukehren, um noch einmal Paul Ng aufzuspüren, wollte er vor Verzweiflung in die Knie gehen. Und der einzige andere Zeuge, der möglicherweise zu den Marcus-Schützen passte, war ein gewisser Ming Lam, ebenfalls Chinese, der ebenfalls nur zögerlich Anzeige erstattet hatte und zudem noch alt war – sechsundsiebzig laut Bericht. Ohne Eric Cash waren sie am Arsch, das wusste er einfach.

»Was ich damit sagen will«, sagte Avner, »nie ist einer meiner Läden wegen öffentlicher Ruhestörung belangt worden. Ich gehe also jeden Monat zu den Anhörungen des Schankausschusses und reiche eine Lärm-Beschwerde nach der anderen ein. ›Avi, Sie sind der Einzige, der sich beschwert.‹ Ach ja? Ich kriege so viele Unterschriften zusammen, dass ich meine eigene Partei gründen könnte. Ich geh da rein und erzähle ihnen, dass er im Umkreis von weniger als fünfzehn Metern einer Schule Alkohol ausschenkt, ich erzähle ihnen von den Auspuffgasen der Lieferwagen, dass sein Schild zu hell ist und zu groß. Ich recherchiere alles, versuche alles. Inzwischen kenne ich jedes Mitglied des Ausschusses beim Vornamen, aber er ist Harry Steele, die leben alle in seinem Arsch, und fertig.«

Matty spielte mit dem Gedanken, den Roten Danny unter der Hand anzuflehen, diesen Pinkelwettbewerb um die Immunitätserklärung abzublasen.

»Er sagt, er gibt mir zehntausend, wenn ich wegziehe, sagt, er zahlt den Umzug, hilft mir, in der Gegend eine neue Wohnung zu finden, er legt sogar die Kaution drauf, sagt, ich zahl ja eh schon fast den Marktwert, also wo ist das Problem. Das Problem, Mister Obermacker Harry Steele, ist, dass ich hier war, bevor Sie ihr Restaurant aufgemacht haben, ich war zuerst hier. Sie ziehen um.«

»Warum gehen Sie nicht zurück nach Israel?«, fragte Yolonda vornehmlich aus Langeweile.

»Wäre ich ein Schwarzer, der sich hier beschwert« – Avner lächelte – »würden Sie mir dann sagen, ich soll nach Afrika zurückgehen?«

»Wenn Sie da aufgewachsen wären.«

»Ich liebe Israel, ich fliege regelmäßig hin, aber New York liebe ich einfach noch ein bisschen mehr. Meine Angestellten sind Araber, mein bester Freund ist ein Schwarzer aus Alabama, meine Freundin ist Puerto-Ricanerin, und mein Vermieter ist ein halbjüdischer Bastard. Wissen Sie, was ich heute Morgen gemacht habe? Ich habe gestern in der Zeitung gelesen, dass der Zirkus im Madison Square Garden seine Zelte aufschlägt, da stand, die Elefanten würden im Morgengrauen durch den Holland Tunnel kommen. Ich bin auch ein bisschen Fotograf, wissen Sie? Bin also um fünf Uhr hoch, radele zum Tunnel und warte. Stellt sich heraus, die Zeitung hatte sich geirrt, die sind durch den Lincoln Tunnel, aber trotzdem, wissen Sie? Wahnsinnsstadt.«

»Avner.« Yolonda beugte sich vor, die Ellbogen auf den Knien. »Ich möchte, dass Sie sich weiter diese Fotos ansehen.«

»Das ist Zeitverschwendung.«

»Das ist ein Mordfall«, patzte Matty zurück. »Die Schützen sind noch da draußen, und das Opfer hätten genauso gut Sie sein können.«

Avner schien darüber nachzudenken, zog sich irgendwo hinter seine Waschbäraugen zurück und kehrte abrupt wieder. »Wissen Sie, was das Schlimmste ist?« Sanft lächelnd beugte er sich zu ihnen vor. »Jetzt will er auch noch Tische rausstellen.«

Eric saß an der Bar mit einem Brandy Soda, die letzten Sonnenstrahlen, die durch die Jalousien fielen, schnitten ihm in die Haut. Zu seinem Erstaunen erkannte er Brees Silhouette durch die Fensterblende zur Rivington Street und hatte ihren Trinkgeldumschlag in der Hand, bevor sie durch die Tür trat. Sie stand vorne beim Pult und suchte nach ihm, und Eric dachte wieder: »Irische Augen«, halb Songtitel, ganz Klischee. Sie war vielleicht zwanzig, einundzwanzig, vierzehn, fünfzehn Jahre jünger als er, und trug eine klassische Hippiebluse in Hellorange und eine abgetragene Jeans, die am Hintern eine Nummer zu groß war. Er konnte sich vorstellen, dass sie heute Morgen aufgestanden war und sie aus einem Klamottenhaufen neben ihrer Bodenmatratze gegabelt hatte.

»Hey.« Sie trat zu ihm an die Bar und nahm den Umschlag entgegen, dann atmete sie tief ein, als müsste sie sich einen Ruck geben. »Sieh mal.«

Das tat er. Ihr Gesicht war so weiß, dass es hellblau schimmerte wie entrahmte Milch. Wie hatte dieser betrunkene Polizist das einmal genannt? Billige irische Haut.

Wohl kaum.

»Ich weiß nicht, für wen du mich hältst oder für wen du dich hältst, aber dein Ton gestern war völlig unangemessen.« Es klang zurechtgelegt, klang, als wäre es ihr nicht leicht gefallen, und es zog ihm den Teppich weg.

»Völlig unangemessen«, pflichtete er ihr bei, die Hände, die den Umschlag hielten, fest im Blick. »Es tut mir leid.« Unversehens schickte er hinterher: »Das ist mir die ganze Nacht nicht aus dem Kopf gegangen, ich konnte gar nicht schlafen.« Die Worte kamen aus einer heiseren Kehle, der er dieser Tage selbst nicht traute, aber raus waren sie.

Sie stand einen Augenblick abschätzend da und sagte dann langsam: »Ich auch nicht.«

Und schon sprachen sie über etwas anderes.

»Also, alles okay zwischen uns?« Eric zwang sich, ihr in die Augen zu sehen.

»Klar.«

Nun hätte sie ihres Wegs gehen sollen, zur Umkleide hinunter, doch sie zögerte, hing eine Sekunde hinter sich selbst her, und Eric wusste ganz genau um diese Extrasekunde; die ganze Welt steckte in dieser Extrasekunde. »Wo kommst du eigentlich her?«

»Ich?« Die Frage schien sie zu erleichtern, sie waren nun auf einer Wellenlänge. »Hast du noch nie von gehört.«

»Mal sehen.«

»Tofte, Minnesota?«

»Sicher?« Das brachte sie zum Lachen.

Vierzehn, dreizehn Jahre Unterschied, höchstens.

»Und wie lange bist du schon hier?«

»Hier, New York?«

»Hier New York.«

»Sechs Wochen.« Ihre Augen loderten vor diesem ganzen Wahnsinn.

Sechs Wochen …

»Und was bist du …« Plötzlich hatte er das panische Gefühl, auszublenden.

»Was ich bin? Von wegen Religion?«

»Nein, nein. Was willst du …« Er hatte Mühe, den Satz zu beenden, brachte kaum noch das »sein« heraus.

»Am liebsten?« Was sie danach sagte, bekam er nicht mehr mit.

»Interessant«, sagte er mechanisch. »Also.«

Sie hörte die Zurückweisung in seiner Stimme und ging, Enttäuschung und Verwirrung vorwegnehmend, in Richtung Umkleide.

»Moment«, rief er ihr nach, und als sie sich umdrehte mit diesen unerträglich hellen Augen, streckte er die Hand nach ihrem Umschlag aus. »Ich will noch eben prüfen, dass du auch den richtigen hast.« Er nahm den Umschlag mit in die Küche, sah ihn an, ohne ihn zu öffnen, kam wieder heraus und händigte ihr denselben, um 29 $ Dollar verminderten Betrag aus.»Perfekt.« Warf einen letzten Blick auf den Reispuder-Hals, die Perlmutt-Hände und dachte, Gnadenlos.

Sie saßen alle auf Irma Nieves' Bett: Crystal, Little Dap, David, Irma, Fredro, Tristan und Devon, reichten den Blunt herum und aßen Chips, als Fredro unbedingt mit der Scheiße anfangen musste.

»Bsssss.« Die anderen sahen ihn an.

»Was?«

Fredro nickte zu Tristans entblößtem Kinn und machte wieder »Bssss«. Es klang wie ein elektrisches Sirren: wie Tristans Zickzacknarbe quer über dem Mund.

Die meisten kapierten es in ihrem bekifften Tran, sahen es und grölten sich weg, und Tristan spürte wieder einmal die resignierte Last, anderer Leute Lachnummer zu sein. Na, wenn es nicht die Narbe gewesen wäre, hätten sie etwas anderes gefunden, es brauchte nicht viel und war allen zur Gewohnheit geworden – was tut Tristan heute oder eben nicht, was sagt er oder eben gerade nicht, man verließ sich auf seinen Unterhaltungswert, wie Sozialhilfeempfänger sich auf den Postboten verlassen. Nur war die Alternative zu Hause: Hamstersitten.

»Oh, Nigger.« Fredro hatte Tränen in den Augen, wich in gespieltem Entsetzen zurück. »Lass ihn wieder wachsen, bitte.«

»Oh!« Das Bett bebte vor Gekicher.

»Schnall dir ein Kopftuch um, weiß der Geier.« Jetzt Devon.

»Nigger kommt jetzt in keine Dose mehr rein.«

»Massig Dosen.« Tristan konnte es sich nicht verkeifen, obwohl er wusste, dass das Dümmste war, überhaupt darauf zu reagieren.

»Massig Dosen …« Irma schnorchelte Rauch aus und löste damit eine weitere Runde Geheul aus.

Er mochte Irma, fand es schön, wie ihre Zähne vorstanden und wie sie die eingerollten Hände mit Handflächen nach oben in den Schoß legte, wenn sie gerade nichts tat.

»Wichser muss sich ein Schweinekotelett um den Hals hängen, da-

236

mit der Hund mit ihm spielt.« Wieder Devon. Tristan sah, wie die Augen des weißen Jungen hoch gingen, hoch, während er fiel, runter, runter, und tat dann so, als wäre es Devon gewesen in jener Nacht, Fredro, alle anderen; außer Irma.

»Kriegen die Kleinen nicht Schiss vor dir?« Fredro stand vom Bett auf, um einen von Tristans Hamstern nachzumachen, hob die Arme und sah nach oben. »Onkel Tristan, hochheben, Arsch wischen – boah, Scheiße!« Als würde das Kind zum ersten Mal die Narbe sehen, da heulten wieder alle, der rappelvolle Raum rauchdicht.

Allein Little Dap hielt sich zurück, sah ihn jedoch finster an, hasste ihn für diese Last.

»Yo, tut mir leid, Mann«, sagte Fredro zwischen Heulern, Tränen rannen ihm übers Gesicht. »Ich kann einfach nicht …« Wieder Geheul.

»Oh, Mann, ich bin dann mal weg.« Und binnen einer Minute waren fast alle runter vom ungemachten Bett und gingen nacheinander schnaufend und johlend durch die stickige, dreckige Wohnung.

Nur Irma und er blieben zurück, Tristan am Kopfende des großen Bettes, elektrisiert, Irma am Fußende, weiter am Blunt paffend, bis sie schließlich aufsah und merkte, dass sie beide allein waren. »Vergessen, wo die Tür ist?«

Jedenfalls bestand sein Ex-Stiefvater auf einer sauberen Wohnung.

Sie dachte, die Meerjungfrau wäre am einfachsten. Sie konnte ganz gut abmalen, selbst aus dem Gedächtnis, und zuerst, als sie lediglich zeichnen wollte, wurde es ganz gut, nur als die Kugelschreiberspitze etwas stärker drückte als beabsichtigt, als sie die Haut durchstach, als es anfing, höllisch weh zu tun, aber nicht so schlimm, dass sie aufhören wollte, wurde die Hand immer unsicherer. Und als ihre Mutter eine Stunde später ohne anzuklopfen reinkam, einen Blick auf all die blutigen Handtücher zu ihren Füßen warf und wie eine Irre zu schreien anfing, wusste Nina, dass Ikes Panther und Teufelskopf noch einen Tag warten mussten.

»Wo wohnt er?«, fragte Fenton Ma.

»East Broadway vierundzwanzig.«

»Fuk?«

»Keine Ahnung«, sagte Matty.

»Ich spreche kein Fuk. Hoffen wir mal, dass er Mandarin spricht.«

»Bist du Mandarin?«

»Mandarin ist eine Sprache. Ich bin Kantonese. Aus Flushing. Aber East Broadway ist fukinesisch. Underdogs wohnen ganz unten.«

Es war ein heißer Abend, unter dem eisernen Schatten der Überführungsschlaufen der Manhattan Bridge roch der East Broadway nach dem eisgekühlten Fisch, der die Gehwege säumte, und Fenton Ma wurde mit jeder Horde schnatternden Frauen, an der sie vorbeigingen, angespannter.

»Die sprechen alle diese Hinterwäldlerbrühe, ich sag euch, Mann, da versteht man kein Wort.«

Erneut stiegen sie direkt von der Straße in die Wohnung im obersten Stock, ohne von einer einzigen verschlossenen Tür aufgehalten zu werden. Auf dem Weg in die Gemeinschaftsküche am Ende der Wohnung spähten sie in die provisorischen Schlafzimmer und -zellen, sahen die Männer, deren Zigaretten im Dunkeln wie Glühwürmchen zuckten, in den Kojen und auf den Planken liegen. In der leeren Küche war der Esstisch blitzeblank, die Karaokemaschine ausgeschaltet und das Karpfenaquarium leer.

»Hallo, Polizei«, sagte Matty zu niemandem.

Der junge Kompakte, der ihnen am Abend zuvor in den Hausflur gefolgt war, kam aus der Toilette.

»Ich glaube, an den hier muss man sich halten«, sagte Matty zu Fenton, bevor er zur Seite trat, um die beiden Männer miteinander reden zu lassen.

»Haben sie den Fisch gegessen?«, flüsterte Yolonda und nickte zum leeren Aquarium.

Nach kurzer Unterredung führte der Manager Fenton an Matty und

Yolonda vorbei den Flur hinunter zu einem der größeren Schlafzimmer, sagte etwas zu einem der im Dunkeln liegenden Raucher und ließ sie dann allein. Das Brett, auf dem der Mann lag, war das dritte von unten, so dass er selbst im Liegen mit Ma auf Augenhöhe war und beider Gesichter kurzzeitig vom Glimmen der inhalierten Zigarette erhellt wurden. Kurz darauf kam Fenton wieder aus dem Zimmer. »Blöde Dorfdeppen«, murmelte er und bedeutete dem Manager, herzukommen und zu übersetzen.

»Ist das unser Mann?«

»Nein.« Gemeinsam mit dem Manager nahm Fenton das Gespräch wieder auf.

Nach einer Weile trieben die vermischten Gerüche nach Schweiß und Rauch aus den Schlafzimmern Matty und Yolonda in die Küche zurück, wo sie schweigend warteten, bis Fenton in den Flur trat und sie nach draußen winkte.

»Das war also nicht Paul Ng?«, fragte Matty, der als Erster die Treppen hinunterging.

»Das war sein Mieter.«

»Wessen Mieter?«

»Paul Ngs.«

»Mieter wovon?«

»Dem Brett.«

»Dem was?«

Fenton blieb auf dem Treppenabsatz im ersten Stock stehen.

»Ng hat dieses Brett von dem Mann in der Küche, der die ganze Wohnung gepachtet hat, für hundertfünfzig den Monat gemietet, aber drei Tage die Woche arbeitet Ng in einem Restaurant oben in New Paltz, also hat er das Brett an den Typen, der da jetzt für fünfundsiebzig Dollar drauflliegt, untervermietet.«

»Herrgott.«

»Na ja, bei den siebzig Riesen, die er wahrscheinlich seinem Schleuser zurückzahlt, und zusätzlich dem bisschen, das er seiner Familie nach Hause schickt, drückt er locker achtzig Prozent von dem Hungerlohn ab, den er hier kriegt, soll heißen, da vermietet man sein Scheiß-brett unter.«

»Hast du rausgefunden, wie der Laden in New Paltz heißt?«

»Golden Wok.«

»Wir sollten jemanden hochschicken.«

»Wahrscheinlich.« Matty zuckte mit den Schultern; sie hegten keine besonderen Hoffnungen, dass diese Spur sie weiterführte.

»Braucht ihr noch Hilfe mit irgendjemand? An den neuen Rhyth-mus könnte ich mich irgendwie gewöhnen.«

»Ehrlich gesagt«, antwortete Matty, »haben wir noch einen im Überfall-Muster, noch einen Chinesen.«

»Ich bin bereit.«

»Typ heißt« – er sah auf seine Notizen –»Ming Lam.«

»Okay.«

»Könntest du?«

»Ja klar. Noch ein Bootshaus?«

»Nein, er wohnt mit seiner Frau zusammen.«

»Hier unten?«

»Bowery hundertfünfundfünfzig.«

»Mit seiner Frau? Wie alt?«

»Sechsundsiebzig.«

»Ach, vergesst es.« Fenton wurde auf einmal rot vor vorweggenom-menem Versagen. »Diese alten Knacker machen den Mund nicht auf.«

»Weil noch nie jemand wie du sie drum gebeten hat.« Yolonda blickte ihm tief in die Augen, dass Fenton gleich noch mal rot wurde. »Sei nicht immer so pessimistisch.«

Als sie auf den East Broadway hinaustraten, stand die Lebensquali-tät mit Blaulicht direkt vorm Haus, einige Autolängen vor ihr ein zer-beulter Toyota mit getönten Scheiben.

Matty beugte sich zum Beifahrerfenster hinein, wo Lugo das Kenn-zeichen des Toyota in den Computer auf dem Armaturenbrett eingab. »Komm schon, du Scheißteil.« Scharf schlug drauf, während sie darauf warteten, dass er die Informationen ausspuckte.

»Und, wieviel Dope habt ihr heute Abend von der Straße geholt?«, fragte Matty.

»Gegenwert von sechs Stunden«, antwortete Geohagan trocken. Eine Vergrößerung von Billy Marcus' Führerscheinfoto klebte über dem Handschuhfach.

»Keine Spur?«

»Du wärst der Erste, der's erfährt«, sagte Lugo.

Um dem Jungen vor der nächsten Befragung eine Stärkung zu verpassen, setzten sie sich in die koschere Pizzeria in der Grand Street um die Ecke von Ming Lams Wohnung und bestellten ein paar Stücke.

Das große Lokal war zu dieser Uhrzeit beinahe leer, ein Meer von Picknicktischen, von denen nur ein weiterer auf der anderen Seite des Raumes besetzt war, daran ein schwerer, graubärtiger Orthodoxer in Hemdsärmeln mit einem jüngeren Mann im eleganten Dreiteiler, braungebrannt und geschniegelt wie für eine Pressekonferenz.

Yolonda beugte sich über den Tisch und flüsterte Fenton zu: »Der Typ da drüben? Der braucht nur den Finger krümmen, und in Oklahoma sterben fünf Menschen.«

»So sieht der auch aus.«

»Nicht der. Der Dicke.«

Die Pizza kam, drei Stücke, die in einer klaren orangegelben Flüssigkeit schwammen.

»Soll ich dir was erzählen?« Nun war Matty mit Flüstern dran. »Ich hab jahrelang versucht, hier unten eine Wohnung zu kriegen, ja? Kennst du die Dubinsky-Genossenschaftshäuser die Straße runter? Drei Jahre Warteliste. Etwa fünfzig Namen vor mir. Nicht, dass ich mir die je hätte leisten können, aber egal, der Rebbe da drüben, vor zwei Jahren wurden in der Allen Street die Freier hochgenommen, sein Sohn ist dabei, ich kenne den hier aus der Gegend, weiß, er hat eine Frau, drei Kinder, die Frau ist krank. Jedenfalls, sie schaffen alle aufs Achte, um Personalien aufzunehmen, der steht da in Handschellen, sieht aus, als wollte er sich gleich umbringen. Mein Kumpel von der Sitte ist da, bei dem hab ich noch was gut, kurz und klein, der lässt mich die Herde einmal durchflöhen, ich schiebe ihn durch die Hintertür und sage, Sündige nicht mehr.«

»›Sündige nicht mehr.‹« Yolonda schnalzte mit der Zunge.

»Sündige nicht mehr. Meine gute Tat für den Abend, okay? Am nächsten Morgen werde ich zum Captain reingerufen, ich denke, ›Was hab ich denn jetzt schon wieder gemacht?‹ Geh rein, und der Alte, der Rabbi? Sitzt da mit dem Captain plus, *plus* Deputy Inspector Berkowitz vom Hauptquartier. Ich geh rein, der Cap und der DI starren mich an wie nichts Gutes und hauen dann ab, und der Rabbi bleibt, bietet mir einen Platz an und sagt: ›Hab gehört, Sie suchen eine Wohnung.‹ Ich sage, ›Woher wissen Sie das denn?‹ Der Typ zuckt mit den Schultern, da fällt mir ein, wer er ist hier unten, und sage, ›Ja, doch, ich stehe auf der Warteliste für Dubinsky.‹ Er sagt: ›Interessanterweise haben ein Paar Sonnenvögel da drin gerade beschlossen, dass sie für das Hin und Her nach Florida allmählich zu alt werden, und sie suchen nach einem verantwortungsbewussten Dauermieter. Für angemessene Miete …‹ Eine Woche später stehe ich auf meiner neuen Terrasse, Eckblick, kann alle drei Brücken sehen, hab dreieinhalb Zimmer hinter mir, vierzehnhundert im Monat.«

»Hast du das gehört?«, sagte Yolonda. »Ich latsche diesem Sohnemann jeden Tag hinterher und hoffe, dass er Scheiße baut, damit ich ihm den Arsch retten kann und endlich aus der Scheiß-Bronx rauskomme.«

»Die Sache ist, der Typ hat seinen Sohn nicht ein einziges Mal erwähnt, den Vorfall. Bloß ›Hab gehört, Sie suchen eine Wohnung.‹«

»Und das alles nur, weil er Rabbi ist?«

»Das alles nur, weil er sagt, wählt soundso, und fünfzehntausend Leute hier unten machen es.«

»Allerdings muss Matty, solange er da wohnt, den Jungen aus allem Ärger raushalten, aber …«

»Kinderspiel«, sagte Matty und klappte dann sein Telefon auf. »Hallo?«

»Detective Clark?«

»Am Apparat.« Ein kurzes Zögern, Matty vermutete Marcus' Frau, aber er wartete.

»Ja, hallo, hier ist Minette Davidson?« Als wäre sie sich nicht ganz sicher.

»Minette.« Einen Augenblick verunsichert durch ihren Nachnamen.

Yolonda hatte die Stimme noch vor ihm erkannt und beäugte ihn, während sie mit einer Serviette Fett vom zweiten Stück Pizza saugte.

»Die Frau von Billy Marcus?«, sagte Minette.

»Ja, natürlich, Entschuldigung.«

Im Hintergrund hörte er eine hohle Lautsprecherstimme: Flughafen oder Krankenhaus.

»Hallo. Ist irgendetwas ...« Ihre Stimme verlor sich.

»Wir befragen in diesem Moment mögliche Zeugen, aber ...«

Fenton stand auf, um sich ein drittes Stück zu holen, schlenderte am Rabbiner vorbei und musterte ihn. »Nichts von Billy?«

»Er hat sich nicht gemeldet. Sie halten aber Ausschau nach ihm.«

Wieder Lautsprechergedröhn, irgendjemand wurde ausgerufen.

»Minette, wo sind Sie?«

»Wo?«

Eine weitere Stimme, diesmal im selben Raum, die zögerlich einen gewissen Miguel Pinto ausrief, als läse sie den Namen von einer handgeschriebenen Notiz ab.

»Sind Sie im Krankenhaus?«

»Ja, nein, es ist nichts.«

»Was ist nichts? Geht es Ihnen gut?«

»Mir? Ja ja.« Mit abgedeckter Muschel rief sie aus: »Entschuldigen Sie, Miss?« Zu ihm: »Ich muss auflegen.« Und legte auf.

Fenton kam mit seinem Stück Pizza zurück.

»Deine Freundin?«, fragte Yolonda mit weiten Augen.

»Sie hat aus einem Krankenhaus angerufen.«

»Geht es ihr gut?«, fragte Yolonda tonlos.

»Keine Ahnung.«

Matty drückte auf Rückruf, bekam ein »Gesperrt«.

»Scheiße.«

»Hast du dir im Büro nicht ihre Nummer notiert?«

»Liegen lassen.«

»Vielleicht solltest du sie schnell holen«, sagte sie, ohne eine Miene zu verziehen.

Dann verabschiedete sich sein Handy ganz.

»In welchem Krankenhaus ist sie denn?«

»Hab ich doch gerade gesagt, keine Ahnung.«

»Geht es ihr denn gut?«

»Hab ich gerade gesagt, weiß ich nicht.«

»Und in welchem Krankenhaus ist sie?«

»Was gehst du mir denn auf den Sack?«

»Ich?«

Fenton nahm sein drittes Stück Pizza in Angriff.

Der Rabbiner stand auf, wischte sich den Mund, schüttelte seiner Essensbegleitung die Hand und ging zur Tür, wobei er Mattys Schulter streifte, ohne ihn eines Blickes zu würdigen.

»Rabbi«, sagte Matty.

Fenton beugte sich in den Gang, um ihm bis auf die Grand Street nachzusehen. »Ja, solche Typen haben wir in Chinatown auch.« Er richtete sich wieder auf. »Aber ich war bis vor sechs Monaten in Brooklyn North, also kenne ich sie noch nicht.«

»Häng dich rein«, sagte Yolanda.

»Mein Gott.« Matty funkelte sein totes Telefon an.

Wie sich herausstellte, sprach Ming Lam Englisch, was allerdings von geringer Bedeutung war, da sich die erste Hälfte der Unterhaltung draußen über die Gegensprechanlage abspielte, weil der alte Mann zwanzig Minuten lang beschwatzt werden musste, um sie überhaupt reinzulassen.

Er wohnte mit seiner Frau in anderthalb Zimmern, auf der Sitzbadewanne in der Küche lag ein Holzbrett, das gleichzeitig als Esstisch diente. Erneut traten Matty und Yolonda beiseite, um Fenton das Reden zu überlassen, und Ming Lams Frau, eine kleine Person, in Größe und Umfang das genaue Abbild ihres Mannes, bot ihnen widerwillig einen Platz auf einer mit Bettlaken bedeckten Couch an, die zur Hälfte mit chinesischen Zeitungen belegt war. Ihnen war sofort klar, dass Fenton bei dem Mann nichts erreichen würde, auch wenn ein junger Chinese in Uniform ihn sichtlich entzückte.

»Sie müssen uns helfen.«

»Ach ja?«, sagte Ming Lam. Sie standen Zeh an Zeh mitten in dem kleinen Zimmer. »Und wenn Sie ihn kriegen, Sie machen was, schneiden ihm die Hände ab? Geben ihm Prügel? Nein. Nächste Tag er ist wieder auf der Straße. Dann er kommt zu mir.«

»Nein, nicht, wenn Sie uns helfen, ihn zu schnappen. Aber wenn Sie uns nicht helfen – dann, ja, vielleicht kommt er dann zu Ihnen. Sie strahlen so was aus für diese Typen.«

Matty wusste, dass Yolonda und er es dem Jungen durch ihre Anwesenheit noch schwerer machten.

»Sie sperren die nie ein. Ich bin zwölf Mal ausgeraubt, habe gemeldet Polizei erste drei Mal, dann aufgegeben. Sie sperren Mann einen Tag ein, dann er wieder hier, und ich musste verstecken, weil er wusste, ich habe erzählt Polizei.«

»Also, das ist jetzt was anderes.«

»Ach ja?«

»Ja. Jetzt bin ich da.«

»Was ist so besonders an Ihnen?«

»Der Letzte, der Sie ausgeraubt hat? Ich weiß, er beobachtet Sie und denkt daran, Sie sich noch einmal vorzunehmen. Aber wissen Sie was? Ich beobachte Sie auch. Sie waren gestern in der Essex Street, stimmt's? Stimmt's?« Der Junge improvisierte. »Ich habe Sie gesehen, aber Sie mich nicht, oder? Und ihn haben Sie auch nicht gesehen. Ich beschütze Sie jetzt schon, und ich verspreche Ihnen, ich sperre den Kerl ein, wenn Sie mir helfen.«

»Nein, dann kommt er Tag danach und tötet mich.«

»Wissen Sie was?«, stocherte Fenton nun. »Wenn Sie mir nicht helfen, ihn von der Straße zu holen, tötet er Sie vielleicht wirklich. Oder Ihre Frau. Oder Ihre Kinder. Wie fühlen Sie sich dann: Ich bitte Sie, mir zu helfen, Sie weigern sich, und dann tut er jemandem in Ihrer Familie was an, hm?«

»Nein.«

Matty wollte den Jungen erlösen und setzte sich auf, um dazwischenzugehen, aber Yolonda nahm seinen Arm, und er lehnte sich wieder zurück.

»Sagen Sie, wir können Sie vorladen, dann müssen Sie uns helfen. Ist Ihnen das lieber?«

»Ich habe keine Angst vor euch.«

»Es geht doch nur darum, dass Sie sich ein paar Fotos angucken, vielleicht eine Gegenüberstellung, keine Anwälte, kein Gericht.«

»Nein.«

Fenton drehte sich zu Matty und Yolonda um, und sein Blick fragte: Was habe ich euch gesagt?

»Aber wissen Sie was?« Als die Stimme des Alten ertönte, drehte sich Fenton wieder zu ihm um. »Das« – der Alte klopfte ihm auf die Brust, auf die Uniform, und lächelte – »macht mich glücklich.«

Matty saß da auf der muffigen Couch; wir sind am Arsch.

Auf dem Weg hinunter legte Matty den Arm um Fenton. »Darf ich dir was anvertrauen?« Er zog ihn außer Hörweite, obwohl er wusste, dass Yolonda wusste, was er ihm erzählen würde. »Weißt du, diese Geschichte, die ich dir über den Rabbi erzählt habe und seinen Sohn, den ich damals vor der Verhaftung bewahrt habe? Das war Schwachsinn. Ich wusste längst, dass der Mann eine Schwäche für Nutten hat, alle wissen das, und mein Kontakt bei der Sitte war darauf vorbereitet, mir ein Zeichen zu geben für den Fall, dass sie ihn mal hochnehmen, weißt du, wieso? Weil ich außerdem wusste, wenn ich die Chance kriege, dem die Haxen zu retten, dreht sein Alter wahrscheinlich irgendwas, um mich in die Dubinskys zu bekommen.« Matty blieb stehen und beugte sich nach hinten, um zu sehen, wie der Junge die Geschichte aufnahm. »Ein Alptraum hier unten, Wohnraum.«

Matty hatte ihm die Wahrheit als eine Art Trost geschenkt, weil der alte Mann da oben ihn derart vorgeführt hatte, aber Fenton Ma kochte offensichtlich noch und hatte kein Wort mitbekommen.

Tagsüber hatte es einige Stunden heftig geregnet, und an diesem vierten Tag nach dem Mord wirkte der Schrein ganz daneben, durchtränkt und verkohlt, hämisch und leicht bedrohlich, als würde er sagen, das macht die Zeit mit uns, das wird aus uns wenige Stunden nach den Tränen und Blumen. Jemand hatte den Teddybären so platziert, dass es aussah, als würde er den ausgestopften Adler rammeln, die anderen Plüschtiere lagen auf der Seite wie ertrunkene Ratten, die Kleingeldgaben vor Lazarus und der Heiligen Barbara waren alle eingesackt, die Räucherstäbchen zu spurdünnen Häufchen und Aschekringeln reduziert worden. Vom Stahlrohr-Mobile, das zuvor an einem selbstgebastelten Fahnenmast gebaumelt hatte, war nur noch eine Röhre übrig, die in die Lücke einer heruntergezogenen Rolltür gerammt worden war und den Schrein von einem Berg Müllbeutel vor dem Sana'a trennte. Die einzige unangetastete Gabe war ein weißes T-Shirt mit Hells-Angels-Logo, frisch zusammengelegt auf dem Boden wie eine kalte Offerte der Rache.

Von all den Bildern und Sprüchen, die an der Häuserwand klebten, schienen nur Ikes letzte Worte, HEUTE NICHT, MEIN FREUND, von Graffiti und den Elementen unberührt, so verwegen und unangetastet, als wären sie in den Stein gemeißelt.

Heute nicht, mein Freund … Jeder Fünfte oder Sechste nahm sich die Zeit, diese Worte zu lesen, einige schweigend – man konnte sehen, wie ihr Blick über die Buchstaben wanderte –, einige flüsterten sie, andere sprachen sie laut aus, kopfschüttelnd, mit geschürzten Lippen, erstaunt schmunzelnd, Was für ein Depp. Einige sagten es sogar direkt zu Eric, der am Rande des Schreins stand: Stimmt's, oder hab ich recht? Sie erzählten ihm auch noch anderes, zum Beispiel, wer es getan hatte: die albanische Mafia, die Triaden, die in Rikers stationierten Five Percenters, die in Brooklyn stationierten Dschihadisten, die Bullen, die Regierung; und warum: weil er die Dame eines Latin King gevögelt hatte, damit er nicht ausplauderte, was er über Cheney und die Trilaterale Kommission, die Illuminati, den Ku-Klux-Klan wusste, damit er Sputnik und Skeezix nicht auffliegen ließ, zwei Detectives aus Alphabet City, die ihn bei einem Drogendeal verbrannt hatten. All diese Informanten waren zappelig in den Beinen und huschig im Blick und sprachen ausdrücklich Eric an, weil er, obwohl er ihnen kaum folgen konnte, nicht wegging, aussah, als würde er zuhören, als wollte er es wirklich wissen.

Heute nicht, mein Freund …

Glühende Verzweiflung erfüllte ihn, wenn er Ikes letzte Worte derart vorgetragen hörte, die Witze über mündlichen Selbstmord, Selbstmord per Deklamation, Selbstmord durch Bier; rasender Zorn, sich in diese Geschichte vertiefen zu müssen, er hatte nicht darum gebeten, sie war ihm von diesem naiven Arschloch aufgedrängt worden, der beschlossen hatte, sich diese Pointe zu geben, über die Eric gelacht hätte, hätte sie ihn nicht so gewaltsam sich selbst gegenübergestellt – sein Leben auf den Kopf gestellt.

Unterm Strich wusste er eigentlich selbst nicht so genau, wieso er nicht jedenfalls so tat, als würde er helfen, und sei es nur, um sie alle loszuwerden … Was er wusste, war Folgendes: Der Typ war tot, und es würde ihn weder zurückbringen noch ihm Gerechtigkeit widerfahren lassen, wenn Eric niemanden gesehen und nichts gehört hatte. Und Folgendes wusste er: Nachdem die Schützen ihn in jener Nacht entzweigebrochen hatten, hatten ihm diese Arschlöcher im Vernehmungsraum den Rest gegeben, das letzte Fitzelchen Unschuld, Inspiration oder Optimismus, das nach all diesen Jahren noch an ihm geklebt hatte, abgepult, die letzten Reste der Hoffnung und Illusion welch amorpher Sehnsucht auch immer, zu glänzen, jemand zu sein, aus ihm herausgezogen. Er hatte ohnehin schon schwer auf der Kippe gestanden, und jetzt, und jetzt sagte er einfach Nein. Er wollte einfach nicht mehr mitmachen, um weiterzumachen. Er wollte nicht mehr zerbrechen. Seine Verweigerung kam vielleicht im allerschlimmsten Moment, aber bitte.

»Feigling.«

Eric hob den Kopf und erblickte einen verschwiemelten mittelalten Mann, der auf der anderen Seite des Laternenscheins stand.

»Du feige Sau.«

Es war Ikes Vater, wer sollte es sonst sein, der dort krummhalsig in den Schreinhaufen starrte wie in ein Lagerfeuer. Gebannt trat Eric auf ihn zu – um zu erklären, sich zu rechtfertigen.

»Du Dreckstück.«

Und dann blieb er stehen, wich zurück; der Mann nahm ihn gar nicht wahr, er sprach mit sich selbst.

Ein storchendürrer Spinner im selbstgenähten Burnus kam aus dem Dunkel mit einem Einkaufswagen am Schrein vorbeigerast. »Heute nicht, mein Freund. Doch heute Nacht, du blöder Wichser, kleiner Versprecher und schon geht das Schiff unter, zu spät.« Und mähte Eric um ein Haar nieder.

Nachdem es die dunkle, dünne Mixologin aus dem No Name in der vergangenen Nacht wieder fertiggebracht hatte, den gesamten Akt hindurch zu weinen, gekrönt diesmal allerdings von anschließendem, durch Schluckaufschluchzer unterbrochenem Heulen:»Nicht persönlich gemeint, hat nichts mit dir zu tun«, saß Matty am Sonntagmorgen als Erster im Dienstraum, wo das Geläut konkurrierender Kirchenglocken – spanisch-katholischer von der Pitt Street, schwarz-episkopaler von der Henry – die über dem Meer verlassener, vollgepackter Schreibtische schwebenden Staubpartikel aufstörte. Er saß in der Stille, die Hände vor sich verschränkt, und sah auf die Titelseite der *Post* hinunter. Auf dem Foto unter dem Titelzug legte ein leicht zerbeulter Steven Boulware feierlich ein Blumengesteck vor dem zunehmend verwahrlosten Spontan-Schrein in der Eldridge Street nieder – der Titel: *Dem Tod entronnen, Gedenken an einen Freund.* Die Schlagzeile jedoch war einem Skandal beim Stadtreinigungsbetrieb gewidmet, der Marcus-Mord war auf Seite fünf verbannt, wo praktisch nichts darüber stand.

Einschlafen lassen. Fünf Tage nach dem Mord hatte Matty null: keine Spur und keine echte Unterstützung außer Yolonda, Iacone und Mullins, vor allem Yolonda, denn sie war ihm noch was schuldig, nachdem er ihr im Jahr zuvor bei einem ihrer hoffnungslosen Einschlaf-Morde die Stange gehalten hatte. Noch zwei Tage bis zum zweiten Angriff, doch schon jetzt kam der ihm vor wie eine Abschiedsgala, ja angesichts der üblen Schwingungen im Hauptquartier keimte in ihm der Verdacht, dass es so weit nicht einmal kommen würde. Er ignorierte die Ablageberge auf seinem Schreibtisch, zog seinen Stapel mit Kieztätern heran, prüfte noch einmal diejenigen, die er als Steckbriefe rausgeschickt hatte, und überdachte jene, die er bisher verworfen hatte.

Dann entdeckte er Minette Davidsons Telefonnummer in der Ecke seiner Schreibtischunterlage.

»Sie hat sich geschnitten, als sie sich ein Sandwich machen wollte«, sagte Minette.

»Ach ja?« Das nahm Matty ihr nicht ab. »Wurde sie genäht?«

»Ein paar Stiche. Wir mussten knapp sechs Stunden auf den plastischen Chirurgen warten, aber irgendwann war's dann so weit.«

»Gut.«

»Sie hätten gestern Abend niemanden im Krankenhaus anrufen können, um das Ganze zu beschleunigen, oder? Sagen Sie bitte Nein, damit ich mich nicht ohrfeigen muss.«

»Nein.«

»Danke.«

»Geht es ihr gut?«

»Ja, einigermaßen.«

»Gut.« Mattys Handy klingelte, sein Freund von der Sitte. »Und Mr Marcus weiß wahrscheinlich nichts davon?«

»Mr Marcus?«, fragte sie. Matty hörte die Spitze in ihrem Ton. »Wie sollte er?«

»Natürlich«, sagte er. Dann: »Hören Sie, ich weiß, es scheint Ihnen sehr viel länger, aber es sind erst achtundvierzig Stunden.« Überlegte, ob er die Leichenschauhäuser abfragen sollte.

»Ich weiß.« Sie klang jetzt zu ausgelaugt, um sich wirklich noch darum zu scheren. »Ist gut.«

»Ja, tut mir leid, dass ich Ihnen gestern Abend nicht weiterhelfen konnte.«

»Danke. Vielen Dank.«

»Und Sie sollen wissen, ich fühle mit Ihnen und Ihrer Familie.«

Ein gewisses Zögern. »Danke.«

Und Sie sollen wissen, ich fühle mit Ihnen und Ihrer Familie. Matty verzog das Gesicht, als er die Sitte zurückrief, was einen Anruf bei Harry Steele nach sich zog.

»Professor Steele.« Matty klemmte sich das Telefon an die Schulter, holte einen aufrechten, halbvollen Becher Kaffee von gestern aus dem Papierkorb und trank ihn aus. »Ich weiß aus zuverlässiger Quelle, dass bei Ihnen heute Abend eine Jugendschutzkontrolle steigt. Halten Sie Ausschau nach einer kleinen Latina, rote Strähnen, Augenbrauenpiercing, eher kompakt. Lassen Sie sich den Ausweis zeigen. Sagen Sie Clarence Bescheid und machen Sie mit ihm zusammen die Tür.«

Durch die Pitt Street fuhr ein Auto mit derart potentem Stereo-Bass, dass die Bleistifte über die Schreibtischunterlage rollten.

»Weiß nicht, wann genau, das ist ja keine Tischreservierung. Passen Sie einfach ein bisschen auf, okay? Und jetzt … brauche ich Ihre Hilfe …« Matty wollte ihn gerade wegen Eric Cash um Unterstützung bitten, als ein Stockwerk tiefer solches Getöse losbrach, dass er auflegen musste. Der Wachhabende bellte »Hey, stop!« und folgte jemandem, der die Treppe hinaufgepoltert kam. »Stehenbleiben, hab ich gesagt!« Matty sprang auf und wappnete sich, als die Tür zum Dienstraum an die Wand knallte und Billy Marcus hereinstürmte, mit pfeifendem Atem, starrem Blick und Alkoholfahne, und verkündete: »Ich weiß, wer's war«, bevor er im Fluge von hinten umgriffen wurde, beide Männer von der Wucht nach vorn geworfen wurden, Billy mit angelegten Armen aufs Gesicht fiel und aus der ungeschützten Nase Blut über den Boden spritzte, als der wütende, ächzende Koloss auf ihm landete.

»Ich weiß, wer's war«, sagte Billy wieder, gequetscht und nasal diesmal auf einem zurückgekippten Stuhl am Behelfs-Esstisch mit Blick an die

Decke, während Matty hinter ihm stand und ihm ein Knäuel Papiertücher an die Nase drückte. »Ich weiß, wer's war.«

»Okay, schön, immer mit der Ruhe.« Von den morgendlichen Scotchdämpfen, die ihm ins Gesicht stiegen, flatterten Matty die Augenlider.

»Okay, schön, immer mit der Ruhe«, äffte Marcus ihn nach, pfeifend wie ein Motorkühler.

»Mr Marcus, haben Sie Asthma?«

»Billy, ich heiße Billy, das habe ich Ihnen« – er unterbrach sich, um Luft zu holen – »letztes Mal schon gesagt. Ja, hab ich. Ein bisschen.«

Matty nahm Billys Hand und legte sie auf das Papiertuchknäuel, ging zu einem der leeren Schreibtische und nahm den Inhalator aus dem Waschbeutel, den John Mullins in seiner untersten Schublade verwahrte. »Wissen Sie, wie man so was benutzt?« Schüttelte ihn, bevor er ihn ihm reichte.

»Ja, danke.« Mit seiner freien Hand nahm er einen Zug.

Als Matty Billy jetzt aus nächster Nähe betrachtete, wurde ihm bewusst, dass er trotz der vielen Begegnungen in den letzten Tagen Marcus' Gesicht nie richtig gesehen hatte. Seine Züge schienen zugleich halb ausgelöscht und stetig im Fluss, als hätte das Trauma ihn physisch wie psychisch verwischt, das Gesicht für gewöhnlich niemals so verschwiemelt oder ausgezehrt, der Teint niemals so bleich oder rot, die Augen niemals so trübe oder glühend, das Haar niemals so strähnig oder wild. Er wirkte älter und jünger, als er war, mit einer schlanken, geschmeidigen Figur, aber Matty hatte ihn mit der uralten Vorsicht eines Menschen gehen sehen, der im Dunkeln einen fremden Raum durchmisst. Was unterm Strich heißen sollte, dass Matty selbst aus großer Nähe und mit viel Konzentration nicht hätte sagen können, wie Billy Marcus aussah.

Eins allerdings wusste er genau, nämlich dass dieser Mann noch dieselbe Kleidung trug wie vor drei Tagen. »Das soll weiß Gott keine Kritik sein, aber sind Sie betrunken?«

Marcus überhörte die Frage, steckte eine Hand in die Hosentasche und holte eine zerkrumpelte Seite der aktuellen *Post*-Ausgabe heraus. »Bitteschön.« Er reichte sie Matty. Es war eine Seite aus dem Sportteil, ein Leitartikel über die Unreife des neuen Aufbauspielers bei den New York Knicks; dann sah er das Kugelschreibergekritzel am Rand: *22 Oliver dünn karamel Lat rosa Samtrain st wash niks schw.*

»Was ist das?«

Marcus legte die flache Hand auf seine Brust und steckte dann den Kopf zwischen die Knie.

»Was ist das?«

Marcus richtete sich wieder auf und blickte an die Decke. »Ich war« – holte Luft – »ich war an einem Zeitungskiosk, und da ist diese Zeitung, die Titelseite. Wenn Sie sie gesehen haben, da ist das Haus in der Eldridge, mit den Blumen und allem – das Bild da, auf Ihrem Schreibtisch.« Er sprach jetzt mit zähneklappernder Rasanz, als wäre es eiskalt im Zimmer. »Und neben mir steht dieses Mädchen, Latina, und sie nimmt die Zeitung, sieht sich das Foto an und macht große Augen, Riesenaugen. Und dann sagt sie: ›Scheiße, und ich dachte, die Nigger verarschen uns bloß‹. Und dann legt sie die Zeitung hin und geht weg, also folge ich ihr, um zu sehen, wo sie hingeht, weil sie geklungen hat, als hätte sie gehört, wie die Kerle, die es getan haben, damit angeben, finden Sie nicht?«

Oder Freunde hatte, die von einem Überfall im Viertel aus dem Fernsehen erfahren haben. Solcherart verstümperte Hinweise hatte es ein Dutzend gegeben. »Also sind Sie ihr gefolgt.«

»Genau. Nach einem Block wurde mir klar, dass ich die Zeitung hätte kaufen sollen, die sie angefasst hat, weil ihre Fingerabdrücke drauf sind. Aber … ich folgte ihr zu … Was?« Er versuchte, über Kopf die Notiz zu lesen, die Matty jetzt in der Hand hielt.

»Oliver zweiundzwanzig?«, fragte Matty.

»Ja.«

»Die Lemlich-Siedlung?«

»Irgendeine Siedlung, ja. Kaum zu glauben, dass ich mir den Namen nicht gemerkt habe.«

»Wir kennen sie.«

»Also ist sie ins Haus. Ich hielt es nicht für klug, ihr weiter zu folgen, also habe ich mir notiert, was sie trug, wie Sie sehen, und bin direkt hierher.« Marcus hatte nicht ein Mal, seit Matty und der Kollege ihn vom Boden aufgerichtet hatten, geblinzelt.

Andererseits war Oliver 22 keine schlechte Adresse für diesen Fall; das war die ungefähre Richtung im Fluchtmuster der Schützen, und sie hatten von Anfang an auf die Lemlichs getippt. »Und das hier ist die Beschreibung.«

»Ja.«

»Können Sie mir die vorlesen?« Er reichte ihm seine Notiz zurück.

»Dünne, karamellbraune Latina in einer rosa Samt-Trainingsjacke, stonewashed Jeans und schwarzen Nikes.«

»Ungefähr wie alt?«

»Highschool.«

»Und wo war dieser Kiosk?«

»Eldridge und Broome. Sie wissen, direkt um die Ecke vom …« Marcus schüttelte den Inhalator, vergaß jedoch, ihn zu benutzen. »Finden Sie das keine brauchbare Spur?«

»Wir gehen ihr nach. Aber darf ich fragen …« Matty zögerte. »Billy, warum sind Sie noch immer hier unten?«

»Warum?« Er glotzte ungläubig.

Matty ließ ab.

»Also, wann gehen Sie rüber?«

»Wozu?«

»Um das Mädchen zu finden.«

»Bald.«

»Wie bald?«

»Sobald ich Sie untergebracht habe.«

»Wie bitte, was?«

»Nach Hause.«

»Nein.«

»Ihre Frau war hier. Sie sucht wie verrückt nach Ihnen.«

Billy wandte den Blick ab.

»Und Ihre Tochter war gestern Abend im Krankenhaus.«

»Was? Was ist passiert?«

»Sie hat sich geschnitten.«

»Geschnitten?«

»Ich glaube, es geht ihr gut«, sagte Matty, »aber sie musste genäht werden. Sie sollten nach Hause fahren und sich davon überzeugen, finden Sie nicht? Ich könnte Sie fahren lassen.«

»Aber Sie sagen doch, es geht ihr gut?«

Matty hätte ihn am liebsten geprügelt. Er deutete zum Telefon auf seinem Schreibtisch. »Rufen Sie Ihre Frau an, sagen Sie ihr, wo Sie sind.«

»Mach ich.« Er sah weg, Hände im Schoß.

Scheiß drauf, Matty würde sie später selber anrufen.

»Ich muss mit«, sagte Billy.

»Wohin?«

»Hier.« Nickte zu seinen Notizen.

»Mr Marcus, so was machen wir nicht.«

»Müssen Sie aber. Meine Beschreibung passt auf eine Million Jugendliche. Ich bin Ihre Augen.«

Matty fragte sich oft, was schlimmer war: zu wissen, wer den eigenen Sohn, die Ehefrau, die Tochter ermordet hatte, oder nicht. Dem Dämon Namen und Gesicht geben zu können, oder nicht.

»Das müssen Sie.« Billy sprang beinahe von seinem Stuhl. »Das ist mein gutes ...« Er verlor den Faden, blinzelte endlich und konnte dann anscheinend gar nicht mehr aufhören. »Ich bin nicht so betrunken, wie Sie meinen. Und nicht so verrückt.«

»Das habe ich auch nie behauptet.«

»Es ist ein brauchbarer Hinweis, das weiß ich. Ich bitte Sie.«

Yolonda kam ins Büro mit einem Milchkaffee in der Hand. »Irgendwas verpasst?« Dann sah sie Marcus. »Du meine Güte.« Ihre Stimme wurde automatisch höher und sanfter. »Wie geht es Ihnen?«

»Ich habe mitgekriegt, wie ein Mädchen über den Überfall gesprochen hat, und bin ihr bis zu einem Haus gefolgt.«

Yolonda sah Matty an, der achselzuckend sagte:»Ich war gerade dabei, Mr Marcus zu sagen, dass wir dem nachgehen, dass er aber nicht mitkommen kann.«

Yolonda pustete auf ihren Kaffee.»Wieso denn nicht?«

Matty nahm das Telefon ab und reichte es Billy.»Rufen Sie zu Hause an.« Dann schob er Yolonda zur Bereitschaftsecke.»Was ist denn in dich gefahren?« Sein Gesicht Zentimenter von ihrem entfernt.

»Ach, mein Gott, soll er doch den Ausflug machen.«

»Er hat sich seit Tagen nicht bei seiner Familie gemeldet.«

»Klingt ganz nach dir.«

»Sehr witzig. Der Typ ist völlig abgedreht.«

»Klar ist der abgedreht. Ich brauch den nur anzusehen und weiß, er muss was tun, das Gefühl haben, was zu tun, oder er bringt sich um.«

»Dann soll er sich um seine Familie kümmern. Das wäre doch mal eine Beschäftigung.«

Yolonda zuckte die Schultern, nahm einen Schluck Kaffee.

Hinter einer Wolke aus Nachtmief tappte Jimmy Iacone aus dem Ruheraum, Handtuch und Zahnbürste in der linken Hand.»Ist euch eigentlich klar, wie laut ihr hier redet?«

Matty sah in den großen Raum, auf Billy, der gerade auflegte, nachdem er mit seiner Frau gesprochen hatte, angeblich mit seiner Frau gesprochen hatte, sich dann einen Notizblock von Mullins' Schreibtisch schnappte und etwas notierte. Matty drehte sich im Kreis, während Yolonda ihren Kaffee trank.»Das Auto verlässt er nicht.«

»Also, Mr Marcus.« Yolonda drehte sich um und schob einen Ellbogen über die Sitzlehne.»Ich weiß, das ist eine sehr komplexe Frage, aber wie kommen Sie zurecht?«

»Nicht … Ich versuche, man, man muss den Kopf benutzen, um, um dagegen anzugehen.«

»Das ist gut.« Sie umfasste kurz sein Handgelenk.»Aber Sie müssen Geduld haben. Das ist keine Leiter, die man erklimmt, wo jeder Tag besser wird als der vorige, verstehen Sie mich?«

Doch Marcus hatte bereits abgeschaltet und starrte leblos auf die Welt, die an seinem Fenster vorbeizog. Neben ihm tat Jimmy Iacone mehr oder weniger dasselbe, beide sahen im Augenblick aus wie gelangweilte Kinder auf einer langen Reise. Der Geruch nach Alkohol, der durch jemandes Poren drang, stand im Wagen, aber das konnten genauso gut Jimmys Poren sein.

»Und Ihre Familie« – Matty versuchte, im Rückspiegel Marcus' Blick zu halten – »wie kommt die zurecht?«

»Die verstehen das«, sagte Marcus abwesend.

»Was?«, fragte Matty. »Was verstehen die?«

Yolonda nahm Mattys Arm. Der Stenoblock, den Marcus aus dem Büro befreit hatte, lag geöffnet auf seinem Schoß; Matty las im Rückspiegel, was er darauf geschrieben hatte:

WAR ICH JE EIN TROST FÜR DICH

»Und Ihre Tochter?« Er ließ nicht locker. »Wie geht es ihr? Wie war das Krankenhaus?«

»Ich habe, ich hatte als Kind Asthma«, sagte Marcus zu Yolonda. »Das ist wieder da. Nach dreißig Jahren ist es wieder da.«

»Das kommt vom Stress«, sagte Yolonda.

»Nein, das weiß ich, ich weiß …«

»Glauben Sie mir, das kommt vom Stress. Ich hatte da mal eine Frau – ihr Sohn …« Yolonda unterbrach sich. »Egal.«

Als sie auf der Madison-Street-Seite der Lemlich-Siedlung ranfuhren, starrte Marcus jeden vorbeilaufenden Bewohner an, als könnte er seine Augen gar nicht weit genug aufkriegen.

»Folgendermaßen.« Matty drehte sich um. »Wir haben Ihre Beschreibung des Mädchens, wir haben die Adresse. Detective Bello und ich gehen rein und suchen sie, Detective Iacone bleibt bei Ihnen. Wenn wir eine Person finden, die in Frage kommen könnte, laufen wir hier am Auto vorbei. Sie sagen dann Detective Iacone, was Sie sehen. Unter keinen Umständen verlassen Sie diesen Wagen, haben wir uns verstanden?«

Noch immer sabbernd vor Konzentration musterte Billy jedes Gesicht, das am Auto vorbeikam, jedes Paar vernickelter Augen.

»Haben – wir – uns – verstanden?«

»Ist das hier eine schlechte Siedlung?«, fragte Billy leichthin mit rasselndem Atem.

»Nicht besonders«, sagte Yolanda.

»Hallo.« Matty sah ihn an.

»Ich habe verstanden.«

Während Matty Billys Beschreibung in sein Notizbuch übertrug, drehte sich Yolanda noch einmal um. »Und wissen Sie, wieso das hier nicht so besonders schlecht ist? Die Kids hier kommen mit Menschen aus allen Lebenslagen zusammen. Die meisten Siedlungen sind so, da kennen die nichts anderes, aber zwei Blocks von hier in jede Richtung, da haben Sie die Wall Street, Chinatown, die Lower East Side, das sind Ventile, verstehen Sie? Da kriegen sie das Vertrauen, in die Welt rauszugehen ...«

»Und jeden abzuziehen, der ihnen unterkommt«, murmelte Iacone.

»Gott, du bist so zynisch, ehrlich«, sagte Yolanda. »Ich war auch ein Siedlungskind, und ich habe niemanden abgezogen.« Wieder zu Billy: »Ich hasse es, wenn man sagt, Siedlungskind, Siedlungsmädchen, als wäre dann eh alles klar.«

»Können wir?«, fragte Matty.

Draußen ging Yolanda einmal um den Wagen herum auf Jimmy Iacones Seite, bedeutete ihm, das Fenster herunterzukurbeln, und flüsterte ihm ins Ohr: »Leck mich am Arsch, du fetter, obdachloser Pizzalieferant.«

Die Clara-E.-Lemlich-Siedlung war ein schmuddeliges Areal von fünfzig Jahre alten Hochhäusern, die zwischen zwei Jahrhunderten festklemmten. Nach Westen wurden die vierzehnstöckigen Häuser von der One Police Plaza und dem Verizon-Hauptquartier überragt, massiven futuristischen Gebilden ohne besondere Merkmale abgesehen von ihrer blinden, emporkletternden Endlosigkeit, und nach Osten überragte wiederum die Siedlung die Backsteinhäuser in der Madison Street aus der Zeit des Bürgerkriegs.

Als Matty und Yolonda an diesem aschgrauen Sonntag auf dem Weg zum Haus Oliver 22 das Gelände betraten, schlenderten viele der jungen Männer, die vor ihren Häusern herumlungerten, mit ausdruckslosen Mienen davon und fanden sich hinter dem Rücken der beiden Polizisten unverbindlich wieder zusammen.

»Naturfernsehen«, murmelte Matty.

»Was hast du denn heute?«

»Der Scheißkerl lügt.«

»Wer?«

»Marcus. Der hat gar nicht zu Hause angerufen.«

»Dann hat er eben nicht, wer bist du, seine Mutter?«

Matty ging schweigend weiter, überlegte. »Letzte Woche habe ich ihm versprochen, dass wir das hinkriegen, und jetzt geht alles so schnell den Bach runter ...«

»Und das lässt du jetzt an ihm aus?«

»Wann hast du schon mal so ein Versprechen von mir gehört? Wer mit mehr als zwei Minuten Erfahrung in diesem Scheißberuf gibt ein solches Versprechen ab?«

»Und das lässt du jetzt an ihm aus?«

»Du hättest die da drin sehen sollen, Yoli. Wie Kakerlaken im Licht.«

Yolonda nahm den Faden auf und gab eine makellose Matty-Vorstellung zum Besten: »›Davon wusste ich gar nichts‹, ›Das haben Sie uns nicht gesagt‹, ›Wie konnten Sie bloß auf einen Schmauchspurentest verzichten?‹ Und ich musste es schlucken. Alles wieselt unter den Ofen, und ich muss es schlucken.«

Drei Jugendliche in Kapuzenpullis saßen auf der Holzlattenbank vor dem Eingang zu Oliver 22, ein Schwarzer, ein Weißer, ein Latino, wie das Vorauskommando der UN-Jugendbrigade; alle starrten auf den Boden mit Augen auf Halbmast.

»Hey, wie geht's?« Yolonda ging auf sie zu, Matty ließ ihr auf der Straße immer den Vortritt. »Habt ihr vor etwa einer Stunde ein Mädchen gesehen, hellhäutige Latina, fünfzehn, sechzehn in rosa Trainingsjacke, eher dünn?«

Sie grunzten mit gesenkten Köpfen, wahrscheinlich waren die in Ordnung, dachte sich Matty, so theatralisch, wie die mauerten.

»Nein?« Yolonda lächelte. »Wie ist es mit dir?« Sie sprach den schwarzen Jungen an, hundertdreißig Kilo und eine steinzeitlich gewölbte Stirn. »Kennst du nicht?«

»Nee«, sagte er, ohne aufzusehen. In seinem Schoß lagen sowohl Carlito's Way 3 also auch Danger Mouse als Gamebox.

»Klingt nach überhaupt niemandem hier im Haus. Keine hier in der Gegend?«

Alle drei schüttelten die Kapuzenköpfe wie trauernde Mönche.

»Sie hat ja nichts ausgefressen oder so …«

Ein Mädchen, das mehr oder weniger auf Yolondas Beschreibung passte, kam aus dem Haus. »Hey, hallo.« Yolonda versperrte ihr den Weg. »Sag mal, wer ist das Mädchen hier, das so ähnlich aussieht wie du, hier wohnt oder vielleicht Freunde besucht, trägt eine rosa Samt-Trainingsjacke. Sie hat nichts ausgefressen.«

»Wie ich?«, fragte das Mädchen langsam.

»Ja, vielleicht nicht so hübsch …« Yolonda hakte sich bei ihr unter und ging mit ihr zum Auto.

»Vielleicht Irma?«, sagte das Mädchen gedehnt.

»Irma, und weiter?«

»Nachname weiß ich nicht.«

»Wohnt sie hier?«

»Keine Ahnung. Vielleicht.«

»Ungefähr wie alt?«

»Elfte Klasse? Aber ich weiß nicht genau.«

»Bei wem wohnt sie denn?«

»So gut kenne ich sie nicht.«

»Wie heißt du?«

»Crystal.«

Yolonda wartete.

»Santos.«

Sie waren jetzt in der Madison Street.

Yolonda blickte zum Wagen. Iacone beugte sich zu Billy hinüber, der schüttelte den Kopf.

»Ist deine Familie stolz auf dich, Crystal?«

»Weiß ich nicht.«

»Mach deine Familie stolz, okay?«

»Jetzt gleich?«

»Überhaupt. Jeden Tag.«

»Okay.«

Als Yolonda zum Haus zurückkehrte, saßen die drei Jungs noch immer mit finster zugekniffenen Augen da, als hätten sie Schmerzen, und blickten in drei verschiedene Richtungen, während Matty, die Hände im Rücken verschränkt, vor der Bank stand.

»Irma«, sagte Yolonda zu Matty und drehte sich dann zu den dreien um. »In welcher Wohnung wohnt Irma?« Die Jungs sahen sie an, als spräche sie Urdu. »Die wollen bloß das Maul nicht aufmachen«, murmelte Yolonda. »Ruf die Kollegen von der Siedlung an.«

Die Auskunft der Kollegen hatte drei Irmas in Oliver 22 gelistet: Rivera, sechsundvierzig, Lozado, elf, und Nieves, fünfzehn. »Geben Sie mir die Fünfzehnjährige.« Matty notierte sich die Wohnungsnummer. »Irgendwelche Vermerke unter der Hausnummer?«

Laut Auskunft gab es in 8G keine ausstehenden richterlichen Anordnungen und niemanden, der an der Tür ausflippte.

Der Fahrstuhl roch nach Brathuhn und Pisse, die Wände waren mit etwas ausgekleidet, das nach zerbeulter Alufolie aussah. Es war voll in der Kabine: eine afrikanische Mutter mit bunter, verschlungener Kopfbedeckung, die ihren drei Kindern die Jacken und Mützen zurechtrupfte, als ärgerte sie sich über etwas, und ein betagtes chinesisches Paar, das luftdicht über seinem Einkaufswagen klebte.

Im spärlich beleuchteten achten Stock waren hinter mindestens drei Türen Rufe oder Fernsehstimmen zu hören, als Matty jedoch bei 8G klingelte, verstummte erwartungsgemäß alles. Er sah Yolonda an und hämmerte dann mit der Faust an die Tür. Nichts.

»Scheißjob«, murmelte sie und klingelte an allen Türen, vergeblich. Als sie sich allerdings zu den Fahrstühlen wandten, tat sich in 8F ein Spalt auf. »Hey, hallo.« Yolonda ging auf das spähende Auge zu und zeigte ihre Marke. »Ich bin Detective Bello.«

Die Frau machte die Tür weiter auf und stand da in Kittel und Pullover.

»Eine Frage, wir suchen die kleine Nieves, Irma – hier nebenan. Sie kennen Sie doch, oder? Sie hat nichts ausgefressen oder so, könnte ich …«

»Anna!«, brüllte die Frau unvermittelt, und die Tür zu 8G tat sich ansatzweise auf. Dahinter eine gebeugte Frau in einer unförmigen Stretchhose und übergroßem T-Shirt, die die beiden anblinzelte. Auf der linken Seite fehlten ihr alle Zähne.

»*Tú eres la abuela de Irma?*« Yolonda zeigte wieder ihre Marke.

Die Frau riss sofort die Augen auf und schlug sich die Hand vor den Mund.

»*No, no, no, no es nada malo.*« Yolonda fasste sie sachte am Arm. »*Ella no tiene ningún problema, solamente tenemos que hablar con ella. Tenemos que preguntarle algo de su amiga.*«

Die alte Frau sank in sich zusammen, die Augenlider flatterten vor Erleichterung.

»*¿Está ella en la casa?*«

»*Entra.*« Sie hielt die Tür auf.

Die Wohnung war speckig und schmal, das Linoleum klebte an den Schuhsohlen. Im kleinen Wohnzimmer, in dem die Frau die beiden warten ließ, um ihre Enkelin zu holen, lagen überall Kleiderhaufen, auf den Sofas und Sesseln, in offenen Mülltüten auf dem Boden, und quollen über die Ränder übereinandergestapelter Plastikbehälter. Einige ausgerissene Zeitschriftenbilder von Jesus waren an die sonst kahlen Wände gepinnt. Zwei kleine Jungen kamen von einem hinteren Zimmer herein, um die beiden in Augenschein zu nehmen.

»Was macht sie?«, fragte Matty. »Weckt sie das Mädchen auf?«

»Ich glaube«, sagte Yolanda.

»Wenn sie noch schläft, ist sie es nicht.« Schulterzuckend ging er auf die Tür zu.

»Moment.« Yolanda hielt ihn zurück. »Wo wir schon mal hier sind …«

Matty sah aus dem einsamen Wohnzimmerfenster auf die wohl einst idyllische Aussicht, breiter Fluss und Brooklyn-Ufer, doch kaum eine Spur bleigrauen Wassers war jetzt zu sehen durch das Dickicht aus Hochhäusern und das Stein-Stahl-Konstrukt der Manhattan Bridge.

Die Großmutter kam zurück und bedeutete ihnen, ihr zu folgen.

Irma Nieves' Zimmer war klein und eng, zu drei Vierteln von einer dreilagigen großen Matratze eingenommen. Das Mädchen kauerte in Pyjamahose und winzigem T-Shirt in einer Ecke des ungemachten Betts, Hände im Schoß, Handflächen nach oben. Sie hatte nachtschwarze Augen, die ihre Mittagsschläfrigkeit betonten, und war, von mächtigen Hasenzähnen und einem schmalen Streifen dunkler Pickel auf einer Wange abgesehen, hübsch und schlank.

»Hallo, Irma, ich bin Detective Bello. Wir suchen ein Mädchen hier im Haus, das dir ein bisschen ähnlich sieht, vielleicht auch nur zu Besuch hier ist, eine hellhäutige Latina in deinem Alter, in einer rosa Samt-Trainingsjacke. Sie hat nichts ausgefressen, wir wollen einfach nur mit ihr reden.«

Die beiden kleinen Jungen kamen ins Zimmer gestürmt und sprangen aufs Bett, Irma schnalzte in träger Verärgerung mit der Zunge.

»Mir ähnlich?«, fragte sie schließlich und schien abzudriften.

»Könnte das vielleicht Crystal Santos sein?«

»Crystal? Die sieht mir doch nicht ähnlich.«

Yolanda warf Matty einen raschen Blick zu: Was habe ich dir gesagt?

Die Großmutter stand nervös und verständnislos im Türrahmen.

Matty sah sich das Zimmer an: eine kleine Kommode, darauf Gläser mit Babyöl, Vaseline, ein halb gegessener Big Mac und eine Taschenbuchausgabe von Toni Morrisons *Sehr blaue Augen* mit einem Aufkleber der Seward Park High School; ein Spiegel, rundherum Fotos von jungen Latinos und Schwarzen in einem Vergnügungspark und makellose Turnschuhpaare überall dort, wo Platz war. Der Blick aus dem einzigen Fenster war beinahe abstrakt, eine himmelverdeckende Kreuzschraffur aus den nach Westen hinausgehenden Monolithen: 1PP und Verizon.

»Irgendjemand hier wird dir doch ähnlich sehen«, sagte Yolonda. »Vielleicht nicht so hübsch.«

»Tania?«, sagte Irma. »Aber ich weiß nicht.«

»Wohnt Tania hier?«

»Bei mir?«

»Hier im Haus.«

»Glaube, aber weiß nicht.«

Die beiden Jungs fingen an, miteinander zu ringen. Irma schnalzte wieder, dann sah sie ihre Großmutter an, damit sie einschritt, doch die Frau wagte sich offensichtlich nicht über die Türschwelle.

»Wie heißt Tania noch mal mit Nachnamen?«

»Keine Ahnung.«

»Wo ist das, Rye Playland?« Yolonda deutete auf die Fotos, die den Spiegel umrahmten.

»Ja, hm-hm.«

»Ist sie mit drauf?«

»Nee, so gut kenne ich sie nicht.«

»Ist sie wild, brav …«

»Wild?« Dann: »Kann ich nicht sagen.«

»Diese Tania, wer kennt sie denn noch?«

Ein dritter kleiner Junge kam durch die Tür gestürmt mit je einem Kätzchen unter den Armen.

»Wer kennt Tania noch, Irma?«

»Sie ist manchmal mit diesem dicken Damien zusammen.«

»*Moreno?*«

»Nigger, ja, hm-hm.«

Matty dachte an den Dicken auf der Bank.

»Wie ist dieser Damien?«

»Wie er isst?«

»Wie ist der so, als Mensch?«

»Nett, glaube ich.«

»Mit wem gibt sie sich sonst noch so ab?«

»Diesem Jungen, ich glaube, True Life heißt der.«

»Gut, böse?«

»Ich kenn ihn nicht, aber doch, der ist auf jeden Fall gruselig.«

»*Moreno?*«

»*Dominicano.* Nein, na ja, halb?«

»Halb und halb?«

»Sieht so aus, aber ich weiß nicht.«

»Schon mal gesessen?«

»Glaube, ja.«

»Kennst du seinen Namen?«

»True Life.«

»Nein, seinen Namen.«

»Eigentlich nicht.«

»Wo wohnt er?«

»Keine Ahnung.«

»Wie alt ist er?«

»Vielleicht achtzehn? Zwanzig? Aber ich weiß nicht.«

»Aber er ist gruselig.«

»Oh, ja.«

»Weswegen zum Beispiel?«

Irma zuckte die Schultern. »Kann ich nicht sagen.«

»Hat er eine Waffe?«

»Möglich.«

»Wie steht's mit einem Kumpel? Jemand, mit dem er da draußen gern Leute abzieht?«

Irma zuckte mit den Schultern.

»Kannst du zu uns aufs Revier kommen und dir ein paar Fotos angucken?«

»Phantombilder?« Sie lächelte. »Okay.«

»In etwa einer Stunde?«

»Eine Stunde? Da bin ich verabredet.«

»Mit wem?«

»Mein Freund. Wir wollen zu meiner Cousine nach Brooklyn.«

»Könnt ihr nicht später nach Brooklyn?«

»Weiß nicht.«

»Ich glaub schon«, sagte Matty. »Komm in einer Stunde zu uns und bring es hinter dich, okay?«

»Hast du von dem Überfall letzte Woche in der Eldridge gehört?«, fragte Yolonda.

»Wo ein Weißer erschossen wurde?«

»Hast du was darüber gehört?«

»Nicht so richtig.«

»Wir suchen nach schwerem Kaliber hier«, sagte Matty.

»Okay.«

»Du bist damit nicht gemeint«, sagte Yolonda.

»Okay.«

Yolonda wandte sich an die Großmutter. »*Ella no tiene ningún problema.*«

»Okay«, sagte die Großmutter.

»Du hast eine nette Familie«, sagte Yolonda zu dem Mädchen. »Deine *abuela* kümmert sich um viele Kinder.«

»Danke«, sagte Irma.

»Bereitest du ihr manchmal Sorgen?«

»Sie ist einfach von der nervösen Sorte«, sagte sie und nickte zu einem der kleinen Jungs. »Er ist hier der Schlimme.«

»Das Mädchen steht ein bisschen auf der Leitung, oder?«, sagte Yolonda, als sie aus dem Fahrstuhl traten.

»Die Großmutter aber auch«, sagte Matty. »Schmeißt dafür gut den Haushalt.«

Die drei Jungs saßen weiter auf der Bank, und Yolonda nahm sich schnurstracks den Dicken mit den Spieleboxen auf dem Oberschenkel vor. »Hey.«

Überrumpelt sah der Junge sie tatsächlich an, die Augen spähten unter der Brauenwulst hervor wie aus einer Höhle.

»Du bist Damien, stimmt's?«

Der Junge war offenkundig gekränkt, und die anderen beiden senkten sofort die Köpfe, um ihr Glucksen zu verbergen. »Nee«, sagte er mit erstaunlich hoher Stimme. »Das ist der andere.«

»Was andere?«

»Der andere fette Nigger«, grölte der Latino, den Tränen nahe.

Der Dicke schnaubte, hielt sich mit Mühe zurück.

»Und wie heißt du?« Yolonda blieb dran.

»Donald.«

»Wie Trump?«, fragte sie freundlich.

»Weißt du, wo wir ihn finden können, Donald?«, fragte Matty.

»Nein.« Der Junge zuckte zusammen. »Ich kenne ihn nur von …« Er sah an sich und seinem ausufernden Leibesumfang hinab.

»Ho.« Der Weiße musste sich das Lachen derartig verkneifen, dass die Kapuze bebte.

»Und eine Tania, kennst du die?«, fragte Yolonda den Weißen, damit ihm das Lachen verging.

»Tania?«, leierte er. »Ich kenn ein paar irre Tanias hier, yo.« Abklatschen mit dem Latino-Jungen.

»Wie steht's mit einem gewissen True Life, kennst du True Life?«

»True Life? Weiß nicht, also, vielleicht, nicht sicher.«

»Wie kann man nicht sicher sein, ob man jemanden namens True Life kennt?«

»Ich kenne einen Blue Light«, sagte der Weiße.

»True Life«, wiederholte Yolonda.

»Ich weiß nicht.«

»Und du?«, fragte sie den Latino.

»Hä?«

»Du?« Sie wandte sich wieder an Donald, der sich noch immer an seinen Spieleboxen festhielt.

Doch der hörte die Frage nicht, so sehr verstörte ihn der Anblick von Billy Marcus, der dem Auto entkommen war und ihn nun tränenüberströmt anstarrte.

Iacone, der hinterherlief, sah sie schulterzuckend an: Ich hab's versucht.

Yolonda sah Matty an: Eins zu null für dich, weg mit ihm. »Na schön«, sagte sie.

Die drei Jungen standen gleichzeitig auf, drehten sich um und schlenderten davon, wachsam über die Schulter schielend in ihrer sonntagnachmittäglichen Langeweile.

Iacone tat so, als würde er sich eine Kapuze übers Gesicht ziehen, und kiekste: »Sie haben Kenny getötet, diese Schweine.«

»Wir sehen uns auf der Wache?« Yolonda spitzte rasch ihr Kinn zum weinenden Billy: Schaff ihn hier weg.

»Worum hatte ich Sie gebeten?«, fragte Matty auf der Rückfahrt Billy Marcus, der mit roten Augen auf dem Beifahrersitz saß.

»Ich bin kein Kind«, murmelte er und starrte geradeaus.

Matty wollte noch etwas dazu sagen, ließ es aber einfach bleiben. Sie fuhren über die Canal Street in die Lower East Side. Über verrammelten Türen waren durch die blätternde Farbe noch die Namen längst verwaister Strumpfwaren-Großhändler zu lesen.

»Habe ich überhaupt geholfen?« Billy atmete immer noch ein bisschen schwer, ein Pfeifen wie aus einem fernen Kessel entwich ihm zwischen den Wörtern.

»Ich hoffe.« Matty unterdrückte den Impuls, ihm von Eric Cash zu erzählen, der ihnen durch die Lappen ging, vom Einschlafenlassen.

»Meinen Sie, es ist True Life?«

»Ganz ehrlich? Nein.«

»True Life«, wiederholte Marcus. Als Matty westlich in die Houston Street Richtung West Side Highway einbog:»Wo fahren wir hin?«

»Ich fahre Sie nach Hause.«

»Halt.« Marcus streckte eine Hand aus. »Ich bin da nicht.«

Matty fuhr bei einem Kebab-Imbiss ran.

»Und wo sind Sie dann?«

Marcus legte den Kopf auf die Faust, die Augen röteten sich wieder. »Wissen Sie … Morgens wache ich auf, und im ersten Moment ist alles in Ordnung …«

»Mr Marcus, wo wohnen Sie?«

»… was alles noch schlimmer macht. Können Sie mich nicht einfach Billy nennen? Himmel noch mal.«

»Billy, wo wohnen Sie?«

»Ich denke ständig, ich sehe ihn, verstehen Sie? Nicht ihn, aber, also, seinen Gang, na, wie er vor mir weggeht, und gestern Abend habe ich ihn bei diesem Händler in der Chrystie gerochen, aber ganz schwach, als wenn ich ihn gerade verpasst hätte.«

»Billy, ich fahre Sie jetzt nach Hause.«

»Nein. Nicht einfach …« Marcus unterbrach sich, den Blick voller Absichten. Ein leises Summen lag unter dem pfeifenden Atem, das Vibrieren eines Masterplans, doch alles heiße Luft, da war sich Matty ziemlich sicher, ein Zuckerschloss aus Irrsinn.

»Das ist nicht gut.« Matty nickte finster.

Billy sah aus dem Seitenfenster, die Knie wackelten wild.

»Hören Sie, es tut mir leid, es ist nur, Sie quälen sich selbst noch mehr, und Sie quälen Ihre Familie. Ich will nur ungern …«

»Nein, Sie haben recht.« Billy sah noch immer aus dem Fenster, als suchte er jemanden.

»Ihre Frau rennt mir jeden Tag die Tür ein, ›Wo ist er, wo ist er.‹ Ihre Tochter, ich kann mir nicht mal vorstellen …«

»Ich sagte doch, Sie haben recht. Sie haben recht. Sie haben recht. Sie haben recht.«

Matty zögerte einen Moment. »Wie war noch gleich die Adresse?«

»Henry Hudson bis Riverdale«, antwortete Billy nach einer langen Pause. »Von dort dirigiere ich Sie weiter.«

Sonntagnachmittage waren im Dienstraum, was anderswo die informellen Freitage waren – die üblichen Jacketts und Krawatten unter dem allgegenwärtigen militärischen Bürstenschnitt wurden durch T-Shirts mit Revier-Logo und Jeans ersetzt.

»Kennt jemand einen gewissen True Life?«, rief Yolonda in die Runde, während sie ihre Tasche auf den Schreibtisch hievte.

»Ich kenne einen Half Life«, sagte John Mullins.

»Ich kenne einen Twenty-five to Life.«

»Ich kenne einen Blue Light.«

Yolonda setzte sich an die digitale Lichtbildkartei und gab True Life ein: keine Treffer. Dann fütterte sie die Maschine mit einer Kombination aus verschiedenen Faktoren: Herkunft, Alter, Jagdgründe.

Sie waren in Riverdale und saßen im Wagen in der Einfahrt zu Billys Haus im Henry Hudson Parkway.

»Ich entschuldige mich für meine Direktheit vorhin.«

»Kein Problem.« Billy blinzelte abwesend den Baldachin über dem Eingang an.

Wieder rang Matty mit sich, ob er ihm erzählen sollte, wie die Untersuchungen vor sich hin siechten; Familien nährten sich oft selbst von schlechten Nachrichten, betrachteten jeden Informationsfetzen als wertvoll, Neuigkeit als Tugend an sich. Das verstand er, hatte es aber nie ganz begriffen. Außerdem hatte Matty selbst hier noch, vor Billys Haus, selbst nach dem langen gemeinsamen Tag das Gefühl, dass der Mann ihm gar nicht zuhörte. »Da unten rumlungern, Leute an Zeitungskiosken beschatten und bis in ihren Bau verfolgen, das hört aber jetzt auf, oder?«

»Ich hatte das ja gar nicht vorgehabt.« Marcus blinzelte weiter das Haus an. »Es ist einfach so passiert.«

»Das hört jetzt auf, ja?« Matty betrachtete Marcus' Profil, die roten

Tränensäcke unter dem linken Auge. »Ich kann nicht mit voller Kraft rangehen, wenn ich mir auch noch um Sie Sorgen machen muss.«

»Ist gut.«

»Bitte?«

»Ist gut, ja.« Dann drehte er sich zu Matty um. »Ich hab's kapiert.« Marcus war schon auf halbem Weg zum Haus, als er zurückkam und sich ins Fahrerfenster beugte. »Wissen Sie, den ganzen Tag sagen Sie ›Ihre Familie, Ihre Familie‹. Nur etwas sollten Sie wissen: Ich liebe Nina, aber sie ist nicht von mir. Als ich Minette kennenlernte, war sie schon sechs.« Dann: »Meiner ist Ike.«

Irma Nieves kam zwei Stunden später als verabredet, also nicht später, als Yolanda erwartet hatte, in den Dienstraum geschlendert.

»Ich rufe sechs Gesichter auf einmal auf«, erklärte Yolanda, nachdem sie das Mädchen vor den Monitor gesetzt hatte. »Wenn dir niemand bekannt vorkommt, sagst du Nein, und wir gehen weiter, okay?«

Irma riss eine Tüte Cheetos auf. »Okay.«

Yolanda rief das erste Set auf.

»Nein«, sagte Irma und führte die ersten Cheetos blind von der Tüte in den Mund. Der Monitor wurde grau, darauf stand BITTE WARTEN.

»Du kommst aus einer netten Familie«, sagte Yolanda.

Sechs Gesichter tauchten auf.

»Nein.«

»Alle Jungen sind Lügner, das weißt du, oder?«

Wieder BITTE WARTEN, wieder ein Sechserset.

»Nein.«

»Du bist hübsch, aber schlau ist besser.«

»Nein.«

»Schwänzt du oft die Schule?«

»Nein.« Dann: »Nein.«

»Du hast Glück, eine gute *abuela* zu haben, du solltest ihr nicht das Herz brechen.«

272

»Nein.« Zwei der Gesichter im letzten Set waren blutverschmiert und über fünfzig.

»Lass dir nie von einem Typen, den du gerade erst kennengelernt hast, einen Drink spendieren.«

»Nein.«

»Verhütest du?«

»Nein.« Dann sah sie Yolonda zum ersten Mal an. »Was?«

»Zieh nicht diesen Klassiker ab, dass du schwanger wirst und deine Großmutter auch noch mit deinen Kindern dasitzt.«

»Der da.«

»Was?«

»Der da.« Sie zeigte auf den Bildschirm. »True Life.«

Yolonda las den Ausdruck: *Shawn Tucker alias Blue Light.*

»Macht die Knöpfe zu, ich frier mir die Eier ab, wenn ich euch nur sehe«, sagte Lugo zu den beiden jungen Latinos, die auf der hinteren Stoßstange ihres Wagens saßen, während Daley die Rückbank durchsuchte.

»Ja, ist kalt geworden«, murmelte der Fahrer mit resignierter Höflichkeit.

»Was ein Abend, hm?« Lugo steckte sich eine Zigarette an. »Wo bist du her?«, fragte Lugo den Fahrer.

»Maspeth.«

»Und du?«, fragte er den anderen, der eine Augenklappe trug.

»D.R.«

»D.R. Dominikanische Republik? War ich letztes Jahr. Wärst wohl jetzt gern dort, oder? Ich jedenfalls schon. Welche Gegend?«

»Playa.«

»Ach, geil, oder? Wir haben im Capitán gewohnt, kennst du das?«

»Da arbeitet mein Onkel.«

»Verzeihung.« Daley verscheuchte sie von der Stoßstange und öffnete den Kofferraum.

»Das Capitán ist Spitze, oder?«, sagte Lugo. »Die Mädchen. Wir hatten so eine Art Bodyguard, Fremdenführer für die Stadt? Der Typ ist mit uns überall hin, hat für uns verhandelt, uns die Sehenswürdigkeiten gezeigt ... Und trug eine Knarre.«

»Das ist schlau.« Der Fahrer lebte ein wenig auf, vielleicht, weil er sich in ein paar Minuten davonfahren sah. »Wie viel?«

»Fünfzig am Tag.« Lugo schwang abwesend die Arme, schlug die Faust in die Handfläche.

»Pesos oder Dollar?«

»*Dólares*, Baby.«

»Das ist viel für da unten«, sagte der Beifahrer.

»Man lebt nur einmal, stimmt's? Was ist mit deinem Auge?«

»Hat mich mein Cousin mit einem Draht gepiekst, als wir klein waren.«

Lugo zuckte. »Raus?«

»Nur blind.«

»Wie ätzend.« Und an den Fahrer gewandt: »Ist das nicht ätzend?«

Der Fahrer zuckte die Schultern und lächelte scheu auf seine Füße.

Der Junge mit der Augenklappe lachte. »Das war ja er.«

»Und dann hängst du noch mit dem ab?«, quäkte Lugo.

»Er ist mein Cousin.« Zuckte die Schultern.

»Sieh mal.« Daley holte ein provisorisches Pappnummernschild aus dem Kofferraum. »Irgendjemand hat an den Zahlen hier rumgemacht, siehst du?« Sie scharten sich alle um das Nummernschild, Daley hielt es mit beiden Händen von sich gestreckt wie ein Neugeborenes. »Aus der Sieben eine Neun, siehst du? Damit ist das hier eine Urkundenfälschung.«

»Eine was?«, fragte der Junge mit der Augenklappe.

»Ich hab das Auto gerade gekauft«, sagte der Fahrer. »Das war hinten drin?«

Lugo und Daley entfernten sich ein paar Schritt, um sich zu beraten. »Was willst du machen?«

Lugo sah auf die Uhr: 22.00. »Wir ziehen's durch.«

Sie kehrten zu den Cousins am Kofferraum zurück.

»Das war hinten drin?«, fragte der Fahrer wieder, die Augenlider nervös gesenkt. »Das ist nicht mal dasselbe wie am Wagen, sehen Sie doch mal.«

»Bitte umdrehen.«

»Ach, kommen Sie, Officer«, sagte der Fahrer. »Ich hab die Karre gestern von jemand gekauft. Hab nicht mal reingeguckt, ich weiß nicht mal, was das ist.«

»Geht mich nichts an«, sagte Lugo abwesend.

»Aber wozu dann das Ganze?« Die Stimme des Fahrers wurde immer höher.

»Gott, das sind ja vielleicht Handgelenke, Bruder«, sagte Daley.

Zwei Betten weiter war die Kleinste, Paloma, zum dritten Mal in dieser Nacht aufgewacht und schrie irgendwelchen Unsinn über den Mann in ihrem Ohr, und Tristan musste das Bett zwischen ihnen überspringen und ihr den Rücken reiben, bis sie wieder wegsackte. Aber diesmal war sie wacher, warf sich herum und starrte ihn an, die Augen im Dunkeln wie Röntgenstrahlen.

»Schlaf einfach wieder ein, Mann.«

Doch sie starrte ihn an mit dem Erwachsenenblick in ihrem dreijährigen Gesicht, dass Tristan wiederholt wegsehen musste, während er weiter massierte, wie die Mutter es ihm aufgetragen hatte.

»Mami«, heulte das Kind, ohne dass die Klage ihre Augen erreichte, was ihm unheimlich war.

»Halt's Maul, Mann.«

»Mami!« Ein flaches Plärren.

»Verdammt nochmal …«, zischte Tristan.

»MAMI!«

Da ging die Schlafzimmertür auf, die Mutter kam im raschelnden Nachthemd herein und schnalzte verärgert.

»Ich mag Tristan jetzt nicht.«

»Pssst.« Die Mutter ging zwischen die beiden, als wäre er gar nicht da.

»Ich mag Tristan nicht.«

»Schon gut, du kleine Zicke«, murmelte er, »ich scheiß drauf.«

Die Mutter erstarrte, als er das sagte, und hob ihre Tochter hoch, um sie mit in ihr Bett zu nehmen. Das Kind bedachte ihn mit dem ruhigen Erwachsenenblick über Mutters Schulter.

»Ich hab nichts gemacht.« Tristans Gesicht war im Mondlicht so rot wie eine Beere. Er holte sein Beatbuch unter der Matratze hervor und schrieb hitzig im Dunkeln:

Den Willen zu killen
die Lust zu stillen
ein Mann tritt auf ein Mann tritt ab
der Geduld fasst wenn es passt
Mein Nein
haut rein
in dein Ja
meine Macht
habt alle Acht
wächst kolossal

»Hallo, ist es schon zu spät?«, fragte Matty leise in sein Handy.

»Wer ist da?«, antwortete Minette ein wenig zittrig.

»Mat – Detective Clark.« Er musste einen Anflug von Scham abschütteln, während er an seiner Terrassenbrüstung lehnte und noch einen Schluck Bier nahm.

»Ach, hallo«, sagte sie. »Irgendwas Neues?«

»Nicht … Ich wollte nur hören, wie alles läuft.«

»Na ja …« Ein Singsang – solch eine komplexe Frage.

»Ihrer Tochter geht es gut?«

»Sie … Wir sehen einen Film.«

»Ach ja?«

Siebzehn Stockwerke weiter unten rasten zwei Ambulanzen, eine Hatzolah und eine von Cabrini, von entgegengesetzten Enden der

Grand Street zum selben Auffahrunfall. Die Mischung aus Bier und Höhe ließen sie wie elektrische Insekten aussehen.

»Und dem Mister, wie geht's ihm?«

»Wem?«

Matty zögerte. »Ihrem Mann.«

An Minettes Ende herrschte langes Schweigen. »Wie meinen Sie das?«

»Ich habe ihn heute Nachmittag zurückgebracht, wissen Sie nicht mehr?«

»Was?« Minettes Atem wurde deutlicher. »Wann?«

Matty schritt auf dem Kunstrasen auf und ab. »Heute Nachmittag.«

»Ich war den ganzen Tag hier.« Ihre Stimme wurde höher. »Er war hier?«

Matty wusste, er hätte noch ein paar Minuten länger warten sollen, als dieses Arschloch ins Haus ging. »Na, jedenfalls ist er ganz«, sagte Matty, als sie anfing zu weinen. »Das zumindest kann ich Ihnen berichten.«

Sie weinte weiter in sein Ohr, ihre nahe Verzagtheit machte ihn schwindlig.

»Also«, hob er an und verlor dann den Faden. »Kann ich noch irgendwas für Sie tun?«

Zwanzig Minuten, nachdem die Ehefrau ihren Hamster aus dem Schlafzimmer mitgenommen hatte, wurde Tristan von seinem Ex-Stiefvater abrupt aus dem Bett gerissen. »Was hast du zu meiner Frau gesagt?«

»Was?« Tristan, der jetzt saß, packte instinktiv die Arme, die seine gepackt hatten.

»Was? Was? Was?« Der Typ irre mit hochprozentigem Blick.

»Nestor.« Ein Zischen irgendwo aus dem Schatten.

»Hast du meine Frau beleidigt?« Ein Speichelregen.

Tristan hatte seinen Ex-Stiefvater im Griff, damit der ihn nicht schlug, und jetzt fiel ihm auf, dass Daumen und Fingerspitzen, die sich um dessen Handgelenke schlossen, überlappten. Der Ex-Stiefvater versuchte, eine Hand zu lösen, um sie zu heben und auf Tristan niedergehen zu lassen, was dieser aus reiner Experimentierfreude unterband. Dem Mann quollen die Augen aus dem Kopf wie zwei Eier. Schwindlig erregt und erschrocken kläffte Tristan plötzlich:»ICH BIN POPEYE, DER SEHEEEE-MANN …« Der Ex-Stiefvater versuchte wieder, seine Hand zu befreien, Tristan packte fester zu und trötete lauter: »ICH WOHNE IN DER TO-HON-NE.«

Schließlich verwirrte es ihn so sehr, wie einfach es war, diesen Kerl festzuhalten, dass er losließ, wohl wissend, was als Nächstes kam. Sofort lag er platt auf dem Rücken, und der Geschmack von Kupfer rann ihm die Kehle hinunter. Die Schläge kamen immer weiter, sirrten hinter seinen Augen, darunter driftete Tristan ab, das Gefühl von Daumen und Fingerspitzen, die sich auf dem Handgelenk dieses Kerls überlappten, kehrte immer wieder zu ihm zurück. Irgendwann sagte die Ehefrau erneut »Nestor«, und die Schläge hörten auf, sein Ex-Stiefvater beugte sich jetzt über ihn, als wollte er ihm einen Gutenachtkuss geben. »Du bist ein Zerstörer, aber mein Heim zerstörst du nicht.« Dann stand er auf und stürmte aus dem Zimmer, gefolgt von seiner ebenso glupschäugigen Moppstielkanaille von Ehefrau.

In der Dunkelheit, im Stillen, grinste Tristan durch blutverschmierte Zähne.

Da der Dienstraum oben gerade mit drei anderen Festnahmen zu tun hatte, fand sich der junge Dominikaner mit dem Pappnummernschild in Handschellen zwischen Lugo und Daley im winzigen Jugendverhörraum im Parterre der Polizeistation wieder.

»Zunächst mal, verabschiede dich vom Wagen.«

»Was?« Der Junge fuhr zurück. »Nein. Warum nehmen Sie mir meinen Wagen weg?«

»Die Kollegen vom Autodiebstahl nehmen ihn komplett auseinander«, sagte Daley.

»Nee, das kann doch nicht sein.«

»Hundertpro, wenn sie die FIN prüfen, ist sie gegen eine längst abgewrackte Schrottkarre ausgetauscht. Aber in den Augen des Gesetzes? Die machen keinen Unterschied zwischen dir und den Autoschieberarschlöchern, denen du sie abgekauft hast.«

»Das kann doch nicht sein.«

»Besitz macht neun Zehntel vom Jackpot.«

»Kriminalistisch betrachtet? Dieses gefälschte Nummernschild fällt sofort unter organisierte Kriminalität. Vorgeschrieben zwanzig Jahre.«

»Soll heißen: Jahre.«

»Das kann aber doch nicht sein.« Der Junge schüttelte so heftig den Kopf, dass das Haar zu einem undeutlichen Schemen verwischte.

»Das Baby, das in fünf Monaten kommt?« Lugo gähnte.

»Sagt dann zu 'nem anderen Daddy«, ergänzte Daley.

»Du bist dann Onkel Plexiglas.«

Lädiertes Schweigen senkte sich auf den Raum.

»Idee?«, fragte Daley schließlich. »Kommentar? Vorschlag?«

»Ich verstehe nicht, wieso Sie mir meinen Wagen wegnehmen müssen.«

»Bruder ... Hast du uns überhaupt ansatzweise zugehört?«

»Ja, aber warum müssen Sie mir meinen Wagen wegnehmen?«

Daley und Lugo sahen sich an.

»Das ist dein geringstes Problem, Bruder.«

»Wenn ich den Wagen verliere, Mann, ich schwöre, dann ...«

Lugo weitete die Augen und legte sich behutsam die Fingerspitzen an die Schläfen. »Eine Frage«, sagte er sanft. »Als du kleiner warst, und die Lehrerin sieht dich morgens den Klassenraum betreten, ist sie da ganz blass geworden und hat angefangen zu zittern?«

»Was?«

»Also, mal ganz unter uns.« Daley beugte sich weit vor. »Wir scheißen auf dieses Pseudonummernschild. Wir machen hier Überstunden mit dir, weil du ein guter Kerl zu sein scheinst, und mal ehrlich, du steckst in der Scheiße.«

»Aber wie gesagt, Bruder, wir können nur hoffen, dass du uns eine Pistole lieferst.« Lugo klang betrübt. »Sonst sind wir machtlos.«

»Und zwar innerhalb der nächsten Stunde, weil länger dürfen wir nicht bleiben, also …«

»Hey, yo, ich würde ja helfen, wenn ich könnte.«

»Nein, das hast du verwechselt, Bruder.« Daley lehnte sich zurück und verschränkte die Hände über dem Bauch. »Wir helfen dir.«

»Ich weiß aber nichts von einer Pistole.«

»Musst du ja auch nicht.« Daley schwang wieder vor. »Ein Typ kennt einen, der einen kennt.«

»Du bist kein schlechter Kerl.« Lugo schnürte das Paket. »Das wissen wir.«

»Darum reden wir ja auch mit dir.«

»Die anderen Male, wo man dich hochgenommen hat, haben die Kollegen da so mit dir kommuniziert? Haben die dir so eine Unterhaltung gewidmet?«

»Nein.«

»Pass auf.« Daley fasste ihn am Arm, sah ihm in die Augen. »Er und ich, wir haben das mindestens schon vierzigmal gemacht. Typen sagen, ›Weiß nichts von 'ner Pistole, und am Ende haben wir einen Kracher.«

»Und dabei haben die uns noch nicht mal verarscht«, sagte Lugo.

»Na ja, einige schon.«

»Okay, aber meistens? Kennt man halt um sieben Ecken die ganze Welt. Typ ruft einen anderen an, der wieder einen, und ab geht's. Der Letzte, der genau da saß, wo du jetzt sitzt? Tiefer in der Scheiße als du, ehrlich gesagt, und mitgespielt hat? Spaziert hier bei Sonnenaufgang raus, reibt sich die Handgelenke und überlegt, wo er frühstücken soll. Das passiert, Bruder. Aber in deinem Fall? Aufgrund der dringenden Erfordernisse muss es jetzt gleich sein.«

»Ich weiß nichts von einer Pistole.«

»Das haben wir auch nie behauptet. Hörst du uns überhaupt zu?«

Offensichtlich nicht; der Junge murmelte in sich hinein und starrte in seinen Schoß. Lugo und Daley sahen sich schulterzuckend an und wechselten die Gangart. »Und dein Cousin da drin?«

»Benny? Das ist mein bester Freund.«

»Hier reiten sich die besten Freunde permanent gegenseitig in die Grütze. Aber darauf wollten wir ja gar nicht hinaus.«

»Benny weiß auch nichts von Pistolen.«

»Nein? Meinst du nicht, er kann einen Kontakt herstellen?«

»Nee, Mann, Benny ist seit sechs Jahren Abräumer im Berkmann, der ist nicht … Er hat mir das Arbeiten beigebracht.«

»Sicher?«

»Klar.«

»Dann muss ich dir leider sagen, Bruder, dass du erledigt bist.«

Der Junge schüttelte bekümmert den Kopf, dann sah er Lugo an: »Aber warum müssen Sie mir denn meinen Wagen wegnehmen?«

Nachdem er eine Stunde lang am Schrein herumgelungert hatte in der Hoffnung, wenn schon nicht jemand anders, dann jedenfalls Billy zu erwischen, hatte Matty sich ins No Name summen lassen und sich durch die doppelte Lage schalldämpfender Theatervorhänge unmittelbar hinter der ramponierten Industrietür gekämpft.

Trotz der späten Stunde war der schmale Raum voll, beide Barkeeper, der junge haargelackte Besitzer und die langgliedrige, italienisch angehauchte Urheberin seiner beiden deprimierendsten Sexerlebnisse des Jahres, rasselten ihre silbernen Cocktailshaker wie Maracas. Die neue Hostess, die ihn noch nie zuvor gesehen hatte, wollte ihn gerade fragen, ob er reserviert habe, besann sich aber eines Besseren und deutete galant auf den letzten freien Platz an der Bar – nicht, weil sie wusste, dass er einmal hier gearbeitet hatte, sondern weil sie ihn richtig gelesen hatte und keine Bar und kein Restaurant hier unten je einen Polizisten abwies.

Matty beobachtete aus nächster Nähe seine mürrische Ungelegenheitsgeliebte, ihr schlankes, dunkles, nüchternes Gesicht, das von diskret unter vier cocktailspezifischen Eiskübeln – rund, gewürfelt, zerstoßen und rasiert – angebrachten schwachen Glühbirnen angeleuchtet wurde.»Wie geht es dir?« Er sprach so leise wie möglich, ohne zu flüstern.

»Gut«, sagte sie knapp mit Blick auf ihre Arbeit, während sie zu gleichen Teilen flüssigen Ingwer und frisch gepressten Apfelsaft in einen doppelten Kartoffelwodka und eine Eisklippe schüttete.

»Das sieht gut aus«, sagte er.

»Sazerac und Sidecar«, verlangte der einzige Kellner, als würde er in einer noblen Hotellobby jemanden ausrufen.

Matty saß da im sepiabraunen Raum und blickte in die leuchtenden Eiskübel. Die Sache mit Minette war, sie war kein Mädchen, sie war – wie sollte man es anders ausdrücken – eine Frau, eine forsche, präsente Frau mit klarem Blick, mit Reife und einem rotbraunen Sommersprossensattel auf dem Nasenrücken. Und Matty dachte, Geht es also unterm Strich immer darum? Augen, Ausstrahlung und Sommersprossen auf einer markanten Nase? Ja und nein, ja und nein, aber doch, ja, natürlich, bis in den Tod; es sind die optischen Reize, die den Tagtraum beflügeln.

»Weißt du was?« Er beugte sich zur Barkeeperin vor, sprach unbewusst in dem dezenten Tonfall, den der Raum zu gebieten schien. »Es hat doch was mit mir zu tun.«

Weder sah sie ihn an, noch hielt sie in ihrer grimmigen Geschäftigkeit inne, und Matty dachte gerade, Mixologin, und wollte sich aufmachen, als sie ihm, noch immer ohne zu lächeln und ohne ihn anzusehen, ein Apfel-Wodka-Ingwer-Getränk hinschob. Matty dankte ihr still für diese Ehrenrettung in letzter Sekunde und hätte sich zu gern an ihren Namen erinnert.

5   Steckbriefe

Der Anruf von Kenny Chan, Sergeant des Raubdezernats im Neunten, erreichte Matty, als er dem Tagesbarkeeper im Kid Dropper gerade
eine Vergrößerung von Billy Marcus' Führerscheinfoto aushändigte.

»Mr Matty, wir haben heute Morgen einen von Ihren Steckbriefen
aufgegriffen, Shawn Tucker?«

»Wen?«

»Tucker alias Blue Light? Sein Komplize hat ihn bei einem Raub
verpfiffen.«

»Mein Steckbrief?« Er konnte sich nicht erinnern. »Wer ist der
Komplize?«

»Welcher Raubüberfall? Wir hatten einige Gegenüberstellungen,
bisher drei Treffer für Tucker, aber die Opfer beschreiben alle einen
unterschiedlichen zweiten Mann. Offensichtlich demokratisch, unser
Blue Light, schnappt sich, wen er kriegen kann, nimmt, was gerade
rumliegt, Revolver, Messer, Stock, Tomahawk, sagt ›Beute machen‹,
und auf geht's. Sieben Opfer kommen noch rein, das ist wie Schluss-
verkauf mit diesem Flachwichser. Wollen Sie warten, bis wir durch
sind, oder wollen Sie jetzt mit ihm reden?«

»Warten. Soll er erstmal die Treffer kassieren.«

»Ein Opfer ist im Übrigen von Ihrem Kiez.«

»Ach ja?«

»Alter Chinese namens Ming Lee.«

»Wer?«

»Moment.« Er dämpfte die Muschel, um mit jemandem zu reden. »Entschuldigung, Ming Lam«, dann: »Grüße von Fenton Ma.«

Matty hatte keine Ahnung, wer dieser Blue Light war, aber da jedenfalls einer seiner Kandidaten ihn identifiziert hatte, wollte Matty unbedingt, dass Eric Cash den Kerl in Augenschein nahm – Gegenüberstellung, Lichtbildvorlage, Vorbeifahren, egal –, also rief er endlich den Roten Danny an, um ihn hinter dem Rücken des Staatsanwalts zur Zusammenarbeit zu bewegen. Er wurde auf Spanisch, dann auf Englisch vom Anrufbeantworter begrüßt. »Danny. Matty Clark. Rufen Sie mich bitte an.« Was er wahrscheinlich nicht tun würde.

In der Hoffnung auf einen zweiten Blue-Light-Treffer rief er den israelischen Flamingo Avner Polaner an. Ein weiterer Anrufbeantworter: »Wenn Sie Informationen zur Initiative Stoppt Berkmann benötigen, gehen Sie bitte zum Sana'a-Deli in der Rivington Street 31 und fragen Sie nach Nazir oder Tariq. Wenn Sie Avner Polaner persönlich sprechen wollen, ich bin bis Ende des Monats in Tel Aviv.«

Nichts. Matty dachte einen Moment nach, dann fiel ihm Harry Steele ein; Zeit, die kleine Gefälligkeit einzustreichen. »Ich brauche Ihre Hilfe mit jemandem.«

»Was für ein jemand?«

»Eric Cash. Er soll sich wieder einkriegen. Ich nehme an, Sie wissen, wovon ich rede.«

»Wissen Sie noch, wo ich wohne?«

»In der Synagoge.«

»Kommen Sie in einer Stunde vorbei. Nein, anderthalb, das wäre famos.«

»Was soll das heißen, ›famos‹?«

»Nur so ein Ausdruck.«

»Wer zum Teufel ist Blue Light?«, fragte Matty Yolonda im nach Reinigungsmittel riechenden Fahrstuhl, als sie ins Raubdezernat im zweiten Stock des neunten Reviers hinauffuhren.

»Blue Light ist True Life«, antwortete sie. »Albertina Einstein hat den Namen verwechselt. Ich habe gestern Abend den Steckbrief rausgegeben.«

Im Flur vor dem Dienstraum saß Ming Lam vornübergebeugt auf einer Bank, das Gesicht gefriergetrocknet vor Erregung. Fenton Ma saß neben ihm, einen Arm besitzergreifend über der Lehne, und sah mächtig stolz aus. Als Lam Matty und Yolonda auf sich zukommen sah, hätte er beinahe geknurrt.

»Dieser Typ, Tucker, der geht doch auf Nimmerwiedersehen Tüten kleben, oder?«, sagte Ma laut.

»Unbedingt«, sagte Yolonda ebenso laut, und Ma wiederholte ihre knappe Antwort für den alten Mann, erst auf Englisch, dann ausführlicher auf Mandarin, was diesem ein halb ängstliches, halb zorniges Brummen entlockte.

»Gut gemacht«, sagte Matty leise zu Ma.

Sie entdeckten »Blue Light« Tucker gleich beim Betreten des Dienstraums, einen langgliedrigen, hellhäutigen Schwarzen gerade mal Anfang zwanzig, der wie Der Denker in einer der beiden kleinen Zellen vor sich hin schmollte.

Kenny Chan kam mit einem Arm voller Ereignismeldungen aus seinem Büro. »Seit wir telefoniert haben? Vier weitere Treffer inklusive zwei Einbrüche, macht jetzt sieben.«

»Schusswaffengebrauch?«, fragte Matty.

»Bei dem alten Chinesen da draußen und bei dem ursprünglichen Fall, für den wir ihn hochgenommen haben.«

»Welches Kaliber?«

»Sein Partner, der ihn hat hochgehen lassen? Wusste nicht mal, dass Tucker bewaffnet war, bis er das Eisen rausholte, und Tucker ist sauer auf uns, also sagt er nichts.«

»Wer ist der Partner?«

»Dieser Junge aus den Walds? Evan Ruiz?«

Matty und Yolonda tauschten einen Blick: schwarz und beige.

»Sekunde.« Yolonda schritt durch den Raum, und Tucker folgte ihr mit dem Blick. Als sie den Jungen auf dem Rückweg kurz anlächelte, wandte er sich ab. »Entschuldigung«, sagte sie, »weiter.«

»Aber Ruiz sagt, er war nur an dem einen beteiligt, für den wir ihn drangekriegt haben. Wie ich schon an der Strippe sagte, was die Partnerwahl angeht, ist dieser Tucker ein Spontankäufer.«

»Siedlungskind?«, fragte Yolonda.

»Ja, Cahans, aber anscheinend ganz solide Familie. Vater Wagenführer, Mutter Kassiererin bei Chase. Er ist so was wie das schwarze Schaf.«

»Schönes Haar«, murmelte Yolonda.

»Na, ich sag Ihnen, momentan redet der mit keinem.«

»Nein?« Yolonda drehte sich zu Matty um: »Findest du nicht, dass er schöne Haare hat?«

Als Matty ging, blieb Yolonda im Dienstraum des neunten Reviers und erbat sich einen Schreibtisch, an dem sie ihre Mails abrufen und am Computer arbeiten konnte. Hin und wieder stand sie auf und ging durch den Raum zur Kaffeetheke, und jedes Mal kam Tucker ans Gitter gebummelt, um ihr hinterherzusehen, wandte sich jedoch ab, sobald sie seinen Blick erwiderte oder ihn anlächelte.

Nach einer Stunde trat sie schließlich an seine Zelle und winkte ihn zu sich heran. »Was ist das mit dir?«, flüsterte sie halb. »Alle hier sagen, du kommst aus einer netten Familie. Was ist, haben sie dich schlecht behandelt? Warst du zu hell, oder was?«

Er grinste abfällig.

»Du hast so schöne Café-con-leche-Haut«, sagte sie. »So haben wir das immer genannt.«

»Wer ist wir?«

»Meine Familie. Das war's bestimmt, oder? Dein Vater ist dunkler als du, stimmt's? Und deine Geschwister? Hab ich recht?«

Er schnalzte mit der Zunge und kehrte zu seiner Bank zurück, Yolonda verharrte noch einen Moment, dann zog sie sich zurück. Kurz darauf verließ sie den Dienstraum, ging zu Katz's Delicatessen und kam mit einem mörderischen, fünfzehn Zentimeter langen, dreilagigen Pastrami-Roggen-Sandwich zurück, das von zwei extralangen, zellophanbeschleiften Zahnstochern gehalten wurde. Als sie es an ihrem Schreibtisch auspackte, sagte sie: »Wo bin ich bloß mit meinen Gedanken?«, teilte es, wickelte die eine Hälfte in ein Papiertuch, ging wieder zur Zelle und reichte es ihm durch die Gitterstäbe. »Du siehst gut aus, aber du bist zu mager.«

»Egal«, sagte er und nahm es, bevor er ihr den Rücken zuwandte.

»Wie kommst du zu dem Namen Blue Light?«

Tucker zuckte mit den Schultern, murmelte mit vollem Mund: »Wie kommen Sie zu dem Namen Detective?«

Yolonda wollte schon antworten, eigentlich eine spannende Geschichte, verkniff es sich aber. »Hast du dich auch schon mal True Life genannt?«

»Leute hören manchmal schlecht.«

»Aha.«

Am Schreibtisch verschlang sie ihre Sandwich-Hälfte, danach ging sie in Kenny Chans Büro. »Tun Sie mir einen Gefallen? Egal, wie die weiteren Gegenüberstellungen heute laufen, verlegen Sie den Jungen nicht, behalten Sie ihn mir einfach da, okay? Ich komme heute Abend wieder.« Sie kehrte zu ihrem Schreibtisch zurück, bestellte ein paar Filme bei Netflix für ihre Kinder in Riverdale, feuerte den Hundetrainer, den ihr Mann in der vergangenen Woche angeheuert hatte, und ging, ohne Tucker noch eines Blickes zu würdigen.

Harry Steele wohnte in der Suffolk Street in einer entweihten Synagoge, die ihrerseits vor fünfundneunzig Jahren aus einem umgebauten Mietshaus entstanden war. Und jetzt war sie ein privates Palazzo und das große Buntglasoval über der Tür mit eingelegtem Davidstern das einzig sichtbare Zeichen ihres beinahe ein Jahrhundert währenden Abstechers als Gotteshaus.

Eine junge Osttimoresin mit Nasenring, eine jener verwirrend hippen Hausangestellten, die Matty hier unten irgendwie ständig antraf, öffnete ihm die Tür und führte ihn nach kurzem Zögern eine Treppe hinauf zu einem umlaufenden Balkon mit Blick auf den Hauptraum.

Das Gebäude hatte drei Stockwerke, die beiden oberen Wohnungsebenen waren von der Gemeinde zugunsten einer hohen Halle, so schmal wie lang, entfernt worden, geblieben war nur der Innenbalkon, von dem aus die Frauen dem Gottesdienst beiwohnen konnten. Unten waren grobe Darstellungen des jüdischen Tierkreises an die ockergelbe Wand gemalt, sechs auf jeder Seite, und in einem eingebauten Toraschrein stand Harry Steeles Sammlung von Kochbüchern aus dem achtzehnten und neunzehnten Jahrhundert, dazwischen antike Töpfe und Kochgeschirr aus Asien und Nahost.

Matty hatte von einem Detective im Achten, der zu einem versuchten Einbruch gerufen worden war, von diesem Haus gehört, hatte außerdem darüber gelesen, doch auch so hätte er die allerheiligste Aura hier drin gespürt, obwohl heute anstelle der längst verstorbenen gottesfürchtigen Einwanderer eine Gruppe von Berkmann-Kellnern, Hostessen und Barkeepern in jenem regenbogenbunten Licht badeten, das durch das große Oval fiel; sie saßen um die frei stehende Granit-Kochinsel, die das Lesepult des Kantors als Hausmittelpunkt ersetzt hatte.

Steele hatte nichts von einer Versammlung gesagt und ganz gewiss nicht erwähnt, dass Eric Cash persönlich anwesend sein würde. Matty sah, wie der arme Schlucker aschfahl wurde, als er seinen ehemaligen Vernehmer über die inzwischen kindersichere und verstärkte Balustrade in sechs Metern Höhe herabblicken sah. Das war für den Arsch. Von Rechts wegen durfte er sowieso nicht mit Cash reden, aber selbst wenn, sollte jemand Unverbrauchtes als Ansprechpartner herhalten, nicht er. Matty trat in den Schatten zurück.

»Sollte irgendjemand vergessen haben, dass wir in einer prekären Stadt leben«, sprach Steele zu seiner Mannschaft, »so hat der tragische Vorfall vor einigen Tagen ...« Die um die Kochinsel Versammelten sahen automatisch Cash an, der die Schultern zusammenzog, als sei er von einem Messer getroffen worden. Steele wechselte die Gangart. »Also, wir wollen es ganz nüchtern betrachten. Was hier passiert ist, war keine Verbrechenswelle, kein Ausbruch, keine Gewaltentladung, aber es ist passiert, und eine der Stationen auf dem Kreuzweg zur Katastrophe war unsere Bar, wobei wir beim Schutz unserer Kunden und unser selbst wären, also allen ...« Steele blickte prüfend in die Gesichter der Anwesenden. »Ihr müsst einen sechsten Sinn für Unannehmlichkeiten entwickeln. Wenn ein Gast problematisch aussieht? Geht zur Tür und holt Clarence.« Er deutete auf Mattys Protégé, der mit ernster Miene am Ende der Kochinsel saß, die Arme vor seiner ungeheuerlichen Brust verschränkt.

Matty spürte, dass Cash verzweifelt versuchte, nicht zu ihm hinaufzusehen, er starrte stier geradeaus und wippte auf seinem Stuhl vor und zurück, als würde er einen der lange verstorbenen Toraleser channeln.

»Wenn ein Kunde lallt, schläft, brabbelt, andere Gäste behelligt«, sagte Steele, »holt Clarence. Er muss nicht die ganze Zeit an der Tür stehen. Er wird ab jetzt einmal die Stunde reinkommen, fragen, wie es läuft, ich meine, es ist eine heikle Situation, er kann ja nicht einfach rumstehen und einen Gast anglotzen, da finden wir noch einen Weg, aber ganz allgemein, jetzt erst mal, wenn es auch nur den Anschein hat, als hätten wir es mit jemandem zu tun, der es nicht mehr auf die Straße schafft? Nicht lange fackeln.«

Steele hielt inne, als eine weitere Hausbedienstete eine Platte mit, wie es aussah, gemischten Mini-Tortillas brachte. Seine Angestellten warteten, bis der Boss sich eine genommen hatte, und griffen dann ihrerseits zu.

»Der kritische Punkt ist natürlich« – Steele schluckte – »die letzte Bestellung. Wenn ihr da jemanden habt, eine Frau insbesondere, die nicht stehen kann, den Kanal voll hat, eine Versuchung darstellt, Ärger im Anzug, holt ihr Clarence und verfrachtet sie ins Taxi. Das macht ihr zusammen, damit ihr jeweils einen Zeugen habt. Und guckt, dass sie genug Geld hat. Schreibt euch die Taxinummer auf. Guckt, dass der Fahrer weiß, dass ihr seine Nummer habt. Damit sie sicher nach Hause kommt.«

»Und wenn sie nicht gehen wollen?«

»Ermessensfrage. Sie können nicht für sich selber sorgen? Polizei rufen. Sonst sind wir verantwortlich. Tut so, als würden sie zur Familie gehören. Behandelt sie so, als würden sie zur Familie gehören.«

»Ein Scheißverwandter ist immer noch ein Verwandter«, gab einer der Angestellten in die Runde.

»Außerdem«, sagte Eric Cash heiser, »erinnert eure Barkeeper daran, dass sie die Befugnis haben, Leute abzustöpseln. Und dass sie davon Gebrauch machen sollen.« Die Angestellten sahen ihn an, als warteten sie auf eine Fortsetzung, aber Cash sah schließlich doch nach oben, fing Mattys Blick auf, und verlor den Faden.

»Ganz genau«, sprang Steele für ihn ein. »Und keine Angst, jemandem auf die Füße zu treten. Wer so durch ist, dass ihr Maßnahmen überhaupt erwägt, erinnert sich am Tag darauf sowieso nicht mehr dran.«

In Erics Gesicht, das noch immer zu Matty aufschaute, lag derselbe unheimlich fügsame Ausdruck wie an jenem Tag im Vernehmungsraum, als er ihn einen feigen, selbstmitleidigen Versager und, seien wir ehrlich, einen Mörder genannt hatte.

Erneut begab sich Matty außer Sichtweite, trat von der Brüstung zurück und wanderte abwesend zwischen den Diwanen, den Ledersesseln und Bücherregalen umher, die die hintere Wand säumten. Ganz ähnlich dem Kochbuchschrein unten waren den polyestereingeschlagenen Bänden hier Artefakte zugesellt: ein Wachbuch aus dem Jahre 1898 vom achten Revier, ein Lederetui mit ärztlichen Instrumenten zur Untersuchung von Bindehautentzündung und anderen Augenkrankheiten, die auf Ellis Island zur Abweisung von Einwanderern geführt hatten, eine holländische Tonpfeife aus dem achtzehnten Jahrhundert, die man in Steeles Hinterhofplumpsklo ausgegraben hatte, neben einer gläsernen Crackpfeife aus dem zwanzigsten Jahrhundert, die im Gras daneben gefunden worden war, sowie ein nach wie vor geladener Revolver, der einmal Dopey Benny Fein gehört hatte.

Dieser ganzen wiedergeborenen Kutscherhaus-Finesse zum Trotz, dem kunstvollen Versuch, die eigene Geschichte zu befrieden und sich gleichzeitig als neuesten Schrei zu definieren, wurde Matty vor allem von der doppelten Präsenz vertriebener Geister – mittelloser Mieter, orientierungsloser Gemeindemitglieder – umfangen. Matty war schon immer mit dem Polizistenblick geschlagen gewesen: dem Zwang, wo immer er hinging, sich die Überlagerung der Toten vorzustellen.

Auf leisen Sohlen ging Matty um die Spitze des Balkons herum zur Vorderseite des Hauses. Er spähte durch das untere Dreieck des Davidsterns auf den People's Park Ecke Stanton Street, tausend eingezäunte Quadratmeter modellierten Schwachsinns, Plastikeimer-Pyramiden und die Flagge einer Nation, die nur im Kopf existiert, Klimmzüge eines heftig tätowierten Bikers an einer Reckstange. Matty lachte, und auf einmal war da ein hauchiges Grunzen an seinem Ohr, kehlig, aber menschlich, dass ihm das Herz aussetzte, dann war es weg; dieses verfluchte Haus war verhext, das könnte er schwören. Beim nächsten plötzlichen Geräusch fuhr er schwer schluckend herum und sah, wie eine junge Frau auf der anderen Seite des Balkons einfach aus der Wand trat. »Scheiße«, zischte er, und einige Angestellte blickten neugierig zu ihm hinauf. Aber die Frau war echt, Matty sah jetzt die Umrisse der Tür, durch die sie gekommen war. »Hallo«, flüsterte er.

»Hallo.« Sie gesellte sich zu ihm ans Buntglasfenster. »Sind Sie der neue Sicherheits …?«

»So was in der Art.« Die Frage schuf sofort eine Kluft, gleichwohl er gegen eine kleine Nebenbeschäftigung nichts einzuwenden gehabt hätte. »Matty Clark.« Er reichte ihr die Hand.

»Kelley Steele.«

Als er ihre Stimme hörte, sah Harry Steele kurz herauf und winkte ihr mit einem Lächeln.

»Was ist dahinter?« Matty deutete auf die verborgene Tür.

»Das andere Haus.«

»Welches andere Haus.«

»Früher hatten wir unsere Schlafzimmer hier im Keller. Der Rabbiner wohnte dort unten mit seiner Familie, aber es war zu feucht, also haben wir das Haus nebenan zum Schlafen gekauft.«

Sie sah toll aus, großgewachsen, graue Augen, höchstens einundzwanzig, dachte Matty. Diese Kerle ...

»Und was haben Sie mit dem Keller gemacht?«, fragte er nur, um sie aufzuhalten.

»Fitnessraum.« Sie lehnte sich neben ihn auf die Brüstung.

»Die Tierkreiszeichen gefallen mir«, sagte er wiederum nur, um etwas zu sagen.

»Na, dann machen Sie mal einen Schnappschuss, denn deren Tage sind gezählt.«

»Malen Sie sie über?« Er versuchte, bekümmert zu klingen. »Das ist aber schade.«

»Finden Sie? Ich finde sie ein bisschen unheimlich. Also, für Juden, ja, da ist es verboten, Gesichter zu malen? Da ist dann der Bogenschütze, also, Schütze« – sie deutete darauf – »sehen Sie mal, bloß ein Bogen und ein Arm, eine Waffe und ein Körperteil. Dasselbe bei der Jungfrau, sehen Sie? Eine Frauenhand und eine Weizengarbe. Und der Stier dort drüben ist eine Kuh, weil Stiere angeblich heidnisch sind.«

»Ist ja ein Ding.«

Unten reichte Cash, nachdem er einen Blick zur leeren Seite des Balkons hinaufgeworfen hatte, einer der Hausbediensteten halb gebückt die leere Platte.

»Sehen Sie den?« Kelley schnippte einen Finger heraus. »Eric?«

»Ja.«

»Der war bei diesem Mord dabei. Sie können sich gar nicht vorstellen, wie die Cops den durchgenudelt haben.«

»Ehrlich?«

»Was für Arschlöcher.«

»Hab gehört, jetzt verweigert er sich.«

»Himmel, würden Sie das nicht?«

Es war ein albernes Spiel, das Matty mit einem Schulterzucken beendete.

»Wissen Sie, welches ich am liebsten mag?«, fragte sie.

»Welches was?«

»Krebs.«

»Was?«

»Den da.« Sie zeigte auf eine Abbildung, die für seine Begriffe aussah wie ein südafrikanischer Hummer.

»Das Tier Krebs, ja? Aber der Künstler hielt koscher, der wusste nicht mal, wie so ein Krebs aussieht. Dann zeigt ihm ein anderer koscherer Jude in einem Restaurantfenster einen Hummer und sagt: ›Da ist einer‹, und so kommt es.«

»Wow.«

»Harry mag den so gern. Wahrscheinlich behält er ihn und baut ein neues Restaurant drumherum.«

Unten kam die Versammlung schließlich zum Ende und franste in Smalltalk und Anekdoten aus, man lehnte sich zurück, die Mienen lockerten sich auf, man lachte über dieses oder jenes. Eine der Kellnerinnen, eine drahtige Frau in einem kräftig gestärkten, übergroßen weißen Frackhemd, erzählte, wie sie einmal im Spindraum gefangen war, während sich nebenan der chinesische Koch mit dem dominikanischen Trancheur in ekelhaft drastischen Details über den Sex mit ihren Ehefrauen austauschten. Sie beschrieb, wie sie unablässig gepoltert und sich geräuspert habe, damit sie endlich den Mund hielten und sie an der Küche vorbeigehen konnte, ohne irgendjemanden zu beschämen, aber der Wink sei einfach nicht zu ihnen durchgedrungen.

»Eine halbe Stunde hab ich dort festgesteckt.«

»Was haben sie denn gesagt?«, fragte Steele.

»Das möchte ich lieber nicht wiederholen.«

»Ach komm, tu uns das nicht an«, sagte Cash zu laut, mit einer seltsam tonlosen Munterkeit, als hätte er den Satz vom Blatt abgelesen.

Als die Versammlung sich auflöste, wartete Matty, bis Cash das Haus verlassen hatte, und ging dann nach unten.

»Also.« Steele bot ihm einen Platz an der Kochinsel an.

Zwischen ihnen hingen drei Kronleuchter aus vollen roten Campariflaschen, die rings um Halogenbirnen hingen und deren Befestigungsdrähte sich in den nebulösen Höhen des Gebäudes verloren.

»Warum haben Sie mir nicht gesagt, dass Cash hier sein würde?«

»Hätte ich es ihm erzählt, wäre er wohl nicht gekommen.«

»Nein, warum haben Sie es mir nicht erzählt?«

»Wenn ich es Ihnen erzählt hätte, hätte ich es ihm auch erzählen müssen.«

Matty zögerte. Steele amüsierte sich gerade ein bisschen zu sehr.

»Na ja, ich darf jedenfalls nicht einfach so auf den Mann zugehen«, sagte er. »Haben Sie überhaupt mit ihm gesprochen?«

»Über das, was passiert ist? Ja.« Steele lachte halb. »Ihr habt da wirklich einen Bock geschossen.«

»Ich weiß. Deswegen hatte ich ja gehofft, Sie würden mir helfen, das Kriegsbeil zu begraben.«

»Hören Sie, ich hatte gedacht, wenn Sie hier sind und er hier ist, in jemandes Zuhause … Was kann ich denn sonst noch tun?«

»Fest steht«, sagte Matty, »von Rechts wegen darf ich mich dem Mann gar nicht mehr nähern. Deshalb hatte ich Sie ja gebeten.«

»Nicht mehr nähern … Wegen dem Anwalt?« Steele klang, als spräche er mehr mit sich selbst. »Das habe ich ja nicht geahnt.«

Matty musterte ihn einen Augenblick. »Sie haben doch nicht … Ach, du Scheiße, haben Sie ihn mit diesem Kerl zusammengebracht?«

Steele blickte in die Ferne. »Die Frage steht Ihnen nicht zu.«

Matty lehnte sich zurück, betrachtete die Tierkreiszeichen, die so jungfräulichen wie kriegerischen Abbilder, und die Tora-Kochbuch-Nische.

»Und bezahlen tun Sie ihn auch noch, stimmt's?« Dabei grinste er.

Steele blickte ihn an mit seinen tranigen Augen.

»Ich sag Ihnen, wer sich in dieser Sache noch einen Ast freut«, sagte

Matty. »Dieser Anwalt – ich kenne diesen Kingston-Triospielenden Drecksack, für den ist das eine Mordsgaudi. Und ich lasse nicht locker, also verlassen Sie sich drauf, der Taxameter läuft.«

Steele zuckte hilflos mit den Schultern. Und momentan war er immer noch sein einziger Draht zu Cash, also ...

»Haben die neulich ihre Jugendschutzkontrolle durchgezogen?«

»Ja.« Steele gähnte. »Aber erst nach Mitternacht. Ich habe mir an der Tür stundenlang die Beine in den Bauch gestanden.«

»Aber besser so als anders, oder?«

»Schon.«

»Na, ich würde Ihnen nächstes Mal zu gern wieder einen Wink geben.«

»Das wäre famos.«

»Nicht wahr. Also reden Sie mit ihm. Bitte. Und hängen Sie diesen Scheißanwalt ab.«

»Es ist sein Anwalt.«

»Es ist Ihr Geld.«

Kelley Steele kam wieder, diesmal von irgendwo hinter dem Schrein, lehnte sich auf Steeles Schulter und nahm einen Schluck kalten Kaffee, bevor sie das Haus verließ.

»Ich weiß nicht, wie ihr Kerle das anstellt«, sagte Matty als Geste der Versöhnung.

»Was anstellt?«

»Das letzte Mal, dass ich mit einer Einundzwanzigjährigen zusammen war – da war ich zweiundzwanzig.«

Steele fuhr ein wenig zurück, zog eine Grimasse. »Das ist meine Tochter.«

»Tatsächlich.« Matty lief rot an. »Bin wohl kein besonders guter Ermittler, was?« Aber ein bisschen besser fühlte er sich schon.

Nach der Versammlung bei Harry Steele trat Eric vor einen parkenden, unbemannten Lieferwagen an der Ecke Rivington und Essex, dachte plötzlich, er fahre noch, und schreckte panisch zurück.

Das unerwartete Auftauchen von Matty Clark hatte ihn paralysiert und stürzte auch jetzt noch seine Wahrnehmung der dinglichen Welt ins Chaos. Dieser beschissene Bulle. Was immer Eric noch für Gründe hatte, seine Hilfe zu verweigern, und die wechselten praktisch stündlich, Folgendes hatte er heute unmissverständlich gelernt: dass er sich lieber die Kehle durchschnitt, als jemals wieder mit ihm oder seiner Partnerin hinter eine geschlossene Tür zu treten. Das ginge schneller.

Um sieben am selben Abend kehrte Yolonda mit zwei Einkaufstüten in den Dienstraum des neunten Reviers zurück. Drei weitere Gefangene waren jetzt mit dem Jungen in der Zelle, und als sie in der Kochnische fertig war, brachte sie ihnen allen Spiegelei-Sandwiches, ohne ihn zu bevorzugen oder auch nur anzusehen. Eine halbe Stunde lang spürte sie seinen Blick im Rücken, und als sie wieder ans Gitter trat, kam ihr Tucker unaufgefordert entgegen.

»Alles klar?«, flüsterte sie verschwörerisch und legte ihre langen braunen Finger um die Gitterstäbe.

Er zuckte die Achseln.

»Hast du noch Hunger? Ich habe noch zwei Eier übrig.«

Noch ein Achselzucken, aber er blieb am Gitter stehen.

»Na, sag Bescheid.« Yolonda lächelte traurig und setzte sich wieder an ihren Schreibtisch.

»Sie hatten recht«, sagte er einige Minuten später.

Yolonda drehte sich um und fragte durch den Raum: »Womit?«

»Die mögen mich nicht besonders.«

»Wer die?« Sie schlenderte zur Zelle zurück.

»Meine Eltern. Meine Brüder, die sehen aus wie mein Vater.«

»Dunkel, oder?«

Er sah sie an. »Meine Mutter war auch dunkel.«

»Tatsächlich?«

Sie machte einem der Kollegen ein Zeichen und ließ Tucker von der Zelle in den Vernehmungsraum verlegen. Dort wurde er mit Handschellen an das Stahlrohr an der Wand gefesselt. »Vorschrift«, sagte

Yolonda entschuldigend und wartete, bis der Kollege die beiden alleingelassen hatte. »Shawn, wie alt bist du?« Sie schob sich so nah an ihn heran, wie sie konnte, ohne auf seinem Schoß zu landen.

»Neunzehn.«

»Neunzehn und hast sieben Raubüberfälle auf dem Buckel.« Lehnte sich wie überwältigt zurück und bot ihm verzweifelt die Handflächen dar.

»Für sieben haben sie mich drangekriegt«, murmelte er, angeberisch und angefressen.

»Und wofür?«

»Weiß nicht ... Schwachsinn. Man hat Hunger, keine Kohle, bestellt was zu essen, haut auf den Lieferanten drauf, nimmt das Essen, nimmt alles, was er in der Tasche hat.« Er zuckte mit den Schultern. »Die meiste Zeit weiß ich nicht mal mehr, was ich gemacht hab, so high war ich.«

»Ich wünschte, ich wäre deine große Schwester gewesen.« Yolonda ballte die Hand zur Faust. »Ich hätte dich durchschaut bis in die Haarwurzeln, bevor du überhaupt je das Haus verlassen hättest. Was hat dich bloß gebissen?«

Er zuckte abermals mit den Schultern und ließ den Blick über die wasserfleckigen Deckenfliesen schweifen.

»Du weißt, dass du in den Knast wanderst, oder?«

»Ich bin schon im Knast.«

»Nein. Richtig Knast. Du weißt, wovon ich rede.«

»Kommen Sie mich besuchen?«, fragte er, ohne sie anzusehen.

»Ich will, dass du mir was versprichst.« Sie legte die Hand auf seinen Arm. »Du bist noch so jung. Vergeude da drin nicht deine Zeit, lern was, einen Beruf, ein Handwerk.«

»Ja, ich hatte da an Schlosser gedacht.«

»Du verarschst mich, oder?«

Er sah sie an.

»Man hat dir gerade zwei Einbrüche nachgewiesen.«

»Na und? Das war damals.«

»Nein. Etwas wie Elektriker, Trockenbau, Klempnerei. Der ganze Stadtteil hier explodiert. Dein Viertel. Bau, Sanierung, Abbruch, man kann ja hier kaum mehr schlafen. Also, du lernst dort drin ein Bauhandwerk? In ein, zwei Jahren, wenn du rauskommst, wenn uns nicht gerade eine schmutzige Bombe auf den Kopf fällt oder was, kannst du von da gleich zur Arbeit gehen.«

»Ja, okay.«

Yolonda ließ es eine Weile sacken, das Schweigen gehörte nur ihnen, dann legte sie die Hand wieder auf seinen Arm. »Eine Frage ... Du sagst, wir haben dich für sieben drangekriegt. Sonst noch was in der Eldridge Street?«

Tucker ließ sich Zeit, atmete durch. »Eine Sache. Ein Weißer.«

Yolonda nickte, schenkte ihm noch ein Schweigen, fragte leise: »Was ist da passiert?«

»Ich glaube, ich hab ihn erschossen.«

»Du glaubst?« Ihre Hand lag noch immer auf seinem Arm, der Junge begutachtete wieder die Deckenfliesen.

»Ich war high. Kann sein, weiß nicht.«

»Wann war das?«

»Achter Oktober?«

Yolonda schloss leicht enttäuscht die Augen; keiner gab je das exakte Datum an, bestenfalls bekam man den Wochentag.

»Wie viel Uhr in etwa?« Weniger Elan in der Stimme.

»Vier Uhr morgens?«

»Wo genau in der Eldridge?« Eigentlich interessierte sie das kaum noch.

»Genau vor der Siebenundzwanzig.«

»Ich dachte, du warst high.«

»War ich auch.«

»Du erinnerst dich an das Datum, die genaue Uhrzeit, die Hausnummer, weißt aber nicht mehr, ob du ihn erschossen hast oder nicht? Komisch high.«

»Hab ich.«

»Was?«

»Geschossen. Ihn erschossen. Ich wollte das nicht, aber …«

»Warst du allein?«

»Mit meinem Kumpel.«

»Wer ist das?«

»Das soll ich erzählen?« Ein Schnauben.

»Aber du hast geschossen?«

»Hm-hm.«

»Was für eine Waffe?«

»Was für eine?«

»Was für eine.« Dann: »Fünfundvierziger, stimmt's?«

»Genau.«

»Jetzt beleidigst du mich. Hab ich das irgendwie verdient?«

»Was meinen Sie damit?«

»Shawn, warum lügst du mich an?«

»Lügen …« Er fuhr zurück.

»Du gestehst einen Mord, den du nicht begangen hast.« Sie musste sich bücken und drehen, um seinen Blick einzufangen. »Sieh mich an.«

»Ich hätte es aber machen können.« Er sah weg.

»Warum?«

»Warum was?«

»Du brichst mir das Herz.« Yolonda brachte ein Schimmern in ihre Augen. »Du machst mich fertig.«

»Keine Ahnung.« Er betrachtete seine Fingerknöchel. »Ich dachte, das würde Ihnen helfen.«

»Mir?«

»Na ja, für Ihre Karriere.«

Sie beugte sich so weit vor, dass sie ihn hätte beißen können. »Meine Karriere?« Manchmal beherrschte Yolonda ihre Arbeit so gut, dass ihr schlecht wurde. »Wie kommst du bloß auf so was?«

Tucker zuckte wieder mit den Schultern und massierte mit der freien Hand seinen Nacken. Erst als sie ihn in die Sammelzelle zurückbrachte, sah sie das Plakat mit der Bitte um Informationen zum Marcus-Mord, das dort an der Wand hing, das inzwischen wahrscheinlich an allen Wänden aller Zellen, U-Hafträume, Erkennungsdienste und Bewährungsbüros in Lower Manhattan hing und ihn den ganzen Tag über angestarrt hatte.

Alvin Andersons Bewährungshelfer hatte John Mullins am Tag bereits vorgewarnt, dass Anderson seine Ausgangszeit großzügig auszulegen pflegte; als er abends um Viertel nach neun, fünfzehn Minuten zu spät, endlich nach Hause zu seiner Mutter in die Lemlich-Siedlung kam, warteten Matty, Yolonda und Mullins bereits auf ihn. Sie saßen im Wohnzimmer auf Stühlen aus der Essecke, im Halbkreis wie ein provisorisches Tribunal. Seine Mutter, die sie kurz vor neun bekümmert hereingelassen hatte, saß für sich auf der plastiküberzogenen Couch.

»Abend.« Alvin stand rund und kahlgeschoren im Türrahmen und versuchte hektisch zu erahnen, was er ausgefressen hatte. »Was ist los?«

»Das fragen wir dich.« Mullins beugte sich vor und schwenkte sein gekrümmtes Handgelenk, um missbilligend auf seine Uhr zu sehen. Er hatte Anderson vor gut einem Jahr verhaftet.

»Hey, ich hab's eine Stunde lang nach Hause versucht. Da ist so ein U-Bahn-Streik irgendwo.«

Seine Mutter schlug die Hand vor den Mund und schüttelte langsam resigniert den Kopf.

Matty war bei der Durchsicht der Verwahrbücher aus den letzten beiden Jahren auf Alvin Anderson gestoßen. Der Fall, der ihn hinter Gitter gebracht hatte: drei Männer, zwei Waffen, ein Tourist. Alvin hatte seine Komplizen im Gegenzug für eine Bagatellstrafe flugs ans Messer geliefert – leicht zu knacken, laut Mullins.

»Also, was ist«, fragte Matty von einem der anderen Polsterstühle.

»Nichts.« Alvin blieb stehen, als überlegte er noch, das Weite zu suchen. »Krieg ich jetzt 'ne Abmahnung?«

»Wohl kaum, aber …«

»Aber …«

»Arbeit gefunden?«, fragte Mullins.

»Auf der Suche.«

»Wo denn?«

»Überall«, antwortete Alvin erschöpft. »Fragen Sie meine Mutter, meinen Bewährungshelfer. Ich war neulich bei Old Navy: alles gut, alles bestens, bis die sehen, dass ich in Cape Vincent war, also …«

»Die Verkehrsbetriebe suchen momentan Gepäckträger«, sagte Yolonda. »Da geht es auch mit Vorstrafe.«

»Tatsächlich?« Alvin bemühte sich, dankbar zu klingen. »Okay, okay.«

»Wie geht's deiner Freundin?«, fragte Mullins.

»Welcher?« Jetzt gab er sich gewollt locker und verwegen.

»Schlingel«, sagte Yolonda.

»Werde wieder Vater«, sagte er zu Mullins.

»Ach ja?« Mullins verzog den Mund zu etwas, das für seine Begriffe als Lächeln durchging.

Alvins Mutter wandte wieder den Blick ab, seufzte, stand auf und verließ das Zimmer. Alle sahen ihr nach.

»Setz dich«, sagte Matty.

Alvin ließ sich auf einen Stuhl am Esstisch hinab, als setzte er sich in ein heißes Bad. »Also, was machen Sie alle hier?«

»Was meinst du?«, fragte Matty.

»Wegen fünfzehn Minuten?« Er zog eine Grimasse. »Zu dritt?«

Sie saßen da, sahen ihn an und warteten.

»Yo.« Er stand auf. »Wenn es um das Ding letzte Woche geht? Mir egal, was Sie gehört haben, Mann, ich war nicht dabei. Mach so Zeug nicht mehr, können Sie meine Mutter fragen, wo ich gestern Abend war.«

»Wir sprechen hier von ein und derselben Sache, ja?«, fragte Matty.

»Klar, die chinesischen Brautmoden, oder?«

»Wenn nicht du«, fragte Yolonda, »wer dann?«

»So'n Mexikaner.«

»Wer?« Mullins war dran.

»So'n Typ.«

»Was für ein Typ?«

»Mexikaner. Das ist exakt alles, was ich gehört hab, mehr nicht, Gott ist mein Zeuge.« Er deutete auf Big John. »Können Sie Detective Mullins fragen, wie ich mich mache.«

»Na, wer hat dir denn davon erzählt?«, fragte Mullins.

Alvin zögerte. »Reddy.«

»Reddy Wilson?«, fragte Matty. »Reddy ist draußen?«

»Circa letzte Woche.«

Hätte Matty gewusst, dass Reddy Wilson draußen war, hätte er automatisch einen Steckbrief rausgegeben. Wenigstens etwas.

»Von dem abgesehen« – Alvin sah von einem Detective zum anderen – »weiß nicht genau, wie ich Ihnen weiterhelfen kann, Officers.«

»Nein?« Mullins sah ihn durchdringend an.

»Hey, spucken Sie's einfach aus.«

Yolonda trug ihren Stuhl zur Essecke zurück und legte die Hand auf Alvins, als wollte sie ihn an die Tischplatte nageln. »Du hast von dem Mord letzte Woche gehört?«

»Der Weiße?«

Erneut dieses bedeutungsschwere Schweigen. Alvin blickte von einer zum anderen. »Ach.« Schnaubte. »Das ist nicht Ihr Ernst.«

Sie sahen ihn unbeirrt an, damit er weiterredete, obwohl keiner wirklich glaubte, dass er darin verwickelt war.

»Mal echt jetzt.« Alvin lachte nervös.

»Irgendwas im Busch?«, fragte Matty.

»Hab nichts gehört außer ›Scheiße, hast du schon gehört?‹« Alvins Miene badete in Erleichterung.

»Nur mal so zur Info«, sagte Yolonda, »es sind zweiundzwanzigtausend Dollar Belohnung ausgesetzt.«

»Zweiundzwanzig? Da haben Sie die extra zehn aus dem Fonds für weiße Opfer abgegriffen?«

»Der heißt Bürgermeisterfonds.« Matty versuchte, nicht zu lächeln.

»Ja, okay.«

»Die Sache ist«, sagte Mullins, »einer wie du sitzt vielleicht an der richtigen Stelle, um was zu hören, ein bisschen Schotter zu machen.«

»Okay«, sagte Anderson. »Ist vertraulich, oder?«

»Immer.«

»Na schön.« Er schlug sich auf die Knie und stand halb auf, als hinge es von ihm ab, wann die Gäste gingen. »Ich hör mich um.«

»Prima.« Yolonda stand auf. »Und vergiss nicht, was ich dir über die Verkehrsbetriebe gesagt habe.«

»Verkehrsbetriebe?« Alvin blinzelte.

Im Hausflur drückten sie auf den Fahrstuhlknopf und warteten schweigend.

»Was für chinesische Brautmoden?«, fragte Matty schließlich.

»Was weiß ich?«, antwortete Mullins, hämmerte ungeduldig auf den Knopf und legte schließlich das Ohr an die Tür, um zu hören, ob sich die Kabine überhaupt bewegte. »Wahrscheinlich irgendwas im Fünften.«

Als der Fahrstuhl endlich kam, war er voller Polizisten auf dem Weg nach oben.

»Hey«, sagte Matty, »haben wir was verpasst?«

Sie fuhren mit zum Einsatz, Familienstreit im vierzehnten Stock, und als sie oben ankamen, konnten sie kaum aussteigen, weil Dutzende von Polizisten bereits auf dem engen Raum zwischen Fahrstuhltüren und Wohnung zugange waren.

Es war ein typisch flauer Abend in der Gegend, so dass alle, die den Funkspruch empfangen hatten, angerückt waren, nur um sich zu beschäftigen: Uniformierte aus dem Achten und der Siedlung, Vorgesetzte von beiden, Lebensqualität und andere Zivilstreifen, und nun noch Matty und zwei weitere Detectives. Die hagere, glubschäugige Frau an der Haustür, verschreckt vom massiven Aufgebot, sagte immer wieder: »Ist gut jetzt, es ist nichts.«

»Was ist hier los?«, fragte Matty Lugo.

»Weiß der Geier, irgendeine Familienkeilerei.« Er signalisierte seiner Mannschaft, sich zurückzuziehen. »Können wir genauso gut die Vertikale machen.« Und führte seine Mannen durch die Meute zum Treppenhaus.

Matty wollte auch schon wieder gehen, aber Yolanda hatte sich bereits, wie es ihre Gewohnheit war, durch den gelangweilten Haufen von Kollegen in die Wohnung gewühlt.

»Was los, Kumpel?«, hörte Matty Lugo jemanden auf der anderen Seite der Treppenhaustür fragen.

»Nur hier am Sitzen …« Die Stimme kam ihm bekannt vor.

»Sitzen und …«

»Nachdenken.«

»Wohnen Sie hier?«

»Eigentlich nicht.«

»Dürfte ich mal Ihren Ausweis sehen?«

Matty steckte den Kopf durch die offene Tür und sah Billy Marcus auf der Treppe zwischen vierzehntem und dreizehntem Stock sitzen; der gemopste Stenoblock fiel ihm vom Schoß, als er sich umdrehte, um seinen Führerschein zu überreichen.

»Ist das zu fassen?«, flüsterte John Mullins Matty zu, als er zu ihm aufschloss.

Lugo gab Marcus den Führerschein zurück. »Wie wär's, wenn Sie in Riverdale sitzen und nachdenken.«

»Meine Frau lässt mich nicht rauchen.«

»Also, jetzt rauchen Sie auch nicht.«

Matty legte Lugo eine Hand auf die Schulter. »Ich kenne ihn.«

»Bitte schön.« Lugo zuckte die Achseln, und die Lebensqualität begab sich zur abendlichen Vertikalpatrouille. Sie teilten sich auf, je zwei pro Treppenhaus, abwechselnd ein Stockwerk bis ganz nach unten. Daley und Lugo drückten sich an Marcus vorbei, der immer noch auf der Treppe saß, und begannen ihren schweigsamen Abstieg.

Matty wartete, bis sie aus dem dreizehnten Stock verschwunden waren, dann trat er ins Treppenhaus und holte Marcus unsanft auf die Beine. »Bei allem Respekt, aber allmählich gehen Sie mir auf die Nerven.« Dann tastete er ihn nach Waffen ab.

Yolonda hatte sich endlich durch das Nadelöhr von Polizisten gekämpft, von denen einige wie Sportfans in den letzten Minuten eines Kantersiegs in die entgegengesetzte Richtung drängten, um noch bei freier Fahrt nach Hause zu kommen.

Die Wohnung hatte keinen Flur, von der Haustür kam man direkt ins Wohnzimmer, wo ein etwa vierzigjähriger Latino mit Alkoholfahne und frischer, rotklaffender Wunde auf dem Wangenknochen mitten im Raum stand wie auf einer Bühne und dem verbliebenen halben Dutzend Kollegen eine Rede hielt. Seine kleine, glubschäugige Frau stand jetzt in einer Ecke, die Arme um zwei ebenso glubschäugige, ansonsten aber teilnahmslose kleine Kinder geschlungen, die sich in ihren Kittel schmiegten.

Yolonda hatte noch nie ein derart sauberes, aufgeräumtes Zimmer gesehen – durchsichtige Plastiküberzüge auf jedem Möbelstück einschließlich Videorekorder und Kabelkasten. Im Fernsehen lief, ohne Ton, ein Yankees-Spiel.

»Verstehen Sie, meiner Meinung nach ist seine Mutter dafür verantwortlich, was aus ihm geworden ist«, verkündete der Mann, als glaubte er allen Ernstes, irgendeinen der Anwesenden scherte das einen feuchten Dreck. Die Frau in der Ecke reagierte nicht; er meint nicht sie, dachte Yolonda. Als sie seinem stechenden Zeigefinger folgte, entdeckte sie das Objekt seiner Rede: einen mageren Teenager mit Narbe über dem Mund, der in der separaten Essecke stand, neben ihm ein Kollege von der Siedlung, der behutsam die Hand über seiner Brust hielt, als wollte er ihn im Zaum halten. Die Frau in der Ecke war auf keinen Fall seine Mutter.

»Sie hat ihm nicht die Grundlagen von, von umsichtiger Verantwortung, umsichtiger Mäßigung, umsichtiger Selbstbeherrschung beigebracht.«

Der Teenager stand ruhig da, eine Hand auf dem Esstisch, und der Polizist alarmbereit neben ihm, aber das war eigentlich nicht notwendig, so vertieft war der Junge in die Betrachtung des älteren Mannes, jedes einzelne Wort, jede Geste nahm er in sich auf, und um den Mund, in seinen Augen spielte zugleich Niederlage und stiller Triumph.

»Sehen Sie, meine Mutter hat uns richtig erzogen.« Der Mann geriet ins Stocken. »Ich bin sechsundvierzig, lebe schon bedeutend länger als viele Männer meines Alters, die in dieser Siedlung aufgewachsen sind, aber wie sie mir immer gesagt hat …«

»Sir …«, brummte der Siedlungskollege.

Der Mann würde keinen Finger rühren, und der Junge wusste das, hatte es aber, so vermutete Yolonda, gerade erst herausgefunden; daher das leise Lächeln. Yolonda betrachtete noch einmal die frische Wunde auf der Wange des Mannes und die schrille Narbe, die wie eine Lügendetektoraufzeichung über den Mund und die untere Gesichtshälfte des Jungen lief, und dachte: Der hat zum ersten Mal zurückgeschlagen. Sie ging an den übrigen Polizisten vorbei, die nach und nach verschwanden, und gesellte sich zu dem Jungen: »Zeig mir mal dein Zimmer.«

Nachdem er Billy am Ellbogen zwei Stockwerke die Treppe hinunter bugsiert hatte, um der Menge zu entkommen, drückte Matty ihn abrupt gegen die Wand. »Was haben Sie hier zu suchen.«

»Ich habe keine Angst vor diesem Bau.« Billy stieß sich mit dem Hinterkopf von der rauchvergilbten Schlackenbetonwand ab und sah weg, um Mattys Blick zu entkommen.

»Antworten Sie auf meine Frage.« Matty drückte sich näher an ihn und legte den Kopf schief.

»Sie hätten mal die Rattenlöcher sehen sollen, in denen ich aufgewachsen bin«, sagte er zu der Treppe in den vierzehnten Stock.

»Haben Sie jemanden gesucht?«

»Außerdem« – Billy zuckte die Schultern – »was können die mir jetzt noch anhaben.«

»Wer ist die? Wen haben Sie gesucht.«

Billy reckte den Hals, um Mattys starrem Blick auszuweichen.

»Wen, True Life?«

»Weiß ich nicht.«

»Haben Sie True Life gesucht?«

»Weiß ich nicht.«

»Sie wissen es nicht?«

»Nein.«

»Und was würden Sie tun, wenn Sie ihn finden?«

»Ich will ja nur ...«

»Was? Sie wollen was?«

»Ich will ja nur eine Erklärung.«

»Sie wollen eine Erklärung von True Life? Was soll er Ihnen denn bitteschön erklären? Wenn Sie Erklärungen wollen, reden Sie mit Ihrer Frau. Ihrem Priester. Ihrem Seelenklempner. True Life ist raus aus der Erklärungsschleife. Also frage ich Sie noch einmal: Was machen Sie hier. Geben Sie her«, sagte er dann und nahm ihm das geöffnete Notizbuch aus den widerstandslosen Fingern.

Halb hatte er erwartet, dort die Niederschrift irgendeiner Vendetta zu finden, irgendein blutrünstiges Manifest, stattdessen stand da eine To-do-Liste:

Akzeptieren
Tiefere Bedeutung finden
Familie
Freunde
Gebet (??)
Irgendwelche Charakterstärken
Nicht Sekundäropfer sein – Ferien, Hobbys usw.

Matty las noch einmal: *Hobbys.*

»Ich will ja nur ...«, sagte Billy zu der leeren Treppe, »ich bin hier, ich bin hier, weil, ich muss mich orten, wissen Sie, orientieren, damit ich anfangen kann ...«

»Okay, aufhören«, sagte Matty.

»Ich meine, wo soll ich jetzt hin, was soll ich mit mir anfangen …«
Sein Gesicht im rechten Winkel zu Mattys. »Ich will mich nur orientieren, und dann …«

»Hören Sie auf.«

Und Billy schwieg.

»In Ordnung.« Matty blickte ins Treppenhaus hinab, als gäbe es dort
etwas Ungewöhnliches zu sehen. »Kommen Sie, verschwinden wir
hier.« Er führte ihn elf Stockwerke hinunter und auf die Straße hinaus.

Das Kinderzimmer war trotz der offensichtlichen Fülle genauso blank
und proper wie das Wohnzimmer. Unter der nackten Deckenlampe
lagen vier Einzelmatratzen dicht an dicht, auf einer eine schlafende
Drei- oder Vierjährige, eine Reihe angestoßener Kommoden und ein
großer Weidenkorb mit den Überresten von Puppen, ferngesteuerten
Autos und unidentifizierbaren Spielzeugteilen, kein verirrtes Stück
Plastik auf dem Fußboden. Es war so eng im Zimmer, dass Yolanda im
Türrahmen stehen blieb. Der Teenager kauerte auf dem Fußende eines
leeren Bettes, offensichtlich seines, und starrte in die Luft.

»Wie heißt du?«, fragte Yolanda.

»Tristan«, murmelte er.

»Nennen sie dich auch so?«

»Hä?« Er sah sie nicht an.

»Deine Freunde.«

»Keine Ahnung.« Der allseits beliebte, schulterzuckende Singsang.

Yolanda fädelte sich vorsichtig ins Zimmer, um vertraulicher mit
Tristan reden zu können, setzte sich neben ihn auf die Matratze und
sah von dort die HAUSREGELN, mit Leuchtmarker auf Eichenpapier
geschrieben und direkt über die Tür gepinnt:

1. ZU HAUSE SEIN zehn Uhr werktags, Mitternacht am Wochenende – Sonntagnacht ist ein Werktag, weil darauf der MONTAG-
   MORGEN folgt

2. zur Schule bringen – RECHTZEITIG
3. von der Schule abholen – RECHTZEITIG
4. KEINER ZU HAUSE, wenn ich bei der Arbeit bin. Das beinhaltet, wenn meine Frau da ist, aber ich nicht
5. ALKOHOL ist VERBOTEN in diesem Haushalt einschließlich mein Privatvorrat, der TABU ist
6. KEINE DROGEN das sollte nicht mal notwendig sein, dass ich das sage
7. Keine laute oder VULGÄRE Art von Musik und keine Kopfhörer wo man nicht hört wenn es ein NOTFALL gibt
8. BEITRAG ZU HAUSHALTKASSE Hälfte von Einnahmen – bei freie KOST und LOGIS das SCHNÄPPCHEN DES JAHRHUNDERTS
9. RESPEKTLOSIGKEIT gleich UNDANKBARKEIT

Eine vortreffliche Handschrift mit Schnörkeln und schwertähnlichen Schlenkern, bedrückend in seiner Überladenheit.

»Hat dein Vater das geschrieben?«

»Das ist nicht mein Vater.« Er hielt den Kopf gesenkt, verweigerte den Blick.

»Stiefvater?«

»Gewesen.«

»Hat dich deiner Mutter abgenommen?«

»Scheint so.« Er fixierte seine Basketballschuhe.

»Wo ist sie denn?«

»Keine Ahnung.«

»Schläfst du hier?«

»Ja.«

»Und du passt auf die Kleinen auf.«

»Allerdings.« Ein halbtotes Schnaufen.

»Und seine Frau da draußen, wenn du muckst, schlägt sie sich grundsätzlich auf seine Seite, oder?«

Er zuckte launisch mit den Schultern, die Turnschuhe an seinen Füßen waren so faszinierend.

Yolonda rückte näher. »Also, warum …« Dann: »Was ist passiert, ist deine Großmutter gestorben?«

»Hm-hm.« Die schmalen Augen glänzten.

»Und du kannst auf keinen Fall bei deiner Mutter wohnen.«

»Gibt keinen mehr, wo's geht.« Er mied weiter ihren Blick.

»Was ist denn dann mit dir.« Sie boxte ihn an die Schulter. »Das hier ist seine Wohnung.«

»Mir egal.«

»Willst du obdachlos werden?«

»Mir egal.«

»Du darfst ihn nicht schlagen.«

»Er mich auch nicht.« Seine Stimme war kaum hörbar.

»War er das?« Sie beäugte seine Narbe.

»Nein.«

Yolonda wartete, der Junge war reglos, doch wachsam.

»Hör mir mal zu.« Er erschrak, als sie seine Hand nahm. »Mein Vater hat meinen Bruder immer windelweich geprügelt, ja? Ich hatte drei Brüder, mein Vater kam besoffen nach Hause? Das erste und einzige Mal, dass mein Bruder Ricky zurückgeschlagen hat, hat er ihm den Kiefer gebrochen, und mein Vater hat ihn einsperren lassen. Sechs Monate Spofford. Das ist ungerecht, aber so ist es.«

Er antwortete nicht, aber Yolonda wusste, dass er zugehört hatte.

»Aber weißt du was?« Ihre Lippen streiften beinahe sein Ohr. »Nach heute? Glaube ich nicht, dass er dich noch mal schlägt.«

In Betrachtung seiner Turnschuhe versunken, verkniff er sich ein Lächeln.

»Du siehst nett aus.« Sie stand auf. »Ich will mir keine Sorgen um dich machen müssen, wenn ich jetzt nach Hause gehe, okay?«

»Hören Sie, ich bin ja nicht völlig hilflos«, sagte Billy. »Also, ohne Hilfsmittel. Ich habe ein bisschen gelesen, meine ich, und, soweit es was nützt und soweit ich sehen kann, muss ich alles in allem drei Dinge tun, um das hier ansatzweise zu überstehen.«

Sie saßen sich auf Rattansesseln im ansonsten leeren Hinterzimmer eines Clubs in der Delancey gegenüber – dem Chinaman's Chance, einem Sub-Club im größeren Waxey und betrachteten einander im Dämmerlicht der Lampions; Wände und Decke waren stumpfrot angemalt, so dass alles wie in Blut getaucht wirkte.

»Drei Schritte zur Gnade, zu irgendeinem gnädigen Zustand«, sagte Billy, »der Schlüssel zum, nicht bloß zum Überleben, sondern zu einem einigermaßen, beziehungsweise, vielleicht sogar ein besserer Mensch zu werden, als man vorher war.«

Matty hatte dieses Lokal gewählt, weil Chinaman's Chance bis Mitternacht geschlossen war außer für spezielle Freunde, d.h. Cops und bevorzugte Dealer, und er wusste, dass sie hier unter sich sein würden. War Billy zuvor bis zur Stammelei verstört gewesen, redete er allerdings, seit sie sich hingesetzt hatten, ohne Punkt und Komma, und jetzt hatte Matty etwas die Übersicht verloren.

»Erstens: akzeptieren, dass der Mord nicht rückgängig gemacht werden kann. Einfach akzeptieren.«

»Okay.« Matty wusste recht genau, was jetzt kam, hatte dieses Ständchen in verschiedenen Varianten zigmal gehört, von zig frisch gezeichneten Billys.

»Zweitens: die tiefere Bedeutung darin finden. Die Tragödie als Teil des menschlichen Seins betrachten, wissen Sie, also, jedes Ereignis hat einen Sinn, oder, oder, Gottes Plan gemäß wurde etwas Schlimmeres abgewendet. Okay? Und überhaupt hat ja keiner behauptet, dass die Verbindung zum geliebten Menschen abreißen muss.«

»Nein.«

»Ich meine, sie sind ja noch bei uns, wenn wir wollen. Ja, jetzt, wo sie ein geläuterter Geist sind, vielleicht sogar noch mehr. Und es gibt eigentlich keinen Grund, nicht mehr miteinander zu reden, nur weil ...«

»Richtig.«

»Und natürlich leben sie in unserer Erinnerung weiter, unserer unsterblichen Erinnerung ...«

Dieser unglückselige Eifer erinnerte Matty jedes Mal bis ins Mark nicht an einen trauernden Erwachsenen, sondern an ein verlorenes Kind, als würden die Eltern unbewusst kindliche Unschuld nachstellen, und warf ihn zumindest flüchtig, egal, wie sehr er sich zu distanzieren suchte, von den Socken.

»Und drittens, ganz wichtig …«

»Das klingt ja alles sehr vernünftig, Billy«, unterbrach ihn Matty vornübergebeugt, »aber ich hoffe, Sie wissen, dass es lange dauert, bis sich das richtig in Ihnen verankert.«

»Klar«, sagte Billy trocken, »das stand da auch drin.«

Aus dem Nebenzimmer kam die Bedienung mit ihren Getränken. Es war Sarah Bowen von den sieben Zwergen, Ike Marcus' letzte Nummer, aber das würde Matty für sich behalten. Sie wiederum spürte, dass Matty, ein alter One-night-Stand, hier hinten mit dem anderen Mann etwas vorhatte, und verkniff sich vertrauliche Bemerkungen. Sie beugte sich zwischen die beiden, um ihr Tablett abzuladen. Und in den wenigen Sekunden, bis Billy Matty wieder ins Blickfeld kam, hatte er sich wie von Zauberhand verwandelt: dunkel, stumpf, abwesend.

»Alles in Ordnung?«

»Soll ich Ihnen was erzählen?« Billy strich sich seitlich über den Hals. »Als Ike sieben war …, hat ihn ein älteres Kind verhauen, und er kam heulend nach Hause. Ich sagte zu ihm, ›Jetzt pass mal auf, du gehst da wieder raus und kommst erst nach Hause, wenn du dich durchgesetzt hast, wenn du dem Jungen gezeigt hast, dass man dich nicht rumschubsen kann, sonst …‹«

Billy sah Matty an.

»Und das hat er getan. Er ist wieder rausgegangen, hat ordentlich ausgeteilt und eingesteckt, aber … Und als er zurückkam? Da war ich so, so … *Yeah*!« Billy schüttelte die Faust. »Verstehen Sie?« Er sah weg. »Was war das? Was zum Teufel war das?«

»Das machen Väter so«, sagte Matty behutsam. »Meiner auch.«

»Quatsch. Das hat überhaupt nicht nach mir geklungen. Ich bin der größte Angsthase, den ich kenne, schon immer gewesen. Ich muss die Panik gekriegt haben, dass Ike später vielleicht so …«

Sarah Bowen baute sich vor Matty auf und neigte fragend das Kinn. Er schüttelte den Kopf: Nicht fragen, und verlangte mit einer Geste die Rechnung.

»Das ist also … Habe ich meinen Sohn zu dem Jungen gemacht, der letzte Woche in eine Pistole gerannt ist? Hab ich doch, oder?«

»Also, was ich Ihnen sagen wollte.« Matty versuchte, Billy von sich selbst abzulenken. »Nur, damit Sie Bescheid wissen – True Life? Wir haben ihn gefunden. Er hat nichts damit zu tun.«

Da sah Billy ihn an. »Und was passiert jetzt.«

»Jetzt? Es gibt jetzt eine Menge zu tun. Bei so einem Fall gibt es immer eine Menge zu tun. Wir haben Steckbriefe draußen, haben eine Hotline eingerichtet, morgen Abend einen zweiten Angriff, aber« – er beugte sich vor – »ich will immer ganz ehrlich mit Ihnen sein. Ein schlechtes Zeichen ist, dass wir zweiundzwanzigtausend Dollar Belohnung ausgesetzt haben, und keiner will sie haben. Keiner ruft an, und glauben Sie mir, wenn sie könnten, würden sie es tun. Also würde ich sagen, das ist einer von den Fällen, wo man viel Geduld aufbringen muss.«

»Geduld.«

»Auf Typen warten, die in der ersten Runde den Mund nicht aufkriegen und plötzlich in der Tinte stecken. So ein Fall endet immer damit, dass irgendwer versucht, da wieder rauszukommen.«

Sarah Bowen kam mit der Rechnung und ihrer Mobilnummer auf einem Stück Papier zurück. Ein kleiner Euphorieschub veranlasste Matty, noch mehr Informationen auf den Tisch zu legen. »Zum Beispiel hab ich da noch eine andere laufende Ermittlung, Raubmord vom letztem Jahr, Chinese, im eigenen Hausflur von zwei schwarzen Jungen erschossen, 38er-Kugel, und jetzt will ich demnächst nach Upstate, um mit einem gewissen D-block zu reden, der hat sich im Raubduo auf Innenräume verlegt, nicht das gesuchte Raubduo, aber er hat mir nie verraten, wer sein Komplize ist, okay? Allerdings ist seine Frau neulich verhaftet worden, und wenn sie einfährt, nimmt ihm das Jugendamt die Kinder weg, und plötzlich fragt er nach mir, jetzt will er reden, um sie vom Knast fernzuhalten. Alles schön und gut, die Hoffnung stirbt zuletzt und so weiter, aber Folgendes wird hier wahrscheinlich passieren ...«

Matty hielt inne, um zu sehen, ob er Billy mit dieser Art von Erzählung in die Welt zurückholen konnte.

»Wir fahren da hoch, er rückt mit seinem Partner raus, den nehmen wir uns vor, sein Partner sagt, D-block ist eine verlogene Kanaille, sagt, ›Sehen Sie mich doch an, ich bin ein Hundertkilo-Muskelpaket und hab im Leben noch keine Waffe gebraucht‹, aber er erzählt uns noch mehr, nämlich dass er nur einen kennt, der eine 38er benutzt und Leute in Häusern überfällt, nennen wir ihn E-Walk. Okay. Suchen wir E-Walk. Das Problem ist, E-Walk arbeitet solo, aber E-Walk, stellt sich heraus, kennt ein anderes Raubduo, von dem wir überhaupt noch nie gehört haben. Also hinter diesen Armleuchtern her. Einzige Problem mit denen ist, als wir sie endlich haben, dass einer zum Zeitpunkt des Mordes im Knast war und der andere im Krankenhaus. Aber! Der im Krankenhaus? Kennt einen, der eine 38er benutzt und manchmal zu zweit arbeitet, bloß dass dieser Typ, wie sich herausstellt, ein hellhäutiger Dominikaner ist, fast weiß aussieht. Aber. Aber. Aber. Worauf ich hinaus will, Billy, bei Ihrem Sohn, da brauchen wir Glück, und wir müssen einfach weiterpflügen, weiterpflügen ...«

»Woher wussten Sie denn, dass das Raubduo aus zwei Schwarzen bestand?«, fragte Billy ganz sachlich.

»Ein Zeuge hat sie aus dem Haus laufen sehen, aber ihre Gesichter nicht erkannt.«

»Und der Zeuge bei Ike? Der hat die doch gesehen.«

»Eric Cash?«

»War das der Betrunkene?«

»Nein, der andere.«

»Und?«

»Er verweigert sich.«

»Verweigert … Ich verstehe nicht. Wieso? Er war doch da.«

»Ein bisschen zu sehr, falls Sie sich erinnern …« Matty unterbrach sich. Natürlich erinnerte sich der Mann nicht daran, der Tag war im Fiebertraum verwischt, und in der Zeitung hatte wegen des Maulkorbs nichts darüber gestanden.

»Moment, Sie glauben, er war's?«

»Wir wissen inzwischen, dass er's nicht war. Inzwischen. Aber wir haben ihn ein bisschen in die Mangel genommen, und er hat ein paar Stunden in den Katakomben gesessen.«

»Ein paar Stunden?« Billy blinzelte. »Und jetzt hilft er nicht?«

»Nicht ohne schriftliche Immunität, die wir … mit anderen Worten, nein.«

»Aber wenn er es nicht war, wozu braucht er dann Immunität?«

»Das geht, glaube ich, auf seinen Anwalt zurück.«

»Verstehe ich nicht.« Billy sah eher verwirrt aus als verärgert, aber dies war ein Samen, aus dem über Nacht ein Mammutbaum erwachsen konnte.

»Hören Sie, machen Sie sich darüber keine Sorgen, wir bügeln das aus.«

Sarah Bowen kam zurück, um abzukassieren, Matty teilte abwesend irgendwelche Dollars aus und fürchtete derweil, gerade richtig Scheiße gebaut zu haben. »Billy, wir sollten gehen.«

Billy blieb sitzen, driftete irgendwohin ab.

»Billy …«

»Nein, ich dachte gerade noch mal an den anderen Mord, von dem sie mir erzählt haben, dieser Chinese.«

»Ja?«

»Wie kriege ich Sie oder sonstwen überhaupt dazu, sich für meinen Sohn zu interessieren, nicht als Job, sondern als Mensch, im Gegensatz zu Ihrem eigenen Sohn oder sonst einem Sohn. Ich meine, warum sollte ich mich für irgendeinen fremden Sohn interessieren.«

»Dazu müssen Sie mich nicht kriegen«, sagte Matty, »ich arbeite für ihn.«

317

Billy sah ihn mit Dackelblick an. »Wissen Sie was?« Wasser schoss ihm in die Augen. »Er hätte Sie gemocht. Ikey. Das weiß ich. Und Sie hätten ihn gemocht.«

»Er klingt prima.«

»Das ist er.« Billy stand ruckartig auf, sein Stuhl röhrte rückwärts über den Fußboden. »Darf ich Ihnen was zeigen?«

Sie gingen in den Vorderraum, wo inzwischen der Bär tobte – eine Mischung aus Vorortpendlern, Detectives aus dem Achten und einigen der aufgemotzteren Anwohner, wobei heute Abend offensichtlich mehr Polizisten darunter waren als sonst, und Matty entdeckte auch gleich den Grund: Lester McConnel, ein Kollege, der vor sechs Monaten von der Lower East Side zur Terrorabwehr gewechselt und von dort nach Washington versetzt worden war und nun höchstwahrscheinlich als Teil einer Vorhut zum Personenschutz des Präsidenten bei seinem Besuch der UN vorbeischaute. Lester war groß, riesig, einsfünfundneunzig, hundertfünfzig Kilo, stand an der Bar, trank Bier, hob das Kinn zur Decke und spie Rauch aus wie ein Buckelwal. Und immer noch kamen Kollegen aus der Einheit herein und begrüßten Lester mit herzhaften, schulterklopfenden Umarmungen, während jene, die schon eine Weile da waren, seitlich auf ihren Barhockern saßen, reglos wie Buddhas, stockbesoffen, mit lieblicher Verzögerung dem ansteigenden Lärmpegel die Augenlider entgegenhoben oder auf die Handys an ihren Gürteln starrten und um Frieden auf Erden beteten.

Matty hatte McConnel immer gemocht. Auf dem Weg hinaus ging er an der Bar vorbei, um ihm die Hand zu schütteln.

»Und jetzt sag mal«, bollerte McConnel in die Menge. »Was hat dieser Vollspacken noch mal gesagt? ›Heute nicht, mein Freund‹? Heilige Scheiße, was hab ich noch verpasst hier?«

Matty drehte sich der Magen um.

Einige der Kollegen wandten sich schnell ab, als sie Billy erkannten, ärgerlich und beschämt, die Unterhaltung unter der Musik erstarb zu Gehüstel und Gemurmel. Und McConnel, der die Veränderung spürte, erkannte an den Mienen und der jähen Stille, am atemlosen Ausdruck auf Billys Gesicht und Mattys besitzergreifender Hand auf dessen Schulter, dass er gerade in großem Stil verkackt hatte. Statt Matty also freudig zu begrüßen, funkelte er ihn an: Was hast du mir denn da gerade reingewürgt.

Matty fühlte sich mies, für beide, McConnel und Billy, und noch mieser, als Billy sagte, ohne bei der Musik die Stimme senken zu müssen: »Er kann nichts dafür. Ich hätte wohl gar nicht herkommen sollen«, und dann vorausging auf die Delancey Street.

Kurz darauf standen sie vor dem Schrein, der zerrupfter aussah denn je; Matty gab ihm noch ein paar Tage, bevor er auf alle Zeit in die Folklore der Stadt einging.

»Haben Sie ... Sie sind doch bestimmt schon öfter mit einer Waffe bedroht worden, oder?«, fragte Billy.

»Nicht so oft, wie Sie vielleicht denken«, antwortete Matty.

»Ich ja, ein Mal, wann war das, vor zwanzig Jahren? Da beaufsichtige ich gerade Notreparaturen auf der Avenue C bei Stromausfall. Gegen elf gehe ich um die Ecke zum Laden, zwei Junkies hüpfen aus dem Dunkeln, einer hat eine Flohmarktkanone dabei, das Scheißding hätte ihm wahrscheinlich die Hand zerfetzt, wenn er abgedrückt hätte. Aber großes Ehrenwort, da zielt einer mit was für einer Waffe auch immer auf einen? Da ist man gelähmt. Sie ist da. Ich musste die ganze Zeit draufstarren. Ich konnte mich nicht mal bewegen, um meine Brieftasche rauszuholen, hab ihnen einfach gesagt, in welcher Tasche, und als ich wieder denken konnte, bin ich allein und mir schlackern die Knie wie Presslufthämmer. Also, was Ike, was mein Sohn gemacht hat? So auf eine Pistole zuzugehen? Wo hat er den Mumm her? Können Sie sich das vorstellen? Diesen Mut?«

»Was wollten Sie mir zeigen, Billy?«

»Ich pfeife drauf. Betrunken, nüchtern, schlau, doof, in einen Lauf zu gucken und dann noch darauf zuzugehen?« Billy zuckte plötzlich, ein schneller Schütteltick. »Scheiße, verdammte.«

»Billy« – er fasste ihn an der Schulter –»was wollten Sie mir zeigen?«

»Glauben Sie an Träume?«

»Ich weiß nie, wie ich das beantworten soll.«

»Letzte Nacht.« Billy wich dem verwitterten Zeitungsbild seines Sohnes aus, das noch an der Mauer der Eldridge Street 27 hing. »Da habe ich geträumt, dass Ike gegen Löwen kämpft. Ich hatte zu große Angst, ihm zu helfen, ich habe immer wieder Ausreden gefunden, um nicht einzugreifen.«

»Das ist bloß …«

»Schuldgefühl, ja, das weiß ich, aber sehen Sie mal.«

Billy zeigte auf die Hausfassade, und da waren sie, Löwen, ein halbes Dutzend, das die Stockwerke über dem Tatort schmückte; jahrhundertalte narbige Grimmelstein-Tiere, zähnefletschend und mit offenem Schlund. »Ich verstehe nicht, wieso dieser Kerl Ihnen nicht helfen will.«

»Welcher Kerl?« Matty tastete nach seinen Autoschlüsseln.

»Wenn er's nicht war, wozu braucht er dann Immunität?«

In Billys Klage lag eine gefährliche wortwörtliche Wiederkehr, fand Matty. So fängt es an.

Eine halbe Stunde später saß Matty mit ihm im Auto vor dem Haus in Riverdale, und Billy hatte es nicht eilig, hineinzugehen.

»Eine Frage noch«, sagte Matty. »Eigentlich geht es mich ja nichts an, aber … Ihre Frau …«

Billy sah ihn an.

»Vielleicht können Sie in diesem Fall nicht mit ihr umgehen, aus welchem … Ich weiß nicht, Sie sind erwachsen, sie ist erwachsen. Aber das Kind. Das Mädchen.« Matty zuckte hilflos mit den Schultern. »Sie sind doch eigentlich ein ganz anständiger Kerl.«

Billys Kinn verschwand zitternd im Bogen unter seinem Mund. »Wir reden«, brachte er noch heraus. »Wir reden.«

Minette kam kurz darauf aus dem Haus, ging barfuß über das Pflaster zum Wagen und legte Matty durchs Fahrerfenster kurz die Hand auf den Arm. »Tut mir leid«, flüsterte sie.

»Kein Problem«, sagte Matty.

Als Billy auf seiner Seite ausstieg und sie vorne um den Wagen herumging, brach er zusammen und streckte wie ein Kind die Arme nach ihr aus. Matty sah zu, wie sie ihren Mann nach Hause führte. Als sie verschwunden waren, blieb er noch einige Minuten sitzen.

Auf dem Rückweg nahm er auf dem West Side Highway beinahe den Wagen auseinander im Bemühen, Sarah Bowens Telefonnummer zu finden, bis er sich eingestehen musste, dass er sie verloren hatte.

Albert Bailey verzog in demonstrativem Missbehagen das Gesicht, während er, mit Handschellen an die Lehne von Lugos Bürostuhl gefesselt, von einem Handy der Einheit aus telefonierte. Daley und Lugo saßen ihm im ansonsten menschenleeren Raum gegenüber, Hände über den Bäuchen verschränkt, die beturnschuhten Füße überkreuz auf den Tischplatten.

»Und was ist mit diesem Timberwolf?«, fragte Albert in den Hörer. »Timberwolf in den Cahans … Da macht dich keiner an, wenn du geschäftlich rübergehst … Miete ihn doch einfach, ich zahl's dir zurück, sobald ich aus dieser Scheiße hier raus bin, sobald ich aus … Übergabe vor St. Marys in der Pitt, ich warte da auf dich … Ach was, ach was, die Polizei packt dich überhaupt nicht an, Mann … Hör zu, ich muss denen ein Eisen liefern, sonst bin ich ewig weg vom Fenster, ich schwöre bei meinem ungeborenen Kind, Mann … Okay, ruf mich zurück, ruf mich zurück. Diese Nummer hier. Ruf mich zurück.« Er klappte das Telefon zu. »Der ruft nicht zurück.«

»Ich hoffe doch, Bruder.« Lugo gähnte in seinen Handrücken. »Um deinetwillen.«

Albert fing sachte zu schaukeln an, als wollte er sich besänftigen.

»Gibt's noch jemand, den du anrufen kannst?« Daleys Knöchelhalter spielte Kuckuck mit dem Saum seiner Jeans, als er träge gegen seine Schwinglehne wippte.

»Würde ich ja, wenn ich könnte, Mann, aber eine Waffe, ich bin nicht … Das ist nie mein Ding gewesen, Waffen …« Er verzog wieder das Gesicht, als er versuchte, die kneifende Handschelle anders zu lagern.

»Nein nein, ist angekommen«, sagte Lugo sanft, »aber gibt schon auch Leute, die im Geschäft sind, richtig?«

»Ja schon, aber ich nicht, ich bin … seht mal, ihr kennt mich nicht. Sie sehen bloß einen Schwarzen in einer frisierten Schrottkarre mit Braunem im Wert von hundert Dollar.«

»Teppichmesser nicht vergessen.«

»Also, zum Beispiel steh ich total auf Nachrichten. Ihr habt meinen Wagen gefilzt, lag wahrscheinlich auch eine Zeitung drin, oder? Ich könnte euch über alles aufklären, Tyco, Amron, Steroide, Bin Laden, Rove …«

»Wer ist Rove?«, fragte Daley.

»Scheiße, also, mein Mädchen, ja? Die ist jetzt im dritten Monat mit meinem ersten Kind. Ein Schwarzer kriegt mit fünfunddreißig sein erstes Kind? Da wird Ihnen doch klar, dass ich gewartet habe.«

»Na, wir versuchen dir ja zu helfen.« Lugo spähte auf seine Uhr. »Aber entweder Waffe, oder du verpasst die Begrüßungsparty.«

»Und die Show«, fügte Daley hinzu.

Bailey schloss die Augen und sprach schneller, als wollte er etwas abwehren, übertönen. »Also, mein Mädchen, das ist nicht, die ist nicht von der Straße, die hat einen Collegeabschluss, ich meine, ich weiß gar nicht, was sie an mir findet, klar? Und irgendwie, zuerst? Da war's ein Spaziergang, ihr was vorzumachen mit dem Zeug … High sein und sagen, man ist müde. Sie ist so unschuldig, verstehen Sie? Aber manchmal, wenn man so unschuldig ist, also, wenn man ein Gewissen hat? Die Unschuldigen lassen sich manchmal viel schwerer belügen als die Schlaumeier. Hab ich ihr also vor einem halben Jahr oder was gebeichtet, dass ich abhängig bin, okay? Ich sag euch, Mann, ich war so was von platt, die zuckt nicht mit der Wimper, schnallt mich

einfach zwei Tage lang ans Bett, bis ich clean bin, wie beim Wolfs-
menschen.«

»Wow«, sagte Daley.

»Aber zu meiner Verteidigung? Ich bin eigentlich kein schlechter
Kerl ...« Bailey flatterte, wiegte sich vor Schmerz. »Zum Beispiel draußen auf der Straße? Da bin ich so was wie der Babysitter vom Viertel.
Ich meine, die Leute wissen, dass ich, wissen Sie ... Aber ich mach es
nie vor andern, ich verführe auch nicht oder so 'ne Scheiße ... Ich habe
einen, einen Schachclub gegründet, ein Basketballteam. In der Highschool? War ich Sportler. Mann, ich hab nicht mal Zigaretten geraucht,
bis ich fünfundzwanzig war, konnte ich gar nicht ausstehen, den Gestank.«

»Und dann?«

»Neugier«, murmelte Albert.

»Ätzend.« Lugo spähte auf die Anzeige im Kabelkasten: 1:15.
»Versuch's noch noch mal bei deinem Kumpel.«

»Wissen Sie, was dann passiert? Geht nicht ran.«

»Versuchen«, sagte Daley.

Albert bekam die Voicemail. »Hey, yo ...«, fing er halbherzig an,
dann klappte er plötzlich auf seinem Stuhl zusammen, als wollte er
etwas vom Boden aufheben, und kam vor Schmerz zischend wieder
hoch.

»Du wirkst langsam ein bisschen fahrig, Bruder ... Wird's gehen?«

»Klar.« Sein Gesicht zog sich zusammen, dann traten ihm die Augen aus den Höhlen. »Merke ich jetzt, das wird nicht lustig da drin.«

»Wir wollen dir ja immer noch helfen, Mann.« Lugo hob die Hände.
»Aber eine Hand wäscht die andere.«

»Ja, weiß ich ja, weiß ich, aber ...« Alberts Hände flatterten über
dem Telefon. »Scheiß drauf, ich hab's verdient.«

Der große, beinahe leere Raum hüllte sich in kurzes, enttäuschtes
Schweigen, abrupt durchbrochen von Geohagan und Scharf, die mit
ihrer letzten Festnahme durch die Tür kamen, einem übergewichtigen
Latino mit Yankees-Bomberjacke und langem Zopf. Sie bugsierten ihn

zu einem Schreibtisch, der so weit wie möglich von Lugos und Daleys Spielwiese entfernt war, ketteten ihn an den Stuhl und legten Scharfs Handy vor ihn auf den Tisch.

»Du weißt, wie's läuft, Bruder«, sagte Geohagan, »also ran.«

Matty war am Strand mit Minette und seinen Söhnen, die wieder klein waren, da wurde er vom Telefon geweckt.

»Was soll ich mir denn sagen«, zischte Billy ihm ins Ohr, »dass es Zeit war für ihn? Dass er heimgeholt wurde? Dass es das Beste war für ihn? Dass es ihm jetzt bessergeht? Dass er auf irgendeiner, einer Wolkenwiese herumtollt? Dass er geopfert wurde, damit keine größere Katastrophe passiert?«

»Okay, hören Sie …«, fing Matty an.

»Und mein Sohn wacht nicht über mich, er lebt nicht in meinem Herzen weiter, er redet nicht mit mir, ich rede mit mir, und ich sage mir …«

»Okay, Moment, Halt.«

»Man soll seine Erinnerungen in Ehren halten … Meine Erinnerungen fühlen sich an wie Messer, und ich würde sie mir liebend gern herausbrennen, wenn …«

»Hören Sie auf!«

»Und dieser Mensch, der nicht helfen will? Ein paar Stunden im Knast, und der will sich kein Foto angucken? Die Katakomben. Scheiß auf die Katakomben. Mein Sohn hat den Rest seines … hat die ganze Ewigkeit in den Katakomben.«

Als Matty gerade telefonisch versuchte, mit der Bezirksstreife die Routen für den zweiten Angriff am Abend umzustellen, erschien Steven Boulware wieder auf dem Bildschirm, mit einem ganzen Bart von Mikrofonen.

»Um ein Uhr nachmittags wird es im Eugene Langenshield Center in der Suffolk Street einen Gedenkgottesdienst zu Ehren, zur Feier von Ike Marcus geben, meinem Freund Ike Marcus, gefolgt von einem Trauerzug zur Eldridge Street siebenundzwanzig, wo er« – Boulware kämpfte – »wo er uns verlassen hat. Es ist offen für alle, ich lade alle dazu ein, zu kommen und nicht seinen Tod zu beklagen … sondern sein Leben zu feiern, seinen Geist, sein Vermächtnis.«

»Ist dieser Boulware Schauspieler?«, fragte Mullins.

»Angehender«, antwortete Matty.

»Die Kameras hat er schon mal.«

»Matty«, Yolonda hielt das Telefon hoch, »Dargan von Berkowitz.«

Matty wappnete sich: Detective Dargan, Deputy Inspector Berkowitz' Überbringer schlechter Nachrichten. »Hallo, Jerry.«

»Ja, hallo, Matty, wir haben gerade eben erfahren, dass der Präsident schon heute Abend kommt statt morgen.«

»Okay.« Matty wartete auf die Fortsetzung.

»Also müssen wir Ihren zweiten Angriff verschieben.«

»Wie bitte?« Matty versuchte, fassungslos zu klingen. »Wieso das denn?«

»Order von oben, Personal von allen Einheiten abzuziehen, auch Ihrer. Keine Freistellungen.«

»Wollen Sie mich verarschen? Ich habe die letzten beiden Tage damit zugebracht, meine Leute dafür aufzustellen. Früher hätten Sie mir das nicht sagen können?«

»Wir haben es auch eben erst erfahren.«

»Wie können Sie bitteschön bis zum selben Tag nicht wissen, dass der Präsident kommt?«

»Hey«, sagte Dargan ruhig, »ich habe damit nichts zu tun, ich leite es nur weiter.«

Verdammter Berkowitz. »Ist er da? Stellen Sie mich durch.«

»Keine gute Idee«, sagte Dargan.

»Und Sie nehmen Leute von meiner Einheit? Heute ist der zweite Angriff in unserem Mordfall. Sie können meine Leute nicht abziehen.«

»Keine Ausnahmen«, sagte Dargan. »Tut mir leid.«

»Das stinkt doch hinten und vorne. Stellen Sie mich zu ihm durch.«

»Keine gute Idee. Und Matty? Im Ernst … lassen Sie 's gut sein.«

Als er den Hörer aufknallte, ließ Yolonda ihr Handy zuschnappen. »Sie ziehen Iacone und mich ab«, sagte sie. »Weißt du was? Ich glaube, ich war noch nie im Waldorf.«

Um elf an diesem Vormittag war das Berkmann wieder ein weißer Traum, die Sonne brach wie eine Blaskapelle durch die großen Fenster und prallte von den kunstvoll marmorierten Spiegeln ab, den eierschalenglasierten Kacheln, den glänzend aufgereihten Bistrogläsern. Der einzige Gast zu dieser schwebenden Stunde war allerdings eine Frau in einer Fensternische, die sich in aller Stille mit Chocolatinis volllaufen ließ und dabei die *New York Times* vom Vortag durchblätterte.

»Gestern Abend hat es an der Bar einen kleinen Rempler gegeben.«
Eric Cashs Stimme hallte durch den Saal, als er die versammelten Kellner an einer der hinteren Polsterbänke ansprach. »Eric der Zweite, der jetzt nicht mehr bei uns ist, hat von jemandem das Wechselgeld genommen, weil er es für Trinkgeld hielt, und der betrunkene Gast hat ihn des Diebstahls bezichtigt und zugelangt. Dann kam unser Cleveland hier« – er deutete auf den Barkeeper mit den Dreadlocks – »zu Hilfe, sprang über den Tresen wie Zorro und komplimentierte ihn persönlich hinaus, keiner verletzt, nichts zerbrochen.«

Es gab vereinzelten Applaus, Cleveland erhob sich zu einer kleinen Verbeugung.

»Ich habe Cleveland zu dieser Besprechung gebeten, um ihm Folgendes zu sagen: Wenn du so was noch mal veranstaltest, bist du weg vom Fenster.«

Der Junge lächelte zaghaft, unsicher, ob Cash scherzte.

»Ich will nicht, dass mir der Sicherheitsdienst die Margaritas mixt, und ganz bestimmt will ich nicht, dass du den Möchtegernhelden spielst. Liest du gern, Cleveland?«

»Manchmal.« Der Junge war noch am Verdauen, verwirrt und gedemütigt.

»Dann weißt du auch, dass Helden oft tragisch enden.« Cash entließ Cleveland mit einem Nicken und wartete, bis er seinen Posten hinterm Tresen wieder eingenommen hatte, bevor er mit der Besprechung fortfuhr. »Okay, und als Letztes«, sagte Cash zum Rest, »alle hier … wenn der Laden so brummt wie in letzter Zeit und die Abräumer überlastet sind? Dann müsst ihr einspringen und nicht diese Nummer abziehen von wegen ›Das ist nicht mein Job‹. Wenn es hier aussieht wie in einer sowjetischen Leck-mich-am-Arsch-Cafeteria, ganz genau, wie es hier nämlich zu Stoßzeiten aussieht, ist das verdammt nochmal doch euer Job. Jeder hier am Tisch ist verzichtbar, hier im Viertel gibt es erfahrene Kellner wie Sand am Meer. Also. Abkassieren, aber schmutzige Teller stehen lassen? Nein. Ketchup steht noch auf dem Tisch, wenn der Nachtisch kommt? Nein. Wenn die Rechnung kommt, ist der Tisch sauber. Wer bedienen will, muss auch abräumen.« Eric Cash schlug das Deckblatt seines Notizblocks um. »So viel von mir. Hat sonst noch jemand was auf dem Herzen? Fragen? Vorschläge?«

Selbst in seinem Zustand innerer Auflösung war Eric hellsichtig genug zu wissen, dass keiner am Tisch riskieren würde, den Mund aufzumachen aus Angst, diesem Sackgesicht, diesem Zuchtmeister, der hier das Kommando übernommen hatte, die Meinung zu sagen. Es war, als würde er selbst von der Seitenlinie aus beobachten, wie er seine eigenen Leute gegen sich aufbrachte. »Na schön.« Er hob und senkte die Hände über der Tischkante. »Ich arbeite noch an den Umschlägen, gegen drei sollten sie fertig sein. Sitzung beendet.«

Alle standen stumm auf, wagten nicht einmal den Blickkontakt mit ihm. Er jedoch blieb mit starrer Miene am Tisch sitzen, und die Erregung wich allmählich einer nachdenklichen Schlaffheit, als er nachrechnete, wie viel er diese Woche bereits aus dem Trinkgeldtopf gemopst hatte: beinahe 500 $ – viel zu viel, längst nicht genug.

Boulwares Einzimmerwohnung im Haus neben der Eldridge Street 27 war eine gesichtslose Klause ohne eine Spur der Fassade aus dem neunzehnten Jahrhundert; Wände, Türen, Armaturen, alles billig und neu, bestimmt, so dachte Matty, komplett entkernt und neu gebaut für die Frischlinge, die an Wohnheime gewöhnten Kids.

»Dieser Gedenkgottesdienst.« Matty, der Boulware über den Couchtisch hinweg gegenübersaß, robbte sich im Campingstuhl etwas näher heran. »Das ist eine tolle Sache, die Sie da für Ihren Freund veranstalten, und wir stehen hundert Prozent hinter Ihnen. Es wäre nur gut für uns, im Voraus zu wissen, worüber Sie morgen sprechen wollen.«

»Sprechen?« Boulware nahm sich eine der Bierflaschen, die zwischen ihnen standen. »Über Ike, was denn sonst?« Sein Handy klingelte. »Entschuldigung.« Er hielt einen Finger hoch und intonierte den Namen der anrufenden Person. »Du kommst doch, oder?«

Matty stand auf und trat an Boulwares Fenster, das auf die Müllcontainer hinter einem Chinarestaurant in der Forsyth Street hinausging.

Die Zimmerwände waren kahl, von drei gerahmten SUNY-Buffalo-Theaterplakaten abgesehen – *Mutter Courage und ihre Kinder, Equus* und *Lost in Yonkers* –, auf denen Boulwares Name jeweils an erster oder zweiter Stelle stand. Die einzige persönliche Note in dieser Wohnung waren die Unmengen kleiner Plastiksoldaten und *Star-Wars*-Figuren, die über die Lehne der Bettcouch und die Küchenanrichte entlangmarschierten und sich seitlich an Fernseher und Kühlschrank über Schnürsenkel abseilten.

Nach Dargans Anruf hatte Matty den restlichen Vormittag damit zugebracht, Berkowitz' Aufschub zum Trotz seinen eigenen kleinen Hintertürangriff zusammenzutelefonieren, indem er von Fahndung, Sitte, Drogen und Bezirksstreife jede noch ausstehende Gefälligkeit einforderte, und hatte von Menschen, die bei ihm tief in der Kreide standen, einen Korb bekommen; das hätte ihn hellhörig machen sollen, aber im Eifer des Gefechts nahm er die Hinweise nicht wahr.

»Ich schwöre, wenn du morgen nicht kommst …« Boulware lächelte über die Antwort, dann – »Friede« – legte er auf, das Gesicht prickelnd vor Eifer. »Pardon, wobei waren Sie gerade?« Das Telefon klingelte wieder. »Entschuldigung, nur … Ja? Hallo. Ich muss dich zurückrufen … Ich muss dich zurückrufen … Ich muss dich zurückrufen … Ja … Ja … Okay … Okay.« Er legte auf. »Tut mir leid, ist bloß wegen morgen, das wird, also, Hammer.«

»Das ist toll, das ist prima. Wir wollen nur wissen, ob Sie vorhaben, irgendetwas über die Ermittlungen zu sagen.«

»Was denn?«

»Irgendwas.«

»Ich verstehe nicht.« Und Matty glaubte ihm. »Soll ich denn etwas sagen?«

»Eher gerade nicht.«

»Eher nicht.«

»Es ist nur, es ist schwierig, diese Ermittlung, aber Kritik zu diesem Zeitpunkt, irgendwas Negatives zur Presse …«

»Warum sollte ich das tun?«

»Irgendwas über Eric Cash …«

Der Name sagte ihm erstmal gar nichts, und Matty dachte, Vergiss es einfach.

»Was ist mit ihm?«

»Wir versuchen, mit ihm zusammenzuarbeiten, aber es ist eine ganz heikle Situation. Er braucht, er meint, er braucht mal eine Auszeit, also vielleicht sollten Sie ihn ausbeziehen, wenn Sie verstehen, ihn auf seine Weise trauern lassen.«

»Ich kann Ihnen immer noch nicht ganz folgen.«

»Macht nichts.«

»Okay. Sie kommen doch, oder? Sie und Ihre Partnerin?«

»Höchstwahrscheinlich.«

»Das wird richtig gut.« Boulware nickte. »Richtig, richtig gut.«

Blitz und Bammel
Bauchgestammel
Beweis unzulässlich
Macht unzertrennlich
Fass mich an ich mach dich ein
Wag es und du bist allein

Tristan klappte das Notizbuch zu und machte sich auf zu seiner Lieferung für Smoov, seiner letzten von dreien und der einfachsten, einer Ladenkanzlei in der Hester Street wenige Blocks von den Lemlichs entfernt.

Die Kanzlei war ein langgestreckter Raum aus Holz, muffig wie in einem alten Saloon, und abgesehen von einem Foto von einem weißen Greis mit Gitarre hingen die Wände voller Plakate, hauptsächlich von vorzeitlichen *morenos* und *borinqueños* mit Popcorn-Frisuren und Sonnenbrillen und erhobenen Fäusten vor Mikros oder Menschenmengen. Normalerweise fand er es beklemmend, hierherzukommen, ihm versagte die Stimme, die ganze Tour lohnte kaum die 25 $, aber seit dieser Sache war er nicht mehr so nervös in einer solchen Umgebung, nicht mal in den Lokalitäten oben in der Stadt. Auch wenn ihm noch immer nicht nach Reden war ...

Er ging zur Empfangsdame, einer Chinesin mit kurzen platinblonden Haaren, die sich aufsetzte und bei seinem Anblick lächelte, als hätte er ihr gerade den Tag versüßt, wobei er sich das Lächeln wohl nur dadurch verdient hatte, dass er ein Siedlungs-Puerto-Ricaner war.

»Che!«, rief Danny hinten von seinem Schreibtisch.

Tristan sah, dass Danny einen Klienten hatte, einen Weißen, der ihm irgendwie bekannt vorkam, aber er musste das Dope abliefern, das Geld kassieren und abhauen, keine Fotos schießen.

»Ich meine damit, ich könnte wohl gezielt eine einstweilige Verfügung gegen diesen einen Detective erwirken, aber ...«

»Ich sagte, das will ich nicht.«

Als Tristan sich Dannys Schreibtisch näherte, erstarrte er, konnte nicht mal seinen Muskeln befehlen, sich abzuwenden.

»Dann weiß ich nicht genau, was Sie eigentlich ...«

»Nichts. Ich will nicht mal ... Ich weiß nicht, ich weiß nicht.«

»Che!« Danny lehnte sich zurück, als wollte er ihn bewundern, und gaffte ungeniert, als er das glattrasierte Kinn sah, den nackten Blitz. Das kannte Tristan. Mit gesenktem Blick stellte er den knittrigen braunen Beutel auf den Schreibtisch. Der andere war so in sein Elend versunken, dass er ihn nur flüchtig ansah, aber jetzt waren sie einander so nah wie in jener Nacht.

Danny streckte sich noch weiter nach hinten, um das Geld aus seiner Jeanstasche zu ziehen, und lächelte Tristan derweil schmerzlich an, als wüsste er nicht, ob er die Narbe kommentieren oder lieber so tun sollte, als starrte er sie nicht die ganze Zeit an. »Wie geht's denn so, Bruder?« Strahlend strich Danny vor den Augen seines Klienten die vier zerknitterten Zwanziger mit dem Handballen glatt. Der Klient sah aus, als wollte er sich vor lauter Jammer aus irgendeinem Fenster stürzen.

»Okay.«

»Was macht La Raza?«

»Okay.« Blickte stur aufs Geld.

Jetzt blickten alle aufs Geld.

»Himmel Herrgott, Danny, Zwanzig sind Zwanzig, zerknittert oder gebügelt«, schimpfte der Mann. »Geben Sie sie dem Jungen doch einfach.«

»Das ist respektlos.« Danny zwinkerte Tristan zu. »Oder …«

Tristan wusste, dass Danny ihn um ein Haar wieder Che genannt hatte – dass dieser alte Spitzname nun endlich gegessen war. Der andere sah ihn noch einmal an, und ganz kurz blitzte in seinen Augen ein Wiedererkennen auf. Tristan drehte sich der Magen um, aber schon war das Lichtlein erloschen, und der Mann runzelte wieder den Schreibtisch an.

Auf dem Weg hinaus, an der Empfangsdame vorbei, musste sich Tristan heftig ein Grinsen verkneifen. Erst die Ermittlerin gestern Abend, jetzt dieser Depp. Tristan hatte schon immer gefunden, dass er für andere unsichtbar war, aber noch nie hatte er das als übersinnliche Stärke empfunden.

Auf dem Weg von Boulwares Wohnung zurück zum Achten überquerte er die Delancey zur Westseite der Pitt Street, als er seinen Namen hörte.

Auf der Straße war keiner.

»Matty.«

Sie standen in zweiter Reihe in der Pitt Street, Billy und seine Tochter.

»Hallo.« Matty ging zu dem Toyota Sequoia, zu dem Mädchen am offenen Beifahrerfenster.

Billy beugte sich über sie, um Matty anzusehen. »Matty, ich glaube, Sie kennen meine Tochter noch nicht.«

»Nein, stimmt.« Er lächelte, aber ihr Name wollte ihm nicht einfallen, ihr Name, Nina. »Nina, stimmt's?« Sie nickte und reichte ihm die Hand. »Ich bin Matty. Detective Clark.«

»Hi.« Sie sah stark aus und hatte eine kleine Stimme.

Während er ihre langgliedrige Hand schüttelte, betrachtete er die Bandage um den Bizeps; ein bisschen hoch für einen Unfall mit dem Brotmesser.

»Wir sind gerade hier runter gekommen«, sagte Billy. »Sie wollte Sie kennenlernen.« Nina drehte sich tief beschämt zu ihm um. »Entschuldigung«, sagte er, »ich wollte, dass sie Sie kennenlernt.«

»Hör mal« – Matty lehnte mit dem Unterarm in ihrem Fenster – »ich kann dir gar nicht sagen, wie leid es mir tut, aber wir unternehmen alles, was in unserer Macht steht.«

Sie nickte stumm, die Augen wurden sofort feucht.

»Du, Spatz?« Billy öffnete die Tür. »Kann ich mal eben mit ...« und trat auf die Straße. »Nur eine Sekunde.«

Billy führte Matty am Ellbogen ein paar Meter vom Auto weg, blieb stehen und blinzelte in die Sonne, die hinter der Brücke hervorkam. Er trug Jeans und einen dunkel verschwitzten Kapuzenpulli wie ein Jugendlicher oder einer von der Lebensqualität, aber es war so ein Tag, an dem sein Gesicht runzelig und uralt aussah.

Matty wartete.

»Wir haben heute Morgen Football gespielt.«

»Ja?«

»Ich habe früher ein bisschen gespielt, als Kind in der Bronx, war gar nicht mal so schlecht, Reserve auf der Evander Childs, aber sie?« Billy deutete rückwärts mit dem Daumen aufs Auto. »Mann, die ist, die ist besser, als ich je war.«

»Tatsächlich.« Matty wartete immer noch.

»Wissen Sie, ich habe die beiden manchmal miteinander spielen sehen. Ike war schon eine Nummer, aber sie hat ihn ganz schön ins Schwitzen gebracht.«

»Wow.«

»Hat ihn schon mal bange gemacht.«

»Wirklich?«

Es wurde still, Billys Miene arbeitete. »Ich bemühe mich«, flüsterte er mit Tränen in den Augen, »ich bemühe mich.«

»Das sehe ich«, sagte Matty sanft; er wollte am liebsten niemandes Vater sein. »Das sehe ich.«

»Danke.« Billy schüttelte ihm die Hand und wandte sich zum Gehen. Matty winkte dem traurigen Mädchen, das mit einem kleinen Finger-Glissando antwortete. Da drehte sich Billy wieder um und marschierte auf Matty zu. »Nur eine Frage, nur für mich ... Dieser Eric Cash ...«

Scheiße.

»Nur ...« Billy las seine Gedanken. »Sie sind er, okay? Also ... Der Typ hat Ihren Freund erschossen und weiß, Sie sind der einzige Augenzeuge. Hätten Sie keine Angst, dass er zurückkommen könnte, um den Pott zuzumachen? Würden Sie nicht um Ihr Leben fürchten? Würden Sie nicht die Kurve kratzen, bis die Bullen sich den Kerl schnappen? Aber dieser Cash, wenn mich nicht alles täuscht, tut nichts dergleichen.«

»Billy ...«

»Soweit ich weiß, wohnt er immer noch da, wo er wohnt, arbeitet, wo er arbeitet, geht seinen Geschäften nach, als wäre nichts gewesen und als gäbe es nichts zu befürchten. Warum wohl?«

»Tun Sie sich das nicht an«, sagte Matty.

»Können Sie mir hundertprozentig versichern, dass er's nicht war?« Er blinzelte zu ihm hinauf.

»Dass was?«

»Ist das der wahre Grund, wieso Sie ihm keine Immunität gewähren?«

»Hören Sie, wir befinden uns hier in einer laufenden Mordermittlung, die würden nicht mal Ihnen Immunität gewähren. Kommt das bei Ihnen an?«

»Aber trotzdem, können Sie mir sagen: ›Billy, hundertprozentig, der Mann war's nicht‹?«

»Hören Sie zu ...«

»Sagen Sie's mir, sagen Sie: ›Billy, hundertprozentig.‹«

»So was mache ich nie.«

»Na schön.« Er warf den Kopf zurück. Wirkte beinahe glücklich. Hinter ihm hatte Nina das Gesicht im Handballen vergraben und beobachtete die Passanten in der Pitt Street.

»Aber diesmal schon: Hundertprozentig, er war's nicht.«

Verdattert trat Billy auf der Stelle wie ein zählendes Pferd. »Ich meine, ich sag ja nicht, dass er's gewesen ist, also, der, der abgedrückt hat.« Billy sprach jetzt ebenso sehr mit sich selbst wie mit Matty. »Ich meine nur ... Ich kann mir vorstellen, dass er was zu verbergen hat.«

»Haben Sie gehört, was ich eben gesagt habe?« Matty beugte sich zu ihm vor.

»Hat einen schlechten Tag gehabt«, murmelte Billy. »Ja wirklich, im Ernst, das gestehe ich ihm zu. Er hatte einen ganz schlechten Tag ...«

»Billy, hören Sie mir zu.«

»Aber wissen Sie, wer den allerschlechtesten Tag von allen hatte? Mein Sohn. Mein Sohn hatte den schlechtesten Tag, den man sich überhaupt nur vorstellen kann.«

Damit ging Billy zum Wagen zurück, und Matty sah ihm hinterher. So durchgeknallt er ist, dachte er, der Mann hat jedenfalls Feuer, und warum nicht ... Heute jedenfalls hatte er seinen Dämon gefunden.

Gerade sagte Big Dap zu Little Dap, der letzte Hand an einen Textilmarker-Penis im Ohr des Soldaten eines Rekrutierungsplakats im Bushäuschen legte, »Was hab ich dir gesagt über diese Scheiße?«, da erstrahlte die Ecke Oliver Street und St. James im Flackerlicht des Lebensqualitätstaxis. Beide Daps und alle anderen richteten instinktiv einen stoischen Blick himmelwärts, als posierten sie für ein religiöses Gemälde.

»Hast du ihn dazu angestiftet?«, fragte Lugo Big Dap, als er, mit dreifachem Türknallen gefolgt von Daley, Scharf und Geohagan, aus dem Taxi stieg.

»Was?« Big Dap hob die Hände. »Ach was.«

»Staatliches Eigentum zu zerstören?« Lugo tastete ihn ab. »Den Krieg gegen den Terror zu sabotieren?«

»Stecken Sie's ihm hier.« Big Dap reckte das Kinn in Richtung Bruder; sollte Little Dap jetzt den Arsch hinhalten.

»Wem, Lex Luthor hier?«, murmelte Daley und griff Little Dap in die Taschen. »Wenn dieses Früchtchen mal 'ne eigene Idee hat, stirbt die vor Einsamkeit.«

Etwas abseits sah sich Tristan eine Szene an, die er öfter erlebt hatte, als er zählen konnte. Seit Big Dap dem Polizisten letztes Jahr ungestraft ins Bein geschossen hatte, klebte bei der Hälfte aller Streifenwagen in diesem Abschnitt sein Foto am Armaturenbrett; sollte heißen, bei Sichtung Schikane.

»Heiliger Strohsack, Dap!« Lugo fischte eine fette Rolle kleiner Scheinchen aus Big Daps Basketball-Kniestrümpfen. »Wie geht denn diese Geschichte?«

»Muss 'ne Wiege kaufen«, murmelte Big Dap mit abgewandtem Blick.

»Wohnung?«

»Nee, Wiege. Fürs Kleine.«

»Da hast du hier aber reichlich.«

»Weiß nicht, wie viel so was kostet.«

»Glaub mir, ich kenn mich da aus. Aber egal, wo ist das alles her?«

»Bank.«

»Du hast ein Bankkonto? Welche Bank denn?«

»In der, bei der Grand Street da, Bank von meiner Mutter. Weiß nicht, wie die heißt.«

»Vereinigter Bockmist?«, fragte Scharf.

»Kann sein.«

»Sollten wir prüfen«, sagte Geohagan.

»Fragt doch meine Mutter, Mann.«

»Verlass dich drauf«, sagte Lugo. »Genau genommen, wenn das ihre Kohle ist, kann sie zum Achten runterkommen und es sich abholen.«

Big Dap schüttelte in trüber Belustigung den Kopf.

»Komm«, sagte Lugo, »wir zählen das mal zusammen, damit wir wissen, wie viel wir hier eigentlich haben.«

Dap sah weg und brummte: »Arschgesichter krallt es euch ja eh.«

»Krall wie?« Lugo blinzelte, den Mund vor lauter Konzentration geöffnet.

»Nichts, Mann.«

»Bitte?« Lugo rückte ihm auf die Pelle. »Ich bin ein bisschen schwerhörig.«

»Ach Mann, machen Sie doch, was Sie wollen.« Er reckte den Hals, um Luft zu schnappen. »Sie sind doch sowieso alle so.«

»Wie – so?«

»Machen Sie schon, Mann, nehmen Sie's mit, man sieht sich noch.«

»Bitte?«

»Man sieht sich noch.«

»Drohst du mir?«

»Was?«

»Hat der mir eben gedroht?«, fragte Lugo Tristan.

Plötzlich trat Lugo Big Dap auf den Fuß, gerade so, dass der den Arm ausfahren musste, um sein Gleichgewicht zu halten: Angriff auf einen Polizeibeamten. Dann streckte er ihn mit einem Brustrempler zu Boden. »Hey, Superschütze.« Lugo stand breitbeinig über ihm. »Weißt du, was das ist? Das ist das Lied, das niemals endet. Bei dir habe ich überhaupt keine beschissenen Skrupel.« Lugo schmiss Big Dap das Notenbündel rückhändig auf die Brust, ging mit der übrigen Lebensqualität zum Taxi zurück und gab ohne einen weiteren Blick Gummi.

Ohne darauf zu achten, dass das Geld beim Aufstehen herunterflatterte, erhob sich Big Dap und klopfte sich ab. Alle waren auf einmal von heiligem Zorn erfüllt, am vernehmlichsten Little Dap, der jetzt fällig war und hektisch die Bullen verfluchend Scheine einsammelte. Abseits sah Tristan schweigend zu, während Little Dap wie ein Chinatown-Huhn herumhüpfte. »Jimmy Crack Corn Arschgeigen«, murmelte Little Dap. »Yo, Dap, das solltest du lieber zählen.«

»Scheiße einfach einsammeln.« Er wedelte ihn weg.

»Hey, yo«, murmelte Tristan. »Komm mal her, Mann.«

»Siehst du nicht, dass ich beschäftigt bin?«, fragte Little Dap stiel-äugig und fing weiter Dollars ein.

Tristan winkte ihn erneut heran und wartete.

»Was?«

»Ich will das Eisen zurück«, murmelte Tristan.

»Das was? Nur über meinen Arsch. Hab dir doch gesagt, das ist meine Versicherung, damit du dich nicht verquatschst.«

»Ich will es.« Er sah ihn nicht einmal an.

»Klar.« Little Dap wandte sich zum Gehen.

»Kannst es mir geben, oder ich hol es mir«, sagte Tristan wie im Selbstgespräch.

Little Dap drehte sich um.

»Na schön.« Schulterzuckend machte Tristan sich auf nach Hause. »Man sieht sich noch, hm?«

Little Dap sah Tristan nach, bis sein Bruder sagte, »Was hab ich dir gesagt über diese stinkende Scheiße?« und ihm die Faust an die Schläfe trümmerte, dass er halb über die Straße tanzte.

Beim Zwitschern seines Handys saß Matty aufrecht und blinzelte in die Dunkelheit; der Kabelkasten zeigte 3:15 an.

»Ja.«

»Na, jetzt haben sie's endlich geschafft.« Lindsay, seine Ex upstate, klang hysterisch munter.

»Was geschafft?«

»Sich einsperren zu lassen.«

»Wie bitte?«

»Hab ich doch gerade gesagt.«

»Wer denn, die Jungs?«

»Ja, die Jungs.«

»Was ist passiert?« Sein Schädel kribbelte.

»Hab ich doch gerade gesagt.«

»Wofür eingesperrt?«

»Wofür?«

»Wofür. Soll heißen, was wird ihnen vorgeworfen?« Er schwang sich auf die Bettkante.

»Keine Ahnung. Haschisch.«

»Besitz, Verbreitung …«

»Weiß ich doch nicht. Im Übrigen tausend Dank für das Gespräch von Mann zu Mann, als sie bei dir waren, das hat sich ja richtig ausgezahlt.«

»Wo ist es passiert?« Matty stand auf und stieß prompt an irgendeine Ecke.

»In der Stadt.«

»In der Stadt. Lake George?«

»Ja, da wohnen wir.«

»Okay. Matty Junior, der wird doch vertreten, oder?«

»Wahrscheinlich, passiert das nicht automatisch?«

»Und Eddie?«

»Und Eddie was?«

»Lindsay, du machst mich fertig.«

»Wie bitte?«

Er hob resigniert die Hände, als könnte sie das durchs Telefon sehen. »Hat Eddie einen Anwalt?«

»Keine Ahnung. Ist der von Matty Junior nicht auch für ihn zuständig?«

»Ganz und gar nicht.«

»Na, wird Matty Junior ihm nicht einen besorgen?«

»Wenn er sich um ihn kümmert, aber …«

Er tastete sich zum Balkon vor und stemmte sich gegen die Schiebetür; die Nachtluft fuhr ihm in die Boxershorts.

»Weißt du was? Gib mir einfach die Nummer von da oben.« Und durch die Zähne: »Verbindlichsten Dank.«

»Polizeistation Lake George, Sergeant Towne.«

»Ja hallo, Sarge, hier ist Detective Sergeant Matty Clark, NYPD.«

Zerknirscht fuhr er fort. »Ich habe gehört, meine Söhne wurden verhaftet, Matthew Clark, Edward Clark?«

»Da haben Sie richtig gehört.«

»Dürfte ich mit dem Festnahmebeamten sprechen?«

»Er ist im Einsatz.«

»Und sein Vorgesetzter?«

Towne atmete durch die Nase, murmelte »Sekunde«.

Matty vermutete, dass die Kollegen da oben die Jungs gerade befragten, und ihn konnten sie da mittendrin überhaupt nicht gebrauchen. Steckte er in ihren Schuhen, was unzählige Male der Fall gewesen war, könnte er sich jetzt auch gerade nicht gebrauchen, zu allem Überfluss noch einen Leck-mich-am-Arsch-Detective aus New York City. Matty sagte sich, Sachte, oder du hörst das Besetztzeichen.

»Hier ist Sergeant Randolph, was kann ich für Sie tun?«

»Ja hallo, Sarge, hier Detective Sergeant Matty Clark, NYPD. Sie haben meine Söhne in Gewahrsam?«

»Jawohl.«

»Darf ich fragen, weshalb?«

»Da sind wir noch dran. Unterm Strich BtM.«

»BtM ... Handel? Konsum? Nennen Sie mir eine Hausnummer ...«

Nach einer langen Pause: »Wie schon gesagt, wir sind dran.«

»Verstehe«, sagte Matty freundlich. »Können Sie mir sagen, über welche Mengen wir hier reden?«

»Nein, kann ich nicht.«

»Wissen Sie, ob sie vertreten werden?«

»Meines Wissens war noch keiner da.«

»Der Ältere hat aber Gewerkschaftsanspruch, oder?«

»Denk ich mal.« Der Typ fühlte sich pudelwohl.

»Kann ich sie sprechen?«

»Na ja, einer schläft, und der andere kriegt gerade Finger genommen, insofern ...«

»Wenn es nicht allzu viel Mühe bereitet, könnten Sie den Schlafenden aufwecken? Das wäre wirklich nett.«

»Wie wär's, er ruft Sie zurück, wenn er von alleine aufwacht?«

Matty blickte auf das Telefon in seiner Hand. »Schön, sagen Sie, ich mache das seit zwanzig Jahren, ich bin seit zwanzig Jahren auf Ihrer Seite dieser Unterhaltung – wenn ich Ihre Söhne hätte, und Sie würden mich anrufen?«

»Meine Söhne sind vier und acht«, antwortete Randolph.

Atmen.

»Sarge, ich bitte Sie, unter Kollegen … Reden Sie nicht ohne Anwalt mit ihnen. Tun Sie das Richtige.«

»Wir tun immer das Richtige.«

»Zweifellos. Und ich würde es wirklich begrüßen, noch mal, als kollegiales Entgegenkommen, wenn ich mit einem meiner Söhne sprechen dürfte. Bitte.«

Nach einer weiteren Pause: »Sie sind aus New York City?«

»Ja, ich bin aus New York City.«

»War da vor etwa fünf Jahren, haben mir neun Dollar für ein amerikanisches Bier abgeknöpft.«

»Na, da waren Sie wahrscheinlich irgendwo bei Ihrem Hotel in der Nähe. Nächstes Mal zeige ich Ihnen gerne meinen Kiez, können wir so viele Drei-Dollar-Biere runterkippen, wie Sie vertragen können.«

Nach einer weiteren Pause: »Moment.«

Jetzt, da er seinen Willen bekam, ging Matty auf einmal die Puste aus; er hatte kein Bedürfnis, mit seinen Söhnen zu reden. Während er wartete, sah er unten eine einsame Gestalt, die aussah, als wäre sie in Alufolie gekleidet, die ansonsten menschenleere Essex Street hinaufmarschieren.

»Hallo?« Es war der Große, eine belegte und etwas kehlige Stimme.

»Hey, ich bin's. Geht's dir gut?«

»Was glaubst du denn?« Als wäre Matty der Idiot.

»Was ich glaube? Ich glaube, ihr habt ein echtes Problem. Ich glaube, du hast mindestens deine Marke verloren.«

»Um mir das anzuhören, wurde ich aufgeweckt?«

343

»Redest du mit denen, Matty? Sag mir, dass du nicht mit ihnen redest.«

»Bin ja nicht doof.«

»Nein?«

»Was?«

Atmen.

»Mit wie viel Gras haben die euch erwischt?«

»Das fragst du mich am Telefon?«

»Hast du deinen Anwalt?«

»Er kommt.«

»Und dein Bruder?«

»Was soll mit ihm sein?«

»Was mit ihm sein soll?«

»Ich dachte, Mom kümmert sich drum.«

»Sie denkt, du kümmerst dich drum. Reden die mit ihm?«

»Glaub nicht. Weiß nicht.«

»Hast du ihm jedenfalls ins Ohr geflüstert? Hast du ihm jedenfalls gesagt, er soll den Mund halten?«

»Was glaubst du?«

»Was ich glaube? Du bist ein Bulle, der mit Drogen erwischt wird, und du willst wissen, was ich glaube?«

»Was bildest du dir eigentlich ein, so mit mir zu reden? Wer hat dich denn gestochen …«

»Matty, Matty, Sekunde, warte, es tut mir leid. Ich will euch ja nur helfen, ich will nur sichergehen, dass ihr keine Dummheiten mehr …«

»Leck mich am Arsch.«

Ende der Durchsage.

Matty beugte sich über die Balkonbrüstung, weit hinüber, bis die Füße abhoben, und ließ sich wieder sinken.

Der Alumann kam denselben Weg die Essex Street wieder hinunter, als würde er Wache schieben.

Er rief seine Exfrau zurück. »Hallo. Diese Frau, die Gerichtsschreiberin, wohnt die noch neben euch?«

»Was ist mit ihr?«

»Okay, pass auf. Du musst zu ihr, jetzt gleich, weck sie auf und besorg dir einen Anwalt. Eddie hat keine Vertretung, und ich traue diesen Arschlöchern keine Sekunde.«

»Es ist halb vier, Matty. Ich wecke jetzt niemand auf.«

»Mich schon.«

»Hm. Warum hab ich da bloß eine Ausnahme gemacht.«

»Nein, ich meinte doch nicht, bloß ... Bitte, ich kenne da oben niemanden, sonst ... Du musst ihm sofort jemanden besorgen.«

»Ich hämmere jetzt nicht an Türen, da weiß doch auf einen Schlag alles Bescheid.«

»Du meinst, anders finden sie's nicht raus?«

»Vergiss es.«

»Tu es für deinen Sohn.«

»Wie bitte?«

»Soll keine Kritik sein ...«

»Leck mich am Arsch.«

Matty stand da in seinen Boxershorts und starrte glasig auf die verkohlte Skyline des Finanzviertels, bis er die Blinklichter der Präsidentenkolonne auf ihrem Weg in die schlafende Stadt über die abgesperrte Manhattan Bridge sah, Dutzende schwarzer SUVs in strammer Formation, geführt, flankiert und gefolgt von NYPD-Motorrädern und Streifenwagen. Als die gesamte Karawane, stumm bis auf die gurgelnden Motorräder, auf dem Weg stadtaufwärts unter seiner Terrasse vorbeigezogen war, ging er wieder hinein und holte sich aus dem Kühlschrank ein Bier.

Scheißkinder.

Tristan brachte die Hamster zur P.S. 20, ging mit ihnen durch den grellen Korridor, der mit Fotos von berühmten Absolventen der abgerissenen Schule gesäumt war – Juden hauptsächlich, überwiegend aus alten Kinozeiten –, und brachte sie in ihre Klassenräume; vom Geruch nach Holzleim musste er würgen.

Über die Ridge Street ging er zur Seward Park High School, in die Halle und auf die Sicherheitsschranke zu, als ihm einfiel, dass er bewaffnet war. Als er kehrtmachte, sah er, dass nur Tascheninspektion und Abtasten dran waren, was bedeutete, dass der Metalldetektor wieder mal kaputt war, was bedeutete, dass man wahrscheinlich eine Handfeuerwaffe ins Gebäude schmuggeln konnte, wenn man wusste, wo man sie verstecken muss.

In der ersten Stunde hatte er zehnte Klasse Englisch, was er, weil er zwei Jahre älter war als alle anderen, hasste. Aber heute war es anders. Mit Little Daps 22er in der Tasche war heute wie Geburtstag, und selbst wenn man sagen könnte, dass ein Geburtstag nicht viel wert ist, wenn sonst keiner davon weiß, war das für Tristan gerade der Kick, die geheime Identität, schließlich braucht jeder mal ein kleines Geheimnis in der Hinterhand.

Als die Lehrerin, Ms Hatrack, über ein Gedicht schwadronierte, das sie geschrieben hatte, holte er sein wahres Notizbuch raus und packte einen Vers aufs Papier.

Einsamer Wolf
bleibt am Rand
nicht bekannt
zu riskant

»Dies alles sage ich, mit einem Ach darin,/dereinst und irgendwo nach Jahr und Jahr und Jahr:/Im Wald, da war ein Weg, der Weg lief auseinander, und ich -/ich schlug den einen ein, den weniger begangen hatten,/und dieses war der ganze Unterschied.«

Finden sie's raus
packen sie aus
und du bist raus

»Tristan?«
Als er aufblickte, sah ihn Ms Hatrack an und zeigte auf das Gedicht an der Tafel.»Was meinst du, worüber redet er hier?«
»Er?«
»Der Dichter. ›Und dieses war der ganze Unterschied.‹ Wieso?«
»Was für ein Unterschied?«
Die Lehrerin atmete ein.»Er wählte den Weg, den weniger begangen hatten. Was bedeutet das für dich?«
Mindestens drei Mädchen wedelten mit den Händen in der Luft und fassten sich überkreuz an den Schultern.»Ohhh ohhh ohhh …«
»Was ist der Vorteil daran, den weniger begangenen Weg zu wählen?«
»Kein Verkehr?«
Gelächter.
»Okay, na gut. Aber warum wählen dann nicht alle diesen Weg?«
»Warum?« Tristan biss die Zähne aufeinander.»Weil sie doof sind.«
Er wurde rot.»Keine Ahnung. Verlaufen?«
»Na schön, vielleicht haben sie Angst, sich zu verlaufen«, sagte Ms Hatrack.»Wie ist das bei uns …« Sie blickte in den Raum, kon-

zentrierte sich dann aber wieder auf ihn. »Fällt dir ein Moment ein, in dem du den weniger begangenen Weg gewählt hast?«

Alle sahen ihn an, mit halb offenen Mündern bereit, loszulachen, bevor er überhaupt etwas gesagt hatte, und die blöde Schnepfe schnallte es nicht: Nimm mich nicht ran. Gib ihnen keine Gelegenheit. »Tristan, hast du schon mal …«

»Nein.«

Nach der Stunde ging er einfach raus und lief durch die Straßen. Er hatte kein Ziel, keine Route, wollte nur von der Pitt Street zur Bowery, von der Houston zur Pike jede mitnehmen, jede Straße entlanggehen, an jedem Haus vorbei, jeden Laden betreten, bei dem ihm je unwohl, wo ihm je ängstlich oder dumm zumute gewesen war, und kuschelig mit der 22er vor dem Bauch zurückerobern.

Die ersten Trauergäste, die auf den breiten Stufen zum Langenshield Center und entlang der von Ü-Wagen gesäumten Suffolk Street rauchten und Kaffee tranken, waren, wie Eric erwartet hatte, überwiegend in den Zwanzigern, überwiegend weiß mit gelegentlichen Einsprengseln von allem anderen – erlauchte Rebellen mit gefärbtem Schopf, androgynem Kurzhaar oder kahlrasiertem Schädel, hohe Stiefel, tiefe Ausschnitte, pietätvolles Schwarz, was sich für so manche wenig von der sonstigen Alltagskleidung unterschied. Sie waren die Crème de la crème, jung, begabt, privilegiert, derzeit aufrichtig erpicht, Kunst zu machen, irgendein schräges Unternehmen aufzuziehen oder einfach nur Weltbürger zu sein, mit angemessenem Urvertrauen nicht nur in ihre Fähigkeiten, selbiges zu tun, sondern auch in ihr gottgegebenes Recht. Warum auch nicht, dachte Eric, warum nicht.

Das Langenshield war ursprünglich ein Tanzlokal für Immigranten gewesen, berüchtigt als Schauplatz einer Schießerei zwischen jüdischen und italienischen Mobstern im Jahre 1910, die eine Viertelstunde anhielt und ein Todesopfer forderte, eine junge Näherin, die in einer dunklen Ecke mit ihrem Freund knutschte. Seitdem hatte es als Logensitz, als Gewerkschaftshalle, als Boxring, als Lagerhaus und bis vor kurzem als größtes leer stehendes Gebäude der Lower East Side gedient. Die neuen Besitzer dieses freien Veranstaltungszentrums hatten das Gebäudeinnere kunstvoll im Rohzustand belassen: nackte Stützbalken, lückenstarrende Leuchter, schüttere Samtvorhänge, aus den Wänden stakende, defekte Gaslichtarmaturen, die Wände hier und da entblößt und abgeblättert, so dass die diversen Inkarnationen des Gebäudes zum Vorschein kamen, sämtlich von unten angestrahlt, um die Aura einer riesigen archäologischen Entdeckung zu beschwören.

Eric ging mit den Frühankömmlingen hinein, wandte sich scharf nach links und stieg die Treppe ins Hochparterre hinauf, das für die Medien reserviert war. Durch ein Dickicht aus Kabeln und Kameras watend, gelangte er zum Rand des Überhangs und sah in die Halle hinab, die so groß war wie eine Schulaula, darin ein Meer aus Klappstühlen vor einer erhöhten Bühne sowie einer großen, leeren, tragbaren Leinwand, die an der Seite aufgebaut war. Vier Saaldiener legten Gedenkprogramme und durch Pappbecher gedrückte Kerzen auf jeden Stuhl. Genau unter ihm sprach Steven Boulware, Nehrujacke über schwarzem T-Shirt, in sein Handy, während er mit drei anderen durch den Mittelgang zur hinteren Treppe marschierte, wo die Presse wartete. Spuren der Abreibung, die Eric ihm verpasst hatte, ein bernsteingelber Halbmond, der sich um sein rechtes Auge schmiegte, waren noch vom Balkon aus zu sehen.

Als Boulware und die anderen – eine junge Frau mit hellgrünen Augen und schmalem, erwartungsvollem Mund, und zwei wachsame Männer – ins Blickfeld schwebten, wurden sie flugs von einem Hufeisen aus Kameras und drängenden Reportern eingefasst; Boulware wartete, betrübt und fiebrig rege zugleich, auf Ruhe.

»Können Sie uns beschreiben, was in jener Nacht passiert ist?«

»Nicht … Es geschah alles so schnell. Doch eins werde ich Ihnen erzählen. Ike …« Er hielt inne und hob eine Hand, um sich zu sammeln. »Nein. Ich will anders anfangen. Der Räuber? In der flüchtigen, impressionistischen Sekunde, bevor er abdrückte, sah ich die Angst in seinen Augen. Und ich sah die Menschlichkeit. So reduziert sie gewesen sein mochte, ich glaube nicht, dass er beabsichtigte, jemanden zu erschießen. Er hatte mit unserer Angst gerechnet. Er hatte nicht mit Ike gerechnet.«

»Würden Sie Ike Marcus als unerschrockenen Menschen bezeichnen?«

»Nein«, sagte Boulware. »Er war mutig. Er war mutig, weil er nicht unerschrocken war. Doch er war ein Löwe, wenn es darum ging, für etwas einzustehen, ungeachtet der Folgen.«

»Hat er sich in jener Nacht verhalten wie ein Löwe?«

»Das kann man wohl sagen.«

»Aber wofür genau stand er denn ein?«, fragte der große, junge Reporter mit der Kippa, der Eric bedrängt hatte.

»Für seine Freunde«, sagte Boulware ohne Zögern. »Und eins muss ich noch sagen über den jungen Mann, der ihn erschossen hat. Er wird gefasst werden, kein Zweifel. Doch der Blick in seinen Augen sagte mir, dass er sich in jener Minute, in der er auf den Abzug drückte, selbst gerichtet hat, und kein Mensch hat einen strengeren Richter als sein eigenes Spiegelbild.«

Erics Wut war so groß wie seine Verblüffung: Weshalb hatte niemand diesen aufgeblasenen Wichser gezwiebelt? Er war in der Nacht besoffen gewesen, er hatte das alles verursacht, Eric hatte einfach nur richtig gehandelt, klug gehandelt, und jetzt wollten ihn alle schälen wie eine Weintraube.

»Und jetzt möchte ich Ihnen, wenn ich darf« – Boulware wandte sich halb zu seinem Gefolge um – »einige der heutigen … ich möchte sie nicht Trauerredner nennen … einige unserer … Festredner vorstellen.«

Eric staunte über Boulwares hungrigen Blick, über seine Lebendigkeit. Und dachte, Ich habe nicht fest genug zugeschlagen.

Yolonda und Matty, die gekommen waren, um die Menge in Augenschein zu nehmen, saßen am Gang, als Billy, Minette und Nina wie rotgesichtige Regenten eintraten und ihre Plätze direkt vor ihnen einnahmen. Minette, angetan mit anonym geschmackvollem schwarzem Kleid und eingeschlossenem Lächeln, blickte in die Halle, als sorgte sie sich um alles auf der Welt. Nina, in einem ähnlichen Kleid, trug eine Mischung aus Trauer und Trotz im Gesicht, als hätten sich alle hier versammelt, um sie anzubellen. Zwischen ihnen saß Billy, an die Hand seiner Frau geklammert – wie ein regloser Nebel, der ohne Bewegung aufzutauchen und zu verschwinden schien: ein Radiosender auf der Schnellstraße.

Yolonda stupste Matty an, damit er sich zu erkennen gab, doch als er sich gerade nach Billys Schulter streckte, erwachte die Leinwand auf der Bühne zum Leben und fächerte eine Diashow über Ike auf, die dem Vater wie mit einem Taser die Wirbelsäule geradeschockte: sein Sohn als Kind, auf einem Fest zum fünften oder sechsten Geburtstag, knapp zehnjährig an Halloween als *Clockwork-Orange*-Rowdy, als Spielmacher beim Basketball offensichtlich in der Junior Highschool und unter dem Korb in der Highschool. Und dann setzte die Musik ein, Joe Cocker sang »You Are So Beautiful to Me«, Billy sprang auf, setzte sich ebenso plötzlich wieder hin und wankte erst zu Nina, dann zu Minette, worauf beide instinktiv eine Hand ergriffen, um ihn am Abheben zu hindern wie einen unbefestigten Ballon.

Als die staubigen Kronleuchter allmählich verdämmerten, wurden die Bilder schärfer: Ike auf einer Strandfete, wo er die mühelosen Proportionen eines Teenagers zur Schau stellte, mit diesem Mädchen und jenem Mädchen, mit Billy, mit seiner Mutter, mit Minette und Nina, bei der Herstellung seines wohl ersten Tattoos, worüber die Kids in den Reihen so begeistert lachten, wie sie nur konnten. Billy strahlte sie jetzt an, während sie sich tapfer bemühten, dem Euphemismus *feiern* gerecht zu werden.

Die Musik ging in »He's a Rebel« über, noch so ein Schlag in die Magengrube für den Mann, aber, dachte Matty, welches Stück wäre das nicht. Die Dias waren offenbar chronologisch geordnet: Ike in irgendeiner europäischen Stadt mit Kumpels im College-Alter, auf einem Podium lesend und gestikulierend vor einer Menge, die dieser ähnlich war, auf einem Futon mit einer langhaarigen Frau, den Handrücken schützend vor den Augen, nachdem der Blitz offensichtlich beide aufgeweckt hatte. Erneut pfiff das Publikum anerkennend.

Diese Bilder schienen Billy leichter zu fallen – sein Sohn als Mann, vermutete Matty, der wahrscheinlich weniger Nestwärme brauchte als eine gelassene, unterstützende Bewunderung oder was immer ein normaler Vater für sein Kind jenseits der Pubertät zu empfinden hat.

Das Problem mit Matty Junior war, dass er ein Rüpel war, und es war so schwer, einen Rüpel zu lieben. Aber er war schon immer ein mittelkluger, übergroßer Junge gewesen, der, obwohl völlig unsportlich, seiner Größe wegen zum Football und Basketball gedrängt worden war und sich so zum Affen gemacht hatte. Ziemlich bald hatte Matty sich angewöhnt, all seine Spiele zu meiden. Und damals stritt er dauernd mit Lindsay und trank zu viel. Matty erinnerte sich jetzt an einen Abend, als der Junge im Pyjama ins Wohnzimmer kam, bestimmt nicht älter als sieben, und Matty halbwegs zugedröhnt rausplatzte:»Allmächtiger, ist das 'ne Wuchtbrumme«, als hätten sie gute Chancen auf den ersten Preis bei der Landwirtschaftsausstellung. Und als er zehn war, wurde er für irgendwelche Ausfälle zum Schulpsychologen geschickt. Das sollte vertraulich sein, doch alle seine Klassenkameraden wussten, wo er hinging, bevor er dort überhaupt angekommen war, und an dem Tag kam Matty Junior hysterisch lachend nach Hause.»Ich bin ein Spasti! Ich bin ein Spasti! Ich musste zum Seelenklempner, und so nennen mich die anderen!«, heulte er vor Lachen, doch er wollte nicht angefasst werden. Matty ging trotz Sorgen einfach zur Arbeit, und Lindsay war diejenige, die am Tag darauf zur Schule ging und Krach schlug.

Auf dem letzten Dia streckte Ike dem Fotografen den nackten Hintern entgegen, und als das Begleitstück, Wilson Picketts»International Playboy«, den Putz von den Wänden pustete, brachen die Reihen erneut in begeistertes Grölen aus. Da drehte sich Billy auf einmal zu Matty um, als wären sie die ganze Zeit im Gespräch gewesen. »Verfluchte Kids, was?«, sagte er, die Stimme rau vor Dankbarkeit, und drückte Mattys Arm.

Der erste Redner, ein fahrig wirkender junger Mann in Ikes Alter, trat in der erwartungsvollen Stille nach Boulwares Begrüßung ans Mikro, stand da und blinzelte ins Publikum, als leuchtete ihm eine Taschenlampe in die Augen. Selbst von der Mitte der riesigen Halle aus konnte Matty sehen, dass seine Hände zitterten. »Ich heiße Russell Cafritz?«

»Russell ...«, murmelte Billy.

»Und ich kannte Ike seit sieben Jahren, da wohnten wir im ersten Semester an der Ohio State in einem Zimmer.« Er hustete in die Faust und verlagerte das Gewicht, so dass die Schuhe sich berührten. »Weiter, Russ«, rief einer im Publikum, und er lächelte dankbar. »Das erste ... Ich will euch erzählen, was Ike in der ersten Woche, die wir zusammen gewohnt haben, für mich getan hat. Ich hatte solches Heimweh, also ... Ich habe mich immer in den Schlaf geweint, länger, als ich zugeben mag, bis Ike eines Abends zu mir kam, sich auf mein Bett setzte und sagte, dass es ihm genauso geht. Er sagte: ›Ich mache Folgendes, vielleicht solltest du das auch ausprobieren: Ruf eine Weile nicht zu Hause an. Du bist nicht allein, du hast mich, ich bin dein Zimmerkumpel, versuch einfach, nicht so oft zu Hause anzurufen, und schäm dich nicht deswegen. Mit etwas Glück werden wir beide damit fertig.‹ Und wir schafften es. Na, ich jedenfalls. Ich glaube, Ike hatte mich angelogen, ich glaube nicht, dass er auch nur einen Tag in seinem Leben Heimweh hatte. Aber was ich sagen wollte ... Ich komme aus Columbus. Meine Eltern wohnten zehn Blocks vom Campus entfernt, aber das hat er nie erwähnt, und er hat es auch nie jemandem erzählt. Vor ihm habe ich mich nie mehr geschämt als vor mir selber. Er war mein geheimer Mitwisser. Mein geheimer Bruder. Und er hat mich durchgeboxt.«

Minette und Nina saßen gebannt da, doch Billy krümmte sich auf einmal, Ellbogen auf den Knien, starrte zu Boden und schüttelte den Kopf. Minette legte die Hand auf seinen Rücken, ohne den Redner aus den Augen zu lassen.

»Und im letzten Jahr oder so, als wir hier wieder Verbindung aufnahmen und wieder Freunde wurden? Das war wie Wohnheim die Zweite. Wenn ich deprimiert war, in Panik geriet, ob ich mein Leben vergeude, indem ich mich für dieses Stipendium und das Förderprogramm bewerbe und in irgendeinem blöden Restaurant arbeite, um mich über Wasser zu halten, hat Ike mich immer aufgefangen. Sagte dann, wir würden es beide schaffen und wahrscheinlich beide in die Akademie aufgenommen werden, wobei ich mir nicht ganz sicher bin, was für eine Akademie er meinte. Er sagte immer: ›Wenn du mir schlappmachst und zu den Juristen gehst, bring ich dich um.‹«

»Scheiße, ja!«, rief jemand, und die Leute lachten und heizten sich gegenseitig an.

»Er sagte immer, ›Ärger dich bloß nicht über deine Brotjobs, die bringen uns die Lebenserfahrung. Außerdem, scheiß drauf, Mann, wir haben alle Zeit der Welt‹ … Alle Zeit der Welt.« Der Junge hustete wieder in die Faust, um seine Rührung zu verbergen. »Ike hat mir das Gefühl gegeben, als würde die Welt mir gehören oder vielleicht nicht wirklich mir, sondern ihm, aber ich hatte einen ziemlich geilen Backstage-Ausweis dafür. Ike hat mich stark gemacht. Er hat mir geholfen, an mich zu glauben, er hat mir Hoffnung gegeben … Wer soll das verdammt nochmal jetzt für mich tun? ›Ruf eine Weile nicht zu Hause an.‹« Jetzt versagte Russell endgültig die Stimme. »Ich will nicht mehr zu Hause anrufen, Ike … Ich will dich anrufen.«

Im großen Geschniefe und Geraschel, das dem Redner auf seinen Platz folgte, stand Billy plötzlich auf und flüsterte Minette heiser zu, »Tut mir leid, ich kann das nicht.« Er war schon halb im Gang, bevor sie überhaupt den Mund aufmachen konnte, drehte sich aber noch mal um, kam zurück und beugte sich diesmal zu seiner Tochter hinunter. »Spatz, tut mir leid, wir sehen uns zu Hause.«

Und suchte dann das Weite.

»Mom?« Ninas Stimme schwebte vor ihr davon. »Hört er meine Rede dann gar nicht?«

Minette, auf einmal ganz aufgelöst, reagierte, in dem sie die Stirn an Ninas legte.

»Mom«, sagte Nina streng und wich vor diesem Eskimokuss zurück.

»Sei …« Minette lächelte sie an. »Lass ihn einfach ein bisschen in Ruhe.«

»Ich? Was hab ich denn gemacht?«

Yolonda beugte sich vor und berührte Minettes Schulter. »Alles klar mit ihm?«

Minette drehte sich zu ihnen um und wischte sich derweil die Augen. »Er braucht nur ein bisschen Freiraum.«

»Bestimmt könnte ihn eine Streife nach Hause fahren.«

»Er …« Schmales Lächeln. »Danke, vielen Dank.«

Yolonda strich Nina übers Haar, gurrte leise »Wird schon«, und beugte sich dann wieder zu Matty. »Ich hoffe, er schmeißt sich nicht vor den Bus.«

Eric lehnte sich zwischen den Teleobjektiven über die Balkonbrüstung, mied Ikes Familie und die beiden Detectives hinter ihr, blickte stattdessen auf die Hunderte von Trauergästen und überlegte – wie sollte es auch anders sein –, wenn er sich die Kugel eingefangen hätte, wie viele Leute dann wohl aufgekreuzt wären? Wer wäre überhaupt darauf gekommen, so was auf die Beine zu stellen? Und was sollten sie bloß sagen? Anscheinend war Ike tot besser vernetzt als er lebendig.

Der zweite Redner kam aus dem Pressepulk auf dem Balkon. Mit seinem dünnen schwarzen Anzug, dem schmalen schwarzen Schlips und der Elvis-Costello-Brille sah er aus wie ein Ska-Musiker aus den Siebzigern. »Hi, ich bin Jeremy Spencer? Und ich bin Alkoholiker.«

»Hi, Jeremy!«, rief die Hälfte des Publikums im Einklang. »Wir sind auch Alkoholiker!« Wie der weltgrößte Insiderwitz.

»Was soll bitte daran lustig sein?«, fragte Yolonda aus dem Mundwinkel. »Der Junge ist im Suff gestorben.«

»Am Morgen, nachdem ich Ike kennengelernt hatte«, fing Jeremy ohne Notizen an, »kriegte ich gerade meine Hälfte vom Kater in den Griff, saß da im Kid Dropper mit einer Suppenschüssel Kaffee und hatte meine erste gute Idee seit einer Woche. In der Sekunde, wo ich die Hände auf die Tasten gelegt hatte, kam er von hinten und flüsterte mir ins Ohr: ›Wer Gedichte schreibt, lutscht auch Schwänze.‹«

Die Menge johlte, und Jeremy wartete, bis Ruhe einkehrte, bevor er den Kopf wieder zum Mikro senkte. »Das geht weder gegen die einen noch gegen die anderen.« Erneutes Johlen, der Redner ließ sich zu einem milden Lächeln hinreißen. »Wie Russell gesagt hat, Ike war immer überzeugt, dass wir es schaffen. Mit ihm befreundet zu sein bedeutete, Mitglied eines Eliteclubs zu sein, der Hall of Fame der Zukunft. Wenn man mit ihm befreundet war, war man automatisch der beste unbekannte Schriftsteller, Schauspieler, Sänger, Buchhalter, Steptänzer, Türsteher, Sozialarbeiter, Heißölringer seiner Generation, und es war nur eine Frage der Zeit, bis alle das kapierten. Und ja, Ike sagte immer, wir haben jede Menge Zeit.

Und mir ging's genau wie Russell, wenn ich deprimiert war und das Vertrauen in mich verlor, ging ich in die Bar, in der Ike gerade arbeitete, er sah mich an, schob mir ein Kühles aufs Haus rüber und sagte: ›Denk nicht einmal daran, jetzt aufzugeben, du wirst es dein Leben lang bereuen‹ … Er gab mir das Gefühl, dass wir alle mit kübelweise Talent gesegnet sind. Dann sagte er: ›Aber Jeremy? Talent ohne Biss ist eine Tragödie.‹ Er sagte immer: ›Sieh mich an. Glaubst du, ich würde mir tagtäglich für diesen Scheiß den Arsch aufreißen, wenn es nicht mehr wäre als ein Mittel zum Zweck?‹ Worauf ich leider antworten musste: ›Aber Ike, du arbeitest hier doch erst seit Montag.‹«

Erneut großes Gelächter in den Wogen, selbst Matty fiel zu seinem Erstaunen mit ein. Er sollte zumindest mal in Lake George anrufen, um zu hören, was mit den Jungs vor Gericht passierte, wurde dann aber zum Glück von einer jungen Frau in der Mitte ihrer Sitzreihe abgelenkt, die seitlich an seinen Knien vorbeiwischte und in ihrem Eifer, auf die Bühne zu kommen, »Verzeihung, Verzeihung« zirpte.

»Hi. Ich heiße Fraunces Tavern?«

Die Menge lachte und pfiff zur Begrüßung der aufgebrezelten Frau mit dem rabenschwarzen Haar, die in hohen, fellgesäumten Uggs und einem tief ausgeschnittenen, feuerroten Kleid auf der Bühne stand. »Hi.« Sie winkte ihren Leuten. »Mein Bild von Ike ist ein bisschen anders als das von den anderen bisher? Erstens mal bin ich anders. Ich will nichts darstellen? Also, außer vielleicht an Halloween? Ich kenne Ike, weil wir, wie sagt man, zusammen waren, immer wieder, ein Jahr lang, anderthalb, also kein Liebespaar? Aber Ike? … Darf ich das überhaupt sagen?«, wandte sie sich rhetorisch an Boulware, den Moderator in der ersten Reihe. »Ike war also« – Blick in die Ferne – »also, Ike war toll im Bett.«

Der Jubel war explosiv, die Leute sprangen auf und johlten. Minette wandte blitzschnell ihr Profil Matty zu, um ihr Lächeln vor Nina zu verbergen, die stocksteif dasaß. Matty lächelte verschwörerisch, aber das nahm Minette wohl nicht wahr.

»Ike war wie so ein Wächter vor dem Buckingham Palace? Also, total aufrecht – nicht, so meine ich das nicht, so doof bin ich nicht, jetzt kommt aber mal.« Sie strahlte, ließ sich vom Gelächter tragen. »Ich meinte, dass er immer bereit war, also, wie so eine Klatschlampe, die … Ich meine, bei 'nem Typen klingt das ja nicht so weltbewegend, aber er war immer so da, so bei mir, nicht Augen zu und ran. Ich meine, er hat es genossen, *mit* mir. Und für mich war es nicht, also so« – sie ließ ein herzhaftes Jodeln hören, dass das Publikum unter den Stühlen lag – »es war ein Erlebnis mit jemandem, der es richtig, richtig schön findet mit einem, so dass man sich selbst mag. Ike wusste, beziehungsweise spürte intuitiv, ist wohl besser, dass das Geheimnis eines guten Liebhabers darin liegt, dass man a) nicht allein zugange ist und b) wenn man das mal geklärt hat? Dass man den anderen manchmal am besten befriedigt, wenn man sich selbst befriedigt.« Sie hielt wieder inne, wartete auf die ersten verwirrten Lacher, die Folgelacher, wohl wissend, dass dies erst mal verdaut werden musste. »Das kam falsch raus. Ach, kommt schon, ihr wisst, was ich meine.«

Die Einzige, die nicht mitlachte, was Ikes Schwester; Hand auf dem versehrten Arm, funkelte sie die Freunde ihres Bruders mit nacktem Ekel an.

»In meinem Leben?«, sagte Fraunces Tavern. »Ich weiß, na ja, ich hoffe jedenfalls, dass ich mit anderen Männern, also, zusammen sein werde, die ich vielleicht mehr liebe? Aber ich würde mich sehr, sehr glücklich schätzen, jemals wieder einen Typen einfach so, so genießen zu können. – Du fehlst mir, Ikey, und wir sehen uns in meinem Träumen.«

Begleitet von Pfiffen und Applaus, rot erhitzt von ihrem Coup, trat sie von der Bühne, wischte wieder an Mattys Knien vorbei und ließ sich auf ihren Platz in der Mitte der Reihe fallen, hinein in das aufgescheuchte Flüstern ihrer Freundinnen, mit wild wanderndem Blick.

»Also, wenn sie ihre Haut mehr pflegen würde«, sprach Yolonda aus dem Mundwinkel, »wäre sie ein hübsches Mädchen.«

Nach Fraunces Taverns Kabinettstückchen fiel die Halle in hüstelndes Schweigen, und man wartete ein wenig zu lange auf den nächsten Redner. Mit einem Blick ins Programm begriff Matty den Grund der Verzögerung, dann sah er zu, wie Minette damit umging. Als die ihrer Tochter vorsichtig die Rednerliste zeigte, erstarrte Nina, ganz so, wie Matty erwartet hatte. »Jetzt?« Das Mädchen erbleichte vor Entsetzen.

Steven Boulware erhob sich von seinem Gangplatz und blickte ins Publikum. »Nina Davidson.«

»Nina.«

»Danach gehe ich nicht hoch!« Ihr versagte die Stimme.

»Willst du, dass jemand vor dir hochgeht?«, fragte Minette so gefasst wie möglich.

Nina fegte sich die Tränen aus dem Gesicht und starrte geradeaus.
»Nina Davidson.« Boulware hob einen Finger. »Zum Ersten …«
Das hitzige Geflüster in der Reihe vor ihr drang schließlich zu
Fraunces Tavern, die, noch immer triumphal gerötet, wach und hung-
rig die ausklingenden Seufzer, das letzte Gurren, die abschließenden
Kommentare aufsog. Schnell erfasste sie, was der Aufruhr zu bedeuten
hatte, was sie unwissentlich dazu beigetragen hatte, und sackte in sich
zusammen; die Euphorie wich einer schmerzhaft sichtbaren Selbst-
verachtung.
»Nina Davidson, zum Zweiten …«
»Nina.« Minette war dicht am Ohr ihrer Tochter. »Wenn du da jetzt
nicht raufgehst, wirst du es dein Leben lang bereuen.«
»Pech für mich.«
Boulware lächelte sie in gespieltem Vorwurf an. »Ach, Ni-na …«
»Mom«, zischte sie flehentlich, und Minette winkte Boulware wi-
derwillig ab.
»Na, dann muss ich wohl ran.« Boulware trat auf die Bühne.

Die Vorstellung, Boulwares Trauerrede über sich ergehen lassen zu
müssen, war unerträglich, also trottete Eric die Treppen hinunter und
zur Tür hinaus, geradewegs in eine Art Marschkapelle hinein, die sich
auf den Stufen zum Langenshield formiert hatte: eine Gruppe lo-
ckiger Kids, zu jung für ihre Bärte und Zwirbelschnäuzer, mit Fez,
Zylinder, Melone, Narrenkappe, in Burnus, geschnürten und be-
schleiften Tuniken, Fliegerbrillen und Salomeschleiern, mit Posaunen
und Tubas, Lotusflöten und Sousaphonen, Kornetts und Kazoos; zu
viel beschissenes was auch immer. Er machte auf dem Absatz kehrt
und ging zur Gedenkfeier zurück, zu Boulware, zum aufreibenden
Bemühen, die beiden Bullen und Ikes verbliebene Familie zu ignorieren.

»Was bleibt mir jetzt noch zu sagen?«, hob Boulware an. »»Er hat mir
Hoffnung gegeben, dank ihm glaube ich an mich selbst, dank ihm …

glaube ich. Wohin jetzt, an wen soll ich mich wenden?‹« Er blickte ins Publikum. »Herrje, die Tücken des Finales.«

Plötzlich stand Nina auf, den Blick fest zu Boden gerichtet, und ging so ruhig, als würde sie ein Diplom entgegennehmen, die wenigen Seitenstufen zur Bühne hinauf. Boulware stockte, unsicher, was er tun sollte. Zunächst behauptete er seinen Platz, dann trat er zögerlich vom Mikrofon zurück, überließ es ihr schließlich mit höfischer Geste und Verbeugung und ließ sich vom Bühnendunkel schlucken wie ein Conférencier bei der Oscar-Verleihung.

Nina stand da, gesenkten Blicks, die mehrseitige Rede in der Faust zerkrumpelt. Das Schweigen schien sich ewig hinzuziehen, Matty sah, wie sich Minettes Schultern hoben und mit der Luft in ihrer Lunge stockten.

Die Menge wartete, bis Nina sich gesammelt hatte.

»Mein Bruder hat mich vor zwei Wochen eingeladen, mit ihm hierherzukommen und diese neue Halle anzugucken«, murmelte Nina ins Mikro. »Ich hab Okay gesagt … Aber dann hatte ich nicht so richtig Lust, also habe ich ihn angerufen und gesagt, ich hätte Training.«

Wieder wartete das Publikum.

»Es tut mir so leid …«, brach es aus ihr heraus. In Windeseile war sie über die Kulissen wieder auf ihrem Platz und stierte vor sich hin, bevor Boulware überhaupt das Mikro zurückerobern konnte.

»Zufrieden?« Sie wischte sich die Augen. Minette drückte ihrer Tochter nur die Hand, das Gesicht, der Streifen, den Matty sehen konnte, war feucht und zittrig.

»Ich muss mal telefonieren«, sagte er zu Yolonda.

Matty war auf dem Weg zum Ausgang so beschäftigt damit, seine Exfrau anzuwählen, dass er beinahe mit Billy zusammenstieß, der sich mit ausgestrecktem Arm an dem Halbrund abstützte, das die Rückseite der Haupthalle vom Vorraum trennte. Er stand da mit gesenktem Kopf, als hätte er den Reden wie Übertragungen aus einem knisternden Radio gelauscht.

»Hallo«, sagte Matty.

»Hallo!« Billy richtete sich schnell auf, als hätte man ihn bei irgendetwas erwischt. »Warum haben Sie mir nicht gesagt, dass Sie herkommen?« Seine Augen waren schlaff vor Schlaflosigkeit, und er sah aus, als hätte er den ganzen Tag kein fließend Wasser gesehen.

»Mir war nicht klar, dass ich das hätte tun sollen«, sagte Matty.

»Ist der Kerl noch aufgetaucht?«, fragte Billy. »Wie war das noch, Eric Cash?«

»Nein.«

»Nein. Wieso überrascht mich das nicht?«

»Was hatte ich Ihnen gesagt?«

»Ja, ich weiß.«

»Lassen Sie das meine Sorge sein.«

»Ich weiß, tut mir leid.«

»Ich wollte damit nur sagen …« Matty lenkte ein, erschrak, als er die Stimme seiner Exfrau in seiner Hand hörte, und schaltete das Telefon aus. »Also, ich muss sagen, nach allem, was da drin erzählt wurde? Ihr Sohn klingt wirklich grandios.«

»Hab ich's Ihnen nicht gesagt?« Billy strahlte.

»Wie halten Sie sich denn.«

Die Frage schien Billy zu treffen wie ein Sonnenstrahl und einen Euphorieschub auszulösen – »erstaunlich gut, ehrlich gesagt« –, der ebenso schnell wieder verflog; Billys Miene schrumpelte in ihre Mitte zurück. »Wirklich gut.«

»Gut.« Matty sah auf sein Telefon. Er würde nicht zu Hause anrufen. Er wollte es gar nicht wissen. »Kommen Sie wieder rein?«

»Nein.« Billy deutete unbestimmt auf die Straße. »Ich war nur, also, ich warte auf den Wagen.« Dann: »Könnten Sie …«

»Kann ich …«

»Nina sagen, ihr sagen, ihre Rede …«

»Sagen Sie es ihr selber.«

»Ist gut.« Mit einer Geste schickte er Matty wieder rein.

Auf dem Rückweg sah Matty Mayer Beck, der auf einem hinteren Gangplatz saß; sein Scheitelkäppchen war endlich im Einklang mit der Umgebung.

»Traurig, wie?«

»Nicht jetzt.«

»Vielleicht hätte ich sagen sollen, die Tücken des Halbfinales«, hob Boulware erneut an.

»Jeremy, was hat Ike noch mal zu dir gesagt? ›Wer Gedichte schreibt, lutscht auch Schwänze‹?«

Leises Gelächter schwappte durch den Saal.

»Also, sosehr ich Ike geliebt habe, er war mein Seelenbruder, mein Mitbewohner, mein siamesischer Zwilling im Geiste, hier muss ich ihm eins draufgeben. Das stammt nicht von ihm. Er hat's von meinem Dad. Das hat Dad zu mir gesagt, als ich ihm erzählte, dass ich Schauspieler werden will. ›Wer Gedichte schreibt, lutscht auch Schwänze.‹ Ike fand das immer zum Grölen, aber in meiner Familie war das kein Witz. Auf meiner Scholle war das so, wenn man nicht gerade für Joe Pa spielte und wie Willy Joe werfen konnte, fuhr man in die Grube ein. Und der Erste in der Familie, der je einen Collegeabschluss macht, rennt zu seinen Eltern und erzählt ihnen, er will Schauspieler werden? ›Hältst du uns zum Narren, Steve? Spuckst du uns ins Gesicht?‹ Das war kein Witz, Ike …

Aber ich hab durchgehalten, ich hab durchgehalten.

Dann hab ich aufgegeben.

Als Ike eines Tages nach Hause kam, war ich am Packen. ›Steve, was geht hier ab?‹ Ich sagte, ich gebe auf, mir reicht's. Vier Jahre Sprache und Stimme und Bewegungstraining und Drehbuchanalyse und Schauspieltechnik und Impro und Shakespeare und Ibsen und Pinter und Brecht und Tschechow. Vier Jahre Workshops und Studios und Agenten und Vorsprechen. Vier Jahre Ablehnungen. Vier Jahre lang bei jeder Niederlage die Stimme meines Vaters im Kopf: ›Wer Gedichte schreibt‹ … Ike, es ist so weit. Ich gebe auf.

Und dann wappnete ich mich für eine seiner berühmten Motivationsreden.

Aber wisst ihr, was er zu mir gesagt hat? Er sagte: ›Schön, du warst ja sowieso nie ein richtiger Schauspieler.‹ Ein Köder, versteht ihr? Aber nein. Er sagte, ein richtiger Schauspieler, jeder richtige Künstler sei von Natur aus zu diesen drei Wörtern unfähig: Ich. Gebe. Auf. ›Richtige Künstler schmeißen nicht hin‹, sagte er zu mir, ›richtige Künstler können gar nichts anderes machen und nur beten, dass sie gut genug werden, damit es für sie hinhaut. Also ist ja gut, dass du es jetzt rausgefunden hast, Steve. Soll ich dir tragen helfen?‹«

Boulware pausierte, um sich und einigen anderen ein kleines Lachen zu gönnen.

»Dermaßen bedient ... Na ja, am Tag darauf hatte ich ein letztes Vorsprechen. Für die zweite Hauptrolle in einem kleinen Kinofilm. Die Figur sollte ein umwerfender Frauenheld sein.« Er sah an sich herab und wartete auf die Lacher. »Ich geh da rein, lese, sagt die Besetzungschefin: ›Sie passen überhaupt nicht.‹

Ach nee.

Ich bin schon fast zur Tür raus, sagt sie, ›Moment‹. Dann gibt sie mir neue Seiten und sagt: ›Aber sein bester Freund ist ein Dickmops.‹

Mein erster Rückruf ...

Am nächsten Tag gehe ich rein, und ich *bin* der Dickmops. Sie sagt: ›Kommen Sie nächste Woche wieder, dem Regisseur vorsprechen.‹

Mein zweiter Rückruf ...«

Er schob die Hände in die Hosentaschen und betrachtete eine ganze Weile seine Schuhe. »Das haben wir in jener Nacht gefeiert ... Nur deswegen sind wir so um die Häuser gezogen. Wegen meiner Wiedergeburt. Ich weiß nicht, ob ich die Rolle bekomme, aber das ist unterm Strich auch nicht so wichtig. Denn – Ike?«, sagte er zur Decke. »Jetzt weiß ich es: Ich bin ein Künstler. Ich werde nicht hinschmeißen, ich gebe nicht auf. Ich bin noch hier, Ike, und ich bleibe hier.

Ich würde ja sagen, du wirst mir immer im Gedächtnis bleiben, Kumpel, aber es ist mehr. Du bist immer an meiner Seite.«

Außerstande, seinen Ohren zu trauen, kam Eric zu dem Schluss, das Ganze missverstanden zu haben, und fühlte, in der Stille, die Boulwares Eloge folgte, nichts.

Das Publikum saß jetzt in einer von gelegentlichem Schlucken und Seufzen durchstoßenen Stille und betrachtete zu Eric Burdons »Bring It On Home to Me« ein aufgeblasenes Foto von Ike aus seinem College-Jahrbuch. Aber die Diashow war vorbei, das Bild lief nirgendwo hin, sein ewiges Grinsen dort oben, die Reglosigkeit seiner träge gebogenen Finger hatten nichts von dem lebendigen Impuls eines Karussell-Schnappschusses, schienen sogar eher die Vorstellung vom Leben nach dem Tod zu verhöhnen. Keiner dachte daran, sich zu erheben, keiner schien dazu fähig, bis Boulware aufstand und mit einem Wink nach hinten den Überraschungsauftritt der Sergeant-Pepper's-Preservation-Hall-Marschkapelle einläutete, die jetzt durch alle Türen hereinströmte und durch alle Gänge schritt und wie lärmende Gnadenengel den »St. James Infirmary Blues« bläkte. Die Blasmusiker kamen nach vorne und stapften langsam von beiden Seiten auf die Bühne, fanden dort wieder zusammen und schmetterten die Melodie nun nach Leibeskräften ins Publikum, die Lautstärke blendete die Leblosigkeit auf der Leinwand aus, und die Menge war so dankbar, dass sie sich erhob, und dann kam, wie die Kirsche auf dem Eisbecher, ein babygesichtiger junger Schwarzer, gewandet wie Cab Calloway in weißem Schwalbenschwanz-Smoking und weißen Turnschuhen, mit gegeltem Haar und einer Stirnlocke so groß wie ein Pferdeschwanz, langsam mit einem Elfenbeinstöckchen den Gang heruntergewirbelt, das Publikum schrie vor Entzücken, vor Erleichterung, die Fotografen wieselten wie Käfer um ihn herum, als er die Treppe zur Bühne hinaufglitt und wieder hinunter, die drei kurzen Stufen hinauf und hinunter wie von der Musik ferngesteuert, bis er endlich an die Rampe trat und hintüber gebeugt mit dem eleganten schlanken Stöckchen zu dirigieren begann, die Fotografen jetzt wie schwärmerische Backfische, die Trauergäste johlend, Ike Marcus bleich, bleicher und, als der Junge zu singen anhob, Cab Calloweh-o-weh wie im Cotton Club, verblichen.

Mitten im Gewühl, um nicht so aufzufallen, stand Matty und konnte den Blick nicht von Minette und Nina wenden. Das Mädchen stand artig da und klatschte mit erloschener Miene, Minette gab sich höllische Mühe, klatschte, als wäre ein Geist in sie gefahren, doch Matty merkte, dass auch sie nicht mochte, dass sie zerrissen war zwischen der Sorge um ihre Tochter hier und ihrem Mann dort draußen, dass sie bereits begonnen hatte, sich mit Ikes Tod abzufinden, um ihre Familie zusammenzuhalten, so erschüttert und versprengt und erbittert sie im Augenblick sein mochten.

Denn das macht man nun mal, dachte Matty, das wird von einem erwartet, man kümmert sich um sie, man gibt sein Leben hin für sie, wenn es sein muss, und schlägt sich nicht wie eine alternde Wüstenrennmaus im Laufrad jede Nacht um die Ohren, haut sich die Hucke voll und jagt fremden Röcken nach oder wartet darauf, dass das Meer aus Niedertracht und Verheerung die Brusttasche zum Erbeben bringt.

»Siehst du den?« Yolonda boxte Matty sachte an den Arm. »Den Jungen da?«, und nickte zu einem ernsten, ziegenbärtigen Latino in Baggyjeans und Kapuze, der allein in einer Reihe saß. »Passt der hierher?«

Matty drehte sich zu ihm, der Junge sah ihm nicht allzu besorgniserregend aus, aber sie sollten ihn sich wohl draußen mal vornehmen.

»Was ist?«, fragte Yolonda.

»Was soll sein?«

Sie strich Matty übers Gesicht. Ihre Fingerspitzen wurden nass.

Als die Band von »St. James Infirmary« zu »Midnight in Moscow« überging, trottete Boulware mit dreien seiner Redner im Schlepptau auf die Bühne und fing an zu tanzen, mit überraschend elegantem, minimalistischem Hüftschwung, schlangengleichem Schlurfen, eine Hand flach auf dem Bauch, die andere wie zum Schwur erhoben. Fraunces Tavern eiferte ihm nach, doch brannte ihr die Katastrophe mit Ikes Schwester noch immer in den Gliedern, sie war nicht bei der Sache, so wenig wie Russell und Jeremy, die sich verwirrt und verlegen möglichst weit in die Kulissen drückten.

Calloway Junior zauberte ein zweites Stöckchen aus der Innentasche seines Smokings und überreichte es Boulware, der sich nach einer Minute Mitdirigierens den Stühlen und Kameras zuwandte und tönte: »Vergesst eure Kerzen nicht!«, das Signal für die Band, zu beiden Seiten von der Bühne zu strömen, durch die Gänge dem Tageslicht entgegen, und die Gäste zu entlassen.

Kaum auf der Straße, knüpfte Yolonda ihn sich vor. »Hey, komm mal eben her.« Sie führte den ziegenbärtigen Jungen am Ellbogen seines Sweatshirts beiläufig aus der Menge.

»Wozu?« Als wüsste er es nicht. Ein Goldring durchstach den äußeren Zipfel seiner linken Augenbraue, und er wich zurück, um dieses Auge genauso wachsam aufzusperren wie das andere, wodurch in seinem Blick dauerhaft kampflustiges Erstaunen lag.

»Wie heißt du?«

»Hector Maldonado. Und Sie?«

»Detective«, antwortete sie. »Und der Tote, wie hieß der?«

»Warum fragen Sie mich das?«

»Nur so.«

»Warum?« Er verschränkte die Arme vor der Brust.

Yolonda wartete.

»Keine Ahnung, wie der Depp heißt. Ich bin hier, um meine Hausaufgaben in Medienkunde zu machen, und Sie wissen genau, wieso Sie mich hier krallen.«

»Ja, wieso denn?«

»Weil Sie den Typen nicht finden können, der ihn eingetütet hat, und ich bin ein *plátano* aus der Siedlung. Und das von einer Rica wie Ihnen – Scheiße, Mann.«

»Hast du deine Hausaufgaben dabei?«, fragte Yolonda freundlich.

»Meine Notizen.« Maldonado zerrte eine Handvoll loser Blätter aus seiner vorderen Hosentasche und hielt sie ihr hin, damit sie das halbherzige Gekritzel lesen konnte.

NICHT ZU DEN JURISTEN ZU HAUSE ANRUFEN GLAUBEN
IN MIR IKE WELT WIR LEBEN HALT DRIN

»Ja, *Ike* ... sehen Sie?«

»Wie heißt du noch mal?«

»Hab ich doch gesagt, Hector Maldonado. Sollten Sie vielleicht aufschreiben.«

»Du bist ganz schön frech, weißt du das?«

»Sie auch!«

»Wie wär's, wenn ich dich mitnehme, dann können wir uns auf dem Revier weiter unterhalten.«

»Bitte! Und dann geh ich gleich zu diesen Ü-Wagen-Niggern und erzähl denen, wieso Sie mich gekrallt haben. Das wär doch eine scheißgeile Medienkunde, oder?

»Hau ab.«

»Ha!« Maldonado trollte sich im Triumph, Yolonda tat das Ganze mit einem Schulterzucken ab.

Matty ließ die Prozession zum sechs Blocks entfernten Tatort ziehen, blieb stattdessen vor dem Langenshield auf dem Gehweg stehen und wartete auf Yolonda, im Blick allerdings Minette, die auf und ab schritt, während sie mit ihrem Mann telefonierte, eine Hand auf dem Ohr, um sich gegen das Getöse abzuschirmen. Nina klebte an ihr und nahm ihrer Mutter das Telefon ab, um auch noch mit Billy zu sprechen; ob er ihr wohl erzählte, dass er doch noch geblieben war, fragte sich Matty, jedenfalls lange genug, um ihren Auftritt mitzuerleben? Was auch immer Billy ihr erzählte, es schien zu wirken. Minette sah zu, wie sich die Gesichtszüge ihrer Tochter entspannten.

Yolonda gesellte sich kurz darauf zu ihnen und sah Matty an: der Junge im Kapuzenpulli ein Blindgänger.

»O Gott, du warst so tapfer da oben.« Yolondas Stimme kletterte in die Höhe, als sie Nina in den Arm nahm.

»Danke.« Das Mädchen umschlang sich selbst.

»Ihr Mann zu Hause?«, fragte Yolonda Minette.

»Entweder schon da oder auf dem Weg«, antwortete Minette. »Er war dem einfach nicht gewachsen.«

»Gehst du zu dieser Geschichte?« Yolonda spitzte das Kinn zum Ende der Prozession.

»Ich komme nach.« Matty sah sie an: Und geh mir jetzt nicht auf die Eier.

»Na schön.«

Alle drei sahen Yolonda nach, die Musik verebbte, als die beinahe einen Block lange Prozession an der ersten Kreuzung nach links abbog.

»Na dann«, sagte Matty, »fahren Sie nach Hause?«

»Gleich«, sagte Minette. »Ich will ihm ein bisschen Luft geben.«

»Kann ich etwas rumlaufen?«, murmelte Nina ihrer Mutter zu.

Minette sah Matty ratsuchend an, und Matty zuckte die Achseln: warum nicht. »Geh nicht zu weit weg und lass dein Handy an«, sagte sie, als hätte sich Nina bereits einiges geleistet. »Und nicht die Anrufe wegdrücken.«

Auf der Straße schien die von Boulware und Cab Calloway angeführte Band einiges von ihrem Zauber eingebüßt zu haben. Die etwa hundertfünfzig Trauergäste, die ihrem »Old Ship of Zion« folgten, wirkten jetzt etwas verschämt, etwas schanghait, und der Nachmittag war zu hell für ihre Kerzenstümpfe.

Außerstande, seine Empörung über Boulware abzuschütteln, folgte Eric der Prozession auf der anderen Straßenseite inmitten des Pulks kauernder Fotografen, die das Spektakel die Suffolk Street hinunter begleiteten. Als jedoch die Band unerwartet auf eine wilde, wirbelnde Klezmer-Melodie umschwenkte und Boulware und der Junge ein langsames, anmutiges Tevje-pas-de-deux hinlegten, als hätten sie das die ganze Nacht geübt, wechselten die Fotografen die Straßenseite und umringten die beiden ihrerseits mit einer surrend klickenden Tarantella. Zurück blieb Eric unter der gelb-roten Metallmarkise eines Gemüseladens.

Nachdem Tristan den ganzen Vormittag im Viertel herumgelaufen war, hockte er jetzt unter dem Seitenfenster einer Pizzeria die Straße runter vom Langenshield, das Notizbuch aufgeschlagen auf den brennenden Schenkeln. Er hätte wohl inzwischen viel mehr Material beisammen, hätte nicht diese kitschige Marschkapelle auf den Stufen der Kirche da hinten so gestört. Und als sie beim Reingehen anfingen zu spielen und das Gebäude in einen Ghettoblaster verwandelten und beim Rauskommen immer noch spielten, konnte er nur warten, bis die Parade so weit weg war, dass er seinen eigenen Rhythmus wieder hörte. Sobald er allerdings loslegte, fiel ihm ein Mädchen auf, ungefähr in seinem Alter, das ein paar Meter entfernt das Schaufenster neben der Pizzeria betrachtete. Normalerweise guckte er durch Weiße einfach durch, wahrscheinlich in etwa so, wie sie durch ihn durchguckten, aber ihr Arm war ganz bandagiert; entweder Nähte oder ein Tattoo unter dem Verband, war seine Vermutung.

Er las noch mal, was er geschrieben hatte, diesmal mit den Augen des Mädchens.

Perlen vor Säue
Und jedes Wort Reue
nicht weichen
über Leichen
kein Zeichen
nur schleichen
ihr seht mich nicht an
weil sonst seid ihr dran

Als er wieder aufblickte, war sie verschwunden.

Während die Prozession südlich, südwestlich weiterzog, fädelte sich Yolonda im Slalom durch die Reihen, über die Bürgersteige und suchte nach einem falschen Gesicht, aber es war hoffnungslos, zu viele ewige Anwohner, die von der Parade angelockt wurden, zu viele Kameras, die ganze Bilderstürmerei; hoffnungslos.

An jeder Kreuzung dirigierten sie Sägeböcke von der Suffolk Street über Stanton, Norfolk und Delancey bis zur Eldridge Street. Der ganze Pulk brauchte ungefähr eine halbe Stunde vom Langenshield bis Eldridge 27, wo in dem abgesperrten Abschnitt zwischen Delancey und Rivington ein Müllwagen und ein Feuerwehrauto auf sie warteten nebst einem lebensgroßen, mit Stroh ausgestopften Abbild von Ike Marcus, das auf einer im Fünfundvierzig-Grad-Winkel geneigten Holzpalette lag wie eine hausgemachte Rakete kurz vor dem Abschuss. Das Gesicht bestand aus angemaltem Pappmaché.

Musiker und Trauergäste bahnten sich ihren Weg an den Stadtfahrzeugen vorbei, den Feuerwehrleuten und Müllmännern, die ungerührt an ihren Fahrerkabinen lehnten, und drapierten sich um das Ebenbild, bis sie einen sechsfachen Kreis darum gebildet hatten, die Anwohner, häufig mit kleinen Kindern auf den Schultern, formten einen unregelmäßigen siebten, und die Verkehrspolizisten, die nach der Beseitigung der Straßensperren allmählich aufholten, einen noch gestaltloseren achten. Und als sie dort alle in Betrachtung von Ikes Ebenbild versunken standen, mischte die Kapelle weiter Klezmer mit Jazz und Spirituals – »Precious Memories«, dann »Kadsheynu«, »Oh Happy Day«, dann »Yossel, Yossel« –, Boulware und wer immer die Kraft dazu hatte, sangen und tanzten, die Fotoreporter drängten sich zwischen Papier-Ike und ersten Trauerring und warfen sich zu Boden wie Scharfschützen, um die Gesichter besser einfangen zu können.

Als Yolonda zum Luftschnappen auf den Gehweg zurückwich, sah sie Lugo und Daley, beide rauchend. Daley stand knöcheltief in den Resten des Schreins.

»Verrückt, hm?« Lugo schnippte seine Kippe weg.

»Ach, Gottchen«, sagte Yolonda, »so kreativ, die jungen Leute, nicht wahr?«

»Ich könnte ums Verrecken keine Puppe basteln«, sagte Daley.

»Wie läuft's denn bei euch?«, fragte Yolonda. »Schüttelt ihr für uns den Baum?«

»Welchen denn?«, fragte Lugo, »das ist doch da draußen der reinste Sherwood Forest.«

Eine ältere Latina, die sich mit Einkäufen durch die Menge zu rangeln und ins Haus Nummer 27 zu gelangen versuchte, taxierte Yolonda und die Lebensqualität mit einem vernichtenden Blick, murmelte, »*Jetzt* sind die Bullen da«, und verschwand im Haus.

Neben Minette auf den Stufen des inzwischen menschenleeren Langenshield gab Matty einen flüchtigen Lagebericht ab, selbstverständlich unter Auslassung des anhaltenden Presse-Maulkorbs, des versauten zweiten Angriffs und der ausbleibenden Rückrufe.

»Kommen Sie denn jetzt weiter oder nicht?«, fragte sie.

»Na ja, es gibt noch eine Menge zu tun. Bei einem Mord gibt es immer jede Menge zu tun.« Auf einmal hing ihm seine eigene Leier zum Halse raus. »Ich muss Ihnen sagen, ich saß da, und wissen Sie, Sie haben eine tolle Art mit ihnen.«

»Mit wem?«

»Ihrer Familie. Ich saß …«

»Finden Sie?«

Mit dir wäre es anders gelaufen, war sein eigentlicher Gedanke.

»Tolle Art mit meiner Familie.« Minette schluckte schwer. »Gestern hat Billy mich gefragt, wo Ike ist. Er konnte sich nicht erinnern, was wir mit der Leiche gemacht haben. Wir. Dass seine Mutter ihn hat einäschern lassen und die Asche mitgenommen hat.«

»Das ist …« Er wusste nicht, wie er den Satz zu Ende bringen sollte.

»Die Hälfte der Zeit kann er keinen Muskel bewegen, und die andere Hälfte flippt er aus. Gestern Abend war ich alleine weg, und als ich zurückkam, hörte ich die Musik schon drei Stockwerke weiter unten im Fahrstuhl. Ich kam rein, da war er im Wohnzimmer und beschallte sich mit alten R'n'B-Nummern, schweißgebadet, und tanzte vor sich hin. Ich fragte ihn: ›Billy, was machst du da?‹, und er sagte: ›Ich sehe Ike beim Tanzen zu.‹« Sie wischte sich die Augen. »Meine Tochter, haben Sie ihren Arm gesehen?«

»Den Sandwich-Unfall.«

»Den Sandwich-Unfall«, murmelte sie, ohne Einzelheiten preiszugeben.

»Tut mir leid.«

»Haben Sie Kinder?«

»Zwei.« Matty wurde flau. »Jungs.«

»Und alles gut mit denen?«

»Ja ja«, sagte er, doch Minette empfing die Signale, suchte in seinem Blick nach dem Ungesagten.

Drei Bosse, ein Captain und zwei Inspectors, kamen nach geleisteter Observierung der Straßenprozession, als Zeichen der Solidarität mit Familie und Trauergästen in vollem Staat, an ihnen vorbei. Als Matty jedoch zum Gruß halb salutierte, antworteten sie mit starrem Blick, als wäre nach ihrem Dafürhalten dieser ganze Zirkus hier auf seinem Mist gewachsen.

»Gibt's ein Problem?«, fragte sie, sobald die Herren vorübergezogen waren.

»Uniformen kneifen.« Dabei ließ Matty es bewenden.

Der Himmel über der Eldridge Street war zum späten Nachmittag von Türkis in ein rauchigeres Blau übergegangen, und Boulware war noch immer die Hauptattraktion, tanzte wie Zorbas, wie ein Derwisch, wie ein lila gewandeter Gospelguru in einer Ladenkirche, und gut, wie Eric zugeben musste, vielleicht gut genug, aber wer wollte so was schon wissen. Und wie auf der Bühne des Langenshield versuchten einige, mit ihm mitzuhalten, doch er war unantastbar – Eric war sich nicht mal sicher, ob der Mann sich bewusst war, dass dieser »Gesang von mir selbst« auf jemandes Grab angestimmt wurde.

Die Musik schien ewig weiterzugehen zu wollen, angesichts des nahenden Stoßverkehrs jedoch wühlte sich einer der Einsatzleiter zum innersten Ring durch, sagte etwas zu Cab Calloway, und im nächsten Augenblick wurde Boulware ein flammendes Taktstöckchen überreicht. Während die Kapelle »Prayer for a Broken World« spielte, hob er das Licht zunächst feierlich irgendwelchen Göttern entgegen, die gerade herabspähen mochten, dann zündete er die Strohpuppe an. Ike loderte sofort fauchend gelb-blau auf, als äußerte er endlich seine Empörung über das Schicksal, und trotz all der kalkulierten Gockelei des Nachmittags stand Eric mit offenem Mund da, eine Hand auf dem Herzen, als dieser Mann-Junge-Golem von stattlichen Flammen umfangen wurde, die eine ganze Weile die menschlichen Umrisse zu akzentuieren schienen, bevor sie sie schließlich vernichteten.

Und als die aufsteigenden Hitzewogen langsam wie zum Abschied einen ausgestopften Arm emporhoben, sah Eric gebannt Billy Marcus von außen durch die Menge pflügen und zu seinem Sohn stürzen, als wollte er die Flammen löschen, die seinen Sohn umbrachten, dann, wie ein Hund auf Hummeljagd, plötzlich kehrtmachen und beinahe eine ältere Frau umrennen, die gerade ihre Haustür aufgeschlossen hatte, um an ihr vorbei in den dunklen Hausflur zu laufen.

Unterdessen sahen die Anwohner still zu: vom Rand der Menschenmenge, an den Fenstern, auf Treppenstufen, zumeist mit scheuer, unparteiischer Ratlosigkeit. Nur eine Frau stand auf ihrer Feuertreppe, beide Hände über dem Mund, Augen aufgerissen, als hätte sie eben erst davon erfahren.

Ike war mein Bruder. Ich wollte er sein. Das will ich immer noch.
Nur das hatte sie sagen wollen. Nina war sauer auf sich, vor seinen spinnerten Freunden derart auseinanderzufallen, aber egal, tut mir so leid. »*Hey, kein Thema*«, hatte Ike zu ihr gesagt, »*wir gucken einfach nächste Woche noch mal …*«
Sie widerstand dem Impuls, sich einfach auf den Gehweg zu legen und die Augen zu schließen, und ging in *Wird schon schiefgehen*, ei-

nen Laden in der Ludlow Street, der kaum genug Platz bot für die beiden Verkäuferinnen und sie, die einsame Kundin. Lediglich ein Kleiderständer voll zum Verkauf, ein paar Hüte hoch oben an Haken, die aus der nackten Ziegelwand ragten, und verstreuter bernsteiniger Schmuck auf wenigen Beistelltischen, der aussah, als würde sie so etwas in der Kommode ihrer Großmutter finden. Der magere Bestand faszinierte sie – wie jemand einfach ein paar Artikel in einem Zimmer verteilen und das Ganze dann ein Geschäft nennen konnte. Und die Frauen waren groß, Einsachtziger, die mit einem englischen Akzent sprachen, der eigentlich kein englischer Akzent war. Sie sah die Kleider an der Stange durch, eine scheinbar willkürliche Zusammenstellung von siebbedruckten Unterhemden, Polyester-Männerhemden mit Haifischkragen, Hippieblusen und Baumwoll-Miniröcken, bis sie zu einer kratzig aussehenden Fischgrät-Reitjacke kam, die völlig uninteressant war, außer dass sie passte, doch als sie sich, in Ermangelung von Spiegeln, halb verdrehte, um den Rücken zu betrachten, sah sie zu ihrer Verblüffung ein riesiges Loch vom Nacken bis zum Steißbein, und als sie die Schulterblätter spannte, ein kreisrundes Nichts, eine Schrulle des Designers, aber diese Überraschung erschütterte Nina bis ins Mark, machte ihr beinahe Angst, und das Stück wurde zu dem aufregendsten, schönsten Ding, das sie je gesehen hatte, und machte diesen Laden, diese Straße, dieses Viertel zum exotischsten Land; und als eine der einsachtzig großen Frauen in ihrem pseudo-englischen Akzent sagte: »Ach, Schätzchen, du bist's«, brach Nina in Tränen aus.

Als das Feuer in der Eldridge Street erlosch und nur noch wenige Strohbüschel träge vor sich hin wippten und rollten, bevor sie sich der Straße überantworteten, nickte der Stadtteilpolizist endlich seinen Beamten zu: Schafft sie weg. Doch niemand schien den Schauplatz verlassen zu wollen, die Musiker zogen langsam ihre Mundstücke ab, die Trauergäste umarmten und unterhielten sich, Cab Calloway machte die Runde mit einer Handvoll Visitenkarten.

Die Feuerwehrleute positionierten sich und schlenderten zum qualmenden Scheiterhaufen. »Leute.« Der Stadtteilpolizist stieß jetzt in kleine Menschentrauben vor und stupste hier und da sachte Schultern an, als wollte er verkünden, das Essen werde nun serviert. Und als die Menge weiter herumstand, Polizei, Feuerwehr und die Stadt, die sich durch die verstopften Seitenstraßen hupte, weiter ignorierte, suchte der Stadtteilkollege Zuflucht zum Megafon: »Leute, bei allem Respekt, macht bitte woanders weiter.« Die Feuerwehr erlaubte sich, etwas Wasser durch die Schläuche zu pumpen und geräuschvoll zu ihren Füßen zu verplätschern. Die Müllmänner zogen ihre Arbeitshandschuhe an und lauerten an den Wagenflanken.

Doch kaum jemand verschwand.

Als die letzten Kameras in den Ü-Wagen verstaut waren und der Wasserdruck aus den Schläuchen zunahm, rückte Boulware, inzwischen mit leicht gehetztem Blick, seinen Freunden zuleibe und schmiedete hastige Pläne für die nächste Station, bevor er ausrief, wo man wieder zusammenfinden werde: »Ins Cry!« Zu guter Letzt empfand Eric, der das alles von einem Treppenabsatz aus beobachtete, so etwas wie Mitgefühl für diesen Menschen. In den kommenden Monaten würde er hier unten wohl leichter in Betten landen, würde mehr Drinks spendiert bekommen, möglicherweise einen mittelmäßigen Agenten an Land ziehen, aber nichts würde sich dauerhaft ändern, und Jahr für Jahr würde er dem lodernden Stroh nachjagen, das mit all seinen hochfliegenden Plänen ins Blaue entschwunden war. Unterm Strich, dachte Eric, stand Boulware eine lange Depression bevor und ein wachsendes Gefühl von Verlust, nicht wegen seines toten Freundes, sonders wegen dieses Nachmittags, dieses letzten Höhepunkts in seinem Leben.

»Dieser Junge«, sagte Minette kopfschüttelnd.

»Welcher.«

»Ikes Freund, der, der Zeremonienmeister? Ich meine, Ike war auch nicht gerade bescheiden, aber ...« Sie saßen noch auf den Stufen zum Langenshield und warteten auf Nina.

»Wir machen manchmal was bei einer Ermittlung.« Matty sah auf seine Hände. »Wenn wir jemanden befragen, der angeblich ein Zeuge ist, aber unserer Ansicht nach vielleicht ein bisschen weiter … drinsteckt? Das nennt sich der Ich-Test. Man setzt sich mit denen hin und nimmt deren Aussage, schriftlich, diktiert, egal, und danach zählt und teilt man die Pronomen. Wenn eine junge Frau erschossen wird, und die Geschichte des Freundes besteht aus sechzehn *Ichs* und *Meins*, aber nur drei *Ihrs* und *Sies* – hat er vergeigt.«

Minette folgte seinem Blick auf ihren Ehering und schob die Hand unters Bein. »Was wollen Sie damit sagen – dass er mit drinsteckt?«

»Nein, überhaupt nicht.« Matty wurde rot. »Ich überlege nur, ob …«

»Eine Frage«, unterbrach sie ihn. »Am ersten Tag, als ich unten im Hotel war, um Billy zu suchen …«

»Ja?«

»Waren Sie da überhaupt mal in seinem Zimmer?«

»Ja, kurz.«

»War Elena da?«

»Ich glaube.«

»Wie waren sie da oben, er und Elena?«

»Wie meinen Sie?«

Sie sah ihn nur an.

»Ziemlich fertig.«

Sie sah ihn weiter an, doch niemals würde er zugeben, ihre Gedanken erraten zu haben. Offensichtlich begriff sie, denn sie ließ es auf sich beruhen. »Ist ja kaum zu toppen«, sagte sie mehr zu sich, und Matty wollte gerade irgendetwas antworten, als sie sich abrupt zu ihm umdrehte und sich vorbeugte – um ihn zu küssen, dachte Matty, aber ihre Tochter kam hinter ihm an. »Alles in Ordnung?« Minettes Stimme schwungvoll vor Nervosität.

»Ich hab die Kreditkarte benutzt«, sagte das Mädchen.

»Für …«

»Das hier.« Sie zeigte ihnen eine kleine gelbe Plakette: I LIKE IKE.

»Hat dreißig Dollar gekostet, aber der Typ hat mir noch eine dazu gegeben. Eine Variation des Themas, meinte er.« Dann zeigte sie ihnen die zweite: größer und weißer, ebenfalls mit I LIKE IKE drauf, aber einem Porträt von Tina Turner darunter.

Tristan saß immer noch die Straße runter vom Langenshield, als das Mädchen mit dem bandagierten Arm zurückkam und zu ihrer Mutter und einem Polizisten ging. Sie redeten eine Minute, dann langte der Polizist in seine Jacke, um ihnen beiden seine Karte zu geben, und ging dann alleine weg, die beiden anderen eine Minute darauf zusammen in die entgegengesetzte Richtung.

Er richtete sich unter dem Pizzeriafenster halb auf, um die 22er, die ihm ins Kreuz drückte, umzulagern, ließ sich dann erneut nieder und sah ein letztes Mal auf das, was er an diesem Nachmittag geschrieben hatte; es gefiel ihm ziemlich gut. Er wollte gerade wieder aufstehen, diesmal, um nach Hause zu gehen, hatte dann aber eine Eingebung, die er beim Schreiben mitflüsterte.

Tut mir manchmal leid
doch du weißt Bescheid
ich bin bereit
jederzeit
für den Fight

Matty sah Minette und ihre Tochter, ins Gespräch vertieft, nordwärts die Houston Street hinaufgehen. In ihren beinahe identischen schmalen schwarzen Kleidern hätten sie von hinten als Schwestern durchgehen können, groß, wie sie beide waren, mit ihren breit geschwungenen Schultern wie Schwimmerinnen. Er folgte ihnen, bis der Verkehr sie geschluckt hatte, wandte sich dann nach Süden und hielt aufs Achte zu.

»Hallo«, ins Handy.

»Wie ist es gelaufen?«, fragte Yolonda.

»Was gelaufen?«

»Hast du sie schon flachgelegt?«

Matty legte auf.

Einen Block später kam er an Billy vorbei, der so reglos auf einem Treppenabsatz saß, dass Matty schon drei Häuser weiter war, bevor er ihn überhaupt wahrnahm. »Was machen Sie hier?«, fragte er. Billy hob langsam den Kopf, dann stand er auf. Er kam so nah heran, dass Matty zurückweichen musste. »Hören Sie«, sagte er leise und ließ die Fingerspitzen hauchzart über Mattys Revers tanzen. »Wie kann ich helfen?« Sein Mund kräuselte sich. »Ich will doch nur, ich muss einfach helfen.«

Ein Streifenwagen kam ihnen in der engen Seitenstraße entgegen. Kurz darauf blickte Matty in die versteinerten Mienen von Upshaw und Langolier auf dem Rücksitz des Wagens, der nun beinahe hielt und, nach gesetzter Duftmarke, wieder anfuhr. Matty wandte sich wieder Billy zu, seinem suchenden Blick. »Sie wollen helfen?« Er wartete, bis der Streifenwagen um die Ecke gebogen war, und holte Mayer Becks Visitenkarte aus der Brieftasche. So oder so am Arsch …

»Rufen Sie den da an. Und erzählen ihm Folgendes …«

Am selben Abend löste Eric einen Kollegen ab, um nicht mit seinen Gedanken allein sein zu müssen, und zog sich, sobald der Ansturm begann, in den Keller zurück. Doch auf den letzten Stufen zum Stampfboden hörte er Bree, dann sah er sie, die Kellnerin mit den irischen Augen, das Kinn nahezu auf der Brust wie zum Gebet … Er wollte sie nicht erschrecken, aber das hier war seine Ecke, und die brauchte er. Er scharrte über die Stufen, hustete, und sie fuhr mit großen Augen herum, das Koks jetzt fest in der geschlossenen Faust.

»Hi«, hauchte sie.

»Du klingst ein bisschen verschnupft, alles in Ordnung?«

»Ich habe so eine blöde Nebenhöhlenentzündung.«

»Du hast Nebenhöhlen und gehst dann in so einen feuchten Keller?«

»Es ist eine komische Nebenhöhlenentzündung.«

»Ach ja? Inwiefern komisch?«

Sie sah ganz unglücklich aus.

»Weißt du, ich komme hier extra ganz runter, schlimm genug, dass ich eine meiner Mitarbeiterinnen beim Koksen erwische, aber dann bietet sie mir nicht mal was an?«

»Oh!« Sie rief beinahe, dann öffnete sie die Hand und schob ihm die ganze Chose unter die Nase.

Der Keller war so niedrig, dass sie beinahe geduckt gehen mussten, alle vier Ecken des schummrigen Raums von Dunkelheit verschluckt.

»Pass auf.« Eric leuchtete den Weg mit einem der Flutlichter, die samt Verlängerungskabel auf dem Boden lagen.

»Was lagerst du denn hier, Leichen?« Ihre Stimme war vom Ziehen ganz lose und gurgelig.

»Pilze.« Er richtete die Lampe auf die nordöstliche Ecke des Raumes, der Strahl wurde blitzartig vom Auge eines flitzenden Etwas zurückgeworfen.

»Ihhh, eine Maus«, sagte sie.

»Sieh dir das an.« Er trat näher an die Ecke heran, die hohe unter den alten Feuerstellen.

»Sieht aus wie ein Grill.«

»Das ist ein Kamin. Jede Ecke hier hat einen, was bedeutet, dass hier unten Menschen wohnten, die sich um die Dinger geschart haben. 1880er, 90er, schätze ich.«

»Ehrlich?« Sie bot ihm noch eine Linie an.

»Aber der hier« – Eric beugte sich zu dem weiß bestäubten Papier hinunter und legte seine Hand wie zur Unterstützung unter ihre – »ist berühmt. Es gibt ein Foto von Jacob Riis von einem Mann in einem Kohlenkeller, der vor einem dieser Dinger sitzt, mit einem Laib Brot im Schoß, der Typ blickt in die Kamera, und zwischen dem Bart und dem Dreck sieht man nur seine Augen; die Leute hier haben kaum besser gehaust als Tiere.« Erics Kiefer bebte, er schmeckte das bittere

Tropfen im Rachen. »Aber ich sehe mir das an, und da ich das Foto ziemlich gut kenne, denke ich, hey, das ist ja wie bei Riis, und dann entdecke ich das hier.« Er richtete den Lichtkegel auf einen dicken verrußten Balken knapp über ihren Köpfen. »Sieh mal.« Er fuhr mit den Fingern über die ins Holz geritzte Schrift, zwei Wörter, und las sie ihr laut vor. »*Gedenken mir.*«

»Ist das Holländisch?«

»Jiddisch.«

»Woher kannst du Jiddisch?«

»Hab ich gegoogelt. Jedenfalls, einfach um dem auf den Grund zu gehen, bin ich nach Hause und habe die Fotos von der Forsyth-House-88-Website hochgeladen, und es hat, man sieht diese Wörter hier auf der Aufnahme, man kann sie nicht lesen, aber es sind dieselben. Und es ist genau die Stelle, genau hier. Jetzt weiß ich, was diese Schnörkel, diese Handschrift, uns sagen wollen. Also, von all denen, unter den Millionen, die hergekommen sind, gibt es diese winzige Stimme, die sagt, ›Ich bin, ich war‹, die sagt, ›Gedenkt meiner‹, und da möchte ich am liebsten heulen.« Und das tat er, ein wenig.

»Oh.« Beinahe berührte sie seine Wange. »Nimm's dir nicht so zu Herzen. Der Mann ist schließlich auf dem berühmten Foto, oder? Also hat er immerhin etwas davon, nicht? Ich meine, hätte schlimmer kommen können.«

»Schon«, räumte er ein und wischte sich die Augen. »Also …« Er nickte zum Koks, nur ein winziges Näschen noch. »Wie läuft's?«

»Du meinst, das hier?« Sie wurde rot. »Nein, nein, ich bin nicht, das ist nur für die Doppelschicht. Das ist nur situationsbedingt.«

»Nein, ich meinte, wie läuft's oben, der Job.«

»Der? Der ist auch situationsbedingt.«

Eric genehmigte sich eine Runde für den Gaumen, zur Stärkung für die nächste Frage. »Okay. Also. Was machst du eigentlich? In Wirklichkeit?« Dann: »Moment, nein. Lass mich raten. Riverdance.«

Sie sah niedergeschmettert aus.

»Was? Nein.«

»Ich hab's dir erzählt, oder? Oder war das sarkastisch gemeint?«
»Himmel, nein. Ich bin, ach, verdammt, was für ein Arschloch.«
Dann schlüpfte sie aus ihrer Rolle und prustete ihm ins errötete Gesicht. »Ich studiere an der NYU.«
»Ach, Gott sei Dank.« Hände über dem Herzen gekreuzt.
»Ich wusste, dass du mir nicht zuhörst.« Jetzt bediente sie sich.
»Ich habe, hatte viel um die Ohren.«
»Hab ich gehört.«
»Was hast du gehört?«
»Dass du dabei warst.«
»Ach ja?« Er wappnete sich für weiteren Mist.
»Ich habe dich vorhin bei der Gedenkfeier gesehen«, sagte sie.
»Warum hast du nicht bei den anderen gesessen?«
»Warum?« Eric stockte, sah Ikes Vater auf seinen lodernden Sohn zustürzen. Er zuckte zusammen, als hätte man ihm in die Rippen gepiekst. »Das ist nicht so einfach«, sagte er. »Kanntest du ihn?«
»Ihn? Nein. Aber der Kapellmeister? Im weißen Smoking? Ist ein alter Schulfreund.«
»Ein Freund?« Direkter ging's nicht.
»Ja.« Sie lächelte.
»Wie Freund?«
»Wen interessiert's?«
Er wollte sie einfach nur küssen. Vielleicht noch eine Nase, Augen schließen ... Aber dann kam Billy Marcus zurück, wie ein Zug kam er angefahren, und Eric legte los. »Bei der Feier heute kam mir der Gedanke, dass es eins gibt, was das Publikum und die Jungs, die geschossen haben, verbindet, trotz all der Unterschiede ... Und das ist Narzissmus. Der Unterschied ist, und natürlich sind das jetzt Spekulationen, dass die Schützen narzisstisch sind? Aber ihre Ichbezogenheit hat kein richtiges Ich. Sie nehmen sich selbst und andere wahrscheinlich gar nicht so wahr, das heißt, außer ihren elementaren Bedürfnissen und, also, instinktiven Reaktionen auf bestimmte Situationen. Aber die, die – anderen? Wir? Auch Narzissten, nur ist in der Mitte der Ichbezo-

genheit ein Ich, ein bisschen zu viel Ich und in den meisten Fällen kein besonders attraktives, aber …« Er überschlug sich vor Anspannung. »Das würde ich so gern mal jemandem erzählen.«

»Hast du gerade«, sagte sie.

»Was?«

»Was«, äffte sie ihn nach, und Eric lachte; so merkwürdig.

Da nahm er ihr Gesicht in die Hände, und sie ließ es zu, ließ es zu.

»Okay«, sagte Billy und klopfte seine Taschen nach den Aufzeichnungen ab. »Okay.«

Mayer Beck wartete mit seinem Stenoblock in der Hand.

Marcus hatte ihn vor einer halben Stunde angerufen, im Bett mit seiner Freundin, die in drei Stunden zur Hochzeit ihrer Schwester nach Ghana zurückflog. Es war sehr gut möglich, dass ihr Studentenvisum nicht erneuert wurde und er sie nie wiedersah, aber da konnte man nichts machen.

»Okay.« Billy hatte seine Notizen gefunden. »Die Polizei in dieser Stadt tut nach meinem Kenntnisstand ihr Möglichstes.« Das sagte er mit geschlossenen Augen, auswendig. »Nur wurde sie in diesem Fall von einer falschen, aber glaubwürdigen Zeugenaussage in die Irre geführt, und Zeit spielte hier eine wesentliche Rolle.«

»Okay.« Beck schrieb.

»Diese Person, dieser Eric Cash, hat nach meinem Kenntnisstand Einiges mitgemacht, aber mein Sohn …« Billy schwieg. Beck sah auf. »Ich meine, hatte Eric Cash einen schweren Tag? Bestimmt. Bestimmt …«

»Ich verstehe«, murmelte Beck.

»Ach, tatsächlich?«, fauchte Billy. Beck konnte das keramische Quietschen seiner Zähne hören.

»Das war aufrichtig gemeint«, sagte Beck ruhig.

Hinter ihnen fuhr auf dem East Broadway ein Lieferwagen mit Ohio-Kennzeichen an den Straßenrand, und eine heftig tätowierte irische Thrash-Metal-Band schleppte ihr Equipment in die Bar neben dem Gebäude des *Jewish Daily Forward*. Beck kannte die Band, Potéen, kannte die Bar, hätte vorgeschlagen, sich drinnen zu unterhalten, damit er diesen Mann mit irgendeinem Tröpfchen auflockern konnte, aber schon die Jukebox war ohrenbetäubend.

»Es ist …« Billy schloss wieder die Augen. »Es ist, okay, Eric, genehmige dir ein Weilchen, deine Wunden zu lecken, dann …«

Beck schrieb wieder, von Billy beäugt. »Dann …«, drängte der Reporter vorsichtig.

»Ich meine, dieser beschissene …«

Billy stakste plötzlich ein paar Schritte davon und murmelte vor sich hin, die Fäuste geballt wie blutleere Keulen.

Beck bemühte sich, die Einzelheiten seiner Tirade festzuhalten, gab es jedoch bald auf. Er wusste, was hier gespielt wurde: Matty Clark hatte den Mann ganz bestimmt als Alibi vorgeschickt, und das arme Schwein war jetzt hin- und hergerissen zwischen dem ausgefeilten, vorgekauten Manuskript und der explosiven Galle, die in ihm hochblubberte.

Nun, er konnte entweder Matty helfen oder sich Seite drei sichern. Ein letztes Mal in seinem Leben seine Freundin zu vögeln war nicht mehr drin. »Mr Marcus«, sagte Beck, »sprechen Sie sich aus.«

Als die letzten Strahlen des Tages unter die Brücken rutschten, rang sich Matty auf seiner Terrasse endlich zu dem Anruf durch. »Wie ist es gelaufen?«, fragte er. »Haben sie sie getrennt?«

»Ja«, sagte seine Ex, »ich bin den ganzen Tag wie eine Flipperkugel von einem Gericht zum anderen.«

»Und?«

»Eddie ist unter Auflagen frei. Matty Junior sitzt noch.«

»Wegen?«

»Strafbarem Besitz von Marihuana. Mann, der Richter hat ihn ganz schön auseinandergenommen – Schande für seine Zunft, Vertrauen der Öffentlichkeit missbraucht, verachtenswert dies, verwerflich jenes.«

»Gut, freut mich zu hören. Und seine Kaution?«

»Fünfzigtausend.«

»Fünfzig?«

»Ich versuche jetzt, die zehn Prozent aufzubringen, mit dem Haus als Sicherheit.«

»Wieso du? Wo ist denn sein Geld hin, Mr Obermacker?«

»Dir wäre nicht zufällig danach, eine milde Gabe zu spenden, nicht wahr?«

»Bist du bekifft?«

»Frag ja nur.«

»Sag ja nur.«

»Na schön.«

Matty wollte gerade auflegen, dann legte er auf. Rief gleich noch mal an. »Hey, ich bin's.«

»Was?«

»Ist der Andere da?«

»In seinem Zimmer.«

»Kannst du ihn bitte holen?«

Matty stand da und probte seinen Sermon, hörte die Schritte durch die Leitung.

»Hallo?«

»Hey, wie geht's?«

»Okay.«

»Eine Frage, wann wirst du sechzehn?«

»Wann ich Geburtstag habe?«

»Bloß … ich versuch dir zu helfen.«

»Du weißt nicht, wann ich Geburtstag habe?«

»Eddie, ich aste hier seit vierundzwanzig Stunden an etwas rum.« Matty geriet ins Schwimmen. »Ich kann nicht mehr geradeaus denken, okay?«

»Achtundzwanzigster Dezember, Herrgott.«

»Und dann wirst du sechzehn?«

»Jawohl, Dad«, trompetete Eddie wie eine Gans. »Dann bin ich sechzehn.«

»Okay. Hattest du heute Besuch?«

»Was?«

»Einen Freund deines Bruders, jemanden von der Arbeit.«

»Cyril war da.«

»Schön, dieser Cyril, was hat er dir gesagt? Was hat er dir aufgetragen?«

»Keine Ahnung.«

»Hat er dir gesagt, du sollst behaupten, dass das Gras dir gehört und dein Bruder nicht mal wusste, dass er so was im Auto hat? Hat er dir gesagt, wenn der Staatsanwalt von vornherein weiß, dass du das einer Jury erzählst, verschwendet der garantiert nicht seine Zeit damit, deinen Bruder anzuklagen?«

»Keine Ahnung.«

»Hat er dir gesagt, wenn du das nicht machst, verliert dein Bruder seine Marke und wandert vielleicht sogar in den Knast?«

»Ist ja so.«

»Und weil du erst fünfzehn bist, wird deine Akte im Dezember sowieso getilgt?«

»Stimmt ja, also was soll's?«

»Hat er zufällig auch erwähnt, dass du höchstwahrscheinlich drei Jahre Bewährung kriegst, einmal Scheiße bauen, bist du drin?«

»Na und?« Ein wenig unsicher. »Dann baue ich eben keine Scheiße.«

»Soll heißen, du verkaufst kein Gras mehr, oder du lässt dich nicht mehr erwischen?«

Noch ein winziges Zögern. »Kein Gras mehr verkaufen, Herrgott, was glaubst denn du?«

»Eddie, ich weiß, was du da machst, und das ist auch nobel von dir, aber mir passt die Vorstellung nicht, dass er damit fein raus ist und dir drei Jahre lang das Schwert über dem Kopf schwebt.«

»Und? Na und?« Die Stimme des Jungen schlug wieder hoch und runter auf dem Oszilloskop. »Glaubst du, ich schaff das nicht?«

»Ganz ehrlich?« Matty war auf einmal todmüde. »Keine Ahnung, ob du das schaffst oder nicht.«

»Tausend Dank, Dad.«

»Das sagt mehr über mich als über dich. Aber darum geht es hier nicht. Es ist … du wirst benutzt.«

»Nein, werde ich nicht! Ich rette meinen Bruder vor dem Knast! Und im Übrigen?« Eddie schrie jetzt beinahe. »Hast du am sechsten Mai Geburtstag.«

Vor vier Stunden hatten sie sich im Keller das erste Mal geküsst, und obwohl das Restaurant den ganzen Abend voll war, holten sie sich unten etwa alle halbe Stunde die nächste Nase, gefolgt von hitzigen Zungen und stürmischen Händen, und jedes Mal gingen sie ein Stück weiter. Sie blieben nie länger als eine Minute weg, aber jedes Mal kehrte Eric mit einem brettharten Steifen in den voll besetzten Raum zurück.

Beim zweiten Abtauchen legte sie die flache Hand auf die Wölbung in seiner Hose. Beim nächsten Mal war er dran, nahm ihre Brustwarze in den Mund, ein langes, bedächtiges Saugen, und das Ding stellte sich gummihart auf und verschwand doppelt so groß wieder unter ihrem T-Shirt; sah aus wie ein Zylinder. Danach schob sie die Hand in seine Jeans, eisweiße Finger, die seine Eier streichelten. Und danach schob er seine Hand in ihre Hose, hinunter ins Lockendreieck, ihr Atem an seinem Hals.

Und mit jedem Mal, da sie, einander geflissentlich ignorierend, die Treppe wieder hochkamen, wirkte der Raum ein wenig aufgeladener. Aber er war voll da heute, Eric, hellwach, las die Menschen so fix wie eine Radarkanone – Sie an die Bar, Sie nach Hause, Sie hier lang, ein herzliches Willkommen für die Stammgäste, kurzes Schulterdrücken und Rückenstreichen für vorbeilaufende Kellner und Abräumer, alles gut? Bei ihm schon.

Als sie das letzte Mal hinuntergegangen waren, vor vielleicht einer Dreiviertelstunde, hatte sie den Reißverschluss runtergezogen, ihn rausgeholt, sich rübergebeugt und in den Mund genommen. Und jetzt war es elf, beim nächsten Abtauchen war es an ihm, den Einsatz zu erhöhen, Eric trunken vor Verheißung, vor Hoffnung. Er verstand nicht mehr, wieso er der Polizei gegenüber so störrisch gewesen war. So ängstlich. Einfach morgen früh hin und seine Pflicht tun. Erledigen und fertig. Dann schreiben, schauspielern, Yoga lernen, ausspannen, egal, leben.

Der Eingangsbereich war gerade mal frei, Eric sah, wie Türsteher Clarence eine hochgewachsene, rothaarige Kettenraucherin anmachte, dann kam dieser *Post*-Reporter Beck hereingekurvt, und Eric hatte selbst für diesen schlurfenden Geier ein halbes Lächeln übrig. »Guten Abend, Bar oder Tisch.« Er griff nach einer Speisekarte.

»Eigentlich würde ich mal ganz gern mit Ihnen sprechen.« Beck lächelte entschuldigend.

»Worüber?« Eric sank bereits der Mut. Er hörte die Wörter: Interview, Vater, feige, gewissenlos, unsäglich.

»Und ich möchte Ihnen fairerweise die Chance geben, Ihren Standpunkt zu erläutern, bevor hier die Klappe fällt, verstehen Sie?«

Eric stand da.

Als er sich schließlich zum Raum umdrehte, entkorkte Bree gerade am nächsten Zweiertisch eine Flasche Rotwein. Mit heller Erregung sah sie ihn an und fragte ihn stumm über die Köpfe der Gäste hinweg: Wollen wir?

In der winzigen, ansonsten menschenleeren Mangin Street gingen Lugo und Daley auf den BMW mit South-Carolina-Kennzeichen zu, der im Dunkel unter der Williamsburg Bridge stand; jedes Fahrzeug, das über sie hinwegfuhr, kündigte sich mit einem ratternden Rumpeln an.

Der Fahrer, ein Schwarzer im blauen Hemd, kurbelte das Fenster herunter, bevor die Polizisten bei ihm ankamen, und betrachtete Lugo und seine Taschenlampe mit nüchternem Langmut, eine schicksalsergebene Spannung in den Mundwinkeln. Die junge Frau auf dem Beifahrersitz verschränkte langsam die Arme über der Brust und murmelte: »Hab ich's dir nicht gesagt?«

Lugo sah von einer zum anderen und lächelte. »Hat hier grad jemand eine Wette gewonnen?«

Eric kam am nächsten Tag eine Stunde zu spät zur Arbeit, die Augen brüchig wie gesplitterte Murmeln.

Seite drei:

Hatte Eric einen schweren Tag? Vielleicht, aber wissen Sie, wer einen richtig schweren Tag hatte? Mein Sohn. Mein Sohn Ike hatte den ultimativen Tag. Man hat Ihnen Unrecht getan, Eric, zweifellos. Also lecken Sie Ihre Wunden und zeigen sich dann. Sonst ist es feige, es ist gewissenlos, es ist unsäglich.

Heute wäre er zu ihnen gegangen. Hätte seinen Anwalt gefeuert und Farbe bekannt. Gestern Abend hatte ihn die Frau mit den irischen Augen, diese Verheißung, an seinem eigenen monumentalen NEIN vorbeigeschleust, an dem Schrecken dieses fensterlosen Raums, an seinem hoffnungslosen, trostlosen Entschluss zu fliehen, aber es war, als hätten sie darauf gewartet, darauf, dass sich sein Herz öffnete, irgendeine kosmische Kanalratte hatte sich im Gebüsch versteckt und geflüstert: Jetzt.

Mach mich platt. Noch mal. Heb mich auf und knall mich hin. Also, nein. Nein.

Blicke …

Bisher war der Einzige, der neben den Cops und seinem Anwalt die ganze Geschichte kannte, Harry Steele gewesen. Und nach der Zeitungslektüre zeigte sich sein Boss mitfühlend, in seiner Anteilnahme jedoch, spürte Eric, schwang etwas Düsteres mit; etwas auf Raten.

Er blickte durch den Raum auf den Zeitungsständer; seine Schmach hing dort wie büschelweise Haar. Das Trinkgeld abzuschöpfen reichte nicht. Er hatte neuntausend, fünftausend davon als Anzahlung für das schwachsinnige Drehbuch, das nie das Licht der Welt erblicken würde, und nichts sonst, kein verwertbares Talent, nichts im Köcher als ein Restaurant zu führen und die Vorstellung, selbiges in upstate New York zu tun oder sonstwo …

Er dachte an sein Elternhaus: weiße Chenille-Überdecken und Blümchentapeten; an Binghamton: weite Schneematschfelder, graue Highways nach Nirgendwo.

Es ging das Gerücht, Steele habe seine Fühler Richtung Harlem ausgestreckt, nach einem neuen Standort. Aber auch da oben gab es Bullen. Auch da oben wurde Zeitung gelesen. Er musste so schnell wie möglich so viel Geld wie möglich ranschaffen.

Blicke.

Leckt mich am Arsch.

Ich bin weg.

Als Matty um zwölf Uhr mittags in den Dienstraum kam, saß DI Berkowitz an der Besucherseite seines Schreibtisches, den beinharten, jugendlichen Blick seelenruhig zum Fenster hinaus gerichtet. Also, selbst wenn Billy gestern den Anweisungen lückenlos gefolgt wäre, was zum Teufel erwartete er? »Boss.«

»Tag.« Berkowitz erhob sich, der John-Jay-Ring an der ausgestreckten Hand blitzte im Sonnenlicht. »Viel los?«

»Paar Einbrüche um Henry herum, Schießerei in den Cahans, Pfadfinder vermissen ein Kind …«

»Und Chruschtschow wird in Idlewild erwartet.«

»So ist es.« Matty setzte sich an seinen Schreibtisch und wartete auf den Hammer.

»Darf ich?« Berkowitz deutete auf Mattys *Post* und schlug sie hinten beim Sportteil auf: Bosox 6, Yanks 5. »Dieser Neue, Big Papi, der Typ hat dieses Jahr irgendwie fünfmal per Homerun den Sack zugemacht. So riesig der ist, können Sie sich vorstellen, was der für ein Monster wäre, wenn er in New York spielen würde? Mit der Medienmaschinerie, die wir hier haben?«

Und da war er schon: Matty bläute sich ein, klug zu handeln, indem er sich dumm stellte.

Berkowitz blätterte erst zu den Fotos vom Gedenkfeuer auf Seite 2, danach zu dem irrsinnigen, völlig aus dem Ruder gelaufenen Billy-Marcus-Interview auf Seite 3, faltete es und ließ es auf die Schreibtischunterlage fallen, Schlagzeile vor Mattys Nase.

Mayer, dieses Arschloch.

»Was genau haben Sie an der Nachrichtensperre nicht verstanden?«

»Sehen Sie hier irgendwo meinen Namen?« Matty machte sich warm. »Oder das andere, meinen Sie, die Freunde des Toten hätten mich für die Gedenkfeier um Erlaubnis gebeten? Und diese Schreiberkanaille Beck hat sich von der ersten Stunde an in den Kopf des Vaters gebohrt. Was soll ich da machen? Ich sage dem Mann, bitte reden Sie mit niemandem, schon gar nicht mit dieser Schlange, aber wissen Sie was? Der arbeitet nicht für mich. Er kann tun und lassen, wonach ihm der Arsch steht. Und ehrlich gesagt? Mir wäre lieber, die arme Sau bleibt zu Hause und kümmert sich um seine Familie, weil momentan hab ich hiermit alle Hände voll zu tun. Ich ziehe hier gerade ein Solo ab, ich krieg ja nicht mal jemanden an die Strippe, da heißt es dann, ›Ach, Jimmy? Der ist gerade im Einsatz‹, wie bei der Ernte. Leute, die ihre Kinder nach mir benannt haben: ›Ach, der ist gerade unterwegs.‹ Meinen Sie, ich kapier's nicht?«

»Hören Sie.« Berkowitz hatte eine Hand auf die Schreibtischunterlage gelegt. »Keiner will, dass der Kerl, der das getan hat, ungeschoren davonkommt, aber um das zu erreichen, gibt es einen richtigen und einen falschen Weg.«

»Ist nicht wahr?«

Berkowitz sah ihn an, und Matty ließ ab.

»Die Sache ist die, Mangold, Upshaw, die lesen heute die Zeitung und zitieren mich her: ›Ist Englisch nicht Clarks Muttersprache?‹«.

»Boss, ich habe Ihnen gerade erklärt ...«

Berkowitz hob eine Hand. »Wahrnehmung, Wahrheit, was auch immer. Sie sind nicht glücklich mit der Situation, und Scheiße rollt immer nach unten. Die sind auf dem Gipfel, ich bin auf der Mitte des Bergs, und Sie sind in diesem, diesem Wasserlauf ganz unten. Wenn Sie's noch bildreicher brauchen, sagen Sie Bescheid.«

»In meines Vaters Haus sind viele Bosse«, sagte Matty.

»Wie auch immer. Hey, es verbietet Ihnen ja keiner, aufs Ganze zu gehen, aber bitte unauffällig.«

»Wie soll ich denn mit dem, was ich Ihnen eben erzählt habe, aufs Ganze gehen?«

»Na ja« – er seufzte – »auch das geht vorüber. Hoffen wir auf eine neue Schlagzeile diese Woche ...«

»Was gibt es denn da zu hoffen? Er war ein feiner Kerl mit anständigen Eltern, ich leg doch nicht die Ohren an, bis irgendeine fette Erfolgsschlagzeile Ihr Hauptquartier in der Presse besser aussehen lässt.«

»Da ist halt dieser Berg, verstehen Sie?«

»Auf dem waren wir schon.«

»Stimmt.« Berkowitz schlug die Beine übereinander, klaubte ein Fädchen von seinem Revers. Der Vorgesetzte kochte innerlich – Baum und Borke, und Matty war so klug, den Mund zu halten, zumindest vorübergehend. »Sie machen Ihr Problem zu meinem, das ist Ihnen klar, oder?«, sagte Berkowitz schließlich, und Matty verbeugte sich beinahe vor Zustimmung. »Aber ich muss sagen, letzte Woche bei der Besprechung haben Sie sich richtig verhalten.«

»Boss.« Matty sprang förmlich über die Schreibtischunterlage.

»Wollen Sie mir helfen? Ich brauche Leute, die nicht nur Dienst nach Vorschrift schieben. Ich brauche Leute, die ans Telefon gehen, wenn ich anrufe, ich brauche mehr als …«

»Schon gut, aufhören.« Berkowitz rutschte, buckelte, dachte nach.

»Okay, folgendermaßen.« Er senkte die Stimme. »Wenn ich Ihnen helfen soll, ohne selbst unter die Räder zu kommen, muss das folgendermaßen laufen: Brauchen Sie was, wollen Sie was, ab jetzt wenden Sie sich an mich, ausschließlich und direkt, und ich kümmere mich drum.«

»Tatsächlich.«

»Tatsächlich.«

»Prima.« Matty lehnte sich zurück und kam wieder vor, Ellbogen auf dem Tisch. »Als Erstes? Geben Sie mir meinen zweiten Angriff. Besser jetzt als nie. Aber das bedeutet, ich brauche Personal, ich brauche Zugang zu Fahndung, Drogen, Streife …«

Berkowitz zog einen Terminkalender und einen kleinen goldenen Kugelschreiber aus seiner Innentasche und fing an zu schreiben.

»Ich brauche gezielte Drogen- und Sittenrazzien in den Lemlichs und den Cahans. Ich brauche die Zielfahndung. Ich brauche einen Crimestoppers-Transporter, der das Fünfte, das Achte und das Neunte vom East River bis zur Bowery und von der Vierzehnten bis Pike abfährt.« Matty strickte weiter an seiner Wunschliste und verrenkte sich derweil, um zu sehen, ob Berkowitz davon überhaupt etwas notierte. »Ich will, dass Ermittler und Streife von einer Stunde vor bis eine Stunde nach dem Zeitpunkt des Überfalls, also vier Uhr morgens, an allen wichtigen Ecken dort unten Flugblätter verteilen und vor Ort Hausbefragungen durchführen …«

Je länger Berkowitz klaglos und fraglos schrieb, desto unbehaglicher wurde Matty.

»Ich will, dass die diensthabenden Ermittler ins Achte kommen, um die Festnahmen zu befragen, und das muss alles über die Bühne gehen, wenn … Wann kriege ich das …«

»Sonntagnacht.« Berkowitz klappte das Buch zu wie ein Zigarettenetui und ließ es wieder in die Innentasche gleiten.»Ich kümmere mich drum.«

»Sonntagnacht auf Sonntagmorgen?«

»Auf Montagmorgen.«

»Boss, wir suchen nach Stammgästen. Wer soll denn da rumlaufen? Wer zieht Sonntagnacht um die Häuser?«

»Wollen Sie nun oder nicht? Samstag ist zu kurzfristig, Montag kann ich nicht versprechen, Dienstag ist unberechenbar wie die schöne neue Welt.«

»Okay, gut, ich nehme …« Seine nächste Sorge ließ ihn nicht mal den Satz beenden.

»Okay?« Berkowitz stand auf.

»Moment, warten Sie.« Matty streckte den Arm aus.»Nur, bei allem Respekt … Nur, lassen Sie mich mal eben in die andere Richtung denken. Wir sprechen von Sonntag, heute ist schon Freitag …«

»Sagte ich nicht, ich würde mich darum kümmern?«

»Nur …« Matty legte die Hände flach auf den Schreibtisch und schloss leicht die Augen.»Nur noch mal ganz kurz, darf ich, nur mal eben den Teufel an die Wand malen? Okay, morgen ist Samstag, nicht wahr? Da ich nun mal so bin, wie ich bin, werde ich es mir nicht verkneifen können, Sie an Ihrem freien Tag anzurufen, um mich nach dem Stand der Dinge zu erkundigen. Wenn ich Glück habe, erwische ich Sie gerade, während Sie Ihren Kindern das Frühstück machen oder mit einer neuen Schleifmaschine aus dem Baumarkt kommen oder was auch immer, aber Sie werden haufenweise um die Ohren haben, abgelenkt sein, ›Ja ja ja‹ sagen, ›alles vorbereitet‹, und ich habe keine Chance, Ihnen Näheres aus dem Kreuz zu leiern. Und wenn ich dann am Sonntag die versprochenen Leute anrufe und wieder jede Menge ›Er ist im Einsatz‹ bekomme? Wenn, wie gesagt, ich male mir hier den Ernstfall aus, aber wenn das Ganze am großen Tag den Bach runtergeht? Pech gehabt. Es ist Sonntag, da sind Sie nicht erreichbar. Selbst ich würde nicht rangehen, wenn ich anrufe. Boss, bekehren Sie mich.«

»Ich kann Ihnen nur sagen, wenn nicht am Wochenende ein Massaker passiert, kümmere ich mich darum.« Berkowitz stand auf und legte seinen London Fog über den Arm.

»Boss …« Aber Matty war außerstande, sich weitere Zusicherungen zu holen; er hatte nicht den Biss, und das war das Problem.

»Matty. Sie sind ein prima Kerl. Ich versuche, Schaden von Ihnen abzuwenden.«

Allein im Aufzug flüsterte sich Tristan neue Beats zu, zuckte mit den Schultern und zersäbelte die Luft mit kurzen Schnitten seiner abwärtsgewandten Hand, stand dann auf der Bühne und machte es mit Irma Nieves im Publikum, Crystal Santos vielleicht auch, aber ganz gewiss Irma Nieves; das Konzert wurde abrupt beendet, als im Siebten die Tür aufächzte und Big Dap hereinkam.

Wie es von ihm erwartet wurde, wich Tristan in die hintere, gegenüberliegende Ecke der kleinen Kabine zurück, war dies doch der Aufzug, in dem Big Dap vor einem Jahr einen Polizisten mit dessen eigener Waffe angeschossen hatte. Dap sah nicht einmal in seine Richtung, aber Tristan nahm unter dem königlichen Frost die Gelegenheit wahr, ihn gründlich in Augenschein zu nehmen. Big Dap war privat gar nicht so groß, ein bisschen größer als Tristan und viel schwerer, aber sein Körper war wie eine Erdnuss geformt, wie eine Birne, wie irgendein Lebensmittel, und er war hässlich; stoppelhaarig mit Schlitzaugen unter schwerer Stirn und saurem Mund wie ein kleiner McDonald's-Bogen.

Was also machte Big Dap so groß? Dass er, wenn die Kacke am Dampfen war, nicht mit der Wimper zuckte. In einer Welt der Sprücheklopfer dachte er mit den Händen und kümmerte sich später um die Folgen. Aber hatte Tristan nicht genau das getan? Also blieb unterm Strich nur hässlicher und größer. Und die Frage, ob die Leute Bescheid wissen oder nicht …

Als die Fahrstuhltür im Erdgeschoss aufging, drehte Big Dap, bevor er in den Tag hinaustrat, langsam den Kopf und sog durch die Zähne Luft ein.

»Jedenfalls konnte meiner hinterher nicht mehr aufstehen«, sagte Tristan, sobald er hörte, wie die Tür gegen die Briefkästen schepperte.

Sobald Bree ihn an der Bar entdeckt hatte, wusste er, dass sie wie alle anderen den Artikel gelesen hatte.

Sie kam geradewegs auf ihn zu. »Ist das wahr?« Und sah ihn mit diesen herzzerreißend hellen Augen an.

»Das ist nicht so einfach.«

»Nicht so einfach?«

Es war aus zwischen ihnen. Bevor es begonnen hatte.

»Ich kapier's nicht, warum hilfst du nicht?«

Eric brachte kein Wort heraus.

»Ich meine, er ist tot, du lebst, und du hast ihn gekannt?«

»So gut nicht.«

Hatte er das wirklich gesagt?

Sie klang jetzt wie die Bullen, wie der Vater in der Zeitung, wie die Pressesprecherin der Verachtung in diesem sogenannten Viertel.

Kokain.

Er hätte damit beim ersten Mal schon eine Menge Kohle machen können, wenn er nicht jeden, der ihm an der Bar etwas abkaufte, hätte bewirten müssen, wenn er sich nicht darum geschert hätte, von allen gemocht zu werden.

Nicht durchhängen diesmal. Innen und außen stramm bleiben.

»Eine Frage«, seufzte er, »das Zeug, das du da gestern Abend hattest?«

Sie starrte ihn an. »Was?«

Was dachte er sich dabei? »Nichts …«

»Ich verstehe dich einfach nicht.« Sie sah ihn ein letztes Mal an und verschwand in den Spindraum.

Er war schon lange raus aus dem Geschäft. Eine Unze musste dieser Tage für 700 $ bis 900 $ weggehen, die man in Zwanzig-, Vierzig- oder gleich in Hundert-Dollar-Grammtütchen aufteilen konnte, mal

28 machte 2.800 Taler minus die 900 machte 1.900 netto in ein paar Tagen, und das noch ganz ohne Strecken.

Eine entsorgte *Post* lag mitten im Gewühl einer unabgeräumten Eckbank. Eric ging hin, klemmte sie sich unter den Arm und ging ins Büro hinunter.

Sonst ist es feige, es ist gewissenlos, es ist unsäglich.

Und dann kam das nächste Zitat, zu dem Eric bei vorheriger Lektüre noch gar nicht vorgestoßen war.

Und die Menschen in dieser Stadt stehen hinter mir.

Er warf die Zeitung auf den Tisch.

Die Menschen in dieser Stadt stehen hinter niemandem.

Die Menschen in dieser Stadt sind Gaffer, dachte er, und ich bin der Autounfall.

»Penner sieht aus wie ... jetzt hier ... Ice-T.« Die Stimme in Mattys Rücken war jung, männlich und Latino. Matty klebte weiter das Belohnungsplakat ans Bushäuschen vor den Lemlichs, auf diesem war Eric Cashs Polizeizeichnung abgebildet, das klassische luchsäugige Stadtbeutetier, das aussah wie Jedermann, aber, so hatten sie beschlossen, besser als Niemand.

»Zweiundzwanzigtausend?«, fragte der Junge.

»Jawoll.«

»Hm.«

»Irgendwas gehört?« Matty wandte ihm absichtlich den Rücken zu, um ihn nicht zu verschrecken.

»Ich?« Der Junge schnaubte. »Nö.«

»Zweiundzwanzig ist eine Menge Kohle.«

»Ich meine, ich hab gehört, dass es ein Nigger aus Brooklyn war oder was.«

»Ach ja? Wo hast du das denn gehört?«

»Einfach so, aufgeschnappt, verstehen Sie?«

»Aber von jemand Bestimmtem?«

»Ich weiß, wer's mir erzählt hat, aber ...«

»Ja? Wer denn?«

Als keine Antwort kam, drehte sich Matty schließlich doch um, um den Jungen jedenfalls anzusehen, bevor er verschwand, aber er war zu langsam. Und dann ging er über die Straße, um die Lemlich-Flure anzusteuern, die Plakate dicht vor der Brust, eine Krepprolle wie ein Armband am Handgelenk.

Um sieben Uhr abends betrat Erics Freundin Alessandra frisch aus Manila in Begleitung eines Mannes das Restaurant.

Nach neun Monaten, mitten in seinem rasanten Ärger, war ihr unerwartetes Erscheinen für ihn so verwirrend, dass er erst auf halbem Weg zu ihrem Zweiertisch überhaupt begriff, wen er vor sich hatte.

»Gott«, sagte er schließlich und blieb am Tisch stehen.

»Carlos.« Der Mann streckte die Hand aus. Er trug einen hohen schwarzen Pompadour wie ein mexikanischer Filmstar von einst.

»Warum hast du mir nicht gesagt, dass du zurückkommst?« Während Eric dort stand und sich an eine Lehne klammerte, wurde er daran erinnert, was ihm an ihr gefallen hatte: diese durch und durch grünen Augen im herzförmigen Gesicht, der Rest nie mehr als eine Begleiterscheinung. Klug war sie wohl, das schon. Zwei Jahre hatten sie zusammen gelebt, für ihn ein Rekord, aber im Augenblick war er einfach nur durcheinander.

»Vielleicht solltest du dich mal eben setzen, Eric«, sagte sie. »Carlos und ich ...«

»... sind verliebt«, beendete er für sie den Satz und warf einen Blick durch den Raum. »Herzlichen Glückwunsch.«

»Danke.« Carlos reichte ihm erneut die Hand.

»Und wie geht's sonst?«, fragte Eric.

»Ich ziehe ganz nach Manila.«

»Okay.«

»Okay?«

»Was willst du hören?« Vor der Tür bildete sich ein Stau.

»Willst du die Wohnung haben?«, fragte sie.

Bree kam geschäftig herbei, ein Tablett mit Aperitifs in der Hand.

»Eric?«

»Ich, keine Ahnung, nur kurz.« Er riss sich zusammen, konzentrierte sich. »Wollt ihr beide heute Nacht da schlafen?«

»Wäre das ein Problem?«

»Ich glaub, ich spinne!«, schrie ein weiblicher Gast direkt vor der Tür. »Mein ganzes Leben ist da drin!«

Clarence, der Türsteher, rannte dem Handtaschendieb hinterher, und scheinbar alle im Berkmann erhoben sich halb von ihren Stühlen, um die vom Panoramafenster zur Norfolk Street eingerahmte Jagd zu verfolgen. Clarence hatte den Kerl am Nacken, noch bevor er aus dem Rahmen verschwunden war, das Restaurant jubelte.

»Eric?« Alessandra wartete.

»Was?«

»Wäre das ein Problem?«

»Was?«

»Heute Nacht hier zu schlafen?«

»Sehr.«

»Schon gut«, sagte Carlos zu Alessandra. »Wir können bei meiner Tante in Jersey City übernachten.«

»Ist das okay?«, fragte Eric.

»Klar«, sagte sie zögerlich. »Alles in Ordnung mit dir?«

»Mit mir alles in Ordnung?« Er wollte etwas Gescheites antworten, aber … »Hast du heute Zeitung gelesen?«

»Worüber?«

»Diese Stadt«, sagte Lester Kaufman, ein Bein übergeschlagen, eine Hand träge an der Handschellenleiste baumelnd, »den Leuten geht's so gut, ja? Aber um nichts kann man die mehr bitten, so schlimm war's noch nie.«

Matty grunzte mitfühlend.

Laut Clarence war das Erste, was dieser Mann gesagt hatte, als er ihn nach dem versuchten Handtaschenraub vor dem Berkmann geschnappt hatte: »Lass mich gehen, und ich sage euch, wer den weißen Jungen erschossen hat.«

»Ich schwöre, Mann«, sagte Lester zum zehnten Mal in der letzten halben Stunde zu Matty, »das hab ich nur in der Panik gesagt. Praktisch das Erste, was mir in den Kopf kam. Was von meinem Kopf übrig ist.«

Leider glaubte Matty ihm.

Lester gähnte wie ein Löwe und zeigte dabei ein dumpfes Stahlkügelchen in der Zunge. Iacone, den Matty extra aufgeweckt hatte, gähnte seinerseits.

»Aber ich sag Ihnen, Mann, ich mach mir wirklich Sorgen um meine Freundin. Ich hab ihr hundert Dollar gegeben, um mir was zu holen, wissen Sie, um mir zu helfen? Viertelstunde, hat sie gesagt und mich dann drei Stunden stehen lassen. Keine Ahnung, wo sie hin ist, was mit ihr passiert ist. Viertelstunde … Ich meine, das hätte ich nie gemacht, wenn sie mich da nicht die halbe Nacht stehengelassen hätte, wo ich die Leute dauernd aus diesem Schuppen rauskommen sehe mit ihren Kippen, jedesmal doller betrunken, Hälfte der Handtaschen direkt da auf dem Gehweg.« Noch ein gigantisches Gähnen, ein schmutziges, dumpfgepierctes Blinzeln.

»Echt ätzend«, sagte Iacone. In Ermangelung eines Partners hatte Matty ihn mit der Aussicht auf Überstunden und einen kurzen Arbeitsweg aus dem Ruheraum gelockt.

»Ich meine, ich bin am Arsch, das weiß ich, aber könnten Sie mal in Ihren Computer gucken, ob sie drin ist? Ich hoffe halt, dass sie bloß geschnappt wurde und nichts Schlimmeres passiert ist, aber …«

»Wie heißt sie denn?«

»Anita Castro oder Carla Nieves.«

Iacone stand auf und ging zum Monitor auf Yolondas Schreibtisch.

»Wo haben Sie hundert Dollar her, Lester?«, fragte Matty.

»Wo?« Er zitterte und hustete dann in seine Faust. »Ach Mann, Sie wollen sich nicht noch mehr Arbeit machen mit solchen Fragen.«

»Nein?«

»Ehrlich.«

Matty ließ ab.

»Nichts«, rief Iacone.

»Haben Sie Brooklyn geguckt?«, fragte Lester.

»Nein, nur Manhattan.«

»Können Sie noch mal Brooklyn gucken? Sie checkt in der South Second, South Third, keiner checkt mehr in Manhattan, Manhattan ist tot, dafür haben Sie ja gesorgt.« Lester schlug wieder die Beine übereinander, ein Streifen schmuddelige, rote lange Unterhose lugte zwischen seinem bleichen Knöchel und dem Jeanssaum hervor. »Ich meine, was zum Teufel ist mit der passiert? Sie wollte mich ins Krankenhaus bringen, ich hab Wasser in der Lunge.«

»Kein Problem, jemand kann Sie abholen, wenn wir hier fertig sind.«

»Nichts«, rief Iacone. »Hat sie einen dritten Namen?«

»Sie ist nicht drin, hm? Scheiße. Was meinen Sie denn, was mit ihr ist?«, fragte er Matty. »Und ich hier … Das läuft auch unter Straftat, oder?«

»Nicht unbedingt. Kommt drauf an, wie Sie sagen, was Sie sagen, verstehen Sie, in Bezug auf Ernsthaftigkeit, Reue.«

»Ich bereue ja. Ich hab nicht gedroht, keine Einschüchterung, nichts, wie sagt man, Terroristisches …«

»Schön, schreiben Sie das einfach in Ihrer Erklärung. Wir können die Erklärung sogar für Sie schreiben, aber ich erzähle Ihnen hier ja nun wahrlich nichts Neues: Sie helfen uns, wir helfen …«

»Meinen Sie, das hier könnte als Bagatelle durchgehen? Ich wollte ja, ich hatte das gar nicht vor, ich hab das Scheißding einfach von der Straße genommen. Dachte nicht mal, dass das irgendwem auffällt. Als dieser große Schwarze dann hinter mir her ist, hab ich gleich sozusagen ›Bitteschön, hier.‹ Hab ja das blöde Ding nicht mal aufgemacht, keine Ahnung, was da drin ist. Ganz klar bin ich kein Profi.«

»Aber aber, jetzt machen Sie sich mal nicht so runter«, warf Iacone von Yolondas Schreibtisch ein.

»Wissen Sie, ich muss dazu sagen, dass wir uns mehr oder weniger aus dem Abfalleimer ernähren, Anita und ich, aber vor ein paar Jahren? Da hatten wir einen Laden, der war was bei zweihunderttausend Dollar wert.«

»Ach ja?« Zur Abwechslung gähnte Matty. »Was für ein Laden?«

»So eine Punkboutique?«

»Ist nicht wahr.«

»Kann ich eine Zigarette haben? Scheiße, ich muss in die Notaufnahme.«

»Na denn.« Matty klatschte in die Hände. »Also, einmaliges Angebot. Scheiß auf die Kerle, die den Jungen umgelegt haben, nennen Sie uns einfach ein Raubduo, irgendwelche Namen, irgendwen, der hier auf dem Kiez zugange ist. Wenn die hinhauen, sind Sie nicht nur raus hier, wir bringen Sie auch in die Notaufnahme, kriegen Sie versorgt, dann suchen wir Ihre Freundin.«

»Ein Raubduo?« Lester zuckte mit den Schultern, überschlug wieder die Beine, sah weg. »Also, früher hat sie Carmen Lopez genommen, das war so ihr Künstlername in diesem Schuppen in Massapequa. Sie war Bartänzerin, sehr gut, sehr beliebt, hatte ihre Stammkundschaft, Kerle, die sie sehen wollten und zu denen sie nach Hause konnte, zu einigen, dreißig, vierzig Dollar pumpen, aber jetzt ist sie im vierten Monat, also …« Er legte die Stirn in die Handbeuge. »Weiß nicht. Vielleicht Zeit, upstate zu gehen. Hier wird's immer rauer, wissen Sie?«

»Ich weiß, dass ich dich geweckt habe, aber du willst doch ganz bestimmt wissen, wie es den Kindern gestern vor Gericht ergangen ist, das macht dir doch nichts aus.«

»Scheiße.« Matty strich sich übers Gesicht. Die Uhr zeigte sieben an. »Pardon.« Zu müde, um eine Entschuldigung auszubauen. »Gut, wie ist es gelaufen ...«

»Also, der Große ist raus und wieder bei der Arbeit.«

»Und der Andere?«

»Du wirst dich freuen.«

»Worüber?«

»Eine Frage, wie groß ist deine Wohnung?«

»Worüber, Lindsay?«

»Und wie ist das Viertel?«

»Worüber?«

»Der Jugendrichter? Der kann mit Eddie überhaupt nichts anfangen. Zumal er ja seinen älteren Bruder fast die Arbeit gekostet hat.«

»Du verarschst mich.«

»Wenn er könnte, würde er Eddie in den Jugendvollzug stecken.«

»Kann er aber nicht.«

»Das hat er auch gesagt. Aber er hat auch gesagt, wenn Eddie seine Bewährung in den nächsten drei Jahren in irgendeiner Weise, Form oder Gestalt verletzt, ist er weg vom Fenster.«

»Herrgott, kriegt der Junge denn die Kurve?«

»Mal so gesagt: Das war nicht seine erste Begegnung mit dem Jugendrichter.«

»Das hast du mir ja gar nicht erzählt.«

»Ach, und was hättest du gemacht, hättest dich ins Auto geworfen, wärst hergeflitzt und hättest ihn dir mal so richtig zur Brust genommen?«

»Ich weiß nicht.« Nein. »Er ist auch mein Sohn.«

»Da bin ich aber froh, denn jetzt kommen wir zu der Stelle, wo du dich freust. Unterm Strich will der Richter, er will Eddie weg haben, raus aus seinem Bezirk. Der Jugendanwalt hat erwähnt, dass sein Dad unten in New York City Detective ist, ja? Da kriegt der Richter ganz glänzende Augen, und er empfiehlt ausdrücklich, dass der kleine Eddie jetzt mal bei seinem Vater lebt, unter echter elterlicher Aufsicht, die ich ja offensichtlich nicht gebacken kriege.«

»Was hast du gesagt?«

»Gerne.«

»Lindsay ...«

»Er braucht wohl etwa eine Woche, um das Zeug loszuwerden, das sie nicht gefunden haben, dann sitzt er im Bus.«

»Moment, Moment. Zunächst mal, ich habe kein Zimmer.«

»Eddie meint, du hast eins.«

»Das hat er gesagt?«

»Eine Bettcouch.«

»Hm.«

»Er ist ein bisschen abgedriftet, aber er hat ein gutes Herz. Wahrscheinlich wirst du ihn sogar mögen.«

»Hm.« Er setzte sich auf. »In welcher Klasse ist er noch mal?«

Sobald er aufgelegt hatte, rief er Berkowitz zu Hause an, um zu erfahren, wie es um den großen Sonntagsangriff stand, dann fiel ihm ein, dass es erst kurz nach sieben an einem Samstagmorgen war, also legte er vor dem ersten Klingeln auf und ermahnte sich, verdammt nochmal Ruhe zu bewahren. Er hatte frei und versuchte, wieder einzuschlafen.

Keine Chance.

Alle hatten sich vor Oliver 22 versammelt, um das neue Plakat zu bewundern.

»Was denn das für ein Nigger«, sagte Devon. »Sieht aus wie Storm.«

»Wie wer?«

»Storm, das X-Girl in *X-Men*, mit den Wetterkräften.«

»Ja, die Tusse war rattenscharf.«

»Wer war das noch ...« – Fredo schnippte mit den Fingern – »Jada ...«

»Halle Berry, Halle Berry.«

»Oh, die würde ich auf der Stelle nageln.«

»Penner hat einen Bart, yo, der würde *dich* auf der Stelle nageln.«

Tristan lachte mit, der ihm anvertraute Hamster blickte erstaunt zu ihm auf.

X-Girl. Tusse.

Er war nicht beleidigt, nicht verschreckt, nicht auf der Hut, nur fasziniert, versuchte, sich selbst in diesem Bild zu sehen, wollte sich selbst sehen, aber das funktionierte genauso wenig wie beim Blick in den Spiegel.

»Wisst ihr, wie der aussieht?« Fredo tippte aufs Plakat. »Wie heißt der Kerl in dem Film, wie heißt der noch mal, *Hochzeit mit Hindernissen*, der, der Helle mit den Blitzaugen.«

»Ja genau, weiß auch grad nicht, wie der heißt.«

Crystal Santos trat, vorsichtig und begierig, ins allgemeine Blickfeld.

»Hey yo, wie heißt der grünäugige Nigger in *Hochzeit mit Hindernissen,* der mit der Gitarre?«

»Oh, den mag ich«, sagte sie. »Hat auch in *Big Mamas Haus* gespielt.«

»Schön für ihn, aber wie heißt er?«

»Keine Ahnung.«

Little Dap spuckte durch die Lücke in seinen Zähnen aus. »Sieht für mich immer noch aus wie eine Tusse.«

Tristan legte den Kopf schief und wartete auf Little Daps Blick, doch wie er im Grunde erwartet hatte, kam der nicht zu ihm.

Gegen Ende seines Mittagessens saß Harry Steeles Kulturalienhändler allein vor seinen gebackenen Eiern, Kopf zur Seite geneigt, wann immer er die Gabel vom Teller zum Munde führte, bevor er auf halbem Wege zuschnappte.

»Kann ich Sie kurz sprechen?«

Der Händler sah sich eine ganze Weile im Raum um und schnappte dann wieder nach seinen Eiern. »Was.«

Eric stand an dem kleinen Tisch, auf die Lehne des freien Stuhls gestützt. »Ich würde gern ein bisschen was besorgen, ein bisschen was aufziehen.«

»Ein bisschen was aufziehen. Was denn ein bisschen aufziehen?«

Ein weiteres Seitenschnappen nach der Gabel.

Seufzend trommelte Eric mit den Fingern auf die Holzlehne.

»Reden Sie jetzt mit mir oder nicht?« Der Typ hatte ihn noch nicht einmal angesehen.

Ein weiterer beklommener Seufzer. »Was meinen Sie?«

»Was ich meine? Ich meine, ich kann keine Gedanken lesen, also warum reden Sie nicht einfach?«

Eric sah weg und schnippte sich an den Nasenflügel.

»Was?«

»Ach, Himmel noch mal, was meinen Sie?«

Der Kulturalienhändler hielt einen kurzen Moment inne und aß dann weiter. »Wie heiße ich.«

Eric wusste es, aber es fiel ihm nicht ein.

»Genau. In den sechs Monaten, die ich hier regelmäßig herkomme, hatten Sie noch kein einziges freundliches Wort für mich übrig, und

trotzdem finden Sie nichts dabei, hier so schnurstracks auf mich zuzu-
steuern. Wie kommt's.«

Eric suchte im Saal nach einer vernünftig klingenden Antwort.

»Weil ich einfach so eine, eine ... frettchenmäßige Ausstrahlung
habe?« Zum ersten Mal sah er ihn an.

»Es tut mir leid.« Eric sank, er sank, täglich, beständig.

»Ich komme hierher, weil der Besitzer, Ihr Chef, zufällig ein guter
Freund von mir ist. Ich komme allein hierher, um in Ruhe zu essen,
und ausgerechnet sein verdammter Geschäftsführer ...«

»Es tut mir leid, ich stehe momentan ein bisschen unter Druck.«

»Ich hab Zeitung gelesen.«

»Ich weiß, ich weiß, ich habe keine ...« Eric wollte dringend zum
Pult zurück, stellte sich vor, dass sein Klammergriff die Stuhllehne
zum Zersplittern brachte. »Wäre mir lieb, wenn Sie Harry nichts von
unserem Gespräch sagen.«

»Das kann ich mir vorstellen.« Er warf angewidert seine Gabel auf
den Teller. »Diese Eier sind das reinste Eis.«

Als alle gegangen waren, riss Tristan das Plakat von der Wand neben
den Briefkästen und ging, mit dem Hamster im Schlepptau und der
22er fest im Kreuz, zu Irma Nieves' Haus, um ...

Ihr das Plakat zu zeigen und sie zu fragen, ob sie den Typen kannte?
Sie zu fragen, ob er ihm ähnlich sah? Ihr zu sagen, dass er wusste,
wer ... dass er ... Nein. Erst mal sagen, ach, hab gehört, hier seid ihr
alle. Hm. Dann, ach ... schon gesehen? Oder ...

Als der Fahrstuhl kam, stand der fette Donald drin, den alle Gameboy nannten, mit Augen wie zwei Erbsen in der Höhle. Und wie immer, wenn Tristan ihn sah, trug er seine Spielebox bei sich, heute *Tec-
tonic II* und *NFL Smashmouth*. Sie kannten sich vom Sehen, liefen sich
fast täglich entweder in der Schule oder irgendwo in den Lemlichs
über den Weg, sprachen aber eigentlich nie miteinander.

»Spielst du die?«, fragte Tristan, als die Kabine ruckelnd aufwärts
fuhr.

»Ja«. Gameboy beäugte das Plakat. »Ist das der Typ?«

Als Experiment entrollte Tristan es und sah ihm prüfend in die winzigen Augen.

»Die Polizei hat mich krass gemangelt deswegen.« Gameboys Stimme war hoch und keuchend. »Hab aber keinen Mucks gesagt.«

»Weißt du denn, wer das ist?«

Gameboy sah bedeutungsvoll auf den Hamster, dann an die Decke der Fahrstuhlkabine. »Kleine Bilder haben große Ohren, verstehst du?«

Tristan verstand nicht.

Als der Dicke auf seinem Stockwerk ausstieg, sagte er: »Penner ist nicht mal aus dieser Gegend.«

Keiner machte auf, als er bei Irma Nieves klingelte, wobei er hätte schwören können, dass er, als er wieder auf den Fahrstuhl wartete, hinter der Haustür Gelächter hörte.

Als Eric um acht Uhr abends seine Drogenbeschaffungsoptionen abwog und keinen Schritt weiterkam, hörte er den Schlüssel in der Tür, ein Geräusch, das er neun Monate oder wie lange auch immer nicht mehr gehört hatte.

»Oh, tut mir leid.« Alessandra fuhr zusammen. »Ich dachte, du bist bei der Arbeit.«

»Na ja, du bist hier zu Hause.« Eric zuckte die Schultern.

Sie ließ sich neben ihn auf die Futoncouch fallen.

»Alles in Ordnung?«

»Carlos' Tante hat mich auf dem Kieker.«

»Ach ja?«

»Katholisch.«

»Verstehe.« Eric starrte auf den Fernseher, als wenn er liefe.

»Du bist anders«, sagte sie.

»Als er?«

»Als du.«

»Dann brauchst du die Wohnung heute Nacht?«

»Schon. Mal langsam packen.«

»Okay.« Er stand auf und sammelte ein paar Sachen zusammen.

»Du musst nicht gleich weglaufen.«

»Nein, ich weiß, ich wollte bloß …«

»Wo gehst du denn jetzt hin?«

»Ich kann ein paar Leute anrufen«, sagte er und dachte: zum Beispiel? In der kurzen Stille stellte er sich vor, wie er an Brees Wohngemeinschaftstür klopfte, bestimmt war es eine Wohngemeinschaft, wie sie ihn in ihr Zimmer führte, zu der Matratze auf dem Fußboden. Überwältigt setzte er sich wieder auf den Futon.

»Ich wollte dich nicht rausschmeißen«, sagte sie.

»Schon gut.« Er mied ihren Blick. »Wie geht's mit der Masterarbeit?«

»Gut.«

»Schön.«

Langsam ließ sie das Wohnzimmer auf sich wirken und knabberte dabei an ihrem Daumengelenk, eine Angewohnheit, die Eric vergessen hatte und ihn jetzt ein bisschen schmerzte, aber nicht genug.

»Hast du inzwischen Zeitung gelesen?«

»Du meinst, die von gestern?«

»Ja.« Eric wappnete sich.

»Ja«, sagte sie, »und ich kann gar nicht fassen, dass du beinahe gestorben wärst.«

»Was?«

»Wenn man zwischen den Zeilen liest, ist es, als ob dich dieser Typ beinahe umgebracht hätte.«

Eric brannten die Augen.

Sie stand auf, ging zu ihrem Schmuddelbücher-Regal und strich über den betrunkenen Chor der Taschenbücher. »Hallo, Jungs, vermisst ihr mich?« Dann drehte sie sich wieder zu Eric um: »Es ist so, merkwürdig, wieder hier zu sein.«

»Kann ich mir vorstellen.«

»Aber ich wollte dich nicht rausschmeißen.«

Matty hatte Berkowitz am Samstag viermal angerufen. Morgens hatte er ihm mitgeteilt, die Fahndung setze sich gerade zusammen, an den anderen Einheiten »arbeite« er jedoch noch. Um eins hatte er ihm gesagt, alle anderen seien »so gut wie« bereit. Um vier hieß es, »die letzten Kinken« seien noch »auszubügeln«. Als um sechs der Anrufbeantworter ansprang, sagte sich Matty, nun sei bald Samstagabend, und der Mann wolle nicht gestört werden.

Er hatte versichert, wenn kein Massaker passiere, würde es über die Bühne gehen, und Berkowitz war so geradeheraus, wie man in einer solchen Position sein konnte, also noch ein Bierchen.

Um acht allerdings machten die Fernsehnachrichten mit der Entführung der Enkelin eines politisch vernetzten Predigers aus Washington Heights auf, und da wusste Matty, dass der zweite Angriff wieder mal für den Arsch war.

Es war eine merkwürdige Art zu ficken.

Er war sich nicht mal sicher, ob sie im selben Bett schlafen würden, obwohl es keine andere Möglichkeit gab, er saß komplett angezogen aufrecht auf dem Futon und wartete darauf, dass im Bad das Wasser zu laufen aufhörte, um zu sehen, was dann passierte, da kam sie schnurstracks nackt auf ihn zu, mit sehnigem Körper, asketisch und unkompliziert, nur Brustwarzen und Hüftknochen, und Eric wurde einfach zu einer anderen Person, zog sich stumm aus, hielt sie, eine Hand in ihrem Nacken, eine auf ihrem Bauch, und zog sie zu sich auf den Futon, als legte er ein kostbares Instrument in seinen Kasten. Keine Eile, aber auch kein Vorspiel, er schob sich einfach in sie und bewegte sich nicht langsam, nicht gehetzt, wartete, aber tief drinnen, mit einer Konzentration, wie er sie noch nie besessen hatte. Nichts konnte ihn antreiben, nichts konnte ihn bremsen, und Alessandra sah ihn von der Seite an – Wer bist du –, ihr Körper gespannt unter seinem, Feder gegen Feder, doch sie konnte sich nicht halten, sie kam, dann noch mehr, und er immer noch nicht, konnte seine Reaktion nicht ändern, hätte sie die ganze Nacht stoßen können, hätte es auch getan, wenn sie nicht seine Brust fortgeschoben, eine Pause gebraucht hätte, worauf Eric sich so bretthart aus ihr erhob, wie er hineingekommen war, sie immer noch hielt, ohne zu wissen, was er sagen sollte, einfach wartete, bis sie wieder konnte, und wieder reinging mit derselben strapazierenden Ausdauer, dass Alessandra ein wenig zu schielen begann im Bemühen, in ihn hineinzusehen, aber er war nicht zu finden, und bald hatte sie nicht mal mehr die Kraft, um eine weitere Pause zu bitten, sie entglitt ihm einfach.

Als Matty um Mitternacht voll bis zum Scheitel bei Waxey die neuesten Meldungen zur Entführung sah, konnte er sich nicht mehr daran erinnern, ob seine Exfrau ihn tatsächlich morgens angerufen und erzählt hatte, dass der Junge nach New York zog, oder ob er sich das nur ausgedacht hatte, also ging er in das ruhigere, rot gestrichene Hinterzimmer, Chinaman's Chance, und drückte mit dem Daumen auf dem Handy herum, um sich eine Bestätigung zu holen.

»Hallo?«

Er wusste nicht, ob er eben aus Versehen Minette Davidson angerufen hatte oder sie ihn, zufällig um zehn nach zwölf, als er gerade das Telefon aufklappte, um seine Exfrau anzurufen; die Frage war ihm aber gerade zu verzwickt, also legte er bei allen auf und ging wieder in die Bar.

Am Sonntagmorgen war Berkowitz erneut eine Stimme auf dem Band. Und als Matty einen Freund von der Fahndung anrief, um zu hören, wie die ersten Razzien in den Lemlichs und den Cahans gelaufen seien, erfuhr er, dass sie nicht liefen. »Mann, gestern war die Hölle los wegen dem entführten Predigerkind. Sie haben uns in die Heights hochgeprügelt, wir haben ungefähr fünfzig Türen eingetreten und gehen gleich noch mal hin, um uns die nächsten fünfzig vorzunehmen.«

Wen er auch anrief von Sitte, Drogen, Streife war, welch Überraschung, »im Einsatz«, was höchstwahrscheinlich heißen sollte, oben bei der Entführung, und werde sich baldmöglichst melden.

Um drei Uhr am Sonntagnachmittag kam das Mädchen von allein zurück, einfach ins Haus ihrer Großeltern spaziert, und erzählte, sie sei von sieben Männern in einem abgedunkelten Transporter entführt und zu einem Anwesen gefahren worden, wo man ihr die Augen verbunden und Drogen eingeflößt habe. Sie erinnerte sich nicht, was sie dort gemacht, noch was man ihr angetan hatte und auch nicht, wie sie nach Hause gekommen war.

Trotzdem waren sie um fünf immer noch alle im Einsatz oder hatten einfach Feierabend gemacht, nachdem sie mindestens eine Doppelschicht durchgezogen hatten, um Töchterchen nach Hause zu bringen. Um sechs rief ein Kumpel vom Drogendezernat an und steckte Matty im Vertrauen, sie persönlich seien gar nicht in die Heights abgeordet worden, sondern hätten sich den ganzen Tag darauf vorbereitet, am Abend für ihn die Lemlichs und die Cahans zu durchpflügen, seien jedoch in letzter Minute von ihrem Lieutenant ohne Erklärung zurückgepfiffen worden.

Matty versuchte daraufhin beharrlich, Berkowitz zu erreichen, und bekam jedesmal das Band, allerdings hätte der Mann persönlich am Apparat auch nur höhere Gewalt beschworen, gesagt, sein Chef habe davon Wind bekommen (die Ratten sind überall hier im Präsidium), und er habe die Notbremse gezogen, aber er habe es versucht, er habe sein Bestes gegeben.

Matty würde nie herausfinden, wer letztendlich seinen zweiten Angriff erneut gekippt hatte, aber das war inzwischen auch egal.

Zweimal übers Ohr gehauen – selbst schuld.

Also rief er noch spät am selben Abend fünf seiner eigenen Detectives zusammen, die allesamt ohne Genehmigung Überstunden machten, und setzte sein Personal so effektiv wie möglich ein, was unterm Strich bedeutete, von 3.00 Uhr bis 5.00 Uhr die Kreuzungen nahe des Tatorts zu besetzen und somit den genauen Zeitpunkt des Überfalls vor zehn Tagen von beiden Seiten einzufassen, Flugblätter auszuteilen und so viele Befragungen vor Ort durchzuführen wie möglich, wobei Yolonda als Swingman zwischen der Ecke Eldridge und Delancey und dem achten Revier hin und her pendelte, um jeden zu vernehmen, den die von Überstunden erheiterte Lebensqualität reinbrachte.

Erwartungsgemäß war das alles für die Füße.

Bei Sonnenaufgang stellte Matty Plan B auf.

7   Bellende Hunde

Sie saßen sich im Castillo de Pantera gegenüber, nachdem Billy auf Mattys Anruf so schnell an die Lower East Side zurückgekehrt war, dass Matty, wäre Billy oben in Riverdale nicht persönlich ans Telefon gegangen, angenommen hätte, der Mann habe die ganze Zeit um die Ecke auf der Lauer gelegen. Die einzigen Gäste zu dieser Vormittagsstunde waren zwei junge Frauen mit Bürstenschnitt und farbbekleckten Latzhosen, von denen eine bei der nach Maya aussehenden Kellnerin in gebrochenem Spanisch bestellte.

»Sagen Sie.« Matty beugte sich vor und senkte die Stimme. »Ich bin ja immer ehrlich zu Ihnen gewesen, nicht wahr? Und momentan sehe ich das Ganze mit Lichtgeschwindigkeit den Bach runtergehen.«

»Was ist denn mit Eric Cash?«

»Nichts.«

»Und wenn ich …«

»Vorbei.«

»Was, wenn …«

»Ich hatte Sie gebeten, dem Reporter bestimmte Dinge zu sagen, von denen keines in der Zeitung auftauchte. Ich verstehe ja, dass Sie aufgewühlt sind …«

»Aufgewühlt …«

»Genau, aufgewühlt. Aber der Sinn der Sache war, Cash zu ködern, nicht zu begraben.«

»Vielleicht sollte ich noch mal mit ihm reden«, sagte Billy, »ihm erklären …«

»Nein, lassen Sie's gut sein. Wir haben gepokert, noch eins drauf, und das kann für uns beide ins Auge gehen.«

»Aber was, wenn …«

»Ich sagte, lassen Sie's.«

Billy wollte noch ein Letztes sagen, gab es jedoch auf und versank in wachsamer Leere, als wäre dieser Teil der Programmierung soeben entfernt worden.

»Passen Sie auf.« Matty legte die Hand auf Billys Arm, um ihn wieder zu sich zu holen. »Die da oben wollen den Fall weg haben, und das kann ich nicht zulassen. Wir können das nicht zulassen.«

»Okay.«

»Und in diesem Stadium können wir das nur verhindern, wir können nur verhindern, dass die Sache weiter abkühlt, indem wir sie im öffentlichen Bewusstsein halten, und da habe ich folgende Idee … Die Belohnung beträgt im Augenblick zweiundzwanzigtausend, aber wenn wir sie um, sagen wir, zwanzig aufstocken könnten? Damit könnten wir eine neue Pressekonferenz rechtfertigen.«

Billy nickte.

Matty wartete.

»Also, noch zwanzig.« Matty neigte den Kopf. »Was meinen Sie?«

»Klingt gut.« Billy sah immer noch aus wie ein Faksimile seiner selbst.

Der Mann kapierte es nicht.

»Was ich damit sagen will, in manchen Fällen springen die Angehörigen des Opfers, sofern sie dazu in der Lage sind, freiwillig ein, um ein bisschen Wellen zu schlagen, dem IPP ein bisschen Feuer unter Hintern zu machen.«

»Okay.« Er blinzelte.

»Also, wenn Sie …«

»Ich?« Billy zuckte vom Tisch zurück.

Der Mann hatte es nicht.

»Verzeihung.« Matty wurde rot. »Ich dachte ...«

»Nein, Moment.« Billy legte einen Gang zu.

»Hören Sie, das ist mir peinlich«, sagte Matty. »Ich weiß nicht, warum, aber ich hatte den Eindruck ...«

»Warten Sie doch mal.«

»Ich wollte Sie nicht in die Ecke drängen ...«

»Ich sagte, *Moment*!« Eine verbale Klatsche, bei der die urbanen Farmmädels am Nebentisch zusammenfuhren. »Also, es gibt da ein Konto. Seins, mit etwa fünfundzwanzigtausend.«

»Okay.«

»Angesammeltes Geburtstagsgeld, vor allem mütterlicherseits, das ich, das sie nicht will, das, das an mich zurückgegangen ist.«

»Okay.«

»Das ist sein Geburtstagsgeld.«

»Billy, ich kann Ihnen nicht vorschreiben, was Sie tun sollen.«

»Was soll das heißen, ›Ich kann Ihnen nicht vorschreiben, was Sie tun sollen‹? Genau das haben Sie gerade getan.«

Matty bot die Handflächen dar. »Ich will nur Ergebnisse.«

»Allmächtiger, muss ich's heute noch abheben?«

»Je eher, desto besser, aber ...«

»Scheiße«, bellte Billy, sprang auf, stakste aus dem Restaurant, stürmte wieder herein. »Das ist sein Geburtstagsgeld!« Und spuckte Galle durch den Raum.

Eric produzierte heute nur Chaos, er war so zittrig, dass er keinen Teller anzufassen wagte. Einige Kellner starrten glasig durch ihn durch, Gäste gingen grußlos, einer sagte sogar, ohne ihn anzusehen: »Was man sät, wird man ernten.«

Am schlimmsten jedoch war Bree, die ihm jedes Mal, wenn sie an ihm vorbeiging, als wäre er gar nicht da, ein kleines Stück aus dem Herzen biss. Eric stand die Schicht nur durch, indem er sich auf seinen Abgang konzentrierte und sich daran erinnerte, dass er in vielerlei Hinsicht sowieso schon weg war.

In der Wohnung war es dieser Tage leichter, leichter im Sinne von pur, rein körperlich – und verrückt: Eric hatte die letzten beiden Nächte zu seiner und Alessandras Verblüffung gefickt, als hätte er ihre Abwesenheit ausschließlich dazu genutzt, sich jedes einzelne der von ihr zurückgelassenen Sexhandbücher und Pornocomics einzuverleiben. Noch nie hatte er derartige Konzentration und Ausdauer an den Tag gelegt, dass sie immer und immer wieder kam, was er vorher überhaupt nur beim Lecken zustande gebracht hatte, so dass seine Exfreundin am Sonntagmorgen aufwachte und ihren Filipinoverlobten in Jersey City anrief, um ihm zu sagen, sie brauche noch einen Tag, Montagmorgen, nur noch einen Tag, *mi amor*, und Eric, sobald sie aufgelegt hatte, wieder ranmusste. Für sie war es ein Zeichen wiedererweckter Leidenschaft zwischen ihnen, aber es hatte nichts mit ihr zu tun, es lag an dem, was sie Samstagabend über seine Todesnähe gesagt hatte. Er hatte es zwar gewusst, aber in den anderthalb Wochen seit dem Mord hatte er nicht die Ruhe gefunden, diese Nähe wirklich noch einmal zu durchleben, still zu erfahren, und der Schock, sie so frischnackt aus dem Bad kommen zu sehen, so kurz, nachdem sie ihm das unterbreitet hatte, katapultierte ihn geradewegs zur Eldridge Street 27, zur Kugel, die so nah war, dass er sie mit der Handfläche hätte aufhalten können, und Eric fickte sie das ganze Wochenende – das würde er ihr nur ungern sagen –, um vor diesem Grauen davonzulaufen.

Das Ende seiner Schicht nahte, er hatte eine Stunde bis zur zweiten Hälfte seiner Doppelschicht und konnte sich kaum auf den Beinen halten. Er meldete sich ab und machte sich auf, die vier Blocks zu seiner Wohnung zu laufen, erinnerte sich dann daran, dass Alessandra dort auf ihn wartete, kehrte um, ging wieder ins Berkmann und streckte sich in einem der unteren Vorratsräume aus.

Der Laden, vier Blocks von seiner Schule entfernt, hieß *BD Wing Bestattungen*, und Tristan hatte so was noch nie gesehen: ausschließlich Papiermodelle von jedem nur vorstellbaren Luxusgut, von Gucci-Slippern über Handys und Zigarettenschachteln bis zu einem einszwanzig großen dreistöckigen Haus mit maßstabsgetreuen Backsteinen und Markisen.

»Was ist das denn?« Tristan hielt einen plastikverschweißten Papiersmoking von der Größe eines zusammengelegten Oberhemds hoch.

»Nichts für dich«, sagte der Besitzer, ein grauhaariger Chinese, der Tristan folgte, seit der den Laden betreten hatte.

»Ich klau ja nichts. Was ist das, für Kinder?«

»Für niemand.« Der Mann neigte den Kopf Richtung Tür.

Auf der anderen Seite der Mulberry Street, im Columbus Park, war ein Ganzfeld-Basketballspiel mit zwei Mannschaften im Gange, alles Chinesen, die höchstwahrscheinlich, wie er selbst, gerade die Schule schwänzten.

»Ey, yo.« Gameboy löste sich aus einer dunklen Ecke des Ladens, aus dem Schatten seiner eigenen Brauen, in einer Hand einen Backstein aus nachgemachtem chinesischem Geld, so sah es für Tristan aus, in der anderen zwei Videos.

»Der von dir?« fragte der Alte.

»Ja.«

»Sag ihm, kaufen oder raus.«

»Okay.« Gameboy nickte und sah dann mit schrägem Kopf Tristan an. »Was gibt's?«

»Öfter hier?«

»Ja.«

»Was ist das denn?«

»Abgedrehtes Zeug, oder?«

»Kaufen oder raus«, kläffte der Besitzer hinter der Theke.

»Ja ja.« Gameboy winkte ab. »Ich hol mir hier gern was. Hab ich früher zu Hause gesammelt, aber dann erzählt mir der Typ hier, das bringt Unglück, also …«

»Wie?«

»Der ganze Krempel hier ist für Tote. Verbrennen die Chinesen auf der Beerdigung, damit der Tote es mit in seine Nachwelt nehmen kann … außer dem hier.« Gameboy reichte Tristan das verschweißte

Spielgeld. »Höllenbanknoten. Verbrennt man, um den König der Hölle zu bestechen, damit der Tote da nicht zu lange bleiben muss.«

»In der Hölle?« Tristan beäugte die übereinandergestapelten und aufgereihten Imitate und wollte sie alle, allesamt.

»Und verschenken tut man das Zeug nie, an niemand, weil das ist wie ein Fluch. Das ist, wie wenn man dem den Tod wünscht.«

»Warum kaufst du das dann?«

»Verbrenn ich manchmal selber, zum Beispiel bei mir auf dem Dach? Und manchmal schenk ich das Leuten, denen ich den Tod wünsche.«

»Woher weißt du das?«

»Einfach so.« Dann hielt er die *Berserker*-Spielebox hoch. »Spielst du das?«

»Nee.«

»Könnte ich dir in zwanzig Minuten oder was beibringen.«

»Okay.«

»Du wohnst in Oliver zweiundzwanzig, oder?«

»Ja.«

»Ich in St. James zweiunddreißig.«

»Okay.«

»Willst du irgendwann mal vorbeikommen?«

»Ja, okay.« Nein; er hielt die Luft an vor dem modrigen Dunst des Dicken.

»Ich wohne in zwölf D.«

»Okay.«

»Total einfach, das Zeug.«

»Ist gut.«

Gameboy ging zur Theke und zahlte sein Geld, Tristan folgte ihm und fuhr mit den Fingern über die gestapelten Papierfeuerzeuge, Höllenbankkreditkarten und gelöcherten Fahrerhandschuhe. Draußen in der Mulberry Street schälte Gameboy einen Zentimeter Banknoten vom Stapel und gab ihn Tristan. »Das ist kein Fluch und nichts. Denk bloß dran, das Zeug zu verbrennen, sonst kommt der König der Hölle persönlich und holt es sich.«

»Okay.« Tristan nickte, dann ging er über die Straße, angeblich, um den Chinesen beim Ganzfeldspiel zuzusehen, in Wahrheit aber, um die Papierrolex genauer zu betrachten, die er im Laden hatte mitgehen lassen.

Eric war für ein kurzes Nickerchen zwischen seinen Schichten in den Keller gegangen und schlief fünf Stunden, erwachte in Panik, rannte in den Spindraum, um sich Wasser ins Gesicht zu schütten, die Zähne zu putzen und mit den Finger durchs Haar zu streichen, und stopfte sich, während er nach oben sprintete, das Hemd in die Hose.

Die Erste, die er sah, war die Hostess, die für ihn eingesprungen war.

»Warum hat mich keiner geweckt?«

»Von wo denn?« Sie ging weg, ohne ihn eines Blickes zu würdigen.

Die Nächste war Bree, mit einem Tablett voller Getränke.

»Machst du Doppelschicht?«

»Ja.« Sie lächelte ihn im Vorbeigehen knapp und unpersönlich an.

»Ich auch«, sagte er zur Luft.

Nachdem er eine Vierergruppe zu ihrem Tisch geführt hatte, sah er einen Mann allein vor dem Pult warten – in den Dreißigern, gestreiftes Bateau-Shirt, Baskenmütze. »Einer?«

»Sind Sie Eric?«

Eric bereitete sich auf die nächste Dusche vor und blickte ihn bloß an.

»Paulie Shaw meinte, Sie würden vielleicht gern mit mir reden.«

»Paulie?«

Der Kulturalienhändler; Eric brauchte ein bisschen, um den Namen zuzuordnen, das Gespräch. Plötzlich sah er die Detectives aus dem Achten vor sich, die ihn in einen Drogendeal verwickelten, um ihn zur Kooperation zu zwingen, sah noch mehr Scheiße in den Zeitungen, sah seinen Selbstmord.

»Paulie Shaw?«, probierte es der mögliche verdeckte Ermittler erneut. Das Picasso-Hemd war eine hübsche Note.

»Ich kenne Sie nicht«, sagte Eric.

»Schön, egal.« Schulterzuckend nickte er zur Speisekarte. »Könnte ich dann einen Tisch bekommen?«

Eine Stunde später brachte Eric dem Faschingsfranzosen persönlich den Kaffee und setzte sich ihm gegenüber. »Also, wer sind Sie?«
»Morris.«
Eric saß da und versuchte, alle Züge durchzuspielen. Bree räumte ab, ohne ihn anzusehen.
»Kommen Sie mit in mein Büro.«

»Okay, sagen Sie mir« – er suchte fieberhaft nach den unverfänglichsten Wörtern –, »worüber ich mit Ihnen würde reden wollen …«
Morris wanderte durch den niedrigen Kellerraum und betrachtete die Graffiti an den Deckenbalken. Ohne den Blick von den kruden Sprüchen über seinem Kopf zu wenden, holte er ein schlankes Papierröllchen, das aussah wie ein Zuckerröhrchen, aus seiner Jeanstasche und reichte es Eric.
Eric entrollte die gezwirbelten Enden: vier, fünf Linien, ein BJ-in-the-bathroom-Special. Peinlich berührt wegen seiner zitternden Hände reichte er es zurück. »Nach Ihnen.«
»Ich nehme so was nicht.«
»Ich auch nicht.«
Seufzend nahm Morris einen Bic-Kugelschreiber vom Kragen seines Bateau-Hemds und zog sich mit Hilfe der langen Kappenspitze die Hälfte des Puders rein. »Jetzt bin ich die ganze Nacht auf.« Er gab es Eric zurück. »Sie sind dran.«
Das reine Puder trieb Eric die Tränen in die Augen; bevor er noch die Prismen weggeblinzelt hatte, fragte er nach dem Preis für eine Unze.
»Zwölfhundert«, sagte Morris.
»Für eine Unze?« Alle Umsicht im Geflirr verloren. »Zum Teufel, Maurice, ich bin vielleicht nicht gerade Superfly, aber aus dem letzten Hinterwald komme ich nun auch wieder nicht. Herrgott, mal ehrlich, unter uns Klosterschwestern.« Eric auf einmal so gelackt.

422

»Na, woran hatten Sie denn so gedacht?«

»Siebenhundert.«

»Witzig.«

»Witzig?«

Morris zuckte, führte ein kleines Koks-Tänzchen auf. »Potzblitz, Popeye.«

»Wie bitte?«

»Ich geh auf elfeinhalb, aber damit hat's sich. Gott.« Er warf den Kopf in den Nacken wie ein Gaul.

»Siebeneinhalb.«

»Steh ich hier mit einem Handwagen, oder was?«

»Acht, weiter runter geh ich nicht«, sagte Eric. »Rauf.«

»Na schön, passen Sie auf.« Morris marschierte mit steifen Armen durch den Keller und klatschte lautlos in die Hände. »Ich meine, Sie können ja in die Lemlichs rüber und versuchen, achthundert die Unze rauszukloppen, und entweder Sie kommen mit einem Sack Goldmedaillen raus oder gar nicht, okay? Aber das hier ist verbrieft und versiegelt und geliefert, risikofreies weißes Koks auf einem weißen Markt. Seinen Preis wert. Können Sie zwei, drei Mal verlängern, ist immer noch bestens, und wenn Sie sich diese Mühe nicht machen wollen, zwanzig pro Brief, hundert das Gramm, kriegen Sie immer noch sechzehnhundert das Pack raus. In Geld muss man investieren, Mister, sonst wäre ja jeder Schlucker King.«

»Achteinhalb.«

»Ganze Nacht auf für nichts und wieder nichts«, murmelte Morris, dann kritzelte er eine Telefonnummer auf die Rückseite eines leeren Koks-Papierchens und reichte sie Eric mit einem weiteren vollen Röllchen aus seiner Jeans, Aufmerksamkeit des Hauses. »Wissen Sie was: Nehmen Sie das hier, denken Sie noch mal drüber nach, wenn Sie Ihre Meinung ändern, rufen Sie die Nummer an, okay?«

»Achtfünfundsiebzig.«

»Alles Gute.«

Vom Kick und vom Wissen um die Reserve erfrischt, blieb Eric noch im Keller, als Morris gegangen war. Er dachte an Ike Marcus, an Bree und daran, dass er jetzt ungestraft die ganze Nacht trinken konnte.

Und die Sache mit den Lemlichs? Warum nicht? Keiner da drüben in den Siedlungen, der vom Verkauf einer Unze profitierte, der sich überhaupt genug auf der Reihe hatte, um eine Unze verkaufen zu können, wäre so behämmert, so kurzsichtig, die Gans zu schlachten.

In Geld muss man investieren ...

Heute nach der Schicht würde er in die Lemlichs gehen, nein, scheiß drauf, jetzt, Ersatz finden und weg. Er stapfte wieder nach oben und ging ans Pult. »Du, ich muss dringend was Persönliches erledigen.« Er legte die Hand auf den Arm der Hostess, die schon vorher für ihn eingesprungen war; die Frau blickte auf ihren Arm, als hätte er ihn gerade geleckt. »Bin bald zurück.« Als er zur Tür ging, kam ihm Bree mit einem Tablett Nachtisch entgegen.

»Ich wollte dich nicht so angehen«, murmelte sie, »bestimmt hast du deine Gründe«, und ging weiter, bevor er antworten konnte.

Eric holte Luft, rieb sich das Gesicht und kehrte zum Reservierungspult zurück.

Vielleicht morgen Abend.

Um zehn Uhr abends war Matty zu Hause und wollte gerade zur Eldridge Street 27 gehen, ein bisschen am Schrein herumlungern und dann vielleicht ins No Name gehen, um sich mit der Mixologin kurzzuschließen, als sein Handy klingelte.

»Ja, hallo, hier ist Minette Davidson. Ich habe mich gefragt, ich müsste mal mit Ihnen reden.«

»Ja, natürlich.«

»Ich bin unten.«

»Unten?« Da wurde ihm klar, dass sie ihn auf der Wache wähnte. »Bin in zwei Minuten da.«

Sie saß auf einem der Hartschalenstühle in der keilförmigen Rezeption, wo er ihren Mann zum ersten Mal gesehen hatte, als der auf dieselbe Wand mit Gedenkplaketten über dem Tresen starrte.

»Hallo.«

Sie fuhr zu ihm herum – sie sah ein wenig wild aus unter dem rauen Kranz ihrer Haare – und deutete auf die Inschrift unter dem bronzenen Profil des Streifenpolizisten August Schroeder, getötet im Jahre 1921. »›Die Trauer ist ein eigenes Land‹«, las sie. »Dem würde ich nicht widersprechen.«

»Kommen Sie mit nach draußen«, sagte er.

Im Angesicht der massiven Brückenpfeiler, die die unmittelbare Umgebung beherrschten, war der Ausblick vor der Wache um neun Uhr abends derselbe wie um fünf Uhr morgens: vom Kommen und Gehen der Polizei und dem Rumpeln des unsichtbaren Verkehrs abgesehen leblos.

Sie standen nebeneinander in der trostlosen Stille; Minette umschlang sich trotz eines dicken Pullovers in der noch warmen Oktoberluft.

»Wie kann ich Ihnen helfen?«, fragte er schließlich.

»Billy hat den ganzen Tag damit zugebracht, zwanzigtausend Dollar für den Belohnungstopf aufzutreiben, wissen Sie davon?« Ihr Blick irrte ziellos über die Schatten.

»Ja.«

»Er sagte, das sei Ihre Idee.«

»Ja, das schon, aber …«

»Ich wollte mich nur vergewissern, dass es stimmt.«

»Ich meine, das ist keine Garantie für …«

»Dass das von Ihnen kommt.«

»Ja.«

»Okay.« Sie nickte, ließ den Blick noch immer über die herzlose Aussicht schweifen. »Mehr wollte ich nicht hören.«

»Dafür hätten Sie nicht hier runterkommen müssen, das hätten wir am Telefon klären können.«

»Tut mir leid.«

»Nein nein, ich meinte Ihretwegen.«

»Ja, nein, ach was, ich musste wohl einfach ein Weilchen raus, ein paar Minuten.«

»Von zu Hause.«

»Ja. Das ist jetzt manchmal wie eine Tigergrube, also einfach nur, na ja, ein paar Minuten.«

»Klar«, sagte er. »Wo ist Ihre, wo ist Nina?«

»Bei meiner Schwester mit ihren Cousinen. Ich brauchte einfach mal Pause.«

Der wachhabende Sergeant kam auf eine Zigarette nach draußen, nickte Matty zu und trat dann beiseite, um die beiden nicht zu stören, doch kurz darauf fuhr ein Transporter vor, und vier Sittenpolizisten führten eine Prozession von sechs asiatischen Frauen in Handschellen zur erkennungsdienstlichen Behandlung. Die Erste in der Reihe war die Größte und Attraktivste und Bestgekleidete, ihr folgten fünf Bauernmädchen: gedrungen mit platten Gesichtern und tumben Mienen.

»Ach Scheiße«, stöhnte der Sergeant, »nicht die Pagode.«

»Tut mir leid, Sarge«, sagte der Einsatzleiter.

»Wo soll ich denn jetzt hin?«, jaulte er, und die Sitte feixte.

»Sehr witzig!«, fauchte die Große. »Ich verdiene gut. Mehr als ihr.«

»Na und, meine Frau verdient auch mehr als ich.«

»Macht sie's auch halb und halb?«

»So erzählt man sich.« Erneutes Feixen.

»Wissen Sie was?« Matty legte eine Hand auf Minettes Arm. »Wir gehen nach oben.«

Er führte sie durch den leeren Dienstraum ins Büro des Lieutenant, ließ die Innenjalousien herunter und bot ihr einen Platz auf einer Kunstledercouch an, die zur Hälfte mit Protokollen besetzt war.

»Möchten Sie etwas trinken?« Er zog einen Stuhl heran. Sie schüttelte den Kopf, beugte sich vor und vergrub das Gesicht in den Händen. Matty ließ sie einen Augenblick gewähren. »Was ist?«, fragte er dann.

»Ich hab mir das nicht ausgesucht«, flüsterte sie mit bedeckten Augen.

Matty nickte, dachte: Wer hat das schon.

»Ich habe den Jungen geliebt, ich schwöre, wirklich, aber Himmelherrgott nochmal ...«

»Wissen Sie was?« Die Hand leicht auf ihrem Arm. »Sie tun schon das Richtige.«

»Woher wissen Sie das?« Sie verbarg sich jetzt hinter der geballten Faust.

Er wusste gar nichts, aber was sollte er sagen. »Es ist doch erst eine Woche her.«

»Genau.« Noch ein verzagter Seufzer.

»Ich sag Ihnen was.« Matty beugte sich vor. »Sie kümmern sich um Ihre Familie, und ich kümmere mich um den Rest.« Er klang grundsolide, als hätten seine Worte irgendeinen Sinn, aber es war mehr als nur Schönfärberei, er wollte, dass sie stärker war, so erschien sie ihm in seinen Tagträumen, und jetzt bestand er darauf. »Kümmern Sie sich um sie, Sie schaffen das«, sagte er tief unten, wenige Zentimeter von ihrem gesenkten Kopf entfernt. Er mühte sich mit Haut und Haar, zugleich besonnen und übernatürlich klarsichtig zu klingen. »Das weiß ich.«

Endlich hob sie den Blick zu seiner allwissenden Stimme, sah ihn mit verzweifelter und hilfloser Wachsamkeit an.

»Das weiß ich.«

Sah ihn an wie einen Fels im brandenden Meer.

»Überlassen Sie mir ...«

»Okay«, sagte sie wie sediert, dann streckte sie die Arme nach oben, nahm sein Gesicht in die Hände und steckte ihm die Zunge in den Mund, dass Matty kaum Zeit hatte, seine Finger zaghaft auf ihre Schultern zu legen, bevor sie, bestürzt und erledigt, zurückwich. Einen Moment lang saßen sie bloß da mit gedankenweiten Augen und blickten durch den Raum, als hätten sie etwas Bestimmtes verloren, bis Minette aufstand und wortlos zur Tür ging.

Er wusste, dass es ein Egal-Kuss gewesen war, ein einmaliges Aufbäumen, er begriff und akzeptierte das, und so konnte er im Moment nur erleichtert sein, sie ziehen zu lassen. Als sie sich jedoch, eine Hand bereits an der Tür, zu ihm umdrehte, Luft holte, als sei sie verwirrt, als sei das nicht wie erwartet, einen halben Schritt zu ihm ging, um noch mehr zu bekommen, und sich dann zusammenriss: Nein. Das war der Schuss ins Herz. Matty sackte in sich zusammen. Minette drehte sich wieder um und schloss leise die Tür hinter sich.

»Herrgott.« Matty wischte sich über den Mund, was er gleich darauf bereute.

Rastlos, erregt, bemüht, nicht mehr darüber nachzudenken, was nicht passiert war, saß Matty eine Stunde später immer noch im leeren Büro und ging die Anzeigen durch, sichtete das Chaos des Tages und sortierte es in Rücklauf an die Streife und ermittlungswürdig, Straftaten natürlich, aber auch häusliche Gewalt, alles potentielle Entzündungsherde; Tote und Vermisste aus denselben Gründen.

Es war ein lauer Tag gewesen: einige Anzeigen wegen Belästigung, zwei unbewaffnete Überfälle, ein paar kleinere Diebstähle und eine schwere Körperverletzung, die bereits in eine Festnahme gemündet war.

Dann wurde er auf eine Vermisstenanzeige aufmerksam, Olga Baker. Matty kannte das Mädchen, eine notorische Ausreißerin, die Mutter, Rosaria, rief regelmäßig einmal im Monat an, ihre Tochter kam ein, zwei Tage darauf nach Hause, nichts Besorgniserregendes, aber beim letzten Anruf, vielleicht vor sechs Wochen, war Matty schließlich hingegangen, in eine ordentliche Wohnung in den Cuthbert Towers, eine Stufe über den Sozialsiedlungen und etwas neben der üblichen Spur. Rosaria, Ende dreißig, vielleicht Anfang vierzig, klein und kompakt mit einem Turm schwarzer Haare, hatte ihn aus heiterem Himmel gefragt, ob er auch Kinder habe, was zu ›Sind Sie noch mit der Mutter zusammen‹ führte, was zu ›Gehen Sie gern tan-zen‹ führte, was aus irgendeinem Grund, den er heute Abend nicht mehr nachvollziehen konnte, dazu führte, dass er sich ganz schnell vom Acker machte.

Er kannte Kollegen, die bei Gelegenheit mit Zeuginnen schliefen, mit Verdächtigen, mit Überführten, mit den Ehefrauen, Schwestern und Müttern von Opfern und sogar mit den Opfern, wenn sie sich erholten. Man trat unvermittelt in Leben, die durch die willkürliche Schlechtigkeit der Welt umgestülpt worden waren, und man selbst, in Schlips und Anzug, mit schweren schwarzen Schuhen, anständi-gem Haarschnitt und einer Aura der Aufrichtigkeit, wurde zum Ritter, zum Vater, zum Beschützer ... Was alles in allem heißen sollte, dass es einem manchmal in den Schoß fiel, wenn man so drauf war. Was er nicht war, nicht war.

Die Telefonnummer stand auf dem Bericht.

»Rosaria, wie geht es Ihnen, Detective Clark hier, wissen Sie, wer? ... Ja, genau der. Ich gehe hier die Akten durch, ist Olga schon nach Hause gekommen?« Er kritzelte herum. »Okay, wir halten da draußen Au-gen und Ohren offen ... Nur, wie halten Sie sich, geht es Ihnen so weit gut? ... Ach, wirklich? ... Wenn Sie wollen, kann ich vorbeikommen, mal sehen, ob es irgendetwas ... Überhaupt kein Problem ... Jetzt gleich passt bestens.«

Matty ging auf die Toilette, um sich die Zähne zu putzen und das Hemd zu richten, kam wieder heraus, verließ den Dienstraum, kam zurück, gab Henry Baker in den Computer ein, Rosarias Ehemann saß noch in Green Haven, und machte sich dann auf zu seinem Einsatz.

Rosaria Baker gehörte streng genommen in keine der oben genann-ten Kategorien.

Noch immer aufgedreht kam Eric nach Hause und wappnete sich für den nächsten todbeflügelten Rammlathon. Alessandra war beim Pa-cken – oder beim Auspacken, das war schwer zu sagen, bis er sah, dass die Bücherregale halb leer waren.

»Vielleicht willst du dich lieber setzen«, sagte sie.
»Immer dieses Gesetze, spuck's einfach aus.«
»Es ist so weit, ich muss.«
»Ja.« Eric versuchte, gekränkt auszusehen.
»Tut mir so leid.«
»Ja, nein«, sagte er.
»Vielleicht mache ich einen …«
»Nein, machst du nicht, machst du nicht«, sagte er zärtlich, eilig.
»Carlos holt mich in einer Stunde ab.« Und sah aufs Bett.

Das war toll; das … musste er öfter machen. Matty knutschte auf der Couch wie ein Teenager, die Hand in Rosaria Bakers Bluse, sie rubbelte ihm über den Schenkel, als würde sie Kuchenteig ausrollen, gab kleine Kiekser von sich und roch nach Lippenstift, Parfum, nach Hairspray, sie trug Strümpfe mit Strumpfband und Haken, und Matty dachte, was ist eigentlich damit geschehen, warum ist das ein Fetisch, das ist doch normal, das ist doch toll, alles ist toll, alles ein Herzinfarkt in Zeitlupe, und dann hörten sie die Tür, und beide fingen an, fahrig herumzufummeln, als die vermisste fünfzehnjährige Olga Baker hereinmarschiert kam; der verdammte Fall war gelöst.

König der Hölle
Kennen wir alle
Geh einfach rein
Ich darf da sein

Tristan klappte sein Buch zu, betrachtete die Hamster, die um ihn herum schliefen, den Jungen, der jetzt jede verdammte Nacht mit einem Steifen schlief, der sich aufstellte wie ein kleines Periskop.
Er schlüpfte aus dem Bett und ging in den Flur. Vor dem Elternschlafzimmer, eine Hand am Knauf, wurde ihm schwindlig vor Angst. Er konnte, kann nicht begreifen – er war ihm entgegengetreten, ihm und seinen fixen Schlägerhänden, hatte eingesteckt und sofort ausge-

430

teilt und zugesehen, wie er wich und die Bullen rief wie eine kleine ver-
fickte Zicke; und spürte es noch immer. Er konnte ihn umbringen, er
war ein Killer – und noch immer spürte er es, als ginge er in die Höhle
des Löwen.

Er öffnete die Tür einen Spalt, legte sich auf den Bauch und robbte
ins Schlafzimmer, vom Geruch nach ausgeatmetem Schlaf wurde ihm
wieder schwummerig, bis er unter dem Nachttisch seines Ex-Stiefvaters angekommen war. Er langte hinauf, zog die Schublade gerade
so weit auf, dass er die chinesische Papierrolex reinlegen konnte, und
schob sie wieder zu.

Ein Geschenk.

»Ich hatte, ich habe meine Gründe.« Eric war so high, dass er schielte, als er Bree auf ihrem Weg aus dem Spindraum abfing.

»Wie bitte?« Sie wich vor ihm zurück, dass er wusste, es war ohnehin egal, was er jetzt sagte.

»Gestern Abend hast du zu mir gesagt, ›Du hattest bestimmt deine Gründe.‹ Die habe ich.«

»Okay.« Sie wartete, nicht auf die Gründe, sondern auf freie Bahn. Das scherte ihn nicht.

»Könntest du, hör zu … Komm einfach eine Sekunde mit mir runter.« Er nickte zum Keller und fügte dann hinzu: »Keine Mätzchen, versprochen.«

»Ja, wegen dem zweiten Angriff dieses Wochenende.« Deputy Inspector Berkowitz in Mattys Ohr.

»Boss, ich frag schon gar nicht mehr.«

»Mit diesem blöden Predigerkind …«

»Verstehe.«

»Was für eine Verschwendung von Zeit und Personal.«

»Stimmt.«

»Wissen Sie, wo sie diese Teufelskult-Geschichte her hat?«

»Aus dem Kino?«

»Ja, aber welcher Film?«

»Keine Ahnung.« Matty hatte dieses Getippel um den heißen Brei satt. »*Rosemarys Baby*?«

»*Eyes Wide Shut.*«

»Was für ein Ding?«

»Sie wissen schon, wo sie mitten in dem Anwesen diese Orgie abhalten.«

»Hab ich nicht gesehen.«

»Alle sind dort, nackt mit so Eulenmasken.«

»Nicht gesehen.«

»Ich kann nicht recht glauben, dass uns der Mensch, der uns *Spartacus* gegeben hat, mit solchem Mist bedenkt.«

Es reichte. »Sagen Sie, ich habe gerade einen Anruf bekommen, der Mann hat beschlossen, persönlich zwanzigtausend in die Belohnungskasse zu werfen, das macht dann zweiundvierzigtausend, und um das anzukündigen, hätte er gern eine Pressekonferenz.«

»Wa, was für ein Mann?«

»Marcus.«

»Der Vater?«

»Aus eigenen Mitteln«, sagte Matty.

»Eine Pressekonferenz, jetzt?«

»Übermorgen, damit er Zeit hat, das Treuhandkonto einzurichten.«

»Übermorgen.«

»Genau.«

»Da muss ich Sie noch mal anrufen.«

»Boss, genau genommen bittet er nicht um Erlaubnis, er will bloß wissen, ob wir ihn dabei unterstützen, um der Sache noch mehr Nachdruck zu verleihen.«

»Sind Sie jetzt sein Pressesprecher, oder wie?«

»Wollen Sie mich verarschen? Dermaßen im Gegenteil, ich tue alles, um dieses arme Schwein zu zügeln, damit er nicht allen in der Suppe hängt. Aber wenn es Ihnen lieber ist, gebe ich ihm Ihre Telefonnummer, dann können Sie sein Ansprechpartner sein, und ich könnte in der Zwischenzeit versuchen, diese Scheiße hier zu lösen, statt mir den ganzen Tag das Ohr abkauen zu lassen.«

»Wann soll das sein?«

»Übermorgen. Am Tatort. Wenn Sie das nicht übernehmen und es ins Hauptquartier oder das Achte verlegen, wird das ein Zirkus.«

»Da muss ich ein bisschen rumtelefonieren.«

»Ist das eine Zusage?«

»Ich rufe Sie wieder an.«

Matty legte auf und sah Billy an, der niedergeschlagen, aber begierig auf dem Stuhl gegenüber saß.

»Und?« Sein Mund hing offen wie eine Türangel.

»Das Übliche.«

»Nichts?«

»Sie lernen schnell«, sagte Matty. »Na schön, ich möchte, dass Sie Folgendes tun.«

»Okay … ich hatte Angst«, fing Eric an. Von der Kellerluft und dem Gramm Dreckskoks, das er heute Morgen testweise vor dem Hamilton Fish Park erworben hatte, musste er niesen. »Ein paar, ein paar Straßentiere haben uns gekrallt und den Kerl neben mir erschossen, und ich? Bin einfach weggelaufen. Ich bin ins Haus gelaufen. Da ist eine Waffe, also haust du ab. Menschliche Natur, okay? Aber selbst im Versteck, selbst als der Schütze weg war, war ich so gelähmt, dass ich nicht mal dran gedacht habe, 911 anzurufen. Den Bullen habe ich zwar was anderes erzählt, aber das war gelogen. Und erst dachten sie, ich lüge, um ein Verbrechen zu vertuschen. Als wäre es für sie undenkbar, so einen Schiss zu haben, dass man vor Scham wegen so was Banalem lügen muss. Aber, verstehst du, diese Leute wissen, wie man Lügen auseinandernimmt. Vielleicht wissen sie nicht, was hinter der Lüge steckt, vielleicht meinen sie's zu wissen, aber erst mal ist ihnen das egal, sie hängen sich einfach nur an der Lüge auf, hauen drauf, hauen drauf, sehen zu, wie ich vor ihren Augen auseinanderbrösele, als hätten sie's darauf angelegt. Und ich hatte das Gefühl, ich bin noch einmal in Lebensgefahr. Und wollte nur raus. Ich wollte nur raus aus diesem Raum. Und ganz zum Schluss haben sie mir meine Feigheit nicht abgenommen, sie war einfach zu unvorstellbar. Ich meine, wahrscheinlich haben sie so getan, als ob, gegen Ende hat mich der eine Bulle so getrümmert, als eine Art Torschlussmanöver, damit ich einknicke und gestehe, um meine, meine Männlichkeit oder was zu retten, aber es war klar, dass er immer noch dachte, ich verarsche sie.«

Bree stand da und sah ihn an, als wären noch weitere Leute im Keller und er würde ihre gesamte Zeit beanspruchen, und Eric dachte, Wie können sich Menschen so schnell gegen einen wenden?

»Aber schlimmer als der Fiese« – Eric kokste weiter – »war die andere, die Verständnisvolle …«

»Das klingt furchtbar«, sagte sie, bevor er zum Eigentlichen kommen konnte, und ihr maßvoller Ton zerriss ihn förmlich. Es war, als sei ihr intimes Blitzgewitter hier unten vor einigen Tagen nur ein Traum gewesen.

»Und da ist noch mehr, mehr, für das ich momentan schwer Worte finde, also …« Er verlor sich.

»Herrgott.« Sie verzog das Gesicht und ließ die Augen von rechts nach links schnellen wie den Schwanz einer Katzenwanduhr.

Eric wartete, bis sie hinter der niedrigen Decke verschwunden war, und zog sich das letzte Gramm rein.

Wie konnte ein Mensch sich so schnell wandeln?

Eine Stunde, nachdem er Mattys Büro verlassen hatte, stand Billy erneut mit Mayer Beck zusammen, diesmal vor der Eldridge Street 27, wo beide die Überbleibsel des Schreins betrachteten: nichts außer einigen auf Größe eines Gummibalgs geschrumpften traurigen Ballons, dem zerfledderten Foto von Willie Bosket, das gegen die Häuserwand flappte, und den letzten Sonnenstrahlen, die in den bunten Botanica-Scherben funkelten.

»Also.« Beck wandte sich zu ihm und zog einen Stenoblock aus der Gesäßtasche. »Was gibt's?«

Eric wartete, bis das Ziviltaxi von der Lemlich-Siedlung weggefahren war, und ging dann an der Minipiazza direkt gegenüber vorbei: vier schäbige Läden – eine Pizzeria, ein Krämer, ein chinesischer Imbiss, ein Waschsalon –, die alle weiter von der Straße ab lagen als die Häuser zu beiden Seiten, so dass die paar Extrameter Gehweg ein natürliches Revier für die jungen Männer bildete, die dort jetzt herumlungerten, die meisten von ihnen mit seitlich aufgesetzten Basecaps und zelt-großen weißen T-Shirts, die ihnen bis über die Knie reichten. Ein Kinderspiel, später am Abend an ihnen vorbei in die Pizzeria zu gehen – mit einem Stück herauszukommen und einfach dort herumzustehen wie eine Yuppie-Piñata, war der heikle Teil.

»Ich habe es ihm gesagt«, berichtete Billy und zerrte an seinem Hosen-stoff, während er Matty über den Schreibtisch hinweg ansah. »Don-nerstag, ein Uhr.«

»Und er weiß Bescheid«, fragte Matty, »dass 1PP nicht dabei ist.«

»Ja, das ist angekommen. Voll und ganz.«

»Und Sie sind nicht ab?«

»Ab?«

»Durch die Mitte.«

»Nein. Ich, nein.«

»Okay, prima.« Matty tätschelte Billys Hand auf der Schreibtisch-unterlage. »Gut gemacht.«

Billy ruckte zur Bestätigung mit dem Kopf, blieb sitzen.

»Ich rufe Sie an.« Matty wandte sich demonstrativ anderen Dingen zu. »Sobald sich etwas tut.«

»Kann ich nicht noch ein bisschen bleiben?«, fragte Billy kleinlaut. »Ich störe auch nicht.«

»Ich finde, Sie sollten nach Hause gehen und sich noch ein bisschen ausruhen, bevor …«

»Im Moment « – Billys Stimme wurde lauter – »brauche ich mein Bett nur anzugucken und kriege schon Alpträume.« Matty zögerte. »Na schön, klar, kein Problem. Dann ruhen Sie sich eben hier aus.«

Nach kurzem Aktenstudium gegenüber einem gedankenverlorenen Billy fing Matty Mullins' Blick auf und signalisierte ihm: Ruf mich an.

»Möchten Sie etwas, Billy? Wasser? Kaffee?«

»Danke.« Er beugte sich vor. »Ich hatte letzte Nacht so einen Traum.«

Mattys Handy klingelte. »Clark.«

»Was willst du?«, fragte Mullins.

»Im Ernst?« Matty sprang auf und kritzelte eine Phantasieadresse hin. »Bin sofort da.« Und zu Billy: »Muss los.«

»Dieser Fall?«

»Ein anderer. Wir sind vielleicht ein paar Stunden weg, ich fahre Sie nach Hause.«

Als er sein Stück aufgegessen hatte, wusste er nicht, was er mit seinen Händen machen sollte, wohin mit seinem Blick.

Um zehn Uhr abends herrschte reger Fußgängerverkehr zwischen der Minipiazza mit den vier Läden und der Lemlich-Siedlung direkt gegenüber der Madison Street, aber die Gruppe der zeltbetuchten jungen Männer blieb im Großen und Ganzen vor den Läden versammelt. Je mehr sie ihn zu ignorieren schienen, desto heftiger fühlte er sich beobachtet. Unmöglich konnte er die ansprechen; oder sollte er …

Nach einigen quälenden Minuten entfernte sich eins der T-Shirts und schlenderte über die Madison in die Lemlichs, und Eric dachte, vielleicht sollte er auch gehen, zurück zum Berkmann; das hier nahm garantiert kein gutes Ende.

Dann kam ein anderer, ohne ihn anzusehen, langsam in seine Richtung geschlenzt, der mit dem großen T-Shirt und dem gespreizten Seitwärtsgeschlenker aussah wie ein hartgesottener Pinguin. »Sie wünschen, Officer?«, sagte der Junge, den Blick weiter in die Ferne gerichtet. Auf einem Goldmedaillon, einem von dreien um seinen Hals, stand sein Name: David.

»Sehe ich aus wie ein Bulle?«, fragte Eric ernsthaft.

»Sollen Sie ja nicht.«

»Ich bin kein Bulle.«

»Okay.«

Eric wandte sich zum Gehen.

»Hey, Officer?«, rief der Junge, und als Eric sich umdrehte, kam Leben in die Meute, und alle lachten und klatschten sich ab.

»Der ist nicht von der Polizei.« Big Dap wedelte seinen Bruder vom Geländer vor der St. James Street 32.

»Nicht sicher«, sagte Little Dap. Er war von der Minipiazza weggegangen, weil er nicht wusste, ob der Typ von dem Überfall hergekommen war, um ihn zu suchen.

»Sicher bist du nicht sicher.« Schmunzelnd nickte Dap Hammerhead zu, einem der Älteren, die immer um ihn herum waren: Häng dich ran. Als Hammerhead träge die Madison zurückjoggte, machte sich auch Little Dap auf den Weg, nach oben, bis die Luft wieder rein war, aber …

»Hey, yo, hierher, kleiner Mann. Dabei sein ist alles.«

»Nee, ich …« Aber sein Bruder brachte ihn mit einer Geste zum Schweigen.

»Ich bin dabei«, sagte Tristan, nur hörte ihn wie üblich keiner.

Gedemütigt, doch erleichtert – besser ein lebendiges Arschloch – ging Eric weiter die Madison hinunter auf die Montgomery zu, erstarrte jedoch, als er eilige Schritte hinter sich hörte. »Hey, hey«, eine Hand an seinem Ellbogen.

Der Typ, der ihn an der Jacke zog, war älter als die anderen: Mitte zwanzig mit Unterlippenbart und derart vorstehenden Augen, dass er einen Rundumblick zu haben schien. »Die Hüpfer haben keine Ahnung. Was brauchst du?«

»Nichts.

»Wie viel Nichts?«

»Eine Unze.« Das hatte er gar nicht sagen wollen …

»Eine was?« Seine Glubschaugen glänzten vor Erstaunen. Einen halben Block hinter ihnen schlenzte die jüngere Meute umher und verfolgte die Unterhaltung von ihrer Zwei-Quadratmeter-Piazza. Eric dachte, Geh einfach, und setzte sich wieder in Bewegung.

»Ha ha ha ha halt, halt mal.« Lachend hielt der Typ Eric am Handgelenk fest. »Ist halt viel Stoff für so spontane Stippvisite, aber schon okay, kriegen wir hin. Komm mit.« Er zupfte ihn in Richtung Lemlichs.

»Nimm's mir nicht übel« – Eric ging leicht in die Wasserski-Hocke, um nicht an Boden zu verlieren – »aber da geh ich nicht hin.«

»Hey. Ich erzähl dir mal was über mich, weil das kannst du ja alles gar nicht wissen.« Er hielt noch immer Erics Hand fest, und Eric war zu verlegen, um sie zurückzufordern. »Ich bin Stipendiat am Borough of Manhattan Community College, sechs Kurse oder was vor der Akkreditierung, also ...«

»Was ist dein Hauptfach?«

»Mein was?« Dann: »Naturwissenschaft.«

»Ich geh da nicht rüber.« Eric bekam endlich seine Hand wieder.

»Schön, dann zieh dich eben hier aus.«

»Wozu? Um zu sehen, ob ich verkabelt bin?«

»Yes, Sir.«

»Hier, ich habe nicht mal Geld bei mir.« Er stülpte seine Taschen um.

»Macht nichts, hab ja auch keinen Stoff bei mir. Wir machen hier nur Konversation, und vielleicht den nächsten Schritt, wenn's glatt läuft.«

Sie einigten sich auf die Toilette der Pizzeria, gingen gemeinsam durch den Essraum und an den Bangladeschis vorbei, die am Zubereitungstisch im Hinterzimmer Teig kneteten. Die Toilette war größer als nötig, stank aber infernalisch nach Urinstein. Der Typ hockte sich auf die Unterschenkel, um Eric achtlos abzuklopfen, dann trat er zwei Schritte zurück. »Okay, Boss, runter mit dem Eierbecher.«

»Leck mich«, sagte Eric, nur um es zu sagen, dann ließ er die Jeans fallen und zog seine Boxershorts herunter.

»Okay okay.« Der Typ trat noch weiter zurück. »Mehr brauch ich nicht sehen.«

Eric hatte zwar nicht sehr viel Erfahrung mit so was, aber diese ganze Prozedur hatte etwas beunruhigend Unaufrichtiges.

»Was wolltest du noch mal?«

»Hab ich schon gesagt.«

»Was?« Der Typ grinste, seine Rundumaugen pulsierten. »Willst du mich auch untersuchen?« Er streckte die Arme von sich.

»Ich hab's dir schon gesagt.«

»Hast du, hast du.« Dann: »Unze einen Riesen.«

»Nein.«

»Dann sind wir fertig.«

»Okay.« Erleichtert griff Eric nach dem Türknauf.

»Hey hey hey.« Der Typ zupfte Eric hinten am Hemd. »Was hast du denn gedacht?«

»Sieben, hat man mir erzählt.«

»Sieben?« Er lachte. »Welche Arschpfeife hier unten, in diesem Kiez, sagt denn sieben?«

»Okay, hab ich mich halt verhört.« Er griff wieder nach dem Türknauf.

»Ich sag neun.«

»Verzeihung«, sagte Eric, »wie heißt du?«

»Hab ich dich nach deinem Namen gefragt?«

»Schön, egal. Ich werde siebeneinhalb sagen, du dann achteinhalb, ich danach acht und du achtfünfundzwanzig, also gut: achtfünfundzwanzig.«

»Achteinhalb.«

»Wiedersehen.«

»Schon gut, schon gut, achtfünfundzwanzig. Scheiße.«

»Gut.« Eric fühlte sich von seinem eigenen Sieg betrogen. »Wie schnell kannst du's besorgen?«

»Und du?«

»Ich? Das Geld?«

»Hm-hm.«

»Halbe Stunde?« Er wollte es bloß hinter sich bringen, was auch immer dabei rauskam.

»Moment.« Der Typ hob den Blick zur Decke und stellte seine Zeitberechnungen an. »Sagen wir drei viertel.«

»Okay, drei viertel.«

»Ist gut, dann sehen wir uns hier.«

»Nicht hier.« Eric überlegte, überlegte. »Wir treffen uns irgendwo einwärts.«

»Ein wo? Was zum Henker ist einwärts?«

»Irgendwo bei Orchard, Ludlow, Rivington.«

»Ach, du meinst weißwärts.« Lachte. »Sag das doch. Wo genau?«

»Wo genau?« Eric stutzte. »Es gibt da einen Tacoladen in der Stanton Ecke Suffolk, kennst du den?«

»Ich kenne Stanton Ecke Suffolk.«

»Da gibt es einen Tacoladen.«

»Steht Taco auf dem Schild?«

»Glaub schon.«

»Dann alles klar.«

»Drei viertel Stunde?«

»Drei viertel.«

Eric schwankte, dann griff er erneut nach der Tür.

»Ey, yo.« Der Typ drehte ihn in letzter Sekunde herum. »Ich merk doch, dass du scheißnervös bist und alles.« Er zog eine fünfzackige Dienstmarke aus seiner Tasche und packte Eric am Handgelenk. »Hast allen Grund dazu.«

Eric stand da wie angewurzelt und lächelte halb vor Entsetzen.

»Boahhh«, röhrte der Typ und klatschte in die Hände. »Tut mir leid, tut mir leid.« Er zeigte noch mal seine Marke, ein Stück Blech, auf dem stand: SUPER SECRET AGENT. »Tut mir leid, schlechter Witz, schlechter Witz.«

»Ja.« Erics Stirn badete in Schweiß.

Das Schlimmste an seiner Verhaftung vor so vielen Jahren oben in Binghamton war das tägliche Warten gewesen. Als diese Arschgeige in der Pizzeria ihm die Marke ins Gesicht drückte, war Eric deshalb von Erleichterung überspült worden. Und jetzt, auf seinem Nachhauseweg von den Lemlichs, versuchte er, dieses Gefühl wiederzubeleben, als wäre alles, was noch passierte, bereits passiert, die Zeche in Gänze bezahlt.

Die Geschichte würde nicht gut enden, da war er sich ziemlich sicher, aber er kam da nicht raus. Seit zwei Wochen war ihm, als würde er sich nach und nach in einen seiner Lower-East-Side-Geister verwandeln, und Geister, glaubte er, waren nichts anderes als hirnlose Schausteller mit einem ganz schwachen Hang zum Déjà-vu.

Und so schwebte er in den Flur seines Hauses, schwebte die fünf Stockwerke verquerer Treppen hinauf in seine entleibte Wohnung, als hätte er nur eine sehr vage Erinnerung daran, sich jemals zuvor unter diesem Dach aufgehalten zu haben. Als er jedoch seine angesammelten Trinkgelder aus dem Wanderstiefel im Kleiderschrank holte, 900 $ abzählte und noch mal gesondert 75 $ als Notreserve für den unvermeidlichen Spontandeal einsteckte, regte sich etwas in ihm: als würde der schiere Wert der Scheine in seinen Händen auch ihm mehr Substanz verleihen, Substanz und Selbstvertrauen, und zum ersten Mal an diesem Abend fühlte er sich einen flüchtigen Moment lang nicht als witzloser Schatten in einem vorgefertigten Drehbuch, sondern als Individuum, das anfing, die Geschichte in die Hand zu nehmen, das eigene Schicksal zu wenden.

Mit den Jeanstaschen voller Geld schenkte er sich zur Stärkung einen Wodka ein und starrte ihn an. Schüttete ihn in den Ausguss.

Heute nicht, mein Freund.

So leicht und wach, wie er sich seit Tagen nicht gefühlt hatte, schloss er seine Wohnungstür ab, lief die Treppe hinunter und kam bis zu den Briefkästen; er sah die Stanton Street durch die Scheibe der Haustür, und dann ging ihm mit einem Schlag die Puste aus. Zunächst dachte er, er sei mit etwas kollidiert, das in Lichtgeschwindigkeit an ihm vorbeiflitzte, einer Kugel vielleicht, der Kugel vielleicht – erschossen zu werden, hatte er gehört, fühlte sich manchmal so an wie ein Donnerschlag. Als er jedoch von den schmierigen Fliesen aufblickte und in die Lemlich-Gesichter sah, wusste er, dass es einfach ein Hieb in den weichen Magen gewesen war.

Einer von ihnen, ein Tuch über dem Gesicht bis hoch zu den Augen, beugte sich sofort über ihn und durchwühlte seine Taschen auf der Suche nach dem Geld; das T-Shirt des Jungen bedeckte Erics Kopf und gewährte einen intimen Blick auf Waschbrettbauch und flache Brust. Ein anderer zischte, »Moment, Moment«, und Eric spürte, wie er an den Fußgelenken über die Fliesen in die Ecke unter der Treppe geschleift wurde, außer Sichtweite der Straße, noch ein Hieb, um ihm die Augen zu schließen, sein Hirn eine Stimmgabel, Gewühl in seinen Taschen, eine Stimme: »Fünfundsiebzig? Er hat was bei achthundert gesagt«, dann noch ein Hieb, Eric hörte mehr, als dass er fühlte, wie etwas unter seinem Auge krachte, dann »Hey hey hey, hier ist es ja«, der Rest des Bündels befreit, dann ein anderes Gesicht dicht an seinem, keine Maske, Kaugummi-Atem: »Wir wissen, wo du wohnst«, ein letzter Hieb, das rechte Auge blähte sich in seiner Höhle, die Tür zur Straße ging auf, herein kam ein Fetzen Frauengelächter von weiter oben in der Straße, dann Stille, als die Tür ins Schloss fiel, und Eric dachte: Das reicht.

Nachdem er den ganzen Tag damit gehadert hatte, Billy Marcus in etwas hineinzuschicken, auf das er überhaupt nicht vorbereitet war, dachte Matty gegen Abend auch wieder an Minette Davidson, so dass er geradezu als Akt der Buße ins No Name ging, um sich der Mixologin zu unterwerfen. Den ganzen Weg dorthin probte er ihren Namen, Dora, Dora, Dora, und fühlte sich etwas weniger wie ein Schwein, weil er sich diesmal an ihn erinnerte. Doch als er durch die schweren schwarzen Vorhänge in den Raum trat, war sie nicht da.

Ihre Nachfolgerin hinterm Tresen war allerdings ebenso bestrickend launisch und abweisend, groß und schlank mit pflaumenblauen

Augen und glänzend schwarzem Pony; und sie servierte ihm das Pils mit einem schmalen Lächeln, das ihn zum Plaudern animierte. »Eigentlich suche ich Dora.«

»Mein Englisch …« Sie blinzelte ihn an.

Er winkte ab, war nur Smalltalk, doch sie wandte sich an den Mixologen und sprach mit ihm, wie Matty annahm, auf Russisch.

»Es tut ihr leid«, sagte der junge Mann, »ihr Englisch …«

»Vergessen Sie's.« Matty zuckte die Schultern.

»Sie sagten, Sie suchen Ihre Tochter?«

Tristan saß auf dem Dach seines Hauses und sah auf den East River, die sehnige Strömung glänzte unter den beleuchteten Brücken, die ins überwiegend dunkle Brooklyn führten. Was hatte der Bulle in der Nacht gesagt, in der Little Dap und er hier hochgerannt waren? Ein Milliardenblick über Zehncentleuten – so was in der Art. Er ließ den Blick über die Fenster im obersten Stock des nächsten, etwa fünfzig Meter entfernten Lemlich-Hochhauses schweifen, das Leben dort drin, vor dem Fernseher oder am Telefon, wie kleines Mäusetheater.

Nachts das Licht
Und ich
noch immer nicht
in Sicht
unterwegs wie ein Ninja

Er hielt inne, fand partout nichts, was sich auf Ninja reimte, und drehte die Wörter um:

Wie ein Ninja unterwegs

Es kam nichts.

Er klappte das Buch zu und ging auf die andere Dachseite zu der Stelle, wo Little Dap ihn in der ersten Nacht kopfüber hatte hängen lassen, kopfüber mit Blick auf den Gehweg fünfzehn Stockwerke unter ihm.

Versuchte, hier zu schreiben.

Nicht zu viel
Dann ist still
Gut fürs Herz
Gegen Schmerz
Diesen ganzen irren Terz

Er drapierte sich über den Rand, versuchte, der Position, in die Little Dap ihn in jener Nacht gewuchtet hatte, so nahe wie möglich zu kommen. Als das niedrige Geländer ihm in die Hüften schnitt und sein Körper über das Dach hinauslehnte, hob er die Füße vom Kies und versuchte, die Balance zu halten. Einige Sekunden klappte es, dann kippte er nach vorn und musste schnell das Gitterwerk unter seinem Bauch packen. Ein schlechter Kick.

Little Dap. Little Bitch.

Schwindlig, aber aufrecht ging er zur anderen Dachseite zurück, holte die 22er aus seiner Gesäßtasche und spähte in alle Wohnzimmerfenster im benachbarten Haus, das ganze Mäusetheater. Dann wandte er den Kopf ab und ballerte zwei Runden, bevor er die Treppe hinuntertrottete.

Matty saß an seinem Schreibtisch, Ellbogen auf der Unterlage, die heutige *New York Post* vor ihm und Berkowitz im Ohr.

»Was geht denn dem im Hirn rum?«

»Boss, ich habe Sie gestern vorgewarnt.«

»Nie im Leben macht der das am Tatort. Der kriegt unmöglich die Genehmigung.«

»Genehmigung? Was wollen Sie machen, ihn einsperren? Hören Sie, er ist nicht bösartig, er ist nur gerade ein bisschen, ein bisschen am Schwimmen.«

»Am Schwimmen.«

»Und wenn wir schon dabei sind, ich weiß eigentlich gar nicht, was daran so schlecht ist. Denn wenn nicht jemand anruft, irgendeinen Namen nennt, stehen wir gerade voll im Regen.«

Der Deputy Inspector dämpfte den Hörer und sprach mit jemandem, Matty schloss derweil die Augen.

»Ja, also …« Berkowitz war wieder in der Leitung.

»Was ist also?«, fragte Matty. »Machen wir die Pressekonferenz, bringen wir die Hinweistelefone zum Klingeln. Eine Ente ist mir lieber als gar nichts.«

Schweigen.

»Er ist heute Morgen nach Miami geflogen, zu den Großeltern des Jungen, aber gleich morgen früh ist er wieder da.«

»Wir brauchen eine Absichtserklärung der Bank.«

»Ich glaube, die ist Ihnen bereits zugefaxt worden.« Matty zuckte zusammen, als er das sagte.

»Sie sind gut dabei, nicht wahr?«

»Offen gestanden? Es ist zwar nicht meine Veranstaltung, aber ich brauche hier dringend ein bisschen Bewegung rein, sonst ...«

»Wann will er sie haben?«

»Morgen.«

»Ich weiß nicht, wir müssen sehen, was hier sonst noch passiert. Ich weiß, dass sie heute Abend unten in Ridgewood im großen Stil Einwanderer hochgehen lassen, das will unsere Presseabteilung morgen garantiert rausbringen. Vielleicht wäre Freitag besser.«

»Freitag?«

»Rufen Sie mich morgen an.«

Matty legte auf und sah Billy an, der ihm gegenübersaß.

»Wieso fliege ich nach Miami?«

»Dann klingen Sie wie ein vielbeschäftigter Mann.«

»Aber ich fliege doch nicht wirklich.«

»Nein.«

»Freitag ...« Billy klopft sich abwesend an die Schläfe. »Wissen Sie, was ich gerade dachte? Vielleicht sollte ich zur Opferhilfe gehen.«

»Unbedingt.« Matty nickte. »Holen Sie sich Hilfe.«

»Hm, nein, ich meinte als Freiwilliger, um anderen zu helfen.«

Matty blickte auf seine Schreibtischunterlage.

»Ich weiß nicht«, sagte Billy, »vielleicht auch nicht.«

Little Dap, der, soweit Tristan gehört hatte, gestern Abend nicht nur die Hosen voll hatte vor Schiss, sondern auch noch die ganze Zeit wie Jesse James maskiert herumgelaufen war, gab jetzt den Schwank zum Besten. »Macht der Typ so ›Was wieso he, was, wie bitte wo?‹ und Zeug, wir schleifen ihn um die Treppe rum und gehen seine Taschen durch, irgendwie grad siebzig Dollar drin, Hammerhead hatte was bei achthundert gesagt, also geht Devon auf ihn, *Bamm bamm bamm,* ›Du

Scheißkerl, du Betrüger!‹, ich ihm in die andere Tasche, ›Ähm, hier ist es ja‹, und Devon so, ›Am Arsch! Hätte er halt sagen sollen, ist in der anderen Tasche!‹ *Baff baff baff.*«

Alles lachte, du meine Scheiße, am Nachmittag nach Schulschluss.

Sie hingen alle vor der St. James 32 ab und hockten oder lehnten auf den abblätternden dreireihigen Geländern, die die breiten Stufen zur Haustür säumten. Wie immer hatte Tristan einen der Hamster bei sich, seine langen Finger hingen dem Jungen wie Hosenträger übers Hemd. Er entfernte sich ein paar Schritte von den anderen, so dass jemand, wenn er ihn rief, vom Geländer steigen und zu ihm hingehen musste.

»Dev, yo« – Little Dap schnippte das Handgelenk quer über den Körper – »der Junge ist voll unentspannt.«

»Hey, yo.« Tristan nickte Little Dap zu, der nicht auf ihn achtete. »Yo.« Er starrte Little Dap an, bis der widerwillig vom Geländer glitt und zu ihm schlenderte. »Was?«

»Ich brauch einen Dollar«, sagte Tristan mit abgewandtem Blick.

»Einen was?«

»Eine Nesquik für ihn hier.« Er trommelte mit den Fingern auf das Hamsterhemd.

»Na und?« Little Dap zuckte mit den Schultern. »Dann hol ihm halt seine Scheißnesquik.«

»Ich brauch einen Dollar.«

»Taub, oder was?« Little Dap entfernte sich.

Tristan wartete, bis Little Dap sich wieder aufs Geländer gehockt hatte, dann wiederholte er, nicht lauter, als wenn er direkt neben ihm gestanden hätte: »Ich brauche einen Dollar.«

Little Dap sah ihn an.

»Einen Dollar.« Tristan starrte ihn an, bis er wieder zu ihm kam, schnalzend zu Tristan hinüberstapfte und ihm einen Schein zusteckte. »Damit du's Maul hältst«, sagte er und stampfte zu seiner Alustange zurück. Tristan sah ihm hinterher.

Sie klopften wieder an Türen, diesmal in den Walds, auf der Suche nach der Großmutter eines Jungen, den man letzte Nacht bei einer Verkehrskontrolle in North Carolina stadteinwärts mit vier Einkaufstüten voller Handfeuerwaffen erwischt hatte, drei davon 22er; keiner zu Hause. Anschließend auf einen Kaffee zum Kubaner hinter der Ridge Street.

Als Yolonda auf die Toilette ging, trat Matty vor die Tür und sah auf der anderen Straßenseite in den Mangin Towers einen derart frischen Tatort, dass die Menschen gerade erst aus ihren Löchern gekrochen kamen, wo sie sich vor den Schüssen versteckt hatten. Ohne Yolonda Bescheid zu sagen, ließ er seinen Kaffee sausen und lief hinüber, kam gleichzeitig mit dem Krankenwagen an, in dem die Sanitäter sitzen blieben, bis der erste Streifenwagen direkt vor ihnen hielt. Das Schussopfer lag geduldig auf dem Pflaster.

Die ersten Sekunden herrschte Chaos, Hin- und Hergerenne am Tatort, Uniformierte, auf die keiner achtete, am Absperren, Wegscheuchen und Sichern, begleitet von einer Kakophonie aus Geheul, Geschrei und scharfem, wütendem Männergebell, von Bürgern wie Beamten. Matty wartete gleichmütig, bis das Gewirr sich lichtete.

Und dann entdeckte er die junge Frau, die im dämmerigen Durchgang leise vor sich hinweinte. Mit den Händen in den Hosentaschen näherte er sich auf Gesprächsdistanz und blickte in die andere Richtung. »Weißer Mann im Anzug«, murmelte sie.

Matty deutete mit dem Kinn auf Yolonda, die gerade über die Straße kam. »Wollen Sie lieber mit ihr reden?«

»Mit der?« Die junge Frau zog eine Grimasse. »Das Miststück hasse ich.« Reckte das Kinn zu Jimmy Iacone, der gerade aus dem Sedan stieg. »Der Dicke.«

»Kennen Sie Katz's Deli?«, fragte Matty, ohne sie anzusehen.

»Mein Cousin hat da Fleisch geschnitten«, antwortete sie, »bis dieses Miststück ihn eingebuchtet hat.«

»Okay, gehen Sie rüber zu Katz, der Dicke folgt Ihnen.«

Ike musste neu begraben werden. Er lag in Erics Wohnung auf dem Futon, der jetzt ein hohes Fußbrett hatte, zum Glück, denn so wurde der Blick auf die Leiche versperrt.

Dann tauchten endlich die beiden Typen, auf die Eric gewartet hatte, mit dem bestellten halben Kilo Koks auf. Sie breiteten es auf dem Abtropfblech neben der Spüle aus. Das einzige Problem war, dass man ihn ausgeraubt hatte, also musste er jetzt zum Diners-Club-Gebäude, um das nötige Kleingeld zu holen, was bedeutete, dass er die Typen hier mit Ikes Leiche alleinlassen musste, aber er hatte keine Wahl, er brauchte das Koks für die Reise, die er gleich nach der Beerdigung antreten würde. Er wollte rauf in den Norden, vielleicht über Kanada hinaus, und war total aufgeregt, ja betrachtete die Reise als seine Belohnung; die Reise und das Koks, dafür, dass er diese ganze erneute Beerdigung auf sich nahm, diese Wiederbestattung, eine Idee von Ikes Schwester.

Als er aus seiner Wohnung trat und die beiden Drogendealer, die Leiche und das Koks zurückließ, stellte er zu seinem Erstaunen fest, dass das Haus mit den Mietern von vor hundert Jahren zum Leben erwachte, alles lief, rannte, stapfte die Treppen rauf und runter, beladen mit lauter Zeug – Schnittmustern, Wassereimern und Bettpfannen –, das ganze Haus roch nach Schweiß, schwerer Küche und Exkrementen. Aber das war in Ordnung, denn wenn irgendwelche Leute, solange er unterwegs war, zufällig in seine Wohnung kamen und das halbe Kilo rumliegen sahen, würden sie, wenn sie nicht gerade die Hudson Dusters waren, nicht mal wissen, was sie da vor sich hatten, insofern …

Auf halbem Weg zum Diners-Club-Gebäude auf dem Times Square fiel ihm jedoch ein, was merkwürdig gewesen war an diesen wiederbelebten Mietern: Ja, sie trugen die Kleidung der Jahrhundertwende, lumpige Melonen und lotterige Westen und mehrlagige Kleider, aber sie hatten lange, gebogene Fingernägel am kleinen Finger wie all die Luden und Einreiter und diversen Obermacker der Siebziger, mit dem einzigen Zweck, das Koks leichter aus dem Tütchen zu schaufeln … das konnte nichts Gutes heißen. Ihm blieb nichts anderes übrig, als zur Stanton Street zurückzurasen, um sicherzugehen, dass die Kostümgrünschnäbel sich nicht an seinen Stoff ranmachten.

Und siehe da, als er in seinen Hausflür stürzte, waren ein Dutzend von ihnen vornübergebeugt am Schniefen. Aber Moment, das Koks lag immer noch neben der Spüle; sie waren hinter dem Fußbrett, über Ikes Leiche gebeugt, stippten und schnieften geräuschvoll, und bitte, Gott, weck mich auf, doch dann liegt Eric im Krankenhaus, die rechte Gesichtshälfte brennt, und alles ist noch schlimmer.

Acht Stunden später, ein paar Minuten nach Mitternacht, stand Matty auf dem Dach der Wache, rauchte eine Zigarette und ließ den Blick über Brooklyn schweifen.

Die weinende junge Frau aus den Mangin Towers hatte Iacone über zwei Frankfurtern und einem Cel-Ray-Soda alles erzählt. Der Schütze hieß Spook, das Opfer, das die Operation überlebte, Ghost. Der Streit, falls es irgendwen interessierte, hatte sich an einer jungen Frau namens Sharon entzündet, die weder den einen noch den anderen mochte und die Woche darauf sowieso zum Militär ging. Die Frau hatte Iacone alles beschrieben einschließlich der Lage von Spooks Zimmer in der Wohnung seiner Großmutter in den Gouverneur's. Statt jedoch unmittelbar hinzugehen, während der Junge gerade höchstwahrscheinlich anderswo in Deckung ging, hatte Matty nach kurzem Ringen beschlossen, abzuwarten. Die Erfahrung hatte ihn gelehrt, dass die überwältigende Mehrheit der Schmalhirne da draußen, wenn es um Selbsterhaltung ging, unter terminaler Amnesie litten. Wenn sie Spook genügend Luft ließen, kam er hoffentlich von allein nach Hause, also hatten sie sich zurückgehalten. Hielten sich zurück.

Matty sah auf die Uhr: eine Zigarette noch, dann los. Sein Handy klingelte.

»Oh.« Minette.

»Hallo«, sagte Matty ruhig, als hätte er den Anruf erwartet.

»Tut mir leid, ich dachte …«

»Hier ist Matty Clark.«

»Ich weiß. Tut mir leid.«

»Alles in Ordnung?«

»Was? Ja, schon, ja.«

»Was.«

»Billy ist ins Hotel gezogen. Dem Howard Johnson unten bei Ihnen.«

»Himmel nochmal.«

»Er meinte, er muss in der Nähe der Wache sein, weil Sie zusammenarbeiten.«

»Wissen Sie was? Menschen fahren jeden Tag nach Hause, das nennt man Pendeln.«

»Hören Sie, wenn er das braucht … Aber eine Frage: Das macht er doch, oder? Ihnen helfen?«

»Ob Sie's glauben oder nicht.« Matty sah von oben, wie die Lebensqualität kurz hinter der Williamsburg Bridge einen Wagen anhielt. »Im Moment ja, das stimmt.«

»Okay, das ist gut. Wahrscheinlich.«

»Er kommt schon wieder nach Hause.«

»Ich weiß.« Ihre Stimme ein raues Hauchen.

»Und geht es Ihnen gut?«

»Ja.«

»Sonst würden Sie es mir doch sagen …«

»Ja, doch.«

Einige Augenblicke lag das Schweigen zwischen ihnen wie ein schwerer Vorhang. Dann trat Yolanda hinter ihn. »Schnappen wir uns den Bastard, oder was?«

Das Ganze lief wie am Schnürchen: Flankiert von Yolanda und Iacone klingelte Matty, und Spook persönlich kam barfuß mit einem Sandwich in der Hand an die Tür. Ein zweiläufiger Derringer lag hinter ihm auf dem Küchentisch, gut sichtbar von ihrer Warte aus. Matty sagte: »Wir wollen deine Großmutter nicht unnötig aufregen. Komm einfach in den Flur«, und so geschah es.

Und das war das Ende vom Scheißlied.

Eine bilderbuchmäßige Festnahme, perfekt durchgespielt vom Verbrechen bis zu den Handschellen. So musste es laufen in diesem Beruf. So hatte es vorsichzugehen. Matty wünschte, als er den stillen, fügsamen Spook auf die Rückbank seines Wagens drückte, er hätte den Namen Marcus nie auch nur gesehen; Ike, Billy, Minette, alle miteinander. Und stellte sich vor, was für ein Zuckerschlecken sein Leben wäre, wenn dieser verfluchte Junge sich bloß drei Blocks weiter südlich im Fünften hätte umlegen lassen.

Am Donnerstag rief Matty ab neun Uhr morgens immer wieder bei Berkowitz an, hinterließ eine Nachricht nach der anderen, jedes Mal etwas gereizter, während Billy auf dem Stuhl gegenüber saß und ein Gummiband wie ein Spinnrad um die Finger einer Hand drehte. Einen ganzen Tag vor der frühestmöglichen Pressekonferenz trug er bereits Sportsakko und Krawatte. Als um elf immer noch kein Rückruf kam und Billy ihn abwechselnd anstarrte und aufs Klo lief, forderte Matty ihn auf, nach Hause zu gehen oder wo immer er dieser Tage abstieg, er würde ihm Bescheid geben, sobald er durchkam.

Als Eric die Augen öffnete, saßen zwei Detectives an seinem Bett, eine schwarze Frau im Hosenanzug und ein Chinese im Dreiteiler.

»Wie geht es Ihnen«, fragte die Frau und präsentierte ihm eine Wolke aus Namen, während sich der andere zum Telefonieren entfernte. »Wollen Sie uns erzählen, was passiert ist?«

»Eigentlich nicht.«

»Eigentlich nicht?« Als hätte er sie beleidigt.

Der andere Detective klappte sein Handy zu. »Verzeihung.«

»Er will uns nicht erzählen, was passiert ist«, sagte sie.

»Ach ja?«

»Es war meine Schuld«, sagte Eric.

»Schön.« Sie zuckte die Schultern. »Es war also Ihre Schuld. Sagen Sie uns einfach, wer noch dabei war.«

454

»Niemand.« Bei diesen Worten zuckte er zusammen. Er hätte sagen sollen, *Sie sind von hinten gekommen.*

»Na ja, wenn dieser ›Niemand‹ zurückkommt, will er vielleicht sein Werk vollenden«, sagte der chinesische Detective. Er hatte einen überraschend starken Akzent für jemanden, der es aus der Uniform raus geschafft hatte, fand Eric, aber was wusste er schon.

»Hören Sie, wir können Sie nicht zwingen, auszusagen.«

»Genau.«

Die Ermittlerin zuckte wieder mit den Schultern, eigentlich ging es ihr am Arsch vorbei, aber dieses Mauern ärgerte sie. Der andere bekam wieder einen Anruf und entfernte sich erneut.

»Aua«, sagte Eric, dann verschwand er wieder unter den Schmerzmitteln, die sie ihm verabreicht hatten.

Berkowitz rief Matty erst um eins zurück. »Was gibt's?«

Der muntere Ton verriet Matty alles, was er bezüglich der Nichtplanung der Pressekonferenz wissen musste. »Na ja, er ist hier.«

»Wer?«

Matty sah auf den Hörer in seiner Hand. »Marcus, er hat den Nachtflug von Miami genommen.«

»Tatsächlich? Wie geht es ihm?«

»Morgen nach der Pressekonferenz geht es ihm besser.«

»Morgen?«, fragte Berkowitz, als wäre ihm das neu. Die beiden schienen in einem Stück zu spielen, und keinem von beiden war es erlaubt, zuzugeben, dass sie einfach nur auswendig gelernten Text aufsagten. »Okay«, sagte Berkowitz. »Wie hoch ist derzeit die Belohnung?«

»Zweiundvierzigtausend«, sagte Matty langsam.

»In Ordnung, wissen Sie was? Ich ruf Sie wieder an, ich muss erst noch einiges klären.«

Eine Stunde später kam Billy in den Dienstraum.

»Was gibt's?«

»Ich warte auf Rückruf«, sagte Matty, »immer noch.«

»Himmelherrgott.« Billy ließ sich auf den Stuhl fallen, der an der Schreibtischseite stand.

»Das hier ist eine suboptimale Verschleppungsaktion.«

»Ich weiß gar nicht, wie Sie das aushalten.« Billy schloss die Augen, sein Atem war zu süß.

»Haben Sie getrunken?«

»Ja, aber mir geht's gut.«

»Tatsächlich?«

»Ja.«

Matty musterte ihn einen Moment eingehend. »Wissen Sie was?« Er schnappte sich den Bürohörer. »Scheiß drauf.«

»Ja, hallo, Boss.« Matty hielt das Telefon so, dass Billy mithören konnte.

»Ich wollte Sie gerade anrufen«, sagte Berkowitz.

»Wissen Sie, ich muss schon sagen« – Matty beäugte Billy – »dieser Marcus kriegt allmählich einen ganz schönen Hals.«

»Wirklich, was ist sein Problem?«

»Sein Problem? Er ist vor Sonnenaufgang hergeflogen, und nach zwei Tagen sitzt er immer noch in den Startlöchern und weiß nicht, ob wir nun mit von der Partie sind oder nicht.«

»Ja, also, ich habe deswegen gerade eben mit Upshaw telefoniert. Anscheinend gibt es da ein Problem mit der Belohnung.«

»Wirklich?« Matty kritzelte einen Meißel auf seinen Stenoblock. »Und das besteht bitte worin?«

»Sein Beitrag? Die zwanzig? Das Treuhandkonto ist nicht ordnungsgemäß eingerichtet. Laut Absichtserklärung läuft es auf seinen Namen, was bedeutet, dass er die Verfügungsgewalt hat. Das machen wir aber nicht.«

»Ich glaub, ich spinne.« Billy stürzte sich taumelnd nach vorn, Matty brachte ihn mit einem bösen Blick zum Schweigen.

»Die Absichtserklärung, so so.« Matty legte einen Finger an die Lippen.

»Zunächst wollte Upshaw das durchwinken, aber dann bekam er

Bedenken und rief Mangold an, und der Chef lehnt eine Pressekonferenz ab. Sagt, ›Ich dachte, ich hätte mich hier klar ausgedrückt: einschlafen lassen.‹«

»Einschlafen lassen?«, zischte Billy vor sich hin, und Matty dachte, Kaffee.

»Ich bin so offen mit Ihnen, wie ich kann«, sagte Berkowitz.

»Ach ja? Dann will ich mal offen mit Ihnen sein. Die Bankerklärung, das Treuhandkonto, alles in gutem Glauben, und Sie und alle anderen im Haus wissen das ganz genau.«

»Darum geht es nicht.«

»Hören Sie, Boss, der Mann ist extra hergeflogen, und er will diese Pressekonferenz mit uns. Er will, dass sie stattfindet.«

»Na ja, er wird damit leben müssen.«

Matty sah Billy an, als wollte er ihn schlagen.

»Wissen Sie was? Er soll Sie selber anrufen, denn ich habe damit eigentlich gar nichts zu tun, und wenn er die Sache versaut, will ich nicht, dass mich dafür alle an den Pranger stellen.«

»Schön, soll er mich anrufen.«

»Ich?« Billy sah auf einmal völlig verängstigt aus, dann blendete er aus und tauchte in eine Ike-Trance ab, als würde er unter die Bettdecke schlüpfen.

Matty ging mit Billy zum Castillo de Pantera zurück, setzte ihn an einen Ecktisch und füllte ihn mit Kaffee ab. »Folgendes müssen Sie jetzt tun. Erstens: Ihre blöde Birne ausnüchtern. Dann rufen Sie diesen Berkowitz an und sagen ihm, Sie wollen das. Sie haben das Geld aufgebracht, und jetzt wollen Sie, dass die Drähte heißlaufen. Sie erwähnen den Haufen Visitenkarten von Reportern, den Sie inzwischen angesammelt haben, und sagen ihm, dass all diese Vampire nur darauf warten, von Ihnen zu hören, dass die Polizei diesen Fall vom Start weg versaut hat, aber dass Sie nicht angebissen haben. Sie haben nie schlecht über uns geredet, aber, Deputy Inspector Berkowitz, am Ende muss ich diese Pressekonferenz alleine machen, und ich schwöre, ich kann für nichts garantieren, und ich würge Ihnen eins rein, Ihrem Boss, dem Chef der Detectives und dem Polizeipräsidenten, aber Ihr Name kommt mir als Erstes über die Lippen, Deputy Inspector Berkowitz, Deputy Inspector Berkowitz, wiederholen Sie einfach diesen Namen, und nennen Sie den als Erstes.«

»Sie wollen, dass ich ihn anrufe?«

Matty beugte sich über den Tisch. »Haben Sie mir überhaupt zugehört?«

»Ja.«

»Ich lege hier für Sie meine Eier auf den Grill, ist Ihnen das eigentlich klar?«

»Ja.«

»Es gehört eigentlich nicht zu meinem Job, mich mit diesen Leuten anzulegen. Begreifen Sie das?«

»Warum machen Sie es dann?« Die Frage ploppte wie ein Frosch aus Billys Mund.

Matty zögerte einen Hauch, bevor er sagte: »Für Ihren Sohn.« Zögerte gerade so lange, dass selbst Billy in den verängstigten, vernebelten Kopf drang, wie hohl diese Erklärung klang. Zu Matty drang es allerdings auch durch; den Vater des Toten derart zu verladen … »Wissen Sie?«, sagte Matty sanfter, »bei allem Respekt für Ihren Sohn, und hoffentlich hilft ihm das hier weiter, aber es ist einfach so, dass die mich von Stunde null an beschissen haben, und das hängt mir so meilenweit zum Hals raus. Ich will nur meine Arbeit machen.«

»Das sehe ich«, sagte Billy sachlich, und erneut war es seine Unvoreingenommenheit, die Matty veranlasste, sich besonders reinzuhängen. »Sagen Sie«, fragte er, »wollen Sie das Ganze abblasen?«

»Nein.« Billy schluckte seinen Kaffee hinunter.

»Wollen Sie, dass ich es Ihnen noch mal erkläre?«

»Nein.«

»Nichts davon?«

»Nein.«

»Na schön, mein Lieber.« Matty wählte Berkowitz' Nummer und

klatschte Billy das Telefon in die Hand wie eine Pistole. »Zeigen Sie's mir.«

Als Berkowitz allerdings in der Leitung war, bekam Billy es derart mit der Angst, dass aus seinem Mund erst mal nur Gebrabbel kam. »Mr Berkowitz, ich hätte wirklich gern, wenn Sie bei dieser Pressekonferenz dabei sind. Wenn ich da oben allein sitze, habe ich keine Ahnung, was ich sagen soll.« Dann schloss er vor Selbstekel die Augen.

»Hören Sie zu, Mr Marcus.« Berkowitz' Stimme kam blechern, aber deutlich bei Matty an. »Zunächst einmal möchte ich Ihnen sagen, wie unendlich leid es mir tut.«

Billy schien dankbar zu sein für die besonnene weiche Stimme an seinem Ohr. »Danke.«

Er hätte ihn besser darauf vorbereiten sollen – hatte der Mann wirklich angenommen, Berkowitz würde ihn anspringen wie ein Tier?

»Ich habe selbst zwei Söhne, und ich kann mir nicht im Entferntesten vorstellen, was Sie gerade durchmachen.«

»Danke sehr«, sagte Billy zahm und sah Matty an.

»Und nach allem, was ich höre, war Ivan ein toller Junge.«

»Ivan?«

»Ein echter Macher.«

»Ivan?«

Matty hörte Papierrascheln am anderen Ende – oder stellte es sich vor.

»Mr Marcus, haben Sie eine Nummer, unter der ich Sie zurückrufen kann?«

»Eigentlich nicht.« Billy war schlagartig stocknüchtern.

»Dann sollten wir uns vielleicht persönlich unterhalten.«

»Das sollten wir vielleicht«, antwortete Billy kühl, und Matty hatte endlich die nötige Ruhe, um eine rauchen zu gehen.

Billy kam wenig später heraus.

»Wo?«, fragte Matty.

»Green Pastures in der East Houston?«

»Wann.«

»Anderthalb.«

»Anderthalb Stunden?« Matty erschrak. »Na schön, Scheiße, okay …
Als Erstes müssen Sie dorthin, wo immer Sie gerade hausen, und jede
Visitenkarte von Reportern einsammeln, die Sie haben.«

»Er hat ihn Ivan genannt«, sagte Billy.

Matty steckte sich eine Zigarette an der alten an. »Vergessen Sie das
nicht.«

Sie saßen in Mattys Sedan einen halben Block westlich vom Green Pas-
tures, einem in den Siebzigerjahren von weißen Pionieren eröffneten
Veganer-Bistro, das am Arsch der East Houston lag. Die schwindende
Sonne färbte Brust und Kinn der beiden Männer orange.

Billy hatte offensichtlich Atemnot, als sei sein gerechter Zorn von
tödlichem Lampenfieber erstickt worden.

»Billy.« Matty packte seinen Bizeps. »Hören Sie mir zu. Hören Sie
mich? Sie sehen aus, als kriegten Sie gleich einen Herzinfarkt, aber
Scheiß drauf, lassen Sie die Sau raus, es ist Ihr gutes Recht, wütend zu
sein, hören Sie mich?«

»Nein. Ich weiß. Ich will ihn nur nicht enttäuschen, verstehen Sie?«

Matty zögerte – wen enttäuschen. »Das werden Sie nicht.«

Billy nickte stramm und griff nach der Tür.

Matty packte ihn noch einmal am Arm. »Ein letztes Mal. Chef der
Manhattan Detectives?«

»Upshaw.«

»Chef der Detectives?«

»Mangold.«

»Polizeipräsident?«

»Patterson.«

»Und los.«

Dann packte er ihn erneut, und Billy sah aus, als müsste er kotzen.
»Und wo bin ich?«

»Wie meinen Sie das?«

»Wenn Berkowitz fragt, ›Wo ist Detective Clark jetzt?‹, sagen Sie …«

»Woher soll ich das denn wissen?«

»Wunderbar. Und los.«

Billy drängte zur Tür, Matty hielt ihn ein letztes Mal zurück. »Haben Sie die Visitenkarten?«

»Scheiße«, sagte Billy. »Vergessen.«

Billy stieg aus und ging in Richtung Bistro, als hätte er seinen ersten bewaffneten Raubüberfall vor, und Matty fühlte sich wie eine Mutter, die betete, der arme Schlucker möge da drin nicht zusammenklappen und das Stück versauen. Was für ein Anblick; Matty beobachtete hilflos, wie Billy direkt am Bistro vorbeilief und immer weiter, bis er am FDR-Kreisel keinen Gehweg mehr unter den Füßen hatte. Als Billy gerade seinen Kurs korrigiert hatte und umgekehrt war, fuhr Berkowitz im eigenen Wagen ohne Fahrer am Bistro vor, und Matty duckte sich. Der Deputy Inspector stieg aus, fing Billy mit Handschlag ab, führte ihn zur Beifahrertür und öffnete sie ihm wie bei einem Rendezvous. Matty dachte, Prima, jetzt muss ich einem DI hinterherfahren, doch die beiden blieben im Wagen und fingen an zu reden.

»Wie ich Ihnen schon am Telefon gesagt habe, Mr Marcus« – Berkowitz betastete die Pepcid-Folien im Becherhalter zwischen ihnen – »ich kann Ihnen gar nicht sagen, wie leid mir Ihr tragischer Verlust tut.«

»Danke.« Billy war zu nervös, um den Deputy Inspector anzusehen, und stierte stattdessen auf eine Mädchenfußballmannschaft, unterwegs auf der Überführung am anderen Ende des FDR Drive in den flussseitigen Park.

»Also, ich finde Ihre Hingabe und Teilnahme großartig … und ich will Ihnen versichern, dass wir unser Möglichstes tun, diesen Fall abzuschließen, damit Sie richtig um Ihren Sohn trauern können.«

»Richtig?« Billy bekam Aufwind. »Sie meinen, ich sitze hier gerade mit Ihnen, um die Trauer abzuwehren?«

Berkowitz warf die Hände hoch. »Darüber habe ich nicht zu befinden.«

»Weil ich persönlich?« Billy drehte sich endlich zu ihm um. »Ich finde, ich trauere gewaltig.«

»Ich wollte nur sagen, Mr Marcus« – Berkowitz legte eine Hand auf seinen Arm –, »dass ich Ihren Wunsch nach einer Pressekonferenz verstehe, aber ich bearbeite solche Fälle seit dreißig Jahren, und bei den Medien ist das Allerwichtigste das Timing.«

»Timing.«

»Zum Beispiel, ja? Wenn wir es heute gemacht hätten, wie Sie es ursprünglich wollten? Seite zwölf. Höchstens. Lesen Sie Zeitung? Letzte Nacht haben sie in einem Müllcontainer hinter dem Jacobi-Krankenhaus in der Bronx einen Säugling gefunden. Ohne abgebrüht klingen zu wollen, aber das hätte uns in den Gebrauchtwagenmarkt abgeschoben.«

»Okay.« Billy zuckte die Schultern. »Was ist mit morgen?«

»Hängt ganz davon ab, was heute Nacht passiert«, sagte Berkowitz geduldig. »Ich kann nicht hellsehen.«

»Also, was wollen Sie mir damit sagen, so aus der Hinterhand? Sie haben nichts, und kalt wird kälter wird eiskalt. Ich will eine Pressekonferenz.«

»Sie hören mir nicht zu.«

»Doch, Wort für Wort.« Billy war offensichtlich begeistert von seiner neu erworbenen Klarsicht.

»Wir ziehen an einem Strang.«

»Wissen Sie was?« Trockenes Lachen. »Dass Sie meinen, mir das versichern zu müssen, sagt mir, dem ist nicht so.«

Berkowitz beobachtete eine Weile den Verkehr hinter ihnen auf dem FDR Drive Richtung Norden.

»Sehen Sie.« Er legte wie flehentlich die Hände aneinander. »Sie wirken zupackend, das weiß ich zu schätzen. Ich wäre genauso, wenn ich es nicht besser wüsste, aber ich weiß es besser, und was Sie da verlangen, wird nicht passieren. Wir halten eine Pressekonferenz ab, wenn es sich richtig lohnt – wenn meine dreißigjährige Erfahrung sagt: Jetzt.«

»Nein.« Billy wischte Fussel von seinem Hosenbein. »Da halten *Sie* Ihre Pressekonferenz ab. Ich halte meine ab, wenn es mir passt. Wenn Sie nicht mitmachen wollen? Bitte. Aber ich schwöre Ihnen, ich habe Ihren Verein bisher immer gepriesen, und das, na ja, das hat jetzt mal ein Ende, jetzt gleich. Wenn die mich also fragen, und das werden sie, wo zum Teufel ist die Polizei? Dann antworte ich denen so wahrheitsgemäß wie möglich, ich werde ihnen sagen, dass ich ein Gespräch mit einem Deputy Inspector Berkowitz hatte, der, so nehme ich an, im Auftrag des Chefs der Manhattan Detectives Upshaw im Auftrag des Chefs der Detectives Mangold im Auftrag des Polizeipräsidenten Patterson mit mir gesprochen hat, und laut Deputy Inspector Berkowitz ist die offizielle Haltung zur Bekanntmachung der aufgestockten Belohnung, die offizielle Position ...«

»Schon gut, schon gut.« Berkowitz senkte kurz den Kopf, als würde er ein schnelles Nickerchen einlegen, und zuckte dann mit den Schultern. »Ich hab's kapiert.«

Aus seiner Deckung bekam Matty das Ganze als Pantomime mit. Das muss man ihm lassen, dachte Matty, der DI ist ein Profi; spielte seine Karten aus, wurde überboten, wechselte das Team, machte weiter.

Kurz darauf stiegen beide aus und gaben sich die Hand, dann zog Billy seines Wegs, und Matty wurde auf einmal mulmig, weil Billy in Berkowitz' Beisein schnurstracks zu seinem Auto zurücklief. Wie ein Idiot legte er die Hand seitlich ans Gesicht und wandte den Blick ab, Billy hielt direkt auf den Wagen zu, und Matty starb tausend Tode, bis Billy auf einmal um die letzte verfügbare Ecke bog und die Attorney Street hinunterging, immerhin so geistesgegenwärtig, dass er kein einziges Mal Matty oder das Auto angesehen hatte, und Matty fragte sich, ob diese haarscharfe Choreographie sich noch mal rächen würde.

Ein paar Minuten später rief Berkowitz ihn auf dem Handy an. »Ja, also, wir machen's. Ich muss noch einiges klären, einiges vorbereiten, heute ist gelaufen, aber morgen Nachmittag, sagen wir, ein Uhr?«

»Ich weiß das sehr zu schätzen«, sagte Matty, während er Billy in der Attorney suchte. »Wie Sie sicher gemerkt haben, meint der Mann es ernst.«

»Ja, mir war so.«

»Jedenfalls danke.«

»Er ist fast bis zu Ihrem Wagen gelaufen, nicht wahr?«, sagte Berkowitz freundlich.

Matty erstarrte.

»Sorgen Sie einfach dafür, dass der Papierkram erledigt wird.«

»Danke, Boss.«

»Scheiß drauf«, sagte Berkowitz, »ich hätte es wahrscheinlich genauso gemacht.«

Als er Billy schließlich an der Ecke Attorney und Rivington aufspürte, machte sein blindes, tapsiges Gehumpel schmerzhaft deutlich, wie viel Kraft ihn das Duell mit Berkowitz gekostet hatte, also rief Matty nicht nach ihm, sondern fuhr langsam neben ihm her, um ihm Zeit zu geben.

Billy hatte wie ein Weltmeister die Presse bedient, Geld aufgetrieben und den Boss bezwungen, aber Matty wusste, dass dieser Sieg trügerisch war, dass Billy jetzt erkennen würde, wenn es ihm nicht bereits aufgegangen war, dass er, obwohl das bestmögliche Ergebnis erzielt worden war, nicht von dieser bohrenden Erwartung befreit wurde, die ihm seit Tagen in den Knochen saß, dass er, egal, was noch kam, welche Gerechtigkeit ihm noch widerfuhr, welche Mahnmale und Stipendien eingerichtet wurden, welche neuen Kinder in sein Leben traten, immer dieses qualvolle Gefühl des Wartens mit sich herumschleppen würde: Warten auf ein ruhiges Herz, darauf, dass sein Sohn aufhörte, Dummheiten zu machen, und wiederkam, Warten auf seinen eigenen Tod.

Matty fuhr Billy hinterher, bis er an der Ecke Broome Street angekommen war, dann hupte er kurz, Billy drehte sich zum Krach um, sah aber den Wagen nicht, der zwei Meter neben ihm stand. »Billy.«

Als er seinen Namen hörte, trat er an die Beifahrertür und beugte sich ins offene Fenster.

»Was auch immer Sie zu ihm gesagt haben, Kollege, das haben Sie gut gemacht.«

»Ehrlich?« Billy sah geradewegs durch ihn hindurch.

»Im Ernst.« Matty lehnte sich hinüber und stieß behutsam die Beifahrertür auf. »Das haben Sie toll gemacht.«

Als Matty nach Hause kam, kündigte eine Nachricht seiner Ex auf dem Anrufbeantworter an, der Andere komme nun in ein, zwei Tagen zu ihm und sie werde ihm morgen noch die genaue Uhrzeit und Busnummer durchgeben. Lindsay rief ihn nur zu Hause an, wenn sie nicht mit ihm sprechen wollte, ansonsten benutzte sie die Mobilnummer. Er wusste, weshalb ihn die Nachricht auf diesem Wege erreichte: Sie wollte ihm keine Gelegenheit geben zu kneifen.

Er stand in seinem Wohnzimmer, starrte auf sein Sofa, als handelte es sich um ein Puzzle, und zog es dann zum Bett aus. Ausgebreitet nahm es den gesamten Raum ein, die gesamte Wohnung. Andererseits, was brauchte er schon? Die Küche, um Kaffee zu kochen, die Terrasse, um ihn zu trinken, und das Schlafzimmer. Er sah nicht mal fern.

Um elf an diesem Abend saß Gerard »Mush« Mashburn, seit drei Wochen aus Rikers entlassen, in Handschellen auf dem Rücksitz des Lebensqualitätstaxis, Geohagan neben ihm, Daley und Lugo vorn.

Als Daley den Baseballhandschuh anzog, der zwischen Armaturenbrett und Fenster klemmte, und anfing, abwesend in die Tasche zu boxen, meldete sich Mush von hinten:»Sie müssen das ölen.«

»Was für'n Ding?« Daley drehte sich um.

»Ach du Scheiße.« Lugo grinste durch den Rückspiegel. »Machen wir hier einen auf *Feld der Träume*?«

»Kannte mal einen Shortstop in der Highschool, der hat das mit Speck gemacht«, sagte Mush. »Also, das war ein elastisches Teil.«

»Spielst du, Mush?«, fragte Geohagan.

»Früher. Left-Fielder, Right-Fielder, First Base, alles. Junior Highschool? Bester im County.«

»Tatsache? Welches County?«

»Chemung, upstate? Und da gab's vielleicht Spieler.«

»Wie bist du denn von da oben nach hier unten?« Daley ahmte eine Rakete nach.

Mush sah achselzuckend aus dem Fenster, wozu nach dem Warum fragen.

»Willst du für die Lebensqualität spielen?«, fragte Lugo. »Uns fehlen dieses Jahr noch ein paar Schläger.«

»Ja, das wäre toll, die Knackis bilden ein Team«, sagte Mush. »Sie schicken Ihre Reißer ums Feld, verstehen Sie, geschmeidige Finger, fixe Füße, Muckis im Outfield und ja, ein Killer am Home Plate, dass die Schläger ganz kirre werden und Zeug.«

Die Cops grinsten sich an und hoben die Daumen für den Clown auf der Rückbank. Mush geriet daraufhin noch mehr in Fahrt, bloß eine Spur Nervosität lag in seinem wiederholten unbewussten Züngeln. »Muss nur sicher sein, dass keiner der Trainer Drogen nimmt, verstehen Sie, die Base Runners versuchen sonst, das ganze Gejucke und Genicke zu interpretieren, und wissen dann nicht, ob sie scheißen, pissen oder ihre Uhr aufziehen sollen.«

Die Cops jaulten jetzt, bäumten sich auf in ihren Sitzen vor Erheiterung.

»Also der Werfer, der könnte problematisch werden. Sekunde ...«

»Nee nee nee, ich weiß.« Lugo suchte wieder Mushs Blick im Rückspiegel. »Weißt du, wer perfekt wäre? Jemand, den du heute Nacht anrufen kannst, der uns eine Waffe liefert.«

Das Briefing für die Pressekonferenz fand im Büro des Captain im Achten statt. Rund zwanzig Reporter drängelten sich eine Stunde vor dem großen Auftritt, um sich einnorden zu lassen.

Der Polizeipräsident hatte mit diesem Mist nichts zu tun haben wollen und ihn auf den Chef der Detectives abgewälzt, der sie auf den Chef der Manhattan Detectives abgewälzt hatte, der sie Deputy Inspector Berkowitz aufs Auge gedrückt hatte, der zu Mattys Erstaunen zugesagt hatte mit der Behauptung, dieser Fall sei ihm unter die Haut gegangen und er habe ein persönliches Interesse daran, ihn mit einer Festnahme abzuschließen.

Weder Billy noch Minette waren bislang erschienen.

»Okay, im Prinzip« – Berkowitz hockte auf einer Schreibtischecke – »gehen wir noch einmal die Einzelheiten des Mordes durch, kündigen eine Aufstockung der Belohnung an, und Ikes Vater wird eine Erklärung verlesen.« Er blickte in den vollbesetzten Raum und ignorierte vorerst die Wortmeldungen. »Da es sich um eine laufende Ermittlung handelt, werden wir nicht über Ergebnisse reden oder Einzelheiten der Untersuchung preisgeben. Mayer.«

»Werden Sie die Festnahme und Freilassung von Eric Cash erwähnen?«, fragte Beck.

»Nein, das sollten wir meiden. Wir machen das nicht, um uns prügeln zu lassen, wir wollen vorankommen.«

»Aber unterm Strich haben Sie keine Spur, stimmt's?«

Berkowitz starrte Beck an. »Wie gesagt.«

Als noch mehr Fragen kamen, schlüpfte Matty aus dem Büro und rief Billy an. Das Band meldete sich, und Billys Stimme, aufgenommen in besseren Zeiten, klang misstönend munter. Dann rief er im Howard Johnson an, Billy war offensichtlich noch dort, das Telefon jedoch besetzt oder abgelegt. Blieb Minettes Handy, das allerdings nahm Nina ab, ihr »Hallo« klang zögerlich und ängstlich.

»Hallo, Nina, hier ist Matty Clark, ist dein Vater da?«

Im Hintergrund hörte er Minette: »Billy ...«

»Mein Vater?«

»Bist du, seid ihr im Hotel?«

»Ja.«

»Billy, steh auf.«

»Sag mal.« Matty schritt im Flur auf und ab. »Soll ich rüberkommen?«

»Soll was?« Das Mädchen klang, als spräche sie aus einem Fuchsbau, der unter schwerem Beschuss stand.

»Sollte ...« Matty unterbrach sich; ausgerechnet das Kind zu fragen. »Gibst du mir mal deine Mutter?«

»Mom ...« Ninas Stimme wurde schwächer, als sie sich zum Zimmer wandte. »Matty von der Polizei.«

Matty von der Polizei.

»Ja, hallo.« Minette sprach gehetzt. »Wir kommen, wir kommen.«

»Soll ich vielleicht ...«

»Nein, alles in Ordnung.«

»Sie schaffen es ...«

»Ich sagte Ja.«

»... rechtzeitig?«

»Ja. Wenn ich jetzt endlich auflegen kann.« Und legte auf.

Eric erwachte von der Stimme eines Nachrichtensprechers in NY1 aus dem Fernseher über dem Bett des neuen Nachbarn, eines imposanten Mannes unbestimmten Alters und unbestimmter Herkunft, dessen Hände vom Handgelenk bis zu den Fingerknöcheln zur Größe von Baseballhandschuhen angeschwollen waren, worunter die Finger verschwanden wie Würstchen im Schlafrock.

Auf Erics Nachttisch stand ein Korb aus dem Berkmann von Harry Steele mit Carr's-Crackern, cremigem Burrata-Käse im Seihtuch, einer Nashi-Birne und einer Flasche Sancerre, aber ohne Korkenzieher. Auf dem beiliegenden Kärtchen stand *Wenn ich etwas tun kann,* *H. S.*

Er fand die Fernbedienung für seinen Fernseher nicht, so sah er also bei seinem Nachbarn mit, während er darauf wartete, entlassen zu werden.

Ein Pult war in der Pitt Street aufgestellt worden, direkt vor der Polizeiwache, Speisekabel für die verschiedenen Mikros und Kameras ragten ins Gebäude hinein wie die Tentakeln einer Qualle.

Matty stand jetzt neben DI Berkowitz, einem Inspector vom DCPI und einer erhöhten Staffelei mit Eric Cashs klassischer Gaunerskizze. Es war zwanzig nach eins, von Billy noch immer keine Spur, und Matty wählte wieder alle verfügbaren Nummern.

Berkowitz grimassierte einmal demonstrativ in Richtung Armbanduhr und trat dann mit vorwurfsvollem Prüfblick zurück. »Ist dieser Mann zu fassen?«

Die Fotografen und Reporter, Telefon schiefnackig eingeklemmt, Kippe im Mundwinkel, wurden ausgesprochen unruhig, und die leeren Kaffeebecher türmten sich auf den Dächern und Kühlerhauben der Streifenwagen und Zivilsedans, die schräg auf dem Gehweg standen.

»Unglaublich«, murmelte Berkowitz. »Habt ihr euch diesen Hirnwichs gemeinsam ausgeköchelt oder Sie allein?«

Matty nahm nicht an, dass er eine Antwort erwartete.

Ein Mann in Handschellen, der hinter dem Pult in die Wache geführt wurde, stolperte über den Kabelsalat und fiel der Länge nach hin. Als er von dem festnehmenden Beamten aufgerichtet wurde, war seine Wange zerschrammt. »Das habt ihr jetzt auf Film«, bollerte er die Presse an, »ihr seid alle Zeugen.« Der Polizist holte den Hut des Verhafteten aus dem Rinnstein und setzte ihn ihm wieder auf den Kopf, bevor er ihn ins Haus bugsierte.

»Zum Teufel mit dem Kerl.« Berkowitz tauchte in das Meer aus Mikrofonen ein.

»Leider ist William Marcus, der Vater von Isaac Marcus, in einer dringenden Familienangelegenheit verhindert, wir haben aber zuvor gemeinsam mit dem New York City Police Department mit ihm und seiner Familie gesprochen ...«

Da entdeckte Matty ihn, den Davidson-Marcus-Clan, an der gegenüberliegenden Pitt-Delancey-Ecke, irrlichternd und zerfahren wie eine mehrköpfige Wüstenkreatur.

Billy stand vor den Mikros und blinzelte den weißen Strauß zerknitterter Papiere in seinen Händen an; der Mund bewegte sich, doch die Worte wollten nicht schlüpfen.

»Gemeinsam mit ...« Billy sah die versammelte Presse an, hustete, wechselte die Gangart. »Jedes Leben ...«, und hustete wieder.

Minette beugte sich zu Matty vor und flüsterte: »Dieses Zimmer ...«

»Mein Sohn ...« Billy hustete und hustete, als müsste er sterben.

Schließlich trat einer der Reporter vor und reichte ihm eine Flasche Wasser. Billy öffnete sie langsam, um sich zu fangen.

»Mein Sohn Ike liebte diese Stadt.« Er gab sich einen Ruck, sah kurz auf seine Notizen. »Besonders liebte er die Lower East Side, die Heimat seiner Ahnen« – ohne aufzublicken, beschrieb er mit dem Arm einen eleganten Bogen, wie um ein Königreich zu umreißen – »ebenso wie seine Wahlheimat ... Inmitten dieser tiefen Liebe wurde er kaltblütig und ertraglos von so gesinnungslosen wie gewissenlosen Verbrechern niedergestreckt. Von gesinnungs ... von feig ...«

Mit langer Miene, die Hände über dem Gürtel verschränkt, neigte sich Berkowitz vor, um Mattys Blick einzufangen. Matty tippte von hinten sachte an Billys Arm; der Mann fuhr bei der Berührung zusammen, nahm jedoch den Hinweis auf.

»Mein Sohn Ike liebte New York ...«

Vom Basketballplatz auf der anderen Straßenseite neben dem Geflügelmarkt waberten auf einmal die obszönen und rücksichtslosen Rufe der ballspielenden Mädchen durch die Luft. Billy schloss die Augen, sein Gesicht lief rot an. »Mein Sohn Ike liebte New York«, gurgelte er jetzt wütend, »und diese Stadt hat ihn ausgespien ... Diese Stadt hat Blut am Maul. Diese Stadt ...« Billy schluckte und ließ seine Notizen fallen wie Müll. »Was braucht man, um hier zu überleben. Wer überlebt. Die, die Halbtoten? Die Bewusstlosen?«

Berkowitz sah wieder Matty an.

»Überlebt man wegen dem, was man *in* sich *trägt*? Oder *was* man *nicht* in sich trägt ...«

Matty wollte ihn erneut antippen, doch Minette hielt ihn zurück. »Lassen Sie ihn.«

»Ist *Herz* hinderlich? Unschuld? *Freude?* Mein Sohn ...« Billy verzog den Mund. »Ich habe so viele Fehler gemacht ... Bitte« – er sah in die Versammlung – »wer hat das getan?«

»Starker Tobak«, raunte Berkowitz Matty zu, sobald Billy sich in die Arme seiner Frau begeben hatte, »aber er hat vergessen, das Geld zu erwähnen.«

Vollständig angezogen saß Eric auf der Kante seines Krankenbettes und starrte auf den Bildschirm seines Nachbarn, als die Liveübertragung der Pressekonferenz schon lange beendet war. Eine Schwesternhelferin kam mit einem leeren Rollstuhl herein. »Sieht aus, als könnten Sie sich nicht trennen«, sagte sie.

»Was?«

»Woran liegt's?« Sie stieß für ihn die Fußstützen zurück. »An unserer feinen Küche?«

»Heute nicht, mein Freund«, brummte der Bettnachbar und schaltete um.

Binnen einer Stunde nach der Liveübertragung der Pressekonferenz in NY1 klemmten Matty und die restliche Mannschaft hinter Bergen von rosa Notizzetteln, die unaufhörlich von der Rezeption unten hochschwappten und von den Ermittlern schnell in Bearbeiten- und Ablagestapel sortiert wurden, wobei etwa 10 Prozent die weitere Verfolgung lohnte und die anderen 90 Prozent aus den üblichen Spinnern bestanden, den notorischen Spitzeln und, Mattys Lieblingsklientel, den Heimzahlern, die untreue Freunde und Exfreunde ans Messer lieferten, Alimenteverweigerer, untätige Vermieter und schnorrende Mieter, Täter falscher Hautfarbe und falschen Alters, aus der falschen Schicht und dem falschen Viertel, Schützen, die in Sutton Place wohnten, am Central Park West, in Chappaqua, in Texas und Alaska, aber nur vorübergehend, da ist er nur stationiert, und wie üblich den Herren des Verkehrsverbunds, die in Scharen anriefen: Der Typ war gerade bei mir am Schalter, in der Bahn, in meinem Bus, in meinem Taxi, in meinem Dollarbus, in meinem Traum. Diese landeten ausnahmslos in der Ablage, nur wie konnte man so einfach eine alte Dame aus Brooklyn Heights ablegen, die ihren Sohn anschwärzte, der in Hawaii lebte, aber zu dieser Tat hätte einfliegen können, das macht der dauernd, oder das R-Gespräch aus Rikers, in dem der Häftling den Richter beschuldigte, der ihn verurteilt hatte, und fragte, ob man ihm die 42.000 $ bar zustellen könne, da er kein Konto habe, oder die Polizistin aus Staten Island, die ihren Freund verpetzte, ebenfalls Polizist, der gerade eine andere Polizistin geschwängert hatte.

Und dann gab es noch die 10 Prozent im Bearbeiten-Stapel, um den man nicht herum kam, die Tipps vom Hörensagen, ein Typ in Fort Lee, in Newark, in Bushwick, in Harlem, in Hempstead hat mir erzählt oder ich habe mitgehört, wie er erzählt hat, beziehungsweise weiß, wer's getan hat, ja, der Alte hat 'ne Knarre, aber damit kenne ich mich nicht aus, oder, noch besser, der Anrufer trifft das richtige Kaliber, doch selbst bei den Anrufen kannte nie jemand irgendjemandes richtigen Namen: Cranky, Stinkum, Halbtot, House, von wegen so groß wie …

Am besten waren natürlich die Kandidaten, die sie aus dem Viertel kannten, die anriefen und den Namen eines anderen aus dem Viertel hinterlegten, den sie auch kannten, von einem Kerl mit der passenden Vergangenheit, einem Kerl, der Freunde mit der passenden Vergangenheit hatte, soundso aus den Lemlichs, der immer mit soundso aus Riis rumhängt und soundso aus der Lewis Street, und alle hatten den richtigen Stammbaum … Aber bisher hatten sie solche Leckerbissen noch nicht hereinbekommen.

»Ja, hier Detective Clark vom achten Revier, mit wem spreche ich, bitte?«

»Wer will das wissen?«

Matty sah den Hörer an. »Detective …«

»Ah ja, ich rufe an wegen der Belohnung?«

»Was haben Sie denn?« Matty legte gedanklich bereits auf.

»Es gibt da diesen Lanny, ich hab gehört, wie der damit geprotzt hat, ständig seit den Nachrichten heute, wie er den anderen umgenietet hat.«

»Ach ja? Hat Lanny denn eine Waffe?«

»Ja, hm-hm.«

»Wissen Sie, welches Kaliber?«

»Ich glaube, 22er.«

Matty lebte ein wenig auf. »Woher kennen Sie ihn denn?«

»Hat in Otisville gesessen, mit meinem Bruder. Ist gerade raus.«

»Wer?«

»Lanny. Mein Bruder ist noch drin.«

»Tatsächlich. Wofür hat er denn gesessen?«

»Lanny oder mein Bruder?«

»Lanny.«

»Raubüberfall auf einen Typen in Brooklyn.«

Matty sah Yolonda an; könnte was sein.

»Wissen Sie, wo er jetzt gerade ist?«

»Im Bad.«

»Wenn Sie sagen, gerade rausgekommen, wie lange ist das her?«

»Heute Morgen.«

Matty warf seinen Kugelschreiber hin.

»Kommen Sie denn jetzt rüber?«

Matty notierte sich die Adresse. Warum nicht, solche Typen kannten immer andere Typen.

»Drei Leute haben angerufen wegen einem Pogo von der Avenue D«, sagte Mullins hinter einem Stapel rosa Zettel.

»Pogo von D?«, antwortete Yolonda hinter ihrem. »Den kenne ich, das ist ein Dealer, der macht keinen Raub.«

»Scheiß drauf«, sagte Matty, »holen wir uns den auch noch.«

»Heilige Fratze, da ist ja noch unser Nigger mit dem Popokinn!«

Alle auf dem Geländer drehten sich zu Tristan um, der gerade aus dem Haus kam, und fingen an zu lachen. Big Bird war von dieser besonderen Schule zurück in der Stadt und hielt Hof.

»Wo sind deine Borsten hin, Alter?« Big Bird strich sich mit seinen Wurstfingern ums Ziegenbärtchen.

»Was glotzt ihr so«, murmelte Tristan in den freien Raum. »Ihr seht mich doch jeden Tag.«

»Was hat er gesagt?«

»Hat er was gesagt?«

»Jetzt wissen wir jedenfalls, wieso du die überhaupt hast wachsen lassen.« Bird zog eine Grimasse.

»Aber ihr wisst nicht, wieso ich sie abrasiert habe.« Tristan konnte sich diese Antwort nicht verkneifen, obwohl wie üblich keiner hinhörte.

Big Bird Hastings, Basketball-Stadtmeister letztes Jahr im Seward Park, hätte jetzt eigentlich auf einer Privatschule für vielversprechende, leseschwache Sportler in der Nähe von Baltimore sein sollen, wo man Krawatte tragen und ständig mit Tutoren über Disziplin und Bereitschaft reden sollte, aber irgendwas war da passiert, und Bird war nicht nur nach bloß einem Monat zurück, jetzt hatte er sich auch noch zur Army gemeldet. »Finde ich aber cool, Bruder«, sagte Bird. »Du hast keine Angst, dich zu zeigen. Die meisten Nigger hier, so eine Narbe, die würden gar nicht erst ihren Bau verlassen. Du bist ein beherzter Nigger, Mann.« Big Bird landete eine träge Linke auf Tristans Brust. »Hast Herz.«

Tristan musste sich schwer beherrschen, nicht sehr breit zu grinsen. »Komm doch heute Abend mit.« Bird sprach noch immer vor all den anderen mit ihm. »Hab im Rekrutierungsbüro gestern oben in der Bronx ein Mädchen kennengelernt? Hat einen Haufen Freundinnen, die sich auch melden, hat mich gefragt, ob ich hier paar Jungs kenne für Party, weißt schon, letztes Mal auf die Kacke hauen, bevor die ganze Aaaaachtung-Scheiße losgeht … Bist du dabei?«

»Klar.« Tristan lächelte leise.

Das mit den Mädchen klang gut, aber dass Big Bird ihn einfach so »beherzt« genannt hatte, tönte in seinem Kopf wie eine Kirchenglocke.

»Bird, passen denn da alle rein?« Little Dap zeigte auf Birds Mercury Mountaineer mit Maryland-Kennzeichen, der am Kantstein stand, und blitzte Tristan mit einem versteckten Hassblick an. Little Dap, Little Bitch.

»Für unsere Narbe hier?« Bird legte Tristan die Hand auf die Schulter. »Na logisch.« Dann schlenderte er zu seinem Auto. »Starten gegen zehn hier, okay?«, rief Bird zur Hühnerstange zurück, stieg in seinen Maryland Mountaineer und fädelte sich dann raus; Tristan sah ihm nach, bis er um die Ecke verschwunden war.

Narbe.

»Diese Steaklippe«, fragte Matty, auf dessen Stirn sich vom Abdruck des Handballens allmählich ein hartnäckiger roter Halbmond bildete, »hat der eine Waffe?«

Dies war der dritte Anrufer, der wegen einer gewissen Steaklippe oben in White Plains anrief, und die Geschichte klang jedes Mal ziemlich gleich.

»Klar.«

»Was für eine?«

»Keine Ahnung, Waffe halt.«

»Wo wohnt Steaklippe?«

»Bei seiner Tante.«

»Die wo wohnt?«

»Ist umgezogen.«

»Aber noch in White Plains?«

»Kann sein.«

»Na schön, ich muss ein bisschen recherchieren, dann rufe ich Sie wieder an.«

Matty wollte Steaklippe in die Datenbank eingeben in der Hoffnung, einen im System zu finden, sonst hatten sie es mit einer hausgemachten Steaklippe zu tun, was bedeutete, sie mussten nach White Plains fahren und sich mit der dortigen Polizei in Verbindung setzen, um ein Steaklippenbild zu bekommen und eine Vorlage für die drei Anrufer, damit alle auf dem gleichen Stand waren und einig, von welcher Steaklippe hier überhaupt die Rede war; in dem Moment spazierte Eric Cash zur Tür herein, und alles war wieder offen.

Er ging direkt auf Mattys Schreibtisch zu. »Was kann ich tun?«

»Wo ist ihr Anwalt?«, fragte Matty ruhig.

»Vergessen Sie meinen Anwalt.«

»Was ist Ihnen denn zugestoßen?«

Das Gesicht des Mannes war völlig verwüstet. »Bitte, sagen Sie mir einfach, was ich tun soll.«

Der erste Schritt bestand darin, ihm ihre Steckbriefe zu zeigen, die naheliegendsten, und der Mann sah sich begierig alle fünfundzwanzig Gesichter an, als suchte er nach der Liebe, allerdings vergeblich, was niemanden überraschte.

»Okay, passen Sie auf.« Matty hockte auf der Ecke des Schreibtischs vom Lieutenant. »Sie müssen uns jetzt vor allen Dingen noch mal durch die Nacht geleiten.«

»Hab ich doch schon.«

»Okay, aber diesmal?« Yolonda rutschte näher an ihn heran. »Und es ist mir peinlich, das zuzugeben, aber diesmal hören wir anders zu.«

Zwei Stunden lang ließen sie Eric jeden Augenblick dieser Nacht Revue passieren: jede Bar, jede Begegnung, jede Unterhaltung mit Dritten, und als sie zur letzten und endgültigen Begegnung kamen, war das Detailverlangen quälend unersättlich. In welchem Winkel hatten sie sich der Eldridge Street 27 genähert, sie selbst, die Schützen, wie hell war es, wer stand wo, wer stand vor wem, das kleinste bisschen Erinnerung an Gesichtszüge, Körperhaltungen, Frisuren, Kleidung, das kleinste bisschen Erinnerung an Worte, ihre eigenen, die der Schützen, in welcher Reihenfolge. Er sagte dies, dann sagte Ike das, dann sagte er jenes? Denn beim ersten Mal haben Sie uns erzählt … Auf jede Ungereimtheit in Erics Bericht wurde so sanft wie nur möglich hingewiesen mit der Versicherung, er sei jetzt ein heiliger Zeuge, kein Verdächtiger. Dann lassen Sie uns jetzt zum Licht zurückkehren, in welchem Winkel schien es und auf wen, und die Waffe; Verzeihung, nur noch ein Mal, woher wissen Sie, dass es sich um eine 22er handelte? Dann Fluchtmuster, wohin rannten sie, sind sie zusammen weg, oder haben sie sich aufgeteilt, rannten sie oder gingen sie, irgendwelche Dritte, irgendwelche Fahrzeuge, irgendwelche weiteren Menschen auf der Straße … Zwei Stunden, und nicht mehr, als er ihnen beim ersten Mal geliefert hatte; alle drei wirkten am Ende wie ausgewrungen.

»Schön.« Matty reckte sich. »Ich glaube, ich würde jetzt gern noch mal die Skizze ansehen, die Sie uns angefertigt haben.«

»Ich muss Ihnen sagen« – Eric massierte behutsam seinen gebrochenen Wangenknochen – »ich kann ihn besser erkennen als erschaffen.«

»Trotzdem«, sagte Matty. »Wollen Sie erstmal was essen?«

»Gehen wir's einfach an.« Eric legte den Kopf in die Beuge seiner verschränkten Arme. Yolonda kam, um ihm die Schultern zu massieren. »Mein Gott«, sagte sie, »als hätten Sie da Golfbälle drunter.«

Als der Polizeizeichner zwei Stunden später mit einem kaum veränderten Porträt in der Hand die Tür zum Büro des Lieutenant schloss, sah Matty Yolonda mit teilnahmsloser Enttäuschung an und legte, ganz untypisch, eine tröstende Hand auf den trüben, plattgeprügelten Zeugen. »Okay, Eric, wir bedanken uns, dass Sie gekommen sind. Ich weiß, wir haben es Ihnen nicht gerade leichtgemacht.«

»War's das?«

»Das war schon viel«, sagte Yolonda. »Wir können morgen anknüpfen.«

»Vielleicht sollten wir noch mal zum Tatort«, schlug Eric vor. »Ich habe nichts dagegen, vielleicht löst es etwas aus.«

»Erzählen Sie uns gerade, wir wir unsere Arbeit zu machen haben?«, fragte Yolonda freundlich.

»Nein, nein, nein.« Eric streckte die Hand nach ihr aus. »Das war nur ein Vorschlag.«

»Eric«, sagte Matty, »sie scherzt.«

»Sie was?«

»Zur Auflockerung«, sagte Yolonda. »Sie wollen hin? Gehen wir.«

Es dauerte zwanzig Minuten, den Autoschlüssel zu finden, der nicht an seinem angestammten Platz hing, dann noch mal zwanzig Minuten, um das Auto zu finden, das nicht an seinem angestammten Platz stand. Zu Fuß dauerte es zehn Minuten von der Wache zur Eldridge Street 27, aber von seltenen Ausnahmen abgesehen, lief keiner dorthin.

Als Yolonda die Fahrertür aufschloss, trat Eric zu ihr und flüsterte ihr eindringlich ins Ohr: »Kann ich mit Ihnen alleine fahren? Nur diese Strecke.«

»Warum?«

»Oder zu Fuß, das ist mir egal.«

»Aber warum?«

»Ich muss Ihnen was sagen.« Seine Augen waren so rot, als käme er gerade von einem Brand.

Um Cash nicht zu beschämen, setzte sich Matty in Bewegung, als hätte er von Anfang an vorgehabt, zu Fuß zu gehen. »Wir sehen uns drüben«, sagte er handwedelnd.

Bevor Yolonda den Schlüssel ins Zündschloss stecken konnte, legte Eric los. »Ich bin nicht so, wie Sie denken, das wollte ich Ihnen sagen.«

»Ich denke, Sie standen unter Druck.« Yolonda fuhr raus.

»Ich war eine Laus.«

»Was meinen Sie damit?« Yolonda fuhr einen Umweg, um ihm mehr Zeit einzuräumen.

»Sie haben mich an dem Tag in eine Laus verwandelt.«

»Na ja, Matty wollte den Jackpot knacken, als er Sie so zugekübelt hat, aber Sie müssen auch verstehen …« Sie winkte einem Streifenwagen.

»Nein.« Erics Stimme fing an zu zittern. »Sie haben das gemacht. Mit dieser einen Frage.«

Yolonda wandte sich zu ihm.

»Sie haben mich gefragt, wieso, wieso, nachdem ich Ihnen einen Tag lang erzählt hatte, was passiert war, stundenlang rekapituliert und wiederholt und noch mal vergegenwärtigt und noch mal, wieso ich nicht ein einziges Mal gefragt habe, wie es Ike geht oder ob er überhaupt noch lebt.«

»Wow.«

Drei Blocks vom Tatort entfernt fuhr sie ran und schaltete in Parkposition. Das konnte dauern.

»Und ich hatte ja auch nicht gefragt. Weil ich solche Angst vor Ihnen beiden hatte in diesem Raum, ich war so beschäftigt damit, zu überleben, da war es mir entfallen. Können Sie sich das vorstellen? So zu werden? Welcher Mensch blendet einfach das Leben eines anderen Menschen aus? Wirft die grundlegendste … Bloß ein paar Stunden mit Ihnen beiden, und ich wurde zur Laus. Aber ich wurde dazu, verstehen Sie? Ohne mich hätten Sie das nicht geschafft, Sie haben es bloß rausgekitzelt. Ich meine, was der Schütze angefangen hat, das haben Sie zu Ende gebracht, aber es war schon in mir, verstehen Sie? Verstehen Sie das?«

»Hm.«

»Als Sie mir dann am Ende die Handschellen angelegt haben? Das war gar nichts. Eine Kleinigkeit. Drei Stunden, drei Jahre, in dem Moment passte es.«

»Ja«, sagte Yolonda, »es tut mir leid.«

»Okay.«

»Ich bin so viel besser als alles, was ich je getan habe.«

»Ist angekommen.«

»Ich möchte, dass Sie das wissen.«

»Jawohl.«

»Ich möchte es selber wissen.«

»Sie sollten nicht so streng mit sich sein, wissen Sie?«

Eric weinte in seine Hände.

»Sie sind ein guter Mensch, okay?« Und fädelte sich wieder in den Verkehr.

Matty wartete vor der 27 auf sie, vom Schrein war nur noch Willie Bosket geblieben, der sie aus zerfleddertem, verwehtem Zeitungspapier anfunkelte, als würde er hinter seinem eigenen Bild hervorlugen. Als sie ausstiegen, sah Matty Yolonda an: Was war denn? Yolonda zuckte mit den Schultern.

»Er hat das nicht mit Absicht getan«, sagte Eric, als sie noch keine Minute dort standen.

»Wer.«

»Der Typ mit der Waffe.«

Matty und Yolonda sahen einander an, Eric war in seine Erinnerung abgedriftet. »Der Typ mit der 22er. Ike ist auf ihn zu, und er hat abgedrückt. Dann hat er sich so vorgebeugt« – Eric fiel einen Schritt nach vorn – »›Oh!‹ oder ›Oh, Scheiße!‹ Der andere, unbewaffnete packt seinen Partner und sagt: ›Los!‹, und weg waren sie.«

»Welche Richtung.«

»Downtown.«

»Eric, ich will Ihnen nichts reinwürgen, aber ursprünglich hatten Sie mal Osten gesagt.«

»Nein. Downtown.«

Also Lemlich.

»Der Typ mit der 22er sagt ›Oh‹. Der andere sagt ›Los‹, und weg waren sie.«

»Haben sie noch was gesagt?«

»Nein. Ich weiß … nein.«

»Der Täter beugt sich vor nach dem Schuss, wird sein Gesicht da angestrahlt?«

»Vielleicht, ich weiß …«

»Schließen Sie die Augen und sehen Sie es sich an.«

»Ein Wolf. Ich weiß, das habe ich vorher gesagt, aber …«

»Haar?«

»Kinnbart. Das habe ich vom Ersten auch gesagt. Ziemlich sicher Kinnbart.«

»Frisur?«

»Kurz, eher kurz.«

»Glatt, lockig, Afro …«

»Kein Afro, aber lockig, ich weiß …«

»Augen?«

»Ich weiß … Ich wollte ihn nicht so angucken – in die Augen …«

»Tut man manchmal trotzdem, ohne es zu wollen.«

»Nein.«

»Narben?«

»Ich weiß …«

»Wie alt.«

»Knapp unter zwanzig? Eben drüber? Tut mir leid – die Waffe, da achtet man auf sonst nichts.«

»Natürlich.«

»Moment. Vielleicht doch eine Narbe.«

»Was meinen Sie mit ›vielleicht‹?«

»Da war so ein weißer Schimmer unter seinem Kinnbart.«

»Weißer Schimmer ...«

»Ich weiß nicht. Wie ein kahler Streifen im Bart? Ich weiß nicht, vielleicht. War vielleicht das Licht, die Laterne, ich weiß nicht.«

»Ein kahler Streifen?« Yolonda sah Matty an und schrieb es auf.

»Bin ich ... Hilft Ihnen das?«

»Ja, natürlich«, sagte Yolonda, Matty nickte zur Bestätigung, und Eric war erschüttert vom fehlenden Elan, von der Höflichkeit.

Nach weiteren zwanzig Minuten frustrierender *Vielleicht*s und *Weißnicht*s ging die Tür zum Nachbarhaus auf, und heraus kam Steven Boulware. Er sah vom Treppenabsatz auf sie hernieder, einen kleinen Rucksack über der Schulter. »Tag.« Er lächelte, derweil er die bröseligen Stufen hinunterschritt. »Wie geht's voran?«

»Wir arbeiten noch dran«, sagte Yolonda.

»Klar.« Boulware runzelte die Stirn und blickte, Hände in die Hüften gestemmt, auf den Gehweg. »Das ist, ich kann nicht mal ... Es ist wie ein Alptraum, ein lebendiger Alptraum.«

»Noch irgendwas eingefallen?«, fragte Yolonda. »Irgendwas, was uns weiterhelfen würde?«

»Zu schön wäre das. Ich würde mir glatt was ausdenken, wenn das helfen würde.«

»Gehen Sie wandern?« Matty nickte auf seinen Rucksack.

»Ach nein, nein.« Er ließ noch einen kontemplativen Augenblick verstreichen. »Ein Vorsprechen. Diese Fernsehgeschichte; wahrscheinlich vergebens, aber ...«

»Vergebens?«, platzte Eric heraus.

Boulware warf den Kopf hoch und blinzelte Eric an, als könnte er ihn nicht recht einordnen; Matty und Yolonda sahen gespannt von einem zum anderen. »Aber ...« Boulware zuckte den Rucksack etwas höher auf die Schulter, »dabei sein ist alles, nicht wahr? Insofern ...« Er gab den Ermittlern die Hand und zog von dannen in Richtung Delancey. Eric starrte ihm nach, dann in den Himmel, hinauf zu den Göttern.

»Wissen Sie was?«, sagte Matty. »Ich finde, wir sollten Schluss machen für heute.«

»Das war's?«

»Wären Sie bereit, morgen wiederzukommen und sich noch ein paar Lichtbildkarteien anzusehen?«, fragte Matty.

»Warum nicht jetzt gleich?«

»Jetzt gleich ist das Problem«, sprang Yolonda ein, »dass die meisten ziemlich rasant durchhängen, wenn man sie so volltrichtert, vor allem mit Fotos.«

»Wir reden hier von Hunderten von Gesichtern«, sekundierte Matty. »Da nebelt man ziemlich schnell zu, da zieht der Missetäter schneller an Ihnen vorbei, als Sie gucken können.«

»Ja, dafür sollten Sie frisch sein.«

»Ich bin furzfrisch«, krächzte Eric. »Jetzt gleich.«

Als sie auf dem Rückweg ins Achte an einer Ampel standen, sahen sie, wie Boulware neben einem wartenden Taxi an der Ecke Delancey und Essex eine weinende junge Frau tröstete, eine streichelnde Hand in ihrem Kreuz.

Yolonda drehte sich zu Eric um und fasste ihn am Arm. »Ich will ein Buch schreiben, wenn ich mich zur Ruhe setze«, sagte sie, »›Wie den Schlechten Gutes widerfährt‹«, und sah ihm in die Augen. »Wissen Sie, was ich meine?«

»Danke.« Eric brachte das Wort kaum heraus.

Narbe
Das Gesicht

484

Das nicht besticht
Der Mann fand
In der Hand
Das Eisen
Das keiner verstand
Besser so
Im Nirgendwo
Niemandsland

Tristan hörte, wie draußen im Wohnzimmer der große Sessel an seinen Platz geschleift wurde, hörte die Yankee-Musik, was in etwa halb acht bedeutete, was bedeutete, dass sein Ex-Stiefvater spätestens um Viertel nach neun, halb zehn hinüber war. Perfekt.

Narbe Narbe
Ohne Farbe
Kurze Fahrt nur
Lange Tour

Noch zweieinhalb Stunden.

Sie merkten gleich, dass die Lichtbildkartei ein Reinfall war. Eric starrte auf die Bilder, saß gekrümmt vor ihnen mit offenem Mund und solch verzweifeltem Willen, den Schützen oder seinen Partner zu identifizieren, dass er für jedes Sechserpack ewig brauchte, jedes Gesicht studierte, als läge seine Erlösung in diesen halbtoten Augen oder jener frisch aufgeplatzten Lippe. Bei dieser Akribie, rechnete sich Matty aus, würden sie für das Gesamtpaket über elf Stunden brauchen.

Nach einer Dreiviertelstunde sprang Eric vor einem Gesicht beinahe vom Stuhl: Milton Barnes, einem einundzwanzigjährigen glubschäugigen Gangster aus den Lemlichs.

»Was.« Yolonda vergrößerte das Bild.

»Nein«, sagte Eric schneller als bei allen Bildern zuvor.

»Ganz sicher?«

Matty kam hinzu. »Hammerhead.«

»Nein, er sah einfach aus wie, egal.« Eric fuhr sich mit einem zittrigen Finger über die Stirn.

»Sie haben uns noch immer nicht erzählt, wer Sie so zugerichtet hat.«

»Bloß, nein ...« Eric reckte das Kinn zur Fotokartei. »Weiter.« Matty wanderte zu seinem Schreibtisch zurück und notierte sich, Hammerhead Barnes für eine Gegenüberstellung vorzuladen, wobei es nicht leicht sein würde, fünf ähnliche Typen mit derart verqueren Guckern zu finden.

»Wollen Sie Ihren Augen eine Pause gönnen?«, bot Yolonda an.

Eric löste den Blick nicht mal vom Bildschirm, um ihr zu antworten. »Eigentlich nicht.«

In der darauf folgenden Stunde sah Yolonda wiederholt Matty an, bis er ihr endlich freie Fahrt für die Wahrheitsstrecke gab. Zehn Minuten später war sie durch, der Monitor schwarz, und Yolonda drehte Erics Stuhl zu sich um. »Eric, das war's für heute.«

»Warum?«

»Sie hängen durch.«

»Nein.«

»Wir wissen Ihre Hilfsbereitschaft zu schätzen, aber Sie sind fertig. Wir können hier morgen weitermachen.«

»Ich kapier's nicht, wochenlang rücken Sie mir auf die Pelle, und wenn ich endlich da bin, schicken Sie mich nach Hause?«

»Wir wollen Ihnen mal was zeigen.« Yolonda holte eine Fotostrecke auf den Bildschirm und lehnte sich dann zurück, beobachtete Eric mit der Hand über dem Mund, eine Geste, die ihre Augen noch stärker zum Ausdruck brachte.

Als die sechs Gesichter der Wahrheitsstrecke auftauchten, fuhr Eric verwirrt zurück.

»Soll das ein Witz sein?« Auf dem Monitor waren Bilder, die wie Täterfotos geschnitten waren, jedoch Jay-Z zeigten, John Leguizamo, Antonio Banderas, Huey Newton, Jermaine Jackson und Marc Anthony. »Was ist das?«

»Das ist eine Strecke, die Sie sich vor fünf Minuten angesehen haben.«

»Was? Nein.«

»Doch.«

»Das ist das Rassistischste, was ich je gesehen habe«, sagte er verzweifelt.

»Aber nicht doch«, entgegnete sie sanft, »einen Weißen haben wir auch dabei.«

»Eric, gehen Sie nach Hause«, sagte Matty, »wir machen hier morgen weiter.«

»Darf ich was sagen?« Zehn Minuten, nachdem Eric gegangen war, saß Matty bei Yolonda auf dem Schreibtisch. »Ich glaube, der Mann hat von Anfang an die Wahrheit gesagt, mehr, als ihm bewusst ist. Ich glaube, der hat null gesehen, und ich sag dir noch was: Wenn wir jemals das Glück haben sollten, diesen Kerl hochzunehmen? Nie im Leben kommt Cash auch nur in die Nähe einer Gegenüberstellung, der versaut uns die ganze Geschichte mit einer falschen ID.« Matty klopfte auf den blanken Bildschirm. »Ich meine es ernst, Yoli, der Kerl ist nutzlos.«

Wegen der verdammten Regenverzögerung mitten im Spiel in Boston waren sie um Viertel vor zehn nicht in der unteren Hälfte des neunten, sondern erst in der oberen des sechsten Innings. Aber sechstes oder neuntes, genug Zeit vor der Glotze war verstrichen, dass sein Ex-Stiefvater auch so hinüber sein musste, und als Tristan um die Ecke der Schlafzimmertür linste, sah er, dass der Mann die Augen geschlossen hatte. Aber etwas an ihm, die glatten Lider, der ungewöhnlich geräuschlose Schlaf, weckte in Tristan den Verdacht, dass er nur so tat, als ob, und darauf wartete, dass Tristan die Gefahrenzone zwischen Sessel und Fernseher zur Haustür durchquerte, ja auf diesen Augenblick wartete, seit Tristan ihn vor über einer Woche vermöbelt hatte, und diese neue Taktik machte ihn so panisch, dass er sich seinem ausgeboxten Triumph zum Trotz nicht zu diesem Schritt durchringen konnte und in seinem Zimmer ausharrte, bis im achten Inning das Schnarchen einsetzte. Als Tristan um halb elf endlich unten ankam, war Big Bird mit der ganzen Truppe zur Party in der Bronx aufgebrochen, und die Straßen waren tot.

Matty telefonierte mit einem Hörensagen-Anrufer aus dem zu bearbeitenden Stapel, einem älteren Schwarzen, Besitzer eines Süßwarenladens in Brooklyn, der gehört haben wollte, wie ein Mädchen am Morgen über die Belohnung sprach, wie sehr sie in Versuchung sei wegen ihres Kindes, dass es sich aber nicht lohne, wenn man daran glaube, dass einen so was immer einholt.

»Kennen Sie sie?«

»Ich kenne ihre Stimme«, sagte der Mann.

»Können Sie sie beschreiben?«

»Tief, was ich Karamelltönung nennen würde, puerto-ricanischer Akzent, hat sich mit einer Afroamerikanerin mit Zahnspange unterhalten, die sabschige Speicheltöne von sich gab.«

Matty schloss die Augen, legte ein Dreisekundennickerchen ein.

»Und jetzt noch mal zu ihrem Aussehen?«

»Die Puerto-Ricanerin klang zierlich, die Schwarze übergewichtig.«

»Klang?«

»Mein Sohn, ich bin blind.«

Tristan ging wieder hoch, zwischen Sessel und Fernseher durch – Joe Torre in der Nachspiel-Sendung sah aus wie ein Beerdigungsunternehmer – ins Schlafzimmer und holte, ohne die Kinder zu wecken, die 22er unter der Matratze hervor. Er ging wieder ins Wohnzimmer, stand hinter dem Sessel und zielte die Waffe auf die Rückseite der schnarchenden, schlappen Kuppel.

Er wusste nicht mal, ob noch Kugeln drin waren, und er konnte sich nicht ganz dazu durchringen, es herauszufinden, stand einfach dort, probierte mit dem Abzugdruck herum und glotzte glasig auf den Bildschirm; die Mündung küsste beinahe den Skalp seines Ex-Stiefvaters.

Derek Jeter tauchte auf, dann Werbung für *Survivor: Komodo Island*, danach für die neuen kleineren Hummer-Modelle, schließlich die Elf-Uhr-Nachrichten.

Vom Fernseher gebannt, vergaß er die Zeit, wusste also nicht, wie lange die Frau schon da stand, aber sie war da, hinter dem Esstisch, sah einfach zu, wie er mit der Waffe auf den Hinterkopf ihres Mannes zielte. Still starrten sie einander an, die Frau ausdruckslos, Tristan unfähig, die Waffe herunterzunehmen, und dann ging sie wortlos ins Schlafzimmer zurück und schloss leise die Tür hinter sich. So viel Angst hatte Tristan seit jener Nacht nicht mehr gehabt, es war noch schlimmer, er konnte sich kaum bewegen, dann bäumte sich sein Ex-Stiefvater auf mit einem abrupten, lauten Schnarcher, und Tristan drückte ab. Es klickte in einer leeren Kammer. In Gedanken noch bei der unbewegten Miene der Ehefrau, ging Tristan ins Schlafzimmer und schloss, wie sie es getan hatte, leise die Tür hinter sich.

Der vollbesetzte Mercury Mountaineer mit Maryland-Kennzeichen kurvte urplötzlich auf die andere Seite der Clinton Street und blockierte die schmale Straße so, dass Lugo in die Eisen steigen musste. Der Fahrer beugte sich über den Beifahrersitz und kurbelte das Fenster herunter, um drei Frauen anzubaggern, die am Straßenrand saßen.

Lugo hupte. »Komm schon, du Deckhengst, beweg dich.«

Ohne den Blick von den Mädchen zu wenden, zeigte ihnen der Fahrer den Stinkefinger und turtelte weiter.

»Dumm gelaufen«, sagte Lugo zu Daley zu Scharf zu Geohagan und klickte das Blaulicht aufs Taxidach.

Nachdem sie drei klebrige Haze-Blüten unter Little Daps Sitz gefunden hatten, standen Lugo und Daley am Kopierer und ließen den Inhalt seiner Brieftasche durchlaufen, während der Junge aus seiner winzigen Untersuchungszelle zusah.

»Hey, der letzte Kollege hat gesagt, alles unter Zehner ist Kinkerlitzchen.«

»Tatsache«, sagte Daley.

»Und das war ein Kollege.«

»Was ist das?« Lugo hielt einen heftig zerknitterten, nicht eingelösten Scheck hoch.

»Was.« Little Dap blinzelte durch die Gitterstäbe.

»Das hier.«

»Hä?«

»Was kennst du denn ein Arschloch in Traverse City, Michigan?«

»Wo? Ah. Klar. Hat mir so ein Typ gegeben. Bekannter.«

»Was für ein Typ. Wie heißt der. Und verarsch mich nicht, steht hier auf dem Scheck.« Lugo versteckte ihn jetzt, als spielten sie Lügenpoker.

»Ach Mann, so eine Scheiße erinner ich nicht.«

»Okay … Wie wär's damit«, klinkte sich Daley ein. »Wofür ist Traverse City berühmt, hm? Der Typ ist dein Kumpel, wird er dir doch wohl erzählt haben. Als Traverser ist er da bestimmt stolz drauf.«

»Woher soll ich denn das – was denn.«

»Kirschhaupstadt Amerikas, Dumpfbacke, und ich glaube, du kennst den überhaupt nicht außer vom Ausnehmen. Als Erstes morgen früh rufen wir da an, aber du hockst dann hier und kommst dabei richtig runter. Und wenn ich recht habe? Haben wir es hier mit grenzwertiger Rechtsverletzung zu tun.«

»Autsch«, sagte Lugo.

»Was?«

»Staatsgrenzen überschreiten bei der Ausübung einer Straftat.«

»Hab keine Staatsgrenze überschritten.«

»Aber dein Opfer.«

»Hab ihn nicht gebeten, herzukommen.« Little Dap blinzelte wie ein Schiff im Nebel.

»War er also dein Opfer, hm?«

»Was? Nein. Hab ich nicht gesagt.«

»Hey, du ziehst einen aus einem anderen Staat ab? Das ist ein Grundsatzverbrechen.«

»Ein was?«

»Klassisches Grundsatzverbrechen.«

»Plus die ganze Gegend hier ist denkmalgeschützt«, erinnerte Lugo Daley, »das macht es ...«

»Grenzwertig.«

»Soll heißen Bundesebene.«

»Und auf Bundesverbrechen ...

»Steht Bundesknast.«

»Scheiße, das ist doch bloß ein Scheck, Mann, nicht mal eingelöst!«

»Das nimmt ihn uns einfach weg, das FBI.«

»Ich hasse diese Arschlöcher, für die ist jeder gleich Bin Laden. Die hören uns bestimmt gar nicht erst zu.«

»Fühl mich grad nicht so gut«, gurgelte Little Dap.

»Was du nicht sagst.«

»Wo steh ich grad?« Er wackelte mit dem Kopf, legte ihn dann an die Gitterstäbe.

»Etwa zwei Zentimeter vor dem Hochsicherheitstrakt.«

»Und wenn ich euch 'ne Knarre liefere?«

»Hey, das ist doch unser Text.«

»Ihr Nigger fragt immer nach 'ner Knarre.«

»Wir hören.«

»Scheiße ... Und wenn ich euch den Mörder von dem Weißen liefere?«

»Ganz Ohr, Bruder.«

»Aber bevor ich's Maul aufmache, brauche ich Immunität. Ihr wisst schon, der Erste, der singt, kriegt den Deal. Ihr kennt das ja.«

»Wir sind ganz Ohr.«

Eine Stunde später weckte Lugo Matty auf.

»Und danach sagt er zu uns, ›Ich brauche Immunität.‹«

»Und ihr habt gesagt ...«

»Sehen zu, was sich machen lässt, aber nimm erst mal kräftig Vitamin C und B plus.«

»Gut.« Matty stand auf, rieb sich das Gesicht. Er fand das Ganze nicht allzu spannend, aber trotzdem ...

»Na jedenfalls, das sagt der Junge, aber wer weiß das schon.«

»In Ordnung, ich bin gleich da.« Er griff nach seinem Hemd. »Und wie ist er, hart, weich?«

»Butterweich.«

Nach sechs Stunden Durchkauen und Wiederkäuen war Arvin »Little Dap« Williams' Geschichte noch immer wasserdicht. Er kannte Tristans Nachnamen nicht, wusste aber, wo er wohnte, und als Yolonda am nächsten Morgen ins Büro kam, hatte Matty von den Siedlungskollegen bereits alle notwendigen Informationen erhalten.

Eine Stunde später, Iacone und Mullins standen außer Sichtweite im Korridor, fragte Matty, als er an die Tür klopfte, Yolonda leise: »Bist du sicher, dass du nicht noch einen kleinen Plausch unter vier Augen abhalten willst?«

»Ich würde diesen Teufelsbraten am liebsten an den Haaren hier rauszerren«, antwortete sie mit zusammengebissenen Zähnen.

Matty klopfte wieder, eine Frau mit gelben Plastikhandschuhen linste durch den Türspalt und löste die Kette, als sie die Polizeimarke sah.

»Wir würden gern mit Tristan sprechen«, sagte Yolonda. »Nichts Schlimmes.«

»Tristan?« Ihr Gesicht verzog sich vor Beunruhigung, als sie nachdenklich zum Schlafzimmer blickte. »Da sollten Sie auf meinen Mann warten.«

»Wir machen's kurz«, sagte Yolonda.

Nachdem sie Iacone im Wohnzimmer postiert hatten, gingen Matty, Yolonda und Mullins an zwei kleinen Kindern, die still vor dem Fernseher saßen, vorbei zum Schlafzimmer; bevor sie die Tür öffneten, schob Matty die Frau zur Seite.

Tristan saß über sein Spiralheft, sein Beatbuch gebeugt am Fußende seines Bettes, sah abwechselnd mit schmalen Augen auf die Hausordnung seines Ex-Stiefvaters und spuckte Verse aus.

Jede Regel für den Flegel und sonst Prügel
Hände weg von meinem Kühlschrank
Drogen wirken fixer machen krank
Blut ist dicker
Straßensicker
wo die Besten
euch testen
Wilder Westen
ihr wollt's bringen
ist kein Ding
Bin ein Spieler ein Killer
seid verständnisvoll
für die Handvoll
die ich bin

Schatten legten sich dunkel auf die Seite, Tristan blickte auf und sah die drei Detectives über sich stehen.

Bin ich deine Beute?

»Steh bitte auf.«
»Sekunde.« Tief gebeugt schrieb Tristan schnell noch etwas auf, während er ihnen bedeutete zu warten.

Betet alle, Leute
Ein neuer Tag ist heute

494

Hände hoben ihn an den Oberarmen hoch wie ein Kind, und das Heft fiel zu Boden.

Es war Mittag, und Eric versuchte sich daran zu erinnern, wie man aus dem Bett kam. Zu diesem Zeitpunkt schien es niemanden zu scheren, ob er menschlicher Müll war oder nicht, und das machte ihn einfach fertig. Der gleichgültige Chor in seinem Kopf bestand unter anderen aus Ike Marcus' Vater, diesen beiden Detectives und Bree. Komischerweise war Ike Marcus nicht dabei; höchstwahrscheinlich weil er gestorben war, ohne zu wissen, was Eric für ihn tun oder nicht tun würde, wobei Eric ihn vermutlich sowieso bald einholen würde.

Und dann fiel sein Blick auf Harry Steeles Geschenkkorb.

Eric saß an der Granitkücheninsel unter dem gesprenkelten Schimmer des Buntglas-Davidsterns.

»Hab gehört, du hast Danny Fein gefeuert«, sagte Steele.

»Ich brauchte ihn nicht mehr.« Eric sah in die Ferne, seine Knie hüpften unterm Tisch auf und ab. Nach einem halben Leben in Steeles Diensten machte es ihn noch immer nervös, außerhalb eines Restaurants mit ihm allein zu sein.

»Okay.«

Eric trank seinen kalten Kaffee und starrte dann in den Satz, als könnte er in ihm lesen.

»Was«, sagte Steele.

»Was?«

Steele atmete durch die Nase, sein rastloser Blick im gesamten Raum, abschätzig, umgestaltend. »Noch was?«

Mit feuchten Augenwinkeln wagte Eric den Sprung. »Ich bin ein Dieb.«

»Du bist ein Dieb.«

Wieder Stille, betont durch das Ticken einer unsichtbaren Uhr.

»Ich kappe Trinkgeldpunkte, ein-, zweimal die Woche, macht etwa zehntausend im Jahr die letzten fünf Jahre. Etwas mehr vielleicht. Jeden bescheiße ich, Kellner, die Bar, Abräumer, Laufburschen. Und dich. Etwa zehntausend. Jedes Jahr.«

»So so«, sagte Steele.

Eric antwortete nicht.

»Zehn.«

»Ja.«

»Ich hätte dir eigentlich zwanzig zugetraut.«

»Was? Nein.«

»Warum erzählst du mir das?«

»Warum?«

»Darüber hält man das Maul.«

»Was?«

»Alle beklauen mich, sie gehen mir damit nur nicht auf den Sack.«

Dann: »Zehn.« Er schüttelte den Kopf.

»Ja.«

»Verglichen mit all den anderen? Bar? Küche?« Das Gespräch lief nicht so, wie Eric es sich ausgemalt hatte.

»Was genau ist dein Problem?«, fragte Steele.

»Mein Problem?«

»Was, plagt dich dein Gewissen? Und ich soll jetzt was genau tun? Dich feuern, verklagen, was ...«

»Ich will dir meine Schulden zurückzahlen«, sagte Eric instinktiv.

»Nicht mir. Wir reden hier vom Trinkgeld. Da musst du alle Abräumer der letzten Jahre aufstöbern, all die Kellnerinnen von weiß Gott wo, die drei Wochen da waren und auf Nimmerwiedersehen abgezwitschert sind.«

Eric versank in hoffnungsloses Schweigen.

»Weißt du, warum du mir das erzählst? Weil du ein schlechtes Gewissen hast wegen Ike Marcus, und du willst, dass dich jemand bestraft oder dir vergibt oder weiß der Teufel.« Steele schüttelte verwundert den Kopf. »Zehntausend. Die Babysitterin meiner Kinder klaut wahrscheinlich mehr. Meine Kinder klauen mehr. Herrgott, hast du eine Ahnung, wie viel ich da rausnehme?«

»Nein.«

»Na, jedenfalls eine gute Nachricht.«

Eric sah auf seine Hände, die er zwischen die Beine geklemmt hatte.

»Du bist ein guter Kerl, Eric, das habe ich immer gewusst.«

»Danke«, flüsterte Eric.

»Und du bist mein Mann.« Steele beugte sich vor. »Und ich deiner, oder?«

Eric wand sich ein bisschen, sagte »Schon« und ließ sich dann von einer Woge der Dankbarkeit mitreißen: »Ja«.

»Du kommst zu mir nach Hause, weil du irgendeine Entlastung brauchst oder, oder Bestätigung, und ich kann dir nicht annähernd genug … Jahre zusammen, du und ich. Du bist wie Familie. Du bist Familie.«

»Schon.«

Steele stand auf, Eric tat es ihm nach, aber Steele bedeutete ihm, sich wieder zu setzen, und kam mit einer frischen Kanne Brühkaffee an den Tisch.

»So oder so« – er schenkte ein – »hast du bestimmt von diesem Viertel ziemlich die Schnauze voll.«

»Schon.«

»So durch den Dreck geschleift.«

Eric konnte nicht antworten.

»Na, dann habe ich hier eine gute Nachricht für dich … Ich eröffne ein neues Lokal.«

»Hab schon davon gehört.« Erics Stimme wurde lebhafter. »Harlem? Da würde ich gern hin.«

»Das ist noch ein Gerücht, aber ich sag dir, was echt ist.«

»Okay.«

»Atlantic City.«

»Wo?«

»Ich habe mit dem Stiener Rialto verhandelt, sie bauen eine neue Themenhalle neben dem Casino.«

»Wo?«

»Du weißt, in Vegas haben sie die Pyramiden, den Eiffelturm und das ganze Zeug? … Also, diese Leute wollen ein Little New York aufziehen, historisch, dreiteilig, punkiges East Village, fieser Times Square und die Lower East Side: der Geist des Ghettos.«

»Atlantic City?«

»Also, Mietshäuser, Handkarren, natürlich keine Synagogen, aber Egg cream und für unsere Schnösel ein Berkmann.« Als er Erics abgewürgten Blick sah, fügte er hinzu: »Ich meine, wir beide wissen, dass das Berkmann vor zehn Jahren eine Crackhöhle war, aber es sieht aus, als wäre es schon immer dagewesen, und was soll's? Dieses ganze Viertel, ich meine, das ist doch sowieso alles so, wie die Immobilienmakler es gerne hätten, oder?«

»Atlantic City?«

»Außerdem ist es vorbei. Es war in dem Moment vorbei, wo es zum Insidertip wurde.«

»Ja, nein.«

»All die jungen Leute hier unten, die spielen die Hauptrolle im Film ihres Lebens, keine Ahnung haben die.«

»Nein.«

»›Heute nicht, mein Freund‹ … Ich meine, was hat der geglaubt, wo er ist?«

»Nein. Schon.«

»Mal so recht betrachtet, A. C.? Die Künstlichkeit da unten wird das Echteste an dem ganzen Gebilde.«

»Klar.« Erics Bildschirm leer.

»Jedenfalls hätte ich dich gern dort.«

»Okay.«

»Ich brauche jemanden, dem ich trauen kann.«

»Okay.«

»Jemanden, der sich auf Zehntausend beschränkt.«

»Okay.«

»Ja?« Steele schenkte Kaffee nach.

»Ja.«

»Das wird ein Neuanfang für dich.«

»Ja.« Mutlos, dann der Griff nach dem Strohhalm: »Kann ich dich da um einen Gefallen bitten?« Steele wartete. »Ich will jemandem einen ordentlichen Job anbieten, jedenfalls anbieten.«

»Wem anbieten, dieser Kellnerin? Wie war noch gleich – Bree?« Eric lehnte sich zurück.

»Komm schon, Eric, das Mädchen ist ein Mädchen, soll sie doch eine Weile ihren Traum leben.«

»Okay.«

»Und keine Versuche mehr, in meinem Laden Koks zu verticken.«

»Nein.«

»Na schön.« Steele stand auf und schlug ein Kreuz. »*Ego te absolvo*«, dann verschwand er hinter einer Tür.

Eric saß da und fragte sich, was gerade passiert war.

Yolonda fragte Matty, ob sie den Schützen solo übernehmen könne; dieses junge Gemüse war ihre Spezialität, und das Letzte, was sie da drin brauchen konnte, wenn sie ihre Wohlfühlfragen stellte, war ein großer, quadratschädeliger Ire, der den Fluss ins Stocken brachte. Und er wusste aus Erfahrung, dass es bei Tätern wie Tristan Acevedo glatte Selbstzerstörung war, Yolonda nicht freie Hand zu lassen.

Dennoch schien der Junge unerschütterlich, was heißen sollte, so häufig erschüttert, dass es nichts mehr zu erschüttern gab. Er wirkte, als säße er in irgendeinem überflüssigen Unterricht in der letzten Reihe, desinteressiert an seinen eigenen Lügen auf die Frage, wo er in jener Nacht gewesen und wie er an die Waffe gekommen sei, die man unter seiner Matratze gefunden hatte, desinteressiert an all den Widersprüchen in seiner Erzählung, desinteressiert an seinem eigenen Schicksal. Nichts davon vermasselte ihnen die Tour, schließlich hatten sie die Waffe und Little Daps Aussage, aber sie konnten nicht riskieren, dass der Junge jetzt mauerte und in der Verhandlung plötzlich auspackte, Ike Marcus habe seine kleine Schwester misshandelt oder etwas in der Art, und der Staatsanwalt wie ein Idiot dastand. Am Ende der ersten Runde eine Stunde später kam Yolanda aus dem Vernehmungsraum, um dem Jungen etwas zu essen zu holen und selbst kurz zu verschnaufen.

»Du schläferst ihn ein«, sagte Matty.

»Der Junge ist beinhart.« Sie pustete sich eine Haarsträhne aus dem Gesicht. »Ich hasse das. Den Kids ist es egal, ob sie leben oder sterben, das ist traurig. Scheiße. Ich hol ihn mir.« Zwanzig Minuten später ging sie, bewaffnet mit einer Brause und einem Ring Ding, wieder hinein.

»Tristan, bist du hier aufgewachsen?«

»Ja.« Er starrte auf seine Mitbringsel. »Bisschen.«

»Und deine Mutter hatte Probleme?«

»Keine Ahnung.«

»Hast du bei ihr gewohnt?«

»Kurz.«

»Wie alt warst du, als du weggezogen bist?«

»Welches Mal.«

»Das erste Mal.«

»Erste Klasse.«

»Und warum?«

»Was.«

»Warum musstest du weg?«

»Keine Ahnung.«

»War sie krank?«

»Ja.«

»Krank wegen Drogen?«

Er zuckte die Schultern.

»Du warst so klein.«

Noch ein Schulterzucken.

»Da bist du zu deiner Oma gezogen?«

»Bisschen.«

»Wohin dann?«

»Wieder bisschen meine Mutter. Ihr Freund. Keine Ahnung.«

»Wie war es sonst so für dich als Kind?«

»Hä?«

»Was für eine Kindheit hattest du?«

»Hab ich doch grad erzählt.«

»Erzähl mir mehr.«

»Mehr weiß ich nicht.«

»Du weißt nicht, was du für eine Kindheit hattest?«

»Keine Ahnung. Was für eine Kindheit hatten Sie denn?« Seine Stimme ein grantiges Gemurmel.

»Meine?« Yolonda lehnte sich zurück. »Schlimm. Bin in Pflegefamilien aufgewachsen, weil meine Mutter zu high war, um auf mich aufzupassen, und mein Vater im Knast, weil er mit Heroin gedealt hat. Wir haben jede Woche stundenlang Schlange gestanden, um diese großen Käseblöcke von der Regierung zu kriegen, sind nach Hause, haben sie in kleinere Blöcke zerschnitten und an die Bodegas verkauft. Total ätzend.« Das war alles Schwachsinn abgesehen vom Käse, aber er hörte ihr zu.

Sie streckte die Hand aus, berührte aber nicht seine linke Wange, die Narbe, die von dort in den linken Mundwinkel führte, dann am rechten wieder raus und im Zickzack den rechten Kiefer runter. »Wo ist das her?«

»In Kabel gebissen.«

»Ein Kabel. Was für ein Kabel?«

»'lektrisch.«

»Was? Zum Glück bist du nicht dran gestorben.«

Noch ein Schulterzucken.

»Warum?«

»Ich wollte mein Haus abfackeln.«

»Warum?«

»Das ist geheim.«

Das hatte sie sich gedacht. Yolonda war in zu vielen Räumen mit zu vielen jungen Leuten wie Tristan gewesen, um nicht diesen unheimlich stieren Blick zu erkennen, abgewandt und zugleich glühend. »Wie alt warst du da?«

»Keine Ahnung. Fünf. Sechs.«

»Herrgott.« Sie klang, als würde sie gleich weinen. »Und wer hat dir das angetan?«

»Hab ich doch grad erzählt, ich mir selber.«

»Davon rede ich nicht, Tristan.«

»Keiner hat mir was getan.«

Yolonda sah ihn an, das Kinn auf die Faustknöchel gestützt.

»Was getan«, sagte er.

»War es das Arschloch, bei dem du wohnst?«

»Nein.« Dann: »Ich sag's nicht.« Dann: »Aber er nicht.«

»Okay.«

»Und ihnen hab ich nie was getan.«

»Den Kleinen.«

»Ja.« Er sah wieder weg. »Hätte ich können, wenn ich gewollt hätte.«

»Weil du Gut und Böse unterscheiden kannst.«

Noch ein Schulterzucken.

»Kannst du.« Sie berührte seinen Arm. »Und dafür, was du durchgemacht hast? Bist du stark. Stärker, als irgendjemand weiß.« Sie spürte, wie sich seine Sehnen unter ihren Fingern entspannten. »Wenn wir jemals Freunde werden, du und ich?« Sie wartete, bis er sie ansah. »Erzähl ich dir ein paar Geheimnisse, von denen dir die Haare ausfallen.«

»Was denn?«

»Mein Vater war im Knast, aber nicht wegen Drogen.«

»Was dann.«

»Sieh mich an und antworte dir selbst.«

Er sah sie nicht an, konnte sie nicht ansehen, wenn er befürchtete, seine eigene Erfahrung dort zu finden. Auch gut, denn auf diese Art Lügen war sie nicht allzu scharf. Solidarisch drückte sie seine Hand. »Also, Tristan, dieser *blanco* in der Eldridge Street, kanntest du den schon vorher?«

»Vor was.«

»Der Nacht. Dem Vorfall.«

»Nein.«

»Was hat er dir getan?«

»Nichts.«

»Nichts?« Sie beugte sich vor und flüsterte. »Ich versuche, dir zu helfen.«

Er starrte auf ihre Hand.

»Irgendwas muss er doch getan haben.«

»Mich erschreckt.«

»Wie erschreckt.«

»Er ist irgendwie, so auf mich zu, und ich hab gezuckt. Paff.«

»Paff. Das heißt, du hast auf ihn geschossen?«

»Keine Ahnung. Scheint so.«

»Sag's mir einfach. Sag mir, was du getan hast. Du fühlst dich dann besser.«

»Ich hab ihn erschossen.«

»Okay.« Yolonda nickte, tätschelte ihm die Hand. »Gut.«

Tristan atmete aus wie angestochen, und langsam fiel er in sich zusammen.

»Ich vermisse meine Oma«, sagte er nach einer Weile.

8   17 plus 25 gleich 32

Im Chinaman's Chance saßen sie einander erneut im ansonsten geschlossenen Club gegenüber, der Geruch von Clorox waberte aus dem
Vorderraum zu ihnen.

»Ich will seinen Namen nicht wissen.« Billys Stimme zitterte.

»Verstehe ich«, sagte Matty und dachte: Dann ziehen Sie am besten
nach Grönland.

»Ich will seinen Namen nicht in meinem Kopf haben.«

»Nein.«

»Ich werde nicht darum bitten, ihn zu sehen«, sagte Billy.

»Das wäre auch keine gute Idee.«

»Er hat gestanden?«

»Ja.« Matty nippte an seinem dritten Drink. Steckte sich eine Zigarette an. »Außerdem haben wir seinen Partner und die Waffe.«

»Warum?« Billy grimassierte, als blickte er in die Sonne.

»Warum er es getan hat?« Matty verbannte einen Tabakkrümel
von der Zungenspitze. »Klingt nach einem aus dem Ruder gelaufenen
Raubüberfall. Wie wir von Anfang an vermutet hatten.«

Billy wandte sich abrupt ab, um einen anarchischen Tränenschub zu
verbergen, und drehte sich dann wieder um. »Tut es ihm leid?«

»Ja«, log Matty, »es tut ihm leid.«

Eine Weile saßen sie still und lauschten den Chi-Lites aus der Jukebox im Vorderzimmer, mit denen sich der Gelegenheitsobdachlose
dort beim Bodenfeudeln amüsierte.

»Und was passiert jetzt mit ihm?«, fragte Billy.

»Er ist siebzehn, wird also als Jugendlicher angeklagt, aber er wird wie ein Großer behandelt. Der Staatsanwalt wird hart durchgreifen, Mord bei bewaffnetem Raubüberfall, fünfundzwanzig Jahre automatisch.«

»Hm.« Billy atmete aus.

»Folgendermaßen.« Matty beugte sich vor. »Der Staatsanwalt führt eine Wertungsliste, okay? Also, der Junge kommt aus den Siedlungen, keiner unterstützt ihn, weder Familie noch sonstwer. Der Mann weiß also, dass der Junge es mit einem Pflichtverteidiger zu tun kriegt und das Ganze mehr oder weniger ein Heimspiel wird. Dieser Anwalt wird dann das Alter des Jungen anführen, keine Vorstrafen undsoweiter undsofort, aber der Staatsanwalt weiß, dass er gute Karten hat, und reizt die Fünfundzwanzig voll aus. Problem ist, dafür muss er vor Gericht, worauf kein Staatsanwalt scharf ist, also kommt er zu Ihnen, dem Vater des Opfers, und sagt was wie ›Wir können ihm das volle Viertel aufbrummen, aber damit Sie nicht die ganze Geschichte noch einmal vor Gericht durchleben müssen, lasse ich seinen Anwalt auf zwanzig plädieren, und dann haben Sie Ihre Ruhe.‹«

»Hm.«

»Was der Staatsanwalt Ihnen aber nicht sagt, ist, einmal drin, werden aus zwanzig bei guter Führung eher fünfzehn.«

»Fünfzehn?« Billy sah langsam auf. »Wie alt ist er noch mal?«

»Siebzehn«, sagte Matty. »Mit zweiunddreißig also wieder auf der Straße.«

Billy wand sich in seinem Sessel, als quälte ihn sein Rücken.

»Tut mir leid, ich versuche nur, Ihnen ein realistisches Bild zu malen.«

»Ich will seinen Namen nicht wissen.« Billy karrte in seinem Stuhl umher.

»Verstehe ich«, sagte Matty geduldig und schenkte sich noch ein paar Zentimeter aus der Flasche ein, die er hinter der dunklen Bar aufgetrieben hatte.

508

»Drinnen oder draußen, in meinem Leben wird er immer sein.«

Mattys Telefon klingelte. »Verzeihung.« Er wandte sich ab.

»Hast du was zu schreiben?« Seine Ex.

»Ja.« Machte keine Anstalten, einen Stift zu suchen.

»Adirondack Trailways 4432, Ankunft Port Authority morgen Viertel nach vier.«

»Nachmittags oder nachts?«

»Rate mal.«

»Schön, egal.« Er warf Billy einen Blick zu. »Hey, Lindsay, warte.« Matty senkte die Stimme, den Kopf. »Was isst er denn gern?«

»Was er isst? Alles Mögliche. Er ist ein Junge, kein Tropenfisch.«

Kein Tropenfisch; Matty legte wütend auf – Lindsay immer mit ihrem Gift, ihrer Arroganz. Er leerte das vierte Glas und funkelte Billy an. »Eine Frage ... Sind Sie noch hier unten?«

»Mehr oder weniger.« Billy wandte den Blick ab.

»Mehr oder weniger?«

»Ich brauche einfach ...«

»Denn ich will Ihnen mal was sagen«, sagte Matty. »Sie haben eine nette Familie, wissen Sie das?«

»Danke.«

Matty stockte ... »Machen Sie keinen Doppelten und Dreifachen draus.«

»Machen Sie was?«, fragte Billy.

Matty hielt sich noch einen Augenblick zurück – Scheiß drauf, beugte sich vor in seinem Rattansessel und stützte die Ellbogen auf die Knie. »So wird's laufen.« Er wartete auf Billys Blick. »Wie Sie's auch drehen, es wird noch lange hart für Sie und Ihre Angehörigen, okay? Aber ich schwöre bei Gott, wenn Sie sich weiter so wegducken, machen die anderen in Ihrem Haushalt bald dasselbe auf ihre Art, und das geht nicht gut aus.« Matty atmete ein. »Wer hat den Wodka ausgetrunken, gestern war noch eine ganze Flasche da, wo sind meine Schlaftabletten, gestern war noch ein ganzes Röhrchen da, hier ist Officer Jones, ich habe Ihren Sohn bei mir, Ihre Tochter bei mir, Ihre Frau, Ihren

Mann, zum Glück ist keiner umgekommen, aber den Alkomat haben sie nicht geschafft, den Alkomat haben sie verweigert, hier ist der stellvertretende Schulleiter Smith, Ihr Sohn hat sich wieder geprügelt, Ihre Tochter war wieder bekifft, betrunken, eine Waffe in seinem Spind gefunden, eine Tüte Haschisch in ihrem Spind, hier ist die Happy-Valley-Rehabilitation, hier ist das Familiengericht, hier ist das achte Revier, die Notaufnahme, das Beerdigungsinstitut, vielleicht ein Unfall, vielleicht etwas anderes, dafür ist die Autopsie da, aber nur, damit Sie's wissen, wir haben sie hinten in einem Club gefunden, in einem Motelzimmer, an einer Bushaltestelle, in einem Müllcontainer, um einen Baum gewickelt, an einem Telefonmast ... Die arme Marcus-Familie, da haben sie letztes Jahr ihren Sohn verloren, und nun dies.« Billy starrte ihn mit offenem Mund an und hob eine Hand wie ein Stoppschild, aber Matty konnte nicht aufhören.»Hören Sie mich? Wenn jetzt einer dem anderen die Tür vor der Nase zuschlägt, ich versichere Ihnen, ich verwette meine Pension darauf, bleibt noch einer auf der Strecke.«

»Nein, Sie verstehen das nicht.«

»Ich meine, Himmelherrgott, wenn ich so eine Frau hätte ...«

»Ich weiß, ich weiß.«

»... und so ein Kind. Die Schwester, das Mädchen.«

»Nina«, sagte Billy, als schäme er sich.

»Wissen Sie eigentlich, was sich unter dieser Bandage verbirgt? Oder wollen Sie's lieber nicht wissen.«

Die Knie ratterten auf und nieder wie Kolben, Billy kippte sein drittes Glas, als hätte er sich verspätet, machte aber keine Anstalten aufzustehen.

Mattys Telefon klingelte wieder.»Was denn jetzt noch?«

»Bitte?«, fragte Yolanda

»Entschuldigung, ich dachte ...«

»Wir haben einen Toten in den Cahans.«

»In den Cahans?«

»Das sagte ich gerade.« Dann: »Du klingst, als würdest du Glas kauen.«

»Als was?«

»Bist du zu breit dafür?«

»Nein, alles in Ordnung.«

»Ehrlich?«

»Bin gleich da. Wo in den Cahans?«

»Ich hol dich ab«, sagte sie.

»Ich bin Clinton Ecke Delancey.«

»Was bedeutet, du bist im Chinaman. Scheiße, und noch nicht mal dunkel.«

»Clinton und Delancey.« Matty legte auf und richtete sich mühsam auf.

»Wo gehen Sie hin?«, fragte Billy.

»Herrgott, ich bin hackedicht.«

»Kann ich helfen?«

»Sie haben genug geholfen.« Matty riss die Augen auf, um Luft heranzulassen. »Gehen Sie nach Hause.«

»Ich muss nur noch mal zurück …«

»Wohin, ins Hotel? Warum. Was ist da.«

Billy sah ihn an.

»Billy …« Matty legte eine Hand auf sein Knie. »Ihr Sohn ist nicht mehr hier unten. Gehen Sie nach Hause.«

Im dunklen Raum schienen Billys Augen zu glühen, dann trübe zu werden, als er sich, wie Matty hoffte, ins Unvermeidliche fügte, allerdings saß er immer noch da, als Matty sich durch die leeren Tische hindurchschlängelte und zu einer Seitentür hinaus zum nächsten Kunden aufmachte.

Als er endlich in den Cahans ankam, entstand bereits ein Schrein, zwei offene, auf die Seite gekippte Lebensmittelkartons als Herberge für ein halbes Dutzend Botanica-Kerzen. Einige zellophanverpackte Blumensträuße auf dem Gehweg. Iacone und ein neuer Kollege, Margolies, ein Officer frisch von der Zivilstreife, befragten bereits potentielle Zeugen.

Der Tote, nach einem Herzschuss wie ein Seestern ausgefächert auf dem Pflaster vor einer Siedlungsbank, war ein Jugendlicher aus den Cahans, Ray-Ray Rivera. Er trug ein übergroßes weißes T-Shirt und knielange Shorts; unter dem zeltförmigen T-Shirt ein beachtlicher Berg Bauch.

Zwei Trauben weinender Menschen standen zu beiden Seiten des Tatortbands – eine Gruppe von Mädchen, eine andere mit älteren Leuten, wiederum hauptsächlich Frauen, die um einen kleinen stämmigen, weißhaarigen Mann in einer Guayabera herumstanden, dessen rotes Gesicht vor Trauer verzogen war. Keine Jungen oder Männer auch nur annähernd im Alter des Opfers.

Die Spurensicherung war noch nicht da.

»Feine Freunde«, sagte Iacone.

»Wo sind sie?«

»Eben.«

»Aber waren sie hier?«

»Scheint so. Na ja, werden wir finden. Wo zum Teufel sollen die schon hingehen?«

»Und die?« Yolonda nickte zu den Mädchen. »Mit ihnen gesprochen?«

»Das wollte ich dir überlassen.«

»Kameras?« Matty blinzelte zu einem schmalen Ladenstreifen auf der anderen Straßenseite.

»Keine funktionierende«, antwortete Iacone.

Yolonda musterte die Seniorengruppe und konzentrierte sich dann auf den weinenden Mann in der Mitte. »Ach du Scheiße, den Mann kenne ich, dem gehört der Süßwarenladen um die Ecke, hab dort schon als kleines Mädchen *Bolita* gespielt. Was, wieso ist der hier?«

»Das ist sein Enkel.«

»Das ist nicht dein Ernst, sein Enkel? Sein Sohn ist auch erschossen worden. Oh, mein Gott, Matty, erinnerst du dich, vor fünf Jahren in der Sherrif Street? Angel Minoso? Gott. Der Mann jongliert hier seit vierzig Jahren mit Zahlen und kein Kratzer. Und jetzt sein Enkel?«

512

»Weiß er irgendwas?«, fragte Matty.

»Glaub nicht«, sagte Iacone, »sie haben ihn geholt, als es schon passiert war.«

Yolanda trat zur Leiche. »Die Mädchen da«, sagte sie zu dem Neuen, »schaffen Sie die alle auf die Wache.«

»Mit einigen habe ich schon geredet«, sagte er.

»Ja?« Sie zog ihre Handschuhe an. »Und?«

»Nichts gesehen. sie haben irgendwas über einen Schwarzen aus Brooklyn gehört, aber anscheinend kannte den keiner.«

»Nein? Woher wussten sie dann, dass er aus Brooklyn ist?«

»Hab ich auch gefragt.«

»Ja? Und?«

Er sah Yolanda an, dann die Mädchen, von denen zwei bereits abwanderten.

»Ab auf die Wache.« Yolanda sah, wie der Neue mit ausgebreiteten Armen auf die Mädchen zuging, als wollte er streunende Hunde einfangen.

»Wer ist das noch mal?«, fragte sie Matty.

»Irgendwer Margolies.« Matty zuckte mit den Schultern. »Wir sollten die Zettel in den Kästen da drüben auch noch prüfen.«

»Ja, aber nicht vor den Leuten«, sagte Yolanda.

»Ich meinte nicht jetzt«, brummte Matty etwas beleidigt und trollte sich, dabei dachte er an den Unterschied zwischen Raymond Riveras und Ike Marcus' Schrein.

Er würde ums Verrecken beteuern, dass ihm alle Opfer gleich wichtig waren, dass es nur eins gab, was ihn ganz besonders aufheizte, und zwar nicht Schicht oder Hautfarbe, sondern Unschuld. Alle waren ihm gleich wichtig, na ja, manche vielleicht noch wichtiger, aber selbst wenn er hier den bellenden Hund spielte, der nicht mal sich selbst biss, war Yolanda in diesem Fall die große Fürsprecherin, weil sie von hier kam, weil sie hier glänzen wollte, weil es ihr hier am leichtesten fiel, den Funken echten Mitgefühls zu zünden, der sie drinnen so weit brachte.

Als er aufblickte, sah er einen Jungen mit Marshmallow-T-Shirt und Stoppelhaar ähnlich dem des Opfers um die Ecke eines chinesischen Restaurants auf der anderes Straßenseite nach dem Vorfall lugen. Matty zeigte mit dem Finger auf ihn: Dableiben, aber schon war er weg. Erst wollte er hinter ihm her, aber wie Iacone schon sagte, wo sollte er schon hingehen. Als er sich wieder zu Yolonda umdrehte, hockte sie in der Absperrung auf einem Knie neben der Leiche und sah sie leicht verwirrt an, als könnte sie den Jungen wiederbeleben, wenn sie sich nur daran erinnerte, wie.

»Weißt du was?«, fragte sie. »Den Jungen kannte ich auch. Nicht so, dass wir uns gegrüßt hätten, aber er hat bei meiner Großmutter im Haus gewohnt. Ich hab ihn immer im Fahrstuhl gesehen.«

»Ehrlich? War er in Ordnung?«

»Glaube, er hat ein bisschen Gras gedealt, aber schlecht war der nicht.« Noch immer auf einem Knie, untersuchte sie wie eine Spurensucherin die schmierigen Cahans-Backsteine, eine Hand über dem Mund. »Feine Freunde, hm?«, sagte sie trocken. »Abwarten.«

Und dann sah sie Matty an mit diesem Blick.

Ich bin dran.

9   Wird schon schiefgehen

Das Erdgeschoss des Stiener Rialto Hotels in Atlantic City war endlos. Er brauchte fünf Minuten vom Eingang bis zur abgesperrten Baustelle, dem New-York-Themenpark, der unter dem Casinodach entstand. Nur durch eine bekleckste Plastikfolie vom rot-goldenen Feld der Spielautomaten getrennt, schienen das permanente Kreischen der Bandsägen und das Stöhnen der Betonmischer, welch Überraschung, die Konzentration der Spieler, die dort großäugig saßen und sich an silbergefüllte Milchshakebecher klammerten, in keiner Weise zu beeinträchtigen.

Das Berkmann-Schild hing bereits, aber das Restaurant, halb so groß wie das Original, war noch in Arbeit, ein einziges Gehämmere und Geheule. Fünf Meter weiter wurden Trompe-l'œil-Miets-haus-Leinwände hochgezogen und an ihre Holzgerüste genagelt; einige Fenster waren mit Katzen oder Schusterpalmen geschmückt, andere mit Molly Goldbergs, die feisten Oberarme auf Kissen gebettet. Um die Ecke von Yidville lag Times Square Land, ganz Neon-Girlie-Show-Schilder, Kung-Fu-Film-Zelte und ein funktionierendes Automatenrestaurant. Und wiederum um die Ecke Punktown, eine langgestreckte, posterbepflasterte, graffitibeschmierte Attrappe von St. Marks Place um 1977, Tattoo-Studios, Schallplattenläden und ein Rock Club/Restaurant, das CBGB.

Aus Erics Sicht versuchte Steele, ihn in die Hölle zu verfrachten.

Dann entdeckte er ein bekanntes Gesicht, Sarah Bowen, die mit den sieben Zwergen. Sie diskutierte mit einem Mann in feinem Zwirn und Schutzhelm vor einem fast fertigen Nachbau des Gem Spa St. Mark's Place Ecke Second Avenue. Eric wartete, bis die beiden fertig waren, und ging auf sie zu. Zunächst konnte sie ihn nicht einordnen, das lag an der Umgebung, jedenfalls behauptete sie das, und er glaubte ihr. Sie hatte soeben die Anstellung als Hostess im CBGB ergattert. »Dieses Arschloch will, dass ich als Teil meines Outfits überall Sicherheitsnadeln reinstecke, ist das zu glauben? Sicherheitsnadeln hatte ich zuletzt in meinen Windeln.«

»Ich hingegen muss wohl eine Melone und Ärmelschoner tragen.«

Sie gingen auf die Strandpromenade hinaus, wo die Möwen Zigarettenkippen aßen, die Endlosspieler wie Vampire mit Sonnenstich herumtorkelten und der Sand aussah wie Katzenstreu.

»Ich sehe das so«, sagte sie. »Ich verdiene hier mehr, spare hier mehr, und in zwei, drei Jahren habe ich endlich genug beisammen, um nach Ottawa zurückzugehen und meinen Massagesalon aufzumachen.«

»Bestens.« Eric entspannte sich allmählich.

»Und wann ziehst du hier runter?« Sie bot ihm eine Zigarette an.

»Ich weiß noch nicht mal, ob überhaupt.«

Sie musterte ihn lange nachdenklich und wandte sich dann wieder dem Meer zu. »Solltest du aber.«

»Ach ja?«

Sie zuckte mit den Schultern, sah weiter aufs Wasser.

»Erinnerst du dich an uns beide vor etwa einem Jahr, anderthalb?«, fragte er.

»Ich hab Glück, wenn ich mich noch an mich selbst damals erinnere.« Sie streifte ihr Kinn mit einem langen Nagel.

»Danke, besten Dank.«

»Aber doch, ich erinnere mich. Es war kein besonders gutes Jahr für mich. Hast du manchmal solche Jahre?«

»Nein.« Eric nahm schließlich eine Zigarette an. »Ich bin ein Glückspilz.«

»Davon hab ich gehört.« Sie lächelte mitfühlend, als sie ihm Feuer gab, die Hände als Windschutz um seine geschlossen. »Weißt du, hier dein Geld zu machen heißt ja nicht, dass du hier auch wohnen musst. Ich habe mir mit ein paar anderen Flüchtlingen drei Städte weiter ein Haus gemietet, ein altes viktorianisches, gleich an einem Naturschutzgebiet. Da ist noch ein Zimmer frei. Willst du es haben?«

»Flüchtlinge woher? Aus der Stadt?«

»Der einen oder anderen. New York, Philadelphia oder sonstwo. Wir sitzen alle so ziemlich in einem Boot, irgendwelche Hostessen oder Manager hier unten, keine Stromer, Regenmörder oder sonstwas … Also denke ich mir, wenn dieses Fiese McEklig, CBGB, BCGB nichts wird, können wir daraus alle zusammen eine Sitcom basteln oder eine Reality Show oder was.«

»Warst du in der Nacht mit Ike zusammen?« Eric überrumpelte sich selbst mit seiner Frage.

»Ja«, antwortete sie vorsichtig.

»Wie war das?«

»Wie bitte?«

»Wer ist neben mir gestorben. Wer war bei mir.«

»Ganz ehrlich?«, sagte sie. »Ich kannte nicht mal seinen Namen, bis die Cops mich befragt haben.«

Eric wartete.

»Ich weiß nicht … ich war bekifft, aber … Er war ziemlich begeistert, weißt du? Wie ein großer Welpe. Aber sehr süß. Und sehr schmeichelhaft.«

»Hm.« Er wollte mehr.

»Willst du jetzt das Zimmer?«

Eric sah aufs Wasser. Wie zum Teufel kann ein großes Meer, eines der größten, das wir haben, dachte er, aussehen, als bräuchte es eine Müllentsorgung? Wie eine überflutete Seitengasse hinter dem East Broadway.

»Zum Ersten …«

»Schmeichelhaft«, sagte Eric. »Was meinst du damit, er war sehr schmeichelhaft.«

»Ike? Als könnte er gar nicht glauben, dass er tatsächlich gerade mit mir zusammen ist. Als wäre es die tollste Nacht seines Lebens.«

»Ah.« Eric atmete aus.

»Zum Zweiten …«

»Moment, mein Gott, einfach …«

»Zum …«

»Okay, okay.« Er nahm einen letzten Zug und schnippte die Kippe in den Sand unterhalb der Promenade. »Ich bin dabei.«

Er hasste den Busbahnhof. Vor fünfzehn Jahren, als er in Midtown North Streife fuhr, hatten ihm die gleitenden Räuber/Beute-Schwingungen immer das Gefühl gegeben, er befände sich unter Wasser.

Davor allerdings, in den drei Semestern, die er es auf dem College ausgehalten hatte, war er hier ein Dutzend Mal im Jahr ein- und ausgestiegen, hin und her zwischen seinem Zuhause in der Bronx und der State University of New York oben in Cortland. Damals bedeutete das Aussteigen aus dem Bus Ferien, Wiedersehen, Familie. Der junge Matty war zu angefüllt gewesen mit eigenen Gefühlen, um den Ort nüchtern zu betrachten, um sich selbst darin mit den Augen der Fleischfresser rundherum zu sehen.

Und als er jetzt hier saß und auf den Bus aus Lake George wartete, fragte er sich, ob der Andere diesen Ort wohl ähnlich empfand, wenn er herkam, dieses Branden, Wogen in der Brust beim hydraulischen Zischen der sich öffnenden Türen, diese weit offene Bereitschaft für alles, was da kommen mochte. Als der Bus, der ursprünglich aus Montreal kam, in seine Haltebucht einfuhr, stand Matty mit einigen anderen direkt in den Empfangstüren, den Blick auf die Silhouetten der aussteigenden Passagiere im Gegenlicht der unterirdischen Bahnhofsbeleuchtung gerichtet.

Kein Eddie.

Sein erster Gedanke war, dass der Junge irgendwo zwischen Lake George und New York ausgestiegen war, ein kleiner Entfesselungskünstler, ein Trickbetrüger. Drogenjunge. Da Matty seine Handynummer nicht hatte, rief er bei seiner Ex an und bekam die Mailbox. »Wo ist er, Lindsay? Ich stehe hier wie ein Arschloch vor einem leeren Bus. Ruf mich an.« Mit wachsender Wut marschierte er durch den Bahnhof, sah ein Mädchen etwa in Eddies Alter, teigig, keine allzu kluge Miene, aber im Blick die ausdrucksleere Achtsamkeit einer Ausreißerin, sah dann, Einbildung oder nicht, die Jäger, still, bereit, solo, in behutsamer, geduldiger Bewegung, und kam zu dem Schluss, dass seinem Sohn etwas zugestoßen war. »Lindsay, ich noch mal. Ruf mich an. Bitte.«

Zwanzig Minuten später rief sie an.

»Wo ist er?«

»Hast du auf den Vierfünfundvierziger gewartet? Den hat er verpasst.«

»Wo ist er, weißt du, wo er ist?«

»Ja, er hat den nächsten genommen. Sollte in etwa drei Stunden in New York sein.«

»Und du konntest mich nicht anrufen, um mir das mitzuteilen?«

»Er meinte, er macht das.«

»Hat er aber nicht, und ich stehe hier rum wie ein Idiot.«

»Er hat gesagt, er ruft an. Was soll ich sagen?«

Matty kochte. Das brauche ich nicht, das will ich nicht. »Was hat dieser Junge für ein Problem?«

»Keine Ahnung, Matty, vielleicht ist sein Telefon kaputt, vielleicht ist er weggedröhnt, ich lebe nicht in seinem Kopf.«

»Gib mir mal seine Nummer.« Er notierte sie in derselben gehetzten Klaue, mit der er eine Million Eckdaten für hunderttausend Verbrechen in zehntausend Nächten notiert hatte. »Wann kommt sein Bus an?«

»Gegen halb acht«, sagte Lindsay, und dann verabschiedete sie sich, »Viel Spaß«, mit diesem aufreizend unnötigen Singsang.

Matty setzte sich auf eine Bank neben die Ausreißerin, vermutlich Ausreißerin, wollte etwas zu ihr sagen und ließ es lieber bleiben. Durch die Halle kam ein Mann mittleren Alters auf sie zu und taxierte Matty ausführlich; Matty, scheinbar unbedarft, saß in den Startlöchern. Bevor dieser Kerl allerdings die Bank erreichte, stand das Mädchen auf, schlang ihm die Arme um den Hals, der Mann sagte in ihr Haar: »Mom sitzt zu Hause auf Kohlen« und hob dann den Kopf, um Matty noch einmal gründlich zu beäugen. Peinlich berührt wandte Matty den Blick ab und sah schließlich zu, wie die beiden sich durch die Menge schlugen und im Sonnenlicht auflösten.

Minette hatte ihm neulich erzählt, wie schwer es Billy gefallen sei, für sie und ihre Tochter seine erste Frau und seinen Sohn zu verlassen. Für Matty war das Schwerste an der Trennung von Lindsay und den Kindern gewesen, wie schwindelerregend leicht es ihm gefallen war.

Er sah auf sein Telefon und gab die Nummer des Anderen ein, um dem Jungen den Marsch zu blasen und ein paar Pflöcke einzuhauen, kappte den Anruf aber vor dem ersten Klingeln.

Halb acht: drei Stunden noch. Matty beschloss, sitzenzubleiben und zu warten. Lieber von Angesicht zu Angesicht.

Dank

Irma Rivera, Kenny Roe, Keith McNally, Dean Jankolowitz,
Josh Goodman

Bob Perl, Arthur Miller und dem POMC – Parents of Murdered
Children, Steven Long und der Belegschaft des Lower East Side
Tenement Museum, Henry Chang, Geoff Grey

Rafiyq Abdellah, Randy Price und dem siebten Revier

Judy Hudson, Annie und Gen Hudson-Price dafür, dass sie da sind

Meinem Lektor Lorin Stein

Und John McCormack – meinem guten Freund und Lehrer